中国新世纪写实文学经典

ZHONGGUO XINSHIJI XIESHI WENXUE JINGDIAN

2000~2014 珍藏版 卷一

主编◎李炳银

陕西新华出版传媒集团
陕西人民教育出版社
·西安·

图书在版编目(CIP)数据

中国新世纪写实文学经典：2000～2014：珍藏版.
第1卷/李炳银主编. --西安：陕西人民教育出版社，
2014.10
ISBN 978-7-5450-3368-7

Ⅰ.①中… Ⅱ.①李… Ⅲ.①纪实文学-作品集-中
国-当代 Ⅳ.①I25

中国版本图书馆CIP数据核字(2014)第238817号

中国新世纪写实文学经典

2000～2014 珍藏版 卷一

主编 李炳银

出版发行	陕西新华出版传媒集团 陕西人民教育出版社
地　　址	西安市丈八五路58号
邮　　编	710077
经　　销	各地新华书店
印　　刷	西安创维印务有限公司
开　　本	787 mm×1092 mm 1/16
印　　张	39
字　　数	650千字
版　　次	2014年11月第1版
印　　次	2014年11月第1次印刷
书　　号	ISBN 978-7-5450-3368-7
定　　价	65.00元

目　录

Contents

国家

——2011·中国外交空前行动（节选）

■何建明

编选按语：

2011年初，利比亚发生政权危机，全国性的暴乱和血腥事件到处可见。中国有4万余名劳务人员和学生在利比亚，处境艰难，生死危急。中国政府果断决定从利比亚撤离全部本国侨民。在之后的10天时间内，中国通过各种途径，海、陆、空三路并进，以周密的计划和罕见的完美行动，无一伤亡地完成了全部撤侨任务，创造了世界外交史上的空前成功案例，为全球所瞩目。作品详尽记录了中国政府最高层的决策过程和行动过程，可以说是一部比小说和电影更精彩的纪实体作品。作者在国家昌盛富强和广泛的国际影响背景上聚焦突发事件，很好地展示了中国的国家形象，堪称纪实文学中生动地表现重大题材方面的杰作。

如果离开了自己的国家，你还会有什么？

如果没有了自己的人民，国能是什么样？

——题记

中国外交部里的秘密决策

黄屏，外交部领事司司长。在这座扇面式大楼里，他是上百位司局级干部中的普通一员。这一天清晨，他是从办公室那张临时搭起的行军床上起来的。他和副手、领事司副司长兼外交部领事保护中心主任郭少春等人已经两天没有回家了，这仅仅是大战开始的前夜。

利比亚的形势每天都在恶化，其发展速度根本无法预料。从2月19日开始，我驻该国大使馆向国内发来的电文一封比一封加急：

“利比亚政府已经失去对多个地区的控制，局势发展对我在利工作的数万名建筑人员和公民形成万分危急之势……”

“20日晚起，这里已陷入全面动乱状态……”

“形势已万分危急，我在利建筑工地多处遭遇袭击和破坏。有的公司财物被抢劫一空，并有数百上千人被暴徒残忍地赶到荒无人烟的沙漠之中……”

“我们是领事司，维护海外中国公民的生命和财产安全义不容辞。现在几万名在利同胞身处险境，我们必须时刻坚守岗位，全力以赴投入战斗！”黄屏斩钉截铁地说。

对黄屏和领事司的同志们来说，现在他们面临的这场战斗绝对是超级大战：要从远在万里之外的非洲战乱之地，将几万名随时处在生死危急之中的同胞接回来……

“怎么接?”

“什么时候才能接完?”

“要动用多少人力物力?”

“拖上十天八天，要是死了几百几千人咋办?”

黄屏一说起当时十万火急、迫在眉睫的危急形势，语速快得就像连珠炮，脸涨得通红，情绪格外激动。

必须把同胞接回来！接到祖国的土地上！必须让他们平平安安地回到自己的家!

这是黄屏和领事司同志们共同的心愿，也是他们掷地有声的誓言。

“2004年6月，中铁十四局到阿富汗参加援建工作的11名工人被武装分子袭击遇难，是我去机场接的。当时看到排得整整齐齐的11口棺材时，我的心痛啊！你想想看，11口棺材哪，那都是我们自己的同胞。接机的遇难者亲属也在现场，他们个个哭得死去活来……这一幕我永远忘不掉。”泪光在铁骨铮铮的黄屏的眼眶里闪动。

“这一回是几万同胞啊！他们身处水深火热的险境，利比亚炮火连绵，枪声四起，流血冲突和暴力事件每分每秒都在发生。一旦他们被交火双方当成人质，出现成百上千的伤亡，那可是天大的悲剧啊……”黄屏的嘴唇在颤抖，尽管事情已经过去了一年多，他依然激动不已。

“所以，我们外交部、我们领事司的任务，就是要想尽一切办法，及早把我们的同胞安全地接回来!”黄屏重重地补了一句，“一个也不能少地全部接回来!”

黄屏深吸了一口气：昨天杨洁篪外长主持召开紧急会议的情景还历历在目——

亚非司司长陈晓东汇报利比亚形势：“目前的判断，从利比亚的内部看，卡扎菲高压统治已经42年了，政治上四面树敌，经济建树也不多；从外部看，西亚北非政局动荡来势凶猛，虽然卡扎菲本人试图讨好西方，但仍被视为异类，必欲除之。利比亚形势将继续恶化，很可能变成全面内战。”

“我同意晓东的看法，”国际司司长陈旭说，“从我常驻联合国代表团那边报来的情况看，西方国家正在酝酿出台有关利比亚的提案，意在整垮卡扎菲。”

“那么，如果局势恶化，我们人员撤离会不会受到冲突双方的阻碍呢？”外交部党委书记张志军提出一个关键性的问题。

“肯定有困难，但总体上应该不会遇到阻拦，因为中利双边关系还算正常，反对派方面要争取国际承认，也很看重我安理会常任理事国的大国地位，不大可能得罪我们。目前我们在卡扎菲和反对派两边都有关系，只要工作到位，政治层面应该有保障。”外交部副部长翟隽说。

杨洁篪外长一直沉默着听大家的意见。张志军书记看看他说：“看来，我们要把工作往前赶，也要做最坏的打算。”

“看来要撤人了。”杨外长终于说话了，只听他用低沉的语气道，“人是第一位的，人命关天，首先要考虑的还是我们自己的人要安全。现在最要紧的事是：政策司、亚非司把情况搞清楚；欧洲司、非洲司先准备起来，关键时刻要能找得到人，说得上话，办得成事。把这么多人撤出来需要时间，要尽可能争取时间。”

杨外长抬头环视了一下在座的副部长和司局长们，指着财务司司长胡建中说：“兵马未动，粮草先行，先和财政部的同志沟通好，可能需要特事特办。”

“明白。”胡建中重重点头。

杨外长随即宣布：“现在部里需要成立处理我在利公民安全事宜的应急领导小组，请志军书记挂帅，宋涛、翟隽为副组长，黄屏、陈晓东和各部门一把手为小组成员。”

“好，大家按照杨部长的布置行动吧！”张志军书记说。

“听着，从现在起，我们这里的所有人，除了上厕所，一刻也不能离开岗位了！”按照惯例和业务职责，领事司和所属的领事保护中心，毫无疑问是具体行动的主要执行单位。黄屏在领事司说完这句话，又小跑着赶到领保中心重复了同样的话。

“有多少人呀？”

“听说有一万多！”

“何止，少说两三万呢！”

“天哪！这可怎么弄呀？”领事司和领保中心的年轻人近些年也经历过大大小小十余次撤侨行动，但这么遥远、这么多人、又这么紧迫的情况，他们可从来没有遇到过。几万人的生命安危此刻与他们息息相关，亿万民众和数千万海外侨胞在热切关注，其压力之大可想而知。

此等事态外交部没有遇到过，中华人民共和国也没有遇到过。

20日晚，紧临外交部居住的不少北京市民看到那栋手风琴式的扇形大楼有不少窗户彻夜通明……

21日早，黄屏和郭少春就从领保中心赶到部会议室参加应急领导小组碰头会。平日总是笑容可掬的杨洁篪部长也来到会上，此刻他的脸上已经没有一丝笑意，他用极其深沉的语气再次强调：“继续密切关注利方局势发展，尽快做出撤我同胞的方案。”

是啊，大战将至，几万人的撤离方案怎么做？谁来做？

“由宋涛牵头，办公厅协助，领事司和领保中心打头阵，其他部门全力配合。”外交部应急领导小组组长张志军下达命令。

碰头会用了不到半小时。接下命令后的黄屏和郭少春对视了一下，不约而同地最先站起来。

“黄屏、少春！”宋涛叫住了他们，“你们最好中午前把撤离预案给我，下午一上班要开部内协调会，紧接着是各部委之间的协调会。没有方案不行啊！”

黄屏和郭少春会意，这分明是迫在眉睫之上再加四个字：十万火急！

“是！宋副部长，我们一定在中午前拿出预案！”黄屏回答得干脆利索。他拍了一下郭少春，两人一路小跑着往领保中心赶。

“接下去的半天是怎么过来的，我真的想不起来了！”黄屏摇着头说，“反正我和少春的脑子就像开足马力的机器，全速运转。领事司和领保中心的几十号人也都被动员起来，有的收集前方信息，有的研究撤离路线，有的测算运力计划，有的与驻利比亚和周边国家的使馆联系，还有的紧锣密鼓地与商务部、国资委、公安部、民航局等单位沟通。总之，我们以最快速度做出了一份高质量的撤离预案报告。中午前送到了办公厅，送到了宋涛副部长那里……”

这天中午，有人看到宋涛根本就没扒几口饭，办公厅的张明主任都没时间端饭碗。他们的任务是马上把撤离预案改成上报部长和主管外交工作的国务委员戴秉国同志的正式方案。与此同时，外交部牵头、有十多个部委参加的部际协调会也在紧张地准备着。

下午2点30分，外交部的部内协调会首先召开。各部门领导参加，并形成七点意见，其中最重要的是撤离方案，而方案已经涉及海、陆、空联动，甚至考虑出动军队……

乖乖，这是啥阵势！有人在窃窃私语时瞪圆了眼睛。

下午4点整，由外交部牵头，公安部、安全部、交通运输部、农业部、商务部、国资委、海关总署、国家质检总局、民航局、解放军总参谋部及相关公司负责人参加的部际协调会在外交部大楼召开。宋涛主持，并向各单位布置撤离事宜的相关任务。

会上出现了一些意外，某在利比亚工程建筑公司负责人说着说着，竟然哭了起来："我们的工地从19日开始，已经被那边的暴徒们连抢了好几次。他们都是拿着枪的，我们有好几位工人被打伤了，可怜的是那些女同志，个个吓得不知咋办。刚才来开会之前，我又跟那边联系了一次，说他们已经顶不住暴徒们的洗劫了，撤到沙漠的营地里。几分钟前我又连续打了十几个电话，可再也联系不上……这几百号人，要出了问题，我可咋向他们的家属交代呀！求求你们外交部，求求政府，快帮忙吧！"

那是位平时说话气壮山河的国企大老板。他的哭求，让会议顿添几分悲忧。

"所以说，局势已经到了十分危急的时刻，大家必须怀着对人民负责的态度，迅速行动，争分夺秒，尽可能地确保我在利公民的安全，顺利完成撤离任务！"宋涛高声强调。

"那就把任务分配给我们吧！"

"对，叫我们干什么，尽管说来！"

"还有我们……"

各部委的态度，让外交部的同志非常感动。这时，办公厅有人来向宋涛报告："戴国委马上到，他要见你。"

"抱歉，我要去见一下国务院领导。"宋涛一听，立即中断会议上的发言，又朝办公厅主任张明使了个眼色，两人匆匆赶到办公室。

国务委员戴秉国、杨洁篪外长、张志军书记前后脚进屋。

“老领导，您事先也不打个招呼，我好到门口接您去呀!”宋涛有些措手不及地给首长让座。

“这是我的老家，还用客套吗?”戴秉国随手脱下长大衣，往椅子靠背上一放，笑眯眯地对自己的老部下说。

作为主管国家外交事务的国务委员，戴秉国曾在外交部工作了30多年，几乎认识机关里的所有人。新老外交官们对他更熟悉，因为他对所有人都特别亲和，见了人就眯眯笑，所以外交部上上下下都亲昵地称他是“可爱的小老头”。“快过七十了，个子又小，还不是小老头?”这些年，戴秉国逢人总这样说，说完又一脸笑眯眯。

真是位可爱至极的领导人！但是此刻，戴秉国脸上的笑容很快消失了。他听完关于利比亚撤离方案的简短汇报后说：“我在利比亚的人员到底是两万人还是三万人，或许更多？这么多人要在短时间内撤回来，形势严峻，事关重大，外交部恐难独立应对，应当上升至国家层面来研究。”

那是巴不得的事！宋涛的内心就是这么期待的。

“要走国家层面，主席、总理必须点头。你们尽快准备好报告。”戴秉国指示道。

“是。”

戴秉国只在外交部停留了不到半小时，但就是这半小时，完全改变了外交部原先的撤离预案。也就是说，一场中国有史以来最大的海外撤侨战役，从外交部层面一下上升至国家层面！

“马上命令各部门按照戴国委的指示，迅速重新部署!”杨洁篪指示宋涛，当即以外交部应急领导小组的名义，向部机关和前方使领馆发出新的战令。

黄屏接到的部里命令，要他马上成立以领保中心为主的外交部利比亚撤侨应急指挥中心，其任务为：全力配合和协助国家有关部门进行利比亚撤侨工作。

领事司的内部动员会即时召开，三四十名业务骨干被抽调到领保中心的应急队伍之中。

“大家听着，我们要打大仗了！从现在开始，全体人员都要进入24小时应急状态，直到撤离战斗结束！”黄屏像个前线指挥官，站在领保中心那间办公室中央，这样命令着。

副司长兼领保中心主任郭少春做出具体分工：“中心需要分为联络组、信息文电组、包机组、电话值班组……所有同志一律两班倒，24小时全程值班！”

“今晚要在中央电视台《新闻联播》节目中和新闻频道上滚动播出我们领保中心有关利比亚撤侨的热线电话，接电话的同志安排好了没有？至少两位同志。我看还是女同志当接线员好一些，她们态度好，公众容易接受。女同志谁上呢？郝雨和陈枫吧！今晚开始你们就要提前进入战斗了！有没有问题？”黄屏吊着嗓子问。

“没有！”郝雨、陈枫两位女同志异口同声道。

“家耀，抱歉了。今天是你儿子满月后上班的第一天，却不能让你回家……”黄屏拍拍联络组组长、领保中心副主任朱家耀的肩膀，满脸歉意地说。

“把前线的情况赶紧摸清楚，就算是我最对得起儿子和他妈了！”朱家耀连头都没回一下，已经俯身操起办公桌上的专用电话，向中国驻利比亚大使馆喊着：“是王大使吗？请把你们那边的情况再跟我说说……”

“民航局吗？请你们确定在这几天里能抽调多少架飞机……”包机组的张赫群、张良轮番给民航局打电话。

“司长，请你马上审阅……”领保中心的另一位副主任张洋将已经拟好的公民告示和热线电话电文，递到黄屏手里，“如果没问题，电文将在中央电视台《新闻联播》中和新闻频道滚动播出。”

“我看可以。少春，你再推敲一下。”黄屏迅速扫了一眼，随即塞给郭少春。

郭少春认真看完电文后，果断地说：“就这样吧！”

黄屏拿着手机，边接听电话，边拉过郭少春说：“部里指示，让我们把撤离方案报告再审核一下，立即送中央……”

几十分钟后，《新闻联播》节目开始，亿万人民都看到了屏幕下方一行不断滚动着的文字——外交部在利比亚中国公民领事保护中心应急热线电话：（010）65963747、（010）65964095……

从这一刻起，外交部领保中心的电话铃声片刻都没有停息过，它连着亿万国人牵挂的心，连着世界各地……

“第一天、第二天我还能扛得住，后来我的胳膊全都麻了。麻了也要不断地抬着，习惯性地伸缩。总之，你问我一天接多少电话，我根本记不清，有好几百个吧！”接受采访时，陈枫说。

“电话多数是在利比亚工作同志的家属打来的。有人第一次打来就哭，那是焦急地哭；第二次打来还是哭，是高兴地哭，知道我们帮他们找到了亲人；第三次打电话接着哭，因为知道自己的亲人平安无事后，激动地感谢党和政府……”郝雨说。

热线电话里除了哭，就是喊，不停地喊着“求政府”“求外交部”“求大使馆”救救他们的亲人。也有人从战乱中的利比亚打来电话，请外交部向他们国内的亲人转告平安，还有的惊慌失措半天说不出话，只是一味地哭泣……

所有人都在着急，所有中国人都在为远在万里之外、身处险境的同胞们着急！

此刻，还有一位更着急的人，他就是国务委员戴秉国。

从外交部出来，应是快下班的五点来钟。戴秉国赶着去钓鱼台参加一项重要的外交活动：陪国家主席胡锦涛会见某国总统。原本这是一次礼节性活动，然而今天我们的国务委员肩负着神圣使命，他要当面向胡主席请示，把利比亚撤侨战役上升至国家层面。

前线形势越来越严峻，每一分钟的延误都有可能给我几万同胞带来不堪设想的严重后果。

“主席，关于利比亚撤侨的事需要向您请示……”傍晚，戴秉国见缝插针，在胡锦涛主席宴请总统的间隙，凑到胡主席身边，俯着身子轻声汇报。

胡锦涛不时点头，时而转过头，一一指示戴秉国……

很快，戴秉国离开了钓鱼台，乘车直奔中南海的办公室。

“接外交部……”戴秉国进办公室门的第一句话就对秘书说。秘书抓起电话的那一瞬间，有些心疼地看了一眼自己的首长：他可已是七十岁的人了！

晚9点，外交部办公室里，宋涛正在与我驻利比亚大使王旺生通话：“形势十分严峻，国家层面的撤侨行动马上要全面开始，你们一方面要尽全力做好在利人员的保护和撤离工作，也要加强防范，确保自身安全。”宋涛语气坚定，又充满感情地吩咐道。

“请部里放心！请党中央放心，我们一定坚守到底，完……成好……祖国交给的任务！”

“你的嗓子怎么了？已经哑了吗？老王，你身体怎么样？顶得住吗？战斗就要开始了……”宋涛不无担心地问，又心疼地叮嘱，“你和同志们千万要注意身体啊！”

“我挺得住，请放心……”远方传来的声音断断续续，还伴随着呲呲啦啦的杂音。

宋涛看了看手表，对办公厅张明主任说：“的黎波里的通信状况已经变得不大稳定了，情况在恶化。事不宜迟，你叫上晓东、黄屏他们，10 点钟到我这里，咱们再开个紧急碰头会。”

晚上 9 点 50 分，办公厅、政策司、亚非司、领事司等几个部门的负责人提前到达外交部会议室。宋涛说：“中央正在研究我们的报告，部里的工作必须提前进入战斗状态。只有这样，一旦中央的决定下达，整个撤离战役就会以排山倒海之势展开。人命关天，从现在起我们不能耽搁哪怕是一分钟的时间！”

停顿了一下后，宋涛看着黄屏、郭少春，下达指示：“你们必须立刻通知驻埃及、土耳其、突尼斯、希腊、马耳他等国的使领馆做好相关工作，请当地政府为我们从利比亚撤离人员提供一切可能的入境及安置便利；还有，要以最快的速度了解从有关国家租用飞机、轮船等交通工具的可能……”

会议开了不到半个小时，但宋涛发出的指令足有几十条，每一条都十万火急！

办公厅、亚非司，尤其是黄屏、郭少春他们的领事司和领保中心，背回去的任务具体落实起来足有几卡车那么多！

回过头来再看中南海的一连串“国家决定”程序。

外交部的撤离报告送至戴秉国手里后，随即被呈报到总理办公室。

总理温家宝神情严峻而凝重地在关于利比亚撤侨“一级响应”的请示报告

上写下长长的一行重要批示……

一直等待最高领导决策的国务委员戴秉国，此时刚想脱下衣服往床上靠一靠，红机电话铃响了："秉国同志啊，总书记和总理批示了，让我和你一起来指挥这场战斗……前方的形势很紧急，你看我们是不是明天……不对，现在已经过零点了，应该是今天一早就得开第一次国务院应急指挥部会议？"

是政治局委员、副总理张德江来电。

"好，我完全同意。不过建议今天的会比平时早一点开。"戴秉国说。

"那好，就定8点正式开会。我来安排人往下通知，你眯一会儿……"张德江说。

副总理和国务委员之间的电话暂时放下。随即，中南海的电话将一个个相关人员叫醒：

"尤权副秘书长，请您8点务必准时参加国务院召开的会议……"国务院副秘书长尤权接电话的时候，还没有睡。

"杨外长，请您8点务必准时到中南海参加紧急会议……"杨洁篪接到通知时为凌晨一点左右。宋涛比黄屏接到会议通知早十几分钟。

国资委副主任黄丹华接到会议通知时，大约为两点钟。

中建总局、国家民航局领导们则在凌晨3点左右接到通知……

这一夜，中南海的许多人彻夜未眠，因为8点所召开的会议上需要准备各种材料。

数十个部委的主要领导者同样不能睡觉，他们多数人接到电话通知后就知道中央必定有特别紧急的大事，谁还能睡得着呀？那些住在城郊的同志干脆在接到会议通知后，直接开始往中南海赶了……

早上6点50分，黄屏带着他与郭少春用几个小时准备和修改好的撤离草案，随杨洁篪、宋涛等赶赴中南海。

"我们到国办会场时，还不到7点半，所有参与行动的相关单位的负责人几乎都到齐了！"黄屏对那一天的会议情景记忆深刻。平时国务院开会，都是在9点开始的，2011年2月22日这一天例外。因为这一天的前夜，国家主席胡锦涛和总理温家宝正式做出了从利比亚撤侨的决定，采用的是"国家一级响应"。

何为“国家一级响应”？用通俗的话讲，即为国家最高级别的动员，与应对2008年汶川大地震同等级别！

22日早8时整，国务院副总理、利比亚大撤离行动国家应急指挥部总指挥张德江来到会场。

“嘿，都到齐啦！看来我们的队伍真是拉得出、打得响啊！”副总理满意地点点头。然而这仅仅是瞬间的轻松。会议开始，气氛骤然凝重和紧张起来：利比亚形势瞬息万变，每一分钟都在向不可预测的方向恶化……

“那天的会议上，我们心情都很沉重，但大家又都很有信心，都朝着一个目标努力：按照中央领导的意见，克服一切困难，把我们的同胞救出来！整个决策和方案都充满智慧，各单位纷纷请战，令人感动。”采访时，杨洁篪外长这样对我说。

“从利比亚撤侨，涉及几万人的身家性命，事关大局，我们一定要千方百计保障我方人员安全，千方百计保障我财产安全，千方百计维护我国家利益……”张德江强调的这三个“千方百计”成为整个撤侨战役的行动方针。

“这么大的战役，我们要有对困难的足够估计，也要有死人的准备……必要时，请求中央军委出动军事力量。”戴秉国补充道。

会议宣布张德江为总指挥，戴秉国协助张德江，国务院副秘书长尤权为总协调。各相关单位请战情绪高涨，外交部被指定为国务院应急指挥部办公室，部长杨洁篪主抓，部党委书记张志军为外交部应急、领导小组组长，宋涛、翟隽为副组长。

外交部实际上担任了整个撤侨行动的前线指挥部职能。

战斗部署完毕，一场有史以来中国最大的撤侨行动开始了！

前方，战乱惊心……

“砰……”这第一声枪响，是利比亚反对派2011年1月14日在班加西市一个叫苏卢格的施工现场打响的。当卡扎菲的女保镖将这一消息告诉他时，这位“非洲之王”不屑一顾地“哼”了一声说：“我是穆阿迈尔·卡扎菲，不是本·阿里！想搞倒我没有那么容易！”

“砰砰……”这回是两声还是三声枪响，似乎谁也没有在意，但反对派枪管里射出的愤怒子弹已经在昭示着什么。这一天是2011年10月20日，距卡扎菲听到前一次枪响时隔9个月零6天。这回卡扎菲又说了话，说得断断续续，战战兢兢："我是这个国家的领导人，是你们的父亲、孩子，你们不能这样……"然而没有一个人听他的话，躲藏在水泥涵洞里的他被人拖出，死在乱枪之下，死状特别的血腥……

这是一个强权和独裁国家统治者的命运，一个统治了国家42年的"革命领导人"的命运。一切都在瞬息万变之中，好像连真主都无法控制一样。

利比亚民众给自己的统治者打响的第一枪，似乎与更迭政权无多大的关系。1月14日在班加西市苏卢格工地上响起的枪声，是一帮抢房子住的百姓与前来维持秩序的警察发生冲突引发的。此前卡扎菲在一次公开场合上说过这样一句话："我的人民必将拥护我，因为我正在为你们建许多许多房子，有的已经快建好了，你们可以住上好房子、过上好日子！"

令卡扎菲想不到的是，那些祖辈无房的贫苦百姓一听这消息，疯狂地冲到了那些正在盖建的房屋工地上，见到已经建好或快要建好的房子，便兴高采烈地写上自己的姓名，然后又蹦又跳地欢呼"我有房子住了！我有房子了！"这一喊不要紧，喊醒了千千万万生活在底层的平民百姓，他们一个比一个疯狂地冲进建房工地，于是引发了全国性的抢房狂潮。

君不知，利比亚的建房工程，几乎全由中国人承包施工，动乱时首当其冲的受害者自然是我们的同胞。这是后话。我们需要粗略了解一下在2011年开始的几个月里，利比亚和卡扎菲命运发生变化的背景。

对于全国的抢房乱象，卡扎菲很生气，后果当然很严重。他发出命令，可乱象依旧，他脑子一热动用大量警察去驱赶抢房百姓。火势暂时扑灭了，但卡扎菲并不明白，那些不听命于他的臣民们为什么选择了1月14日这一天闹事。

其实，这一天除了自以为强大无比的卡扎菲本人外，几乎所有的人都在关注他们的邻邦——突尼斯。一场"大革命"仅仅用了27天时间就彻底改变了一个国家、一个政权的命运：74岁的总统本·阿里这一天晚上再也招架不住，携家人仓皇离境出逃，从而结束了他四次连任总统、统治突尼斯长达23年之久的历史。

据说，突尼斯总统本·阿里出逃的消息传到的黎波里卡扎菲的豪华露天帐篷内时，卡扎菲很不以为然，并说：“西方侵略者靠几条狗的一把火想烧毁非洲的革命阵营，只会是白日做梦！”

卡扎菲小视了“一把火”的威力。他整天逼着利比亚人民背诵他的语录，却忘记了一句经典的话：“星星之火，可以燎原”。其后，突尼斯的动荡像是导火线，在非洲引发了一连串波澜壮阔、惊心动魄的大事件，埃及、也门先后发生动荡，埃及总统穆巴拉克、也门总统萨利赫相继下台，让全世界都为之震惊。

也门与利比亚同属阿拉伯国家，埃及和突尼斯则在利比亚的一东一西。周边国家如此巨大的政治风暴和民众革命，怎能不影响利比亚？尤其是西方世界早已对这个拥有巨大石油资源的地中海南岸国家垂涎三尺。堡垒往往先从内部攻破，利比亚的问题主要出在内部，或者说是出在一心想当“非洲之王”的“卷毛狂人”、国家元首卡扎菲自己身上。

利比亚是非洲富裕国家，人均收入居于高位。尤其是它的石油，其品质无与伦比。然而，这个只有600万人口、富得流油的国家，民众却没有像同样盛产石油的阿联酋、卡塔尔人民那样过上好日子。

利比亚实行计划经济，这并不能说是绝对错误，问题的关键是卡扎菲声称自己搞的是不同于社会主义和资本主义的第三条道路，却没有把广大民众的生活放在第一位予以重视。相反，他利用家族控制了利比亚的经济命脉。建设方面由于过度依赖外国劳工，不重视基础工业和民生工程，百姓的失业率不断攀升，生活水平近年不断下降。

一心想做非洲“王中王”的卡扎菲从20世纪90年代开始，将雄心放在整个非洲，对外援助非盟他十分慷慨，由此当上了让他内心深感满足的非盟主席。老卡在国内除了不重视民生，留下后遗症外，还有一点也是致命的：他对自己的家乡和“革命圣地”——他当年发动军人起义的根据地等地区的发展很重视，却极不重视东部城市班加西等地的经济建设，资金投入极少。多少年来，首都的黎波里繁荣发展，高楼林立，高速公路畅通便捷，而利比亚第二大城市班加西却萧条破落，市内道路坑坑洼洼、破烂不堪……

反对和支持卡扎菲的东西部落之间积怨不断加深，在邻国突尼斯、埃及

“革命风暴”影响下，反对派的力量正在聚集并窥伺着机会，班加西的地位此刻就显得越来越重要。

2011 年初的利比亚，看起来似乎很平静，到处依然张贴着卡扎菲的头像和绿色旗帜，其实整个利比亚已像一片临近燃烧极点的枯草地，只差有人划上一根细细的火柴，一场席卷全国的燎原大火必将燃起——后来的情况果真如此。

这次“划火柴”的是一位律师，他叫法思·特比尔，班加西有名的“阿布萨利姆家属”组织发言人。2 月 15 日，法思再次准备到班加西当地的卡扎菲政权去“说理”，却被警察投入了监狱，于是法思的支持者们得知情况后就上街游行抗议。

第二天，当局不得不将法思释放，以为这样就可以平息了事，却没想到从此上街游行的人越来越多，且一直蔓延到利比亚其他城市，包括首都的黎波里……

有必要交代一下法思为什么上街，他和“阿布萨利姆家属”组织有何渊源。

20 世纪初，利比亚是意大利的殖民地。1927 年至 1934 年间，利比亚领土被意大利统治者一分为二，同时白人大批拥入这块地中海南岸蕴藏大量石油的国家。“利比亚”这个名字也是意大利人在 1934 年时启用的。二战期间，利比亚人奋起反抗殖民主义者，代表人物叫奥马尔。如今班加西街头到处还有这位民族英雄的头像，就连目中无人的卡扎菲也称奥马尔是“国父”。

之后的漫长岁月里，利比亚的外部环境尚算平静，卡扎菲“革命”成功之后，几度与西方决裂，后来又“反省”。特别是新世纪以来，利比亚出现了“开放”迹象。这个时候，一件并不经意的事却发生了。2006 年 2 月 17 日，意大利驻班加西领事馆门口聚集了大批民众，他们是来抗议的，因为一个意大利人身穿着印有被全世界穆斯林视为“亵渎真主”的丹麦画家漫画形象的外套，在班加西招摇过市。

在这场抗议过程中，有个 14 岁的男孩爬上了意大利领事馆大楼的屋顶，欲将意大利国旗拔下来。结果利比亚当局开枪扫射，随即便引发了冲突，14 名平民在这场冲突中死亡。这一天在利比亚人民心中留下了极深的伤痕，班加西人称它为“愤怒日”。

法思在2011年2月15日被当局逮捕的原因，就是卡扎菲军警人员认为，法思是在准备为两天后的“愤怒日”组织一场反政府示威。

“阿布萨利姆家属”则是另一个事件。话得从卡扎菲统治下的20世纪90年代说起。他通过军警逮捕全国持不同政见人士，把他们关在的黎波里阿布萨利姆监狱。由于卡扎菲实行的是残酷的“逆我者亡”的高压政策，1996年6月29日，阿布萨利姆监狱内的1200多名政治犯因为抗议狱中的非人道行径而被卡扎菲当局枪杀。他们的尸体被运到郊外秘密地集体埋葬了，这些死者中多数是班加西人。

这样一桩惨案，利比亚人一直以来不敢刨根问底，皆因慑于卡扎菲政权的残酷手段。2004年，一心渴望获得西方好感的卡扎菲承认了“阿布萨利姆事件”，此后有相当多的遇难者家属要求政府公布遇难者名单和他们被埋葬的地方。

强人卡扎菲对此既不妥协，又一直不松口，致使“阿布萨利姆事件”中的遇难者家属近几年来一直不停地举行集体抗议活动，故在利比亚有了“阿布萨利姆家属”组织。律师法思是这个组织的成员，也是他们的发言人。法思的一个哥哥、一个堂兄和一个姐夫就在这1200多名死者之中。法思是弄清“阿布萨利姆事件”真相的坚定拥护者，所以自2004年开始，他每个星期都会到法院门口进行抗议。那些年里，只有法思一个人这样做，他也因此坐了七次牢，并且屡遭严刑拷打。然而法思从来没有屈服过，这也使得他成为了班加西有名的反政府人士。

邻国突尼斯出现政治动荡，总统在2011年1月14日深夜出逃，消息很快传到利比亚。一直对卡扎菲政权心怀仇视、持对立态度的班加西人，认为时机已到，应当顺势揭竿而起。然而，谁来领导推翻卡扎菲的斗争呢？

法思！法思是他们的英雄，他有足够的勇气和智慧！于是从2月14日深夜至15日清晨，不断有人来到法思的住处，他们兴奋地怂恿心目中的英雄，挺身而出擎起反卡扎菲的大旗。

“以真主的名义，我愿意为推翻暴君和专制挥洒鲜血……”法思面对群情激愤的拥护者，也毫不含糊地亮出自己的主张。

当局的秘密警察很快发现了法思及其追随者的动向，15日当天就将法思逮捕了。消息传出，班加西的“阿布萨利姆家属”组织立即到街头示威游行，要求当局释放法思。迫于群众的压力，害怕几个邻国接二连三的反政府抗议浪潮席卷到利比亚，班加西当局在16日释放了法思。不想为时已晚，或者说卡扎菲政权没有想到的是，那些久积在利比亚民众心中的反卡扎菲统治的愤怒之火此刻已经点燃，迅速蔓延开来，变成熊熊大火，再也无法将其熄灭……

2月17日，是班加西有名的“愤怒日”，人们纷纷上街游行，开始是几百人，后来是几千人、几万人，再后来仿佛是全城男男女女、老老少少都加入了游行队伍。

问题的关键是，这一天的群众性纪念活动，后来其内容发生了变化。这要怪卡扎菲和他的统治集团犯了一个极其严重的错误：他们派出大量的军警人员和秘密警察、情报人员，甚至还有外国的雇佣力量对群众施暴。这些人戴着黄色帽子，手持剑、铁棍及石头，军警们更是明目张胆地举着枪，对游行示威的民众劈头盖脸一阵乱打，甚至开枪伤人。

冲突愈演愈烈，纪念日的游行成了反卡扎菲的民众运动。班加西城内有人直接举起了推翻卡扎菲的旗帜，民众高喊“卡扎菲下台”的口号，与军警等各种镇压者展开针锋相对的斗争。他们用石头和砖块回击军警的枪弹和催泪弹，用木棍和门框及汽车轮子抵挡装甲车进攻，用火柴和打火机焚烧卡扎菲的画像以及他的“绿皮书”——这些几十年来曾经都是利比亚奉为神圣不可侵犯的“领袖形象”和“领袖思想”。更让卡扎菲政权不能容忍的是，这样的“叛徒”和“卖国贼”行为，不仅在班加西出现，利比亚其他的大城市也都出现了类似的大规模反政府、反卡扎菲的群众怒潮，从此利比亚陷入全面的混乱状态。

2011年2月17日，因此成为利比亚“革命”的一个具有标志性的日子。

利比亚出现的动荡，让西方世界特别是美国方面欣喜若狂，他们早就期待着阿拉伯反美阵线彻底瓦解。当日，美国国务卿希拉里在白宫公开支持利比亚的反对派，谴责卡扎菲政权的镇压。英国首相自然也跟着起劲地出来谴责卡扎菲。这回法国更是走在西方列国的前头，总统萨科齐的调子比希拉里还要高出几分贝。联合国人权事务高级专员皮莱也加入了谴责卡扎菲的行列。所有这些，都像是火上浇油一样，让利比亚境内的反政府势力获得了精神和行动上的巨大支持。

卡扎菲是个不服输的主儿。18 日当天，他发表了全国电视讲话，一则威胁示威者，说“以人民和革命的名义”，将采取严厉措施惩罚那些包括上街游行的混乱制造者；二则表明自己不会辞职，宁可牺牲生命，也不会离开利比亚。

卡扎菲的强硬态度，引来反政府民众的强烈不满，反抗情绪更加高涨。19 日，双方展开针锋相对的冲突，造成了更大的流血伤亡。一队队穿着穆斯林服装的男男女女抬着一具具用白布裹着的尸体上街，此情此景让世界同情，残酷枪杀无辜平民的罪行让人无法容忍，卡扎菲政权陷入了怒海狂涛般的声讨和谴责声中。

“打倒卡扎菲”“推翻暴行政权”的口号，已经成为了利比亚全国多数民众的实际行动。

“卡扎菲必须交权”“利比亚现政权已经失去合法性”“卡扎菲必须接受国际审判”等说法，则在以美国、法国为首的西方世界的话筒里频频传出。有关人权组织及时做出一个统计：截至 2011 年 2 月 20 日，卡扎菲政权的连续镇压，已经造成 300 多人死亡，逾千人受伤。

21 日，半岛电视台突然传出消息，称卡扎菲已离开利比亚，前往南美洲国家委内瑞拉。这个消息让利比亚国内一阵狂欢，正在街头“革命”的民众又是放鞭炮，又是跳舞唱歌庆祝。然而没多长时间，卡扎菲的儿子赛义夫在电视上公开辟谣，称他父亲决不会离开自己的国家，即使战斗到最后一个人也决不投降。

利比亚是个部落国家，反对和支持卡扎菲的两股势力此时不分上下，于是全国性的混战便全面开始……赤手空拳的反卡扎菲人士和民众拿起土制的枪支与石头、铁棍，政府军警则动用迫击炮、机关枪和防空导弹。

卡扎菲还声称，本·拉登的“恐怖组织”也已进入利境，加入了暴乱队伍。当局的电视台还证实了，政府军已经从班加西撤离，这意味着利比亚东部完全失控，反对派开始执掌这一地区。可时隔几小时，又传出卡扎菲将派军队轰炸班加西。到底是怎么回事，谁也弄不清楚，总之利比亚已经是一片乱局。到处是打砸抢，到处流血，也分不清究竟是谁干的。一个国家的民众在这种情形下没有了自己的国家政权，一个国家的政权在这种情形下没有了自己的民众。

利比亚人民陷入了苦难深渊。

陷入苦难深渊的不只利比亚自己的人民，还有成千上万的外国建设者，他们十分依赖这里的工程项目和庞大的劳动力市场。

据说，在利比亚最多的外籍劳务人员是埃及人，有上百万人。埃及与利比亚是邻国，两国共有几千里的国境线，动乱一开始，成千上万的埃及人便越过沙漠地带，逃亡回国。

然而，更多远涉重洋来建设利比亚的工程建设者和劳务人员就麻烦了。他们人生地不熟，回国的路程那么遥远，可谓困难重重。局势失控的利比亚，机场、边境关卡及港口全都陷入无政权、无秩序的状态，更为严重的是动乱带来全面的暴乱，外国人及他们参与的工程、拥有的财产等，一时间皆成了利比亚成千上万暴徒袭击和抢劫的对象……除了石油设施之外，由外国承包和建设的项目多是住宅项目，而这样的项目十有八九是我们中国人在做。

利比亚陷入动乱后，武器散落民间，部分地区陷入了治安真空，一些暴乱分子有机可乘，肆意抢劫，中国工地成为他们的首选目标。结果，我们在利比亚承包的工地所遭受的冲击也是最罕见和血腥的。下面是部分中国亲历利比亚战乱的工程人员的讲述——

贠亮（中国水电集团公司利比亚公司负责人）：

我们中水电公司在利比亚有三个大项目，都是盖房子的，其中两个在利比亚东部城市班加西附近，一个在利比亚的南部塞卜哈那边。最先遭受暴徒袭击的班加西附近的两个工地，一个在迈尔季，一个在贝达市，共有1000多人。贝达市的暴乱从2月17日就开始了。为了保证我方人员安全，中水电公司见形势不妙，就在18日白天将贝达市区的100多名建筑工人撤到了郊区的另一个营地。没有想到的是当地时间18日晚7点（北京时间2月19日凌晨1时）左右，数十名不明身份的当地暴徒，手持土枪，肆无忌惮地开着抢来的车辆，向我营地疯狂地袭击。为保护公司财产，我方营地200多名员工勇敢地捡起石头、瓦片等奋力回击。对峙之中，暴徒开枪射击，造成我方11人受伤。现场项目部领导果断做出决定，所有人员撤出营地，向附近的一座小山丘撤离。暴徒并没有因此罢手，他们随即抢劫了营地的汽车、泵车等大部分设备和物资，并纵火焚烧了仓库和营地。躲在山丘后面的我200多名工人兄弟，一边擦着身上的血，一边流着泪眼睁睁地看着大火将自己的营地焚烧成烟……那情景令人心碎，又无可奈何。

唐忠良，人称“老唐”，他是负亮所说的被暴徒们袭击营地后逃往荒山野岭的工人之一。有记者采访了他，老唐嘴里的经历更为惊心动魄：

我所在的工地是在贝达附近的一个叫斯蒂哈姆瑞的小镇，那儿临近地中海，2月的最低气温只有摄氏零度左右。2月18日，正是中国农历元宵节刚过的第一天。那天下午时分，工地负责人特意通知工人们提前下班，回宿舍好好包顿饺子吃。傍晚时分，我刚吃完饺子，本想出去溜达溜达，看一看西山头浸染的落日霞光，忽然，听到营地有人大叫起来：“带上铁锹、镐柄，到公司大院紧急集合！”

我和工友们不知道发生了什么事，赶紧一路小跑地来到公司大院。这时大伙才发现，我们的公司大院已经被利比亚当地的暴徒们冲击了，并且抢走了一些车辆和设备。“一会儿他们还会来的，大伙赶快拿起能够自卫的家伙，保护自己安全，保护公司财产！”工地领导紧急号召道。我心想，央视四台节目里说的事真闹到咱这儿了！

很快，我和300多名工友被编成五个工队，分别把守大院的前后大门和围墙四个方向。

再次前来袭击的暴徒们手持冲锋枪、土枪，气势汹汹地乱枪扫射，企图再度洗劫工地。我生来第一次见这等场景。躲已无屋，退更无路，工友们顽强地手持石块和棍棒，等歹徒往里冲，就用雨点般的石块予以回击。恼羞成怒的暴徒不再含糊了，“砰砰”几声枪响，几个工友应声受伤倒下。我们只得往后退让。最让我惊心的是，我躲在一辆车后面正准备用石块还击暴徒，突然车前面一声巨响，我被震出几米远……

从傍晚时分，一直到半夜，暴徒们好像要彻底洗劫我们的工地，虽遭工友们的全力反击，仍屡屡进犯。工地领导意识到这样下去，会造成我方重大伤亡，于是经请示上级，遂决定放弃公司，连夜紧急撤离。

可寒气逼人的深夜，四周荒山野岭，撤到何处呢？谁都没有头绪，大伙只好沿着山路漫无目的地向前走。也不知走了多远，借着月光，人们发现不远处的山头上有一间房子，原来是一座牛棚羊圈，屋里屋外全是牛羊的粪便。大家也顾不了那么多，先把几个重伤员抬进去安顿好，300 多名落魄的中国工人就在这牛棚羊圈里外做暂时的躲避。

稍稍安顿，我才发现自己的身子正在瑟瑟发抖，原来极少下雨的利比亚，竟然在这个冬季里下起了寒雨。我和工友们是在惊吓中逃出工地的，谁也没来得及穿上厚实的衣服。此刻，寒风吹来，我们才感到浑身刺骨发冷。

让伤员们和老同志进屋里暖暖，是大家一致的决定。

风雨交加、胆战心惊之夜，我和工友们相互照顾，终于苦挨到了天亮。

为防不测，现场的工地领导决定再次转移。几经周折，我们来来回回，最后终于登上了上级派来的转运车辆，到了中水电在迈尔季市郊的另一个承包驻地，与这里的另外几百名同样被赶出工地营房的工人兄弟们会合，等待生死未卜的命运……

马可为（中国土木工程集团公司利比亚翻译）：

我们土木公司在利比亚大工地有 19 个，小工地也有二十几个，主要承接当地的铁路建设项目，大多在利比亚首都的黎波里以西沿地中海一带。我们的项目总部在的黎波里。19 日之前，也听外面传言到处在游行和打砸抢，虽然有些紧张，但似乎感觉不到会危及我们。可到了 19 日晚，当我清清楚楚地听到首都街头的枪声时，真的一下感到了紧张。这是我第一次听到枪声，那声音与鞭炮声不一样，叫人提心吊胆。最可怕的是 20 日后，当地的通信不畅了，只能靠网络，这让人心都揪紧了起来！22 日晚上天刚黑，我们公司在扎维耶的工地打来电话，说他们的工地被暴徒洗劫一空，所有人员被赶出工地，六七十人想尽办法弄了两辆中巴车，正朝我们总部逃难过来。大约两个小时后，中巴车到了总部，车上下来的人个个灰头土脸，多数人双手空空，一无所有……有工人甚至哭着喊着："这咋办！""这让我们怎么活呀！"我们看着心酸，赶紧给他们做暂时的安置。还没有安排妥当，祖瓦拉工地传来更可怕的消息，说暴徒已经将我们工地团团包围，扬言不交出汽车和足够的现金，就要大开杀戒了！

"大使馆！大使馆！请求帮助。救救我们的工人……"于是我们赶紧向驻利比亚使馆求助。哪知，王大使那边则告诉了我们一件更紧急的事：的黎波里那所有名的伊斯兰学院里有我们几十名留学生，其中有十几名女学生。暴徒冲进学院后，不仅抢了我留学生们的财物，还企图向女学生们施暴。愤怒的中国男学生们拿起一切可以拿起的东西，挺身而出："你们抢我们的东西可以，但想凌辱我女同胞，绝不行！"

中国男学生们与持枪的暴徒对峙起来，情况万分危急，大使希望我们派人前去支援，将学生们接到安全地方。于是我们又冒着枪林弹雨，赶紧行动……

高晓林（中水电顾问集团公司女职员）：

我们的工地在祖瓦拉，离突尼斯边境不太远，承包了利比亚一个5000套住宅项目。我们那里自20日至22日，连续三天遭到武装暴徒们的袭击，当地人有个习惯，白天天热，他们睡觉，一到晚上就出来活动，动乱时期的暴徒也是这种行动规律。

第一天晚上，六名当地人驾驶车辆，横冲直撞而来。进工地后，他们踢开员工宿舍，用长刀和铁棒，强行威胁我方人员交出车辆钥匙，把我们用的手机、电脑、摄像机和现金等物品抢走。

第二天晚上，更多的暴徒冲进营地。那天我同四名女同事正在屋里煮面条。由于我到利比亚时间最长，又因为工作需要，经常在祖瓦拉城市许多部门出现，当地人都认识我，暴徒们也知道我，所以那天他们直冲我而来。虽然公司给我配了保镖，但面对持枪的暴徒，保镖们根本挡不住。

暴徒们在门口叫嚷，要车钥匙。我一听，迅速抓起桌上的一把车钥匙从厕所的小窗口往外一扔。暴徒们一进门，就用枪顶着我让我交出钥匙，我说没有。他们就拔出刀子，在我面前晃动，说不交就剐耳朵，并粗暴地朝我胸口猛击两拳，我眼前一黑，倒在地上。可暴徒们依然不依不饶，乱脚踩向我身上，见我不屈，又无计可施，最后见我脖子上戴着首饰，就抢了，并抢走了我没来得及藏好的现金，扬长而去。

22日中午，暴徒们又来袭击。这时我们通过关系，寻求到部落武装——"青年委员会"来协助保护我们。但由于暴徒来的人数多，我们公司的全部人员只得撤出工地，成了战乱中一群无路可走的难民……

余连来（湖北某建设集团海外公司项目经理）：

2月20日下午4点左右，我们所在的扎维耶市的事态进一步恶化。当地的警察局被烧，浓烟滚滚。我一再叮嘱公司的人不要出门，待在项目部内。

当晚10点半左右，七八个当地的彪形大汉手持60厘米长短的刀具，闯进我们的项目部。我赶紧让大家不要乱动。暴徒们用夹杂着英语的阿拉伯语向我们索要车钥匙，其实我们听得懂，但还是装糊涂。歹徒们用手比画着汽车钥匙点火的动作。我们仍然摇头。这帮家伙就在屋里砸了一通后退了出去。

这一次惊魂未定，我们马上采取措施，将女同志和可以转移的物品，安置到自认为安全的地方。安顿一番后，我刚刚想躺下，突然我的宿舍门被“嘭”的一声撞开，这回是三个暴徒，举着三把刀，直奔我而来。他们把刀尖冷冷地顶在我胸前，口里嚷着：“Car（汽车）！Car!”我摇头，回答：No！其中一个家伙看样子生气了，瞪着眼珠，朝我做了一个动作，用手在脖子上抹了一下。我也不知哪来的勇气，镇定地连声说：“No！No！Sleep（睡觉）!”这三个暴徒以为我真的没有车钥匙，只好出了屋子。

我起身往外一张望，见外面站着一群他们的人。随即见他们分成两拨，一拨抄我们的项目部办公室，一拨抢工人宿舍。这回他们是满载而归了——那些他们认为值钱的物品被席卷一空，一台丰田汽车也被发动开走了。当时我很心疼，那可是几十万元哪！不过心里还在庆幸，因为真正最值钱的东西没有被暴徒发现……

哪知好景不长，又过了两个来小时，也就是21日的凌晨2点半左右，项目部营地第三次遭袭。这回营地被停电，我们紧急启用了自己的发电设备。暴徒冲进来后，开始对我们每个人进行搜身，这一下让我们的人愤怒了，有人情绪激动地试图反抗。我连忙暗示大家千万不能动手，否则后果不堪设想，现在是保命要紧，不要管歹徒们抢劫，这才没有冲突起来，可是我们先前藏起来的值钱物品，大半被发现并抢走了。

有的同志看到营地一片狼藉、公司项目部和个人财物被抢的现场，心痛地哭泣和愤怒起来。我劝大家说，那些东西抢就抢了，大伙的命最重要，我们自己不在乎，也得为国内的家人想一想，他们在等我们回家呢！

这样一来，大家的情绪暂时稳定了一些。可刚过了一个多小时，第四拨的抢劫者又袭击了我们的营地。他们更加疯狂，见没有大件物品可抢，就把我们营地里外倒了个底朝天，这回我们藏下的所有物品几乎全都被劫掠。最可恶的是，我们的个人文件如护照等也被毁了。

凌晨5点左右，第五拨暴徒又来袭击，惊恐了一夜的我们，完全失去了抵抗和愤怒的能力，任其摧残和欺辱。三个工友被打伤，好在伤势不是太重。我的工友们彻底被摧垮了，大伙真正感受到了什么叫悲惨，什么叫无奈，什么叫异国他乡的难民。这当口，除了活命外，我们最想的是家人和祖国……

“没有报来情况或失去联系的工地，更是不计其数。几万同胞正处在前所未有、十万火急的险情之中……”大使馆的一份份电报向国内发送，成批成批的中国工地和我方人员还在不停地遭受更加危险的战火袭击。

怎么办？我们现在到底怎么办啊？工地没了，宿舍毁了，与家人断了联系，护照全都丢了，食物已经断绝，他们——利比亚人却还在相互猛烈地开枪开炮，甚至出动飞机轰炸……

难道我们就这样成了无依无靠的难民，死在异国，弃尸他乡了？

万里之外的同胞在等待，在哭泣，在祈求！

2月21日，在中国国内的各大媒体上，利比亚局势还只是国际版的零星话题。关于利比亚的一切，还没有大范围进入公众视野。普通中国人根本不知道在遥远的北非，有数万名中国人正面临着生死考验。这天晚上，外交部新闻司一等秘书王亚丽加完班回到家里，临睡前习惯性地刷新了一下微博。

忽然，一条发自利比亚的微博，带着醒目的感叹号，闯入了她的眼帘。“救救在利比亚的中国公民，我们很危险！”发微博的人叫徐峰（微博ID：@开心徐峰）。事后知道他是中铁十一局在利比亚的一名员工。在电话和手机信号中断、各方都联络不上的情况下，绝望的徐峰抱着抓住最后一根救命稻草的心情，在新浪微博上发出了这条求救信息。

这是发自利比亚的第一条中国公民求救微博。这也是微博在中国出现以来，首次与上千生命直接息息相关的一条微博。4个小时过去了，但这条注定会写入历史的微博，却无人问津。在每秒钟产生上万条消息的微博社区，一个普通人说了一句话，如同一页纸进入了图书馆，一枚针落入了太平洋。只有几十名粉丝的“@开心徐峰”，传播力非常有限。

随着时间的推移，焦急地盯着屏幕的徐峰，心情在一点点地沉入谷底。忽然，他灵机一动，开始将这条消息抄送给许多微博“大佬”，想借助他们的影响力完成第二次传播，让更多的人知道。他抄送了“微博女王”姚晨，地产商潘石屹等人。但微博上这一类消息很多，有时真假难辨，徐峰内心并不敢奢望微博名人们会转发他的消息。令他没想到的是，23点36分钟时，潘石屹转发了这条微博，并在转发理由中写道：“不管是不是真的，救人要紧！”潘石屹在微博上的影响力真是惊人，很短时间内这条微博就迅速被转发4000余次。

23点50分，王亚丽看到了由无数人接力转发的这条微博。她进入徐峰的页面，看到了更多更细更紧急的微博：“利比亚中国公司告急，形势非常严峻，我们许多项目驻地被砸，通信中断，急需国内支援，潘总帮忙转下，帮忙联系下外交部，我们很危险，急急急!!!”

“紧急情况。100多名暴乱分子包围我们驻地了。急急急!”

相关微博被转发超过13000次。在这些微博下面的评论里，很多微博网友开始出主意。有的建议打外交部电话，有人准备通过私人关系找个外交官。有人干脆呼吁：“外交部，我们的公民在国外被困了，你在哪里?!”

“我在这里!”这个午夜的微博社区，王亚丽的热血已经沸腾，她立即转发了徐峰的微博，并附加了简单评论：“外交部的前来报到，正在了解情况……”

之后她又发了一条微博：“已联系外交部领事司领保中心。他们已知悉所有情况，据说预案已经出来了，大家不要着急，坚持住!”

看到这条微博，徐峰心里似乎踏实多了。指望国内马上来人飞到自己身边是不现实的，一时困难也可以想办法克服，重要的是要有希望。现在他和在利的几万同胞知道祖国一定会来救他们的！王亚丽则彻夜坐在客厅里抱着电脑，和微博社区的徐峰一直保持对话。

凌晨6点45分，徐峰发微博称：“请大家放心，我们现在人员安全，我要去守夜了，最新动态实时更新!”

22日上午，真的是在一夜之间，利比亚局势和中国公民的境况开始成为微博社区的焦点，更成为主流媒体的中心话题。

“不，不能在此等死！不能让暴徒任意抢劫和摧残我们的财产与生命！”中国人不是吃素的，虽然他们谁都没有经历过战争，但施工队伍中不乏军人出身的领导者和组织者，许多人曾经还是民兵，他们懂得起码的自卫和有效的防御。

你看——我驻祖瓦拉某工地上：

公司经理从附近的兄弟工地得知暴徒们连续袭击的消息，打听了一下情况后，立即找来50多名挖掘机师傅，说：“强盗马上要来，你们给我用尽所有的本领，3小时内，在工地的四周挖出一条宽三五米、深三五米的壕沟！”

挖掘机师傅问：“干啥用？”经理说：“防狗咬！保命用！”师傅们顿时明白，一声“好嘞”，便立即发动起几十部大型挖掘机，左右前后、东南西北一齐挖，那情景好不壮观。与此同时，工地经理又组织其余人员将一切值钱的和有用的装备物资全部转移到挖掘机正在操作的中央地盘。

如此几小时下来，等到太阳从大沙漠落下时，一个用沙土垒起的庞大“城堡”崛起在工地上。果然，不出一小时，几群饿狼般的当地暴徒，驾着从另一个地方抢来的数辆汽车，从三个方向朝这边的工地袭来。等暴徒们抵达工地一看，当时就傻了眼，此地四周清一色的大深壕沟，人和车根本无法冲入其内。“妈的，走吧！到另外的地方去！”暴徒们愤怒地朝“城堡”内扫射了一阵枪子后，只得无功而返。

“壕沟战！嗨，壕沟战！我们是中国的建工队……”看到一群群暴徒悻悻地远离后，“城堡”内的中国工人情不自禁地边流泪，边用熟悉的《地道战》的腔调唱开了，那份胜利的自豪和心惊肉跳的经历，让工地上的几百名同胞悲喜交加。

这样的成功“战例”在东部迈尔季的中水电二局工地也用过，且非常有成效。这也使得中水电迈尔季营地能够完整保留下来，为在班加西地区的10000多名同胞提供撤离条件，立下了可歌可泣的功勋。

“撤！不惜一切代价撤出利比亚！”

22日中午至23日早上，利比亚境内的多数中国公司和中方人员陆续接到这样一个振奋人心的消息。这是祖国向危难之中的同胞发出的声音。它通过各个途径传递到了利比亚每一个有中国人的地方……

中土公司利比亚项目总部的年轻翻译马可为说：“我们的陈志杰总经理参加完张德江主持的应急指挥部会议后，便与公司财务主管乘土耳其航班，辗转抵达的黎波里。当他们带着祖国的决定回到公司营地时，我握着他们的手，只说了‘你们总算来了’这句话，就忍不住泪水横流。”

“哭什么？赶快组织我们的人，准备撤回祖国！”总经理陈志杰朝这位小伙子吼了一声，其实他自己也满脸泪水。

“特别行动小组”

这是外交部向中央报告撤离方案中的一个特别重要的预案，即在最需要时派遣“特别行动小组”。这个行动小组以外交部的工作人员为主，同时从公安部、商务部等部门抽调专业人员参加，到事发地代表中国政府或外交部负责处理现场情况，外交部内称他们是“工作组”，事实上就是特别行动小组。

不过我国的特别行动小组，与美国等西方国家通常派出的“特别行动小组”性质不太一样。电影电视里经常看到美国派出的特别行动小组，基本上都是武装人员，他们深入事发国家或地区，进行武装行动，如解救人质等。有的特别行动小组是以搜集情报、颠覆敌对国政权为目的的。我国的外交特别行动小组主要是处理撤侨行动，所承担的是和平使命，都是文职人员。

“现在的世界形势非常复杂，一些国家的政局不稳定，随时有可能出现政权更迭，一夜之间出现国家动乱，解救自己的侨胞是一个国家的使命和责任。近年来我国多次处理过类似情况。比如，2006 年汤加发生政变，街头枪声乱起，当地居民到处逃窜，中国侨民更是吓坏了。遇到这种情形，侨民们认为唯一保险的地方就是我们的大使馆。开始我们的大使馆根据所掌握的情况，以为也就几个侨民。第二天一早，使馆大门口突然出现了黑压压一大片侨民！大使吃了一惊，怎么一下冒出这么多人啊？原来，随着中国公民以令人震惊的速度和规模走出国门，中国政府对巨量的流动人口越来越难以做准确的统计。在许多来到汤加的中国人中，有的是合法进入的，有的是通过第三国进入的，有的根本就是非法进入的，还有的你就根本弄不明白他是怎么回事。大多数国民进入外国境内后，没有到中国大使馆登记的习惯和意识，而且很快分散，使馆所掌握的侨民情况与实际情况差异太大，这也是当下我驻各国使领馆所面临的一个尴尬问题。但事一出，保护和解救自己的公民是我国外交战线的使命。解救侨民，保障他们的人身安全这时成了重中之重。遇到此类突发事件，使馆自身就身陷险境，跟国内联系再不畅通，往往容易陷入被动局面。而且，中国外交队伍的编制基本上还保持着过去的样子，与迅速上升的国力和对外大开放的局面形成了巨大反差。如从1949年到1978年改革开放前，我国出境人数合计只有28万人次，而2011年时中国公民出境人数却已经超过7500万人次，但中国政府在海外负责领事保护的专业人员加在一起还不到500人。因此，派遣工作组前往事发地执行特别任务便成了一种惯例。他们一方面对国内的意图掌握准确，另一方面执行力强。近几年里，我国在撤侨行动中多次派遣过这样的工作组，效果十分明显。”参与撤离方案制定工作的领保中心副主任张洋这样介绍特别行动小组的职能与功效。

22日中午，杨洁篪外长从中南海回到外交部后告诉宋涛：“马上组建特别行动小组，挑最过硬的同志参加！”

“还要尽最大努力保护好他们。”张志军书记叮嘱道。

“嗯。”回答只是简单的一个字，宋涛心里却涌起千层浪。

每一次派遣这样的工作组，对部里的领导来说都是一件非常痛苦的事。参加特别行动的都是些年轻有为、政治素质高、业务能力强的小伙子，他们必须不惜一切代价完成任务，并做随时牺牲的准备……

“所有撤侨任务中，利比亚这一次面临的局面最危险，任务又最重，派谁去呢？”宋涛不免感到头痛。

“小彭，你把黄屏叫来。”他对秘书说。

当敲门声响起时候，宋涛深深吸了一口气。等黄屏落座，宋涛看了一眼自己的爱将，缓慢而坚定地说：“现在，利比亚的情况特殊，国内对前方的复杂情况了解少之又少，而且卡扎非政权与反对派之间的出招瞬息万变，加之我们在利的人员太多，必须考虑派遣执行特别行动的工作组了。”

其实黄屏在来的路上，心里已有三分数：“我明白，领导，我们一直在想这事来着。”

“那就好！你们马上会同干部司、办公厅等单位，迅速拟定名单，限3个小时组建完成，名单要送我过目！”

名单很快出来，一共21人，分为三个小组。他们中除了外交部抽调的人员外，公安部、商务部和国资委各抽三名人员加入。

黄屏带着名单来的时候，宋涛一边翻看他们的简历，一边问：“这些同志都有什么困难和要求吗？”

“没有。每个人都表示坚决完成任务，什么要求也没有提。”

“个个都是好样的。明天我要为他们送行！”宋涛的眼里渐渐闪出泪光……

“好的，我来安排。”黄屏的语调也难掩沉重，他马上吩咐郭少春他们迅速通知所有列入名单中的人员，必须在第二天即23日上午上班时全部到外交部报到，准备随时出发。

更需要交代一下外交部此刻正在进行的两件紧急的事：一是郭少春他们通知已确定的特别行动小组人员，让他们立即准备行动；二是与有关部门进行协调，确定航行路线后，联系办理飞行许可。

时间：00：10

“民航局，请你们马上调出两架飞机，准备飞往利比亚首都的黎波里。”外交部领保中心包机组向国家民航局发出指令。

时间：00：20

“驻利比亚使馆，请你们马上与的黎波里机场取得联系，通报我们明天有两架包机赴利执行任务，同时尽快联系办妥飞行许可。要以最快时间报告此事的落实情况。”外交部领保中心联络组向我驻利大使馆发出指令。

时间：00：30

“驻蒙古国使馆、驻俄罗斯使馆、驻哈萨克斯坦使馆、驻土耳其使馆……请你们注意，明天国内派出两架包机前往利比亚，途经你们驻在的国家，务请迅速办妥驻在国的过境飞行许可。”外交部领保中心联络组发出指令。

时间：01：00

“民航局报告，两架国航包机已准备就绪，听从外交部调遣随时准备起飞。”

时间：01：50

“驻利比亚王旺生大使报告，已派人赴的黎波里机场，但机场已处混乱状态，无法正常降落。建议我包机暂缓赴利。”

黄屏和郭少春一看这份报告，心头猛地一冷。按行动方案，特别行动小组之所以分三个小组，是根据现有我在利比亚人员分布情况设定的。他们将要到三个地方：一是位于北部的的黎波里，二是东部海港城市班加西，三是南部沙漠地带的塞卜哈。前方机场不能降落，特别行动小组尚未出动，行动已受阻。

“怎么办?”郭少春用目光询问黄屏。

“再等等看。”黄屏压住火气，他知道后面的难事何止一两件。沉着是前线指挥员必需的素质，他必须在领保中心几十号人面前保持沉着。郭少春知道自己也应该如此。

“小组的成员都通知到了吗?”黄屏问。

“全都通知到了，明天一早来部报到。”郭少春回答。

……

23 日清晨 6 点 30 分。黄屏刚刚往脸上擦了一把冷水后睁开眼睛，就有人直挺挺地站在他面前——是特别行动小组组长费明星。

“你来得还挺早嘛！任务清楚了?”

干练的费明星点点头：“是。”

“马上熟悉一下那边的情况，准备 11 点飞。”黄屏指指桌上一堆已经准备好的相关材料说。

“是。”

费明星后来向我介绍，他前一天在部里上班时，知道了利比亚的一些情况，晚上在跟一个朋友吃饭时还嘀咕说，可能部里会派出工作小组赴利比亚执行任务。不过他万万没有想到又会派他去。“事实上，我应该想到的。”费明星说。他说这句话是有依据的，因为费明星是有三次参与撤侨实战经验的外交官。

“2000 年 4 月，所罗门的霍尼亚拉发生骚乱，当地暴民见中国人开的商店就打砸抢，华侨生命处在极度危险之中。我国与所罗门没有外交关系，但那里有中国公民，保护他们的生命和财产安全是国家的责任。于是我国政府紧急商请澳大利亚、新西兰、巴布亚新几内亚等国政府帮助保护我侨民，那时我在驻澳大利亚使馆，作为国内工作组人员去了所罗门。有件事印象特别深刻。有个长得很像中国人的女难民，跑到我那儿，恳求救她。后来一问，她不是中国公民，我们不能带她走。她很愤怒地骂了一句脏话后说：'我要是中国人多好！'所罗门骚乱时，当地的唐人街被暴乱分子洗劫一空，到处是焚烧后的惨状，我国共接回了310名身处险境的侨民。"

费明星还有一次撤侨经历，是2006年的汤加政变。那时他已是使馆的参赞，配合国内完成了193名侨民的撤离。

"部里这回考虑派我到利比亚去，肯定是因为我有些实战经验。当时，郭少春问我能不能带一个小组到利比亚，我说没问题。一晚上老婆不停地辗转反侧，也不说话。天不亮，我悄悄起来收拾东西，在洗手间里正刮胡子呢，一扭头见老婆也起来了，眼圈红红地给我找了个塑料袋装牙刷。十几年相守，她知道我的工作意味着什么，虽然不知道我要去哪儿，但知道这肯定又是一次命运未卜的生死考验……"

外交部里有句话一直流传了几十年，那就是当年周恩来总理兼任外交部长时定下来的，他说中国外交官是不穿军装的"文装解放军"。外交部组建初期，许多高级将领加入外交队伍，周总理要求他们继续保持革命军人的优良作风。60多年来，中国外交队伍虽然在人员组成上发生了很大变化，但这个传统得到代代相传。

现在，费明星他们又要以"文装解放军"的身份，到那个遥远的、战火纷飞的异国去战斗了！如果是参战的解放军，他们每人手中都应该有武器。然而，身为"文装解放军"的外交官，他们不能随身带武器，他们只能用血肉之躯和一颗忠诚于国家的赤诚之心去迎接枪林弹雨下的战斗。

这是何等悲壮的考验！

这就是外交官的特殊使命！

费明星他们的特别行动小组人员庄严地接受了国家交给他们的生死任务

——为拯救身陷战乱中的数万同胞，赴汤蹈火在所不辞！

23日早上7：00，外交部领保中心接到我驻土耳其使馆报告，飞越该国上空的专机航空许可证办妥。接着，专机经蒙古、俄罗斯、哈萨克斯坦等国的飞行许可手续相继办妥。友好国家关键时刻真的很给力！

7：30，外交部为21名特别行动小组人员办妥护照。

8：00，黄屏召集陆续到齐的全体特别行动小组人员开会，交代任务。这是一次庄严肃穆、激昂悲壮的会议，出征的小伙子们不知，黄屏和郭少春却知道，杨洁篪向宋涛私下交代过：此次利比亚工作组任务艰巨，充满危险，要做好一切准备。“后面的话领导虽然没说，但我们清楚是什么意思。”黄屏告诉我，根据当时的情况，部里是做好工作组成员回不来的准备的。形势便是这等严峻，是战争就会有牺牲。

上午11：00，外交部南门。特别行动小组成员站成三排，组长站在排头。副部长宋涛以充满期待的目光，面对这些年轻而又淡定的面孔，发表了出征动员令：

“同志们，这次利比亚撤侨行动在我国外交史上是史无前例的。你们此行责任重大，使命光荣！你们肩上扛着的是中华人民共和国的重托，你们身上寄托着三万多个家庭的希望，请你们一定要带着受困同胞得胜归来，毫发无伤！等你们回来的时候，我一定去机场迎接！”

“保证完成任务！”回答气壮山河。

就在21名队员即将出发之际，宋涛突然提出，他要与每名队员照张相，于是年轻的队员们欢呼了起来，因为他们平时跟部领导单独合影的机会并不多。在一旁看着照相的黄屏和郭少春等领事司的同志鼻子有些发酸，有几名女同事预感到什么，要么走开，要么扭过身去，因为她们的眼里已满是泪水……

飞往的黎波里

的黎波里，那是一个什么样的城市？那是一个与中国直线距离超过万里的城市，我国民航开通这条航线还不足一个月，战争之火已经烧红了这个曾经风景如画的地中海城市。

现在，全世界都在聚焦战火纷飞的的黎波里。卡扎菲政权有被颠覆的可能，这让盼望已久的西方世界欣喜若狂。自命不凡的狂人卡扎菲坐在火山口犹自不知，狂妄地叫嚣着，举起屠刀准备对一切企图推翻其“王朝”的反对派施以血腥暴力。的黎波里到处都是新闻，被全世界瞩目。

就在中国派出特别行动小组前往的黎波里几小时前，驻利比亚使馆政务参赞王旭宏、华昱清前往的黎波里机场查看情况。他们到那儿一看，简直不敢相信自己的眼睛，几天前还好端端的一个国际机场，如今乱得像一个路边集市。机场工作人员大半不见踪影，荷枪实弹维持秩序的警察和士兵也失去了控制，数万难民将机场里外堵得水泄不通，到处是杯盘狼藉，垃圾遍地。枪声、喊声、尖叫声、绝望的哭声交织在一起，响彻机场，像是人间地狱。

难民的生命和尊严被肆意践踏，不时有被枪杀、被踩死的难民尸体像垃圾一样，被随意丢在一旁。在这里，人性泯灭；在这里，血泪横流。谁早一点离开，谁就能保住生命。

欧盟等数十国的飞机强行降落着陆，失控的机场跑道上挤满了失去理智的难民，他们不管不顾地疯狂拦截着一架架飞机，想方设法要登机逃命。

的黎波里机场彻底混乱了，惨剧不断发生，有可能还会加剧。现在，中国的特别行动小组必须抵达那里，不管代价有多大！

“你们必须推迟起飞！否则无法在的黎波里机场降落。”前方警告。

“不能再推迟了！必须马上起飞！”国内一次比一次紧急地催促。

“起飞也没有用，降不下来怎么办？”前方这样回答。

“降不下来也要起飞！从北京到的黎波里有十几个小时，飞了再说！”国内强行指令。

“起飞！”23日下午17：48，北京首都机场的一架专机，在呼啸中冲向云端，飞向那个地狱般混乱的地中海南岸城市……

“当时，偌大的机舱内除了机组人员，只有我们七个人。一上飞机，我就把小组人员召到一起开会。我说现在我们是一个战斗小组，一定要团结一心，然后我宣布了分工。我让曾经在利比亚待过的刘翔同志介绍当地情况。”费明星说，“看得出，接受紧急任务的小组全体人员个个精神饱满，同时也略显紧张。我要求大家先休息，自己跑到飞行员的驾驶舱内，要过机长手中的话筒，与外交部领事司通话。这是我有生以来第一次在飞机上用飞行员的电话通话，觉得很不一般，强烈地感受到此次任务的特殊性。”

“请问，我们到底飞往哪儿？”费明星询问道。

“现在还不能确定。”郭少春说。

“那怎么办呢？”

“等待通知。”

费明星与机长对视了一眼。没有办法，飞吧，往西飞了再说！这是少有的航空飞行任务。这是战斗任务。

回到机舱，费明星看看他的队员，没一个人睡。“怎么都没睡呀？”费明星有些生气，想这样质问，因为保持良好的身体和精神状态很重要。话到嘴边，没说出口，队友们有的在记笔记，有的在思考，他知道大家的心里不平静。身为组长的费明星，此刻的心情比队员们还要紧张和不平静。

“费明星，你是组长，我要叮嘱你两件事：一是到了前方以后，如果遇到一些突发情况，来不及跟国内请示报告，你可以自行处置；二是不用经国内批准，你可以雇佣当地的安保力量，怎么雇佣，什么时候雇佣，全部由你根据前方的情况做决定。明白吗？”

“明白。”

“费明星，我让你带这个工作组对你只有一个要求：你是中国派出的第一架专机，必须在第一时间冲进利比亚。现在情况不明朗，是从马耳他、埃及或是希腊哪个国家进入利比亚，还不能确定。你必须随时跟航空公司保持联系，第一时间冲进利比亚，把当地的情况报回来！明白吗？要不惜一切代价，把情况报回来！听明白了没有？”

“听明白了！”

费明星怎能睡得着！他的耳边不时响起临上机前，黄屏和郭少春跟他“咬耳朵”说的话。字字重似千钧，压得费明星喘不过气来。他心头的压力，外人并不知道，却被他儿子在看电视时发现了。

费明星临出发前在首都机场接受央视记者采访，他说："我们知道此行使命光荣，责任重大，我们将全力以赴做好工作。"

费明星的儿子在家边看电视，边对料理家务的妈妈说："嗨，爸爸今天可有一点怂。"

费夫人停下手中的活问："什么意思？"

孩子说："我看他说话时心里跟没底似的。"

费夫人笑笑没说话，只是意味深长地叹了一口气——那是作为外交官妻子深埋在心中的一份担忧。

此时身在空中的费明星并不知道他家里发生的这一幕。他最为关心的是他们的飞机能否"冲进利比亚"，从哪个地方往里冲。

黄屏司长在临行前一再用"冲"这个字提醒他，让他倍感压力。"冲"意味着什么？置之死地而后生？不管不顾冲锋陷阵，还是冲破险阻取得先机？其中弥漫着强烈的战斗气氛，他不能不紧张。费明星忍不住从飞机窗口向外看去，除了无边无际的黑暗，什么都没有……

要是天空没有国界多好！要是这个世界没有战争多好！那样我们的飞机想飞哪儿就飞哪儿，想到哪儿降落就可以"冲"向哪儿。世界都是一家人，我们住在地球村，何时能实现世界大同呢？

利比亚的几万同胞每一分每一秒都处在生与死的边缘，费明星45年来第一次感到焦虑和责任重大！他是行动组长，是探路者，是急先锋，身上寄托着大家殷切的希望和期待……

费明星不敢往下想。他再一次跑到机长所在的驾驶舱。

"刚接到地面电话，让我们在雅典机场降落。"机长给费明星带来喜讯。

"太好了！"当费明星把这个消息告诉队员，小伙子们立即兴奋起来。他们知道，雅典与利比亚仅隔一个地中海。

专机在雅典机场刚降落，参赞郑曦原便登上了飞机，与费明星接上头。

"什么时候我们能飞抵的黎波里？"费明星的全部注意力都在这一点上。

"不知道。只能等利比亚方面的消息。"郑曦原当头给了费明星沉重一棒。

"不能快一点？"费明星口气很生硬地冲比他资格要老不少的郑曦原问。

“这得问卡扎菲了!”郑曦原说。在远隔祖国万里之遥的异国，面对异常严峻的使命和任务，这两位四川老乡失去了往日的亲热劲儿。

费明星无奈地看看郑曦原，只得沉默。心急如焚的费明星他们，现在只能做一件事：等，等利比亚方面的消息。

“好了，可以飞了!”一个多小时后，郑曦原和机长几乎同时对费明星说。

“哥们儿，回国后我到川办好好请你撮一顿!”费明星猛地热烈拥抱住郑曦原说。

郑曦原则重重地拍了拍费明星的肩膀：“千万保重。”

载有中国撤侨第一特别行动小组的专机，呼啸着从雅典机场飞向地中海对岸的的黎波里……

在叙述第一特别行动小组的动向时，时间其实已经跨过了十几个小时。而这期间，利比亚的情况不断出现变化。当日，电视里播出了卡扎菲23分钟的电话采访，他猛烈地抨击他的反对派，称他们是基地组织的帮凶。

“你们是怎么回事？你们这些本·拉登的帮凶是在给我们的孩子洗脑，难道这还不清楚吗？所以，我将毫不留情地打击你们，直到彻底消灭你们!”卡扎菲一副誓死战斗到底的架势。与此同时，班加西的反对派营地大门处，两挺机枪不停地向天空扫射，以示他们根本不怕卡扎菲的恐吓。

2月23日，利比亚的局势全面进入拉锯式的战争状态，执政当局和反对派到底谁厉害还看不出。这正是最要命的时候——对无数在利比亚的外国人来说如此，对中国政府和执行撤侨具体行动方案的中国外交部来说也是如此。

“现在已经是24日了！第二架包机必须起飞!”黄屏再三权衡，经请示于24日凌晨两点向民航局下达了明确指令。

28分钟后，载着赴班加西、塞卜哈的第二、第三特别行动小组的第二架专机从北京首都机场起飞，目的地——“未知”。

机长得到的指令是，先向迪拜或开罗方向飞，到时再说。

此时，三个行动小组皆在天空，他们等待着未知命运的安排。利比亚啊，你太让人忧心如焚了!

……

“的黎波里，我来啦!”

现在是什么时间？当地时间24日零点刚过。

此刻谁最着急？

利比亚东部临时指挥部的中建最着急，班加西岸边少说还有五六千人没着落，他们在等待的后面接应的几艘邮轮还不知啥时出现在海面上……暴雨和枪弹同时在袭击他们，每一刻生命都在悬着。他们不着急不行。

东边，我驻埃及使馆也在着急，已经从利比亚边境过去的800余名同胞，现在正在亚历山大港口飞机场等候国内民航飞机来接，但一路经过的几个国家的通行许可证还没有着落。埃及政府已经给了很大面子，原先说好中国撤离人员直接从边境上接到机场后，直接上中国飞机回国，不在埃境停留。照这样下去，中国自己的飞机迟迟不到，意味着中国撤离人员就得在埃境长时间停留，问题就会发生变化，这属于“外交事件”，如何处理？“埃及各地白天尚不安宁，夜间又要宵禁，我们近千人在人家土地上，不好办呀!”我驻埃及使馆不能不诉苦。

西边我驻突尼斯使馆也在着急，他们那里同样已经有近千人从利比亚过境，回国的飞机还没有着落。估计再过一天，从利比亚边境口岸拉斯杰迪尔过境到突尼斯的同胞人数将达到三四千人。“突尼斯的边境小机场，平时只能飞一两个航班两三百名乘客，我们一下滞留三四千人，甚至更多。如果国内的飞机晚来一天，我们压力太大!”我驻突尼斯使馆报告说。

利比亚南部临时指挥部更急，到现在为止，他们这里的五六千人唯一的撤离通道就是天上了。假如天上不来飞机，他们只能困在卡扎菲军队和反对派武装最后决战的地方，处境不堪设想……

但是，最着急的还是深陷最严重危机的利比亚首都的黎波里我驻利比亚使馆的王旺生大使。

“我们需要同所有的中资机构和中方在利比亚工作人员落实情况，还要动员他们及时撤离，向附近撤离地点集结，安排何时走，一次走多少人，等等。现在光滞留在的黎波里机场的男男女女、老老少少就有几百名，他们已经在那里待了三天三夜，没吃没喝的，再不走会出大事的!”

“包机到底啥时候到啊?”王旺生大使让手下的人问了国内几十次，自己至少也催问了几十次。

“快了！就快了!”国内郭少春他们一次次这样回答他们。前方在骂国内的领保中心。

“我去骂谁?”黄屏浓眉紧锁，颇为无奈地冲郭少春说。

前方需要的一切也都是国内正在全力组织和处理的事。民航局、国资委、商务部……皆在全力协调处理之中。可是，可是对黄屏他们来说，现在最需要的是得到前方的指挥主动权。上百个撤离单位，几万的撤离人员，分散在面积几百平方公里的地方，相互之间从来不曾有过密切联系和协调，通信处在全面瘫痪状态，形势一天比一天紧张，西方诸国正在步步紧逼，要跟卡扎菲玩一把“绝杀”……在这般形势下，肩负国家撤离任务的外交部领保中心比火烧眉毛还急!

“眉毛烧了算啥，哥们儿、姐们儿快被烧身焚心啦!”唐立、张洋和朱家耀三位副主任说。

“战斗能否取胜，对指挥员来说，取决于心中对整个战局情势的了解和把握。做到心中有数，才能正确地指挥，才能争取战斗的胜利。”黄屏此刻心里比谁都着急的是，他掌握的利比亚境内的情况十分有限!

通信不畅是主要问题。断断续续、零零碎碎报来的情况需要分析、筛滤，而且重复信息、多头、出入极大，所有这些直接影响着国内领保中心的整体指挥与安排。因此外交部和黄屏、郭少春他们把向前方派遣工作组看得特别重要——事实上这也是整个撤离战役中最为关键的一步。

可是飞向利比亚的两架包机、三个特别行动小组至今还全都悬在空中……

“吉机长，你们快到了吧?”此时是北京时间24日凌晨6点左右，郭少春再一次直接同CCA060航班机长吉学勇通话。

“还有两个小时就能到达了。”吉学勇回答。

中国国航CCA060专机现在正处地中海上空。一个多小时后，开始从万米高空俯冲而下……地中海南岸已经在飞机航仪里呈现。

“报告，现在机外的气温为摄氏零下23度，的黎波里地面机场的风速为每小时70公里，有大雨……”70公里的风速等于8级大风，通常这是个不能降落的危险风速。

吉学勇看看仪表，又往机舱外瞅了一眼，然后将手中的握杆再次握紧。“地面给我们的降落时间有限，现在我们做好紧急迫降准备……”他镇静地向机组发出指令。

CCA060专机瞄准机场跑道，开始迎风俯冲……

“不好！前面的跑道上有个庞大的移动物！”吉学勇一声惊叫，机组人员的目光不约而同投向跑道上。可不是吗，只见一个方形的物体随风滚动着，正向专机下降的跑道方向移动着，移动着……吉学勇一把握紧方向杆，滑行的机身微微转向，小心翼翼地避开那个移动着的物体。

“是个集装箱。”

好险哪！吉学勇抹了一下额上的汗珠，向外张望了一眼，这就是的黎波里？外面黑乎乎的，没有地面人员来接应，没有通信信号。吉学勇拿出国内为他事先准备的利比亚制式手机与中国使馆联系，结果根本打不通。

“我们下去！”费明星他们行动了！

乘务长张奇峰帮助他们打开机舱门，突然一阵狂风，将费明星等人吹得七倒八歪。

的黎波里给了中国特别行动小组的小伙子们一个下马威。好在不是机枪子弹，而是飓风和雨水袭击。

费明星直起身，重新站到舱门口。怎么没人来管他们呢？他思忖着。依照国际惯例，飞机一落机场，舱门一开，地面人员便会上前给飞机接下机的舷梯，还有工作人员前来核对人数等程序。

利比亚的黎波里机场搞特殊不走这些程序？

“砰！砰砰砰！”突然，不远处几道细细的火光在黑暗的雨夜里闪动。

“是枪声吗？”有人问。机上所有的人都把耳朵竖了起来。

有人答：“估计是。”

这就是的黎波里。啊，的黎波里，我们来了——中国政府的撤侨工作组来了！

费明星等人的心头一下坚定了起来。

“没人管我们，我们就自己下！”费明星早已等不及履行前线指挥员的职责了。

“我跟刘翔先下吧！”李玥请求道。他是领事司认证处副处长，自然是费明星这组的得力干将。

“行，先到候机楼里看看情况，尽快找到我们的人。”费明星表示同意，并让他们带上一部卫星电话。

“报告司长，我们已经到达目的地。”费明星看着李玥、刘翔下去，心里却异常担心。他回头打开另一部卫星电话，在舱门口拨通了国内的电话。北京时间此时正好是24日早上8点，的黎波里时间应为凌晨两点左右。

“太好了！你们的任务，一是马上与使馆王旺生大使他们取得联系，二是把滞留在机场的200多名同胞送上飞机……”两天来心急如焚的黄屏接到费明星的来电，顿时振奋起来。现在，国内总算可以及时了解前方情况并直接指挥撤侨。

李玥和刘翔带着沉重的卫星电话直奔候机楼，一看情形就傻眼了。人山人海的现场，混乱至极，各式各样的人都在等候乘机，可是机场工作人员不知到哪儿去了，只有武装的军警在那里维持秩序。想逃离此地的各国侨民似乎并不在乎军警的阻挠，不停地想往机场里面冲，如此举动，换来的是一阵阵令人恐惧的怒骂声和“砰砰”的示警枪声。

两人不敢在候机楼里待着，便想走出去碰碰运气，看能不能租辆车子到使馆。从国内出发时，李玥他们得知我驻利比亚使馆距的黎波里机场也就一二十分钟的车程。

“你们是国内来的工作组吗？”正在李玥、刘翔四处张望时，一个急匆匆的中国人过来问。

“是，你是……”

“我是使馆的政务参赞王旭宏。”

“哎呀，是你啊，老王！我们都急死了，半天也联系不上你们呀！”李玥一把搂住王旭宏说，“我们一起来的人还没下飞机呢！”

王旭宏一听便说："那我先进去把他们接出来。"王旭宏哪能想到平时几分钟的事，这回他用了一个多小时才办成。这让费明星他们整整在飞机上待了近两个小时。

"我们的人在哪儿？我去看看。"费明星一到候机楼，第一件事就是想看看自己的同胞——他知道他们已经在机场待了三天三夜。"这个鬼地方，待一天烦死，待两天臭死，待三天想吊死都找不着地方！"接应的王旭宏指着挤得里三层外三层的候机大厅，对费明星一行说。大使馆于21日开始就在这儿准备送一批同胞出去，可就是出不去。现在在机场有两三百人，多数是妇女和儿童。

"你带我去跟机场的人说说，我要带我们的同胞马上离开这儿。"费明星提出。

"只能试试看。"王旭宏说他这几天几乎天天来跟机场的人说，希望他们安排中国人离开，但没一次是成功的。

费明星不懂阿拉伯语，见王旭宏叽里咕噜跟机场管理人员说了半天没什么效果，便把王旭宏拉到一边说："你当翻译，我去试试。"

于是费明星走到一位官员模样的利比亚人面前，说："我是中国政府派到这儿来接人的，希望你们帮个忙。"利比亚人只管摇头，并不答应。费明星又说："我们接人是为了他们的生命安全，这是因为你们国内发生了状况，所以我们才这样做的。"

费明星为了赢得对方的好感，便编了一个故事，说他家乡四川的人一讲起非洲，就会说非洲是中国的朋友。"既然我们中国与你们是朋友，朋友帮朋友，你们让我们的人上我们派来的飞机吧。""朋友"似乎友好了一些，但坚持认为机场已经管制，所有飞机都不能飞行了。

"那我们不是刚刚才飞进来的嘛！"费明星说。

"你们是进来，他们要出去就不行。"

活见鬼！费明星心里骂了一句，脸上却仍然笑眯眯地说："问题是我们的人已经在机场几天了，他们都是妇女和儿童，再不走，他们会有安全问题。"

"这个……这个我们也管不了。"

利比亚确实乱极了，乱到他们对自己国家的事都不知如何处置。

“能让我去看看我们的同胞吗?”费明星提出。

利比亚人答应了。他看到费明星还带了两个人，便伸手阻止：“只能去一个。”利比亚人态度很坚决，看到费明星肩上挎着照相机，便使劲摆手，一把抢了过去说：“这个不行!”

无奈，费明星只好空手随一个利比亚人向机场候机楼的一侧走去。在一个较偏的角落里，费明星看到横七竖八躺了一地的中国妇女和儿童，以及一些年岁显大的中国男子。

费明星的出现，令他们一阵骚动。“各位同胞，你们辛苦了!”不想费明星的一句开场白，顿时让现场哭哭啼啼起来，许多妇女甚至有些情绪失控。

“大家听我说，听我说，我是国内派来的工作组组长，我给你们带来了党、政府和全国人民的问候!你们的亲人也在家里等待着你们。我们还带来一架包机，是专门来接你们回去的!”

现场的哭声即刻变成了掌声和欢呼声。

“是不是现在就走?”

“走啦!”

“别急!大家别急!”费明星嘴里说着，额上却一下淌出了汗珠，“飞机到底什么时候走，我们使馆正在和机场协调，请大家相信，你们很快就能回家了!”

又是雷鸣一样的欢呼。

“走!你必须走了!”几个利比亚人对费明星生气了，他们又扯又拉地将他赶到了刚才的候机大厅。在这里，费明星见到了王旭宏和李玥、刘翔等同机的六名队员。

“把机场的事交给我们!你们上使馆去吧。”王旭宏见费明星不放心，便这样说。

到使馆的路并不算远，但费明星一行看了看王旭宏的小车，便知道这趟路绝对不好走。王旭宏车子后窗玻璃已被子弹打碎，两边的车门显然被硬器敲砸过。再看看机场外的道路上，一队队利比亚军人个个荷枪实弹，眼睛警惕地盯着每一个来来去去的人。“他们怕反对派的人混进的黎波里来，也害怕外国派间谍和特种兵到这儿，所以我们行动必须小心点，尽量表现出很光明正大的样子。”王旭宏说。

“我们本来就是光明正大来接自己的同胞。”工作组的队员们又生气又无奈地挤进王参赞和华为公司派来的小车里。一路上，与他们迎面而过的是一队队卡扎菲的军队。费明星和队员们真正强烈地感受到了战争的恐怖气氛。

“到使馆时，已经天亮。王旺生大使和使馆同志为我们备了热汤热饭，他们尽量表现出一副轻松的样子，可我心里有些痛，他们一个个脸色阴沉，难看极了！”费明星在接受我采访时说。

费明星虽然能够想象王旺生大使和驻利使馆的工作人员这一个星期来是怎么度过的，但如果不是亲身经历，再丰富的想象和猜测在残酷无情的现实面前都显得苍白空泛，面对一个个生死未卜的白日和恐怖异常的不眠之夜，对任何个人或是群体来说都是刻骨铭心、终生难忘的！

王旺生和使馆工作人员在过去的一周里，几乎把中国外交官在海外所能遇到的危险和困难都经历了。在西方力量的支持下，反对派势力迅速崛起，这时候中国坚持的尊重主权政府的外交方针，受到了最严峻的考验。这是王旺生大使最苦恼与无奈的时刻：当利比亚整个局势日益动荡，当局政府岌岌可危时，你还必须与之打交道和表态。

利比亚局势动荡的背后，有一只巨大的无形之手，那就是以美法为代表的西方世界。南斯拉夫事件中的中国使馆被美国强盗式地袭击，至今清晰地留在我们记忆中，王旺生和他的使馆同事不会想不起中国外交史上这少有的惨烈一幕。

“没有，我们真的没有感到特别惊慌和紧张，一直按照国内的指示，始终坚守在使馆。”王旺生只差十几个月就要退休了，就要永远离开他工作了一辈子的外交岗位。在采访他之前，我想象着这位大使一定有许许多多苦水向我倒，可是我竟然没有听到他的一句牢骚话。

在利比亚撤侨前后，国内有不少对他和大使馆的非议，比如说，他们事先对利比亚局势缺乏准确把握和预测，对在利中资企业和中方人员的情况了解太少，等等。王旺生听后十分淡定地笑笑说，从突尼斯动荡开始，他们就已经警惕和动员起来。当时他们就向国内报告了针对这一地区的看法：执政者长期以来搞独裁，下层民众诉求得不到合理解决，早晚将引发国家动荡。这些意见和情报对我国日后处理中东、北非地区的外交事务起了积极作用。

对于在利中资企业和中方人员，大使馆了解的情况与实际确实有很大出入，这也是后来加大撤离工作难度的一个突出问题。

“中国对外开放后，尤其是近几年，国内企业和普通公民在‘走出去’方面的动作比过去大大加大，渠道也多种多样，比如，在利中资企业，有的是直接投标进去的，有的是通过搭乘外国公司进去的，有的甚至是转承包第三国、第四方才进去的。这导致了我们官方估算的在利人数与实际人数有很大出入。利比亚时局一乱，中资企业、中方人员都来找我们使馆，都希望使馆帮助他们解决困难，使馆工作人员全力以赴，扶危济困。我们问心无愧，认真履行了国家赋予的职责。”王旺生大使说。

在王旺生大使身上，有一种可贵的精神和心态：任何时候，听不出他的急躁，听不出他的埋怨，听不出他的情绪，听不出他的夸张，实实在在，平静始终，机智大度……这不就是一个职业外交家的素质和国家大使的典型形象吗？

我听到许多关于王旺生大使和使馆工作人员在大撤离前后的感人故事。

当国家决定撤离后，使馆通知到某中资企业时，对方拒绝接受撤离命令，理由是他们公司在利的承包工程有十几个亿的金额，且项目已近收尾阶段。“如果现在走了，我们损失太大！”公司负责人这么说。

“撤离是国家的命令，你的手下有上千人，他们的生命更重要。”王旺生说。

“人的生命固然重要，但国家利益我必须捍卫！”公司负责人态度坚定，仿佛只有他是国家利益的守护者。

“你要相信，只要利比亚主权在，只要我们使馆在，我们就不会放弃中国在利比亚的利益。”王旺生回答。

“那我服从你的指令，我们同意撤！”这位公司负责人终于答应。第二天，公司派人来到使馆，找到王旺生大使，说光有口头的承诺不行，大使馆还得给他们公司做后盾。他们的项目工地人一走，所有设备和东西都没有人管了，请使馆出面帮助他们跟当地武装或长老联系联系，争取请对方保护好公司的项目工地，以便利比亚日后稳定时再回来完成项目。

“这没问题，你们放心撤就是了。”王旺生痛快答应。

后来王旺生大使派武官和参赞数次冒死穿越炮火连连的战乱区，跟当地长老商谈，请他们看护中国公司施工工地，并签订相关协议。这类事王旺生大使和大使馆做了不计其数。试想一下，当一个个中资公司的撤离人员大举离开施工现场，甩下追赶他们的暴徒和躲避子弹炮火之时，王旺生大使和使馆工作人员却与撤离人员逆向而行，去那些最危险的工地找武装力量或长老们谈判，请求对方出面保护中方公司利益。这是何等的精神？这样的事，王旺生大使自己也说不清做过多少件，使馆也没有记录过，他们只告诉我一句话：“这都是使馆的义务。”

我知道这义务是要用生命去履行的。

那批滞留在的黎波里的人员以妇女、儿童为主，其中有十几名年轻妇女是前面提到过的女留学生。在她们遭受暴徒围攻的紧急时刻，使馆人员挺身相救；她们决定撤离时，校方坚持“要走就放弃学籍”的态度，为此，王旺生大使多次出面与校方交涉，直到校方最后同意我留学生撤离，同意保留她们的学籍。

在的黎波里，除中资企业外有一批以私人名义来投资的中方人员，他们大多是开饭馆或办旅行社的。撤离的指令下来后，这些人不愿离开，他们担心自己的小本经营泡汤，也有人怀着看看再说的侥幸心理，消极对待撤离。

王旺生大使只得派人去做工作，去一次不行，就去两次，实在动员不了，王旺生大使还得亲自出面。“都在打仗，你生意何来?”王旺生对中国小老板们说。

“赚不了钱，也不能血本无归。”小老板回道。

“命要紧还是钱要紧?”

“两者都要紧，眼看投资就要泡汤了，人想办法毕竟还能活着。”

“人能不能活下来，今天说了不算，明天、后天你能保证就活得下来?”

“怕啥，你王大使不也在这儿待着吗?”

王旺生大使只能苦笑：“我是代表国家，只要政府没有撤使馆的命令，我就得做到人在使馆在。你不一样，你的钱和你的命是你自己的。”

小老板开始对大使肃然起敬：“那……我们跟你一起走!”

王旺生又笑："我是大使，即使利比亚口岸海关全关了，他们还得放我出去。你不一样，到那时你就出不去了。"

小老板一想，说："对，还是听你的，我们撤！"

王大使和大使馆在利比亚撤侨过程中，除了指挥成千上万人的国企大队伍，还要做一些分散的不知从哪个地方突然冒出来的个体户和自由散居中国公民工作。

首批准备从的黎波里撤离的人员，原计划在21日、22日就要走的，但一直联系不上飞机，后来国内决定直接派包机来接应。可利比亚航空当局处在混乱之中，连人都找不到，办中国飞机出入港的许可证难住了王旺生大使他们。好不容易拐弯抹角找到利比亚方人员，人家说："你们中国跟我们友好，干吗要撤？"王大使他们说："你们这儿乱了，不安全。"人家满不在乎地说："不会乱，子弹飞不到你们中国朋友的头上。"那人刚说完，就被不知哪儿来的子弹打掉了他的下巴，血流如注。王旺生他们拿到的中国飞机在的黎波里机场的出入港许可证能闻到血腥味……

战乱时的大使是最难当的。

23日，在听说国内派出的飞机已经从北京起飞后，王旺生大使就和使馆人员清点滞留机场的第一批准备回家的中方人员，以便飞机上能坐多少人就走多少人。就在这一天的凌晨时分，王大使还没有起床，使馆工作人员在迷雾中看到一个蓬头垢面的中国人摇摇晃晃地向使馆走来。他身上只穿着一件短袖衫，手里拿着一个塑料袋。他说他在一个日本企业工作，老板不放他走，所以连回国的工资都不给他，他的相机也被收走了，只给了他一瓶矿泉水和一个面包。"我走了四天四夜，我想回家，我想只有找到我们中国的使馆我才能回家……"这位黄先生到利比亚才十几天时间，人生地不熟，他说他能走到大使馆，要归功于他平时爱好摄影。"那天我从使馆办证后，在去那个日本公司的一路上，沿途拍了不少照片。我这次亡命逃难，就凭这些照片上的路标和街景。"黄先生哆嗦着从塑料袋里拿出几张照片，这是他的救命稻草。

"你们是我的救命恩人！"为照顾受尽苦难的黄先生，使馆破例在第一架，也是唯一一架直接到利比亚接侨的包机起飞时，安排他与其他222名中国妇女和儿童一起离开的黎波里。

“再见了，的黎波里！”

“别了，战乱的利比亚！”

北京时间24日13点30分（当地时间24日上午7点30分左右），的黎波里机场突然响起“请中国乘客马上登机”的广播，已在候机楼等待三昼夜的200多名中国妇女和孩子及部分老年男子，激动得热泪盈眶。他们纷纷拎起随身行李，走向出境口。

“中国人走了！”

“中国人多幸运！”

几万人拥成一团的大厅内，又是一阵不小的骚动，各国侨民用无比羡慕的目光看着中国人从死亡线上离开……

25分钟后，CCA060航班迎来瞬间露出的一片晴空，腾空而起，朝着东方古国飞去。

“各位同胞，大家好！欢迎乘坐中国国际航空公司的包机。我是机长吉学勇，现在我和机组全体人员，向你们表示祝贺，祝贺你们胜利回家！希望国航的这次飞行能将祖国的温暖传递给你们，祝大家旅途愉快！”

机长吉学勇通过机舱内的广播刚说完这番话，机舱内便爆起一片欢呼声。

“我们回家啦！”

“感谢国航！”

“祖国万岁！”

此刻，地面上的王旺生大使对费明星说：“向国内报告吧，CCA060包机已载223名同胞从的黎波里起飞……”

“黄司！我是费明星，现在向你报告……”

利突边境，上演万人方队……

“费明星啊费明星，部里派你带队冲向火线是干什么的？利突边境现在有上万同胞出不去，你好意思闭着双眼睡安逸觉？起来！立即出发！”费明星惊出一身冷汗，“噌”地从地板上跳起来。

“黄司，我没睡！郭司，我真的没睡！”费明星瞪大眼睛，四周寻觅黄屏司长和郭少春副司长……人呢？他们没在我身边嘛！费明星揉揉眼，明白自己是在做梦。

“费明星！费明星！回话！回话！”卫星电话里传来的真是黄屏司长的声音！

“黄司，有何指示？”费明星迅速用卫星电话请示国内。

“现在你们在哪儿？”黄屏问。

“在使馆。”费明星一边接电话，一边见身边的几位队友像几年没睡过觉似的，东倒西歪地躺在地板上，便用脚一个个踢醒他们。

“利突边境和米苏拉塔都很吃紧，这两个地方的撤离一线，你小组全权负责。出了事，我向你问罪！”黄屏的口气很凶，凶得很像巴顿将军。他顿了顿，很快又换了种口吻：“你也一定要平安回来！把你的小组成员都平安带回来！无论谁出了事，我都饶不了你！”费明星听了这话，心里既沉重又温暖。

费明星他们到达的黎波里后，由于王旺生大使不同意他们马上到前线去，无奈之下他们只好等着使馆下达可行的通知。“也就眯瞪了一两个小时，这不，国内的紧急指令就把大家全叫醒了！”李玥其实没睡，他悄悄地用 QQ 跟国内的领保中心同事发了上面的这句话。

这一天，费明星着急死了，他想出去到的黎波里街头看看局势，王旺生大使不让他去，说是外面乱得很，要出去也必须坐他的车。可他的车随他忙着跟当地各中资企业和利比亚政府部门及相关人士联络千头万绪的事情，根本没有一点空闲工夫给费明星他们用。下午费明星主动与东部班加西、中部米苏拉塔及南部塞卜哈的中方前线临时指挥部取得联系，得知中部的米苏拉塔形势相当紧张，便又想连夜去那儿。

“那里在打仗，我要对你们的生命负责！再说，我们的武官在那儿，眼前的事由他处理。”王旺生还不松口。

“我们不是来吃干饭的！”血气方刚的费明星哪受得了这般束缚。

“这样吧，今晚你们先到武官处去住下，等候我的出发通知。”王旺生大使考虑了一下说。

这一夜费明星和队员们虽有地方落脚，但每时每刻都心急如焚。好不容易盼到天明，但大使馆依然没有下达允许他们出发的通知。

“不行，我们必须行动了！我们是国内派来的工作组，得对撤离全局负责。”费明星在请示国内和征得王旺生的同意后决定，小组一分为三，由他带懂阿拉伯语的宗宇、公安部出入境管理局的林先昱和使馆的李庆生，负责去利突边境打通那个地方的万人撤离通道；再派李玥和商务部的郭虎到米苏拉塔；剩下的队员留在使馆帮助协调和联络。

谁心里都清楚，前往利突边境和米苏拉塔的两支小分队，等于是往死里冲，那两条路线从23日起，已经完全处在混乱之中。当时，卡扎菲和反对派都想控制对首都的黎波里形成直接威胁的胡姆斯和扎维耶，而这两个城市及其周边，是费明星他们两个小分队必经之地，此番征程，凶多吉少。

临行前，费明星命令小分队成员把从国内带来的全部装备都武装在身上，什么防弹衣、头盔、警棍……没有当过兵的年轻外交官们颇有些新奇感，仿佛有了真正军人的样儿。

“不行，头盔不能戴。你这一戴人家不知你是哪个派的，弄不好子弹先朝你飞来。”王旺生大使不建议他们戴头盔。

“警棍也太显眼，你一带它，反而让对方感觉你有袭击他的可能。这也不要带了。”王旺生大使又说。

“防弹衣最好穿在里面，不能露在外面。”

刚刚全副武装的小伙子们全被王旺生大使卸了个光，有些泄气。“这样反而更安全。”大家最后觉得王旺生大使的意见是对的：我们既然是为人道与和平而来，就要让激烈打仗的双方理解，最好以平民与和平的方式出现。

费明星拿出从国内带来的两面国旗，自己留了一面，同时给了李玥一面。“关键时刻，它比什么都重要。”他说。

第一特别行动小组要分开出发了！作为组长，费明星神情变得异常凝重，他看了看从一架飞机上出来的队友，他们的表情也异常凝重。“同志们，现在我讲几句话……还是像在飞机上说的，如果我们几个人出发了却没能回得了家，但两三万同胞能够平安回家，那我们就没什么可遗憾的了，因为祖国和人民会永远记着我们的。请牢记我们的任务！”费明星用简短的话做了战前动员。

“我们七个人合个影吧！省得到时……”有人提议，但大家互相对视了一下，没人响应。合影没有照，他们只是相互拥抱了一下，那是无声的、生离死别的拥抱！

“出发！”费明星带队上车。他的小分队最先行动，共四辆车，其中有两辆是中资公司的随行车。费明星雇的是两个利比亚司机，他们相对熟悉路况，并且能应对路途上的突发事件。

车子启动的那一刻，的黎波里城内突然响起连续的巨大爆炸声，显然是反对派所为，政府军立即无目标地回击，于是枪声响成一片……

“我们绕道而行。”坐在副驾驶座位上的费明星对利籍司机说。从的黎波里到利突边境口岸拉斯杰迪尔路程并不远，近300公里，中间经过扎维耶、塞卜拉泰和祖瓦拉，而这三个城市则是反对派在控制班加西之后，从西线围攻首都的黎波里的主要阵地。卡扎菲自然清楚，东部的班加西失控后，他已经等于断了一只左胳膊，如果西线这几个城市再失去，那么好比他的右胳膊也被砍断。

因此从24日起，扎维耶、塞卜拉泰和祖瓦拉的争夺战到了白热化的程度，而从这一条路逃向突尼斯的难民也是最多的。当东部的利埃边境关闭后，西线的利突边境就成了唯一一条可以从陆路撤离的通道，几十万各国难民纷纷拥向拉斯杰迪尔口岸，使得这一小口岸基本处于瘫痪状态。

究其原因，除了它无法一下接纳这么多的人员出境外，更重要的是口岸海关人员大多数是外籍雇员，他们早就逃之夭夭了，留守在那里的只有少数利籍职员和大批军警。口岸的混乱可想而知，然而想从这里走出去的中国公民有万人之多！

形势十分严峻。国内领保中心最为担心的就是这多达万人的同胞被困在这东不着村、西不着店的沙漠之地，后果将不堪设想！

泰山之担，现在压在费明星他们肩头。

小分队刚出的黎波里不到10公里，突然大路中央出现一队持枪军人，远远地在挥手。

“像是卡扎菲的军队。靠过去。”费明星轻声命令司机。

哪知司机做了一个与费明星命令相反的动作，猛地刹车停住。

“为什么？”费明星的心一下提到了嗓子眼。

“我不敢过去。他们会把我们当成班加西派来的……”司机吓得已经在打哆嗦。

“你这样不更容易被他们怀疑吗?”费明星觉得司机思维有问题。

“不行。我不敢。”司机坚持道。

费明星无奈，只得带着队友宗宇从车子里下来。他想这样也好，可以让前面的军人看到他们是中国人。

“中国人，你们到哪儿？干什么去?”当费明星往前走时，那些持枪的军人远远喝问道，示意费明星他们把手举到头顶。

“我们是中国政府派来的外交人员，到拉斯杰迪尔口岸去帮助我们的人撤离。”费明星边说边让宗宇翻译，并且亮出护照。

军人们并没有放松警惕，枪口一直对准费明星他们。验明身份后，进行搜身，费明星很聪明，离车时有意把手机塞在座位底下不易被找到的旮旯里，但宗宇的手机却被没收了。

宗宇有些急了：“这个我有用!”

费明星赶紧使眼色：让他们拿去吧。

第一关并没有将费明星他们怎么样，但他们却损失了三部手机、一部照相机。这也足够要命的，不管是小分队，还是随行的中资公司人员，没有手机等于聋了耳朵。最引人注目的是那部卫星电话，利方军人没有见过这机枪似的玩意儿，非要没收，费明星极力坚持道：“我们是中国政府派来你们这儿撤侨的，如果没了它，我们就无法与国内联系，也没法及时通过我们的使馆与你们政府有关部门取得联系。”军人们听了费明星的话似乎觉得有些道理，眼睛却盯上了车上的一箱箱物品。

费明星心领神会：“搬！让他们搬几箱!”

这算是第一道关。可就是第一道关下来，帮费明星开车的两个利籍司机开始不停地嘀咕起来，说他们不敢顺着大路走了。费明星也看到，军人们在盘查他们几个中国人时，有军人拿着枪，直接对着两个利籍司机的头，叽里咕噜问了一大通，那口气就像是查问间谍似的。

费明星想了想，觉得司机的话也有道理，绕道走可能会少一些盘查的关卡。

于是，四辆车避开大路，由司机引领，时而穿梭在村庄与沙漠荒野之间，时而越过城镇偏僻的非干线公路。小分队哪里知道，这些地方其实同样是反对派武装和当地准军事部队厮杀之地。

“趴下！趴下！”

“我们是中国外交官！”

“叫你趴下！”

“听我们向你解释……”

“闭嘴！闭嘴！”

在一个小城路口，一队准武装人员见费明星他们的车队过来，上前不分青红皂白将车上所有的人拉下来，然后用枪命令他们一个个举起双手，俯卧在地。费明星想开口告诉对方自己的身份，人家根本不予理会，一顿吆喝之后，又在车上抄了个底朝天。有个头头模样的人一把揪起费明星问：“干什么的？”

“我们是中国外交官，去拉斯杰迪尔，那里有我们的中国公民需要帮助出境。”费明星说。

“那里不能去！”

“为什么？”

“没有‘为什么’，那边在战斗，你们中国人不能去。”

费明星从对方的口气中品出一些味道：对方在怀疑我们中国人的立场。利比亚动乱初期，由于中国政府在联合国有几次没按照西方国家拟定的制裁利比亚政府的方案行事，使得利比亚国内的一些反对派势力认为中国偏袒卡扎菲政权。这种误会在当时确实存在。

“请你们相信，我们中国政府从来不会干涉你们国家的内部事务。我们尊重你们国家的主权和人民意愿，同样也希望你们尊重我们的权利。现在你们的国家在打仗，我们那些前来帮助你们盖房修路的公民无法工作了，他们要通过拉斯杰迪尔口岸回国，我们前去帮助他们过境，这就是我们往那边去的全部目的。”费明星严正陈词。

准武装人员用拳头捅捅费明星和其他队员的背心，他们知道是防弹衣。“脱下来，留给我们吧。”这个要求是否算对方某种回应？费明星等相互使了下眼色，有队员说，给吧，不给走不了啦！

“先别忙着脱。”费明星用眼色制止，“要给也是我给。”战友们的安全是费明星心头另一个重要职责。

“是这样。”费明星换了一种口气，向纠缠他的准武装人员解释，“你们知道，我们是政府派出来的人，所有身上的装备，在国内时都有签字，是不能丢失的。如果要其他的东西，你们可以挑。”

又是一番折腾，车上再次被搜刮走一批物品。

“这样下去，我们到口岸差不多只剩下裤头和背心了！”队员们沮丧地调侃起来。

“只要能活着到边境，即使被扒光了也算是一种经历吧！”费明星一面鼓励战友，一面指示大家收拢一些密藏的现金：“后面的关口，恐怕得靠这些‘武器’了！”

“如果用这个‘武器’能保全我们的性命，那就阿弥陀佛了！”车上的人说。

前面就是扎维耶了！费明星他们远远就听到了城内激烈的枪声，通往扎维耶的大大小小道路上，奔走着各式各样逃命的人群，混杂其中的武装人员不时开着乱枪，其情其景，令人恐惧。

“费，你能放我回家吗？”利籍司机突然一脚踩刹车，把车停在路边，哭丧着脸乞求费明星，“我有老婆和四个孩子，他们希望我活着回去……”

要命！这是费明星最担心和忌讳的事之一。不是离开了雇员他费明星不能开车，而是有利比亚人在车上，一路与利方各种人员沟通起来必然好处多多。费明星看看两个司机，皱了皱眉头，然后和蔼可亲地道：“我知道你们担心生命安全，这能理解。不过我们现在确实需要你们的帮助，因为在你们利比亚边境上有我们上万人过不了境。他们原先是来帮助你们盖房子、修路的，他们家里也都有老婆和孩子，他们也想回家跟家人团聚，可现在就是因为出不去，面临被你们的人乱枪打死的危险。一万多人啊！这一万多人都是你们的朋友，是来为你们建设家园的中国朋友……我们就想请你们帮帮忙，把我们送到边境，事后你们就回家，行不行？”

司机沉默。

“那好吧，如果你们一定要回去，就把这个带给你们的家人……”费明星掏出两沓现金，分别交给利籍司机。

“我们上车吧。”费明星朝自己的队友挥挥手。

“费，等等，我们去！我们愿意跟中国朋友一起到拉斯杰迪尔！”两名利籍司机改变了主意。

费明星笑了，高兴地腾出驾驶座。车队继续向扎维耶挺进……

“嗒嗒……”不知从哪儿突然响起一阵猛烈的枪声。“趴下！”“趴下！”费明星一个骨碌，从车子里翻滚出来，然后摔倒在路旁的一条浅沟里。他伏在地上，见车上的其余几人学着他的样子，全都连滚带摔地贴地伏在沟里。

“回国后有人问我，子弹从头顶飞过是什么感觉，我告诉他们，啥感觉都没有。因为那一瞬，我们的脑袋里都是空的，啥都不知道了！”费明星后来经常对熟人这么说。

过了一阵，枪声消失，子弹不再从头顶飞过了。费明星拢了拢头发，把尘土拂掉，想竭力表现得镇静，但他发现自己说话时舌根有些硬。再看看大家，一个个脸色铁青。什么叫恐怖？这是真正的体验。

好一阵子车上死一般地沉默，没有一个人说话，只有隆隆的发动机轰鸣声，长龙般的飞尘在车后被甩得远远的……

前面又是一个关卡。几十名警察见费明星他们的车队过去，一拥而上，举着冲锋枪、短枪，不问一句话，像赶鸭子似的将费明星一队人赶到一个角落。“完了，这伙人是要对我们下手了！”有人轻声说。再看两个利籍司机的裤裆全都尿湿了。

“死也要死个明白。”费明星让宗宇跟着他，跑到一个头头模样的警察身边，先是套近乎，再是聊天。

“你们最好不要出声了！”那警察头目狠狠地瞪了费明星一眼。

小命真的要交待了？费明星把嘴紧闭上，上牙咬着下唇，心想，就这么完了？自己完了不要紧，边境上一万多名同胞怎么办？不行，临死前至少还得争取一下。

“你看我们……”费明星刚张嘴，那个警察头目就用手做了一个“NO”的动作，说："现在外面在戒严，你们不能行动!"

原来如此！费明星一下瘫在地上。他回头示意同伴："你们还站着干吗？就地休息吧!"

"不杀我们啦?"队员们欢呼起来。

"没人想杀我们，是他们在戒严……"费明星觉得自己的后背一下变得冰凉冰凉的，像淋了一场雨。

"从的黎波里到拉斯杰迪尔口岸，我们绕了500多公里，走了整整8个小时，前后经过50多个关卡。这期间，每一次经历，都可以写成一部小说的惊险片段，用'惊心动魄''生死考验''彻底崩溃'这样的词来形容当时的情景，我看一点不过分。总之，到过最后几关时，我们的神经基本上麻木了，要剐要毙，随他们办，只要放行就成!"费明星后来在给我讲述这段经历时，连续用了几个"不堪回首"来形容。

其实，费明星他们遇到的惊险和困难才刚刚开始。

"怎么回事？他们为什么出不去?"一路上，因费明星对拉斯杰迪尔口岸的情况不是很清楚，自然满是疑问。

等到了拉斯杰迪尔口岸，费明星才知道什么叫乱七八糟，什么叫乱象丛生。一个边境小口岸，四周是一望无际的沙漠，几间房子周围，聚集了准备出境的各国难民，有几万人之多。海关大厅里早已挤得水泄不通，口岸附近的几块足球场那么大的沙漠地上簇拥着坐满了人，在他们身边，是小山一样的垃圾堆。

口岸建筑的门框和栏杆不是破碎就是断裂，持枪的军警在人群中来回穿梭，一旦发现可疑者，上前就是一阵拳打脚踢，若有反抗者或逃跑者，必定被无情地击毙……这就是拉斯杰迪尔。费明星找到几个中国工人问利比亚方面为何不放行。

"我们没有证，他们就不放我们!"中国工人有气无力地说。

"你们来这儿几天了？共有多少人?"

"两天三夜了，有500多人。"

"有生病的吗?"

"有，前一天夜里下暴雨，他得病了。"有人指指地上躺着的人说。

费明星过去俯下身子，拍了拍躺着的工人，顺手在他额头上一摸："可能发烧了！"

不能这样下去！必须尽快想法让他们出境。费明星一下感到问题的严重，因为除了这里的数百名中国工人外，整个西部地区还有近万人正在向拉斯杰迪尔口岸集结，他们将同样面临无证出不去的问题。

正当费明星想着如何应对眼前的困境时，突然他发现一群又一群的中国工人带着惊喜的神情向他奔拥过来。他以为出了什么事，心头一阵紧张，他们要干什么？但他马上就发现，工人们并没有扑向他，而是绕过了他……

费明星回头一看，哟，原来是宗宇把他们带的那面五星红旗高高地举了起来。

"我们来人了！"

"我们有救了！"

中国工人们围着国旗，转啊转，说啊说，有的甚至高唱起来，好像见了久别的亲人，好像冬日里看到了太阳……费明星感动了，国旗、国家，对那些在海外遭受苦难的同胞们来说精神慰藉是如此之大，他们对其热爱和依恋的情感是如此强烈，这样的感动也许只有在海外才能真切体会，才会珍惜其分量！费明星的眼眶一下湿润起来。

"来，把它高高地竖起来！"工人们真的有办法，也不知是谁，三下两下就把宗宇手中的国旗用一根杆子挑起，高高地竖在那片沙漠地上，于是四周原本零散坐着的中国同胞们纷纷围在了国旗跟前，有人在哭泣，有人在抚摸它，更多的人在凝视它……这一幕，费明星牢牢地印在了脑海之中。

"同志，你们是国内派来的工作组吗？我是中南院的，这里口岸的情况我比较熟悉，你们需要我时尽管吩咐！"一位年轻的女同志意气风发地主动过来向费明星请战。

"请问你的大名？"

"我叫高晓林，是森林的林。"

费明星笑了，心想，真是一位很有男性化风格的女同志。"晓林同志，刚才我到口岸上与利方人员交涉时，发现他们对我们的态度很不友好，你知道是怎么回事吗?”

高晓林将费明星拉到一边，轻声说：“是我们这队人白天想过关，可身上又没证件，于是跟利方海关人员顶起牛来。生气的中国工人把口岸的门给踢坏了，这样利方人员对我们中国人的态度也发生了变化。”

原来如此！

费明星沉默片刻，叫上宗宇，出现在那几个利方头目面前。他把自己的名片递上，陈述自己是中国政府派到此地的工作组组长，对方爱答不理地瞥了一眼名片，说了一句不冷不热的话：“我管不了这事，你们去找头儿。”

辗转了三个来回，费明星总算知道口岸上最高的长官是利比亚军队的一位“司令”。

“不行，他们没有证件，我们不能放行。”那位司令很傲慢地回答费明星。

这可怎么办？费明星只好回到工人们待的地方，拿起卫星电话向国内请示道：“黄司，碰到难题了……看来得找利方高层来帮我们做口岸工作了！”

“好的，我们马上处理。”

……

“王大使，请你设法与利比亚方面联系……”

“明白。”

北京和的黎波里的外交专线在黄屏与王旺生大使之间频频连通。

半小时过去了，王旺生大使告诉费明星，利方外交部副部长答应帮忙跟拉斯杰迪尔口岸的负责人通话。

好消息！费明星精神一振。

可又过了一个小时，口岸方面仍然没有动静，那位司令的态度仍然很生硬和冷淡。

“王大使，能把那位副部长的电话给我一下吗？我想直接跟他通话。”费明星等不及了。拉斯杰迪尔口岸上，每一个小时都会增加几百几千逃难者，秩序越来越乱，军警却在随意开枪伤人，饥饿、寒冷、绝望之中的中国工人们的情绪也在不断激化，随时有可能导致无法抑制的恶果。

“可以。”王大使很快让利方的外交部副部长跟费明星通上话。

“我们正在跟拉斯杰迪尔口岸联系。”那位副部长很热情地告诉费明星。

费明星觉得时机基本成熟，于是他又一次出现在那司令面前：“长官，我们的人没有护照并非他们不想带，也不是没有，护照有的放在你们移民局，有的被当地的坏蛋抢走了。这是没有办法的事，如果我们的人不离开这里，也会给你们带来很多麻烦。”

说着，他拿出一份国内郭少春他们传来的“回国证”，这是为那些因特殊原因失去护照的海外中国公民特别制作的证件，上面用英文写着姓名并盖有中华人民共和国外交部印章。“您看，我们可以用这样的回国证替代他们的护照，在其他国家我们曾经用过。”

那司令瞅了一眼，然后把证件还给费明星，冷冷道：“不行！”

奶奶的！费明星气得直想骂，但他还是强压怒气，赔着笑脸继续解释，讲理。

“想走可以，第一，你要把回国证明改了，上面的英文要改成阿拉伯文。”那司令开口了，“第二，必须贴上每个人自己的照片；第三，照片上要盖你们大使馆的章。”

费明星一听就傻了，眼下这个时候，能搞得定这三样东西吗？

“搞不定你就不要来找我。”那司令的口气很强硬。

这回费明星知道不能再跟对方硬了：“好吧，我们一定按照长官的意见办！”

说完这话，费明星自己先犯起愁来：“荒漠野地，到哪儿去给那么多人照相啊？”

“我们可以帮你们照啊！”这回司令反倒热情起来。

“是吗？”这是费明星没料到的。

不一会儿，司令真的把照相的人找来了。费明星很高兴，可仔细一看，又跳了起来，那人用的是数码相机，照完了到哪儿去冲洗照片呀？

“祖瓦拉有冲洗照片的商店！”照相的利比亚人说。

天哪！祖瓦拉现在去得了吗？即使去成了，那洗照片的商店还在吗？再说就算这些问题都不存在，可等照完冲洗好再送到这里要多少时间呀？

“快的话，两天就办到了！”照相的利比亚人说。

“两天？还要两天?”费明星眼珠都要瞪裂了。

“一定要贴照片?”

“一定!”

“不贴行不行?”

“一定不行!”

费明星不用动嘴，盯着司令，用眼神跟他交流。司令不动声色，眼神傲慢，一副居高临下的神态。

明白了，他是想假公济私赚点零花钱！费明星不再跟司令讲道理，他知道对方要什么了。

“准备照片吧！我们就按他们的意思办!”费明星对中国工人们说。

照片问题解决了!

英文改阿文怎么办?

“喂喂，谁懂阿拉伯文?”费明星问大伙。

“我懂。”

“我行。”

“好，就你们几个，跟着我们的小宗。他怎么写，你们就照猫画虎。”

现在只剩下大使馆的印章了。有人说，这不难解决，用肥皂或是萝卜刻一个章就行啦！费明星一瞪眼：“胡闹，丢人现眼都丢到非洲来了!”

是啊，章怎么解决？费明星作难了，世界各国的海关人员可以不通识各国的文字，辨别不清出入境人员的面孔，但对每个国家的印章是必须要熟记的，也就是说哪个国家的国徽是什么样，他们都烙在脑子里，这是海关人员的职业要求。

费明星无可奈何，只好给的黎波里的大使馆打电话。他看了一下表，是当地时间半夜1点多。电话打过去，是大使夫人接的：“费组长，大使出去办急事了，没在使馆。”

费明星内心一阵感动，王大使都是58岁的人了，还在没日没夜地工作!

“这边有几百人出不去，他们没有证件，海关不放他们走，非要盖使馆的章。我估计这种情况还会有，我想派人回去取一下使馆的章。”

“哎呀，这我可做不了主。”大使夫人说。尽管她也是使馆的工作人员。

“使馆的章只有一个呀！”她补充说明道。

“嫂子，人家并没有说一定要使馆的章。既然没有说，我们就拿个使馆其他什么部门的章用一下。”

“明白了。我马上找。”大使夫人回答。

费明星立即派人前往的黎波里。“抄近路，越快越好。最好在天亮前返回这里。”他叮嘱道。

“明白。”取章的人走后，费明星马上着手让宗宇和高晓林等与口岸海关方面联系，争取让他们给予中国工人出境方便。

一阵寒风刮来，费明星打了个冷战，下意识地将里外衣服紧紧裹了一下。可当他把目光转向坐在地上的那些同胞时，心里一阵紧缩，外面太冷了，他们又几天没吃饭，这样下去怎么行呢。

“决不能在非战斗情况下减员！这一条适用于你们工作组的成员，也适用于所有撤离的同胞！”黄屏司长临别时说的话，突然在费明星耳边回响。

费明星看看露宿在沙地里的同胞，心头一阵酸痛。这些有家有室的同胞，不远万里来到非洲，本来是想给家里挣几个钱的，没想到现在却露宿荒野，身无分文！如果明天再走不了，病倒一片该怎么办呢？想到这里，费明星心头顿时紧张起来。

“让在的中资公司先垫钱，我签字，以后还他们。快去给工人们买点吃的！另外，看看附近店里能否弄到毛毯什么的，大伙不能这样在野地里睡觉嘛！”

“我去。”宗宇主动请战。

办事利索的宗宇很快把这些搞定。面包和矿泉水都买来了，每人两个面包、两瓶矿泉水。

“还需要吗？店里还有。”宗宇问。

“给人家留一点，别全买光。”费明星说。

“为啥？”

“你买光了，这里还有那么多其他国家的公民，他们去买怎么办？别招人家恨我们！”

费明星的话令宗宇等人佩服。

宗宇又说："那老板说了，毛毯可以弄到，不过价钱贵。"

"多少钱？"

"比平常大约贵两三倍。"

"不算贵，若有人冻出毛病的话，要花的钱就更多了！买！一人一条最好，不够的话两人盖一条也行！"

四五个小时后，296 床毛毯发到了工人们手里。冻得瑟瑟发抖的工人们拿到毛毯时，激动得直嚷嚷："这是国家给的。"

"真暖和啊！"

一晃眼，就是早上五六点了。太阳从东方升起，风还是吹个不停，但费明星感到无比欣慰，因为他看到几百名熟睡的同胞身上都严严实实地盖着毛毯……

费明星有些激动，鼻子酸酸的想掉泪，但他忍住了。他知道，新的一天已经到来，更大、更艰巨的战斗等待他去迎接！

这天是 26 日，按照国内的指示和大使馆提供的情报，将有 4000 多名中国同胞集结到拉斯杰迪尔口岸，并且必须在当天撤到突尼斯那边。

任务全都压在费明星身上，他的肩膀上现在扛的是整个驻利使馆的重担，是中国外交部的重担，是中国政府的重担，是亿万中国百姓的期待！

费尽周折去的黎波里取使馆印章的人回来了，拉斯杰迪尔口岸中国万人大撤离战幕，即将拉开！

首先必须争取利比亚口岸方面给我们开辟一条专用通道，否则这么多人要走多长时间呀！这个任务交给宗宇和高晓林。费明星和林先昱等人组织队伍准备行动。

在费明星的指挥下，撤离同胞很快完成了编队。每 20 人一队，每队有一个小队长负责全队秩序。

这时，公安部出入境业务出身的林先昱在一旁忙着按利比亚口岸司令提出的三点要求为中国同胞做回国证……

不说别的，几百个钢印盖下来，手酸背痛。林先昱使劲起落着胳膊，盖得满头大汗。

费明星过去一看，说："你把前面20张给我盖得清楚点，其他的就少花点劲儿。"

林先昱笑了笑，明白了，后面再盖时，他的胳膊省了不少劲儿。

拉斯杰迪尔口岸最高长官的办公室里，宗宇、高晓林一副与司令很熟悉的样子，将准备好的几份重新制作的中国公民回国证递上去，让其过目审定。"司令，我们可是完全按照你的指令办的，可费劲了！我们整整忙乎了一夜……"宗宇做了个胳膊都抬不起来的痛苦状。那位司令一边看着中方的回国证，一边瞥了一眼宗宇的可怜样儿，心头似乎得到了极大的满足。

"就这样吧！"司令说。

"噢，太谢谢司令了！我们中国和利比亚是永远的朋友！"高晓林猛地伸出双臂，无限热情地上前要给司令一个拥抱，就在离他身体还有半尺的地方，她突然将双臂迅速收拢回来，做了一个伊斯兰教合掌致意的动作，弄得那位司令忍俊不禁。

费明星的热血都在沸腾："宗宇，现在就看你和高晓林能不能带第一批队伍闯关成功了！"

"没问题！"宗宇也受到感染，身板挺得笔直。

"费头儿，我有个建议……"高晓林对费晓明说，"第一批闯关的20人，最好由我们中南院昨天没能出去的人组成，他们素质相对高些，如果给利方海关人员留个好印象，后面的人就会通畅了！"

"就这么办！"

"准备出关！"费明星一声令下，第一支由中南院职工组成的20人出关队伍向出境口走去。

高晓林走在最前头，后面由宗宇压阵。

特制的中国公民回国证放到出境口的利方海关人员手上，那人看了看，疑惑起来："这个……"

"这是经你们司令同意，并且按照他的要求补办的。你看，用的是阿文，有他们的照片，这儿是大使馆的章……"高晓林立即凑过去说。

“可是人家用的都是护照。”那人还是疑惑。

“你都认识我了，我们中国人出境都是我带出去的。不会有错，你们司令都认可了……”高晓林正说着，那位司令正好从旁边路过。

“司令，司令！我们的回国证是按照你的要求做的！”高晓林特意把一份回国证递到司令面前。

司令似乎已经懒得再看一眼了，对海关人员点了点头：“让他们过吧！”

“是！”那海关人员立即握住出境章，“啪”的一声敲在中国公民回国证上。

“走！快走！”高晓林激动地将一个又一个中国工人送出出境口……20人很快，高晓林又带着他们走向第二道关口。

“报告组长，第一批顺利通过，快让后面的人过来！”宗宇悄悄地在出境通道口用对讲机告诉百米外的费明星，对讲机是中资公司留下来的，这回工作组可派上大用场了！

“好！”费明星一挥手，第二支20人队伍疾步跟在第一支队伍的后面，以同样的方式办完出境手续。

“第三队跟上……”

“第四队准备……”

……

“报告组长，我们所有的人都出去了！”这是宗宇的报告。

“都出去了？再说一遍！”费明星看看手表，也就一个多小时。他的心在剧烈地跳动，如果是真的，太值得庆贺与激动了！

“是，都出去了！”宗宇重复一遍，用更大的声音。

“好！”费明星立即给国内的郭少春和黄屏发了一条短信：“滞留利突边境的600余名无护照人员顺利出境。”

不出一分钟，国内就有了回信：“奇功已成，再接再厉！”虽只有短短的八个字，却让费明星觉得如同得了一块奥运会金牌，他在沙地里兴奋得直蹦。

“大使，我们闯关成功，请迅速通知西部撤离的各中资单位马上向拉斯杰迪尔口岸集结……”费明星通知我驻利使馆。

“明白。”

26日这一天，拉斯杰迪尔口岸是属于中国的。对于忍饥挨饿、思家心切的中国撤离人员来说，这是一个异常出彩、异常兴奋的日子，值得永生铭记。

成千成千的大队人马浩浩荡荡开来了。这是一支奇特的队伍，他们整齐划一地乘车而来，显得纪律严明，训练有素，可他们乘坐的车辆却是五花八门，各式各样，有卡车、面包车、拖斗车，甚至还有当地的警车。很多中资公司跟当地人关系非常和睦，利比亚地方武装或是军队听说为他们盖房子的中国朋友要离开了，专程出来欢送，场面很是热闹。

费明星感慨万千，这世界上什么事都可能发生，在利比亚更是如此。

几千人要出境，办手续得花多长时间呀。这是现场总指挥官费明星需要考虑的。他沉思片刻，把中资企业的领导找来分配任务。不管眼前这些大老板掌握着多少亿的资产，号令着多少万员工，费明星顾不上跟他们客气："你们现在每个单位就是一个战斗团，我们今天几个团都要出去。因出境的人太多，需要加强组织，严明纪律，否则会节外生枝，误了大事。大家必须一个方队一个方队地组织好，每个方队400人，方队每排为20人。这样前面走完一个队，后面紧接上去，中间要衔接好，不能掉队或是断队。每个方队要有方队长，每20人排队要有小队长。听明白了没有？"

"明白了！"

"好，回去组织列队！"费明星站起身，指着不远处一块他早已看过的空地说："所有队伍都在那里集合整队，以我们的国旗为中心点。现在行动！"

"是！"

"行动！"

公元2011年2月26日，利比亚拉斯杰迪尔口岸，在数万外国难民面前，中国员工站在迎风飘扬的国旗下，气概昂扬，精神焕发，展示着独有的风采。他们肩上挎包，手握护照或是回国证明，一个个像刚入伍的民兵。虽然服装五颜六色，个头高矮不一，但他们的步伐坚定有力，步调一致地向着回国的方向迈进。

"现在是中土方队出境。"

"宏福方队跟上……"

一个个出境方队开始向海关走去，方队前是费明星他们小分队的队员，手中都举着一面鲜艳的国旗。一个方队走完，就有第二个方队紧跟上，那一面面国旗就在方队之间传递。当国旗从同胞身边传递而过时，一张张带着自豪的脸上泛着光辉，他们似乎在合唱“祖国好”“中国好”的歌……这样的场面不会有太多的重现，它比电影镜头还要精彩、还要感人！

这是撤离出境吗？

这简直就是一个阅兵式！

这是人心惶惶的难民队伍吗？

这简直就是钢铁长城！

利比亚海关人员看呆了！边境军警看呆了！成千上万疲惫不堪的外国难民看呆了！他们都被眼前这支整齐而奇特的出境队伍所震惊，中国人太了不起了！

“你们为什么能让中国人出去，却不让我们出去？”海关大厅内的外国公民开始羡慕，责问利比亚海关人员。

“你们能像中国人一样有纪律吗？你们的国家派人来组织你们出境吗？”海关人员反问道。

没有人回答。于是只有中国人可以这样出境。

26日这一天，费明星粗略算了一下，共有3200多名同胞从拉斯杰迪尔出境。他把这个数字及时向国内做了报告，同时又向的黎波里的王旺生大使做了报告，并请他们转告我驻突尼斯使馆，以便中转接应。

与此同时，王旺生大使向费明星他们转达情况——27日当天，将有近5000人通过拉斯杰迪尔口岸。

“明天比今天的人还要多啊！”沙漠营地里，宗宇与费明星肩靠着肩，一边吃着从工友那里捡来的中国产火腿肠，一边望着夜幕下天空偶尔露出的几颗星星，做着新一天的战斗准备。

“你怎么吃这么多！”公安部的林先昱冲过来一把抢掉宗宇手中的火腿说，“这东西少吃一点，有瘦肉精！”

“去你的！”宗宇怒了，一把又从林先昱手中抢回火腿，然后往自己的嘴里猛塞，“什么瘦肉精不瘦肉精！老子觉得今天的火腿是世界上味道最好的中国火腿！不信你问问费头儿！”

同样在猛吃的费明星笑了：“我已经有五年还是十年没吃火腿了，现在看来是个错误。至少在今天看来，我认为火腿是世界上最好的东西，它既能当菜又能当饭。”

露宿荒野，又冷又饥，当紧张的战斗停歇下来时，才感知身体的疲惫与辛劳，同时也能体味战斗的特殊乐趣。费明星和他的队友其实根本不能休息，各个点的撤离队伍此时都在从四面八方向口岸集结，电话时断时续，无法确定各支队伍的路线与到达时间。关键是拉斯杰迪尔属于边境地区，利比亚边防军依然存在，反对派的武装也已经进入这一地区，混乱之中双方常常把往拉斯杰迪尔口岸撤离的各国侨民队伍误认为是敌方队伍，所以危险随时存在。这让费明星他们异常担心。

“费组长，现在中铁十一局的40多辆车被边防军扣留，你们马上派人过去营救！马上！”27日凌晨，大使馆方面向费明星传来紧急指令。

“宗宇，你和小陈马上过去看看是怎么回事，想办法带他们过来！”费明星命令宗宇和使馆的小陈立即去执行任务。

“是。”

宗宇和小陈叫上驾驶员，向扣留中国公司车辆的利比亚边防关口驶去。到了地方一打听才知道，这支撤离车队在经过利比亚边防时，边防关口关闭了。

“怎么办？”宗宇来电请示费明星。

“能怎么办，找他们当地的警察和边防军啊！”费明星说。

于是宗宇他们赶紧寻找当地的警察，向他们说明情况并请求帮助。警察倒是很热心，很愿意帮忙。跟边防军沟通时，要多费些口舌，宗宇解释说因为要赶在27日出境，车队必须一早到达拉斯杰迪尔口岸。警察见边防军士兵有些犹豫，便打包票说：“我可以替中国朋友保证，他们没有问题。”

“走吧！”边防军终于开启了关口。

“车队过来时，我正好站在路旁看着。当时大约是凌晨两三点钟，我远远地看到一支浩浩荡荡的队伍，前面是警车闪着警灯引路，后面是清一色的翻斗车改成的运人车队。每辆翻斗车的翻斗里坐着30多人，整整齐齐。工人们真听话，我们的国企公司也真能想得出这招。晨曦下，所有的车子前面都闪着两道明亮的灯光，它们一辆接一辆地驶向拉斯杰迪尔口岸，十分壮观。这是我第一次在夜景里看到如此多的车辆威武地从我身边驶过。当时我想，我们在利比亚干得真漂亮，利比亚人也非常给力，应当感谢他们。”费明星后来这样回忆道。

这支队伍到达拉斯杰迪尔口岸后，费明星他们及时与口岸的海关人员协调，使其成为27日首批从专用通道过境的中国公民。1000余人整齐有序，在一面中国国旗的引领下，迎着朝霞，略显几分雄赳赳地列队进入突尼斯……

“报告！不好了！我们丢失了一车人！他们还在边防关口那儿被扣着……”过境的中资公司突然向费明星报告，说他们在清点队伍时，发现少了几十个人，而且这些人根本就没有到达拉斯杰迪尔口岸。

这太危险了！

“林先昱，你和李庆生快去看看是怎么回事！”费明星顿时急出一身冷汗。几十人散落在边境地区，一旦遇上打仗，死在炮火之下实在不足为奇。费明星能不急吗？

这回是林先昱亲自驾着他们从的黎波里开来的面包车上阵。

“行吗？”费明星第一次放自己的人在异国开车，而且是去执行紧急任务。

“不会有问题！”林先昱踩下油门，向出事地点飞驰而去。

果不其然，就在今天凌晨放行的那个边防关口，当地警察局把一辆车上的几十名中国工人扣住了，而且车辆也被没收了。

“车辆已经被征用。”警察说。

林先昱从工人的口中得知，他们坐的最后一辆车不是翻斗车，所以当浩浩荡荡的翻斗车车队通过边防关口时，边防军发现最后一辆车与前面的不同，认为可能是另外一帮非法越境者，于是将其扣住，并交给了当地警察局。

“他们和刚才那批过关的人是同一家公司的，请放行吧。”李庆生说。

警察摇头说：“他们没有护照，什么身份都没有，怎么证明你说的他们是中国人呢？所以我们要扣留他们。”

这个问题一下把李庆生、林先昱难住了，是啊，在这样敏感紧张的时期，一群什么证件都没有的人来到边境，边防军和警察扣住他们完全在情理之中。

他们明明是中国人，但他怎么来证明呢?

“你可以看我的证件，我是中国政府派来的撤侨工作组的，我可以证明他们是我们中国人!”李庆生再次与警察交涉。

“不行，你的证件只能证明你是中国人，但不能证明他们。”警察摇头，抱歉地冲林先昱笑笑。

“他们会唱中国国歌!”突然，李庆生灵机一动，高声对利方警察说。

“唱中国国歌?”

“对，如果不是中国人，他即使会说几句中国话，一般也不会唱中国国歌!”

“这道理……似乎成立。”警察点点头。

李庆生立即转过身，向几十位中国工人说：“大家听好了：立正，向左转，一起唱国歌!”

工人们一下明白了，纷纷自觉列队。

“预备……唱!”

“起来! 不愿做奴隶的人们! 把我们的血肉，筑成我们新的长城! 中华民族到了最危险的时候，每个人被迫着发出最后的吼声……”几十名中国工人不知哪来的力量，声情并茂，唱得很投入，把国歌唱得那么高亢昂扬、充满情感!

利方警察被镇住了，不错，他们都在唱，都会唱。

“你，出列，唱!”一个警察指着队伍中的一名工人说。

于是那工人昂着脖子，大声唱道：“起来! 起来! 起来……”

“还有你! 唱!”

于是那名中国工人唱道：“我们万众一心，冒着敌人的炮火，前进! 冒着敌人的炮火，前进! 前进……”

“走吧。你们都是中国人!”警察热情地鼓起掌来，然后对李庆生一挥手道。

“出发!”李庆生带着队伍走路，林先昱驾车返回报信。

大路上，这群失散的中国工人兴高采烈地走向拉斯杰迪尔口岸。三公里的路途上，他们一直高唱着国歌。

这可以成为经典的一幕。

这是中国人在异国他乡证明自己身份的经典一幕。

费明星见同胞们唱着国歌走到口岸，放声大笑，笑出了眼泪，那眼泪里饱含着感动，饱含着深情。

27日白天，拉斯杰迪尔口岸再次出现中国人壮观出境的场面，仅北京建工集团一个单位，就开了182辆车子来到口岸。当时费明星他们划出的中国撤离营地集结的人数达4000余人。如此多的人，集体出境谈何容易。他们在费明星等人的指挥下，先在集合区域列队准备，再按单位组成一个个巨型方队，每个方队前面都有一名费明星工作组人员做领队，每名领队手中举着一面五星红旗，五星红旗指向何处，后面的方队就会整齐地紧随其后……

400人……400人……

又是400人……

原本乱哄哄、吵嚷嚷、悲切切的拉斯杰迪尔口岸，因为庞大的中国出境队伍的出现，一下变得庄严肃穆，变得井然有序。

"中国人太厉害了！"

"中国人太了不起了！"

看着一队队中国人走过利比亚边关，口岸上聚集的其他国家的几万难民既羡慕又感慨，就连在口岸上工作的利比亚人也是如此。

夜幕降临，边卡关闭之时，中国西线撤离队伍已基本全部出境，任务提前圆满完成。

当看到最后一个方队走出拉斯杰迪尔口岸，走向突尼斯境内时，费明星倒下了，倒在了沙地里。他四肢张开，朝天空深深地喘了几口气，然后侧过头问也躺在沙地里的宗宇："今天撤走了多少人？"

"4736人。"宗宇回答。

"没有算几十名越南人。"一旁的林先昱说。

"那不是我们的任务。"宗宇说。

"算是我们的情谊吧！"费明星的脸上露出一丝笑意，他在回想当时越南人趁海关人员松懈之际，混进中国撤离队伍的情景……

"报告费头儿，有越南人混进我们的方队，怎么办？"有方队队员向费明星报告。

费明星开始有些紧张，怕这样一来给整个中国人员过关造成麻烦，便犹豫起来。

“大哥，我们中越两国是同志加兄弟，让我们一起走吧！”几名越南人操着中国话，来乞求费明星。

费明星看着眼前可怜兮兮的越南人，内心泛起几分怜悯和痛楚。让他们一起走吧，出门在外都不容易！

这些越南人后来都安全地出了海关。

28日，费明星一行完成任务，国内指示他们立即撤到突尼斯境内。也许是过于劳累，也许是过于兴奋，当越过突尼斯边境线，看到等候在那边的我驻突尼斯使馆人员时，费明星这几个身强力壮的小伙子竟然一个个瘫倒了……

“快告诉我们，现在你们最想吃什么好吃的？”我驻突尼斯使馆接应人员扶着英雄的特别行动小组的小伙子们一路问着。

“什么都不想吃，就想洗个澡，睡一觉。我们五天没洗了。”费明星吃力地说。说完他自己笑了，队友们跟着笑，使馆接应人员也在笑。他们一起笑得直不起腰，笑得地中海岸边浪欢风舞……

木棉花开

■李春雷

编选按语：

这是在中国改革开放政策推行多年之后，通过历史的回望，对改革开放初期主政广东省的任仲夷不惧艰难险阻，坚持改革开放不动摇经历事迹的生动报告。作品围绕人物的国家担当、前沿思维、务实精神、坚毅性格、智慧胆识、无私奉献等方面为切入点，在较少的篇幅里传递呈现出很多当年推行改革的内部消息和任仲夷勇于担当的精神与性格。作品内容丰富，人物性格形象鲜明，文字语言激情优美。虽不是最早反映改革题材的作品，但却是反映改革题材的作品中最为成功和优秀的作品之一。

到广东上任的时候，他已经66岁了。面皱如核桃，发白如秋草，牙齿全部脱落了，满嘴尽是赝品。心脏早搏，时时伴有杂音，胆囊也隐隐作痛。但他显然还没有服老，一米七一的个头，80公斤的体重，敦敦实实，走起路来，风风火火，踩得地球“咚咚”直响。

省委门口有一个副食店，每天凌晨三点钟，市民们揣着鱼票、油票、糖票等花花绿绿的票证，开始在这里排队抢购。什么物资都缺，广东产鱼，广东人更喜欢吃鱼，可市民们每人每月只有五角钱的鱼票，而且还不能保证供应。副食店7点30分才开门营业，买鱼人的队伍长长的，比鱼还多。排在前面的阿公阿婆实在困倦了，要回家再睡一觉，于是就放下一个个替身：一把凳子，一顶帽子，或者一只菜篮子……

几天后的一个傍晚，他又来到了深圳的文锦渡口。放眼望去，河对岸就是被英国政府租管的香港，高楼大厦，灯火璀璨。而自己这边呢，黑灯瞎火，四野无声。

就在一年前，这里曾经发生了一起震惊全国的大逃港事件。七万多饥民身背行囊，扶老携幼，面对着荷枪实弹的边防军，冒死闯关，出逃香港。一位村党支部书记向着黑压压的人群哭喊：“跟我回去！跟我回去！”因为在跑过界河的人群中，还有他患难多年的妻子。但隔着界河抛过来的却是一句比石头还要生硬冰冷的诅咒：“死了以后骨灰都不要吹回这边来！”

黑格尔称中国历来就是一个“灾荒之国”，亚当·斯密则认为中国下层农民的生活状况，比欧洲的乞丐还要凄惨。

枯黄的秋风吹乱了他的满头白发和满心愁雾。

这一顶白发，这一腔愁雾，就是1980年11月的中共广东省委第一书记任仲夷！

疯狂的年代过去了，苦难的中国终于找到了自己的轨道，而濒临香港、澳门和台湾的广东省还是一片低地。长期以来的战争思维，国家在这里基本上没有工业项目投资；交通更是落后，京广铁路在广东境内竟然全是单行线。从广州到珠海、深圳，中间都要转乘四五次轮渡，需要花费一天的时间；农业也不行啊，是全国最大的缺粮省份，虽然国家每年都要调进5亿公斤，但仍是饥肠辘辘，路人相闻。1979年全省工农业生产总值人均只有520元，远远低于全国平均数字636元。还有一个数字更让粤人汗颜，偌大的广东省，面积是香港的200倍，而每年的创汇总量却不足人家的十分之一。与台湾相比，更是无法同日而语。

台湾海峡对岸的蒋经国一直在宣称，让共产党划给他两个省，看看国民党的治理水平。香港、澳门也像两颗复杂的眼睛，在冷眼观望着这一块沉浮未定的大陆。

也许正是这诸多的原因，中央政府才下决心在广东试办经济特区，先行一步。于是，在前任书记习仲勋上调中央后，就选派了他。

应该说，在共产党的高级干部里，任仲夷是一位少有的既懂政治又懂经济的通才。青年时代，他在中国大学攻读的专业就是政治经济学；抗战时期，他曾担任八路军某军政干部学校校长，并主编了党内第一本《政治经济学》教材；建国后，长期担任黑龙江省委书记，他的政绩至今仍然传颂在松花江畔；主政辽宁三年，这个“文化大革命”的重灾区，不仅政局平稳，经济发展更跃至全国三甲之列。

可他毕竟已经年近古稀，又是第一次来广东，这一片土地，能接受他吗?

省委大院里植满了榕树，这南国的公民，站在温润的海风中，悬挂着毛毛茸茸、长长短短的胡须，苍老却又年轻，很像此时的他。

但他似乎更喜欢木棉树，高大挺拔，苍劲有力。二月料峭，忽地一夜春风，千树万树骤然迸发。那硕大丰腴的花瓣红彤彤的，恰似一团团灼灼燃烧的火焰，又如英姿勃发的丈夫，用刚健的臂膀傲然挽起娇美的新娘，虽然来去匆匆，却也轰轰烈烈……

他的血液像珠江一样奔腾起来。

他摸了摸满头秋草，似乎那是蓬蓬勃勃的南国春芽……

查阅《中国统计年鉴》：1978年广东省的经济总量为185亿元，列全国第23位。可仅仅到任仲夷离任的1985年，广东已经赫然位居榜首。短短的几年时间，这是一个怎样超常规的跨越啊！

二十多年后的今天，回味那一场硝烟散尽的“战争”，好多故事仍然令人瞠目结舌，不可思议。

放开物价、市场经济、私营企业、出让土地、政企分离、股份制、外资银行……在那个严格的计划经济体制年代里，这一切都无异于玩火弄险，又无异于雾中疾行，而路途中又是一个个隐蔽的雷区，随时都有可能被炸得人仰马翻……

2007年8月，我应邀到广州采访丰田汽车公司，晚上和广东作家吴东峰、鲍十诸位喝茶。聊及广东经济已超越香港地区、新加坡和台湾省时，话题自然而然地谈到了已故的中共广东省委原第一书记任仲夷先生。吴东峰兄喟然长叹，任仲夷是广东的恩公，实在应该写一笔。

此时，窗外桂兰氤氲，室内茶香袅袅。我心内猛然一顿，似乎感应到了一个神圣使命的深情呼唤。

在哈尔滨，我曾听到关于他亲手研制和推广冰灯的传说，那里的人们至今仍然尊称他为“冰灯之父”；我也去过辽宁，他冒险为烈女张志新平反的故事更是妇孺皆知。其实，在座各位并不知晓，我与任仲夷本是同乡，相距不过百里，他的传奇在我们冀南一带也早已广为流传。

于是，年底的时候，我再一次赶到羊城，开始了有关任仲夷的采访。

很多广东人至今仍能清晰地记着当年的“鱼骨天线”风波。

经济状况稍稍好转，广东沿海地区的不少家庭开始有了黑白电视。可有了电视却没有可看的节目。大陆电视台节目频道少，信号不稳定，且播出时间太短。很快，不知谁发现了一个好看处，那就是香港电视节目，只需要一根带有放大器的鱼骨架形天线，用竹竿伸进天空，指向东南方向，就可以直接收看。于是，美味的食品，漂亮的服饰，欢快的主持人，批评总督的辩论，自卖自夸的广告，还有邓丽君的情歌，恋人的拥抱和接吻……香港人竟然是这样生活的！资本主义社会原来就是这般模样？

一时间，家家户户效仿，很快就普及到了整个珠江三角洲，连广州市中心高高矮矮的楼顶上也发豆芽般地长出了密密麻麻的“鱼骨天线”，像向日葵一样，仰望东南。

当时正值全国舆论开始猛烈围攻广东的时候，“鱼骨天线”事件犹如火上浇油，再次引爆了海潮般的谴责声，又赶上中央主抓意识形态工作的负责人正在酝酿发动“排除精神污染”活动，广东更成了众矢之的。

“香港电视每分每秒都在放毒！”

“广州已经香港化了！”

高层某领导公开批评：“广东变修了，变烂了！”有关部门更将此定性为“反动宣传”，必须“坚决打击，依法严惩”。不少内地城市甚至打出了“反对广州的精神污染”的标语。

“资本主义道路”属于意识形态的高压线，是当时最敏感的政治问题。迫于压力，广东省委、省政府紧急制定措施，严禁收看香港电视，对违反的党员干部进行严厉处分，并严令各地派出工作组，动用消防车逐村逐户地强行拆除。特别是每每有中央领导人莅临广州，位于东莞某地的一个大功率干扰电台就会施放出强烈的干扰信号，使得整个珠三角地区的电视屏幕里飘满茫茫大雪。

老百姓竟然想出了一个当年对付日本鬼子的办法：空舍清野。工作组未进村，消防车刚出动，家家户户的“鱼骨天线”就快速地撤下来。夜幕降临之后，再悄悄地送上屋顶，当地人称之为“晚上升旗，早晨降旗”。有的党员干部家庭被查住了，也有解释：“孩子老婆不是党员，他们觉悟低，是他们看的。”无法处分，只能收缴。但仅仅是在当天晚上，另一架“鱼骨头”就伴随着恶毒的咒骂声再一次升上了天空。

群众骂声如蝉鸣蛙鼓，鱼骨天线似春树满山。于是，全省各地的数百辆红色消防车，像热锅上的蚂蚁，四处出击，疲于奔命，焦头烂额。各地收缴的“鱼骨天线”像柴垛一样堆成了小山，又成吨成吨地卖给了冶炼厂。

外商们意见更大。此时，佛山、南海、江门、中山、顺德、东莞和惠州一带的“三资企业”正在渐成气候，无数的港、澳、台客商及东南亚华侨资本，如过江之鲫，纷纷来粤试水。他们都在驻足观望：连香港电视也不让看，还算什么经济特区？我们的生意怎么做？我们的信息哪里来？我们的娱乐何处寻？

“鱼骨天线”，恰如鱼骨在喉，顿时成为任仲夷最为棘手的火辣辣的难题。

广东省委宣传部原副部长张作斌告诉我，当时的省委真是左右为难，中央三令五申，严禁收看，坚决拆除，而城乡群众怨声载道，情绪激烈。长期下去，不仅进一步激化干群矛盾，而且将严重影响外资的引进。任仲夷苦思许久，终于下定了决心。一天，他打电话把张作斌找去，给他布置了一个特殊的任务。

1983 年 5 月上旬的一天，张作斌带着两名干事，悄悄赶到深圳，住进了临近香港的一家旅馆里，专门找了一台信号清晰的电视机，三天三夜没睡囫囵觉，把香港电视所有的节目一一记录下来，并写出了一份详细的调查报告，交给了任仲夷。报告中分析，香港两家电视台的电视剧和综艺节目，是为了迎合一般香港市民的口味而设计的，比起还处于起步阶段的大陆电视剧和文艺节目，自然具有较大的吸引力。而知识分子喜欢的是香港电视台快捷的新闻，尤其是那些转自 CNN、BBC 的快讯，中央电视台要么没有，要么隔一天才能看到。低俗无聊的节目时有所见，而黄色和反动的宣传几乎没有。

几天之后的一个上午，任仲夷来到省委宣传部，召集宣传文化系统负责人开会，正式表明了自己的看法和意见。

采访时，我想方设法找到了这份当年的讲话稿记录。

在这份约 5000 字的讲话稿里，任仲夷主要谈了两个问题。一是不提倡看香港电视，要与中央保持一致。第二就是要千方百计办好自己的广播电视节目，丰富群众的文娱生活。

正是在这个讲话里，他第一次提出了那个著名的观点：“排污不排外”。自觉排污是必要的、明智的，但决不能因噎废食，笼统地反对一切外来思想文化，盲目排外是错误的，愚蠢的。排污要分清界限，要排真正的污，对资本主义先进的科学技术和优秀的文化成果，我们不仅不能排斥，还应当积极地吸收借鉴。

在整篇讲话里，对于拆除“鱼骨天线”和干扰香港频道，他只字未提。

就在此后的不长时间，中共中央总书记胡耀邦来到广州，住进了珠岛宾馆。按照惯例，服务员把他房间电视的香港频道全部锁闭了。任仲夷发现后，马上吩咐解除频道锁闭，并把所有的电视频道全部打印出清单来，放在电视机旁边，方便客人选择收看。

连续几天，胡耀邦始终没有提出什么意见。

从此之后，香港电视在任仲夷的任期内再也没有受到强行干扰，“鱼骨天线”也成了南粤大地一道独特的风景，在悄悄地却是猛烈地唤醒着传统的岭南意识……

正是这个时候，发酵的珠江三角洲像一个硕大无朋的香喷喷的蛋糕，依靠毗邻港澳的独特地理优势和侨乡众多的人文优势，以较低的土地价格和充足的廉价劳动力吸引了大量外资的直接进入，尤其吸引了港澳台制造业的大规模转移，以“三来一补”（来料加工、来样制作、来件装配、补偿贸易）为主要贸易形式的外向型企业迅速遍布城乡，如春风野火，熊熊燎原，形成了星河般繁密的群落，掀起了中国改革开放之后的第一轮经济大潮……

搬掉罗湖山，填平罗湖洼地，是深圳特区建设的第一项大工程。可刚刚开工，就遇到了种种人为的难题，任仲夷不得不亲临现场疏通。

正是从这个问题中，他又发现了一个更大的问题：特区的领导班子不够协调团结，靠这个班子打不开局面，更别说“杀出一条血路”了。经与省委刘田夫、梁灵光、吴南生等人协商后，决定马上动手调整。

经过多方考察后，他认定省委常委、广州市委第二书记梁湘是最佳人选。

身材魁梧的梁湘是军人出身，建国之初即跟随叶剑英南下接管广州，他不仅是一位具有开拓精神的实干家，还十分熟悉城市管理和经济工作，更重要的是，他身上充溢着一种饱满的理想主义激情。

但 62 岁的梁湘毕竟是一位老资格的省级干部了，而且性情刚烈如火。他明确表示不去深圳，愿意继续留任广州。

反复谈话后，梁湘仍然不情愿。不少资料在叙述这一段历史时，都记载了一个相同的情节：梁湘曾为此事与习仲勋大吵一架。这应是笔误或者是以讹传讹，因为习仲勋当时早已离开广东到中央工作了。如果实有此事，吵架的对象应是任仲夷。这的确是一个颇具戏剧性且无比珍贵的文学细节，只是缺少鲜活文字的详细描述。采访时，我曾多方刻意搜寻，但因为两位当事人俱已作古，当时无人在场，笔者又不能妄自虚构，所以只好无奈地望风而叹了。

不过，任仲夷并没有轻易放弃，他再一次约见了梁湘。

这一次谈话时，他的秘书琚立铭正好值班。那是 1981 年 1 月的一个晚上，心事重重的梁湘步履蹒跚地走进了任仲夷的办公室，这可以从他的满脸愁云里看得出来，也可以从他上楼时拖沓迟缓的脚步声中听得出来。任仲夷微笑着从座位上走出来，与梁湘握手后，又亲自为他沏了一杯热茶，而后就随意地坐在了旁边的一把竹制躺椅上。

据琚立铭回忆，一直到凌晨时分，任仲夷办公室的门才缓缓打开。他进去的时候，两人的正式谈话已经结束，原本诙谐幽默的梁湘又恢复了本性，他似乎刚刚讲了一个广州时下流行的笑话，任仲夷猛然“哈哈”大笑起来。他仰躺在竹椅里，一前一后地晃悠着。雪亮的灯光下，浑圆的银白色的笑声在四壁间清脆地撞击着、回响着，他头上的丝丝白发也仿佛是一绺绺导电的钨丝，在闪烁着明晃晃的辉光。

1981 年 2 月，梁湘慷慨赴任。

随后，任仲夷又从各地选调一批专业对口、德才兼备的精锐干部，为深圳特区打造了一个特别能战斗的领导班子。

从此之后，深圳特区建设驶入快车道，开始上演一幕幕惊天话剧！

但是，一切都在试验摸索，樊篱重重，荆棘遍野，跨越常规，冲破体制，特事特办，很多创举连最高决策层也无法明确表态，这就使得深圳的道路显得格外地血腥和惊险。

要加快发展，必须面向世界招商引资；要招商引资，必须提供诱人的优惠政策，这是一个简简单单的道理。对此，梁湘的“蚂蚁理论”很是明确：只有让第一批蚂蚁尝到甜头，才会引来更多的蚂蚁。于是，深圳特区政府经过相关立法程序，制定了特区土地管理法规，允许外商参与开发特区土地和缴纳土地使用费使用特区土地兴办企业，并于1982年1月1日起正式颁布施行。

这项法规刚刚出台，便引起国内震惊，传统封闭的国民意识如何能承受这种“卖国行径”呢？一时间，舆论如鞭似刀，黑云压城：“深圳除了九龙关门口仍挂着五星红旗，一切都已经资本主义化了。”“姓梁的把国土主权卖给了外国人，是卖国贼！”正在这时，中央针对广东开展了大规模的反走私斗争，而深圳又深陷其中。更让人惊骇的是，中央有关部门还专门下发了一个白头文件：《旧中国租界的由来》，矛头直指深圳！政治气氛骤然紧张。在高层会议上，某领导人甚至声言“要收回失地”“要杀一批头”。果然，不久之后，广东海丰县委书记和一名副书记就被枪毙了……

向来敢说敢干，敢冒风险的硬汉梁湘，此时也胆怯了，常常紧锁双眉，沉默不语，缓缓踱步，狠狠抽烟。

梁湘当年的秘书邹旭东清清楚楚地记得，就在这气氛最为肃杀的一个多月里，平时很少亲临的任仲夷竟然连续三次来到深圳，时间分别是2月2日、2月18日和3月6日。每次到来后，他都要与市委领导班子全体成员见面谈话。针对北京方面和理论界的质疑，他旗帜鲜明地对大家说：“有的同志怀疑办特区是否有损主权，是不是会变成殖民地？我们要肯定地回答：不会！恰恰相反，只有掌握主权才能办特区，办特区是对主权的运用，是行使主权的表现！”

谈话之后，重点就是与梁湘谈心，释消他心底的顾虑。最后一次谈心是在任仲夷下榻的宾馆房间里，关着门，吩咐谁也不许打扰，一直进行了3个小时。两人具体讨论了什么内容，谁也不知道，但送别任仲夷时的场面大家都印象深刻：两人紧紧握手，相视无言，一个笑靥如菊，一个满面春风。

从此之后，梁湘如释重负，依然故我。

地球人都知道，正是在这短短的几年时间内，深圳以她特有的“深圳速度”，从一片偏僻的小渔港蜕变成为一座繁华的大都市，成为面向世界的最靓丽的东方传奇……

几年后，67 岁的梁湘悄然卸任。站在市府大楼门口，面对着近千名依依不舍的深圳人，他满眼泪花，哽咽着说："如果我必须生一千次，我愿意生在这个地方；如果我必须死一千次，我也愿意死在这个地方！"那一天阴云密布，电闪雷鸣，但所有的人都黯然不动，任凭冷雨浇淋。梁湘汪然出涕，猛地扔掉雨伞，双手抱拳，大声鸣誓："我在此先立下遗嘱：死后骨灰安葬在梧桐山上！"说到这里，整个深圳泪流滂沱，号啕失声。

历史已经证明，梁湘是这座城市的英雄！而成就梁湘的正是任仲夷！

他们之间肯定有着太多的故事和秘密，只可惜无法探知了。但有一个细节让我感慨不已：多年以后，梁湘病重，八十多岁的任仲夷不顾年老体衰，多次亲赴探望。病危通知书下达之时，任仲夷正在医院输液。听到消息后，他马上拔掉针头，执意让家人搀扶着，赶到病房，紧紧握住梁湘的手，无语凝咽，老泪纵横……

在采访中，我还听到一个任仲夷和袁庚的故事。

深圳腾飞的同时，位于其西部一隅的蛇口工业区也以惊世骇俗之举引起社会瞩目。蛇口工业区隶属于国家交通部，管委会主任袁庚也是一位老干部，曾任中国驻印尼雅加达总领事馆领事、交通部招商局常务副总经理。此人有胆有识，敢作敢为。任仲夷经过多方考察后，深知袁庚是一个不可多得的干才，考虑到特区工作过于繁重，而梁湘又身兼两职，便以省委的名义向中央推荐袁庚拟任副省长兼深圳市市长。中央组织部经过相关程序后，同意省委意见，并颁布了任命。

可是，出乎所有人意料的是，袁庚竟然拒不赴任。他表示蛇口的改革试验刚刚全面启动，自己不愿离开。另一个原因是自己与梁湘性格相近，一山二虎，恐生矛盾。更主要的是本人无意为官，决心为中国的经济改革和政治改革做一些实质性的探索。

任仲夷经过慎重考虑后，理解并同意了袁庚的请求。后来又反复向中组部解释，最终收回成命。

不久之后，任仲夷主持省委常委会，专门为蛇口工业区制定了一个“31号文件”，赋予四大特权，使之成为中国大陆上第一个真正实现政企分离的企业，为袁庚的改革扫平了道路。果然，蛇口很快便成为中国最先锋也是最鲜亮的“改革试管”。

如果说深圳是中国改革开放的皇冠，那么蛇口就是这顶皇冠上的明珠。

深圳和蛇口，梁湘和袁庚，相互避让，相得益彰，成为一段历史佳话。

那一年，青涩男孩郑炎潮还是华南师范大学的一名在读研究生，专修经济学。

这时候，他用自己的眼睛惊奇地发现了一个天大的秘密：马克思经典著作与广东现实之间竟然存在着尖锐的矛盾！

按照马克思《资本论》中的界定，个体经济的雇工不能超过8人，超过这个数目就不是普通的个体经济，而是资本主义经济，其性质是资本家剥削。根据这个论断，1980年出台的中央75号文件，对个体经济的帮工和学徒数目进行了明确限定，不允许超过雇工8人的个体经济存在和发展。但是，广州的现实情况却是大相径庭，几百年通商口岸的历史在这里积淀了丰厚的经商传统，政治气候稍稍回暖，以手工业者和小商贩等为代表的中国第一代个体户已在街头巷尾星火重燃。特别是近年来，随着与港、澳地区联系的增多和外资企业的逐渐进入，以服装、皮具、电器、餐饮等行业为主的大量家庭作坊和私营工厂的规模越来越大，雇工数目何止8人，有的已经突破80人，甚至800人。这是一种什么性质的经济呢？他们都是新兴的资本家吗？

此时，“私”字在中国还是一个让人谈虎色变的名词，官方理论界仍然坚持马克思的说法，言辞很是霸道，甚至杀气腾腾。他们说，个体企业的再扩大就是私营化，而私营化就是私有制，私有制就是地地道道的资本主义经济，允许私有制经济发展，中国就是走资本主义道路。正在这时，1981年12月30日，国务院又出台了严格控制农村劳动力进城务工的规定，舆论界更蔑称其为“盲流”。

面对这种现状，郑炎潮很是担心，但这个课题却又强烈地吸引着他。于是，这个初生牛犊不怕虎的研究生在毕业论文里悄悄地列出一章，进行专门探讨。他走街串巷，对广州市超过8名雇工的个体企业进行了大量调查，为这种新兴的经济形式定义了一个名字："社会主义初级阶段的私营经济"。无疑，这个概念太敏感、太越轨了。论文答辩前夕，导师明确告诉他，这一章必须放弃，如不放弃，答辩肯定不能过关，他也不能毕业，更分配不了工作。

郑炎潮很迷茫，很痛苦，也很不甘心。这时候，他偶然听到一则消息：省委第一书记任仲夷很重视个体经济的发展，最近曾要求广东学术界专门研究这个问题。于是，1982年5月的一天，他突发奇想，把这一敏感的章节单独抽出来，买了一张8分钱邮票，用平信寄了出去。

让他做梦也没有想到的是，仅仅几天之后，任仲夷的电话就来了。

任仲夷的电话是亲自打给学校研究生院办公室的，说要找小郑。办公室人员根本没想到对方就是省委第一书记，说小郑不在，有什么事我们转告吧。任仲夷说这个事可没法转告，我要和小郑本人见面谈谈。于是就留下了一个电话号码，让郑炎潮晚上与他联系。

那一天晚上，这个平时羞与人言的农家小伙子忐忐忑忑地拨通了省委第一书记办公室的电话。

"您是任书记吧？"

"是啊。"

"我是郑炎潮，您打电话找我吗？"

"是啊，我打电话找不到你呀。"

"您有什么事吗？"

"你的论文，我收到了，感觉非常好，我想约你谈谈这个事，你有没有时间来？"

"好啊，我也想请教您啊。"

"明天来吧，怎么样？我接你过来。"

"不用接，不用接，我自己坐车就行了，我知道您在省委。"

"你不用自己来，我派车接你。是我请你的嘛，怎么能让你自己来？"

郑炎潮的心激动得“嗵嗵”狂跳，他不敢想象省委第一书记的专车到学校接他会引起什么后果，他只是不想让别人知道他的秘密。于是就在电话里结结巴巴地解释着，坚持要自己去。最后，任仲夷只好同意了，并约定第二天下午3时在省委办公楼三楼办公室等他。

谈起那一天，郑炎潮永远记得。

第一次走进省委大院，而且是面见省委第一书记，对于这个乡下出身的孩子来说，实在是太离奇、太紧张了。当走进那栋神秘的办公楼时，他愈发地双手颤抖，心如撞兔。他被领进了一间宽大且简朴的办公室，一位满头白发满脸皱褶的老者微笑着迎了出来，拿住了他的手，用力地握着。当郑炎潮明白这一掌温暖，这一泓微笑就是任仲夷时，心底那一只惊慌的兔子竟然倏忽不见了，他猛地感到面前这位慈善的老者极像自己乡下的父亲。这位慈善的父亲告诉他，自己46年前上大学时，专业也是经济学，自己也曾对理论感兴趣，后来在战争间隙还写过一本书叫《政治经济学》……话题就这样徐徐展开了。

原来，以任仲夷为首的广东省委，对新兴的个体经济和雇工经营不仅没有任何“制止”和“纠正”，而且一直在努力为其争取着合法地位。上一年底，广东省工商局就出台了全国第一个鼓励支持个体经济发展的具体措施，就在十多天前，佛山市还成立了全国第一家个体劳动者协会。

郑炎潮不知道，此时的任仲夷正在被“陈志雄事件”困扰着。

陈志雄是广东省高要县沙浦公社社员，1980年承包鱼塘141亩，夫妻俩参加劳动，雇请固定工1人，临时工400个工日；1981年承包497亩，雇请固定工5人，临时工1000个工日。广东省委认为“集体增加了收入，承包者也有所得益”，应大力推广。但在1982年初召开的全国农业生产责任制问题讨论会上，认为陈志雄已经不是以个人劳动为基础，而是以雇佣劳动为基础的大规模经营，其资本主义性质是明显的。于是，新华社某记者以《广东沙浦公社出现一批以雇佣劳动为基础的承包大户》为题写了一份内参，引起高层重视。几天后，主管意识形态的中央领导的批示送到了任仲夷的手上：“附上材料一份，不知确实性如何。如果属实，不知省委怎样看法？我个人认为，按这个材料所说，就离开了社会主义制度，需要做出明确规定予以制止和纠正，并在全省通报。事关农村社会制度的大局，故提请省委考虑。”

这个批示，无疑是下了一道讨伐“雇工”令。

正是这个时候，任仲夷收到了郑炎潮的来信。

郑炎潮结合调研资料和一些具体案例，对自己的观点进行了阐述。

任仲夷说：现在对于个体经济，只能扶持不能压制，但要扶持，首先就要正名，如果头上始终悬着一把“资本主义”的达摩克利斯之剑，那还怎么发展？马克思关于个体经济有一个“8 人规定”，但是到底超过雇工 8 人的个体经济应该叫什么？我们也没有想好，刚好看到你的论文，这在理论上是一个重大突破和创新，为我们的决策提供了依据，我支持你！我们还要围绕你的这些观点，制定一个政策，给它取一个正式的名字，就叫作“私营经济”怎么样？让它发展，让它壮大。

从此，中国改革开放史上正式诞生了一个全新的名词：私营经济。

接着，任仲夷深深地叹了一声：“在中国搞学问不容易啊，有风险。”

“是啊，导师提醒我有麻烦，答辩可能过不了关。”

“你已经超出了马克思的书本，人家说你怎么样你就怎么样，说你反马克思你就成了反马克思。”

“我没有反啊，马克思也主张解放生产力，列宁还有‘新经济政策’呢，为什么我们不能借鉴呢？”

“不过你不要怕，时代在进步，你要根据自己掌握的材料，选准自己的研究方向。选准了方向就要坚持下去，坚持自己的学术品格，不要为任何非学术的评价所动。”

……

窗外的木棉树在静静地谛听着，思考着。

谈话时，任仲夷的眼睛一直在慈祥地抚摸着郑炎潮。据不少见过他的人说，任仲夷相貌清奇，最奇迥的就是那一双凸出的大眼：愤怒时猎猎如火，静思时深邃如渊，兴奋时明亮如灯。“文革”的时候，造反派画漫画，就抓准他这个特点，三笔五画，就是一副肖像。多少年后，郑炎潮永远铭记着那一双慈祥的眼睛，热热的，亮亮的，像一盏灯，在他的心底温暖了几十年。

这次见面之后，郑炎潮的论文答辩顺利过关。毕业后，他也走上了经济研究之路，直至成为广东一名优秀的经济学家。

这一年，广东有关部门专门召开了一次关于雇工问题的大型研讨会。由于是国内理论界第一次公开讨论这个敏感话题，立即引起社会关注，中央有关部委也派负责人前来参加。经过激烈争论后，会议认为：在我国现阶段里，雇工经营有利有弊，利大于弊，对雇工经营应因势利导，兴利除弊。会议还进一步认为，对改革开放中出现的一些新情况、新矛盾，要多做调查研究，对一时看不清楚的问题，要多看一看，不要操之过急，更不应动辄指责和取缔。

这一年，广东省进一步出台了一系列支持个体私营经济的措施，并组建广东省和广州市个体私营协会，同时划分皮具、服装、美容、饮食、眼镜等行业分会，西湖路灯光夜市、一德路咸杂干果市场、文园电器城、番禺易发商场等专业市场纷纷成立。

“东南西北中，发财到广东”。一时间，广州成了个体私营者的天堂，成了试水者冒险家最早的乐园，大街上挤满了操着南腔北调，提着大包小包的外地批发商……

喇叭裤、牛仔装、运动鞋、电子表、计算器、烫发头、迪斯科、邓丽君……“广式潮流”引发的蝴蝶效应，像春风一样吹绿了全国城乡的角角落落，为正在从动乱和贫穷中走出的10亿国民送上了第一束五彩缤纷的时尚之花。

据不完全统计，截至1985年年底，珠江三角洲地区的个体私营从业人员已经超过500万人。

这500多万名个体私营企业雇工，连同“三资企业”里的数百万打工仔一起，共同掀起了声势浩大的第一轮中国民工潮，汹涌澎湃，直至今天。

他们为传统的中国带来了时尚，带来了财富，带来了活力，也带来了方向……

那是一个乍暖还寒的时节。一棵初试天地冷暖的幼苗刚刚出土，或冻死荒郊，或傲霜凌寒，只要挺过惊蛰前的冰雪肃杀，她就是天之骄子，她就占领了整个春天。

那是一个意识形态过分敏感的年代，“公”和“私”，“资”和“社”，“左”和“右”，这几个金属般生硬的字块常常在天空中碰撞着，碰撞得火光四溅，铮铮作响，浓雾弥漫，空气中的每一丝颤动，都有可能引爆一场惊雷和闪电……

1981年，广东旅游部门开始组织内地公民香港游，这是中国大陆第一批惊艳的眼睛。

也是在这一年，香港歌星第一次来广州演出。按照多年的模式，歌者只能端庄地站在舞台上，对着固定的麦克风，像做报告一样表演。但是这一次却出了大乱子，唱到兴奋处，这位名叫罗文的著名歌星，一把抓过麦克风，拉起电线，在舞台上边跳边唱，指手画脚，摇头摆尾，煞是陶醉。这一下引得舆论大哗，各地报刊纷纷开炮，痛批“资产阶级腐朽台风”。

炮声越来越响，硝烟愈来愈浓，任仲夷不得不出面表态，马克思怎么说的？难道站着唱就是社会主义，走着唱就是资本主义？我们共产党的省委应该只管唱什么，不应该管怎么唱。

东方宾馆最早开设了一家营业性音乐茶座，很是火爆。笙歌悠悠中，霓虹明暗里，青年男女在这里唱歌，跳舞，喝咖啡，广州人开始享受一个个温馨浪漫的彩色之夜。

时尚渐起渐盛，街头巷尾处处飘起了港台流行的抒情歌曲，浓浓的情歌情调中，款款而行的是烫发头、喇叭裤、迷彩服、高跟鞋、超短裙……内地传言成虎：广州街头到处是“美军”（因男青年的迷彩服上襻多、兜多，类似美国军服）！到处是妓女！内地一位副省长来广州出差，看到种种场面，气愤得在旅馆里擂墙大哭：“没想到我们社会主义国家竟然变成这个样子了！”还有一位老将军，更是跺足捶胸，仰天长叹：“靠这一代年轻人当兵上战场，我们部队如何能打胜仗？”于是向中央写信控诉，痛骂广东，坚决要求“收复失地”。

1981年4月，国务院副总理万里来广州督导疏港（因广东进出口量剧增，港口吞吐量太小，致使不少外国货轮无法报关，在公海等候，形成国际纠纷），看到大街上的花花世界，这位中国农村改革的先行者也有些担心，便以一个老朋友的口吻好言相劝：“仲夷，还是管一管吧，北京议论很大啊。”

任仲夷半开玩笑地说：“万里同志啊，我们要管大事，这些生活小事还是随他吧。留胡子，我们共产党的祖师爷马克思就是大胡子。穿喇叭裤有什么不好，我们老祖先在唐朝就开始穿了。至于迪斯科，不就是蹦蹦跳跳扭扭屁股吗？男女并不贴身。我们过去跳交谊舞，可都是男男女女搂在一起的。在延安时，我们党的领袖们不是每个周末都举办交谊舞会吗？”

白天鹅是第一个来粤试水的海外来客。

这是中国大陆出现的第一家五星级宾馆，由香港霍英东先生投资，设计楼高四十多层，是当时广州的最高建筑。可想而知，白天鹅从开工的第一天起，就引起国内舆论热议：“共产党怎么能和资本家签约呢”“五星级宾馆里允许开妓院”……

白天鹅本来是涉外宾馆，服务对象是港澳台境外客商，可是为了汇聚人气财气，1982 年试营业时，霍英东决定向全社会开放。于是，门童的斑马裤、迎宾小姐的旗袍、银制的餐匙、精致的牙签、室内的瀑布等等都惊爆了广州人的眼球。

可好景不长，尴尬事接踵而至。原来不少广州人此时还没有见过牙签、餐巾等一次性用具，顺手就牵走了。当时卫生纸在普通市民中还未普及，因此酒店卫生间的厕纸也成了抢手货，一天就要补上几百卷。更让店方痛惜的是，一些男青年穿着时髦的带有铁掌钉的皮鞋，在大理石地面上随意踢踏，留下了难以修补的斑斑点点。

宾馆不得不有所规定：衣冠不整者禁止入内，皮鞋掌钉者禁止入内，并在门口专设了拔除铁掌钉的工具和工作人员。

这一来，引起举国诉讼，羊城内外，南北媒体，口诛笔伐，气势汹汹地围攻这一只刚刚出巢的白天鹅：根本不合中国国情，倡导资产阶级生活方式，歧视国人，是旧中国“华人与狗不得入内”的翻版。

霍英东忧心如焚，悔恨自己投资大陆过于冒险了。

苦恼中的霍英东决定在白天鹅请任仲夷吃一顿饭，于是便试探着发出了一份请柬。

身边人员劝说任仲夷，这种场合还是不要去了吧，一旦出席，明天的香港报纸就登出来了，北京也都知道了。你吃一顿饭，人家就会说你与资本家穿连裆裤，是“把兄弟”。

他边打领带边笑哈哈地说：“广州和香港不是‘把兄弟’，而是亲兄弟，不仅合穿连裆裤，还同吃一个奶（指同饮珠江水）。今天亲兄弟请客，又是一个出名的好机会，我为什么不去？况且，谁规定共产党的省委书记不能去五星级酒店呢？”

席间，面对着境内外的新闻记者，西装革履的任仲夷与港澳各界商人谈笑如故友，满堂生春风。

霍英东喜出望外，唤来纸笔，请他题词。

任仲夷环视大家：“题什么好呢？”稍稍构思，援笔立就，是李白的浪漫诗句：“两岸猿声啼不住，轻舟已过万重山。”

白天鹅起飞之后，李嘉诚、胡应湘、郑裕彤、利铭泽、李兆基等港商投资的中国大酒店、花园酒店也先后落户羊城。接着，连官方的东方宾馆也扩建成了五星级。

1985 年，中国公布了大陆第一批五星级酒店，共 5 家，前 4 家全在广州。

一场突如其来的风暴，几乎击碎了广东的春天。

那是 1982 年的早春二月。

广东率先放开物价等几项大胆的经济改革引起了各地恐慌，在价值规律的作用下，国内流通渠道里原本十分匮乏的商品物资纷纷流向广东，周边几省惊呼“广东是特区，我们变灾区”，于是在省界各路口设立岗哨，严查过往物品和商贩。财政部、经委、计委、税务总局、工商总局、外贸部、物资部等国家机关也叫苦不迭，因为当时实行严格的计划经济，而广东的市场经济是对全国一盘棋的巨大冲击。还有意识形态的开化和自由，也让内地省份视若洪水猛兽、瘴氛瘟疫。这一切，都使得中央高层屡屡震怒，甚至曾严厉斥责：“任仲夷还是共产党员吗?”

风暴在云层里剧烈地酝酿着。

伴随着经济的突飞猛进，广东沿海也出现了较为严重的走私现象。于是，走私事件便成了这场风暴的导火索。

1982 年 1 月 11 日，中央以 2 号文件形式下达了一个《中共中央紧急通知》，矛头直指广东，言辞之烈，让人心惊肉跳：“对于这个严重毁坏党的威信，关系我党生死存亡的重大问题，全党一定要抓住不放，雷厉风行地加以解决。对那些情节严重的犯罪干部，首先是占据重要职位的犯罪干部，必须依法逮捕，加以最严厉的法律制裁。”

文件下达后，中纪委主要领导立即带队进驻广东，调查办案。

不难想象，此时的南粤大地已是山水战栗，群鸟惊飞。

事态还在继续恶化。2 月上旬，中央书记处紧急电令广东（还有福建）所有的省委常委立即进京开会，集中整顿。接到通知，任仲夷大惊失色！本党针对某一个省委班子采取如此特殊的严厉措施，在“文革”之后还从未有过。

会议气氛极为紧张。中央大员纷纷发言，认为这是“资产阶级又一次向我们发动的猖狂进攻”“宁可让业务上受损失，也要把这场斗争进行到底!”因为“文化大革命”后已经宣布不再搞政治运动，所以就讲这场斗争是“不叫运动的运动”“决不能手软!”由于过去对走私罪没有规定死刑，会上就有人提出要修改刑法，要准备枪毙一批人。某领导人在讲话中明确表示，广东已经变了颜色，过去的租界就是糊里糊涂送给外国人的，经济特区就像当年的租界。还有人说，广东这样的地方，是资本主义的熟门熟路，不应当用思想解放的人，必须用金刚钻。广东出了那么多事，任仲夷为什么见怪不怪？甚至提议免去他省委第一书记的职务。

同时参加会议的福建省委书记项南附在他耳边，善意地提醒：“开了两天会我才明白，原来福建是来‘陪绑’的，（这次会议）实际就是针对你们广东。”

会议结束后，他扛着覆满白发的沉重的脑壳，踉踉跄跄地回到了广州。刚刚坐下，胡耀邦的电话又急急火火地追了过来，说书记处将会议情况向中央政治局常委做了汇报，政治局常委认为广东省委主要负责人的思想还是不通，有些问题还没讲清楚，明确指令任仲夷一个人马上再次回京。

这就是社会上传说的所谓“二进宫”。

见面后，胡耀邦代表政治局常委再次对广东进行严肃批评，并希望他站稳立场，明确表态。最后，责成他给中央政治局写出一份书面检查。

任仲夷呆若木鸡。

胡耀邦摊开双手，同情却又无可奈何地说：“我都（口头）检查了啊。”

当天晚上，任仲夷回到宾馆后，枯坐无言，感慨如海。参加工作近50年，他还从来没有写过检查。“文化大革命”中，他曾受到过2600多次大大小小的残酷揪斗，鞭鞭见血，唾液满脸。一年冬天，红卫兵把一桶臭臭的墨汁兜头浇下，棉袄棉裤全湿透了，他彻底被涂成了黑人。虽然皮肉受苦，脸面受辱，可他的心底是坦然的，清白的。但这一次写检查，他是违心的，扭曲的。作为一个历经政治运动的省委第一书记，他清楚这份检查意味着什么。但是，如果不承担这一份责任，不仅自己过不了关，整个广东的干部都难逃一劫啊。

夜色如铁，冷月如冰。昏黄的灯光，映照着任仲夷乱草般的白发，和乱草般的愁绪。47年前，就是在这里，就是在北京，自己还是中国大学的一名学生，秘密加入了共产党，从此舍生忘死，投身战火。建国后，从最北端的黑龙江，又到最南端的广东，兢兢业业为党工作了一辈子，总还算是一个合格的党员吧，难道中央真的要开除自己的党籍吗？他的心在颤抖，在泣血，他哆哆嗦嗦地拿起了笔……

在以后的日子里，他一直在挂念着这一份沉痛的检查。退休后，他曾多次向有关部门申请，想复印一份，留作永远的纪念，但至死也未能如愿。

书面检查交上去了，所幸邓小平、胡耀邦等领导人并没有表态处分任仲夷。

但另一道难关却在广州等待着他。

如何向全省传达会议精神呢？广东的各项改革刚刚开始，正是如火如荼的时候。现在不少地方墙壁上“千万不要忘记阶级斗争”“阶级斗争一抓就灵”的“文革”标语还没有洗刷干净，人们对那一场刚刚过去的大灾难还心有余悸。如果把会议实况全部传达下去，势必会浇灭大家的热情。还有，会议明确提出要查处一批，杀掉一批，但他坚信，广东的干部除极个别害群之马外，绝大多数是清白的。面对这些披荆斩棘、冲锋陷阵的亲爱的可敬的勇士们，他如何能下手呢？

几天之后，全省三级干部大会庄严肃穆地召开了。

风声鹤唳，草木皆兵。各路诸侯早就闻知了中央会议的内幕，不少人战战兢兢，如临大难，有的人干脆带来了行李，准备接受随时可能到来的审查和询问。

但出乎所有人预料的是，在会上，任仲夷仍然镇静自若，谈笑风生。他在检讨自己对“走私犯罪”重视不够并申明将加大打击力度的同时，反复重点强调的仍然是“改革开放坚定不移”，并正式提出了“对外更加开放，对内更加放宽，对下更加放权”的“三放”政策，希望大家进一步放开手脚，加快发展。

省委班子里一位年龄稍长的老干部闻听此言，心内暗暗吃惊，在会议休息时间悄悄地拉住他，担心地说：“现在都是什么时候啦，你怎么还讲这些话？最近北京的报刊都不讲了。”

任仲夷盯着这位好心的老友，看了一会儿，又故作轻松地反问道：“中央文件并没有不让讲啊。”

讲到大家最为关心的干部处理问题时，任仲夷霍地站了起来，深深地注视着在座的各位，双目炯炯似火，然后，慢慢地却是庄严地、斩钉截铁地承诺：“只要没有往私人腰包里装钱，而是按照省委部署抓工作的，即使出些问题，也由省委负责，主要由我负责！”

这时候，整个会场鸦雀无声。旋即掌声雷动，泪飞如雨。

广东的那一批干部至今都在感谢任仲夷。他们说，如果任仲夷是一个明哲保身的官僚，或者是一个胸怀野心的政客，他完全可以顺着高端的旨意，严厉清查干部队伍，进行人人过关，撤职一批，判刑一批，甚至杀掉一批。他自己不仅可以金蝉脱壳，顺利过关，而且还可以博取上悦，邀功讨宠。如果那样，广东肯定会是另外一种样子，广东就没有今天！

这一场风暴总算过去了。但是，有谁知道任仲夷为此付出的是一个怎样沉重的代价？

那一年的秋后，中共“十二大”即将召开，以他的资历、能力、政绩和威望，本来已经被列入中央领导班子的考察人选，并很有可能出任十分重要的职务。但他到广东后的所作所为，在社会上引起了太多的是是非非，更惹恼了一个庞大的官僚群体，他的名字最终被删除了，并且永远地被删除了。

历史上的改革者大抵如此。他们在冒险革除社会痈疽的同时，往往也革除了自己的前程。

香一年，臭一年，香香臭臭又一年。

在这香香臭臭、坎坎坷坷的雾途中，是任仲夷和岭南人倔强的背影。

走私事件之后，中央政府及有关部门把下放给广东的外贸进出口权收了回去，在很多有关经济政策的文件中也特别注明“经济特区也不例外”或“经济特区也要执行”的字样。内地一些省市也采取措施，把广东运往各地的许多物资当作走私物品扣压、冻结。广东的供销人员到外省市进行正常的业务活动，也受到冷落，有的还被当作走私分子看待，轻者搜去证件，重者无理扣押，有些省市甚至明确表示不准供销人员去广东做生意……

全国各地的邮政部门对来自广东境内的邮品也格外虐待，随意拆封检查。在他们的意识里，广东就是全国黄货毒品的老巢，精神污染的源头。

这种现象也渗透到了意识形态领域。在那些年拍摄的电视和电影中，几乎形成了一个固定模式，大凡经济领域的反面人物都被刻画成了广东人，说一口粤语。这种现象甚至一直贻误到今天。

一段时间，北京曾纷纷传言，要将任仲夷撤职，开除出党。

经济特区的思路是邓小平提出的，但是几年来，他一直在观察，在思考，不否定，也没有肯定，他只是说：“深圳经济特区是个试验，路子走得是否对，还要看一看，搞成功是我们的愿望，不成功是一个经验嘛。”

境外不少媒体就此大肆渲染，夸大中共高层的分歧，说深圳只是一个试验品，很可能是牺牲品，最后肯定还要斩马谡。

那些年，中国的经济改革正是全面探索时期，连国务院的官方文件中也表示“要摸着石头过河”。的确，在那个复杂的年代里，在那个特殊的环境中，处在那个敏感的位置上，任仲夷需要摸的石头太多了，不仅有经济的，还有政治的，文化的，稍不小心，这些石头们就会突然飞起来，无情地砸破他的头颅。

他的秘书琚立铭告诉我，年岁的逐渐增大，工作的极度繁忙，心理的重重压力，再加上生活习惯上的巨大差异，使得任仲夷的健康状况频频亮起红灯。他的牙齿们很快地全部下岗了，满口假货，吃东西很不方便，且极易损坏，常常要去看牙医。

1983 年春天，任仲夷明显感到心律不齐，去医院检查，连医生的脸都白了：他的心跳竟然每天早搏 3 万次。劝他马上动手术。他笑一笑，说自己身体好，能抗得住，拒绝了。又劝他半天工作半天休息，可这无异于与虎谋皮，怎么可能呢？

任仲夷的工作量之大让人难以想象。有一个细节可窥一斑，他在任期间极少乘坐轿车，他的专车就是一部 12 座的丰田面包。为什么？就是为了利用路途时间听取汇报和讨论开会。面包车就是一个流动的办公室，而他就是一台永远不知疲倦的机器，每时每刻都在高速高效地运转着……

驾驶着羸弱的身躯，背负着繁重的压力，任仲夷像一个无所畏惧的孤胆英雄，高擎着自己的灵魂之火，透支着全部的生命能量，义无反顾地行走在广袤的岭南大地上。他在探求着一条道路，他在追寻着一个梦想。

那是百姓的福祉，那是文明的微笑，那是人类的大道！

……

他的胆囊又开始隐隐作痛了，愈加剧烈，发展到腹胀，厌食，疼痛难忍。

1984 年元旦过后，他被送进了医院。胆囊结石，严重发炎，必须马上切除，否则，腹背受敌，危及生命。

手术开始后，所有的医生惊呆了，做了这么多例手术，还从来没有见过如此畸大的胆囊，畸大的胆囊被撑得鼓胀胀的，像一个熟透的桃子，随时可能爆裂。打开“桃子”，医生们更是目瞪口呆：里面塞满了 16 枚圆圆滚滚的结石，大的像鹌鹑蛋，小的似花生豆、黄豆、豇豆……

哦，怪不得老家伙如此生猛，原来他的胆囊里揣满了石头！

哈维尔说，政治是求得有意义的生活的一种途径，是保护和服务人的一种途径。

但在中国，政治是一个复杂、危险而又甜蜜、高贵的特殊职业，大大小小的官员们大都只是在使用和享受着政治的特权和舒适，而很少去理解和履行真正的政治责任。"实事求是"和"不唯上，不唯书，只唯实"等等这些崇高的信条在官场重复学习了几十年，但真正执行到位的又有几人呢？当群众的根本利益与上司的私家利益发生冲突的时候，他们往往不敢坚持前者，而是乖乖地选择了后者。这种传统、落后而又根深蒂固的"官本位"思想，不能不说是我们中华民族政治文明的一个大大的悲哀。

其实，真正的政治家，并不仅仅是那些手握国柄、经略风云的股肱巨擘，而是每一个公务员，他们是不是在各自所处的岗位上尽到了应尽的社会责任。从这个意义上说，绝大多数的人都有所欠缺，而任仲夷则是一位伟大的政治家。他在广东省委第一书记的任职上，竭尽全力，敢踩逆流，不避斧钺，为天地立心，为生民立命，为岭南开太平，尽到了当时的历史条件下所能尽到的几乎全部天职。

但他又是一个清醒的现实主义者，他阅尽沧桑，大彻大悟，洞察世事，知其能所为，亦知其不能所为。这就注定了他的一生是一位奋勇的开拓者、冒险者，同时又是一位清醒的孤独者、失落者。

任仲夷离休的1985年，广东的经济总量已经跃居全国第一位。岭南大地已经全面发酵，物阜民丰，山河肥美，而只有他自己萎缩了。他的体重比上任时减少了近30公斤，身材也矮小了5厘米，他瘦弱成了一个干巴巴、颤巍巍的岭南阿公……

卸任前，他又一次去了深圳。站在文锦渡口，眺望着两岸星河般灿烂的灯光，他笑了，他的笑容一如这星河般灿烂。

挥挥手，他要告别这一片灿烂的星河了。

这是一次平静而隆重的谢幕……

任仲夷离休时，中央本已安排他到北京定居。但是，他的感情已经在这里深深扎根，他决心把自己的余生交给这片土地了。

生为岭南人，死亦岭南土！

他的身体在一天天地衰老下去，像一株粗皴枯朽的木棉树，但他思维的枝叶依然滴青流翠，激情的火焰仍旧时时喷薄迸溅。而且愈到晚年，其情愈殷，其心愈烈，烈烈如火，殷殷似血。他用颤抖的双手高捧着自己滴血的心脏，向他的后人向这个民族奉献着最后的真诚……

他惋惜邓小平的人生憾事主要是没有利用自己的崇高威望，在经济改革基本成功之际适时地进行政治改革。

他大胆建议，中国可以借鉴经济特区的成功经验，进行政治体制改革试验，然后再逐步推广。

对于“和谐社会”建设，他也有着自己独特的慧解：“从字面上看，‘和’左边一个‘禾’，右边一个‘口’，表示老百姓张开口要吃饭，首先要解决的是温饱问题，也就是民生问题。‘谐’字左边一个‘言’，右边一个‘皆’，表示人人皆言，言无不尽，也就是实行民主。一个民生，一个民主，这两个问题解决好了，社会和谐就不难了。所以，和谐社会的基础应该是经济发达，生活富裕，社会民主，言论自由。”

……

哦，人之将死，其言亦善。让我们理解这位可敬的老人的一颗大爱之心吧！

任仲夷晚年交往的多是思想界人士。

2004 年 3 月的一天，他突然吩咐儿子把家院的门槛锯掉，家人大惊。原来是北京的好朋友于光远要来了。于氏小他一岁，已经瘫痪，出行需乘坐轮椅。

于光远终于来了。90 岁的任仲夷颤巍巍地推着轮椅上的老友，慢慢地在东湖边散步、聊天。哦，两个历尽沧桑的思想者，他们的躯体已经垂垂老矣，但他们的心理依然青春，他们思想的羽翼像两只轻灵的鸟儿，在高远的天空中自由地飞翔着，鸣啭着……走不动了，就坐下来，静静地看着湖畔晚霞般猩红的木棉花，那是生命的火焰，那是岁月的叹息，那也是他们永远的遗憾和隐痛啊……

2005 年 4 月 5 日，在广东省中医院住院的任仲夷，再次约见郑炎潮。他仰躺在危重症病人监护床上，浑身插满了导管，喘着粗气，竟然交谈了 3 个多小时。临别时，他语重心长地说："大胆地想问题，讲的时候要谨慎。我们过去批评胡适的'大胆假设，小心求证'，但他是对的。鲁迅和胡适都是伟大的，鲁迅是揭露黑暗的人，胡适是在黑暗中点亮蜡烛的人，在黑暗中点亮蜡烛的人更重要。"

郑炎潮没有想到，这竟是任仲夷留给他的学术"遗嘱"。

公元 2007 年 11 月，我去广东采访的时候，任仲夷已经去世两周年了。

我穿过繁华的广州街市，去银河公墓凭吊。浩瀚的碑群中，静静地矗立着一块普通的石碑，碑面上只是嵌刻着他的名字。如果不注意的话，来往的人们根本不会联想到他。可他的碑石似乎是一块奇异的磁铁，吸引了几乎所有人的目光和脚步。人们站在他的面前，垂首弓身，默默地致敬，或上前抚摸一下石碑，似乎在与主人对话，似乎在与主人握手。而那块幸运的碑石，早已被抚摸得光光亮亮的了，像老人慈祥的笑脸。

他的儿子告诉我，临终时，任仲夷早已不能言语，但意识里仍然半明半昧，交代完遗言后，似乎仍有牵挂，便用手指为笔，在儿子的手掌上哆哆嗦嗦地写字，让把生前所用的老花镜、放大镜、收音机、钢笔与他的骨灰放在一起。

哦，可爱的老人，即使在天国里，也在惦念着这片土地，凝视着这个民族……

我相信，一千年之后，当广东的后人们在数念起 20 世纪时，仍然会敬重他的名字。

岭南的疆土上肃立着数不清的木棉树，像一把把硕大的火炬，在默默地燃烧着……

休息的革命（缩写本）

■王宏甲　刘　建

编选按语：

这是一篇有关“休息”的社会报告。在改革开放前事事都讲阶级斗争的时代，在那个总是在强调政治革命的社会环境下，休息被认为是一种享受，是一种不思进取的消极颓废要求；而且也认为，休息只是一种经济物质的消耗。可是，自改革开放以来，“休息的革命”开始了，在新的观念、新的认识中，休息不仅是人的一种需要，甚至是一种可以视为人生某一阶段追求的目标。休息不但可以提升人的精神文明素质，也是一种广阔的、有待大力开发的经济产业领域。于是，这篇以很多真实历史的奇特故事所述说的有关休息的话题就具有了意义。它告诉人们休息的道理，也让人们体味休息滋养生发的文明内涵和艺术创造。在人们的身边感受和描述社会生活的改变，在似乎普通的社会现象上开展思考，此作别有擅长。看《休息的革命》，学会如何更好地休息，不亦快哉！

一、序 幕

国门在哪儿？在天上？1978 年，中国民航飞机的日利用时间才每天 1.9 个小时。国门刚开一条缝，西方人就来了。住宿难惊动中南海！开放国家“禁苑”迎游客，调军用飞机把旅客送往天津住宿，这事反映国情也反映人情。紧张状况延续到 1982 年，空军部队还派出 1800 多架次飞机协助空运游客，此种情景举世无双。

1 国门开启一条缝

关于改革，人们常说是从小岗村实行承包制开始的。很少人想过，开放，是从旅游业打开国门拉开序幕的。

1978 年 3 月 5 日，中共中央下发红头文件，增加对外开放城市，成立旅游机构，发展旅游业。当时人们并未感到有多大动静，这却是个历史性的大事。这意味着对外开放，意味着封闭多年的国门由此打开。外电评价：这是“红色中国”第一次公开允许外国人以旅游者身份进入中国。

此时，中共中央十一届三中全会尚未召开。安徽凤阳小岗村 18 户农民也尚未召开那个按手印的“大包干”秘密会议。

今天人们常说，改革开放，国门大开。

其实，1978 年，国门只是刚刚开启一条缝。

那时候，还不是你想来就能来的，有名额限制和一套内控条例。在签证时，对入境的外国人卡得很严格，记者就不让进。那时候，西方称苏联是“铁幕”，称中国是“竹幕”。

对世界来说，中国还是个巨大的谜。这大门里生活着十多亿人呢！所以，国门初开一条缝，国外的捷足先登者挤进来了，还有更多的外国人挤在这条缝外，进不来。

虽然，国务院已经下发了发展旅游、挣取外汇的文件，但在对外开放的问题上，当时某些高层领导还有种种疑虑：

“是不是开放得太早了？”

“会不会把特务放进来，窃取了情报怎么办？”

“国外资产阶级生活方式会不会腐蚀我们的干部？”

“会不会把我们的干部带出去？”

“我们落后的地方，不能给外人看。”

在十一届三中全会召开之前，1978 年 10 月 9 日，邓小平会见美国泛美航空公司董事长西威尔，就对陪同会见的国家旅游局和民航总局的负责人说：“民航、旅游这两个行业很值得搞。”

小平还说：“一个旅行者花费一千美元，一年接待一千万旅行者，就可以赚一百亿美元。就算接待一半，也可以赚五十亿美元。要力争本世纪末达到这个创汇目标。”

1979 年 1 月到 7 月，邓小平又连续发表了《旅游业要变成综合性的行业》《旅游事业大有文章可做》《发展旅游事业，增加国家收入》《把黄山的牌子打出去》四篇讲话。他毫不犹豫地说：“旅游事业大有文章可做，要突出地搞，加快地搞。旅游赚钱多，来得快，没有还不起外债的问题，为什么不能大搞呢！”

于是，门缝拉大了。

中国向世界旅游者打开了一扇门。

“到中国去！”这是近百年来第一次出现的国际时髦声音。

不同国家、不同种族的四海宾朋蜂拥而来。一种世界性的冲动。开放的大戏，在中国旅游领域拉开了序幕。

当五洲四海语言不同、肤色各异的朋友三五成群频频出现在长安街时，相当多人还不明白是怎么回事，念叨着：这不是“文革”中要打倒的“帝国主义”吗？怎么跑到长安街来了？还有人说，八国联军的后代，怎么成了“义和团”后代的“座上宾”？我们还坚持社会主义吗？

但中国毕竟有礼仪之邦的悠久传统，大多数国人具有与生俱来的好客古风，所以也有很多人向外宾送去友好的微笑。

从接待上来说，“内紧外松”，接待者的心情也很复杂。因为内部还绷着“阶级斗争”之弦，中国国际旅行社的导游每次陪团都得花几小时写出“情况报告”。旅游者有无独立行动，说了些什么，你怎么回答的等等。导游小心翼翼，如履薄冰，不能有任何疏忽和闪失。

一对台湾老夫妻跟随香港旅行团入了境。公安局担心他们是“特务”，嘱告导游“不要给他们单独活动的机会”。实际上，这对时隔30年才返乡的老夫妻也在思忖：“共产党会不会对我们怎么样？”

1979年，我们的国门是打开了，但我们的意识还很不开放。我们开放的步伐，还没有迈开大步。

“当时外国人要进来不容易，首先要取得国旅的指标，而国旅指标是有控制的，像发粮票一样，年初分配名额给法国、英国、美国等各国的旅行商。旅行商为争取到更多的名额，经常与国旅争得面红耳赤。”王尔康说。

王尔康原是名外交官，一身文气，早年担任国旅总经理，是中国旅游业的“活档案”。他清瘦挺直的身材，敏锐的眼睛，让人过目难忘。他说国外旅行商常抱怨说：“我们是拼命发展旅游，你们是限制旅游。”

1979年，美国有17万人申请来华旅游，只有2万人获准。在日本年轻人中，4个人中就有3个想到中国旅游，报名到西安的就有120万人。各国要求来华旅游的人数都远远超过国旅定额。海外华侨来华，归中国旅行社负责统筹，也有名额限制。有些华侨登记排队好多年了，还没有获得签证。五洲四海的声音都在问，你们不是也想挣外汇吗？为什么有钱不赚？

在当年还相当简陋的会议室、办公室里，国家旅游总局组织学习小平讲话精神的春夏秋冬，大家都还记忆犹新。这记忆告诉我们，封闭久了，打开我们的观念之门，并不比下个文件打开国门容易。

春夏秋冬，我们像大扫除那样，一次次地清除旅游工作就是“吃喝玩乐”“洋奴思想”“为资产阶级服务”等“文革”遗留的影响。大扫除后，我们的会议室、办公室里也布置出新的景观。新景观能形象地说明，我们已经认识到，旅游业是“无烟工业”，是“无形贸易”，是投资少、见效快、多创外汇的综合性经济事业。我们还记住了陈云同志的话：“旅游收入实际上是‘风景出口’，比外贸出口收入来得快。”

那时，很多人还不了解外汇，但开始对有外汇的人刮目相看。搞旅游工作的则开始懂得，外汇储备是一个国家在国际经济活动中实力的象征。国家持有的外汇储备可以保障国家进口重要战略物资、关键技术，还能保障金融体系的安全。万一发生战争、灾害，或者国际经济形势突然变化，国家银行可以用充足的外汇储备来应对突发的金融风险。

旅游外汇换汇率比出口物资换汇率高。按 1978 年计算，出口的物资，平均约二元七八角人民币的东西换回一美元。有些轻工业产品由于花色品种不适应国际市场的需要，卖不出好价格，往往要用四五元人民币的东西才能换回一美元外汇，而旅游外汇，只需要一元五角多人民币就可以换回一美元。

中国地域辽阔，山水风光、文物古迹、民俗风情等旅游资源丰富，是世界旅游资源大国，发展旅游有独特的优势。国务院成立了以主管副总理为首的旅游工作领导小组，各地政府也相继成立领导小组。不管怎么说，旅游业开始从“贴钱”转向挣钱。这个进步很重要。

“莫畏途难时日远，鸡鸣林角现晨曦。”一个旅游业的新的早晨苏醒了。但就像夏日的北京仿佛没有早晨似的，大街上很快就车水马龙。这时，“旅游业工作者”都感到自身压力重重了，而且很快就感到“压得喘不过气来”。

2 今夜宿何方

有朋自远方来，不亦乐乎？当四海旅游者蜂拥而至时，我们却乱了方寸，慌了手脚。我们还没有建起与此相适应的旅游市场秩序，面临的突出困难一下子就推到了我们鼻子跟前：条件简陋、住房奇缺、交通困阻。

旅游工作者们竭尽全力，想让外宾住好吃好，可是 1978 年的北京，只有 7 家涉外饭店，能拿得出手的床位充其量还不上 2000 张。从全国来说，也只有 137 家有点样子的饭店。

北京国旅、中旅捉襟见肘，天天愁的就是客房。饭店走廊全都住满，标准间中间加铺，会议室打起通铺，还有客人等待在大堂。饭店里再也没地方可塞床位了，大厅乱哄哄的，客人翘首盼等，怎么办？

有的把客人拉到北京“上海西餐厅”，把吃西餐的小桌子拼起来当大床；或拉到“莫斯科餐厅”打地铺，男女屏风挡隔，权且将就。当时来华观光的旅游者，有很多是腰缠万贯的富翁，叫人住在这种条件的地方，也真觉得丢了国家的面子。

还有个办法是用“缓兵之计”。这批外宾下了飞机，前批宾客还没退房。于是先把客人连行李一起拉到故宫、颐和园去游览，这边紧张地腾房间。那时外宾旅游也真够累的，你想想，乘了 20 多个小时飞机，到达北京后，时差还没有倒过来，就要拖着疲惫的身子去参观。到晚上，等上一批客人走了，才能入住宾馆。

像这样当晚能入住的旅游团，还算是幸运的。

有一次，青旅接了一个美国团，北京实在无处下榻了，打电话向时任团中央书记的李瑞环汇报。李瑞环也没法子，硬着头皮给小平打电话。小平打电话给空军，动用军用飞机连夜把外宾运送到天津去过夜，第二天又用飞机运回北京来观光。

坐飞机易地投宿，现在来说是不可思议的事。而那时，为解决住宿问题，通过国务院李先念、陈慕华等副总理调军用飞机把客人送往天津等地住宿，是常有的事，最远的送到南京。

1978 年全国旅游入境人数超过 180 万人次，比以往 20 年宾客总和还要多。到 1979 年，客人成倍增加，而宾馆不能像孙悟空拔根毫毛那样呼之即出，住宿矛盾更加突显。外国游客在大厅里打地铺已不奇怪，戏称在东方野营；在机场里围着毛毯候飞机，犹如战后在某个边境机场等待联军来接难民。

京城缺旅社，今夜宿何家？这个问号，就是深深的记忆。

北京东长安街 6 号，当年是国家旅游局和国旅总社所在地，经常有蓝眼睛高鼻梁的洋人坐在门口的台阶上，等住所的，等机票的。这样的风景，在当时世界上的大国中，恐怕绝无仅有。

早在美国总统尼克松访华前夕，北京饭店新建了一座 23 层的大厦，现在远远安排不下蜂拥而至的宾客。北京饭店总经理手头只有 7 间住房的机动权，其他房子的钥匙掌控在国务院谷牧、陈慕华、余秋里、王震4位副总理的手里。先给谁得副总理协调发话，一时成为天下奇闻。

一些客人久仰北京饭店的大名，宁肯在大堂静坐，也不愿去别处投宿。有一次全部客人都安顿好了，还剩一个没着落，怎么办？结果他在同行者卫生间的浴缸里，蜷曲着过了一夜。

不仅住宿难，而且条件差。

中国旅游协会副会长兼秘书长李玉莺，说起她当年带一批美国客人去招待所住宿，她说美国人一看，缩了回来，不肯入住，认为条件比美国监狱还差。当即给美国使馆打电话，使馆人员叫他们先去使馆。李玉莺苦口婆心劝阻。天又下起了雨，她就把这批客人拉到北京饭店大堂，每人发个毯子，在沙发上过夜。她也陪着外宾在椅子上度过漫长的夜晚。

这是发生在20世纪80年代初的事。不能怪美国人挑剔，与国外饭店相比，我们的条件确实差太多。那时的招待所是个什么状况？几乎所有招待所的房间都没有卫生间，一个楼层两大排客房，走廊尽头有个公用厕所，散发出的异味弥漫整个走廊。洗澡间大多设在厕所隔壁，你脱掉衣服洗澡的时候，感觉隔壁的臭气直接侵袭到你的全身，让你感觉全身都有洗不掉的臭味。而且，每天只供应两小时热水，你进去洗澡的时候也许已经供水一个小时五十分钟，但你并不知道，你脱光衣服擦上香皂，突然热水没了，你只好光着身子干着急。餐厅实行八小时工作制，过时恕不恭候。

条件略好的涉外宾馆，也存在许多问题。耗子夜袭旅客，外宾彻夜辗转。宾客带的食品常被老鼠啃得乱七八糟，连照相机的皮背带也被咬断。有时半尺长的大老鼠突然从空飞降，“啪”地一下正落在宾客的床上。于是有外宾称中国饭店为“老鼠饭店”。

一位外宾就绘声绘色地讲述：“晚上我看见老鼠在我眼前跳舞。”他随身带着老鼠咬过留有牙痕的巧克力，拿出来作为介绍“老鼠饭店”的证据。

靳羽西来了，这位海外名人也被老鼠闹得夜不安宁。住的房间没有天花板，老鼠在房梁上东蹿西跳，灰尘洒落。一开灯，老鼠逃走，一关灯又出来了。几只老鼠还从她的床上爬过，吓得她一夜都不敢入睡。

武汉某饭店，浴室遍地是水，每个旅客都在为马桶漏水发愁。桂林旅馆水泥屋顶竖着蓄水塔，只见龙头不见水，所有客人又都在为断水而抱怨。成都某涉外宾馆房间壁橱里灰尘厚积，地毯又黑又硬，床单、被子、枕套都脏兮兮的，令人恶心。卫生间墙上镜子破成两块，一条发黑的胶布刺眼地粘在上面，败陋状况令客人感觉好像来到战后的城市。

一个美国旅行团的领队柯娜·梅·邱夫人，致函中国国际旅行社，尖锐地批评饭店卫生不佳现象，其中写道：

> 客房的蟑螂钻进我的行李包从北京运到兰州。在乌鲁木齐，蟑螂更严重，竟爬到床上来。对此，我只能置之一笑。卫生间不起作用，马桶在漏水。不干净的设施和爬虫之害，可以直接影响旅行者对中国的特殊好感。

今夜不知何处宿，不止是在北京。

热点旅游城市，饭店都人满为患，床位紧缺告急。

在桂林，海外侨胞和港澳台同胞有的被安排在大礼堂的舞台上，男男女女都打地铺。有一首打油诗流传很广：“桂林山水甲天下，我到桂林住地下……”

在上海，当时虽有锦江、和平等7家上档次的饭店，但有时几千名外宾同一天要在上海过夜，急得上海市旅游局茫然无措。安置不下的宾朋，常常是临时拉到杭州、苏州去过夜。忙得顾不上吃饭的导游姑娘，跳上跳下地解释着，经常急得眼泪汪汪的。

3 票！票！票！

1979年春，桂林机场。浓雾迷天。

一天，两天，桂林的雾，依旧那么浓。十多个航班延误了，宾客焦急的情绪，也像雾一般在候机室内外弥漫，机场一片混乱。

外宾是有日程的，签证到期该回国了，回国机票也早买了，可是卡在桂林出不来，怎么不焦急上火？三天后，天空终于开雾了。几天滞留下来的旅客黑压压一片，机场乱哄哄的。每个团都想先走。协调、安慰，增调航班，喧闹数天的游客最后总算都散了出去。

中国民航从1979年4月1日起，在国内对外开放的城市中相继开辟了8条新航线，每周共安排了545个航班。外宾最集中的北京、上海两地，班机由原来每周的15班增加到24班。

桂林是最热门的景区，要求去桂林游览的外宾越来越多。民航广州管理局已把从广州到桂林的航班，由原来每周15班增加到24班。北京、上海、杭州、贵阳、天津、重庆、成都、武汉、长沙等地，每周都有班机进出桂林。

在当时情况下，民航已竭尽全力，但还是无法满足旅游班机需求。1978年底，中国民航只有162条航线，飞机的日利用时间才每天1.9个小时，民航的运输总周转量世界排名第33位。飞机性能差，30年前乘坐过中国民航飞机的人，对当年那颠簸的飞机和轰鸣的噪音记忆犹新。

票！票！票！机票、火车票，两票难求。外宾进得来，出不去，成为主要矛盾。外国、侨胞旅行团因购不到机票而被打乱行程，滞留、改线现象经常发生。

有一次在桂林，一个美国团班机延误，眼见签证即将到期却走不了，客人闹了起来了，挥舞拳头抗议。全陪导游老黄想，打电话向国旅总部反映，时间都来不及了。急中生智，直接把电话打到分管旅游工作的陈慕华副总理办公室。陈慕华连夜向空军司令张廷发求助，临时调军用飞机救急，才平息一场风波。

当时缓解航班紧缺的办法，只有通过国务院、中央军委高层领导找空军司令张廷发特批空军包机。紧张状况一直延续到1982年。空军部队1982年共派出1800多架次飞机，协助旅游部门空运游客近6万人次。1985年，空军正式成立旅游包机公司，飞机短缺的状况稍有缓解。

火车票同样紧缺，卧铺票更是难求。常常是一个团只能分到几张卧铺票，而旅游团中年龄偏大者居多，一个团下飞机，多数是白发老人，被称为“银发族”。导游陪同常为拿不出足够的卧铺票而内疚。

法国飞行七十八团凭票到火车站上车，车站告知走不了，要改乘凌晨2时的火车。等到凌晨2时，铁路方面又通知说这班车次取消了，要9时才有火车。旅客通宵未眠，遇上这种情况，怎能不生气！

有一次火车途经昔日丝绸之路走过的名城，有个法国旅游团上车。因没有软卧，客人和陪同发生争执，团队中有位80多岁的老太太。列车长也很为难。正在无可奈何之际，甘肃省委一行人知道情况后，带队的领导对列车长说："这样吧，我们12人的软卧全部让给旅游外宾。"说着就招呼人从软卧车厢把东西拿了出来。

法国客人进入软卧车厢后，迷惑不解地问："他们怎么愿意把软卧让出来?"当得知为他们让出卧铺的是省级领导时，顿时感动不已。

"在有限的条件下，解决宾客交通困难，我们尽心尽力。"王尔康给我们讲了个导航轮的故事。

故事发生在20世纪80年代初。这天王尔康刚上班，总经理室的电话就响起来了。空军机场告知，原定明晨6时起飞的一架图154包机导航轮要更换。图154是苏联产的飞机，早已从苏联采购，用火车托运的一批导航轮，却因东北嫩江发大水，失去了联系，火车皮现不知道在哪儿。如果不更换导航轮，航机就不能起飞。王尔康一听急了，飞机延误就要打乱客人下一站的旅行计划，这150多人的旅游团，一处乱就一路乱，怎么办?

空军也在想办法。全国发电报寻找，终于在空军所属的乌鲁木齐机场找到一个备用导航轮，但是得有专人去拿。王尔康一看飞乌鲁木齐航班还赶得上，马上派人出发赶飞机。如同一场争分夺秒的"战斗"，终于在当晚12点前把导航轮送到空军机场。机械师连夜装换。第二天黎明，一声轰鸣，飞机按时冲上蓝天。王尔康与在场的国旅总社人员一直悬着的心，总算平静下来，脸上有了欣慰的微笑。

1978年到80年代初，中国民航、铁路都极其薄弱，交通与住宿同时成为发展旅游的主要瓶颈，外宾对此啧有烦言。抗议呀，叫喊呀，但由于条件限制，都难以较快改善。当这些外宾回国后，形成的舆论却相当可怕，给中国的国际声誉造成的不良影响，还不容易改变。

80年代初，连续5批共130多名美国客人在中国住不好，吃不好，特别是又因机票受困走不了，问题从民间反映到官方。不久，美国官方公开发布消息，说美国人到中国出不来，没地方住，对中国之旅亮出红灯。随即美国旅客骤减。

美国旅行商说："等到你们条件改善后，我们再来。"

中国旅游业，在种种尴尬的情况下起步。

4　意想不到的尴尬

"民以食为天。"中国美食天下扬，正宗的有鲁菜、徽菜、浙菜、苏菜、闽菜、粤菜、川菜、湘菜八大菜系，还有满、蒙、回、朝鲜等民族的特色口味，如烧、烤、涮。高档的有燕窝、鱼翅；中档的有甲鱼、螃蟹；北京烤鸭，杭州宋嫂鱼，四川太白鸭……任君享用，更不消说还有天南海北形形色色的风味小吃。说到吃，在中国总没问题了吧？

"你们想错了。"程文栋先生说，"当时在餐桌上出现过不少尴尬。"程文栋曾任国家旅游局副局长，担任过中国驻意大利大使，获过意大利"大十字骑士勋章"，他身材高大，声音洪亮而浑厚。他向我们讲述当年陪美国内务部次长一行人游桂林的事。

美国客人到餐厅坐下，提出要喝啤酒。

"对不起，没有了。"

"那就来点冰激凌。"

冰激凌是什么？服务员还是第一次听说，去问餐厅经理。经理脸红了，知道是知道，但餐厅目前还不会做。最后，客人说："那就来杯冰水吧！"

经理派人出去跑，打电话到处联系，就是找不到冰水。

美国宾客耸耸肩，疑惑地瞪大眼睛问程先生："冰水也没有？"

程文栋说起话来中气十足，说到这里，仰面哈哈大笑起来："你看现在，要什么饮料没有？那时候连啤酒都没有呀！青岛啤酒，年初就拿钱去预定的，按计划供应。需求上报了，但只批下极少量。"

1979 年 14 个省市 54 个涉外饭店有个统计，每年短缺啤酒 2778 吨。而且多数啤酒质量很差，外国旅游者对喝不到啤酒很有意见。美国人晚餐想喝鸡尾酒，更让我们的餐厅经理傻了眼。那时只有少数涉外宾馆才有调配鸡尾酒的人才。

还有香槟酒问题。香槟酒是礼仪用酒，国外宴会大开香槟酒助兴，以显示宴会的隆重。可是，我们的餐厅香槟酒也奇缺，吃都不够，更别说是弄得"香槟喷溅宾朋乐"。

除了物资紧俏，由于对外国饮食忌讳不了解，也闹出一些不愉快的事。比如泰国游客忌吃牛肉，事先已通过陪同向餐厅打了招呼。数分钟后，服务员忙中出错，偏偏把一盘牛肉端上桌。

“哎，我们不是说了吗，不吃牛肉。”一桌人都火了，因为这被视为对客人信仰的侮辱！

港澳游客忌讳“炒鱿鱼”，因为在他们那里，“炒鱿鱼”是失业的代名词。但餐厅服务员对炒鱿鱼这道菜叫惯了，上菜就大声唱道：“炒鱿鱼了！”

海员忌讳“翻”。某餐厅服务员帮忙，把下半边未吃的鱼翻了个身，谁知外国海员无法容忍，把筷子一摔离席而去。

在饮食习惯上，国内外存在很大差异。外宾喜欢分餐制，中国餐厅总是老规矩，十人一桌，合而食之，有时不足十人还不上菜，客人面面相觑，饥腹以待。

大多数外宾早上爱吃西餐，而许多餐厅还做不了西餐。早餐通常是稀饭、冷菜、点心，西方宾客很不适应。

还有一个让外国游客不满的是餐厅定时开饭，过时不候。早上得早起赶吃饭，晚上又没有专供客人喝酒聊天的酒吧间。

中国有“食在广州”一说，天上飞的，地上爬的，水里游的，经过煎炒烹炸、蒸煮炖煨，无不成了席上的佳肴。然而，那些精心烹饪的名菜端上来，外国游客问，这是什么？当得知这是某些飞禽走兽时，他们不吃了。餐厅说，你点的，我们做了，你怎么能不要？客人说，你写的不是这个东西。人家说得没错，我们写的“龙凤呈祥”，外国游客能知道那是什么？矛盾的焦点则是：有些“洋客人”反对屠杀动物。

许多餐厅还没有菜单，更没有英文菜单。每次吃中餐，外宾好奇地询问各种菜名。我们的传统菜名写在小竹签上，高高一排悬于墙，外国宾客不知那是什么。菜单可以充分展示一个餐厅的优势和特色，可惜那时我们还不知道利用。

有些问题一经外宾指出，改起来并不难。很快，印有中英文的精美菜单出现在各宾馆的餐桌上；也有了夜间小吃部，备有各种名酒、饮料、点心、冷菜、热菜。就餐时间不再限定。街头相继出现酒吧间，并迅速增加。

在旅游点进餐，更大的问题是卫生差。某些餐馆苍蝇就像轰炸机一样向饭菜袭来，外宾见了头皮发麻。有些餐馆厨房与餐厅只隔一矮墙，客人可以看到师傅打赤膊在大锅台上烫面条，食欲大减。

别小看“吃”，一日三餐谁能少？没有好的餐饮企业，就没有好的旅游环境。一个城市餐饮市场的成熟程度，反映了它的旅游接待力和综合实力。

为了让旅游外宾吃饱吃好，我们的餐厅师傅费尽了心思。常言道：“众口难调。”何况这“众口”来自不同国家和地区。甚至同一个团队，由于年龄、体质、职业、宗教信仰等不同，对饮食也有不同的要求，要细心地做到“看客做菜”。

师傅们很快了解到西欧人口味清淡，东欧人口味比较浓厚；非洲人以咸辣味为主，爱吃咖喱；法国客人吃点心，喜咸不喜甜；美国人饭前要喝饮料，日本人喜欢海鲜鱼虾；而尼泊尔等一些内陆国家对海味和水产品都不太适应；朝鲜人则喜欢蒜味辣味，对花椒八角等香料不喜欢；川菜酸、甜、苦、辣、麻，五味俱全，外宾就消受不了，得改进。连炒个鸡蛋也讲究，有的要荤烧，有的要素做。这鸡蛋本来就是荤的，怎么个素做？荤的又分煎炒，素的还讲老嫩。

北京饭店等许多涉外饭店让宾客吃得最为满意。餐厅中西餐齐备、品种俱全，任君自选。中餐花样繁多，别具风格。山珍海味经高级名厨的妙手高技，做出色香味绝佳令人见而增欲的美味佳肴；包括茅台酒在内的多种饮料，任凭客人吃喝；咖啡、冰糕等冷饮都能及时送到；上菜、送酒、端饭，讲究礼貌，有条不紊。外宾们认为，在这里用餐是一种美的享受。他们啧口称赞：“中国菜是世界第一流的，是中国文化。”

但是，那时没有太多的地方能像北京饭店那样。

5 情动中南海

那时的中国旅行游览事业管理局，频于应付各种难题，像救火的消防队。北京和各地持续的住宿难的呼声，惊动了中南海。党中央、国务院领导清楚地认识到：住宿问题已严重制约、影响了旅游业的发展，乃至经济发展，得下决心解决住房“卡脖子”状况。临时建房来不及，原有的内部宾馆则是可利用的资源。1979 年，国务院一声令下，决定将北京和全国各地的内部高级饭店对外开放，划归旅游局实行企业化经营，挣外汇。

于是，中共中央、国务院、总参内部使用的北戴河疗养区别墅院舍，钓鱼台国宾馆其中两幢楼，率先对外开放，接待自费旅游者。

北戴河疗养区一开放，日、美、英、法、瑞士、加拿大等国的外宾一批批来到了北戴河，喜笑颜开地游山海关，在海滨沐浴阳光，划船游泳。

北京钓鱼台宾馆是闻名中外的国宾馆。800多年前，金王朝迁都燕京后，金章宗皇帝常到大水池边钓鱼，流传下“钓鱼台”的名称。清朝，这里是皇帝行宫。共和国建国后，这里接待过许多元首级外宾。住房在湖水岸旁绿树丛中，环境幽静，高贵典雅。卧室宽敞、整洁，电冰箱、电视机等现代化的实用设备，一应俱全。1979年8月1日，国宾馆首批接待了菲律宾首航旅行团，包括菲使馆人员共70人。接着又连续接待了日本、美国的旅游客人。宾馆还向每位入住客人赠送绣有“钓鱼台迎宾馆”字样的桌布、檀香扇。外宾为能入住原来只有国家元首下榻的国宾馆而感到兴奋和荣耀。

国务院开放国家“禁苑”，各省市争相仿效。

行动最快的是山东，把当地最好的济南南郊宾馆、济南饭店拨出。随后河北、四川、云南、天津、黑龙江、吉林等10多个省市都将本地“禁苑”开放，拨给旅游部门管理使用，自己要开会时就住一般饭店和招待所。

广东把白云宾馆和南湖宾馆拨给省旅游局管理使用，湖南省委将当地的“国宾馆”蓉园改为蓉园宾馆，接待旅游者。

浙江省委规定，省委开会一律不准占用接待外宾的饭店和宾馆。同时，让省机关事务管理局所属的新新和大华两个饭店，按照先外后内的原则安排用房。

广西南宁的西园饭店，人称“南宁国宾馆”；湖南蓉园宾馆，重庆市渝州宾馆，都是当地接待来华访问高级官员和中央首长的高级饭店，这些内部宾馆如无接待任务，都是常年空锁着。开放后，为国家挣取了大笔外汇，结束了年年向财政部门要补贴的历史。

上海先后开放兴国宾馆、西郊宾馆和锦江中楼。

兴国宾馆又名丁香花园，相传是清末李鸿章宠妾丁香居住的地方。园内有三幢别墅式的建筑，内有苏州式的庭园，小桥流水，曲径幽回，假山亭榭，错落有致。

西郊宾馆是上海最大的内部宾馆，“十里洋场”少有的幽静处所。高级套房，豪华的客厅和新颖别致的酒吧、茶座，此外还有百亩诱人水面，可供住客划船、垂钓。

锦江中楼原来是接待国家元首用的专用楼，使用率极低；遇有重要国宾，则不光是中楼，连整个饭店都要提前控制床位，其他外宾不接或少接；任务过后，中楼还要休整两天搞卫生，清规戒律很多，没有接待任务只准空着，亏损由国家财政补贴。

各地高级宾馆原有的规章，在1979年被彻底打破了。

这些举措给旅游业发展吹来一缕春风，从一定程度上缓解了外宾食宿困难的矛盾，更为国家挣得许多外汇，可谓一举多得。

开放“禁苑”挣外汇，表明中国旅游开始从“外事接待型”向“积累外汇型”转轨，表明了中国高层领导支持搞旅游的决心。

除了开放全国各地“禁苑”外，国家旅游总局号召旅游部门紧急行动起来，改造原有招待所，解决住宿“卡脖子”问题。

当时提出的口号是：时间就是外汇，速度就是金钱。早一天改建成，为国家早一天收入外汇。

北京及全国各地都开始把老式的招待所住房，改造成带卫生间的套房。安装锅炉，整理床位，添置设备，疏通道路，组建车队，餐厅、礼堂、俱乐部……任务非常紧迫。

上海提出“修好一间、布置一间、安排一间”的口号，大挖住房潜力。在短期内改造、扩建旅游标准床位3000多个。

杭州马不停蹄，改造扩建2000多标准接待用房。

有的地方“临时抱佛脚”，像救火一样抢时间。当时，江苏有4个团百余名客人将到达，住宿安排不下。如果临时打退堂鼓，既损坏信誉，又影响外汇收入。怎么办？省委听了汇报后指示：“接，决不能退！”马上组织人员装修双门楼宾馆三、四层。

这时，离接团的时间只有一周。楼体虽已建起，但还是个水泥框架，室内工程尚未动工。那时人干起活来有股子冲劲，不分昼夜，不讲报酬。南京一建公司多工种工人同时作业，安灯通水、油漆门窗、粘贴墙纸、为地板打蜡。无锡家具厂赶制的弹簧床、沙发，水运太慢，市城建部门抽出20多辆大卡车连夜送达。苏州提供灯具，镇江赶制拖鞋，扬州运来大浴巾。女工连夜缝被子。没服务员怎么办？调江苏旅游学校30名即将毕业的学员，提前上岗实习。

一周后，港沪119团等4个团如期到达，外宾们高兴地住进新楼。他们不知道，为此许多人连日忙得顾不上吃饭，一周就瘦了一圈，有的工人累得晕倒在施工现场。

重庆是刚开放的城市，接待条件底子差。市委下决心拨出200余万元重新装修宾馆。工人们加班加点，为每个房间装电话机，铺地毯，安装空调，装淋浴设备。每栋楼添置了制冰机和电冰箱，还在宾馆内设立了邮政、电信、兑换外币的服务点和小卖部等。

还有个办法，像打仗一样争分夺秒地投入“抢房间”战斗。

什么叫“抢房间”？

比如上海锦江饭店，一批南斯拉夫100多位外宾早上6时刚离店，紧接着澳大利亚珊瑚公主号游船外宾100多人上午8时要入住，前后只有2小时空隙。10多名服务员争分夺秒，打扫房间，重新换上被套、枕套、毛巾、浴巾，在客人到来前已把一切都整理得井井有条。这办法，后来就叫“提高住房周转率”。

这样的紧张战斗，实际上不只是“抢出了房间”，多赚到外汇，重要的是改变了我们从前许多跟国际通用的经营管理方式不接轨的观念。在这些从省级领导到普通服务员合力的“战斗”中，旧的思维方式被扫除了、更新了。旅游业，其实是最早努力着跟国际接轨的行业。

二、开放初年的阳光

20世纪的国际旅游业，在二次大战后开始重建。西班牙宣称：“向世界出售太阳和海滩。”新西兰的旅游业已成为本国最大的产业之一……这是一个从旅游业开始恢复国际交往，进而重新构建展示各国实力的时代。中国虽然旅游业严重落后，但我们毕竟有了新的开始。改革开放初年的阳光，古老东方国度的人心和品德，有无限纯朴动人的美景，值得抚今追昔。记忆告诉我们，那时“硬件”很差，但爱国之情，纯朴善良之心等蕴蓄民间的“软实力”却可以感动天地。

1　梦醒时分

在改革开放前的30年，中国人并非不努力。中国人自力更生、勒紧腰带苦干了30年。但我们认识上出了偏差。我们对经济的认识严重不够，对旅游的认识就更加不到位，我们也还不懂得如何有效利用世界上的种种资源。

《世界旅游组织》于1975年正式成立，总部设在西班牙的马德里，到1979年已有101个成员国。同年，联合国报告说，旅游业现在是比钢铁与军备更大的行业。

改革开放之前的30年，我国旅游业几近于零，仅是为了扩大政治影响，搞些外交礼节性的接待，仅象征性收费。说白了，是贴钱的买卖。“文革”结束后，中国旅游业迈出了历史性的步伐。

外国旅游者第一次来中国，一下飞机，接触的第一个中国人就是导游。导游的一举一动、一言一行代表着中国人的形象。

一位意大利的旅游者对导游说：“马可·波罗向我们介绍了古代的中国，你带领我们游了当代中国。”

导游被称作“民间大使”。当个好导游是个不简单的事。有人羡慕导游，但不知导游艰辛，以为导游整天坐飞机、游天下、吃风味，工作就是游玩，游哉、优哉。有人看不起导游，“不就是个带路拎包的吗?”把导游看作是“伺候洋人”的差使。

导游有自己的自豪，最牛的语言当推这句：“在外宾面前，我是中国。在内宾面前，我是首都。”

王连义先生是河北省人，大学毕业后一直在国旅从事导游、翻译工作，说话风趣幽默，是历届导游大赛的裁判长。现在虽退休了，却还在为培养旅游人才奔忙，写了不少导游方面的文章，是中国著名导游翻译专家。他说，导游是一项崇高的职业，导游的好坏，关系到祖国的声誉和尊严。

王连义还说，那时导游奇缺，特别是懂外语的导游更缺。在机场刚送走一个团，不用回来，下一个团马上就飞到了。名单早已在怀里装着，不时得掏出来熟悉熟悉。一年365日，多是车马船上行。未婚的导游没机会与恋人见面，已婚的导游常常要听爱人的怨声。十天半月不着家，这家还像家吗？中年导游，上有老下有小，更有一本难念的经。

国旅总社有位日语女翻译，一年有200多天都在跑，年幼的孩子送“全托”，见到小孩时，孩子不认识妈。还有一对双职工，常年在外带团，丈夫回家妻离家，妻子回家夫出发。两人只好靠纸条传递思念之情。有的导游一年中登了300次长城，跑细了腰，磨破了嘴，倒地而宿。但能让来华的旅游者带着好印象依依惜别，一年到头累是累，却也是充实的。

李维瑜大姐是中国旅游协会副秘书长，还是国家旅游局夕阳红舞蹈团的团长。30年前，李瑞环动员她转入旅游行业工作，从此改变了她的后半生。多年从事旅游宣传工作的她，十分健谈，她讲了这样一个故事：

有个美国老太太步履蹒跚，拎着两个大包，特别大。那时候，美国人认为中国物资贫乏，什么都带，大包装有衣物、成打的一次性袜子，巧克力、饼干，各种零食，各种药品……包括卫生纸，应有尽有。这个老太太的女儿也在这个团里，美国人儿女不大帮助父母提行李的，或许美国的老年人也喜欢自立。导游小张主动帮助老太太拎包，一路对她也特别关照，扶上扶下。

10多天后，分别的时候到了。在首都机场安检处，这位80多岁的美国老太太动了真情，紧紧握住导游姑娘的手说：“你能不能够跟我去美国？我收你为女儿。我有好多个儿女，他们从来不管我。我有10多处房产，可以送一处给你。”

姑娘回答说：“我们国家的旅游业现在需要我，我的父母也需要我照顾。”最后她俯在老人耳边说：“将来，有机会我会去美国看您，您多保重！”

青旅接的100多人的华侨团，一路上住也住不好，吃也吃不好，汽车又颠簸，华侨很不满意。两个女导游急得不知怎么办才好。忽然，她俩站起来说：“对不起大家，我们给你们唱支歌吧！”

她俩一起唱起了《我爱你中国》，一边唱着歌，一边流眼泪。华侨们被深深地感动了。最后导游说，希望你们喜欢我们唱的这支歌，我们的条件一定会好起来，欢迎你们再来。全团人员热烈鼓掌，有人也流下了泪水。

有一次，北京飞西安的飞机发生故障，机身晃动，飞机上是个美国团，机舱顿时出现骚动。两位导游是从北京第二外国语学院借来的大三女学生小李和小燕，她们很镇静，在高空中微笑着应对突发事件。

小李大声说："有亲人的请举手！"

一下子，大家举起了手臂。

小李和小燕也举起了手。

小李举着手说："我也有父母，还有一个小女儿。我不希望父母失去孩子，也不希望孩子失去父母。请你们相信，中国的航空是最安全的，新中国成立以来还没有掉过飞机呢！"

经她这么一说，大家的情绪安定下来。事后，人家问她们为什么那么镇定，两人都不慌神，配合挺好。她们也说不出为什么，但她们经历了有生以来最勇敢的时刻。

这时，空姐出来告诉大家，飞机将降落在太原整修。在太原等待的时间，为调节情绪，导游小燕开口说："我给你们说说我插队的故事吧！"她开始讲述怎样去北大荒，怎么学会干农活，怎么学会开拖拉机，怎么又考上了"二外"。

"有什么不理解，你们可以提问。"

客人很感兴趣，气氛立刻活跃起来。有人问起了"文革"这个敏感话题。"文革"与"改革"，一字之差，有着天壤之别。两位插过队的导游，对"文革"灾难有自己的理解，并没被难住，做了理智的答复。

有一老者感动地站起来说："我们原来不敢问这些事，怕伤害你们。相信你们的国家，一定会一年年好起来。"两小时后，飞机重新起飞。

"我现在连她们叫什么名字都记不起了。"坐在我们对面的李维瑜大姐记忆起这段往事时，感情充沛，眼角眨出泪花。

2　穷得有志气

英国有个旅行商曾经带队到过 100 多个国家，深有感触地说："只有在中国，不用付小费，也不必担心自己的行李。"

TIP（小费）是英语 To Insure Promptness（为了保证迅速）的缩写词。在国外，凡想得到快捷、舒适的服务，就得额外付给小费。这渐渐成为国外旅游业中的惯例。国外服务员都渴望得到小费，而且小费收入往往超过工资。

中国人不收小费，在当代是同“爱国主义、民族气节、外事纪律”糅合在一起的。在旅游行业形成的共识是：为宾客服务是应该的，不能收受额外的小费，也不应接受旅客馈赠的礼物。刚开始，外宾对中国导游、翻译，包括行李员、清洁工在内的饭店服务员都一律不收小费很不理解。

小刘是北京小天鹅酒家年轻的厕所保洁员，每当外宾塞给她小费时，她总是婉言谢绝。有位瘫痪的外国老太太，小刘小心地搀扶着老人上完厕所，帮老人穿好衣服，又把老人推回餐厅。老太太要给她小费，她坚决不要。老太太要回国时，不顾陪同的劝说，偏要专程到酒家卫生间去再看望一下“那个善良的姑娘”。

1979 年 6 月的一天，国旅翻译小王全程陪同比利时华兹旅行团游长城、十三陵，十分劳累，正准备休息。一外宾请他到团长房间里去一下。小王心想还有什么事没办好，匆匆跑去。一进团长房间，已有 6 位外宾坐在床边等他。团长拿出一个大信封说：

“我们这次来中国旅行太愉快了。你对我们非常友好，十几天来一直陪我们参观，很辛苦。为了我们，你离开了你的妻子和孩子，我们很感动。这是大家拼凑的两千元钱，表示我们的一点心意。”

小王慌了，连忙摇头摆手谢绝：“钱我不能收，绝对不能收。你们的心意我领了。”他的回答使外宾们既惊讶又不安。

国旅沈阳分社的翻译小张陪一个美国旅行团，该团领队几次要给她小费，小张都笑着谢绝了。在该团出境时，领队竟发了“火”，丢下装有美元的信封上了飞机。小张无奈，只好先收下，按规定上交给社里。

老干部们都说，当时导游都不收小费的。就是收一支笔也上交。这是导游的天职。“既然选择了导游这个职业，你就等于选择了奉献。我们是中国人，要表现出有国格、有人格。”那时，这话很普遍。

还有太多拾金不昧的故事。

香港同胞张送和夫妇到八达岭游长城，忙于拍照，过后发觉自己携带的黑色小皮包丢失了，里面有护照和全部随身钱物。午餐时，桌上气氛沉闷，同伴都在为他俩发愁。忽而，门帘拉起一角，八达岭交通警彬彬有礼地探头询问：“你们这里有叫张送和的客人吗?”

张先生惊愣地站了起来：“我就是。”

“您的皮包被解放军同志捡到了，请您清点一下吧!”

一句话顿时打破了室内沉闷许久的气氛，全队客人不约而同地站起来鼓掌，热烈地鼓掌。皮包内有万元港币、支票和有关证件，无一缺少。张先生热泪夺眶，激动地紧紧握住交通警的手说：“奇迹，奇迹，简直不可想象啊，太感谢解放军了!”

对外友协参观团一位外宾，不知怎么把与夫人结婚时赠与他的金手表丢了。他说这块金表的价值并不重要，重要的是他爱情的信物。正躺在床上郁闷时，帮助寻找的陪同翻译回来了，笑眯眯地向他伸出右手。天哪，他的“思念之物”居然在导游掌心闪闪发光。外宾高兴得像孩子般从床上跳起来。

“在哪里找到的?”他问。

“是两位重庆工人在大街上捡到的。”

“大街上?”

“对呀!他们捡到，看这东西不像是当地人的，就马上送到这住外宾的宾馆里来了。”

“上帝啊，中国人不可思议!”

法国全球旅行团卢尔丹勒夫妇走出王府井书店。

闹市中，卢尔丹勒夫人忽然惊叫皮包不见了。只见有个中年人穿越人群快步朝他们跑来，手上挥动着她熟悉的法式小包。来人气喘吁吁地说：“刚才，你们在我身边买磁带走后，我发现这个包，是你们的吗?”

卢尔丹勒夫人连声说：“是，是。谢谢，谢谢!”

陪同的翻译请他留下姓名和工作单位，他微微一笑：“我是北京小学老师。”说罢，颇有礼貌地用手势告别。

卢尔丹勒先生说，西方这种事情已经很少见了，而偷窃在西方国家猖獗，使旅游者生畏。“中国人的美德，同你们的万里长城一样，太棒了!”

停泊在大连港的日中九州友好之船，晚上九点要起航出境。傍晚，一位老年团员神情紧张地对陪同老赵说：“我有40万日币忘在宾馆房间的床下面了，怎么办?”

老赵很自信地说：“别焦急，只要您没有记错，就一定能找回来。”老赵当即把此事转告辽宁大厦保安部，大厦保安立刻到客人所住的305房间床底下寻来找去，没找到。最后是在枕头套里找到了一叠日元，清点后不是40万，而是57万日元。国旅沈阳分社马上派专车将钱送上船，这时离开船还有一个多小时。

失款复得的日本老人含泪鞠躬：“真是听说千遍，不如一见。中国人的道德是世界上最高尚的。”他拔出一大沓日币，酬谢来送钱的翻译。

“这是我们的职责，您拿钱感谢是不合适的。”翻译说。

“对不起，对不起！请原谅，我失礼了。”日本客人再次鞠躬，热泪滴在甲板上。

说起来宾客们也太粗心了。虽然陪同人员经常提醒客人妥善保管好随身物件，叮嘱客人不要将贵重物品和钱币随便乱放，但旅游途中遗忘钱物时有发生。有的把瑞士表留在洗手间，有的把珠宝掉在沙发缝中，有的把钱包丢在柜台，有的把装巨款的手提箱忘在餐厅……

北京饭店、民族饭店、友谊宾馆、和平宾馆等涉外宾馆，1979年来就有1500多起拾金不昧的事。多的一个皮包就有数万美金，除了现金、旅行支票外，还有照相机、摄像机、录音机、手提箱、手表、金银珠宝等。

许多失主情真意切地拿出金钱财物表示感谢，但没有一人肯接受。一位饭店服务员，面对外宾的3000元酬谢金，淡淡地说了句“弯腰之劳不用谢”，继续埋头擦餐桌。

那时，我们刚刚走出“文革”的岁月，大家都不富裕，但穷得有志气。这种“贫贱不移”，令外宾惊佩不已。

这些拾金不昧者都是些普通百姓，有领班、出租车司机、空姐、清洁工、餐厅服务员，还有工人、农民、售货员。改革开放初期的人心人情中，有那么多的阳光。外国人听说中国有个雷锋，赞扬说“中国遍地雷锋”，这并不过分。尽管“文革”也给西方人留下复杂的记忆，但改革开放初期，许许多多的外国旅游者，就从遍布中国各地普普通通的拾金不昧者中，认识到真实的中国人，他们用不同的语言说出一个共同的声音：“中国人，了不起!”

3 世界需要热心肠

这里所述的故事，有些是救人性命的大事，更多还是生活中鸡毛蒜皮的小事，无论大小，都在讲述：世界需要热心肠。

70 岁高龄的美国人史密斯先生在攀登到长城第四座烽火台时，突然软瘫晕倒在地，脸色苍白，头冒冷汗。正在长城上执勤的某部警卫连指导员带领几名战士，把史密斯先生背到长城下休息室，又请八达岭特区医务室大夫赶来抢救。经诊断，是高血压病突发，幸及时抢救，使史密斯先生病情缓和，转危为安，事后未收分文诊费。史密斯先生感动地说："在美国，一点小病求医都是要付出昂贵医药费的，中国不可思议。"

有一年冬天，在西安旅游的日本游客高田先生，晚餐时多喝了点酒，带着几分醉意，一个人抱着刚买的"三彩马"走到宾馆湖边时不慎一脚踩空，连人带物跌入宾馆内的湖中。紧要关头，立刻有 3 名宾馆工作人员跳了下去，费了好大劲，才把冻得发抖的高田先生救上来。当知道他买的"三彩马"还在湖中时，正在看电影的渔工老雷也赶来打捞。老雷在冰冷的湖水中，东摸西找，好一会儿才找到。

"救人还救马"的故事传开后，团长杉木宽先生带领全团人员对全馆工作人员表示衷心感谢。高田先生激动地拉着救命恩人的手说："中国伟大，中国人民伟大!"

希腊专家维内察努是个幽默的老太太，乘伏波号游船游漓江。午后天气骤然转寒，阵阵呼啸的江风掠过，维内察努上衣单薄，下身穿条绸裙子，全身冻得直打哆嗦。她躲进船舱，在胸前划着十字，闭着眼睛喃喃祈祷："上帝呀，给你儿女一盆火吧!"

没想到她的祈祷还真灵验，过一会儿，一盆暖融融的炭火变魔术般地出现在她的面前。老人高兴地蹦起来，飞身旋转跳起希腊舞。原来是航运公司干部老周见她冻得不行，生了这盆火。

日本 CITC26－217 团的翻译小吴下午在昆明西山游览时，突然发现该团成员安田正士先生走丢了。他是位 73 岁高龄的老人。小吴焦急地向国旅昆明分社报告。

客人失踪这事非同小可。大家奔赴现场寻找，几个小时都没找到。正急得要向公安局报案时，出人意料的是，安田先生比寻找他的人先回到了昆明饭店。原来是一位采草药的青年山农护送他回到饭店。分手时，安田先生把钱包里所有的钱倒出来，要送给他。青年人坚决推辞，连垫付的船、车、电话费也不收。

年轻人说："你迷路了，人生地不熟，送你回来是应该的，不要感谢我，每个中国人都会这么做的。"

西欧旅游团正在无锡第一缫丝厂参观，兴致正浓时，大家发现一个上了年纪叫瑞特的外宾不见了。一找，原来瑞特先生因为手术留下的后遗症，不方便蹲坑，大便拉在裤子里，困在厕所出不来了。陪同的是个大姑娘，急得团团转。

一个工人师傅说了句："交给我吧。"

这位工人师傅带他去洗澡，又给他找来裤子换上，叫车送他回饭店休息。瑞特先生感激地说："在无锡，我不仅游览了江南水乡美丽的风光，还领受了中国人的美好心灵。"

4　百闻不如一见

北京全聚德宴会厅，青旅正宴请回国观光的香港同胞，酒过三巡，席间气氛达到高潮。

一个20多岁的年轻人，悄悄地把当时主管接待的董衡拉到一边，说："你猜我是哪来的?"

董衡说："你不是从香港来的?"

他神秘一笑："不，我是从台湾来的。"

董衡当时是团中央青年旅行部部长，听了一愣，但马上反应过来："那更要欢迎了！来了，有什么感受?"

"我在台湾听说共产党都是青面獠牙的，很凶，六亲不认的。老百姓生活很苦，现在我亲眼看到的，和以前听到的，完全是两回事。"

数十年的封闭，造成外界不了解中国，中国也不了解世界。

1976年1月，邓小平的头像首次出现在美国《时代》周刊的封面上。封面左下角注明"周恩来的继承人：邓小平"，右上角的醒目标题则是："中国：朋友还是敌人?"这种说法明白地在告诉世界：对于红色中国，他们还摸不透。

很久了，西方人对中国一直有一种"神秘感"，对中国的认识还停留在几十年前甚至百年之前的清末，不少国家的不少人，以为中国人穿着长袍马褂，瓜皮帽的后边还拖着一条长长的发辫。我们对外界也不了解。1972 年“乒乓外交”之后，我们才改变“美帝纸老虎”的说法。

因为封闭太久，在刚开放的一些内地城市，金发碧眼的女郎、高鼻子白皮肤的外国人一出现，常常有人围观看热闹。胆大的小孩，蹲在地上去摸外国人腿上长长的黄毛。

1982 年，法国可尼旅行社一行 26 人来华旅游。该团大部分成员都是首次来华，带着对中国种种猜疑看法而来，甚至有人认为中国还处于“文革”动乱之中，年轻人还戴着红袖章。十几天内，他们参观了工厂，在农村用餐，漫步街道，同中国百姓交谈接触，他们的看法变了，惊叹不已。感受到中国人民是勤奋向上的，中国不简单，要保证十亿人民吃饭穿衣，维护着社会安定，这几乎是一种超人的奇迹。

研究中国问题的学者，十分关心中国的人权问题以及用人制度问题。改革开放后中国干部政策也有了变革，取消了用人看阶级成分的做法。上大学、分配工作、婚姻、考核等许多方面，阶级成分不再是考虑的因素。过去因所谓“出身不好”而受歧视，使之终生不与别人平等的现象已经得到纠正。这是改革开放以来政策上一项最大的改革。这些情况让外宾们耳目一新。

前西德旅游者古斯塔夫·穆里瑞说：“中国之行使人满意，作为一个从遥远的欧洲来到你们国家的旅游者，我看到了中国的希望。”

有个由教授、医生共 31 人组成的美国旅游团，带着各种偏见到中国来旅游。埃德先生是康斯坦丁大学教授，他一直认为中国人思想和行动都不自由，工作艰难，生活困苦。其情形也有点像我们以为他们那儿的人民“生活在水深火热之中”。

埃德先生为了证实自己的观点，带了 10 打彩色胶卷，准备拍摄“证据”，以便回去说服不同意他观点的人。到北京的第一天，他起了个大早，自己一人从前门饭店走到虎坊路口，只见人行道上的行人和大街上的骑车人，都衣着整齐，精神愉快，有的还微笑着用英语友好地向他问候：“早晨好!”

埃德先生迷惑了。

最后，他说：“看来，过去听说的不是事实。”

这个团的狄先生是美国有名的医学博士，到上海患了感冒。陪同劝他去医院治病，狄先生摇摇头说：“中国还没有给我看病的设备。”

陪同拿出自备的中药板蓝根，用开水冲开后对他说：“你试试，这种药与咖啡味道差不多，能解暑降温呢!”

博士半信半疑地喝下去，没想到第二天一早竟然不打喷嚏了。狄先生夫妇笑着找到陪同又要了几包。事后狄先生说：“太神奇了！简直不可思议!”临别时狄先生一下子买了200包板蓝根带回国。

这个团有个精神病老专家利奥奈德，在去云冈石窟的路上，洪水从公路漫过，汽车过不去。正当游客们站在水边发愣时，有个过路农民微笑着走到奥奈德先生身边，边说边打手势。

老专家想想，掏出了钱包。

农民急得直摇头。

陪同翻译赶忙解释：“他是说水不深，他可以背你过去。”

老专家为自己的误解感到内疚。

农民背起利奥奈德先生涉水往前走，其他外宾纷纷脱鞋挽裤，兴奋地跟在后面，顺利地到了水流对面。过后，利奥奈德先生告诉陪同，他的两个身强体壮的儿子也在这个团，但只是站在他的身边袖手旁观。

百闻不如一见。这个团在中国经过短暂的17天行程，离境时他们坦率地承认，事实让他们改变了对中国的看法。

美国哈佛大学5位美国大学生回国后给国旅总部寄来感谢信，信中说：“我们在美国听到的中国，同我们在北京亲眼看到的中国，完全不一样，中国人民十分友好!”类似这样的海外来信，每个月能收到一大摞。

40多年前曾在北京生活过的泰国人徐安纳女士故地重游，兴奋地说：“北京变得不认识了，比想象中还好。”

世界已经看到一个日益开放的中国。

5　公鸡太太汤

当年，有许多友好人士对我国新兴的旅游业导游短缺、航班延误、火车晚点、服务欠缺等种种问题，提出过很多批评。

八达岭火车站没有候车亭，只有一块站牌，旅客上下火车非常不便。等候乘车的旅客，只能在空旷的野地里站着。烈日暴晒，下雨挨淋，外宾对此反应强烈。于是旅客候车亭相继出现，车站、码头、街口醒目的指示牌多了起来。

飞机行李舱肚子的门打开，舱里的行李哗啦啦都掉到接运卡车箱里。外宾看到这种“快速卸货法”，惊讶得张大了嘴巴。有人对这种野蛮方法提出批评，机场很快就改进了。

广州宾馆小卖部只收港币，美国、墨西哥外宾要喝可口可乐没港币便买不到。能否通融一下，用美元或人民币呢？服务员说：“上面规定，没办法。”反映到经理那里，死规定变活了，宾馆有了外币兑换窗口。

韩素音女士曾激动地问，为什么饭店服务员不帮助游客搬行李？起初，我们确实还没有这种观念，有人提出，便也很快改进。

有些服务员认为自己一天到晚伺候洋人，低人一等，这样的心理感受也是存在的。如此，哪能有笑脸？干活也没劲。宾馆开展了“微笑服务”活动，我们开始懂得，如果出了差错，微笑能代表道歉。微笑是快乐的精灵，一个微笑能使人快乐一天。

国外酒店同行热心地向我们介绍国际酒店十条标准：笑容、礼仪、整洁、责任、守时、忠诚、尊敬、服从、效率、勤勉。我们组织员工学习，开始认识到在客人眼中，“我就是酒店，酒店就是我”的道理。

刚从招待所转成外宾接待的服务员带有招待所的老传统，把被子叠得方方正正，外宾一眼看去像到了军营。经指点也学会宾馆的做法，平铺于床，为客人掀好一个角，这有如道一句“晚安”，使人安然入梦乡。

英语指示牌常出错，“游客止步”的地方挂着“自由出入”，甚至男女厕所英语也使用不正确，使人哭笑不得。一经提出，也都及时更换。

问题总还是有很多。桂林一些宾馆水泵压力不够，导致房间缺水，服务员就一桶桶提上楼去。但是，导游，特别是服务员外语水平差，一时却难以改变。

在外宾下榻的宾馆里，翻译不可能处处相陪，吃饭点菜、问讯、洗衣、打电话、拍电报、兑换外币、修理物件等，都找服务员。由于语言不通，只有靠比画、猜想办事，闹过不少笑话。

外宾想吃荔枝，端来了辣椒；想上洗手间，端来了一盆水。有位刚洗完澡的客人，向服务员要一个接线板，服务员却请来一个医生。一位美国老太太怕冷，说要加一床毛毯，而领班听成白兰地，于是送去一瓶酒，老太太掩嘴而笑。

一个日本游客反映暖气管漏水，服务员赶忙送来两壶开水。游客着急地说：“我不是要水！”

在一次宴会上，服务员端上来一盆“人参母鸡汤”。

日本客人问：“这是什么？”

翻译忘了“母鸡”这个词用日语该怎么说。灵机一动，指着盆里的母鸡，笑着对客人介绍：“这是公鸡太太和人参做成的汤。”

客人们听后全都捧腹大笑。

有些不懂外语的服务员，见了外宾能躲就躲，能避就避，溜之大吉，不敢主动和外宾接触，怕外宾提问题自己听不懂，出洋相。外宾一按电铃就发憷。有的宾馆为应急，把仅有几个会外语的服务员调来借去，非常被动。

国旅杭州分社想出救急办法，编写了56句短小的日常用语，用英文、中文和汉语拼音分别印在56张状如扑克牌的卡纸上。当双方因语言障碍陷入窘境时，就可找出卡片中表达其意的那一张解决问题。

更好的办法是突击学外语。许多宾馆掀起了学外语高潮，服务员虽然文化水平都不高，但学习相当刻苦。利用一切空余时间，练口语、听外语广播。有个服务员已是两个孩子的母亲，东方刚放亮就起身学习，晚上躺在床上也念念不忘背单词。

冬季是旅游淡季，全国旅游行业掀起了冬季练兵热潮，餐厅服务员练端盘子基本功，客房服务员练清理房间卫生的速度，晚上又上夜校学外语。

三、破冰之旅

一个变革的时代，各种观念可以来自四面八方，但富有成效的行动，总是出自那些颠沛跋涉的实践者。谁曾想到，旅游业在开放初会如此艰难地为突破旧观念、旧体制，充当着开路先锋的角色……过去的年代，问题恐怕不在于观念陈旧，多少人应有的独立思考能力受损，就无法创造性开展工作。旅游业的破冰之旅不仅发展了旅游，在改变社会营造新风诸方面，可以用一句著名的诗来表述：“沉舟侧畔千帆过，病树前头万木春。”

1　传奇局长卢绪章

卢绪章这个名字你也许不熟悉，但提起电影《与魔鬼打交道的人》，许多人会想起影片中的男一号张公甫。张公甫的形象，就是依据卢绪章的传奇经历塑造的。

卢绪章曾经长期从事共产党的地下秘密联络工作，公开身份是大老板。他与国民党上层人物陈果夫、陈立夫等打得火热，并取得了国民党少将参议的头衔，通过孙科等头面人物与苏联做生意，为共产党挣取了数十万港币的活动经费，国民党高官蒙在鼓里，中共也只有周恩来等极少数人知道他是“红色资本家”。共和国诞生后，卢绪章出任中国第一任进出口公司经理，后担任外经贸部常务副部长，人们敬佩卢绪章，常在他面前拿电影《与魔鬼打交道的人》说事。他自己并不喜欢这个称呼，一切都已过去，他再也不是“与魔鬼打交道的人”。

1978 年 10 月 17 日，卢绪章走马上任。这时旅游业面临的困难重重，他可以说是“受命于艰难之际”。贯彻对外开放、对内搞活的政策，搞好旅游业，是他的重任。我国有发展旅游业的丰富资源，首先要搞好铁路、机场、码头、电讯等基础设施，还要动员各方面力量来办旅游，大胆利用外资、侨资来办旅游。

为加快引进外资步伐，邓小平授意国务院成立“利用侨资、外资建设旅游饭店领导小组”。由国务院副总理谷牧任组长，陈慕华、廖承志等人具体分管，办公室设在国家旅游总局内。

“小组”于 1978 年 11 月成立。名为“小组”，实为国家部级的机构。小组成员有国家计委、国家建委、外交部、轻工部、商业部、外贸部、铁道部、交通部、民航总局、财政部、中国人民银行等有关部门的负责人。可外商不理解，经常问：“你这个小组是什么级别的?”为此还得费一番口舌。

小组下设办公室，简称“侨外资办”，卢绪章兼任办公室主任。卢绪章熟谙市场经济经营之道，举止沉稳，丝毫没有“大干部”的派头。上任伊始，卢绪章动用自己的“老关系”，以国家旅游总局的名义，邀请一批实业家、旅游专家组成海外旅游考察团到中国考察。目的就是请他们了解中国改革开放的好机遇，吸引他们前来中国投资，对中国旅游设施的改进提建议。考察团成员有美国波士顿财务公司、凯悦国际酒店集团等机构的负责人，夏威夷大学的校长和旅游学院的院长，还有世界著名的美籍华裔建筑师贝聿铭，香港企业家杨元龙、车家骐、朱民康、杨敏德及旅馆酒店专业人士。

广州、上海、南京、扬州、无锡、苏州，夏威夷旅游学院院长朱卓任每到一地，都向旅游业同行们介绍世界旅游业的发展情况。朱民康先生从凯悦国际酒店集团选来了18套有关旅游接待、酒店管理和旅游从业人员训练等方面的影片，沿途放映，使各地的旅游业人员大开眼界。

经卢绪章牵线和实地考察，国旅总社和香港侨美旅游事业有限公司于1978年11月13日签订了投资协议书。内容主要是在北京、上海、广州、杭州、南京、苏州、无锡、扬州等地分两期合作建造五万间房间的旅馆，全部利用外资，待旅馆建成后以部分房租逐年偿还。

“老去又逢新岁月，春来更有好花枝”，这是多好的开端，卢绪章兴奋得睡不好觉，恨不得马上付诸行动。

可是这时党的十一届三中全会还没召开，投资软环境还没形成。姓“社”姓“资”还是个敏感的话题。什么能干，什么不能干，大家心中都没底。这一协议在北京实施时就遇到阻塞，包括征集土地、税收标准、拆迁政策等，当时都是一片空白。国家旅游总局碰到了难题，一时无法进一步商谈。

外宾来了，不是来上“五七干校”的。得让人家住好、吃好、玩好，他们才愿意来。这就需要搞活旅游业，需要把旅游业作为一种重要的产业来抓。

为了争取时间，卢绪章当机立断，干不了大的干小的，建不了新的改旧的。也很快促成侨美公司和北京市第一服务局两家合作，签订了北京香山、西苑两饭店的建设和民族饭店的加建、改造工程的合同。民族饭店率先请香港的名设计师改造装修了两间富有民族风味的样板房，供参观仿效。同时开始兴建燕京饭店。

广东珠海最先展示出“大手笔”。自1979年以来，珠海先后引进一亿五千多万港元的资金，以合作或合资、独资的形式兴建宾馆、酒店、游乐场、度假村等。1980年10月最早建成的珠海石景山旅游中心，是国内第一家外资独资的饭店。

1978年底，船王包玉刚先生提出要来国内观光。

当年参与接待的袁宗堂先生，如今已是76岁的古稀老人，先后担任过国家旅游局企业管理司、资源司司长兼北京兆龙饭店第一任总经理。如今他已是中外酒店业内的知名人士，如同“酒店活神仙”。2007 年获了“中国酒店业终身成就奖”，中国获此殊荣的只有两人，另一位是侯锡九先生。

袁宗堂回忆当年，说包玉刚要来的前三天，卢绪章就叫他去北京饭店要住房，要不到。袁宗堂就坐在那儿等。还是没有。到晚上只好打电话向国务院反映，经过国务院同意，好不容易调整出一间单人房。结果与包玉刚同来的妹夫李伯忠只能在他的房内打了个地铺。

包玉刚是世界船王包兆龙的接班掌门人，与卢绪章是姑舅亲，又都是宁波老乡，两人私交甚深。这对 30 多年未见面的亲戚加老乡见面时，没有“泪汪汪”。包玉刚直言不讳：“你这个旅游局长是怎么当的？连我来，房间还要加塞，如果传出来，岂不是天大笑话？”

卢绪章为人忠厚朴实，不善辞令，充满歉意。

几天后，包玉刚了解到当时国内旅游宾馆出奇的困难，国家旅游总局办公场所也特别小，几十个人挤在一起，两个人才一张办公桌。两个副局长共一个办公室，来个人谈事，另一个还得主动回避一下。包玉刚表示，我出 1000 万美金，800 万盖个饭店，200 万给你们盖楼。此行他还捐资上海交通大学建图书馆。

应该说这是“天上掉馅饼”的好事，但还是有人反对。

因为包玉刚提出，饭店的名字要用“兆龙饭店”。兆龙是包玉刚父亲的名字。反对者说：“这不是为资本家树碑立传吗？”

包兆龙为包拯第 28 代嫡孙，也是个爱国华侨，曾屡捐巨资赞助祖国建设。对那些反对者，我们今天能说什么呢？只能说，为什么总有些人的思想如此僵化、不开窍。

卢绪章很高兴，他说包玉刚的爱国不是挂在口头上，而是实实在在的行动。他是继承中国传统美德的国际企业家。卢绪章直接把消息报告给邓小平。邓小平明确表示支持，并说，人家要表示孝心，用父亲的名字有什么不好。后来邓小平不仅会见了包玉刚，还亲自为“兆龙饭店”题写店名，亲自参加了“兆龙饭店”开业庆典，此为后话。

2　第一批旅游饭店

李玉莺曾陪同宋庆龄访问苏联，见过斯大林。她还担任过郭沫若的外事秘书，曾是国家旅游局的一支“笔杆子”，人称才女，改革开放初期许多文件出自其手。她参与了建国饭店、长城饭店、金陵饭店、白天鹅饭店等涉外饭店的谈判，对中国引进外资建设的进程，可说是了如指掌。

2008年她78岁了，两鬓如霜，却依然才思敏捷。李玉莺大姐向我们敞开记忆之门，讲起了30年前引进外资建饭店的艰辛故事。

“第一个引进外资建造旅游饭店的意向书，是在北京饭店签订的。时间是1978年10月8日。”李玉莺说。

外方谈判代表是泛美航空所属的洲际饭店公司董事长保罗·希莱恩。小平同志对这次谈判非常关注，第二天上午就亲自会见了泛美航空公司董事长西威尔和洲际饭店公司一行客人。

西威尔提出拟建5000个房间的饭店。

邓小平说：“我们要积极努力创造更多的条件，建5000个房间的旅馆是可以商量的，也可以再多一点。先建5000间，还要看建在什么地方。”

邓小平还说：“这里边有些具体问题，建房条件要研究。”

但小平同志亲自过问的这个项目，却因种种原因再无进展。此后，最先谈成，又经国务院批准的中外合资项目是北京建国饭店，接着有北京长城饭店和中日航空食品公司，这三个合资项目都是旅游企业。

李玉莺大姐说：“我说说建国饭店从审批到施工建成的过程，你们就会知道，开始引进外资的时候有多么艰难。”

建国饭店外资方是美籍华人陈宣远，他是廖承志的远房表亲。廖承志举贤不避亲，动员他来中国投资。陈先生是个爱国的建筑师，在美国经营一家建筑事务所，在美国加州旧金山拥有帕萨迪娜等四家假日饭店。他对投资中国充满信心，1979年2月就到北京考察。有关建国饭店的谈判进展相对顺利。陈宣远真心诚意想为国家做点贡献，许多条款都做了让步。他甚至表态：饭店经营10年后，把他的股权以1美元价格，卖给中方。

既然只卖1美元，那为什么不干脆白送呢？

陈宣远说，不能白送。按照美国的法律，在国外投资白送就是违法。但可以卖，至于卖多少钱由业主说了算。

如此说来，外方的条件是相当优惠了。可是，当时许多人，包括有些国家部委办的领导都不理解。对建国饭店建与不建的问题各持己见。国家某部委负责人说："合资饭店都是亏本赔钱的，怎么能借钱干赔本的买卖？"

有人还拿出"可行性分析"，认为建国饭店经营22年后，要还清借贷的本息，还差2万美金。这个"可行性分析"被作为一种"科学论据"，有人据此反对上马。

反对呼声强烈！

小平同志还是在关于同意建造建国饭店合资酒店的批文上签了字。今天我们仍能看到，在这份批文上，有国务院总理、14位副总理和人大常委会副委员长廖承志等，共16位国家领导人的批字或圈阅，对建造一个饭店如此慎重，是很少见的。

李玉莺大姐清楚地记得，审批的时间是1979年6月12日。批语中还强调："这是我国与外资合作建造和经营的第一个旅游饭店，可以作为试点，创造点经验，请各有关部门积极给予支持配合，争取尽快动工建成。"

有了"尚方宝剑"，事情看来可以一帆风顺地进展下去，哪知道阻力依然很大。在设计、选址、拆迁、贷款、材料、施工等过程中，依然困难重重，几乎每走一步，都要遇到阻力。

陈宣远本人就是建筑师，由他设计是顺理成章的事。但反对意见来了："中国的饭店，为什么要外人来设计？"

庄炎林是归侨，时任国家旅游总局副局长，又是"侨外资办"常务副主任，许多具体事务得跑上跑下，忙前忙后，常常到下半夜才进家门。多干事者多受气，种种飞短流长向他袭来：

"请客的钱加起来，就可以盖一座大楼了！"

"建合资饭店是与外国资本家联盟，一起赚中国人民的钱。"

"咱们卫星都能上天，还怕盖不成饭店？"

"这点事，要去求洋人，岂不是丢中国人的脸吗！"

还有人写匿名信，用语从"崇洋媚外"到"卖国主义"，还有"丧失阶级立场""丧失民族气节"等，引进外资建饭店，简直就是罪大恶极了。

李大姐说，现在看来十分明白的道理，在那年月却是说不清。引进外资建饭店，面对四面八方的反对意见，有些声音可以置之不理，有些意见你还一定得去解释。

1980年9月五届人大三次会议期间，建国饭店已经开工了，一些全国人大代表就引资建饭店提出质疑。庄炎林只得带着李玉莺等人去向人大代表做解释，就饭店的合作方式、建筑设计、材料装修、偿还能力等问题一一做说明，并强调旅游住宿如何困难，争取人大代表的理解与同情。

建国饭店1979年6月就批了，到1980年6月20日才正式破土动工。我们整整失去了一年的宝贵时间。

谷牧副总理当时分管旅游工作，他曾在国家旅游局情况汇报中批示："我很同情旅游业，现在谁都有否决权。"

施工期间又遭人为阻挠。原来建国饭店后面是国务院某部的宿舍楼，他们怕建成后会遮挡阳光，不让建。

其实，原定方案已做了修改，在后面有宿舍的一方只建4层半楼房，以保证阳光能照到一楼窗户。但有些人白天公然到工地吵闹，晚上把笨重的搅拌机掀翻，拆毁施工围墙。施工受阻，"侨外资办"只好向国务院求助。

邓小平在百忙中批示："有理也不能闹，何况无理！"这才平息事端。

与此同期，另一合资项目长城饭店，经过5次艰苦的谈判才算成功。从立项到开工建设，共有8位副总理先后做出重要指示或批示，最后是谷牧副总理批示："我主张继续干。"

长城饭店的施工时间也延误了一年之久。

北京丽都饭店是与新加坡侨商罗新权合作的项目。对方按照协议在国外设计和订购材料，花了不少美元，我方因此想告吹。罗新权没办法，写信给邓小平求助，诉说情况。邓小平接信后立即批示，必须守信。当时有许多行将夭折的项目在邓小平的亲自关怀和支持下救活了。

李玉莺大姐说，建国饭店后来的事实，让反对者鸦雀无声，更重要的是为后来引进外资树起了榜样。饭店1982年4月开业，当年开业当年受益，全店员工人均创汇超过2万美元。此后，利润一年年往上翻。仅仅用了4年时间，就连本带息全部还清了汇丰银行2000万美元贷款。10年所创的税利等于7.6个建国饭店的投资。

当初的改革开放基本是两个大思路：一个是农村家庭联产承包责任制，还有一个就是开始引进外资。“京字第一号”的建国饭店，其意义不仅是建了个饭店，而是开启了新时期中外合资的先河，为全国各行各业引进外资树起一个鲜明的标杆。

之后，北京长城饭店、兆龙饭店，广州白天鹅宾馆，南京金陵饭店，各地引进外资新建饭店如雨后春笋拔地而起。

1988 年 3 月，陈宣远在美国寓所溘然病逝。

国家旅游局发了唁电。大家没有忘记这位海外赤子。是他不惧风险，开拓了中国引进外资之路。人生一世，草木一秋。我们不知道他是否早有生命的预感，在 1979 年的谈判桌上就提出“10 年”这个限期，以“1 美元”的价格把饭店股权卖给祖国。在这个圆满的句号画上后，他才放心地离开人世，而他为中国旅游业发展所做的贡献，永载青史。

往事已成历史，但大量的记忆令我们深思：为什么当初那么多饭店的建设都需要邓小平亲自过问、亲自批示，要总理和副总理，还有全国人大委员长批示、画圈才能做成？国家领导人以下的不少干部，也是职权不小的领导干部，而且应该是具体担当职责的干部，为什么不敢担当，有的人还积极地成为阻碍者呢？仅仅用“当时人们思想观念不解放”来描述，是否真实？

问题恐怕不在观念陈旧，也不是不聪明，而是作为一个人、一个领导者，在过去的年代中，应有的独立思考功能受损，无法创造性开展工作。

邓小平为什么那么明智，那么高瞻远瞩？有一个重要因素是他能够独立思考。一个民族，需要有许许多多富有责任感且能够独立思考的人，才可能大踏步地开展创造性工作，才会有一个民族的复兴。

3　韩克华走马上任

1981 年春，原任外交部副部长的韩克华调任国家旅游局局长兼党组书记，面对的首要问题是“局社分家”。这是在开放实践中悟出的必要变革。此前，从国家旅游局局领导到各司司长，经常担任“消防队”的角色，被住宿、机票等问题搞得焦头烂额，接待任务也主要在北京，因此被戏称为“管天子脚下”。

局社分家后，国旅总社统一经营外国旅游者来华旅游业务，实行企业化管理；国家旅游局作为管理全国旅游事业的行政机构，不再直接经营组团和接待任务，统一管理全国旅游工作，就被称为“管天下”了。

这是一项难度颇大的重要改革。经一年努力，1982 年 7 月，国家旅游总局与国旅总社分开办公，各司其职，结束了自 1964 年以来长达 18 年的局社合一格局。8 月，中国旅行游览事业管理总局更名为中华人民共和国国家旅游局，由外交部代管局升格为国务院直属局。

从“管脚下”到“管天下”，标志着中国旅游业新的飞跃。韩克华感到肩上的担子更重了。“天下”那么多问题，从何入手？如何才能运筹帷幄，决胜千里？

国务院提出，今后一个时期发展旅游事业的方针是：“积极发展，量力而行，稳步前进。”要做的事情很多，但韩克华没有料到，有一个亟待解决的问题竟然是厕所问题。

今天有人说，旅游业在开放中抓了最难的两头建设，一是冲击头脑的保守观念，二是管了最脏的厕所卫生。当年国外媒体则批评：“中国人只讲究进口（餐饮），不讲究出口（厕所卫生）。”厕所的脏臭不改善，不仅直接影响旅游业发展，更直接损害礼仪之邦的文明形象。

厕所非小事。修建公厕，成为当务之急，重中之重！

当年的旅游厕所，是个什么状况？

旱厕居多，异味明显，无人看管。许多景区厕所年久失修。有的屋顶渗漏，蛛网盘结；有的厕门损坏，墙皮剥落；有的地流黄水，难以插足。有些卫生状况好些的，又全是蹲坑，老年外宾很不习惯，特别是胖老太太，根本蹲不下去。

某些景区没有厕所，只是简陋之极的小“毛坑”。脏得简直无处踏脚，臭气直冲眼鼻，坑下蛆虫蠕动，硬着头皮进去方便一下，能叫你恶心半天。京旅 211 团菲律宾籍的官女士在某风景点上厕所，刚进去就跳了出来，没走多远，在树下直吐。她的丈夫气得挥舞双臂说：“再也不能来这里了！”

在浙江某些区域，当地厕所都是“敞篷式”的，甚至建在街旁的厕所，无门无遮挡，一览无余，外宾望而生“羞”。当地彼此熟悉的男女上厕所时，还挺自然地互相说话，传递手纸。

当时有个广为流传的笑话，说一个外国游客好不容易凭嗅觉找到了公厕。一进门，只见坑槽污迹斑斑，腥味刺鼻，赶紧跑出来“打的”往下榻的五星级宾馆，以解内急。许多地方都出现不同版本、内容相似的笑谈。报刊时而冒出“公厕臭名远扬”“如厕难于上青天”的批评文章。

再一个问题就是公厕严重不足。这种情况在热门风景名胜区和全国重点旅游城市尤为突出。厕所门口排队等候是许多风景区一道令人尴尬的“风景”。排队上厕所的窘况，比排别的队难堪。

上海冒出个新行当——“导厕”，因为在上海繁华街市找不到厕所的问题尤其突出，游客内急找不到厕所，没有人“导”，这事不得了。七转八弯，带到了游客的“向往之地”，看到的是一列长队。还得等！这种时刻游客往往满头大汗，女士化的妆也被汗水冲得容颜复杂，等啊等……经过万般着急难堪的等待，当你大气长舒走出厕门时，方觉天下什么是幸福。

韩克华下决心要解决厕所问题。

厕所问题并非难登大雅的话题。

古有欧阳修构想文章来自“马上、枕上、厕上”之说，想其厕所必是洁净如居。康有为在《大同书》中就大谈理想之厕：“以机激水，淘荡秽气，花露喷射，花香扑鼻，有图画神仙之迹，令人超观思玄；有音乐微妙之音，以令人和平清静。”

清末苏州人外出旅行，都要带便桶。因苏州人不习惯上厕所蹲坑，客栈又无马桶。讲究的人还带夜壶箱，四四方方像一只小书箱，上面刻有诗句：“诗清只为饮茶多。”这诗句中的“诗”和“尿”字，在吴方言里是同音。

厕所是人类日常生活的必备设施，也是人类社会文明进步的标志之一。法国设有电脑厕所，发行厕所报纸。日本有“厕所节”，每年举办一次“全国公厕日”，届时议员要亲临公厕现场办公。美国、新加坡等国定期评选“名厕”。

过去厕所常被说成“茅房”“茅坑”。开放后，我们也习惯称厕所为“洗手间”“卫生间”。国内姑娘们早就把上厕所称为“上一号”“上高楼”。

国外对上厕所的说法更为艺术化。

在人民大会堂宴会间，一位绅士派头十足的英国人走到导游跟前，俯下身子耳语："May I answer the call of the nature?"（我能去响应一下大自然的召唤吗?）

一位澳大利亚人问："Where is the happy - room?"（快乐的房间在哪里?）。

你要能听懂，就会忍不住快乐地笑出声来。

港澳同胞习惯把如厕称为"唱歌"，他们把这种说法传进国内，现在大部分导游带团时常说："下车有'唱歌'的地方，'唱完歌'我带你们到更美的地方去游览。"

当年兴致勃勃而来的中外游客，常因内急而兴致全无，内急心如焚，哪还有心情观美景？不少游客摇头说："中国公厕不改善，我们再也不敢来了。"

一个外宾在批评信中尖刻地说："你们中国可能有最好的大炮，但你们的厕所像这样，你们还是得不到世界的尊重。"

国家旅游局前所未有地郑重召开全国"涉外厕所会议"。随即分两批拨款458万元，在长城、泰山、黄山、苏州园林等主要景区修建167座符合卫生标准的旅游地厕所，使厕所紧缺有所缓解。

北京颐和园、天坛、碧云寺等处新建成一批卫生厕所。新建厕所有专人管理、合乎卫生标准，厕所内设有抽水马桶、单人小便池、洗手池、梳妆镜、挂衣钩，还提供卫生纸、香皂等，并有冬季供暖设备。

颐和园是北京热点景区之一，日游客量多达数万人次，园内26个厕所，每天游客流量少的上千人次，多的达几千人次。保洁员已经有了一个崭新的意识：管理厕所要像管理客房那样精心。

此后，国家旅游局采取出部分资金，地方财政配套的方式，促使各地旅游区都开始大抓厕所建设与改造。

今天回头看30年前，我们确实还不知旅游业中有个多么大的世界。不懂要学。我们毕竟有很大的改善。1983年1月，全国旅游系统先进集体先进工作者表彰大会隆重开幕，这是国家旅游局召开的第一次群英会。时值隆冬，出席大会的304名代表心里都暖呼呼的，他们来自29个省、市、自治区和5个直属单位。广东深圳西沥水库度假村、苏州市旅游汽车公司、杭州饭店、国旅无锡支社等单位受到表彰。在受表彰的226名先进工作者中，有翻译导游人员、服务员、厨师、汽车驾驶员和后勤人员等。

同年2月，国家旅游局首次在北京举办了中国国际旅游会议。大会将使用中、英、日、德、法、西班牙六种语言，需要安装国际电传、电话以及同声传译等设备，大家常常忙得连吃饭的时间都没有，几个烧饼就算是午餐。这是中国旅游界与世界旅游界首次在中国握手。

来自45个国家和地区的700多名代表中，有各国旅游部长、旅游局长、民航局长和其他高级官员，还有各国旅游协会和旅行社的负责人以及旅游记者。世界旅游组织秘书长罗伯特·洛纳蒂参加了大会，国内有关部门和各省、市、自治区有关方面的负责人和代表200多人也出席了会议，与会总人数超过千人。

中国与世界的交往从此更加频繁。驻外办事机构从无到有，先后开设了东京、纽约、洛杉矶、伦敦、巴黎、法兰克福、悉尼7处。至今，已增加到17处。

1986年1月经国务院批准成立"中国旅游协会"，这是第一个全国综合性旅游全行业组织，其英文名称为China Tourism Association（CTA）。

但在发展过程中，旅游业出现了一些陆续冒出来的新问题，如收取回扣、索要小费、套汇倒汇等现象。国家旅游局开始抓旅游行业的道德规范教育。在体制改革方面，还存在许多运行不畅、管理不善的问题。要把中国旅游业搞得红红火火，还有许多难题需要面对和解决。

四、马超龙雀

"马超龙雀"是中国旅游业的图形标志。原型取自甘肃武威出土的东汉青铜马。其状昂首扬尾，四蹄腾空，自由奔放，速度超过天上的龙雀。此马也是个性的象征。旅游业由原来只有国家涉足，随后变为国家、地方、部门、集体、个人"五个一起上"。最关键是开放了对"个人"的限制，纠正了对"个人"长达30年的偏见，这是思想观念开放的伟大变革。《周易》说："挠万物者，莫疾乎风。"开放之风从旅游业刮起，推动、带动了相关行业风起云涌。

1 花龙盘盘上紫云

1986年，"七五计划"把旅游业列在第三十七章之内，这是旅游业第一次在国家计划中出现，旅游的产业地位首次得到确认，这是旅游产业发展的一个重要标志。

邓小平南巡讲话，引发中国第二轮改革。中共中央国务院《关于加快发展第三产业的决定》进一步明确旅游业是第三产业的重点，旅游业的产业地位进一步提升。

回首新时期30年对各产业的认识，变化最大的恐怕是旅游业。早先没人知道，旅游业每增加1人就业，可促进相关产业增加5人就业；接待1位外国游客的创汇，相当于出口4台电视机；且是永远的朝阳产业，是最优秀的出口产业。旅游业不断超乎人们预料的发展，促使国家有关部门把它从接待型机构变成企业，又从确定为旅游产业到定位为支柱产业。

下面这些数字有些枯燥，显示出的快速发展却也一目了然。

1978年全国的“入境旅游”人数180万，2007年这一数据为1.3亿人次，是1978年的73.3倍，成为全球第四大入境旅游接待国。

1978年中国旅游外汇收入2.62亿美元。1996年旅游外汇收入超过100亿美元。2007年旅游外汇收入达419亿美元，是1978年的159倍。

中国旅游业在世界上排名一路飙升。1978年中国旅游外汇收入在全世界排名第41位，2000年跃居世界第5位，2001年加入WTO后一直保持在世界第4位。

2007年全国旅游业总收入出现历史性超越，突破1万亿元。这个“脚下的事业”，在国民经济收入中的确已占有举足轻重的地位。

中国人出境游的发展速度，有人夸张地比喻为“像坐过山车”一样动人心魄。这“动人心魄”是不夸张的。改革开放初，中国出国的人寥寥无几。1950至1978年，中国出国总人次30万。2005年一年中，中国出境人次达到3100万，是开放前28年出境人数总和的100倍。2007年中国公民出境旅游人数已达4095万，成为亚洲最大的出境旅游客源国，出境人数跃至世界第3位。这是中国综合国力，居民生活水平，社会开放的直接、生动的证据。仅旅游一项，就让世界看到中国改革开放的成就的确不小。

中国出境旅游市场的发展壮大，日益增加了中国在国际社会的影响力。“出境旅游”成为“官方外交”的一部分，签署旅游目的地（ADS）仪式成为一份“国礼”，也是谈判桌上一个有分量的筹码，为国家的外交战略、区域化合作和两岸和平统一事业做出了重要贡献。

中国在联合国世界旅游组织的影响迅速提高。2007 年，中文正式成为世界旅游组织官方语言。中国被推举为世界旅游组织执委会成员国。

2008 年 6 月 17 日，中国公民赴美旅游首发团 250 人从北京、上海、广东三地启程，飞往美国。这标志着中国公民赴美团队旅游正式启动。7 月 4 日，中国大陆居民直接赴台湾省旅游首发团启程。首批游客 760 余人分别从北京、上海、南京、厦门、广州五地出发，搭乘两岸周末包机赴台。这是 1949 年以后，中国大陆居民首次从大陆直接飞抵台湾省，被称为“世纪首航”“世纪圆梦之旅”，它跨越了近 60 年的隔阻。

30 年间，中国旅游业的总收入正以年均约 12% 的增长速度，高于同期国内生产总值的平均增长率，也大大高于世界旅游业平均涨幅的速度。国外旅游同行对中国“从俯视到仰视”。全国旅游业展现出的新景象，可以借用一句古诗来形容：“飞香走红满天春，花龙盘盘上紫云。”

2　一业九鼎重千秋

直到今天，即使我们不再把旅游看作是“享乐主义”，但旅游业在一个民族的发展进步中，在每位“个人”的人生中，究竟占有多大的地位，仍未被充分认识。今天，当我们获得“煮酒话当年”的良辰，还该看到旅游业的贡献远远不仅体现在经济效益方面。

由于传统观念的影响，30 年前，即使奉命搞旅游的人，自己也有点心虚气短。但是，自开放以来，确实是这个让人“在休闲中玩一玩”的行当最早引进外资，最早中外合资，也最早经历打破“铁饭碗”，最早尝试改制……加入 WTO 后，旅游业对外开放幅度更大。旅游业一路走来，一路担当着开路先锋的风险，其艰辛与业绩，大多鲜为人知。

你可想过，新时期城市面貌的改变，多从建旅游饭店大厦开始。北京长城饭店初建如“鹤立鸡群”，上海静安希尔顿、广州白天鹅……天津、西安、桂林、杭州等一批旅游城市都是从建涉外旅游饭店开始改观。直到今天，我们住过不少星级宾馆了，但不一定清楚是他们冲破各种束缚，把中国大大小小的招待所变成星级宾馆，才使我们的城市像一座现代化城市。

有了星级宾馆仍然不够。城市的活力从哪里来？我们不能生活在钢筋水泥的丛林中。缺少绿树、芳草、鲜花，就没有蝶飞鸟鸣。缺少上下几千年的文化风采，也会失去来自五洲四海的欣赏目光。国家旅游局启动创建优秀旅游城市工程，各大城市党政主要领导亲自挂帅，“创优”工作纳入城市经济和社会发展总体格局，许多与旅游不搭界的部门通过创优捆到一起，“横向到边，纵向到底”，创优热潮波及中小城市，强劲推动全国城市建设，一个个城市神话不断刷新着国家形象。

秦砖汉瓦，唐诗宋词。在中国，每一块热土都有过波澜壮阔的历史乐章，每一种文化都有精神的故乡。遍布中国的古迹，多是旅游行业挖空心思地一个个修复或再造，过去被批判为“腐朽的封建主义”的东西，变成恢宏的数千年中华文明，温情地回到了我们的山山水水，成为我们精神中辉煌的民族记忆。

旅游盘活的也远不止是古迹。单看艺术与旅游业“嫁接”，传统音乐、舞蹈，以及56个民族色彩斑斓的文化在旅游业中复苏与创新。凡此种种，对增强一个国家的文化软实力，是沛然化雨渗透到亿万民众之中的。

中国加入WTO，机遇与挑战犹如阳光和风雨同时降临。美、日、德、英、法、澳等国的世界前十大旅游集团挺进中国，中国成为旅游企业全球化程度最高的地区之一。改制、资产整合、企业重组、上市融资……促进中国旅游企业集团应时而出，并促使旅游业从“各踞一方”到“连线成片”，典型如泰山、华山、恒山、嵩山、衡山，成立“五岳联盟”。中国旅游产业集群开始走出国门。

各省市“旅游大篷车”吆喝到国外。中国大型旅游促销团赴美，在美国行程四千多公里，沿途举行“中国之夜”演出推介会，不仅“营销”中国风情，还宣扬中国文化。“魅力四川”倾倒巴黎，自贡市彩灯点亮多伦多。峨眉山全球卖风景，开中国景区在外设旅游机构之先河。

捧出古国的盛情，迎接你走进东方的锦绣，体会一个真情的中国。不要说世界太大，其实我们的心相距很近。不要说天涯太远，有意我们即刻就能相逢。这是唱响世界许多著名城市的歌。

美国迈阿密市长号召市民："请把到中国旅游立刻写进你的日程表上吧，这是一个人一生中一定要完成的一件事！"

2004年中国被评为全球最佳旅游目的地。中国已拥有世界文化遗产37处。中国已从一个旅游资源大国发展为世界旅游大国。

把"旅馆"办到列车上夕发朝至，节省时间和费用去旅游，火车提速促进中国发展速度。丰盛的"吃"，令外国游客叹息胃太小。旅游"六字箴言"促进行、游、住、食、购、娱六大经济文化领域全面发展。

鼠标点拨新旅游，网络在颠覆传统营销模式的同时，成为大众获取话语权的重要途径。中国第一批互联网旅游企业诞生，如何通过资源共享，抑制过去的"竞争方式"？如何通过"透明"营造信息时代的文明？诸多陌生经历在旅游界多有"先行一步"的体验，为建设世界旅游强国，也为民族进步探索新路。

世界上还没有一个产业像旅游业这样与各国人们广泛接触，与民生休戚相关，与百业相连，岂止是经济支柱，更养育精神，承载如此宽广的社会担当，可谓一业九鼎重千秋。

21世纪的书记、市长若不懂旅游，就不是合格的领导者——这已是新理念。

结语：最重要的开放是思想的开放

今天看来，30年前处于十字路口的中国，正是有了开放国门的胆识和决心，才复苏了旅游业，更迎来整个民族的新生。中国旅游业，一直是在开放中改革，在开放中发展，在开放中创新。中国旅游业发生的巨变，是中国30年改革开放史的一个缩影。

它贯穿着一条清晰主线，就是不断地解放思想，不断地赋予思想解放以新的内容。因而最重要的开放是思想的开放，是人的解放和素质的提升。旅游业30年开放发展史，实际上是一部波澜壮阔的思想解放史。

今天，面对国际金融危机和日益严峻的经济困境，国务院部署十大措施，以扩大内需促经济平稳较快增长。我们还将不断听到“拉动消费”“促进消费”的声音。人们可能认为，要是经济危机到来，大家将有过“紧日子”的思想意识，还怎么促进消费？贫困群体又拿什么去消费？这里需要分清，“消费”和“发展消费型经济”是两个概念。

由于旅游业是第三产业的龙头，是典型的消费型经济、休闲经济，我们在撰写本文中日益意识到：中国旅游业30年来以“马超龙雀”的发展速度营造出的巨大消费市场，已然是拯救眼前经济困境的一支宏伟力量。

在开放的信息化时代，面对全球经济困境的挑战，中国旅游业正在谋求实现这样的转型——

从观光产业走向休闲产业。就是说，从以往的参观游览型，转向生活休闲型。

从产业发展走向目的地提升。就是说，以往我们注重把旅游地搞起来，吸引人来参观，今后不能满足于此，而要注重让人们身心度假，而不是跑得更累。

从规模时代走向质量时代。就是说，要让人在真正的“休养生息”中使人生质量得到提升。旅游业也不只是“朝阳产业”，它对自然与人的生态保护，还是一个可以找回蓝天的产业。

不能忽视这样的转型。长久以来人类都是通过一次次“生产革命”“技术革命”营建生活的历史，人类若能觉悟到可以通过发展“休闲经济”来促进社会各业趋向平衡，这是更高层面的可持续发展，并可望普遍地提升人类的生活质量。这无论从思想认识、精神境界和经济形式上都是深具革命性的。

因此，“休息的革命”是个庄严的命题。它不仅是对眼前全球性的经济困境而言，而且对自然与人文环境的良性塑造，对每个普通人将带来的深刻影响，都有我们想象不到的海阔天空。

联合国世界旅游组织最新预测，中国到2015年将成为世界最大的旅游目的地国家。中国旅游业至今方兴未艾，可谓“九万里风鹏正举”。

让百姓做主

——浙江省琴坛村罢免村主任纪事

■朱晓军 李 英

编选按语：

2010年1月，在浙江金华的婺城区箬阳乡琴坛村，由村民成立的罢免委员会，成功罢免了一位村主任的职务，原因是他没有兑现上任时的承诺。这引起了国内媒体的高度关注。这是一次村民自治的生动实践。然而，它的内幕却鲜为人知。本文描述了这一事件错综复杂的全过程，帮助您了解正在走向民主法治过程中的中国乡村。作品在看似细小的题材对象上发掘具有普遍社会政治意义的价值内容，又用剥茧抽丝、细致缜密的真实描述，真实地报告了这个颇具典型价值的政治民主事件，可谓以小见大，生动深刻。该作品发表之后在全国各地都产生了很好的影响，对推进中国基层政治民主的进程必有积极的意义。

琴坛村是浙西偏僻贫穷的小山村，海拔1000多米，地势较高，山势险峻，在金华市素有“小西藏”之称。这个村是箬阳乡最偏远的村，村到乡还不通公路，村民去乡里不想走4公里山路的话，就要兜一大圈，多跑20多公里冤枉路。

琴坛村就像她的名字一样美，依山傍水，风景秀丽。可是，她犹如分糖果时溜出去的孩子，被时代遗忘了，被财富遗忘了。在经济发达的浙江，像别墅区似的村庄随处可见，琴坛村却像上世纪80年代似的一片破旧的土屋。村民靠茶叶和高山蔬菜维生，日子像扎在腰上的裤带勒得很紧。穷像根鞭子，把村民往城市赶，村里三分之一的人在金华或经商，或打工。

2009年10月下旬，村主任邓士明将像飘逸的哈达一样穿村而过的龙潭溪承包出去，在城里讨生活的年轻人不干了。农村自治不等于村主任自治，龙潭溪是村里仅有的集体资源，他凭啥擅自承包出去，而且承包价还不到其他地方的十分之一？

年轻人“杀”回了村，他们要邓士明收回龙潭溪，要罢免邓士明，要选出自己放心的村主任……

这座被时代遗忘的山村犹如落进龙门山地震带，频频发生“地震”，震波不仅传到金华市、浙江省，还传遍全国。

在“地震”中，村民掂量出了自己手中选票的分量，懂得了选村委会就是选择自己的未来；在城市讨生活的年轻人明白了，不论在城里赚多少钱，都不能丢下自己的家园，要关心琴坛，热爱琴坛，要为她多付出点儿。这些年轻人在村里树起了威信和号召力，也找到了自己的价值。他们是新版的“我们村里的年轻人”。

一、村里出事了！

2009年10月27日傍晚，一阵秋风扫过之后下起牛毛细雨。

廖祥海赶往东关超市。他没撑伞，让街灯柔和的光和蒙蒙细雨尽情洒落在脸和身上。他刚30岁，那张娃娃脸挂着掩饰不住的稚气，尤其笑起来就像孩子似的无拘无束，天真无邪。此时，他却笑不出来了，愤懑像把草塞在心里。他想借酒消愁，半瓶白酒下去了，那把草不仅没被冲走，反而像给愤懑注射了一针兴奋剂，让它在血液里奔突起来。

下午，荣海打电话说，村里出事了，邓士明把龙潭溪给包了出去，一年才16000元。

荣海姓张，比祥海大12岁，不仅是祥海的亲娘舅，还是无话不谈的好友。

琴坛村不大，历史却比美利坚合众国还长，至今已400多年。全村里有五大姓，廖、张、邓、邹、罗。最先来琴坛的是姓邓的和姓廖的，随后才迁来其他三姓。他们都是福建移民，说着福建版金华话，或者说是金华版福建话。后来居上，现在村里最大的是张姓，最小的是罗姓。村里到金华市区45公里，2000年前要走五六个小时山路才能到安地镇。当时的村主任申小妹说，金华市的一位副市长来村里视察，从安地走到村里就把鞋子走破了。他见这里的村民闭塞，生活太苦了，拨了15万元经费，让琴坛村修公路。琴坛到安地的公路通了，到乡的公路还没通。

偏僻闭塞，村民的婚姻只得“自力更生”“就地取材”。这么一来，村里亲戚套亲戚，可谓“亲网恢恢，疏而不漏”，一竿子打不到，两竿子准搭上。廖祥海跟荣海是亲戚，跟邓士明也是亲戚。祥海的父亲是邓士明爷爷的养子，这样算来士明还是他的堂兄嘞。士明跟现任村支书邓士根也是堂兄弟，在琴坛是“我家的堂兄表弟数不清”嘞。

廖祥海19岁就离开了村，当了几年油漆工，现在跟妹夫合伙在模具城开了一家模具公司。生意忙，他一年到头也回不了几次琴坛。别看祥海年纪不大，已是两届村支委。琴坛村134户农家，374人，三分之二在村里。琴坛跟其他经济欠发达的村子一样，留守的是“386199 特种部队”，除了女人孩子就是老人，年轻力壮的没几个。

“两委”成员也分为两地，以邓士明为首的村委会有三位村委，驻守村里；以邓士根为首的支委会的五位支委，三位在金华市区，两位六七十岁的在村里。邓士根也在模具城做生意，另一位支委在金丽温高速公路出口处打工。

荣海还说，承包龙潭溪的 Y 老板在邻镇茶山那边也承包了一条溪，一年 166600 元。

荣海属于“两栖”人，一脚在城里，一脚在村里。他有一辆柳州五菱小货车，在金华的市场门口拉脚。一是有车方便，二是老婆孩子还在村里，回村频繁。他老婆是三位村委之一，村里的消息自然灵通。

“他们的溪比我们的短，河道也没我们的宽。凭什么我们的承包费还不到他们的十分之一？再说，这么大的事邓士明怎么能一个人做主？”廖祥海一听就火了。

“合同签了 28 年。”荣海说。

“开什么国际玩笑？”廖祥海吼道。

荣海的话像星星之火，转瞬就在廖祥海的心里燎原了。一年亏 15 万多，28 年亏 420 多万元！420 万对于富村算不了什么，对于琴坛来说那就是天文数字！再说，这不仅仅是钱的问题，村界内的龙潭溪长近 5 公里，是溪的源头，清澈见底。它是村里的母亲河，村民是吃着溪里的水长大的，小时候还在溪里游泳嬉戏，捕鱼捞虾，他们对这条溪有着不同寻常的感情。邓士明将它以十分之一的价格承包出去，这是对龙潭溪的亵渎，是对琴坛父老乡亲的污辱和出卖！

琴坛村没有集体经济，山都包给了村民，这条溪是村里唯一的公共资源。这事要不要管？该不该趟这浑水？有没有必要操这份心？近几年，他的生意不错，赚了些钱，刚刚花六七百万元购进三台数控设备，忙得焦头烂额。他连问自己几遍，却依然没有答案。

琴坛村虽然不大，可是关系复杂，哪人身后没有一个家，哪家没有三亲六故？有时得罪一人就等于得罪大半个村子，常常有些事明知不对，也没人站出来反对。他是在金华了，可是他母亲还在村里。再说，得罪他邓士明没什么好处。邓士明的一个弟弟在金华最大一家百货公司当副总经理，另一个在监狱任执法大队的大队长，廖邓两家毕竟还是亲戚，逢年过节两家人还要聚聚餐，吃顿饭。

荣海似乎想到了这一点，在电话里说："这种情况要是没人站出来的话，以后全村的利益就更没保障了。"

是啊，留在村里的除了老人就是女人和孩子，他们哪个敢得罪村主任？村里的"能人"都在城里"发展经济"，没有时间和精力管，也不想管村里的事。这不就等于村里唱了"空城计"，村主任想干啥就干啥了？不行，得召集大家伙商量一下。

"溪滩？他连溪滩都敢包掉，这么大胆啊？刚当一年多村主任，别的没干，先卖东西了。"张林军气愤地说。

张林军 27 岁，在城里闯荡五六年了。现在金华一家投资公司当会计和跑业务。

"有意见就碰碰面，听听大家的。"张明华不快不慢地说。

张明华是能人。他 38 岁，不仅脑袋灵光，而且很有能力，20 多岁就当上了村主任，10 年前跑到金华经商，现在是红双喜婚庆广场的老板。能人大抵都有这个特点——消息灵通，是信息的集散地。溪滩承包的事，他两天前就听说了。他不相信，打电话问在村里的老爸，老爸和表哥都是村民代表。老爸说，这事情是有的，他也跟着在承包合同上签了字。"这么大个事情，你也不问一下？"张明华忍不住埋怨老爸一句，也就将它放下了。做生意就是要钻进钱眼里，眼睛一睁一闭想的都是钱，哪有精力操闲心？廖祥海一提醒，他也觉得是件大事，想商量商量，看看有没有挽回的余地。

金华市区不大，不论是对事儿关心，还是对聚会有兴趣，大家丢下饭碗就跑了过来。

7 点半，13 位琴坛村的年轻人就聚集在东关的超市。这是村民余金炉开的，租的是邓士勇的房子。

邓士勇是老村主任申小妹的儿子。4 岁时，他户口就迁到了市里，在市里读书，又从市里参军。转业后，在中国银行金华分行工作。邓士勇是村子里的城市人，不仅文化水平高，有头脑，有能力，而且还拥有人脉资源。他在这座城市生活了几十年，有同学、战友和同事，还有以各种各样方式结交的朋友。邓士勇就住在超市楼上，廖祥海之所以选择在这里，就想请邓士勇参加，让他这个城里人给出出主意，策划策划。

“龙潭溪被承包出去了，我们怎么不知道呢?”关心此事的村民一见面就抱怨，不是对这事不满，而是感觉自己被村里忽略了，有点儿恼火。

“这么大个事儿，没经过‘两委’讨论，没召开村民代表大会，也没经过乡招标办公开招标，他邓士明就把合同给签了，承包费还这么低，是不是有什么猫腻?”廖祥海说出自己的猜测。

“溪滩是全村人的，要卖也得卖个好价钱，也不能贱卖呀。”张明辉说。

张明辉在金华开家电器商店，生意不错，一年能赚二三十万，在村里人眼里算得上大老板了。

说是“贱卖”显然用词不当，夸大其词，琴坛村人讲话不讲究准确，讲究的是如何表达自己的感受和情绪，没人会纠正这种概念性错误的。

超市太小，除了货架货物之外，空间有限，十几个人挤在里边有点压抑，好像这人呼气时，那人才能吸气，影响思维。外边的雨善解人意地戛然而止，他们把凳子搬到外边，围成一圈，一边喝茶，一边嗑瓜子儿，一边聊天，一边商量事儿。

“溪滩这东西不是个人说了算的，那是村里的资源，是祖宗留下来的，不是说随便拿出去包给别人28年的。”张明华说。

在政府机关，说话的分量往往不在于说话者聪明还是愚蠢，而在于其级别的高低；在民间，说话的分量有时不在于对错，而在于说话者的威望。张明华说话声音不大，却很有鼓动性。

“我们要想办法把这龙潭溪收回来，不能这样就算了!”廖祥海建议。

“让邓士明把钱退回去，把溪滩收回来。要承包也要经过公开、公正、公平的招标投标才行，他们的合同无效，废掉废掉!”

这些年轻人不同于村里的老人，在城市闯荡多年，不仅见过世面，而且接受了现代文明。

“邓士明上来之后什么事都没做起来，还乱讲话，搞得村里不得安宁，我看趁早把他免掉算了。”张林军说。

张林军说话直言不讳，从不转弯抹角。

聚会的主题可能是一个，动机和想法往往是N个，有的想把承包合同废掉，将龙潭溪收回来；有的想发发牢骚；有的想凑凑热闹。他们都称得上村里的精英。哪怕知道自己算不得精英，也希望被看作精英。不过，有一点是肯定的，多数人没想罢免村主任，要知道有这一动议的话，也许就不来了。聚会不同于开会：开会犹如龙潭溪，只要不发洪水就会顺着河道流淌下去；聚会是每个人的想法都是一条溪流，流到了一起，说不定在哪儿就掀起巨澜，甚至于决口。大凡政权不大稳定，统治者最怕的就是群众聚会，国民党统治时期许多茶馆酒楼都贴着“莫谈国事”，怕的就是这个。

张林军的话有人称赞，有人沉默，有人开心，有人胆怯。张林军根本就不管他人是怎么想的，索性像竹筒倒豆子似的把自己的想法统统倒了出来：“我们再也不能这样了，不能再对村里的事不管不问了，应该为村里做点什么了……”

“是啊，等我们老了，还得回村呢，那里还是我们的家呢！”张明华悠然说。

邓士勇提议成立个组织，就叫同乡会好了。什么叫有头脑？这就是有头脑，让别人的想法顺着自己河床流淌！在座的人不禁拍案叫好，让邓士勇负责起草同乡会章程。他们已不同于传统意义上的“村民”，他们除出身农家，户口不在城市之外，已同城里人没什么区别，知道与了解的东西不比城市人少。

“我们要把村里那些有志向的、正派的年轻人都吸引进来，每人每年出点儿钱，为村里办点实事！”廖祥海兴奋地说。

大家兴奋地聊到半夜12点才散去。

次日晚上，大家在世贸大厦张林军的办公室再次聚会，参会人数陡增至17人，其中有村支委余根基。这一天，余根基休班，回村看望父母，搭张荣海的车返市里时听说了此事，饭没吃就跑来了。

人无头不走，鸟无头不飞。这次聚会的头一件事就是选举同乡会会长。大家过去就佩服邓士勇，昨晚之后就更佩服他了，一致推举他为会长，张明辉为副会长。邓士勇是有心人，早已起草好同乡会章程。章程的主要内容是：以主持正义，扶贫、扶弱，团结同乡，以共同为村的发展尽力为宗旨，共同帮助同乡村民致富；会员将尽自己所能上缴会费，每年不得低于500元，所交费用用于主持正义、扶贫、扶弱及本会的正常运转；会员做的所有事都是义务。章程在表决后通过。

对做生意的人来说，500元会费算不了什么，可是对余根基、廖枣红等打工的来说，这可不是小数。余根基的月工资只有1200元，加上补贴才2000来元。他40岁结婚，孩子才1周岁，开销很大，另外每月要还六七百元的房贷，还要补贴父母一点儿，一下拿不出500元。他提出分期交付，先交300元，等缓缓劲再交200元。其他人见余根基都交了会费，没带钱的借钱交了，连平时一毛不拔的人也都痛快地掏出了钱。

不想从她那得到什么，却愿意为之而付出的地方叫家乡。他们相互感染着，激励着，感动着……

接下来的议题是罢免村主任。邓士勇说，这好办，回去把他的公章收回来就行了。

“不妥，村主任是行政官。我们得给乡政府打报告，让乡里把他撤掉。”有人不同意。

在中国，村主任可以说是最小的官，小到连国家干部都不算。除村民之外，几乎所有人都不拿村主任当干部。2002年，湖北省某乡镇干部随便给村主任写个便条，该乡镇的一位姓谭的村主任就乖乖地辞职了；2003年，山东省枣庄市泥沟镇政府居然撤销了合法当选的村主任秦实华的职务。所以说，琴坛人不知道怎么罢免村主任并不稀奇。

廖祥海和张林军上网查过，没查到罢免村主任的办法，只查到几则报道，了解到罢免远比选举复杂，要成立罢免委员会，要村民投票表决，许多村子折腾了一番还没成功。但这俩人可不是“杀猪不吹——蔫退”的主儿，敢想敢为，所以不论成败都要走一遭。

邓士勇起草罢免申请书，众人纷纷提供罢免理由。

“他村主任当得不称职。事情呢不做，村庄整治到现在都没有搞上去，在乡里都倒数了……”

“他领人查了一年多的账，误工费就花了好几万……”

“他把村里的礼堂无偿让给邹旺根的小姨夫搞来料加工……”

邹旺根是村委，是邓士明的得力助手，也是张林军的亲娘舅。他们舅甥本来不错，自从邓士明当选村主任，邹旺根当选村委之后，他们之间的分歧越来越大，关系越来越僵。

“他阻挠修筑琴南公路，叫几个无知的妇女躺在挖掘机下边，还煽动几个年纪大的人，睡到挖掘机上，想获得高额赔偿，搞得至今村里到乡的公路还没有通。”

写这种材料对邓士勇来说是小菜一碟，刷刷刷，很快就写完了。他将大家的意见归纳整理，高度概括为：

琴坛村两委罢免申请

箬阳乡人民政府：

我村村主任邓士明因不顾村集体利益、未经正常程序出让村集体资源，极大地损害了村民的利益，有出卖集体利益的可能。加上上任后不做实事，只停留在无根据的事上乱翻，管理杂乱，使全村处于不断的争吵当中……现村民按序联名特提请上级部门批准罢免村主任及部分村委并同时提前进行改选。

特此申请。

琴坛村民　联名：

廖祥海和张林军率先签字画押。

有人傻眼了，这白纸黑字、鲜红手印，将来想反悔都来不及。邓士明和邹旺根等人要知道自己背着他们参与和策划了罢免，在村的家人还有好果子吃么？内幕，什么内幕，内幕只是媒体吸引眼球的字眼，中国还有多少内幕可言？有人扎牢过口袋，没人扎牢过嘴巴。今晚的聚会，谁说了什么，说不定明天邓士明他们就知道了，也许今晚散会不一会儿就知道呢，指不定谁要倒霉，倒大霉！

当非洲的野牛群与狮群相遇时，公牛会犄角朝外地守着牛群。这时，即便饥肠辘辘的狮子也不敢轻举妄动。一旦哪头公牛恐惧了，掉头就跑，牛群会轰然而散，哪怕剽悍的公牛也会成为狮子腹中的食物和丢弃荒野上的白花花的骨头。怎么样才能不散群，牛没办法，人有办法。邓士勇提议起草一份承诺书，承诺同心协力，共进共退。为防止有人违约，承诺书加了一条："为树立个人信用，特此承诺，如有违反，即通过媒体向社会公布。"最后，每个人都在自己的承诺书上签了字，画了押。

邓士勇举着承诺书对大家说，有了承诺就谁也不能退出，共同坚持到底。谁要是退出，谁要是出卖我们，或做了对不起我们的事情，我们就把这张承诺书贴到村里去，叫他没法做人！

二、村主任邓士明

琴坛村依山傍溪，土坯的农舍从溪北的水泥路旁错落有致地叠到半山腰，远远看去居然有点儿布达拉宫的味道。溪滩里的水不舍昼夜地流淌着，溪面点缀着的一块块被水打磨光滑的巨型鹅卵石是一道迷人的风景。琴坛村两侧的山峰上耸立着一对石人，一个头上盘发髻，像一孕妇；一个挺胸直背，遥望苍天，不失真人风度。它们面面相对，长相厮守。有人说，"茶圣"陆羽带着妻子寻访天下名茶，途经琴坛口干舌燥，向一老妇人讨水喝。老妇人用自己刚采的茶叶泡了一碗给陆羽，他端茶一闻一品，顿觉眼前一亮，心想：这不就是我要找的好茶嘛！为此，陆羽夫妻就在琴坛村住下了，以种茶砍柴为生，再也没有离去，最后变成了两尊石人。

邓士明的房子建在溪南，背山朝北，几乎照不进阳光，显得格外清冷。门前有座石桥，通往溪北。山外是深秋，山里已初冬。温和的风刮到山里就像一把刀被磨得锋利，脾气也暴躁了起来，呼啸着掠过山坡，像老鹰爪子似的将树叶一把把扯下来。山上的阔叶树一夜之间变衰老了，无精打采地垂着。

一大清早，邓士明就坐在门口，望着那条汩汩流淌的小溪，地上扔满烟头。可能因为失眠，他那张饱经风霜的脸看上去比平时憔悴。当下意识地将手指探向烟盒时，他却发现烟盒已空，将空烟盒揉了一团，起身回屋时，突然看见村委邹旺根。

邹旺根看出他没烟了，递过一支说："士明，城里的年轻人开会要罢免你，我外甥林军也跟着乱搅和。”

邓士明看一眼邹旺根，满不在乎地说：“我早知道了，他们没那个能耐，瞎起哄而已。”

邹旺根见他没在意，又补充一句说：“他们还要收回龙潭溪。”

邓士明说：“收回去？没那么容易。我就不信，他们还能翻了天。”

邹旺根说：“你老爸当支书那会儿，穷是穷，可从来就没有这么多烂鸡巴事儿。”

邓士明说：“是啊，是啊。”

他老爸邓作先是当生产大队大队长，那时不叫村长，后来又当支书。那时村里就穷，他老爸为改变琴坛的面貌，早晨天刚亮就出了门，天黑才走出深山。他先后去绍兴等地参观学习，然后又把专家请进来，经过土质化验之后，选种200多亩的茶树。他老爸为琴坛鞠躬尽瘁，49岁就病逝了，引进的茶树至今还在造福琴坛。父亲去世时，公社的干部和大队的社员都来参加追悼会，许多人流着眼泪说，邓支书是一个难得的好支书！

世道变了，他老爸那个年代的村干部多么有威信，大事小情都说了算，哪像他这个村主任当得憋气加窝火，这一年到头苦没少受，累没少挨，亏没少吃，那帮在外边捞钱的年轻人还不满意，还要罢免他。

邓士明是在2008年4月换届选举时当选为村主任的，这既出乎意料，又在情理之中。

最初海选出来的候选人有两位：张新德和张清福。这两个人能力和威望都不差，张新德土改时当过儿童团团长，后来又担任公社团委副书记、琴坛大队大队长，改革开放后当过一届村主任，遗憾的是他已68岁，年近古稀；张清福当过将近30年的生产队长，无论魄力、能力还是口碑都不错，可惜的是他已66岁。乡政府规定，60岁以上的村民不能再当选村主任。于是，邓士明被增补为候选人。

邓士明在兄弟中排行老二，大哥邓士品在乡小学教书。琴坛村穷是穷，可是特别注重知识，看重读书人，再加上年轻人都曾经是邓老师的学生，年老的亦曾经是邓老师的学生家长，所以他在村上特别受敬重；二弟是狱警，在监狱任执法大队的大队长；三弟阿贵是金华一家大公司的副总经理。邓家兄弟四人，只有邓士明书读得少，仍在村里当农民。

选举哪能不拉选票？美国总统大选还要像海鸟筑巢似的奔波演讲。可是，邓士明既没有口才，又没有威望，村里有些人根本就瞧不起他，所以只好让德高望重的邓老师和受人敬重的三弟阿贵出面了。

邓老师挨家挨户地为邓士明做工作，诚恳地对乡亲们说，让士明当当村主任吧，我们兄弟都在外面，就他一人还在村里。

有人认为，邓士明单纯实在，想啥说啥，没有弯弯绕，人也不坏，做事较真，再说，反正琴坛村也是贫困村，想发展连门儿都没有，这么个村主任谁当还不都一样，士明要当就给他当当吧！也有人认为，他根本就不适合当村干部，一是能力比较低，二是做事没头脑，三是爱乱讲话。有一单位到村扶贫，他愣是在村口把人家拦住说：“你们以后不要再来了，你们的扶贫款都进了村干部的口袋。”

有人直言不讳地说：“邓老师，你大弟是不好当这个村主任的。如果你要来当，我们百分之百同意。你大弟没文化，人又粗鲁，再说连个组长都没当过，怎能好当村主任呢？”

廖祥海说得更是干脆：“他这个人根本就不是当村主任的料，什么能力都没有，不要说当村主任了，能把自己的家管好就不错了。”

多数人都给邓老师面子，张明华、余根基不仅答应投邓士明的票，还帮忙做工作。张明华对关系不错的村民说，让邓士明当当吧，我都支持他了，你们还不支持？余根基劝大家，我们就相信邓士明他们哥儿几个一次吧！

邓士明在竞选中说，村里每年都有扶贫款进账，上届村长干了三年，村里却一点儿变化都没有，那些村干部肯定有经济问题。如果自己当选，先把账查个水落石出，然后再一心一意把村子弄上去。他的竞选承诺更是出手不凡，深得人心。他表示当选后要“以‘公开协商’的原则处理财务，做到村务公开、财务公开，村中大事征求广大村民意见，由村干部集体研究决定”。承诺为村民办两件实事：一是每人每年20元的合作医疗款由村财政支付，若村经济有困难，由本人向外界讨，若仍得不到扶助，由本人为村民支付。二是树立敬老扶贫的村风，每年年终对年满60周岁以上的村民进行慰问，对受天灾人祸、生活困难的村民做力所能及的帮扶。为了表示自己的诚意，在选举之前，他把竞选承诺打印出来，分发给村民。

他的竞选承诺出自邓老师之手，集中了两代人的智慧。“公开协商”原则是邓士明的堂叔提出的。堂叔退休前是乡干部，认为村民比较看重公平、公开、公正的原则。替村民交合作医疗款是邓老师的主意。琴坛村三分之一的村民在外地，每年村里这笔合作医疗款就要支付六七千元的差旅费和误工费，全部收上来的话也就八千来元钱，还不如村里直接支付。村里的账面上有20多万的扶贫款，足以支付这笔钱，所以承诺的“村经济有困难，由本人向外界讨，若仍得不到扶助，由本人为村民支付”，不过是个姿态。

琴坛村的村民文化水平较低，忽略了前提条件，理解为邓士明当了村主任，每人每年的20块合作医疗费就不交了，村里交不上，他邓士明交，他邓士明没钱交，那么就用邓老师的工资交。邓老师每年的工资怎么也超过8000块钱吧？在经济发达地区，20元钱算不了什么，对于琴坛村民来说，这20块钱是绝对不能不当回事的，一人20块，一家六七口人那就一百多块呢，三年下来就是半千呢。

在村主任选举中，谁出钱多就选谁的现象特别普遍，许多村民最关心的不是谁能当选，而是如何把选票“卖”上价。有的村民在投票前用手机拍下自己的选票，然后到被选人那儿去索取好处。有的村子村民公开讲，谁给我烟，我就选他。对这些村民来说，村里如何发展，怎样发展，统统不管，发展那是明天支票，他们要的是眼前的实惠，是现钞。2003年，山西省河津市老窑头村发生过230万元竞选村官的事，当选的村主任兑现了自己的承诺——给每位选民发放1800元的红包；两位副主任按每户1000元发放了红包，平均每户获8000元，许多农民捧着钱哭了。

老人是绝对不可忽略的选票，村里的中青年都在城市，未必回来投票，选票会委托给父母，父母想投谁就投谁，所以把老人打点明白，基本上就没问题了。每年慰问老人的钱自然要三弟来出，阿贵也愿意出这笔钱。

竞选村长不但是邓士明的事，也是邓氏兄弟的事，是邓家男女老少的头等大事！邓士明要是当选为村主任，往大说，邓家的父子都当过村主任，对琴坛村做出了应有的贡献；往小说，子承父业，邓士明给老爸争了光，邓家在村里的地位得到提升。对在琴坛村的老妈来说，其他三个儿子再风光也是村外边的事儿，邓士明当了村主任那才是村里的风光，真正的风光！选举的前一天，74岁的老妈去村口的庙里烧了三炷香，祈求观音菩萨保佑她的士明当选村主任。

选举的那天，邓老师和阿贵都回了村，站在投票的礼堂门口，对村民一一地说："支持士明一下吧，我们是不会让大家吃亏的。"

邓士明大获成功，全村339位选民，他获得298票，高票当选！

张明华和余根基把家里人的选票都投给了邓士明。廖祥海和张林军没有回村，委托父母投的票，至于父母投给了谁，他们也不清楚。听说邓士明当选后，张林军嘲讽地说："傻瓜一样的人也能当村主任了，这回村里人要有苦头吃，想发展就更难了。"村民都清楚，他们的票不是投给邓士明的，而是投给邓氏兄弟的，确切点说是投给邓老师和邓副总经理的。他们并不指望村主任带领大家致富，他们寄希望新选出来的当家人能够从外边多讨点扶贫款，大家都跟着沾沾光。他们相信邓老师和邓副总有这个能力。

新官上任三把火，邓士明首先是查账，想彻底清查，任何蛛丝马迹都不放过。没想到花去数千元差旅费和误工费，却没有个结果。张明华生气了："他动不动就查这账，查那账，他又不是反贪局。村上过去给前来扶贫的单位送几斤茶叶、几斤牛肉，他也要去问一问、查一查。搞得我们村形象很差很差的，谁还来扶贫？他这个村主任是傻子，用农民的话讲就是二百五，脑子不大清楚，这种人还能做事情？跟他都没法交流了。"

张林军说："他们拿着审计报告对我外公外婆说，上届村委会多收了他们1450元的修路费。我外公气得要跟上届支书和主任拼命，外婆天天去骂他们，跟他们要钱。我对外公说，村里欠不欠你的，你自己还不清楚？那个审计报告前三页有公章，后边的十五六页没有章，一看就知道是邓士明他们自己订上去的，我在公司当会计还看不出来？人往往就是这样，说少收了你的钱，你肯定不相信；说多收了你的钱，你一定会找他算账。我外公外婆总认为是多收了他们的钱。我怕他们气坏了，就掏出1450元钱，对他们说，村里多收的钱呢，让我给要回来了。我外婆高兴得一个劲儿说，‘我的外孙事情办得好！’你说，他那个村主任当的，不干正事，尽制造矛盾。”

乡里搞村庄整治工程，要求村里先垫款施工，然后乡里再拨款，因种种原因也没有启动，村民们不满意。乡里修琴南公路，解决琴坛村与箬阳乡不通公路的问题，因征地赔偿，邓士明领部分村民阻挠而搁浅。收合作医疗款时，村里没替村民交，邓士明也没付，最终还是向村民收的，村民怨声载道。

邓士明没想到几把火没烧好，反而燎了自己。山里人是看重承诺的，合作医疗款是他一块心病。一天，阿贵和Y老板聊天说起了龙潭溪，Y老板很有兴趣，想承包下来搞漂流。老板到琴坛村考察后，表示愿意每年出1.6万元承包费，承包28年。他准备投资3000万，在琴坛村搞旅游开发。邓氏三兄弟喜出望外，这笔钱支付医疗合作款绰绰有余了。邓士明上任后，村里人想承包龙潭溪养鱼，每年交村里800元钱，他没同意；村外有人想搞漂流，每年交2000元，他嫌承包费太低，也没同意。Y老板出1.6万元，这是800元的20倍！

2009年10月16日晚上，邓士明、邹旺根和Y老板来到礼堂，通知村民代表来开会。邓士明拿出溪滩承包合同说：“这个合同你们看一下，满意了，对老百姓有利了，你就‘盖章’，觉得没利就不要‘盖章’。”

村里人管摁手印叫“盖章”。村民代表看过合同后，没有异议，于是就摁了手印。

老板掏出中华烟说，我就不一支支地递给你们了，每人一包拿去自己抽吧。说罢，给了每位代表一包烟。邓士明追问一句：“你们没意见了，我的章就盖出去了！”

他说的章指的是村委会的公章。见大家没意见，他在合同上盖上了公章，交给Y老板一份。接着Y老板交付了第一年的承包费1.6万元。不知邓士明他们是疏漏，还是有意遗漏，村民代表没有全通知到，20位村民代表来了17位，还有3位代表没通知到，其中之一就是邓士勇的母亲申小妹。在村里，申小妹算得上既有政策水平又有头脑的人物，担任过村支书兼村主任。她要到场的话，琴坛的这段历史也许就要改写了。申小妹说：“我要是去的话，肯定会反对的。邓士明他们知道我会反对，所以就不让我参加。承包龙潭溪必须经村两委讨论通过，要请示乡政府的；另外，1 万元以上的项目，要由乡政府组织招标。我当村支书和村主任时，村里建两个水坝，那都是乡政府组织招标的。邓士明这人没有知识，没有能力，嘴巴乱讲话。他的话很多，没做的先讲出去，又不实事求是，可是河道承包，这应该讲的呢，他又不讲了。”

邓士明做梦也没有想到，这纸合同居然成为村民要罢免他的导火索。

三、村里村外的冲突

2009 年 10 月 29 日，四辆车浩浩荡荡开进琴坛村。廖祥海、张林军、张明华、余根基、张荣海等 16 人出现在村口。这些年来在外边的年轻人平时很少回来，更没有这样成群结队回来过，哪怕过年都没有，琴坛震动了。他们的父母闻讯来了，乡亲们也围了过来。

没有不透风的墙，尤其是农村的土墙。廖祥海他们成立同乡会，要罢免村主任的消息早已像深秋的落叶，刮得满村都是。落叶是没有生命的，从树上飘落时多大就多大了；传闻生长在舌头上，是活的。传闻在村东头是松针的话，哗啦哗啦地到村西头就可能变为了巴掌大小的梧桐叶。村民的想象力和创造力是丰富的，他们不追求准确，但追求生动，追求如何充分地，甚至有点夸张地表达自己思想和情绪。村民说邓士明查账花掉差旅费和误工费好几万，那绝不是说花掉了一万元、两万元，或者三万元，那是相当于说花掉老鼻子钱了，可能是三五千元，也可能是六七千元；说邓士明把龙潭溪给卖了，那也不是真认为他就是卖了，而是表明对他的做法的反对。可以想象“同乡会”“罢免村长”这两个关键词从村头刮到村尾会是什么样子。

廖祥海他们回村是征求所有村民意见的。他们认为罢免申请最起码要有一半以上的村民支持才能有效。要取得半数以上村民的支持可不是一件容易的事。百姓百姓就是百人有百个想法，是难以统一的。尽管许多村民对邓士明不满意，怨怼不已，可是未必想罢免他；即使有意罢免他，也未必会在罢免申请上签字画押，而是希望别人来罢免他，自己坐享其成，也就是说他们只同意而不支持。廖祥海他们商量来商量去，认为应先争取在市区的三分之一村民的同意和支持，再通过他们向村里的亲朋好友渗透，最后再回村争取其他村民的支持。

廖祥海、张林军早晨起来就坐着张荣海的车在市区转悠起来。他们先拜访了在农贸市场卖炒货的老余。老余 50 多岁，是村里来金华经商最早的人，如今不仅买卖做得大，而且朋友很多，在村里是位举足轻重的人物。老余和邓士明兄弟关系不错，跟承包溪滩的 Y 老板也是几十年的朋友。Y 老板去琴坛签承包合同就是他陪着去的。廖祥海开门见山地跟老余讲明来意，然后虚心讨教："您作为前辈，对这事有什么看法？"老余也是爽快人："起草合同时，我提醒过邓士明，这样做是不是太草率了？至于罢免村主任的事，我不参与，既不支持你们，也不支持他。"

廖祥海等人如释重负地舒了口气，幸好老余保持中立，他若反对的话，恐怕真就没戏了。

听说，同乡会小邹的父亲和叔叔进城来帮助他装修房子，廖祥海他们以为小邹都签字了，老邹肯定会签字的。没想到老邹看了罢免申请后，冷若冰霜地说："我不签。"

"为什么呢？"廖祥海不解地问道。

"还为什么？"老邹恼然地看了看这三个年轻人说，"要知道我们在琴坛走路都要低着头。在琴坛，谁能斗过他邓士明？他跟书记打架那天，村里有 30 多人聚集在他家，商量怎么对付书记，让书记赔钱，让书记坐牢。你不想想，在琴坛哪个人能召集那么多人，而且事后又不走漏风声？你们也不想想，你们几个哪个吃得消他邓士明？"

廖祥海、张林军、张荣海被说得一愣一愣的。他们长年在外，对村里的情况知之不多，没想到自己从来都没瞧起的邓士明会出息成这样，在村里会如此有势力。可是事到如今哪怕是鱼死网破也要做下去了。他们从小邹家出来，强鼓勇气一家家跑下去。还好，在市区的村民绝大多数支持罢免，少数认为溪滩包得不合理，把合同收回废掉就好了，没必要罢免邓士明。个别村民表示，我不想对此发表意见。廖祥海他们明白，他们是反对罢免的。

下午三四点钟，廖祥海他们就把市区跑完了。同乡会立即开会，研究下步怎么办。大家看着罢免申请书上的 100 来个红手印，不禁信心满怀。他们算了一下，再加上同乡会在村的亲朋好友，差不多够半数了。

“我们立即回村，今天就把字签完。”有人十分乐观地说。

“在市区的这些人素质比较高，也不像村里的那么怕邓士明。村里的就是签了字也会变卦，天天都在邓士明的眼皮底下，只要邓士明说几句好话，许个什么愿，或者送点儿什么东西，他们就会反悔，就会不认账，甚至说是我们逼他签的。”廖祥海不放心地说。

有传闻，邓士明三件东西不离身：手机、村委会公章和数码相机。村里的大事，打电话问哥哥和弟弟；公章用塑料纸包着，需要村委会和支部盖章时，支部不盖章他也不盖；支部盖章时，他掏出相机立照为证。

“邓士明有照相机，明华有摄像机，我们把签字过程拍摄下来，还怕他们不认账？”张林军说。

这位八零后圆圆的脸，戴着一副黑框眼镜，有时像孩子似的有几分顽皮，做起事来有板有眼，稳稳当当。

于是，他们16个人带上张明华公司的婚礼摄像师，回到琴坛村。廖祥海觉得这是一个难得的机会，对乡亲们说：“各位乡亲，我们这次回来是想征求大家对罢免村主任邓士明的意见。邓士明当选村主任之后，不仅没有兑现自己的承诺，又不经过全村村民同意，把龙潭溪承包出去了……”

“他竞选村主任时说替我们交医保，结果赖掉了。”有人不满地说。

“过河拆桥，没诚信就该下台！”有人迎合道。

“把龙潭溪包出去了，谁晓得他从中得了多少好处！”

村民们是大路边上打草鞋——有的说长，有的说短。有的村民担忧的是溪滩包出去了，溪那边山上的烧柴、毛竹和茶叶怎么弄过来。总不能对人家说，“你的漂流停一停，让我把毛竹拿过去。”

有人对廖祥海他们说，“你们这帮人在城里发财了，房子车子都有了，还来管村里的闲事，是不是刮燥了？”

刮燥是当地土话，意为吃饱了撑的。

“乡里乡亲的，谁当皇帝都一样，弄点事端出来干啥？这样折腾对谁都没好处。”

“是嘛，手捧苞谷棒，除了皇上就是我。七主意八主意，吃饱饭就是好主意。”

反对者是少数。不过，这些话让年轻人感到很不舒服。你以为我们爱管闲事咋的？我们每人出500元钱，用来帮助村里；我们或丢下自己的生意，或请了假跑回来，不就是为你们这些村里人的切身利益么？否则，我们折腾个啥，邓士明当不当村长，跟我们又有多大干系？真是皇帝不急太监急！

村支书邓士根匆匆赶过来。廖祥海他们找过老余之后，邓士根就接到Y老板的电话：“邓书记，你在村里有威信，叫那帮年轻人不要搞了，不要罢免邓士明了。我承包龙潭溪，承包费虽说少了点，但我不会让你们村吃亏，我要投几千万发展旅游业，游客多了，你们就富起来啦。”

邓士根扬扬手，围聚的村民散去了。他不是来制止廖祥海他们的，是怕他们与邓士明等人发生争执，导致肢体冲突。他把廖祥海等人拉到一边，问清情况，忧虑地说：“这可是大事，有没有把握啊？”他像问廖祥海，又像在问自己。

“现在看来，应该没问题。”廖祥海挺有信心地说。

“事情恐怕不会这么简单吧？这件事你们可要慎重啊！”邓士根还是不放心。

廖祥海他们开始走访，征求意见。有的村民用那像树根似的手分别在三份罢免申请书上签了自己和家人的名字，又在每个名字上摁下鲜红的手印；不认字的村民请别人代笔，然后认真地摁上手印。有的村民恐惧不安地叮嘱道：“你们做了就要做到底，否则你们在城里的没事了，我们在他眼皮底下的就倒霉了。”

若不是信任，这些平日胆小怕事的村民怎么会签字摁手印？廖祥海他们感动了，无论如何也不能对不起这些父老乡亲！他们让这些年轻人看到了琴坛的希望，年轻人让他们看到了琴坛的未来。

“请放心，我们要是搞不好的话，过年也没脸回来了。”张林军说。

摄像师忠实地将村民签字的情景完整地拍摄下来。

没走几家，张明华的手机响了，又是Y老板：“明华，听说你们回村了？想把溪滩收回去，把邓士明罢免掉？不要那么不上（让）路，大家都是熟人，你帮我，我帮你，多好。”

“不是我要搞的，是我们村大多数村民对合同有意见。”张明华争辩道。

张明华跟Y老板认识20多年了，过去Y老板做木头生意，有时到琴坛采购木头。如今人家已是大老板了，相形见绌，张明华和他的联系也就少了。

“他们能兴多大的浪？只要你不领头，他们什么事儿也做不成。”

“这次不是我领头的。我们也不是为你承包的溪滩，主要是这个村主任不做事情，村庄整治也不搞，不干实事……”

Y老板恼然告诫道：你再干下去绝没有好果子吃！

Y老板见张明华不买账，又拨通邓士根的电话。

“这是他们自发的行动，跟我没关系。”邓士根推脱着。

“谁不知道你跟邓士明有矛盾？你们好歹也是堂兄弟，都是一家人嘛。你就不要在背后策划这事啦，搞倒邓士明，你也没什么好处……”

“我邓士根不是这么卑鄙的人。我最后说一遍，这事跟我无关。不过，我认为这些年轻人做得对！”邓士根打断Y老板的话。

他与邓士明有过节，所以是“黄泥落裤裆不是屎也是屎了”，这嫌是避不了啦。

“你们要不停止罢免行动，别怪我不客气，别说我让你在金华待不下去，在模具城混不下去！”Y老板气恼地说罢，挂了电话。

廖祥海等人没理会Y老板的威胁与恐吓，继续一家一户地争取村民的支持。太阳快下山时，他们走到位于村中心的礼堂附近，这意味着他们已走访了一半。突然，邓士明领着邹旺根、邹福根等几个人冲了过来。邹福根一把就将摄像机夺过去，摄像师吓得急忙将摄像机抓住，两人都不撒手，僵持在那里。邓士明他们不仅要抢摄像机，还想抢廖祥海他们手里的罢免申请。

“你凭什么抢我们的摄像机？”廖祥海质问道。

同乡会不敢上前抢夺摄像机，怕把摄像机损坏了。

“你们假冒记者，没经许可私自拍摄！”邓士明厉声喝道。

“把他们的摄像机砸了！”邓士明那边的一位村民喊道。

“我们不是记者……”摄像师更不敢撒手了，死死地抱着摄像机解释道。

“不要以为有一点蛮力就好，这东西不是说砸就能砸的，砸了是要赔钱的。”

余根基警告道。

他嘴是这么说，心里却很害怕。这几个村民除了邓士明的家里富裕点，其他的都是贫困户，真要把摄像机砸了，他赔不起你也没办法。

“你们没经过我们同意就拍摄到了我们和我们的房子，这是违法的。你们必须把拍摄的东西毁掉，否则就不给你们摄像机。”邓士明强硬地说。

“我们没拍你们，也没拍你们的房子，拍的是证据……”摄像师说。

“那你就放给我们看看，我们看过就还给你们。”

许多村民的心一下子提到了嗓子眼，尤其是那些上了年纪的老人吓得不知如何是好了。他们签字、摁手印的情景要是让邓士明看到了，那还得了？

“如果你把承包溪滩的合同收回，把钱退还 Y 老板，我们就把摄像机拍的删除，把罢免申请撕毁，你还当你的村主任。”廖祥海见此，只得让步。

“这个合同我不会废掉的，又不是我一个人做的主，有村民代表盖章的，有本事你们就把我这个村主任罢免掉，让我去坐牢好了！”邓士明寸步不让地说。

瞬时剑拔弩张，火药味很浓，随时都可能打起来。邓士明见自己这边仅三五人，对方有 20 来人，可能想到真要是打起来未必能占到便宜，于是掏出手机拨 110 报警。

当警察从 30 公里外的派出所赶到时，夜色像浓墨泼染了天空，摄像师、邹福根的手和胳膊早已麻掉了。警察从他们手里拿过摄像机，让双方各派一代表去派出所，如果检查发现有违法内容则删除，然后将摄像机还给那个倒霉的摄像师。双方都没派人去，警察只好将摄像机带回派出所。

邓士明等人走时，威胁道：“你们这些人到不了金华，半路就会被拦住打死！”

半夜，廖祥海他们在回金华的途中绕到派出所，将摄像机取回来。警察没发现有违法内容，拍摄的内容也没有删除。同乡会的行动虽然受挫，可是战果丰硕，罢免申请上已有 183 枚鲜红的手印！支持罢免的村民已经过半，估计邓士明的村主任已是兔子尾巴——长不了了。同乡会不禁欣喜不已。

次日一早，廖祥海、张林军、余根基又坐着张荣海的车赶到箬阳乡政府，把盖有 183 枚手印的罢免申请书递交上去。乡党委对这事很重视，立即安排党委副书记陶顺法接待了他们。陶顺法看一眼罢免申请就皱起了眉头，半晌没有言语，墙上的挂钟不紧不慢地走着，秒针那“咔咔咔”的声音像是踩在廖祥海等人的心里。

“这个东西没用，抬头就错了，”陶书记说，“不应写‘琴坛村两委罢免申请’，应写‘村主任罢免申请’。”廖祥海猛一拍前额，罢免村两委指的是罢免村委会和村支部委员会！

“罢免村主任不要说我们乡，就是婺城区，甚至金华市还没有先例。”陶书记说完，上网搜了一下，找到了《中华人民共和国村民委员会组织法》，对他们说：“你们看第十六条规定：‘本村五分之一以上有选举权的村民联名，可以要求罢免村民委员会成员。罢免要求应当提出罢免理由。被提出罢免的村民委员会成员有权提出申辩意见。村民委员会应当及时召开村民会议，投票表决罢免要求。罢免村民委员会成员须经有选举权的村民过半数通过。’”

廖祥海、张林军等人这才明白当初完全没必要回琴坛找村民签字，市区签字的村民已超过五分之一。同时，他们也清楚了，罢免不是自己想的那么简单，他们现在只是万里长征走完了第一步，以后的路还很长。陶顺法说，《中华人民共和国村民委员会组织法》讲得比较笼统，让他们去咨询一下婺城区民政局。

他们在区民政局了解到罢免申请不是交给乡政府，而是交给村委会，也就是交给邓士明。邓士明接到申请后，在一个月内依法启动罢免程序。他们在区政府又查到《关于资金资产资源的管理规定》和有关法律法规，得知河道溪滩为国有矿产资源，开发承包利用需经国土、水利等有关部门审查批准，并且农村所有处置变现资源，必须召开村两委会、村民代表大会或全体村民大会通过。如果标的在1万元至20万元以内的，必须进入乡招投标平台，20万元以上标的必须进入区招投标平台进行招投标。

四、被邓士明吓得屁滚尿流

2009年11月8日，廖祥海、张林军、余根基等八人回村递交罢免申请。

按理，递交申请实在没必要这么兴师动众，随便一个人回来就行了。可是，自摄像机事件后，提起邓士明来谁都有点儿打怵，不肯回村递交。他们商量来商量去，决定集体行动，凭着人多，相互壮胆。另外，有人已放出了风，说同乡会肯定会有人倒霉的。言外之意，邓士明不全部收拾，要从中选择一两个来收拾。收拾又不是摇奖，谁愿意成为这一目标？要想不被收拾，那就不能出头，就得猫在人群里，不显山不露水。递交罢免申请，这无疑是出头露面的事，弄不好被邓士明当成领头的，岂不就被收拾了？

这段时间还发生了两件令人震惊的事，一是同乡会内部出现了“奸细”，这边刚开完会，对方就知道了内容，搞得他们特别被动；二是当初说“如果谁退出或出卖我们，或做了对不起我们的事情，我们就把这张承诺书贴到村里去，叫他没法做人”的会长——邓士勇退出了。

在廖祥海心目中，不论谁退出，会长邓士勇也不会退出，同乡会是在他的倡议下成立的，同乡会的章程是他起草的，承诺书上的许多条款也是他提出来的。没想到，廖祥海等人去乡里递交罢免申请的那天，他发现邓士勇在电话里有点儿不对头，于是让张荣海去中国银行金华分行找邓士勇，问他同乡会下一步怎么办，让他再想想办法。邓士勇对张荣海说：“你们不要罢免邓士明了，不会成功的，也不可能成功的。这个事情我不参加了，你们也各自想好自己的后路吧！”

同乡会开会，邓士勇说参加。结果，他们十几个人从晚上 7 点等到 10 点，邓士勇都没到。打电话，他不接，最后发来一个短信：“你们不要搞这个事情了，都想想自己的后路吧。”这犹如晴天霹雳，同乡会所有成员都蒙了，邓士勇的退出肯定是有原因的，这原因是什么，接下来将出现什么？他们不知道，知道的只是他的退出，意味着成功希望渺茫，危险随时都有可能出现。

有些人也动摇了，想打退堂鼓了。邓士勇是同乡会里最有实力的一位，他都不敢干了，别人干那不是拿鸡蛋往石头上撞么？邓士勇只有老妈和姐姐在琴坛，他的户口和组织关系都在市里，琴坛村是不能把他怎么样的。他的老妈申小妹当过支书兼村主任，在村里很有威望，没人能把她怎么样。即使如此，邓士勇都吓得不敢再参加同乡会的活动，可见遭受的威胁有多么大。邓士勇的态度对同乡会是一重创，犹如在每个人的头上泼了一瓢冷水，把那股热情浇得七零八落。

怎么办？廖祥海、张林军等几个人商量。张林军态度决绝，不管谁退出，他都要干下去，干到底。廖祥海表示，不能辜负那些签字画押村民的希望，不论多么艰难都要走下去。可是，出头露面的人越来越少了，几乎所有的事情都落在廖祥海、张林军、余根基、张荣海的身上。为改变这一现状，他们决定这次采取集体行动。

在哪儿递交罢免申请，怎么递交？他们商量了一番，邓士明的家是断然不能去的，在路上递交又有失郑重，最理想的地点是村委会办公室。谁来把邓士明约到办公室呢？有一点谁都清楚，在这八人当中，邓士明最恨的肯定就是约他来的人。最后，这副重担落在了余根基的身上，他拨通邓士明的电话："士明，你在哪里？在山上砍柴？那么你下来一下，我们找你有事，在村委会办公室门口等你。"

邓士明清楚余根基是同乡会的骨干，找自己肯定没有好事。管他呢，伸头是一刀，缩头也是一刀，干吗不去？不去就等于示弱，去！他把柴刀别在腰间下山了。走到家门口，他想把柴刀放回家，洗把脸再去见余根基。他家在溪南，村礼堂在溪北，门前有座石拱桥，只要过桥东行几十米就到村礼堂。村委会办公室就在礼堂边上。当邓士明走上拱桥时，突然看见礼堂门口有十来个人，于是踌躇片刻，改变了主意。同乡会内部有人给他通风报信，说廖祥海他们想用车轮战术，要把他的脑筋搞糊涂。他清楚自己没他们有文化，脑筋转不过他们，怕给搞糊涂了。一糊涂就会收下罢免申请，一收下来就得启动程序，那就等于自己的刀削了自己的把，傻瓜才会这样干。他要是过去了，他们给，他不收，弄不好就得打起来。俗话说，好虎架不住一群狼。他们十来个人，自己只有老哥一个，吃亏的肯定是自己。他想报警，转念一想，他们只是约自己见面，又没干什么。

"我不过去了，你们有什么事就来我家门口好了。"邓士明眉头一皱，计上心来，给余根基回电话说道。

人在胆怯时，最好待在自己家。家不仅仅是吃饭睡觉的地方，也是最安全的地方。

廖祥海、张林军等人朝桥对面望望，见邓士明坐在桥头，腰里别着柴刀，身旁还站着他的老妈。胆怯像滴入水里的墨滴，在心里扩散了。

他们相互用询问的目光看看，谁也没说话。过了片刻，廖祥海打电话说："士明，你过来一下吧，我们把件东西给你吧。"

"我不去，要你们来。你们来我家，我又不会吃了你们。"邓士明坚定不移地说。

邓士明的态度很明了，你们爱过来不过来，不来才好呢，又不是我找你们有事。

与其说廖祥海等人怕邓士明，还不如说怕他妈。老人已70多岁，精神矍铄，特别护着她的士明，她的士明要是受了委屈，她就会去拼命。她那么大年龄，谁又敢把她怎么样？这还不是廖祥海他们最怕的，他们最怕的是她突然躺在地上不起来，愣说你们打她了，让你有口难辩。"殴打老人"在这个有着百善孝为先传统的山村可是件大逆不道的事，这样不仅他们"这一小撮"要背上恶名，还会让邓士明赚得同情分。中华民族素有同情弱者的传统，当年"台湾竞选"，陈水扁已处颓势，一颗莫名的子弹袭击后，让他化腐朽为神奇，捞取不少选票，达到了连任的目的。

邓士明死活不过来，他们要是不过去，只有"望桥兴叹"了。他们从金华到琴坛，跑40多公里，因不敢过桥，功亏一篑，岂不让人笑话？廖祥海无奈地说，"没办法，过去好了。"其他人相互看看，没有反对。

总得有人把这份罢免申请书递交到邓士明的手里吧，谁来呢？这既是件小事，又是严峻的问题。众人面面相觑，沉默无语，只有溪水汩汩流淌声。廖祥海大义凛然地说："你们都不想递，那么我来递好了。反正我跟他是亲戚，无所谓的。"

廖祥海说罢，转身向桥走去。其他人也只好急忙跟过去。

邓士明的老妈见突然来了这么多人，怕他们跟士明过不去，于是骂开了，"我的士明又没有吃你的肉，你们这样恨他，这样搞他……"她边骂边用手里的扫帚点指着廖祥海他们。她越骂越激动，手渐渐颤抖了，扫帚上的灰尘飘落下来。

"这不是吃不吃肉的问题。我们是对事不对人，你儿子做错了事就要承担后果。"廖祥海反诘道。他担心老人节外生枝，急忙将罢免申请书递给邓士明："这是罢免申请，你收一下。"

邓士明恼羞成怒："我不要，我不收这个东西！"

这下坏了，他不收你又不能强迫他收。这罢免申请书交不到他手，罢免程序就没法启动。廖祥海想到此，朝邓士明家走去，想把罢免申请书放在门口的凳子上，赶快撤离。没想到，老人一把拽牢了他："祥海呀，你就放过士明吧！你把他罢免了，他以后在这村里还过得下去吗？"她说着，"扑通"一声跪在地上。

这阵势，廖祥海还是人生第一次经历。在山里人看来，被年逾古稀的老人跪拜是件折寿的事情。廖祥海也顾不得这些了，他最害怕的是她已到了桥上，万一掉进溪里，那事情可就闹大了。

"你放开我，我把申请收回……"廖祥海哀求着，然后慌忙收起罢免申请书，逃也似的跑掉了。

老人哭着骂着，朝这帮年轻人几步一跪拜，吓得他们狼狈逃窜，抱着儿子站在桥上的余金龙没来得及逃掉，被老人抓牢了，惊恐得不知所措。事后，余金龙不满地埋怨道，你们都跑了，把我一个人扔在那儿了。

邓士明怒发冲冠，猛地从背后抽出柴刀，跳着脚骂道："你们这帮小流氓，到我们门口打我妈，我劈死你们！"

同乡会的人逃到了廖祥海家，邓士明的老妈在后边喊道："我要住到你们家去，死在你们家里！"

邓士明跟了过来，在廖祥海家门口一个个地点名骂一通。廖祥海蒙了，急忙给乡里的陶书记打电话，问邓士明不收罢免申请书怎么办？可不可以用快递寄给他？

陶书记说："他不收也没关系，你们交到乡里好了。一个月后，他不启动罢免程序的话，乡政府来启动。"

廖祥海如释重负，经历这些事后才知道罢免村主任有多么艰难。罢免程序还没启动呢，不知有多少坎坷和磨难等在下一个路口。

五、不对等的谈判

深秋的夜空繁星点点，月亮在白莲花似的云朵里穿行着，同乡会的年轻人从四面八方赶往新天地歌厅。聚会地点与心情可谓反讽，大家心事重重，气氛沉闷，似乎有片重如泰山的黑云将要压下。虽说罢免申请被视为递交，一个月后，罢免程序将启动，可是廖祥海他们已感到内外交困，步履维艰了。

他们从琴坛“逃”回金华后，琴坛村到处流传：廖祥海的店被砸了！张明华被抓起来了，老婆被黑社会吓疯癫了！张林军逃跑了！同乡会的人抓的抓，跑的跑，已经散伙了……

村里有人说，同乡会的那些人一个个都要吃苦头的。

廖祥海的父母吓坏了，慌忙给儿子打电话询问他的情况。张明华的父母也忐忑不安地打电话说：“明华，Y 老板在金华很有势力，你可千万不能惹他……你就别再参与罢免的事了。你参与这些事对自己有什么好处？经济上没有回报，还要白搭钱和时间，何苦来呢！”

“你不参与，我不参与，村里也就没前途了。大家在一起像捆木头一样，少了谁都不可以。”张明华跟父母解释道。

不仅父母劝张明华，亲朋好友也劝他。想当年，家里穷得读不起书，他十几岁就跟老爸去种山；20 岁时上山烧木炭，住在山上的茅铺里，连个电灯都没有；22 岁承包茶园，采茶的季节，他昼夜不息地忙着炒茶，三四天不睡觉。10 年前，他把两个弟弟供到大学毕业，有了不错的工作，自己才出来经商，先后开过快餐店、锯板厂、婚庆公司。如今，他的生意红火，要房有房，要车有车，在琴坛村也算得上个人物了。可是，山外有山，天外有天，跟 Y 老板相比，他就跟琴坛的贫困户差不多了。亲朋好友都劝他好好做自己的生意，别给自己找麻烦，眼前这一切来之不易，可别失去了。

张林军的父亲打电话说：“林军，你们花这么大精力和力气去搞，又搞不成功，他邓士明家的势力多大啊，你们还是不要搞了吧。”

母亲紧张不已地在电话里说道：“林军，村里传说，你们那伙人抓的抓，跑的跑，到底有这回事没有？"

"他们神经啦？哪会有这种事情呢？别听他们的，他们尽乱讲话的。"张林军生气地说。

母亲接着说："你舅舅说，我可就这么一个外甥，他这样搞下去，要遭暗算的！你跟那帮小子说一下，不要再搞了，算了吧。"

张林军的舅舅就是村委邹旺根。

"妈，我又不是被吓大的，别理他。他觉得吓唬我们不行就吓你们。妈，你放心，我们这帮人都这么大年龄，都有老婆有儿女了，也要有尊严的。既然做了这件事情，就一定要做到底。村里那么多人支持我们，我们还搞不好的话，过年都没脸回村。那些摁手印的村民都说，'这个事情你们要做就一定要做到底，做成功啊，如果失败了，你们在金华没什么，倒霉的可是我们哪，我们要天天面对他邓士明的'。你说，我们能不做下去吗？"

没两天，张林军的妈妈又来电话了："邓老师对我说，'这帮人哪，肯定要有几个人进去的。进去了就不太容易出来了。你们的儿子还好，告诉他，能不去做就不要做了，能退出来就退出来吧。'你们可小心哪，他们想把你们弄进去。"

"妈，你放心好了，你儿子又不干什么坏事，他想弄也弄不进去；你儿子要是干坏事，也用不着他弄，自然会有人把我抓进去的，跟他也不搭边。"

惶惶不安的何止是那些同乡会成员的父母？那些在罢免申请书上签字、摁手印的村民有几人睡得着觉？他们夜晚躺在床上辗转反侧地想，邓士明要是下不了台，自己的麻烦可就大了，不要说他给自己穿小鞋，就是给紧紧鞋带也够喝一壶啊！他们越想越睡不着觉，越想越害怕，越想越后悔。于是，爬起来，不管什么时间就拨廖祥海、张林军、余根基等人的电话，忧心忡忡地一遍又一遍地叮嘱："我们可都在你们的罢免申请上签了字的，你们要是不干了，散伙了，我们可就惨了。"

从村里回来的第二天，阿贵带着四位五大三粗的男子到模具城找廖祥海算账。老妈给他打电话说，廖祥海领几个人来，要打你哥哥，劝他们不听，我给他们跪下了才走。你快想想办法吧，再这样下去要搞出人命的。阿贵一听就怒火万丈，廖祥海这小子居然领人去他家，逼得老妈给下跪，是可忍，孰不可忍！阿贵压根儿就没把邓士勇的同乡会放在眼里，尽管“大懒汉”——邓士勇的父亲是他的堂叔，可是邓士勇在他的眼里也不过是个“小懒汉”而已。同乡会那几个头儿根本就算不得什么成功人士，有的还跟他借过钱，其他那些也不过是虾米了，有的连吃饭都成问题。要成立同乡会也得有自己这样的人物。真正的同乡会一要为村里服务，二要协调有关部门的关系，哪里会像他们这样，上来先是阻止溪滩承包，罢免村长，逼得他老妈下跪，这算什么狗屁同乡会？

溪滩承包出去有什么不好？一年16000元，那是村里人出价的20倍！再说，Y老板准备在琴坛投资几千万搞旅游开发，将来村里的茶叶、粽叶、野生猕猴桃的价格也都上去了，再办些农家乐，村里那些老年人也有事做，村里不就发展起来了么？自从二哥当村主任后，他们兄弟可没少出力，他每年出5000元钱慰问村里的老人，给他们送米、白糖和饮料，村里许多文件和材料都出自大哥的手，结果不仅没落个好，他们还要罢免二哥，真是越想越气。

“你昨天领一帮人回村里干什么了？”阿贵闯进廖祥海的店，气呼呼地质问道。

“你那哥哥把我们的溪滩包掉了，我们要把他罢免掉，给他送罢免申请去了。”

廖祥海看一眼阿贵带来的人，有的手臂上还有文身。在电影里，只有黑社会才文身，莫非阿贵找来的是黑社会的？听说黑社会残忍无度，只要给钱什么事都干，砍下一只手，剁去一只脚，割下两个耳朵。这几个人看上去不像影视剧上的黑社会那么凶神恶煞，廖祥海却有点抑制不住地恐惧。再看看在一旁的妻子和妹妹，早已吓得浑身绵软，不知所措了。

“你要对这事不满，可以向区里、市里、省里反映，你带一帮人吆三喝四地去吓唬我妈，让老人家跪来跪去的，你也太猖狂了！”阿贵毕竟是读书人，想动粗也粗不到哪儿去。再说，他戴着一副近视镜，掩饰不住他的那几分文弱，那几分文质彬彬。

“我没让你妈妈跪下。我尊重你，也尊重你哥哥，特别是你大哥，我们都是他的学生。但是，我们对事不对人，不管谁当村主任，做出这样的事，我都要这样做，这是为了全体村民的利益。”

“我告诉你，我妈妈没事情还好，有事的话，你们这几个人飞都飞不走，要你怎么样就得怎么样。我什么世面没见过？到时候别说把你们模具城都给围牢！”

“你想怎么样就怎么样吧！只要合同不废掉，我们还会继续干。”廖祥海看出来了，阿贵不过想吓唬自己一下，干不出打砸抢抄之类事的。

“合同不可能作废的！咱们走着瞧！我警告你，再有一次，我就不客气了！”阿贵可能也发现干这种事不是自己的强项，难以奏效，于是瞪着廖祥海狠狠地说罢，带着人怒气冲冲地走了。

阿贵会不会去找其他的人？廖祥海急忙给余根基打电话：“根基，阿贵带人到我这儿来过，可能过一会儿去你那儿。你自己要想想清楚，不要害怕，有什么事情大家一起承担。”

余根基说：“邓士明刚给我打过电话了。”余根基刚才接到一个莫名其妙的电话，看来电显示是公用电话，那人没说自己是谁，开口就邀他到离琴坛最近的镇——安地去喝碗酒。他警觉地说：“我在上班，喝酒就再找时间吧。”那人说：“合同的事，我是不能废的。Y 老板是有来头的，你们想把我的村主任罢免，那就把你们的本事都使出来吧，那就去区里、市里找关系好了！”这时余根基才发现打电话的人是邓士明！

余根基突然想起几天前在沃尔玛超市碰到过阿贵，也是这么说的。阿贵先说，“当初你也是支持我哥当村主任的，也投了他的票，就让他当满好了。”

“他要是当得好的话，不仅可以当满，还可以连任。他当不下去了怨不得别人，他自己最清楚。”余根基毫不买账地说。

“你们这样搞下去也是没有用的。你们要是有本事就去市里找好了。”阿贵恼然地说。

余根基又想起邓士勇最后说出来的退出理由：“区里的一位领导给我打电话了，让我们不要搞下去了。你们也不要搞了，再搞是没有好果子吃的。”看来这不是空穴来风，对方肯定找过区里领导，他不禁感到一种前所未有的压力。

压力，就像降临的夜色，披着黑色的大氅向这帮年轻人们裹来。这时，他们才意识到自己的年轻和幼稚，把事情想得太简单了，没想到现实远远超过了他们的想象力，没想到会遭遇如此之大的压力和阻力。张明华说，我们村也是倒霉，出了这么一个村主任，还是我们自己选出来的。现在我们自己还要把他罢免掉。他们开始反思了，反思选举时的草率，没把这个穷得没有希望的村的村主任当回事，甚至认为村主任好坏跟自己没关系。有的人不回村投票，有的人将选票作为人情送出去了，有的还帮忙拉票。如果不是这样，他邓士明怎么能当上村主任？这怨不得别人，要怨就该怨自己！

人与人是有差别的。有人坚强，有人软弱；有人有能，有人有耐；有人动摇了，有人顶不住了，继邓士勇之后，又有两人退出了。还有人想退出，他们或舍不得离开这个群体，或是碍着面子，只好撑着。摆在同乡会面前的是：罢免行动还要不要坚持下去？许多人犹豫了，毕竟退一步海阔天空，挥挥手把烦恼忘掉，没脸见乡亲父老就少回去，反正平时一年顶多回去两三次。

“做了就要做到底，不能对不起村里父老乡亲的信任。”廖祥海、张林军、余根基等人的态度仍然坚决。廖祥海说，“我们要有点儿当家做主的勇气。”是啊，过去他们太拿自己当外人了，村里的事能不问就不问，能不管就不管，现在该找回自己的主人翁责任感了。

聚会选在了歌厅，不仅可以商量事，还可以唱歌。有人唱起了《爱拼才能赢》，其他人就在这歌声中断断续续地商讨着。

“我们决不能半途而废，一定要顶住压力。”张林军说。

“以后再有恐吓电话，就用手机录下来。”张明华建议道。

“他们也就能恐吓恐吓，没什么本事，我们不能退却！”有人说。

“团结不是嘴巴讲出来的，我们要成为一个整体。”张明华讲。

……

邓士勇退出了，同乡会不能没有会长。于是，张明华被推选为新的会长。

张明华也不谦让，发表就职演说：“大家都要我当会长，这是好事情。今后，我的会费比你们多出 10 倍好了。我们同乡会有事聚聚，没事也聚聚嘛，哪怕谈谈生意，聊聊赚钱也好嘛，14 个脑袋总比两三个好啊。”

张明华想让大家轻松一下，可是谁都清楚，往后的斗争将会越来越激烈，越来越残酷，很可能像村里流传的那样：将有人倒霉，要吃苦头。在村里人眼里，他们都是个人物；在金华，他们都算不上强者。只有团结，才有望取胜。廖祥海提出，“今后，不论谁遭到对方的报复，被打伤了，打残了，我们大家要共同承担他的住院费和医药费。”

这种担忧不是没有道理的。一是权，二是钱，大凡涉及这两方面的矛盾冲突都易于暴露出人的残酷与狰狞的面孔。几个月后，江西上饶县罗桥街道办横山村村主任周小飞和罗桥街道办党工委书记涉嫌“非法挪用、贪污、侵占、截留 50 亩被征山林的补偿款 60 万元”，村民们想罢免周小飞，请求江西饶苑律师事务所主任律师助理冯永忠提供帮助。在冯永忠的帮助下，数百名村民在罢免申请书上按下手印后，冯永忠被陌生男子刺伤，罢免计划被迫暂停。法律专家认为，虽然《中华人民共和国村民委员会组织法》对村委会成员的罢免方式有所规定，可是村民罢免权仍然很微弱。

廖祥海的话得到大家的一致认可。接着，他们每人又签下一份承诺书：“琴坛村同乡会再有人遇到上门寻衅滋事，其他成员要及时地赶到现场。如果有人出事，大家要有钱出钱，有力出力，共同承担后果。”

他们被自己感动了。张明华感慨地说：“我们琴坛村的人从来没有像今天这样团结！”

过去，不论谁找张明华喝茶聊天他都不反对，可是不能谈村上的事。他说：“我不喜欢参与我们村上的事情，我们这个村一直都很不团结。”

张林军说：“今天，我们看到了琴坛的希望！”

C 对廖祥海说：“Y 老板的哥哥找过我，明天要请我们几个喝喝茶，你也跟去坐坐吧。”

同乡会许多人都认为，C 就是叛徒，是奸细，是他给对方通风报信的。在任何时候叛徒与奸细都是最可恨的，敌对双方可以握手言和，叛徒和奸细总要遭受最严厉的惩处。C 特别恐惧，据说有人要剁掉他的脚。廖祥海他们同情理解 C，认为假如他真是叛徒、奸细，那也是被逼无奈的，揪出来的话，他恐怕真就没法做人了。他们认为，以后有什么重要事背着他点儿就是了，都是兄弟，何必把他逼到绝路呢？

廖祥海说："我跟他是没什么好谈的。你跟明华去吧，看看他们是什么态度。不论他提出什么条件，给什么好处，都不要答应。"

明华跟Y老板的哥哥很熟悉，而且明华有着丰富的社会经验，见过世面，跟各种人都打过交道，关键时进退自如。

次日，张明华、张林军、邓士勇和C如约来到茗士茶楼的一个雅间时，Y老板的哥哥已恭候在那里。这是位遐迩闻名的大老板，有人说，他跺一脚，金华都得颤抖。他想怎样？震慑、威吓、收买，还是诱惑？张林军心里不禁打起了鼓。他是接到C的电话去的，C可能考虑到他是同乡会的重要人物，具有一定的影响力。邓士勇毕竟是同乡会发起人，Y老板跟他又比较熟，也被邀请去了。

Y老板的哥哥开门见山地说："大家都是朋友，何必搞得这么紧张？只要你们不罢免邓士明，我可以将溪滩的合同无偿奉还，我的前期投入，比如勘察、规划和设计的费用，一概不要你们琴坛村承担。"

张明华他们惊讶地望着对方，没想到他会退回合同。他在茶山那边投标16.66万承包那段溪滩之后，以1.6万承包了龙潭溪。有人猜测Y老板会为龙潭溪而放弃已交付给茶山那边的10万押金，这样28年下来，将节省421万元。他放弃承包龙潭溪的承包合同就等于放弃421万真金白银，怎么肯放弃？

天底下的事情几乎没有多少是板上钉钉的，一切都存在变数。变与不变，怎么变，都掌控在利害的手中。解铃还需系铃人，箬阳乡乡长张士达去找阿贵，希望他想办法将溪滩承包合同收回来，以平息村民的不满情绪。阿贵也担心这样闹下去也许局面难以控制，弄不好二哥的村主任真就没法当，邓家兄弟也就在琴坛威风扫地了。于是，他对Y老板说，为了琴坛村的安定，这纸合同能不能暂时先拿回去。Y老板或许同情邓氏兄弟的处境，或许考虑到较起真来那纸承包合同未见得起什么作用，不如送个顺水人情。这事邓氏三兄弟不好出面，只好由Y老板出面了。

张明华说："这事我做不了主，得跟大家商量。"

Y老板的哥哥说："你把同乡会的人都找来，我们坐下来商量一下，如果接受这个条件，我当场把合同撕掉。我是宁愿不包溪滩，也不愿你们去罢免邓士明。”

溪滩的承包才导致这场罢免风波，导致琴坛村出现罢免与反罢免的斗争。政治斗争能让敌对双方握手言和，也能让至亲至爱成为敌人。这场斗争深入到琴坛的家家户户，导致了夫妻反目，父子反目，兄弟反目，亲朋反目……有的夫妻一方支持罢免，一方反对罢免，夫妻俩先是激战，吵得面红耳赤，继而转为冷战，谁也不理谁。张林军为这事跟舅舅邹旺根和堂舅邹福根的关系空前紧张了。余根基也跟舅舅闹崩了，舅舅和舅妈见了他像是仇人似的。舅舅是村民代表，在溪滩承包合同上签过字，摁过手印。他认为余根基要收回合同那不仅是跟邓士明过不去，而且还跟他过不去。余根基知道邓士明答应给舅舅办低保，舅舅怕他这个外甥这么一闹腾，把低保给闹腾黄了。余根基还对舅舅说，你有3个儿子，吃什么低保啊？说出去名声也不好啊。舅舅一听更来气了。俗话“外甥是狗，吃完就走”看来说得的确没错儿。

几天前，余根基他们回村收合作医疗费时，邹福根家人口多，老人长年患病，生活特别困难。他的老婆痛快地掏出210元钱交了。邹福根回家知道了，跑过去找到余根基他们把钱要了回去，还大骂道：“谁让你来收的？溪滩卖掉的钱你们不让交，你们要拿去花啊？”一位张姓村民也跟着余根基他们身后对其他村民说：“你们不要交这个钱，村里会替你们交的。”可是，许多村民都不理他，纷纷表示：“我们宁可自己交钱，也不要邓士明把溪滩卖掉来抵。”这些在过去将块八角钱都很当回事，当初为不交这笔钱而投邓士明的票的村民，肯为溪滩而每家每户交数百元钱，不仅让这些年轻人感动，而且发现这些平时胆小怕事、懦弱自私、随风摇摆的村民内心深处还潜藏着对集体的关心，对村里的爱。

若在前几天，Y老板这个条件他们会答应的，可是现在情况变了，许多该发生和不该发生的事情都发生了。村民们不仅要收回溪滩，而且更要罢免邓士明了。张林军认为，同乡会应该对那些签字画押的村民负责，接受这一交易就是对那些村民的背叛。他毫不犹豫地说：“你来投资，我们欢迎。关于投资的问题，我们是可以谈，罢免邓士明的问题就没得谈了，这个事情肯定要做到底的。”

“等你们把程序走完了，已经到了换届改选的时候了，何必呢？你们应该知道政府的办事效率。”Y老板的哥哥说道。他可能感到这位80后实在是天真幼稚。在商人的眼里，现实社会就是一个大商贸，买卖不成是开价不够，没有什么东西是不可交易的。

张林军坚定不移地说：“哪怕罢免程序要走到他任期满，我们也要走下去！”

对方的脸陡然变色，恼然说道：“你想没想到后果？乡里乡亲的，抬头不见低头见，难道非要搞个你死我活吗？”

气氛一下紧张起来，雅间陷入沉寂。C急忙打圆场：“有没有办法让两边都有个台阶下？”

Y老板的哥哥能请他们喝茶楼也算是给足了面子，没想到张林军是“初生牛犊不怕虎”，不知深浅。

邓士勇接过话说：“村长确实违背了民意，教训了一下也就可以了。这个事情搞下去会两败俱伤，付出代价会很大，对大家都没有好处。”

张林军在桌下踢了邓士勇一下，让他千万不要松口。邓士勇的话不仅没使气氛缓和，Y老板的口吻反而更强硬了：“我劝你们不要搞下去了。再搞下去，你们中间肯定有几个人要倒霉的。”

“你这样谈下去，我们就不要谈了，这样谈下去有什么意思？”张林军说罢，起身离去。

张明华毕竟是见过世面的人，为人处世也比较老到，既不想放弃罢免，又不想得罪这两个大老板，只好坐在那儿耗下去，直到不欢而散。

六、罢免办法投票表决通过了

亚里士多德说，人是天生的政治动物。罢免村主任就是琴坛村的政治，而且是最大的政治。

政治打破了山村的寂静，无论是同乡会的支持者，还是邓士明的支持者，抑或两边都不支持的人，心都无法平静。琴坛突然变得警觉了，敏感了，哪怕风吹草动都不放过。桥边树下马路旁，三三五五的村民谈论着，议论着，争论着，辩论着，大道消息、小道传闻、风言风语、飞短流长在众口传播着，心似雨中的浮萍在传闻中上上下下，起起落落；像要被刮断根似的惶惶，忐忑不安。廖祥海、张林军等人不时接到村里的电话，焦虑不安地问道："你们到底搞得怎么样了，怎么还没有结果呢？邓士明说你们都被他摆平了，是真是假？"

"什么时候能有个说法？我们字也签了，押也画了，你们要是撤了，我们麻烦可就大了。"

村里人急，同乡会也急，再急也得按法律规定的程序走不是？为安抚民心，这些年轻人只好多回村几次，在溪滩边的公路上走一走，在屋前屋后转一转，亮一下相，让村里人看看，知道他们还都在，既没逃跑，也没被公安局抓走。

2010 年 1 月 8 日下午，琴坛村将召开户主大会，对罢免办法进行投票表决。婺城区人大、组织部、纪委和民政局的领导，以及乡党委、乡政府的所有干部都来了。民政局副局长朱育清担心的是能否有三分之二的户主到会。法律规定必须有三分之二以上的户主到会才具有法律效力。琴坛村有 134 户，如果有 45 家户主拒绝到会，那么就达不到法定人数。罢免成功与否，那不是政府的事，政府要做的是让老百姓真正当家做主，让罢免在法律范围内进行。开会人数达到法定标准，罢免办法被否决是一回事，人数不到则是另一回事。

要让 90 位以上户主与会，这确实不是件容易事。村里许多家的户主在外谋生，大部分集中在金华市区，少部分在邻近的义乌、武义、永康等县市。对这些人来说，生活与奋斗的重心已移到城市，一年到头也不回来几次。他们肯放下生意，或放弃一天的工资回村开会么？

无论如何也要凑够这个数！同乡会进行了分工，每个人负责多少个，动员他们回村开会。在金华市区的，同乡会出车把他们接到市民广场，不便于接的打的报销。同乡会花 600 元钱租了一辆大巴，将集中在市民广场的村民送回琴坛。

村里有些人平时遇事绕着走，树叶掉下来都怕砸了脑袋，要让他们表决什么，那比杀头还要难。张明辉给在大房山做生意的表哥打电话，动员他回村开会。姑姑和姑父知道后，说什么也不让儿子回来。姑父过去就忧心忡忡地对张明辉说："你加入同乡会，去罢免邓士明，这样我在村里的事情就难办了。你们要是弄不掉他，我的麻烦可就大了。"他们对罢不罢免邓士明并不在意，在意的是不能给他添麻烦。为此，张明辉跟姑姑差点儿闹翻。最后，表哥自己选择回村开会。

琴坛村村民会议如期举行。琴坛村热闹得像过年似的，白发苍苍的老人捧着暖手用的火笼、拄着拐杖来了，多年未回村的村民回来了。破旧的礼堂挤满了人。全村 134 户，有 116 位户主与会，超过法定户数，支持罢免的来了，反对罢免的也来了，连邓士明的母亲都到会了。罢免村主任对村民来说是"大姑娘上轿——头一次"，他们不了解罢免程序，不清楚到会户主低于三分之二这会就开不成了。

会议由村党支书邓士根主持。《中华人民共和国村民委员会组织法》规定，被提出罢免的村民委员会成员有权提出申辩意见。可是，邓士明拒绝到会，只好取消了这一内容。邓士根宣读了《琴坛村村委会主任罢免办法》，然后投票表决。发出选票 116 张，收回来 110 张，同意罢免办法的为 98 张，《琴坛村村委会主任罢免办法》顺利通过。于是，箬阳乡人民政府发布了 2010 年一号公告：琴坛村村民罢免委员会成立，党支部书记邓士根担任主任，张明华、张明辉担任副主任，廖祥海、余根基、张荣海等人担任委员。乡政府成立工作指导小组，乡长张时达任组长。最后，琴坛村村民罢免委员会发布公告：罢免表决日期定在 2010 年 1 月 29 日。

琴坛村沸腾了，担心同乡会年轻人半途而废的村民喜笑颜开，奔走相告。老人感慨万千，我们琴坛已几十年都没开过这样的会，没这么齐心合力做过一件事了。这些年来，村民都忙着过自己的日子，做自己的生意，赚自己的钱，采自家的茶，已很少这样为村里着想了，很少想为村里做点什么了。张贴公告和投票结果的村礼堂门口聚满了人，有人看了一遍又一遍，不识字的让人读了一遍还不肯走，他们没想到自己不仅有权选村主任，还有权把不称职、不满意的村主任罢免掉。他们说不出这是民主政治的进步，讲不清村民自治之类的大道理，可是已真切地感受到民主的春风。

是啊，在中国，对广大农民来说，罢免村主任还是十分陌生的。在许多人的眼里，这是可望而不可即的，是难于上青天的！他们对于那些大肆敛财、胡作非为的村官所采取的办法就是忍，忍到他期满，忍到他躺在床上干不动为止。可是，琴坛村的年轻人凭着自己的勇气、胆量和魄力，还有对村子的爱，成功地推动了罢免程序的启动。

同乡会的年轻人在晚上10点多钟才回到市区，他们突然想喝酒，特别想喝，于是相约今夜要尽兴喝酒，不醉不罢休。他们找一家小酒馆，十几个人频频举杯，庆祝这两个多月的艰苦奋战，庆祝首战告捷。酒瓶空了，心事满了，这两个多月多么的不容易啊，忍受多少委屈，承受多大压力，付出多少艰辛？有几人后院没起火，谁的老婆没有意见，甚至提出离婚？

张明辉是做电器生意的，一年赚二三十万元，为罢免村主任，他不仅天天开会，而且隔三岔五就要回村，老婆生气地说：“你不好好做自己的生意，干吗要去搞那个事？”

廖祥海的店是和妹夫合伙开的，这段期间店里生意全交给妹夫去打理。他起五更爬半夜的，把老婆惹火了：“你天天忙这种事，花钱，搭时间和精力，耽误生意不说，还得罪人，搞得家人整天为你担惊受怕。你跟邓士明是亲戚，又没有什么深仇大恨，为什么要得罪他呢？你还想不想过了？”

张林军跟老板既是亲戚又是朋友，每当老板去安徽、山东等地出差，都由他来开车，白天他们边走边聊，晚上一起饮酒。听说张林军参加罢免村主任的事后，老板劝道：“别做那事儿，劳神费力，还得罪人。”后来见张林军全身心地投入进去，连公司的事都没心思做了，老板发话：“你是公司的人，就得守公司的规矩！”潜台词很清楚，你要不干就走人。接下来，张林军的工资停发了。老婆恼火地说，“你晚上开会开到半夜十一二点，早晨五六点钟爬起来就走了。遇到麻烦不回家，要商量解决办法；成功了也不回家，要喝酒庆祝。你每天晚上回来时我睡了；早晨走时，我还没醒，十天半个月也见不到你的人影。”最后，老婆给他发一条短信："你再跟村里那帮人搞下去的话，我们明天就去民政局开一张。"

张荣海的老婆和孩子在村里，生活靠他在市场外边拉脚维持。他过去每天赚三百多元钱，日子过得还算滋润。参与罢免活动后，许多活儿都推掉了，生意不做了，整天开着柳州五菱小货拉着廖祥海他们到处跑，钱没赚到不说，轮胎跑破，老本贴进了万八千元，后院能不起火么？

余根基在金丽温高速公路出口打工，为村里的事，请假成为家常便饭。他在2008年才结婚，孩子小，老婆在一家幼儿园当园长，工作很忙。他晚上不回家，小孩哭闹，老婆连饭都吃不上。老婆说："你再这样下去，我幼儿园也不办了，咱们离婚。"余根基英雄气短，自己收入低，又增加了额外开销，除交会费，还有各种各样的捐助。

小酒馆地上空酒瓶越来越多，大家喝得面红耳赤，有了几分醉意，可是还在说着想着村里的事。

下午，老妈去开会了，邓士明把自己关在了家里。他感到委屈，感到窝囊，这个村主任当得他自己没少费力不说，还搭上了哥哥和弟弟。过去自己的日子在村里还算富裕和滋润。采茶的季节回村里忙忙，忙过之后去弟弟的公司当当保安，轻松加自在，一年有几万块好拿。自己跟弟弟在金华开家茶叶店，每年纯赚8万多块。他们的茶叶连续两年获全国金奖，金华市政府每次奖励1万块，婺城区奖励5000块。当这个村主任当得累不少挨，气没少受，罪没少遭，这一年零八个月损失惨重。上任后，领着几位村民查账，奔波劳累不算，人还没少得罪，经济上损失不少。以前打一天工赚100多块，村里的误工费每天才25块。别人的误工费都发了，他还一分钱没取，谁让自己是村主任呢？自己少收入好几万元不说，春节、重阳节慰问村里的老人还要搭进去14000元。这个村主任官不大，责任不小，每逢下雨时就提心吊胆的，不管乡里来不来通知，自己都要和村委值班，村民的危房要去看看，龙潭溪还要监视着，万一发大水淹了溪边的人家可不是小事。他们说村庄整治我没搞上去，村民不满意，这怨得了我么？我哥哥弟弟帮了多少忙？找人测量规划，村里一分钱都没花，乡里看过规划图后，认为在乡里14个村庄中是最好的一个。我弟弟说了，钱不够他还可以找一些老板捐助点儿，可是实施起来阻力重重，许多人都想说了算，我有什么办法？修乡到琴坛的公路，我捐了一块山地，525平方米，没跟乡里要一分钱，公路没修下去，那是补偿不合理。溪滩承包，我说谁出钱多给谁包。村里人出800元，我没答应；有人出2000元，我也没同意；乡里有人介绍来一位，说出1.3万元，我还是不同意；Y老板出了1.6万，我让村民代表看了合同，并且跟他们说，这个合同，你们认为满意，对老百姓有利，你就盖章（摁手印——作者注），没利就不要盖章。村民代表同意了，盖章了，我才把公章盖上。同乡会要罢免我，我问心无愧啊，下对得起老百姓，上对得起乡政府。同乡会那十几个小流氓来找我，说是送什么罢免申请，其实是要打我，送申请来那么多人干啥？母亲为了让他继续当村主任，同时也怕他挨打，跪下来求拜，他们才跑。自古以来，上跪苍天，下跪父母，让老妈给那帮二三十岁的小流氓下跪，这对他这个当儿子的来说是奇耻大辱！

乡人大副主任找他谈话，指出三条路可走：一终止承包合同，取得村民的谅解，继续当村主任；二是自己主动辞去村主任；三是等着罢免程序启动。最后劝道，你好好考虑一下，有183位村民要求罢免你，你吃不吃得消？他不相信有这么多人要求罢免自己，要求鉴定一下那两页半手印的真实性，有没有一人摁几个或几十个的现象。Y老板同意交回合同，这已经是很给那些年轻人面子了，他们却不接受，坚持要罢免。那就随他们去吧，我邓士明奉陪到底，最终是鱼死还是网破还不一定呢！

这个下午，可谓“正在烟柳断肠处”。邓士明一支接一支吸着烟，想着心事。短促的烟团从他口中喷泻，很快随风飘散，家门前那条没心没肺的龙潭溪水哗哗流淌着。人活一张脸，树活一张皮。村里人再穷也讲面子，常说的一句狠话就是“叫你没法做人”，也就是让你没脸见人。邓士明要当这个村主任，从某种意义上说，也是要个面子，要的是他邓士明的面子，他们哥儿几个的面子，他们老邓家的面子。如果被罢免了，那不仅是没面子，而且是丢了大面子。

事已至此，他已无计可施，于是丢下烟蒂，用脚踩灭，脚还旋了一下。

七、邓士明被罢免了

2010 年 1 月 29 日，琴坛村举行村民罢免村主任投票表决大会。

琴坛村挂出了横幅，贴上了标语。村口挂着一条十分醒目的红底黄字横幅：“严禁以暴力、威胁、欺骗、贿赂等手段干扰投票表决。”这是琴坛村挂的第一幅跨路横幅。

5 天前的晚上，罢免委员会为这次投票顺利进行，在金华工商城开过一次会。那天下着雪，气温降至 0℃，指导小组组长、箬阳乡乡长张士达特意从山里赶来。会议对每一细节，以及可能出现的情况都进行了认真的讨论。晚 10 时 30 分，会议结束时会议室烟雾缭绕，烟缸里的烟蒂已像玛尼堆，茶杯里几经冲泡的茶叶已变成了“白茶”。按照罢免办法，外出不能参加投票表决的选民可以委托他人代理。罢免的委托与选举不同，选举时在外的选民可以打电话给选举委员会主任说：“我的选票让我爸爸领去好了，我不回去投票了。”罢免则要求在外不能回村投票的选民在罢免表决的前两日向村罢免委员会指明委托人，并出具委托书。有相当一部分村民不能回村投票，这部分选票关系到罢免的成败。有人想将选票卖给同乡会，这帮年轻人说，我们为的是村里的利益，不会出钱买选票的。邓士明的支持者放出风说，选票 500 元一张。有人动心了，许多家七八口人在外，如果能搞到他们的委托书的话就能赚三四千元。

同乡会进行了分工，每个组联系哪些需要委托的村民，绝不容许买卖选票的现象出现。廖祥海、张林军、余根基和张荣海开着柳州五菱小货车连夜开车进山，到乡政府拿花名册。有了花名册才能知道哪些人需要委托。大雪纷飞，山路崎岖，车灯撕开夜色，将公路裸露。他们赶到乡政府已是半夜 12 点，从值班人手里取到花名册后就急忙往回赶。他们到金华时已是后半夜 1 点多钟，稍微休息了一下，凌晨 3 点又爬起来。有几个村民在深山打工，天一亮就要上山砍毛竹，天黑才能下山，只有在起床之前才能找到他们。这些村民的住处特别偏僻，难以找到。在熟人的带领下，廖祥海他们找到那间竹棚时，天还没有亮，竹棚里的村民还在睡梦中。他们只好在外边等了一个多小时，当那些村民起床见到他们时都惊呆了。他们把村里近三个月发生的事告诉这些村民。那几个村民不禁心头一热，好多年来已没有人如此关心村里的事情了。他们爽快地填写了委托证书，感动地说："琴坛村需要像你们这样的年轻人！"

在福利院，他们见到一位从没见过的40多岁村民，她是一位残疾人，身高只有半米多，靠板凳行走。她在这里已住10多年了，已经被琴坛村遗忘了。听说有一帮琴坛村人来探望，她吓得说不出话来，以为家里发生重大变故。当弄清廖祥海等人的来意后，她激动地说："为了村里的利益，我支持你们！"尽管这么多年来村里没人来看过她，可是她对家乡的挚爱并没减弱。这番乡情深深地感染着这四个年轻人，他们觉得自己更应该爱琴坛村，应该帮助需要帮助的每一位村民。那一天，同乡会的年轻人几乎找到了所有需要委托的村民，他们对这些村民说，你们想委托给谁都没有关系，我们都会帮你们办好。有人把自己的选票委托给邓士明的支持者，他们也给带了回来。

最初，邓家兄弟和Y老板可能没把那些年轻人放在眼里，觉得他们不过是龙潭溪的几尾小鱼，翻不起什么浪，想合同不收回，村主任照样当。当得知有183位村民支持罢免时，他们这才不得不重视，于是Y老板出面要放弃承包合同，保住邓士明的村主任位置。这对他们来说已很不容易了，很没面子了，没想到那些年轻人还不接受。接着，年轻人又成功地召开了户主会，通过了罢免方案。可能考虑到邓士明文化水平低，说话办事直来直去的，连个弯儿都不打，所以邓老师和阿贵只得出面收摊了。阿贵硬着头皮来到红双喜婚庆广场见同乡会会长、罢免委员会副主任张明华，赧然一笑说："明华，我这段时间很忙，一直出差在外，本来早就想过来坐坐，谈一下我二哥的事情。真没想到事情会弄到这种地步。事情已经这样了，就不要再往下弄了。"张明华急忙让座倒茶，毕竟是一块儿长大的，还是表亲，再说阿贵在金华市也算得上有头有脸的人物，许多老板都买他的账，何况他张明华呢？

张明华说："这事呢也不是我一个人说了算的，是全村人的意愿。这也不是针对你哥哥的，是针对这事情的。"这也是实情，即便他想给阿贵面子，同乡会的弟兄也不会答应，那些签字画押的父老乡亲也不答应。话说到这份上，实在难谈下去了，阿贵坐一会儿也就讪讪离去了。阿贵不甘心就这样拉倒，又来过几回，每次话说几句，坐一会儿就无可奈何地走了。

在关键时刻，阿贵无论如何也要帮二哥的，他跟二哥的感情不是一般人所能理解的。父亲病逝那年，他才6岁，三哥读小学，二哥读初一，在雅畈公社当代课老师的大哥也只有20岁。老爸没了，顶梁柱折了，他们的家坍塌了，12岁的二哥退了学，回生产队放牛去，帮助母亲抚养两个年幼的弟弟，供他们读书。那日子实在是苦啊，家里时常揭不开锅，二哥就领着他们上山挖野菜。让阿贵终生难忘的是读小学时，上学要走将近4公里山路，经过一座小木桥。桥面低矮，一下雨水就漫过桥面。每逢这时，都是二哥背他过桥。读小学四年级时，大水冲走了木桥，二哥怕他放学回来掉进水里，冒着大雨在河边等了好长时间。他初中毕业，考上浙江银行学校，当时三哥在读警校，家里实在拿不出钱供两个中专生。二哥领他去乡里的信用社贷款。信用社主任对二哥说："你没有担保能力，我们不能给你弟弟贷款。"他忍不住哭了，不读书就走不出这大山，就得像二哥那样当农民。在他将要失学之际，二哥领着他去武义的亲戚家借钱，一家一户地借，不知借了多少家才凑够学费。为供他和三哥读书，二哥37岁才成家。

没有二哥，也就没有他阿贵的今天，他一直不忘二哥的恩情。经济条件好了之后，先是花四五万元给二哥买了辆昌河货车，让二哥到城里跑运输；后来他又跟二哥合伙在金华开家茶叶合作社，让二哥负责采茶加工，他的妻子负责销售。有一年，山里发洪水，他冒着生命危险连夜开车进山，把二哥一家接到了城里。当年，二哥要不是为了他们那个家，为让他和三哥有书读，哪会辍学回家去放牛？如不辍学，哪里会当一辈子农民？二哥的忙，他阿贵无论如何也要帮的。

投票表决的前一天晚上，同乡会开会时张明华没有到。过了一会儿，廖祥海接到电话："廖祥海，我是明华。我跟Y老板、邓老师和阿贵他们在一起呢。他们一定要我带他们过来谈谈，我也没办法，我今后还要做生意，不想得罪他们。他们坚决要求让邓士明辞职，不要罢免了，我只好同意。你们认为不妥就坚持一下好了。”

这些日子，Y老板已找过张明华多次，想见同乡会的这帮年轻人。廖祥海他们清楚Y老板无非是想让罢免程序停下来，于是决定不见。防止开会时Y老板找上门来，他们经常更换地点。没想到今天晚上，邓老师、阿贵和Y老板来到张明华的店里。尽管邓老师没教过张明华，张明华却一直很尊重邓老师。

邓老师说：“明华，不要搞了，让士明当满，大家都是本村人，抬头不见低头见。士明这个村主任是你帮忙选上来的，现在你又参与罢免他，这样传出去也不好听。”

村主任的任期也就三年，再有一年零几个月也就到届了，何必非要弄个鱼死网破，一点面子都不给呢？

张明华本来就为当年帮助邓士明拉选票而后悔不已，邓老师可谓“哪壶不开提哪壶”，他愤懑不快地说：“这不是我个人的意愿，你这个弟弟太不会办事情了。再说，他当时竞选是怎么承诺的？”

邓老师说，“明华，你们这么搞也是没用的。你看看，村里这么多人是支持我们的。”说着掏出一份名单，“你们把票给我们，帮帮忙，要不我们让别人来买也行。”

张明华听说了，邓士明在村里说，谁要反对罢免票，就给谁40元钱。有村民说，“不要说40元，就是给我10000元，我也不会把票卖了！”

张明华冷冷地说：“你估计有90张反对票，那么别人的我做不了主，我把我家里的全都卖给你，你也不够。”

Y老板也表示，要不惜一切代价，保住邓士明的村主任。

“钱，我也出得起。我给你2万，你拿去买好了，关键是你买不来。你出再多的钱也买不来的。”张明华不屑地说。

他们没辙了，阿贵只好取出一份辞职报告交给张明华：“投票表决大会就不要开了，让我二哥辞职好了。”

村主任被罢免，无论在浙江，还是在全国，都极为罕见，邓家兄弟担心一旦被罢免，这将会引起媒体的关注，搞得沸沸扬扬，不可收拾，所以与其被罢免还不如辞职。

张明华说："这事我一个人做不了主，必须请示乡政府。"

他们要跟同乡会其他人谈谈，要跟张明华来见廖祥海、张林军、余根基他们。

Y 老板、邓老师和阿贵要来了，这怎么办？有人说，邓老师和阿贵真要上门求情，我们也不能一点儿面子都不给啊。谁能说不同意邓士明辞职，这话谁也说不出口。Y 老板兄弟在金华怎么说也是个人物，明华觉得不好办，我们也不好办啊。

张林军急中生智地说："撤，赶紧撤！"

大家急忙向楼下跑去，没想到一出门就碰上 Y 老板、邓老师和阿贵。其他人慌得连招呼都没打，钻进车里就跑掉了。余根基被阿贵叫住了："我跟乡长和书记说好了，他们同意我二哥辞职，明天那个会就不用开了。"为证明真跟乡长和书记通过话，他掏出手机给余根基看了一下记录。可是，余根基又能说什么呢？

下午 1 时投票表决，同乡会的年轻人在上午 8 时就赶回琴坛村。张时达乡长也提前赶到村里，对他们说："阿贵已把他二哥的辞职报告送到乡里了，你们商量一下怎么办。"张林军说："我们不知道他们的真正用意是什么。那份辞职报告一看就不是邓士明本人写的，上面写着'为减少村民内部矛盾，制造不团结'等提出辞职，邓士明说不出这样的话，肯定是他哥哥或弟弟写的。后边的签名也不是邓士明签的，他写不出那么好的字。我们投票表决大会不开了，他要是说我没提出过辞职，谁也代替不了我，那么怎么办？"

张明华说："确实有道理。辞职报告又不是他本人递交的。"

廖祥海说："辞职报告是他弟弟送来的，也只有我们知道他阿贵是琴坛人，其他人不知道他是个什么东西，我们不能接受。"

余根基说："我们早已通知在外边的村民，做生意的放弃了生意，打工的已请了假，下午就赶回来投票了，他的辞职报告递交得也太晚了。"

于是决定不接受邓士明的辞职，罢免表决如期举行。

2010年1月29日下午1时，投票表决正式开始，婺城区委、区政府对此特别重视，区委组织部、区人大法工委、区纪委、区民政局的领导，以及箬阳乡党委、乡政府的领导都赶到琴坛村坐镇指导，公安派警力维持秩序，报社、电视台等媒体赶来采访。

投票表决在村礼堂进行，一个用纸箱做成的投票箱立在桌子上，它的外表包着一层红纸，上面贴着两道写有“琴坛村村民罢免委员会”的封条。为了保证投票表决的真实性和公正性，程序安排得非常周密。村民一个接一个地凭选民证和委托证到设在村礼堂侧门口的领票处领票，然后从侧门进去，在指定的填票处填写好，到投票处投票，最后从正门出来。有几位村民从领票处领到票后，以“还要再考虑”为由，想把选票拿出去填写，被工作人员制止了。工作人员说：“你可以先把选票还回，出去考虑考虑，想好之后再领取选票，在指定的地点填好，然后投掉。”

“怎么不给我选票？我们也是村里人。”人群一阵骚乱，两个30来岁的妇女冲进礼堂。

廖祥海赶过去，把她们拦住，解释道：“你们是从外地嫁进来的，按理说应该是村里的人，可是你们的户口没迁过来，所以没有选举的权利。”

“没有户口就不是人了？”两个妇女纠缠道。

一波未平，一波又起。邹旺根跟他的姐夫、张林军的父亲张俭梅吵了起来。邹旺根在领取在外打工的儿子的委托书时，负责此事的张俭梅叮嘱道：“委托书你领去，后天一定给我交回来。”邹旺根赌气地说：“我后天没时间。”张俭梅也不高兴了：“你没时间那是你的问题。”要投票时，邹旺根拿着一张没有委托人签字和手印的委托书来领选票，因不符合罢免委员会的要求，张俭梅拒发选票。两人争吵起来，张俭梅见邹旺根的女友在一旁帮腔，气愤地说一句：“你算个什么东西？”邹旺根的女友是外村的，还没嫁给邹旺根，却总参与村里的事。邹旺根火了，冲过去要打张俭梅，被众人拉住了。

张林军对舅舅说：“你拿的委托书不符合要求，当然不能给你选票了。这样吧，时间来得及，你给你儿子打电话，让他打的回来投票，几百元的出租车费由我来出。”

舅舅没话说了。他又劝父亲：“今天是投票表决的日子，我们不要跟他一样，被骂几句也没关系。要是打起来，把事情搞砸了，对不起全村的乡亲，要冷静，一定要冷静。”

张俭梅默默地望着儿子，没想到，经过这件事儿，林军成熟了，稳重了。

这边刚平息，那边又吵起来了。邹福根的六个兄弟回来了，可是他们的老婆孩子没有回来，又没有委托书，工作人员拒绝发他们的老婆孩子的选票。

“我回来了，我一定要领到我老婆孩子的选票!”他们吵了起来。

“我们一定要走法律程序，民政局的领导在那边，你们有意见跟领导说一下。”廖祥海劝道。

邓士明抱着6岁的女儿，坐在石拱桥上，身边有五六位他的支持者。

邓老师孤独地站在道边，一脸苦笑地对路过的村民恳求道：“你家的票呢，选选我们家士明啊，让他当当满。我们还很感谢你的，你家孩子还在我那里读书的嘞。”

这一兄弟的情义实在让人感动，可是谁还会为一份感动投出自己手里的这张票呢？经过这场罢免，村民的民主意识成熟了许多，已掂量出了选票的分量。

投票在希望与失望，激动与躁动中结束，公开计票开始了，那只红色投票箱成为村民关注的焦点。选票倒了出来，由廖祥海唱票，计票的人用粉笔在木板墙上统计。木板墙前，重重叠叠、里三层外三层地站满了人，看不见的村民索性站在桌椅板凳上。

“同意罢免，同意罢免……”廖祥海唱道。

“念大声一点儿，念出声来才有意思。”后边的村民喊道。

“同意罢免，同意罢免……”廖祥海提高了嗓门。

每唱一声都赢来一阵阵的欢呼。

“不同意罢免。”廖祥海念到第九张时，才念到一张反对罢免的选票。

31岁的村民张小宝来晚了，挤不到前排，就搬来一张凳子，站在凳子上看唱票。

“老邓大势已去，这回罢免肯定成功！”他对同伴低声说道。他是放下在义乌的外贸生意，特意赶回参加投票表决的。

整整20分钟过去了，木板墙上所统计的反对罢免的票数寥寥无几，支持罢免的已经排列出密密麻麻的“正”字。

这时，坐在石桥上的邓士明可能已经预料到最终的结果，没好气地说：“好歹也算当了一回村主任。妈妈的×，以后就是给我皇帝也不当了！”

他的支持者笑了，有人附和道：“是啊，是啊，破鸡巴村主任有什么好当的！”

邓士明微笑着任由女儿在怀里闹腾，天伦之乐抚慰着他心中的创痛，憋屈已久的心感觉好多了。在这个世上，还有什么东西比亲情更重要？细想想，他这辈子也值了，拥有那么好的哥哥和弟弟，他们为他真是赴汤蹈火，在所不辞。

下午4点45分左右，投票结果出来了，全村有选举权的选民339名，参加罢免投票表决的选民302名，收回选票280张，同意罢免票265张，不同意罢免票14张，弃权票1张，同意罢免票占选民总数的78.2%。

箬阳乡乡长、乡派驻琴坛村罢免委员会指导小组组长张时达宣布：罢免村主任邓士明的表决获得通过。

让大家意外的是，宣布罢免结果时，预想的种种情况都没有出现，小礼堂依然风平浪静，大家仿佛早都意识到这个结果。只有几位村民走到木板墙前，用手机拍下了画满“正”字的木板墙。他们说：“留着做个纪念，我们能选村官，也能罢免村官，这才是真正的当家做主。我们第一次这样做，心里很激动。”

坐在桥上的邓士明看着村民们一个个从村礼堂里走出来，没人过来跟他打招呼。他转头看了一眼身后站着的74岁的老母亲，他知道老人更在意这次罢免表决的结果。寒风吹动她的满头白发，失望使得她那张脸显得更加苍老了。邓士明感到一阵心酸，眼眶里有液体在涌动，他扭过了头。

事后，乡村两级干部多次到邓士明家做工作，要求他交出村委会公章。他以误工费没有结算为由拒不交出公章。

龙潭溪在他们脚下流动，一如既往地滋润着两岸的草木。

尾声：琴坛村又选出新主任

2010年4月1日下午，琴坛村再次召开村民大会，进行了村主任补选工作，张荣海以279票高票当选村主任。

他得知自己当选村主任后，心里很平静。在罢免邓士明时，许多人就议论选谁来做琴坛村的当家人，大家开始说的并不是他。经历罢免邓士明的过程，这副担子最终却落到他的肩上。他深切体会到：老百姓可以选你，也可以罢免你，对他也是一个警示。

鲜为人知的琴坛村，拨动了民主政治的琴弦，弹出了一首罢免村官的曲子，一举出名。琴坛村村民用183枚红手印成功地启动了村主任罢免程序，最终导致村主任被罢免的新闻，在全国数十家报纸和3500多家网站转载，引起广泛的关注。

村民们说，邓士明不是什么贪官，也没犯什么大错，也没有欺压百姓的行为。那么为何一定要罢免他？一句话，他不称职！因为邓士明不尊重我们多数人的意愿！当年邓士明以高票当选，证明他有良好的群众基础。而不到两年时间，又被高票罢免，为何会有如此大的反差？这诠释了一位哲人所说的准则，为民办事，要看群众愿意不愿意，高兴不高兴。

《浙江日报》金华分社社长徐晓恩说："琴坛村村民罢免行动，表明了农村村民的民主政治意识增强了；罢免成功，说明了我们农村建设的进步，民主政治的进步，从法律、法规等制度上保障人民群众行使当家做主的权利。这件事对当下个别通过不正当手段参选的人有警示意义！"

一位媒体工作者说："如果说改革开放伊始，小岗村农民用按血手印方式领农村经济改革风气之先，今天琴坛村民同样用按红手印方式表达了政治民主的诉求。一个是经济，一个是政治，都有里程碑式的意义！罢免村官甚至更大的官，也时有报道，然而在金华区的琴坛村发生，可见改革的深入。”

婺城区区委书记陈陆一说：“琴坛村的村民们用法律捍卫自己的民主权利和集体利益，完成了这次罢免，对于农村民主政治有着里程碑式的意义。水能载舟，亦能覆舟。随着农民的法制意识、民主意识在不断增强，他们会用好自己的权，选好自己的当家人。当官的不尊重民意，不为老百姓办事，老百姓就会抛弃你。民意是天啊！”

经过罢免村主任的风波，琴坛村恢复了平静。龙潭溪水仍不知疲倦地从村口缓缓流过，溪滩两岸那经历冬天拷问的翠竹仍是绿汪汪的，一株株新笋探出了头，悄然发出毕剥毕剥的孕育新生的声响。又一个春天来临了！

中国飞天梦（节选）

■ 赵 雁

编选按语：

太空神秘而浩渺，一直是人类放飞追问和梦想的对象。为了实现走向太空的目标，中国人曾经有过各种的动人设计和实践。然而，很久以来，都难得有理想的结果。如今，在中国科技工作者的努力下真的实现了奔月、落月的飞天梦，这多么令人欢欣鼓舞！但是，飞天的路漫长而艰难，曲折而莫测。《中国飞天梦》真实而生动地描述了中国人在飞天过程中的大量传奇故事细节，使人增长知识，得到激励和鼓舞，也为中国飞天历史书写了浓重的文学记录。

第一章　启梦

1. 天　问

遂古之初，谁传道之？

上下未形，何由考之？

冥昭瞢暗，谁能极之？

冯翼惟像，何以识之？

明明暗暗，惟时何为？

阴阳三合，何本何化？

圜则九重，孰营度之？

惟兹何功，孰初作之？

……

这是人类认识史上第一次用文字记载的对宇宙做出最接近科学的思考。做出这样惊人之问的竟然是距离我们已经非常久远的2500年前的春秋战国时期的一位传奇诗人——屈原。

打开他逸响伟辞、卓绝一世的《楚辞》，扑面的是一篇雄伟奇特的科学巨制《天问》。诗人一口气提出了170多个问题：茫茫宇宙，没有始末，是传承而来？天地未成，凭什么来研究？昼夜未分，混混沌沌，谁能弄清？日明月暗，昼夜交替，是怎么回事？太阳月亮高悬不坠，何以能照千秋？天有九重，是谁动手营造？何等样的伟大工程，最初是谁创造的？……

鹰的翱翔，鸟的飞行，云的飘动，无不牵起人们对飞行的渴望和幻想。从手持神斧万象皆开的“盘古开天”到英雄气概满怀、勇于探索自然的“夸父逐日”；从独上月亭、孤光冷影的“嫦娥奔月”到凌空飞舞、美丽翩跹的“飞天壁画”……千百年来，这些关于九天之上美丽的传说和旷古之作无不显示出中国古人对太空的幻想与思考。

然而，把飘逸的梦想和古老的传说变成真切的现实，中国人又苦苦奋斗了千年，直到上个世纪，梦想才得以在太空安全着陆。

在通往太空的道路上，中国人是第一个敢为人先的尝试者。

作为龙的传人，万户是人类第一个倒在天梯下的真正意义上的航天人。他是一个善于思考的智者，仰望天空是他每日例行不变的功课。“我从哪里来，要到哪里去?”无止境的思索最终化为他探天之路的惊人举动。

那是明宪宗成化十九年。这一天，在一座山坡上聚集了许多观看飞行的人们。只见万户两手各握着一只大风筝，坐在捆绑着 47 支“火箭”的“飞龙”上。他打算等“火箭”升空后，就利用这两只大风筝带着自己在空中飞行。然而，随着“火箭”发出的轰响，“飞龙”拔地而起，冲入半空，不久空中传来一声巨响，“飞龙”顷刻间化成一团火球，栽在了山脚下。

万户带着他不醒的梦走了。人们永远记住了他最后一抹自信而镇定的笑容。

在将近 500 年后的 1970 年，在英国布莱顿召开的国际天文会议上，月球上一个最大的环形山被命名为“万户”。人们以此纪念这位人类第一个践行飞天的勇士。

中国是火箭的故乡，完全有理由在太空的门槛上捷足先登，然而历史的发展进程却让人大跌眼镜。中国古代的火箭在世界载人航天史上只遗憾地充当了启蒙者的作用。在经过愚昧与腐败交织，闭关锁国，唯我独大的清王朝的漫长统治后，中国的火箭技术已远远落在了西方之后。泱泱华夏大国，芸芸炎黄子孙冲击太空的鸿愿就此折翼，化作梦中的康桥。

2. 飞天梦从这里启程

1957 年 10 月，苏联成功发射人造卫星的消息传来，真正震动了拥有千年飞天梦想的中国人——中华儿女应有的奇志：在战争年代，是万里赴戎机，是妻子送郎上战场。在和平年代，是可上九天揽月，可下五洋捉鳖；是时刻准备着，在国家和民族需要的时候，不屈不挠地，为打造国家硬实力去拼搏，去奋斗。

刚刚过去的那个世纪，自然科学的飞速发展把人类的航天推向了一个又一个巅峰。整个太空悄然间变成了令人如醉如痴和眼花缭乱的飞天试验场。

1957 年 10 月，苏联成功地发射了世界上第一颗人造地球卫星，人类步入太空初露端倪。

1961 年 4 月 12 日，苏联航天员加加林乘坐“东方一号”飞船遨游太空，人类第一次用诚挚、炽烈的双眸饱览了他们赖以生存的星球以及星外空间的深邃与秀美。

1969 年 7 月 21 日，美国航天员阿姆斯特朗的左脚轻触月面，迈出了人类探索月球的第一步。“这是我个人的一小步，却是整个人类的一大步。”

就是从那时起，进驻太空已成为衡量一个民族科学水准的重要标志。之后，一艘接一艘的载人飞船、空间站和航天飞机飞入太空，数以百计的航天员飞临太空，他们无可争议地成了地球派往外层空间的观察员和特使。

真可谓“搅得周天‘热’彻”!

当美苏两国在太空搏杀得遮日蔽月之际，地球另一端的中国也在悄悄运筹自己的太空沙盘。

中国人走的是一条更加艰辛而曲折的道路。

刚刚成立的新中国，面对的是千疮待医，百废待兴的棋局，政治上的不稳定和经济上的困难使这个泱泱大国还不能挺起腰杆走进太空。但当时的中国领导人丝毫没有放弃“上天”的战略思考。在他们认为，没有“天分”，中国就没有安全。

领导人的审慎思考、祖国的迫切需要和爱国知识分子的强烈报国热情紧紧兼容在一起。海外大批优秀科学家纷纷踏上报国之路。这其中就有中国的航天先锋钱学森。

这位师从冯·卡门教授的科学家，早在上世纪 40 年代就开始火箭的研究，并于 1949 年推出著名的“钱学森公式”，提出了航程 5000 公里的助推滑翔超音速飞行器的建议。作为一名爱国学者，即使在美国遭到麦卡锡主义的迫害，他也始终不忘自己的祖国，在新中国成立 6 年后，他终于冲破层层封堵和阻挠，回到日夜思念的祖国。

1955 年 11 月底，祖国的东北已是冰封雪裹，异常的寒冷把白山黑水浸淋得通体晶莹，到处呈现出一片寒冬的宁静。然而哈尔滨军事工程学院却显得热情涌动。因为这一天有一个特殊的人物要来。他就是刚刚回国不久的钱学森。这位血气方刚的学子以不同寻常的方式对哈尔滨军事工程学院进行了详细考察。院长陈赓大将专程从北京赶回哈尔滨迎接钱学森。他向钱学森问的第一句话是：

“中国人搞导弹行不行?”

“外国人能干中国人为什么不能干?”钱学森以反问句回答。

“好！就要你这句话。”

陈赓像老朋友一样亲切地拍着钱学森的肩膀。

此时此刻，钱学森本能地感到了自己肩膀上的压力。作为一个受过系统高等教育的知识分子，他非常明白自己的祖国饱尝的百年凌辱，他知道中华民族承受了世界史上罕见的被人宰割被人欺辱的苦难。这一切都是因为我们的民族贫穷落后。“落后就要挨打”，这是一条被历史反复证明了的，深深刻在钱学森心底的醒世恒言。

他最大限度地调动自己的思维神经，最大限度地延长自己的绝对劳动时间，在不到三个月的时间里，惊人地拿出了我国航天史上第一份发展火箭和导弹的规划。1956 年 2 月 17 日，钱学森怀着激动的心情，把自己对祖国的第一份答卷——《建立我国国际航空工业的意见书》，郑重地交给了党中央。这份宏观和微观统一、计划和国情高度吻合的报告，受到党中央的高度重视。在最短时间里，国家建立了导弹研究院。

中国人的航天梦终于在导弹和火箭的打造中缓缓起程。

正是在我们起步的当口，苏联第一颗人造地球卫星上天。1958 年 5 月 17 日，伟人毛泽东挥动着他那双曾指挥过千军万马的神奇之手，向中国人民发出铿锵有力的号召：我们也要搞人造卫星！

中国人的航天意识和航天速度在以几何速度升级。

3. 探天意义何在

尽管如此，探索太空的科学家早已不再满足于让航天员在近地轨道上绕着地球打转转，他们要把自己在强烈欲望下迸发出的“思维卫星”发射到更遥远的太空——在月球上建立永久性太空站，让它成为人类拓展探索太空的基地；设计出飞往火星的载人航天器，在那里寻找人类所需求的各类资源；研制出超远距离飞行器，尝试人类飞出太阳系的可能……

载人航天和其他科学研究一样，同样布满了荆棘，充满了争论。

“人类有必要研究载人航天吗?”一种沉冷的声音持续不断地泼洒在航天科研的热浪中，这种声音虽不是振聋发聩，但它的异类调门与森然却足以让人侧目。

尽管不赞同的声音来自四面八方，有一言九鼎的、权威的空间科学家，有太空机构官员，更有飞上太空执行过航天任务的航天员的“现身说法”。大家讨论的焦点在于，载人航天是贵族的游戏，我们是否应为昂贵的载人航天研究买单？机器人能否取代在太空环境下受颇多限制的人？

不管是论据充分还是观点偏颇，有一点不容置疑：人类已将目光抛向遥远的第四疆域，这个未来世界的新天地，已在邀约人类驰骋。

美国“挑战者号”航天飞机蒙难之后，他们似乎真的放缓了进军太空的步伐，一时间，在世界航天界做起了“沉默寡言”的观众。

2001 年 3 月 23 日凌晨，重达 137 吨的和平号空间站拖着疲惫且累累伤痕的身躯在超负荷运转了 15 年之后，悄然告别。这个曾为人类做出卓越贡献的载人宇宙工作站在瞬间化作 1500 块碎片，静静陨落在南太平洋蔚蓝的海水中。当位于莫斯科西北郊的“卫星城”的飞行控制中心的大屏幕上“和平号”渐渐黯淡直至消逝无踪时，所有专家都落泪了。

“和平号”的陨落，在某种程度上宣告了一个时代的结束。美俄太空竞赛，在花掉了数千亿美元之后，最终以俄罗斯无力支撑而告终。

然而人们的记忆中挥之不去的印记却无法停滞探索的脚步：成长于伏尔加河畔有着克族人珍贵血统的小个子男人加加林，在地球之外俯瞰这个熟悉星球的子民，进而露出他令人折服的微笑时，全世界的航天界再也无法平静了，许多科学家特别是政治家、军事家的航天欲望铺天盖地燃烧了起来。

他们不再局滞于一般的纷争，不再周旋于不菲的支出，而是缜密地思考未来超乎寻常的回报。

以谋略和强势著称的前苏联领导人赫鲁晓夫踱步窗前，掷出一句咄咄逼人的话："我们既然能把人送上太空，我们就可以用同样的手段将核弹送到地球的任何一个地方。"

一直傲视天下，将自己视为世界"救世主"的美国，一时间很不习惯听到这种异常刺耳的声音。美国总统肯尼迪断言："争夺宇宙的控制权是未来十年的主要任务。哪一个国家能控制宇宙，它就能控制地球。"

在上个世纪的几十年中，载人航天就像一只"金苹果"把玩于两个超级巨人的股掌之中，成了少数人参加的游戏，游戏规则也出于他们之手，别人只有看的份。

就是在这场旷日持久的秘密游戏中，他们令人瞠目地挖出了"富不见底"的宝藏。

1972 年 12 月，当美国的"阿波罗"登月计划宣告结束，无数美国人还在责问：历时 11 年，耗资 255 亿美元，除了拿回几百公斤月球岩土，美国还得到了什么？

若干年后的事实证明，阿波罗这"人类的一大步"竟然产生了始料不及的效能！

一份报告显示，美国经济在 10 年内翻了两番，很大程度是"阿波罗登月"计划刺激的结果。更为重要的是，它带来的技术突破直接促成了 20 世纪若干重大技术革命，乃至于使美国成为信息时代的领头羊。

太空！神秘的太空！它给人类带来了无尽的奇妙的资源。

——太空的微重力、高洁净、全真空等特殊环境因素，使太空成为人类最理想的工业材料和药品的加工地。

——在空间站内，航天员已制作出了杂质少、表面缺陷小、质地精良的半导体、金属材料、玻璃、陶瓷和光学元件；在生物材料加工方面，已可以生产纯度比地面高 100 倍的抗流感制剂和抗病毒干扰素等 30 多种高质量药物，航天员还可使蛋白质分子按预定的立体结构排列起来，形成纯度比地面高 10 倍、性能超群的蛋白质晶体，促进新药开发、疾病研究和防治；载人航天器搭载的农作物种子在宇宙射线的作用下，其遗传基因会发生变化，有可能诞生高产、营养成分增加或抗病毒的作物新品种；利用载人航天器，航天员还可以监测地球磁场，探寻石油、矿藏和地下水源，观察农作物的长势等。

——据世界卫生组织统计，全世界大约每年每3个人就需要1支疫苗，以预防各种流行病。到目前为止，全世界范围已知病毒是5000多种，尚不包括2003年突如其来的SARS病毒及其变种。要想在地面的常规环境提纯所有疫苗，只能是“天方夜谭”。而太空是最为理想的纯化工厂。据测算，在太空生产药物，一个月的产量相当于地球上同样设备20年的产量，而且纯度远远高于地面产品。

——调查表明，2000年以后，美国空间民用项目的年度收入可达650亿美元，创造税收130亿美元。

1967年，联合国制定并通过了《关于各国探索和利用外层空间包括月球与其他天体活动所应遵循的原则的条约》，简称《外空条约》，其中明确了外层空间为全人类所共有。对一国而言似乎没有领天问题，但是只有那些拥有让航天器进入空间的能力，并拥有了让航天器发挥持久作用能力的国家，才能在天上占有一定的位置和频率，从而获得从陆、海、空三个疆域均难以获得的巨大利益。

一个国家在天上设置的航天器，其重要意义不仅仅在于科学、技术、军事和商业方面，更重要的是表明了这个国家有能力开拓天疆，开发了空间资源，有实力造福人类。

科技实力是一个国家综合实力的重要组成部分，载人航天是当今世界技术最复杂、难度最大的巨型航天工程，涉及众多高新技术领域，包括近代力学、天文学、地球科学、航天医学、空间科学等学科，以及系统工程、自动控制、计算机、推进技术、通信、遥感、新能源、新材料、微电子、光电子等，需要有许多高新技术的支撑和强大的经济实力作保障。而载人航天的研制过程中，带动了一大批高新技术领域的水平提高，促进了一个国家科学技术水平的全面进步。

此外，发展载人航天还可以带动我国基础科学研究和材料、电子、机械、化工等方面技术的发展。在载人航天工程中，我国安排了较为系统的生命科学和生物技术、空间材料科学、微重力流体科学研究和实验，取得了令人欣喜的成果，并为今后的发展奠定了坚实基础。

随着空间科学与应用研究成果的推广，空间应用将成为经济和社会发展的重要推动力之一。如果没有当年“两弹一星”等诸多重大科学工程的带动和牵引，就不会有今天的运载火箭商业发射服务，不会有核电站、卫星通信、航天遥感等产业的兴起，也不会有我国的计算机及其应用、微电子以及玻璃钢、特种冶金行业的发展。

历史也证明了这一点。

上世纪60年代，美国的整个“阿波罗”登月计划共获得了3000多项专利，并使美国的高新技术产业发展受益匪浅。有3万多种民用产品得益于研制航天飞机发展出的技术。其人工智能、遥感作业等技术的转移又带动了整个工农业的繁荣。在十年前，美国宇航局专家就测算过，美国在载人航天上的每1美元投资都能收到9美元效益。

从过去的经验来看，不管是古代人类从非洲向高纬度地区的扩散，还是哥伦布发现新大陆，每次人类突破自己的生存空间，都会带来一次经济的飞跃。

神奇的作用紧紧牵引着那些科研敏感国家人们的神经。进而使得新一轮太空竞争以新的模式和目标粉墨登场，并呈现出前所未有的格局：除美俄两国继续领先外，中国、日本、印度等国家及欧洲诸国试图从跟随者的地位跃升为竞争者的角色，纷纷将触角涉入载人航天、空间站、月球探索和火星探索等美俄的传统领地中。

4. 向“天门”挺进

世界航天分式的法则是明确地把无限和恒量的太空作为分子，分母则是一个凭自身因素介入的变量。能否走进“天门”，进了“天门”能走多远，完全取决于自己的实力。

无须讳言，中国人是要上天的。在导弹、火箭、卫星和载人航天等诸多技术中，目前中国只有在载人航天方面与世界一流水平差距较大，在其他方面的差距都在日渐缩小，这些硬元素构成了中国人上天的充分理由。

“一个大国不能在激烈的太空竞争中沉默！”中国科学家发出了警世呐喊。

中国人不仅把载人航天工程看作是一项事关名誉，增强民族自信心的工程，中国人更期待将载人飞行技术进行二次开发，将它们商业化、民用化，在包括通信技术、材料技术、能源技术、信息技术、生命研究等方面取得重大突破。

鉴于无数个充分理由，中国都应以前所未有的热情主动向太空出击。

太空的故事越来越精彩迷人。

1958 年 8 月，中国科学院决定钱学森、赵九章等人负责拟订人造卫星的发展规划，并成立了宇宙生物研究室，主要进行以动物实验为主的宇宙生物学的研究，建成了动物离心机、振动、低压、温度、生化和动物训练等实验室，开始了我国早期的宇宙生物研究。

中国的宇宙生物实验完全是靠自己摸着石头过河。但在很短的时间内就有了起色。

在 1964 年到 1966 年近三年的时间里，中国成功发射了生物探空火箭，将狗、大白鼠和小鼠等动物垂直发射到 70 至 80 公里高空，用于研究火箭发射在各个阶段对动物机体的影响。

生命的光焰映出了一条中国人走向太空的通衢。

中国人也酝酿着自己的载人航天计划，1968 年，中国科学家在“我国第一艘载人飞船总体方案设想论证会”上，将我国的第一艘载人飞船命名为“曙光一号”，这个名字代表着中国载人航天初露曙光。

中国航天人迅速把宇宙生物学拓展到医学、生理学的研究领域。军事医学科学院劳动生理研究所针对载人航天总的设想，拟订出了“人在宇宙航行中的生命保证规划方案”。它受到国内航天界的一致支持。由于该领域的研究分散，归口不一，人力物力不能集中有效使用，国防科委决定集中建立宇宙医学、宇宙生物学专门研究机构。

宇宙医学及工程研究所（即现在的这个航天员科研训练中心），正式成立于 1968 年 4 月 1 日，由军事医学科学院劳动生理研究所、力学研究所、中国医学科学院实验医学研究所等单位组成。下设总体、生命保障医学、生命保障工程设计、宇航军事活动效率、救生医学防护、医用电子仪器、选拔训练、医学监督等业务组，隶属空间技术研究院。而空间技术研究院院长就是赫赫有名的钱学森。

这个研究所就是培养中国航天员的摇篮。

当时正值“文化大革命”，中国大地无处不显得动荡无序，唯独这家新组建的单位看上去异常平静。那是因为这里的人没有精力“干革命”，而把所有的注意力都集中到了把中国人送入太空的庄严使命中。

在无休止的动荡中，为了寻到安静的一隅，宇宙医学及工程研究所将所址迁到了位于北京西北郊县昌平十三陵附近的一排红色的砖木平房中，门牌号码是“200”。

这是一个很神秘的号码。周边的人只知道它是一个保密级别很高的研究研究单位。就在这个神秘的“200”里，许多不寻常的工作异乎寻常地进行着。

创业阶段，一切都相当缺乏。办公室里除了一个三屉桌，一把椅子，几张纸，再一无所有。唯一使人欣慰的是这里有一群浑身散发着青春与热情的年轻人。他们之中有北大、清华的高材生，也有其他一些名牌大学的人才尖子。看着他们就觉得到处充满生机和活力。

宇宙医学及工程研究所负责研究在飞船内为航天员提供一个安全且适宜人生活和工作的环境，并能在紧急状况下保证航天员的安全。这是载人航天系统中的重中之重。

非常有戏剧意味的是，“文化大革命”中，名噪一时的“三结合”在他们这里异化后成为一种崭新的劳动模式。当时，人员多，分工细，设备和加工条件满足不了生产需求。于是在系统方案成形后，他们就让有关人员，包括工人、技术人员、领导干部，带着产品任务下到各相关工厂，以最快速度研制加工出成品带回做系统实验，这就是能充分体现生产力的“三结合”。直到今天，一些老同志还对当年的“三结合”大加赞赏。在他们看来，没有那时的“三结合”，就没有中国第一代环境控制与生命保障的系统以如此快的速度出笼。

从“200”迸发起飞的人大概有两百名之多。今天的许多航天人谈起这一串阿拉伯数字，都会发出由衷的感慨：“200”感谢你！

5. 折翼“714”——一个失落的梦

太空的竞争不仅仅是一个民族科学实力经济实力的比拼，更是这个国家、政府领导人谋略的交锋。中国的领导人在太空问题上多次做出过前瞻性重大决策，为中国航天提供了令人信服的政策保证和经济支撑。

在美苏两国对太空争夺的帷幔全面拉开的时候，中国领导人决定研制载人飞船。1970 年 7 月 14 日，毛泽东、林彪、周恩来和中央军委办事组批准，“即着手载人飞船的研制工作，并开始选拔、训练航天员”。这就是中国科学界有名的“714”。

这是中国载人航天工程见诸文字的最权威批示。

早就盼望拿到尚方宝剑的中国航天人欣喜无比，他们踌躇满志，以闪电般的速度搭起了中国航天工程的脚手架。一批批立志航天的院校青年学生来了，各个相关政府部门、科研院所的领导、专家们来了，他们为了同一使命，为了中国载人航天，会战在这一独特的科研领域。

宇宙医学及工程研究所作为使命的中心地带，更是不容迟疑地开始着手准备，等待迎接自己的航天员。

宇宙医学及工程研究所建所时间不长，未经太多风雨磨砺的他们根本没有意识到日后这里会成为世界第三个航天员训练中心。但当时科研职业的敏感还是让他们感到了自己所从事工作的非同一般。

是不一般！航天员的选拔与训练、飞船生命保障系统的医学要求与工程设计研制、地面模拟实验设备的建立等等，这都是重量级的科研课题。

也许是人定胜天的理论，让大家把问题想得简单了一些。曙光号飞船发射的日期最初定在了 1973 年。

时间已经压缩到了极限，课题的研究必须有独到之处。飞船的供气方式就是他们成功尝试的经典。

科研人员打开所有的思维路径，综合苏美飞船的供气方式的技术分析，提出了富有自己特色的1/2船舱大气压力制度。而当时美国阿波罗飞船用的是三分之一大气压的纯氧，苏联采用的是 1 个大气压力的氧氮混合物。

而用纯氧方式，虽然轻便易行，但安全性差，对飞船直接造成威胁，美国的阿波罗号就是因为纯氧爆炸造成船毁人亡。而苏联使用 1 个大气压力的氧氮混合气方式，虽然安全可靠性增强了，但必须有辅助设施实现，成本和工艺代价相当高。我们的科研人员所采用的技术则恰恰综合了美苏的优点。这项重大科研课题即“航天生命保证医学工程研究与应用”后来获得了国家科技进步一等奖，评审组的意见是“舱室1/2大气压力制度是我国首创，有重要的医学工程价值。”

虽然如此，然而从方案到技术实现，其中的曲折也是不可置疑的。仅一个氧瓶就让大家伤透了脑筋，超临界氧氮储存技术复杂，对储存的器具有很高的要求。材料试验不知进行了多少轮。仅将气瓶的内胆抽成真空，就需要不间断的40多天，而这只是飞船环境控制与生命保障系统工程里上百种产品中一个小小的部分。

1971年的春天，宇宙医学及工程研究所迎来了事业丰收的时刻。

那是一个规模不大的成果展示会，各种类别的传感器、氧气瓶、减压阀、水蒸发器、风机等琳琅满目，这些都是环境控制与生命保障系统中的重要成员，是航天员安全的“生命组件”。

科研人员惴惴不安地等待着检阅。

科学家钱学森来了，空间技术研究院的领导来了。他们仔细端详着这些凝结心血富有灵性的产品，不时就合理性能、技术指标发问，不时颔首微笑。在看完所有的展品后，钱学森禁不住鼓起了掌，他要祝贺这些初生之犊，在这么短的时间里拿出了这么漂亮的产品。

在钱学森的带动下，简陋的会议室爆发出更持久更热烈的掌声。事实证明中国人有能力搞出自己的环境控制与生命保障系统，拥有自己的飞船也不仅仅是个梦。

宇宙医学及工程研究所还研制了中国第一代航天服，虽然无缘接受航天员上天的检验，但它为以后的航天服研究拓开了道路，并摘取了1978年国家科技大会奖。

上世纪60年代末，苏联和美国已发射了30多艘载人飞船，但国内对航天的失重效应还多存未知。如何才能模拟出天上的失重体验？中国人决定研制改造自己的失重飞机。从科研实验到中国早期航天员的选拔，这架飞机都立下汗马功劳，其飞行频率高达300多架次。

为了将一大批新建的地面模拟设备和实验室早日投入使用，宇宙医学工程研究所的科研人员宁可自己住帐篷，也要让这些设备有个像样的家。当时，这些近乎天价般昂贵的实验设备，在科研人员眼里比自己的生命更值钱。他们小心侍弄着它们，自己搬沙石，抹水泥，盖房子。在那个“无差别”的年代，他们又都是“建筑师”“泥瓦匠”。不过“小工”的身份让大家觉得心情很舒坦。这些纯朴的科研人员的工作、生活逻辑就是：能成就中国载人航天大业，再当几年“小工”再住几年帐篷也没有关系。

所有的课题都展开了，所有的科研人员都以最佳状态搏击了。

然而，中国不可能一步登天，载人航天是一个巨大的系统工程。当时我国的长征一号火箭运载能力只有300公斤，航天测控网还没有必不可少的远洋测量船；由于经济基础薄弱，工业制造及相关工艺水平落后，加上“文革”十年动乱的影响，曙光号飞船最终尘封在科学家的草图和设想中。从全军飞行员中选拔的20名预备航天员怀着对太空的无比向往遗憾地又回到了普通人的行列。

中国载人航天这匹骏马匆忙腾起，自然会有许多磕绊。

在深思熟虑后，中国领导人做出了“先处理好地球上的事，地球外的事往后放放”的决定。

1978年，曙光一号任务全面下马。

沸腾的“714”宁静了，虽然只是浅尝辄止，虽然只是一幅匆匆铺就的草图，但它绝不是虚拟的海市蜃楼。然而在它的晕轮下，我们却清晰地看到了中国天梯上留下的那一级级台阶。

6. 科技之春“863”——苏醒的航天梦

对太空的梦想可以有暂时的停顿，但没有长期的停滞。

1979年2月，邓小平到访美国，在参观美国的航天博物馆时，登上了美国人的航天飞机，当了一回“太空人”。火箭故乡的人们清楚地看到了自己与世界的差距。中国人要奋起直追。

此时，一个重要事件的出现，将永远都会是中国科学史和中国航天史上大书特书之笔。

20世纪80年代，世界航天大国都在重新排列自己的发展模块。

1984年1月6日，美国总统里根发布了《国家安全决定》第114号文件，正式下令拟制新的“星球大战”计划。

在这个世界上最庞大的战略防御计划中，美国人瞄准了日新月异的航天技术、定向技术和微电子技术等高新技术。在他们看来，一个新的太空军事时代正在悄然而至。据此，他们制订了旨在对付苏联可能发动的大规模核袭击而以天空为基地的实施全导弹拦截的综合防御体系的计划。他们认为掌握了“制天权”，就夺取了未来战争的胜利。

美国为这是个价格昂贵的计划拨款25亿美元。

面对美国的“星球大战”计划，西欧各国却有另一种惶恐。他们敏锐地嗅到美国“星球大战”计划决不仅是军事防御层面的，它还是一个高技术发展计划。如果自己不主动融入这场即将来到的新技术的洪流，将被历史无情地抛弃。

1985年，法国总统密特朗首先倡导建立“技术欧洲”的“尤里卡”计划。此计划得到西欧19国的一致赞同。在多次讨论“丰满”后，通过了总投资20亿欧洲货币单位覆盖电子技术、现代通信、生物工程、机器人、新材料等62项新的高技术合作发展计划。

日本也不甘落后，率先在亚洲做出反应，提出“今后十年科学振兴政策”。

中国科学家的神经触觉是敏锐的。四位科学家恳切地向中国领导人荐言要跟踪世界先进水平，书面提出了发展我国高技术的建议。

他们是时任中国科学院技术科学部主任，中国科学院院士、中国工程院院士王大珩；

时任核工业部科技委副主任，我国核物理学界的泰斗王淦昌；

时任航天部空间技术研究院科技委副主任，航天学家杨家墀；

时任国防科工委科技委委员，无线电电子学家和卫星测控专家陈芳允。

上书时间是1986年3月3日。这封信得到中国改革的总设计师邓小平同志的高度重视。他以一个伟大的政治家、战略家的远见卓识亲自批示：此事宜速决断，不可拖延。

1986年4月，中国数学百名科学家汇集北京，讨论《国家高技术研究发展计划纲要》这一历史性计划。

国务院组织了200名著名专家学者反复论证。这份“中国的尤里卡”计划，最大限度地体现了一个发展中大国的国情，坚持了“有限目标，突出重点”的方针，非常实际地选择了从生物技术、航天技术、信息技术、激光技术、自动化技术、能源技术和新材料七个领域作为突破口，从十五个主题入手通向发展目标。

1986 年 10 月，中共中央政治局召开扩大会议，在批准“863”计划的同时，决定拨出专款 100 亿元实施这一计划，这个数目远远超出科学家们的预想。而航天技术领域则占其中的 40% 之多，中国的载人航天事业终于迎来了发展机遇。

“863”计划使得中国科技在经历了“文化大革命”浩劫的“休克”后重新苏醒，进而迸发出让世界刮目的神奇力量。

“863”计划把载人航天预先研究列为重点发展项目。

当千百年梦想、几代人追求的飞天之路，终于如此真切地展现在面前，中国的决策者和科学家们，首先要对这些最基本的问题做出明确的答案。

中国作为一个发展中国家，要不要搞载人航天工程？能不能搞载人航天工程？中国载人航天如何起步？

1987 年 2 月，在国防科工委的组织下，成立了 863 高技术研究与发展计划论证航天领域的专家委员会。这个委员会集中了二十多位国家级航空航天专家，下设两个专家组：一个是大型运载火箭及天地往返运输系统论证组，一个是载人空间站系统及其应用论证组。

中国航天技术 40 多年来，在许多重要技术领域，已跻身世界先进行列：

中国是世界上第五个独立自主研制和发射人造地球卫星的国家，是世界上第三个掌握卫星回收技术的国家，是第五个独立研制和发射地球静止轨道通信卫星的国家。在遥感卫星研制及其应用、通信卫星研制及其应用以及空间微重力实验等方面均取得重大成果。

中国独立自主地研制了 12 种不同型号的长征系列运载火箭。其中，1990 年 7 月 16 日首次发射成功的长征二号 E 捆绑式火箭，近地轨道的运载能力已经达到近万公斤。

中国已建成酒泉、西昌、太原三个航天器发射场，并已建成北京、西安等分布在全国的测控站与远望号航天测量船形成了完整配套的陆地和海上航天测控网。进入20世纪90年代，中国已经具有发展载人航天的基本条件。

1991年6月，以时任中国总理的李鹏同志为主任的中央专门委员会听取了屠善澄等科学家组成的专家委员会《关于发展我国载人航天》的论证报告，这份概念论证的综合报告总结论是：中国是一个大国，备受世人瞩目的载人航天技术不能不搞。

中国载人航天如何起步，刚开始专家们的意见并不一致：一部分人认为，中国载人航天应该从飞船起步；而另一部分人提出，要搞航天飞机。

复杂而繁重的论证从1987年始，进行了长达五年零十个月的时间。中国的顶尖级科学家为此付出了超常的智力思考和体力消耗。

论证工作异常艰苦。在航天器的选择上，专家意见分歧很大，几种声音难辨高低。航空界专家希望一步到位，直接研制在美国也处于蓝图状态下的空天飞机，有的则希望研制飞船。

然而，有专家提出："一个窝头也能叫高技术？"

"救生像羊拉屎一样，怎么救？"

即便是如此恳切充分的论证，也还是会有反复的时候。高层突然召集863航天领域专家委会开会，会上提出"重新认识载人航天的意义。"这就意味着已做了两三年的论证又要重新开始。

载人航天耗资庞大而且它的直接经济效益的确不及我国发展已日趋成熟的应用航天。但载人航天在体现人类探索精神，提高国家声望，开阔人类眼界，强化国防实力，增进科技进步等方面意义却是直接经济效益无法比拟的。它可以通过技术转移等多种途径产生更为可观的二次效益，三次效益。在载人航天深入发展、太空工业化时代来临时，它创造的经济效益将远远超过应用卫星。财经学家用科学严谨的计算结果显示，载人航天投资占中国国民生产总值（GDP）的份额并不算庞大。这样的结果消除了许多人横在心中的隐忧。

终于，曲折的航天之路缓缓走上了一条阳光之途。中国的载人航天势必要沿着这条道路出征太空。

7. 腾飞"921"——航天梦成功着陆

在经过充分论证后，激烈的争执在紫禁城会议上趋于缓解，载人航天器选用飞船的呼声占据了多数。

因为在“挑战者”号航天飞机失事前，美国的一次性火箭不再使用，中国和欧洲的火箭走向了国际市场。

美国转向航天飞机研制的主要原因，是因为航天飞机可以重复利用，而飞船只能一次性使用，造价高、成本高。然而“挑战者”号的失事，无疑给航天飞机的发展蒙上了阴影。曾有美国航天专家称，美国发展航天飞机是一个错误，虽然它的技术含量比飞船高，发射成本也较飞船低，但从技术上、维护上都大大增加了它的成本，美国人想通过发展航天飞机来降低费用的目的无法达到。无独有偶，此时欧洲研制小型航天飞机“赫尔梅斯”，也花了大量经费，研制八年，到头来也因为技术复杂，经费支撑巨大无果而终。

别人的路及自己的探索的实践得出同一个结论——发展航天飞机不切合中国国情。

紫禁城会议上，发展飞船成为主旋律。

1991 年 3 月 28 日，中国空间技术研究院正式成立了飞船论证组。至此，“航天飞机学派”与“飞船学派”的争论暂告一段落。

经过认真论证，专家们逐步达成共识，航天飞机造价昂贵，技术复杂，而中国当时也不具备航天飞机生产的技术条件，载人飞船既可搭乘航天员，又可向空间站运输物资，还可作为空间站轨道救生艇用，且经费较低，更适合中国国情。中国的载人航天事业应该从飞船起步，最终建成中国的空间工程大系统。

有人说科学是“争吵”学，这话不无道理，因为真理总是越辩越明。

飞船的方案也是“吵”出来的。

当时专家提出飞船的方案中，一类是三舱方案，一类是两舱方案。即便是三舱方案也有轨道舱在前还是返回舱在前的两个选择。

两舱方案虽然构型简单，但安全性较差。所以讨论之下，未被采用。

有人说，返回舱应放在最上面（现在神舟飞船的返回舱在最底部），因为一旦飞船发生意外，可迅速从逃逸塔逃逸，而且也节省了发动机的功率。但这样做有它明显的缺陷，返回舱的大底要开一道门，航天员才能进入轨道舱，但从飞船密封角度讲，大底是不能动的。

飞船返回时还曾考虑用翼伞实现降落，也经多方论证后下马。

航天专家们不怕“吵”，甚至热衷于“吵”，只要能“吵”出最佳方案，他们就愿意。1991年年底，飞船方案也基本“吵”熟了。

在1991年开始转入倒计时的几天里，“863”航天领域专家委员会的专家聚集北京后海边上的厂桥基地，紧张地草拟飞船技术要求。那几天已沉淀铭刻在他们的记忆中。

虽然每天挑灯夜战，但每个人都以智慧之口吞咽着甜蜜。五年多的努力终要修成正果，飞船的任务、指标、技术要求等用精确的数字描绘得愈见清晰，几代航天人的飞天夙愿在他们手中将搭建得见棱见角。

1992年1月8日，中央专委再一次听取专家委员会汇报后，决定中国载人航天从预先研究转入工程技术、经济可行性论证。以王永志为组长的可行性论证组，集中了二百名专家，用六个月的时间从经济可能性、技术可行性、技术发展必要性等方面进行了系统论证，编写完成了载人飞船的立项论证报告。

中国是在美俄之后四十多年才开始研制载人飞船，必须要有高的起点，要一步到位。

从加加林乘坐的苏联第一代东方号载人飞船是飞船，到此时经过完善改进后的第三代联盟号飞船，之后继续改型，研制了联盟T和联盟TM载人飞船。俄罗斯的载人飞船技术是被公认为世界上最成熟、最先进的。

中国载人飞船开始研制的时候，正当俄罗斯联盟TM飞船问世不久，中国的科技人员就以联盟TM飞船为赶超目标，采用了由推进舱、返回舱、轨道舱及附加段组成的三舱一段方案。中国直接研制国际先进的第三代飞船，这个方案的确立让中国载人航天从开始就占据了制高点。

中国的飞船设计起点高，适用性强，可一船多用。一出世就能和世界最先进的飞船并驾齐驱，一些关键技术还要有所超越。中国与俄罗斯“联盟－TM”的最大不同，就是在轨道舱，我们在前面有个附加段，附加段也叫过渡段，是为将来与另一艘飞船或空间站交会对接做准备用的。在载人飞行及交会对接前，也可以安装各种仪器用于空间探测。而且设计了更先进、更完善的逃逸和救生系统。

中国载人飞船还首创了轨道舱的留轨利用。轨道舱兼有生活舱和留轨试验舱的功能，返回舱返回地面后，轨道舱可继续在空间运行，进行空间科学探测和技术试验。同时，轨道舱还可以作为今后我国发展空间飞行器交会对接技术的目标飞行器。

这意味着，一艘船的效益更加显著。不但缩短了研制周期，降低发射频率，也节约了大量经费，还为后续关键技术攻关创造了条件。这是中国科学家探索出的一条跨越式发展道路，也是符合国情的中国特色。

1992 年 8 月 1 日，国务院总理李鹏同志主持召开了中央专委第七次会议。中央专委的领导同志听取可行性报告后，一致同意这个方案可以批准立项，决定报中央审查批准。由于事关重大，每位中央专委委员都郑重地在报告上签上了自己的名字。

1992 年 9 月 21 日，时任总书记的江泽民同志主持召开中央政治局常委扩大会议，讨论通过了《国防科工委关于开展我国载人飞船工程研制的请示》，决定实施载人航天工程，以决策时间命名代号为“921”工程，并确定了我国载人航天工程“三步走”的战略规划。江泽民同志在会上说，今天就做个决定，要像当年抓“两弹一星”那样去抓载人航天工程。要坚持不懈地、锲而不舍地把载人航天工程搞上去。

江泽民同志强调：“这个事要‘静静地、坚持不懈地、锲而不舍地去搞’，‘要抓紧，抓而不紧等于不抓’。”

中国载人航天由此掀开了崭新的一页。经过长期曲折艰难的运筹和刻苦的攻关创新，中国人的太空梦终于灿烂开启，美梦成真。

第二章　祖国，我们回来了

在“神九”乘组返回地面，结束 14 天隔离休养，进入康复疗养期后，我有幸成为最早与三位航天员面对面倾心交谈的人，也因此详尽了解了三位航天员执行“神九”任务前后的真情感言和太空中的动人故事。

27 年前，当 19 岁的景海鹏挥舞着航校录取通知书奔跑在农田里时，谁能想到这个普通的农家孩子会成为中国的骄傲？6年前，景海鹏入选“神六”航天员梯队时，那一天，他的父母还在地里掰玉米。

1. 景海鹏：重返太空，不一样的担当

熟悉的挥手，铿锵有力的声音，举重若轻的坚定神态，当航天员景海鹏再次站在了公众面前，更添了几分淡定和从容。

三入出征大厅　三次不一样的感受

“神九”任务，是景海鹏第三次走进问天阁出征大厅，虽然一切都是那么熟悉，每次的新闻发布程序基本相似，对面的媒体记者也因三次任务采访，有很多成为他的朋友。然而，对于景海鹏来说，感受却不尽相同。

第一次走进大厅，景海鹏是作为入选的“神六”任务备份乘组航天员，当时，他的心情格外激动。那份激动饱含的是期盼和渴望，期盼自己能早日飞向太空，实现梦想；第二次他作为“神七”任务乘组03号，他自然非常兴奋和激动。因为所有的渴望和期盼变为现实，飞天梦想即将成真；第三次则是继完美完成“神七”飞行任务之后，再次造访太空，以指令长的身份带领“神九”乘组执行中国首次载人交会对接任务，成为中国首位飞得最远的航天员。他的心情在激动中也多了几分自信。

2012年6月15日，出征前，面对全国人民，景海鹏在谈到重返太空的感受时说了六个字：责任、挑战、信任。如今，已圆满完成任务的景海鹏，终于可以加上了一直沉甸甸压在他心底的两个字：压力。然而，在任务前，他不想让任何人知道。他要给乘组信心，他要让全国人民放心。

压力自何而来？4年前的“神七”飞行，景海鹏是03号；如今“神九”任务，景海鹏的岗位变成了指令长。新的岗位，新的职责。作为指令长，不仅要自身素质过硬，在任务中独当一面，完成岗位分工，而且要促使整个乘组形成合力，组织协调指挥，确保任务期间乘组圆满完成任务。对二度飞天的景海鹏来说，这是一项全新的挑战。

“神九”任务不仅要实现手控空间交会对接，还有在轨飞行时间长、空间实验项目多、技术要求高、操作复杂的特点。特别是女性航天员首次参加载人航天飞行任务，对航天员飞行技能、身体和心理素质，以及乘组相融性都提出了更高要求。

手控交会对接技术难度大，对接的精度、速度、稳定性要求很高，同时对航天员之间以及天地之间的协同配合要求更高。

充满风险的任务，最长的飞行时间，全新的航天员组合。这一切挑战，让景海鹏无法懈怠。

无形的压力无处不在。刚入轨后的两天和返回地面前两天，景海鹏基本上没有合眼，这是影响任务成败的关键时段，他在心里默默想着即将面临的每一项飞行事件。

“地面不可能完全模拟失重条件，就算练习得再熟练，仍然面临身体和心理上的挑战。”景海鹏说，“我必须根据自己的飞行经历和感受提醒其他乘组成员，全力协同他们完成好任务。”

此次任务的一个环节是中国航天员首次入驻“天宫一号”，航天员将在地面指挥支持下，完成飞船与天宫组合体状态设置与检查，并打开飞船返回舱舱门、轨道舱前舱门和“天宫一号”实验舱舱门，穿越对接通道进入“天宫一号”。组合体飞行第6天，就将进行航天员手控交会对接。航天员需要做的工作非常多。怎样才能安全顺利进入“天宫一号”，地面上看起来线条简单的三道门，却有可能成为一道道“拦路虎”。景海鹏不能忘记，“神七”任务中，“门”曾给航天员带来的障碍。此时，航天员要做好充分准备，关注细节，才能穿过“三重天门”。为此，每一步动作都要有预想，每一步操作都要有回顾。万无一失，是他对自己和乘组的要求。为了万无一失，他必须殚精竭虑。

太空飞行13天，每天的飞行计划满满当当，航天员早上六点半起床，六点五十分就要把测试到的生理数据下传，把几十条内容，一一向地面报告。八点钟开始科学实验和试验技术，繁重的任务，乘组每天晚上都要工作到十一点，有时候甚至到了凌晨一点半。由于工作量大，吃饭时间总是一推再推，地面的领导和专家看到很心疼，提出压缩工作量。然而，景海鹏早已和同伴达成共识，为了取得更多宝贵的实验数据，即便工作到更晚，也一定要克服困难，把任务完成。

所有的工作，必须按照任务节点来完成。景海鹏不仅要和同伴一起承担繁重的工作，还要作为乘组的核心，眼观六路，耳听八方。不但要确保自己的工作准确无误，还要确保整个乘组的工作准确无误，将成百上千的指令准确发送。为了保证零失误，即便是一个简单的加电动作，也要经过相互间的四次确认，才进行操作。将所有可能的失误消除在萌芽状态。

飞行期间，飞行程序手册就是整个任务的总纲，是原则，需要严格遵照执行。但天地之间的差异，无论在地面上模拟的多完美，在天上执行都会有误差。比如，穿脱航天服，在地面 5 分钟就可以完成的动作，在太空中可能要花 10 分钟甚至更长时间。往往这个动作没完成，下一项工作就要开始了。在太空，哪怕一个细小的动作，都会影响下一节点的工作的开展。这就需要指挥者在预定的“盘子”内科学统筹，周全考虑，工作安排环环相扣，这才能保证飞行计划按节点完成。

在远离地球的太空时间待长了，在飞行器的狭小空间里，人的情绪心理难免会发生变化。国外就曾经发生过，因为乘组人员发生矛盾，无法进行正常工作，任务被迫中断，最后只好提前返回地面的事情。也曾发生过航天员因为情绪心理干扰，不听地面指挥的事故。如何调动每个成员的情绪，发挥工作积极性，让大家高效、愉快地完成任务，也是景海鹏密切关注，要认真考虑的事情。工作忙时，细心的景海鹏会讲点趣事，开个玩笑，调节气氛，缓解乘组紧张疲惫的状态。

“神九”任务期间，人们通过电视屏幕看到三名航天员展现出饱满昂扬的精神状态时，感到踏实，有人说，“神九”航天员的出色表现，让人们的担心变成了放心。

完美状态来自地面点滴磨合

台上一分钟，台下十年功。为了这样的完美，航天员们经历了地面上无数次的训练，无数遍的磨合。

“所有的成绩都已经‘归零’，我将努力训练，迎接新的挑战。”4年前，“神七”任务圆满成功后，景海鹏曾这样说过。

而这一承诺，在“神九”任务中就要兑现了。当宣布景海鹏、刘旺、刘洋三人成为一个飞行乘组后，景海鹏随即与他俩分别进行了细致的交流，在那次谈话中，他敞开心扉，将自己的所思所想，工作要求，毫无保留地向两位同伴倾吐。天上三个人生死与共，必须心无旁骛。

他说三个人是一个团队，1加1加1等于3不行，必须做到1加1加1远远大于3。

“以老带新，男女配合”是“神九”乘组的特点。采用这种模式，执行过飞行任务的景海鹏既可以起到“主心骨”作用，也可以与同伴分享飞行经验，对乘组来讲是最好的“定心丸”，也是为任务的圆满完成提供进一步的保障。

有过飞天经历的景海鹏很清楚，在地面上，三个人在一起十几天可以很轻松地度过，但在太空十几天的工作，相互关心、相互照料，相互提醒、协同非常关键。

因为有过“神六”梯队的强化训练和“神七”乘组的全程训练的经验，对飞船的状态变化，景海鹏可谓了如指掌。经验意味着事半功倍的效果。

刘洋作为第二批航天员，来队时间仅两年。景海鹏为了让她尽快地适应情况、熟悉任务，他经常挤出时间带刘洋到模拟器，一个按钮一个按钮地讲解。训练中途，他会在刘洋毫无准备的情况下提问，让她说说某个工作原理。即使在课余时间见了刘洋，他也会抛出一堆问题考刘洋。比如正常的环境参数是多少，哪个阀门在哪里，某个开关怎么用，等等。他曾多次对刘洋说，在地面多掌握一门技能，多掌握一点知识，就会为任务增加一点安全。

训练时，景海鹏有这样一个习惯：只要起身，只要有操作动作，他一定会把脚先放在舱底的限脚器里。这其实是很容易忽略的细节，因为毕竟这是在地面训练，不存在人体失重的问题。而景海鹏就是把每一次训练都当成太空失重状态。在这一点上，他已经成为所有航天员的典范。在景海鹏的影响和带动下，航天员们都养成了在地面模拟太空生活的习惯。他们会把用过的纸巾、喝过的矿泉水瓶盖很自然地装进训练服衣兜，盖好兜盖，再用粘扣粘牢。

在景海鹏看来，每一个动作，每个细节都是天上会用到的，不能掉以轻心。

景海鹏的细致令刘旺印象深刻。“训练时，海鹏常跟我们讲，起身一定要慢、动作要轻，因为我们身边遍布各种管线，稍不注意就可能造成难以预料的后果。在失重状态下，任何动作都要想清楚再做，不能像在地面一样随意。比如转头这个动作，在地面上是以脖子带动头部，但在太空中一定要转动整个身体，因为头部活动容易诱发空间运动病……”

景海鹏曾说：“与战斗机飞行员不同，那时是一个人在天上，一个人说了算。现在作为航天员除了能独当一面外，一定要把自己的身心融入到乘组之中，形成集体的合力，才能确保任务的圆满完成。”

每次训练完，不管再晚，三个人都会聚到航天员大队的小接待室，进行一天训练的回顾总结分析，进行批评与自我批评。通过认真梳理，杜绝一切有可能的失误。

每个人都有鲜明的性格特点，都有自己固有的习惯，三名航天员也不例外。有一次训练，景海鹏在轨道舱，当景海鹏用口令通知返回舱值守的伙伴时，侧头看见同伴向他做了一个“OK”的手势。下来后，景海鹏便提醒同伴，不管在地面还是太空，任何一点小的细节都要考虑周全。如果在视线范围内用手势或者肢体语言表达，没有问题，但如果不在视线范围呢？通过话筒回答则能保证清晰无误，让对方明白。而且在入轨头三天，正是空间运动病的高发期，要尽量减少头部活动。而要看手势，必有头部动作。万一诱发空间运动病，后果不堪设想。

如此点点滴滴的磨合、碰撞，换来三个人之间炉火纯青的配合，对方一个手势、一个眼神，彼此之间都心领神会。

只要任务需要，任何时候我都可以重返太空

神舟七号任务结束后，景海鹏放下鲜花与荣誉，投入新的训练。他没有因为上过天，对训练打一丝折扣。

为了有好的体能和好的状态应对繁重的任务，景海鹏向同伴说出自己的经验：越是紧张，锻炼越要坚持，保持体能。如果一个人出现身体不适，另外的人可以顶得上，这样就多一份完成任务的保证，乘组就多一份安全和安心。景海鹏是这样说，也是这样做的。有时训练从早到晚，结束都快晚上十点了，他也会照常来到体训馆，跑步40分钟，从无间断。

飞天归来，景海鹏的社会活动很多。有时难免耽误了课程。可景海鹏回来，不论多忙、多累，一定会找到教员，坚持把缺的课补上。

当了14年航天员，考核，在景海鹏眼里像呼吸一样自然。提到景海鹏，一定会想到篮球，这是景海鹏心中难以割舍的挚爱。景海鹏定点投篮的最高纪录是56个，这是职业篮球运动员都难得的水准。随着命中率的增加，人的压力会越来越大，景海鹏把投篮也当做提高心理稳定性的训练。“打篮球，让我明白了只有坚持再坚持，才能战胜自我。”景海鹏这样看待他喜爱的篮球。

成为英雄航天员，社会活动也成为景海鹏的一项重要工作。景海鹏就把如何面对公众，面对媒体，如何更好展现中国航天员风采，弘扬载人航天精神，为大众普及航天知识作为苦攻钻研的科目。他利用各种场合，各种机会，把每一场活动，每一场报告，都当成了锻炼心理素质的绝佳考场，在景海鹏看来，什么都不是天生的，都是可以锻炼出来的。

有人问景海鹏，你已经到太空执行过任务，荣誉有了，毕竟还有许多战友还没有实现飞天的梦想，载人航天也是一个高风险的职业，还有必要重返太空执行任务吗?

景海鹏坦言：“航天员是我的职业，也是我的生命，更是我一生的追求。我宁可备而不用，不能用而不备。作为航天员，就要时刻准备征战太空。虽然从感情上，我希望把机会留给没有上过天的战友，但只要任务需要，组织需要我，我会毫不犹豫再上太空执行任务。只要发令枪一响，我会奋力向终点冲刺。

任务中的三次落泪

2012年7月13日，当三名航天员结束隔离，接受媒体采访时，景海鹏透露了一个小秘密。任务期间，他曾多次落泪。第一次落泪在出征时。

2012年6月16日，当景海鹏代表乘组向工程总指挥长常万全报告完毕，随着三名航天员庄严的军礼，中国人进军太空的又一次伟大出征拉开序幕。阳光下，景海鹏的步伐从容有力。脚下的这条路，他再熟悉不过。两侧欢呼的人群，让他倍感亲切。那是全军将士的信任，那是全体航天人的信任，那是全国人民的厚望。责任重大，使命光荣！一股暖流，顿时涌动心间。在驶向发射塔的车上，刚强的景海鹏将头侧向车窗，悄悄拭去眼角的泪水，心中无数遍回响起他坚定的话语：我们决不辜负祖国的殷切希望，一定给全国人民交一份合格满意的答卷，这是我们乘组的庄严承诺！

第二次是在6月26日，胡锦涛主席来到飞控大厅与正在执行“神九”任务的三名航天员天地通话。景海鹏和战友们在太空聆听着党中央、中央军委、胡主席的亲切慰问，感受着全国人民的殷切期待，当听到胡主席充满关切地询问他们的身体状况，景海鹏和战友们感到这温暖问候虽在遥远的地球上，但就如在身边流淌。主席的声音穿过340公里大气层，在耳畔响起：手控交会对接任务的顺利完成，标志着我国全面掌握了空间交会对接技术。你们作为担负我国首次载人交会对接任务的航天员，表现得非常出色，为我国载人航天事业发展做出了突出贡献，祖国和人民感谢你们！希望你们精心操作、密切配合，全力完成后续任务。我们大家和你们的亲人都盼望着你们胜利归来、平安回家！

景海鹏和战友们再也抑制不住内心的激动。那是人生的最高荣誉，它为完成任务注入了无穷动力。景海鹏代表战友动情地回答：我们一定牢记胡主席指示，坚决完成任务。请胡主席放心，请全国人民放心！

当飞船平安返回地面，景海鹏第一个出舱，重回祖国的怀抱，面对迎接他们平安归来的领导、战友和热情的群众，他眼里再一次涌出泪水。13天里，他和战友克服种种困难，圆满完成任务，平安归来！尽到了一名指令长的职责，向祖国和人民交出了一份满意的答卷，实现了当初的承诺。他终于可以踏实安心了。

心儿和你一起飞

执行任务隔离前一天，景海鹏在家陪妻子孩子吃了一顿饭。在饭桌上，爱人深情地对丈夫和儿子说：你们父子都面临人生中的大考，我祝你们都能取得好成绩！

景海鹏望着妻子和儿子，心生内疚。14 年了，自己从未参加过孩子的家长会。自从备战“神九”以来，他每天忙于训练，无暇为家庭分忧。为了孩子上学方便，他们在外租了房子，几年来都是妻子一个人接送孩子上学，上课外辅导班，风里雨里，负责儿子成长教育。家里家外，单位上下，妻子都处理协调得很好，从没有让他操过一点心。

“神七”3 天任务，妻子三天三夜不睡，关心着丈夫的安危。这次任务前，景海鹏和妻子开起了玩笑：13 天任务，你该不会 13 天都不睡吧？

回来后，景海鹏才知道，妻子是看到航天员进入天宫一号生活工作，心才慢慢踏实下来。妻子对他说：每天吃着可口的饭菜就想着你们在“天宫”生活怎样？吃得怎样？休息怎样？想着你们的辛苦，于是连饭也不好意思吃了。这次飞天，景海鹏瘦了十二三斤，回家后，才发现妻子体重也掉了十斤。

景海鹏执行任务期间，正值儿子中考。中考前一天，父子俩进行了天地通话，海鹏告诉儿子，爸爸相信你！祝你取得好成绩！

只隔了一天，景海鹏看到儿子又来通话，有些诧异。15 岁的儿子懂事地说：“爸爸，不用担心我！我已经准备好了，放心！”

其实儿子就想让父亲安心执行任务，通了电话，马上回去复习。

想起 4 年前“神七”任务时，安排的家人通话中。儿子问：“爸爸你记得我生日吗？”

其实，景海鹏一年来的高强度训练，孩子的生日确实让他一时想不起来。

景海鹏心里很不是滋味，只好说：“记得！爸爸提前祝你生日快乐！”

儿子高兴地说：“那说好，等你回来，一起给我过生日！”

后来，他才知道，9 月 29 日“神七”航天员返回，9 月 30 日，就是儿子的生日！

2012 年 7 月底，正在休养的景海鹏得知儿子以优异成绩考入了人大附中高中部。他欣慰极了，那是儿子对妻子辛勤付出的回报，更是家人对自己工作的最大支持！

“神九”任务归来，很久没有见到父母的景海鹏，高兴地和家人翻看着老家带来的相册。细心的他发现，母亲在相片里很“时髦”地戴着墨镜，且不是一次。第二天，送专门来探望自己的父母回老家，透过家中窗户，他发现母亲在登车离去时，从口袋掏出墨镜戴上，她还以为景海鹏没有看见。不对！一定有事情瞒着自己。充满疑虑的景海鹏问弟弟，弟弟说没事，问爱人，也是同一个答案。

无意中上网看家乡新闻，景海鹏才了解到其中的秘密。今年3月份，母亲的左眼失明了，在当地联系多家医院治疗，都没什么起色。当时，考虑到景海鹏刚刚定选，正投身“神九”训练。家人不想让他分心影响工作，决心隐瞒这个消息。无望中，弟弟带着母亲来到北京同仁医院治疗，也没有告诉在北京的哥哥。好在经过精心救治，母亲的病情已有了好转。

景海鹏觉得不止自己在为祖国的载人航天事业努力奋斗，家人的默默支持，才是自己事业取得成功的基础。不管飞到千山万水，飞向无垠太空，家人的心永远和航天员们一起飞！

感恩是我一辈子的做人原则

景海鹏始终保持着朴实诚恳的真性情。航天员中心主任陈善广曾这样评价景海鹏：“面对鲜花、荣誉，海鹏是一个从不忘本的人。”

一次回母校做报告，作为英雄航天员，他和战友在“神七”任务中的完美表现令人崇敬而难忘。也因此，母校为迎接他，准备了高规格的礼仪。当他看见在初秋的烈日下，容纳几千人的操场上，老师和校友们搬板凳坐在那里，座无虚席，自己被安排在主席台上，头上还安上了主办方精心准备的凉棚。景海鹏心里很不是滋味，他请校方抬了张桌子，走下主席台，和师生们领略阳光的威力。他说：“亲爱的老师和同学们，我今天不是来做报告的，而是回母校汇报我这些年的工作和学习情况的，所以，我站着，你们坐着。”那一天，他在烈日下整整站了4个多小时，操场上响起一次次雷鸣般的掌声。

景海鹏常说：“人这一辈子，一定要学会感谢、感激、感动、感恩！”

他深情地说：“能从一名农民的儿子，成为一名战斗机飞行员，成为合格的航天员，如今又二度飞天，要感谢国家的培养，感谢父母的养育之恩，感谢老师的教诲、领导的帮助以及所有朋友的支持。”

在九天之上，景海鹏深深感受到集体的力量是无穷的，团结的力量是无限的。

出征前往发射中心时，战友们清晨六点就来为“神九”乘组壮行；发射前，战友们想方设法打通景海鹏的电话，鼓励他，还不忘提醒在太空的注意事项；任务中，战友们在地面值守，给乘组打气加油，在操作上给予提示。景海鹏和同伴们清楚，虽然是三位航天员在太空执行任务，但更是代表战友们在飞翔。景海鹏多次向组织表示：称号是授予个人的，但荣誉永远是属于大家的！

有人问：“飞天前的你和飞天后的你有什么变化?”

景海鹏回答：“再上太空有不一样的感受，有不一样的担当！全体航天人把飞天之路铺的如此平坦，是祖国和人民托举我们飞上太空，作为航天员我会一如既往，珍惜荣誉，把事做好，把路走好，把人做好！”

长期负责航天员选拔训练工作的航天员系统副总设计师黄伟芬表示，一名合格的指令长，既要完成好自己担负的任务，还要成为乘组的核心，景海鹏在这方面表现得十分突出。

这是景海鹏赴酒泉卫星发射中心执行任务前夜写的一篇随笔。细读此文，能品味他字里行间对航天员职业蕴藏的特别情感。

一切都好。

明天早晨就要出发赴发射场了，行装已经收拾完毕。

此时，出征太空、造访天宫的心情十分迫切。望着窗外，北京的夜空十分安宁，让人能够静下心来沉思。这些天，听到战友们、同志们和各级首长说得最多的，就是“一切都好”。这4个字越琢磨，越感到其中有着很深内涵，有几点体会，写下来提醒自己，并与大家共勉。

第一点体会：“一切都好”，既是祝福，更是要求。大家希望我们一切都好，一层意思是祝福“一切都将很好”，是希望任务顺顺利利，成功圆圆满满，这也是我们所有人的良好祝愿。另一层意思是要求“一切都要做得很好”。我明白，要想把祝福变成现实，我们必须精益求精，以零失误、零差错的事实去实现尽善尽美，以完美、极致的标准圆满完成神九飞天之旅。

第二点体会："一切都好"，既指技术，更指思想。只有一方面好，绝不是一切都好。航天员必须素质全面，不仅是技术要精湛，身体要强健，心理要稳定，思想作风更要过硬。我们从太空顺利返回的时候，正值七一前夕，我们一定努力用成功报效祖国，用成功给党的生日，给党即将召开的十八大献一份厚礼。

第三点体会："一切都好"，既对天上，更对地面。一切都好不仅是哪一个阶段好，而是全过程各方面都好。我理解这就是首长和同志们经常嘱咐我们的：上天只是前半篇文章，更大的考验是做好回来以后的下半篇文章，我们要始终保持清醒头脑，保持平和心态，按"四个正确对待"的要求做到天地全优，才是"一切都好"。

第四点体会："一切都好"，既对个人，更对团队。航天事业是一个伟大的集体共同创造的时代伟业，再英雄的个人单打独斗都不可能成功。任何一点成绩、任何一次成功，都是团队共同奋斗的结果。团队有大有小，整个航天战线是一个团队，全体航天员是一个团队。在组建时，大队就立下队训，把团结放在首位。每次飞行，我们都强调乘组是代表大家去飞。

我这是第二次航天飞行，又担任指令长，我一直在说，我们乘组就是一个团队，就是一个整体。前一段时间，我们重点加强乘组之间的协同、配合和心理相容性。目前，对方的一个眼神、一个动作、一个表情，彼此间都可以心领神会。我相信，也只有这样，大家都好，才是一切都好。

2012 年 6 月 8 日晚

2. 刘旺：太空打靶神枪手

坐在眼前的刘旺，纯朴严谨，话语不多，准确客观依旧是他的语言风格。就是他创下了中华儿女太空首次手控交会对接的成功记录。

细节体现执着：刚当上飞行员那一年，刘旺的体重是 62 公斤，现在 20 多年过去了，他的体重控制在 64 公斤。

我必须保证百分之百

出征前，低调谦逊，惜字如金的刘旺被问到“此次手控交会对接有几成把握”的时候，刘旺脱口而出：“百分之百。”

“我必须保证百分之百！”刘旺说，“我不仅相信自己的实力，还相信我们航天人的实力。”

在太空中高速飞行的两个航天器，在不断接近的过程中如果稍有偏差，就可能会错过或相撞，这对地面飞行控制和航天器本身的自主测量控制能力都是极高的挑战。

就在中国人圆满完成首次空间手控交会对接任务不到一个月，据俄新社2012年7月24日报道，美国国家航天航空管理局网站发布消息称，俄罗斯进步号运载飞船24日凌晨由于出现无线电系统技术故障，无法实现与国际空间站的对接任务。报道指出，目前飞船处于空间站安全距离，并将进行再一次对接任务。新的对接尝试将在进行失败分析和研制出解决办法后进行。

从俄罗斯——这个已有50年经验的世界载人航天大国的遭遇中，交会对接技术的难度可窥见一斑。

如此个性内敛、严谨，又经过14年默默等待的航天员，面对重任，他没有给媒体大而化之的回答，一个“百分之百”，令他完全没有退路。

在刘旺看来，这句话是给自己，更是给信任、支持自己的人说的。因为通过地面的刻苦训练，他相信自己有能力百分之百；基于他对知识技能的了解，对工程的了解，一定能百分之百；对任务来讲，没有退路，只有百分之百；出于对航天员的荣誉负责，对军人的荣誉负责，对载人航天事业负责，必须百分之百。

6月24日，一个将被中国航天史记录的日子，刘旺以沉着冷静的操作，手控交会对接成功，打下“太空十环”。这个十环，比自动对接精度更高，组合体姿态偏差最大角提高了10度以上；燃料更省，仅从110米瞄准到对接这一段，就节省燃料5公斤；时间更短，仅用时不到7分钟，缩短了宝贵的3分钟；这个中国精度，标志着中国已成为继俄罗斯、美国之后，世界第三个全面独立掌握空间交会对接技术的国家；这个中国精度，让中国建设空间站的步伐迈出关键一步。

当任务成功，领导和专家们为他出色的表现打下满分的时候，他却谦虚低调：任务完成的虽然不错，但比自己的标准还差一点。

这就是刘旺，永远追求完美，从不喜形于色。

1998 年，刘旺只有 29 岁，是中国首批航天员中最年轻的一员。14 年后，他 43 岁，成为“神九”飞行乘组 01 号航天员。站在了飞向太空的起跑线上。

在近乎残酷的乘组选拔中，刘旺却屡屡因毫厘之差与飞行机会擦肩而过。2012 年 3 月，他终于以优异的成绩入选“神九”飞行乘组，肩负起操纵飞船与天宫交会对接的重任。

得知入选消息后，刘旺并没有如释重负的感觉，只是有些小小的释然，毕竟这是对十四年坚守的告慰，更是对 14 年来一直致力于知识储备的刘旺极大的肯定。

“有片刻的放松，之后便感到责任重大。”刘旺说。第一次手控操纵飞船与目标飞行器交会对接，对中国载人航天事业来说意义重大，对他个人来说责任重大。

说到曾经的落选，“人生很多时候必须面对‘被选择’，但‘被选择’之前你是主动的，那就矢志不渝，脚踏实地地做好本职，机遇总会垂青做好准备的人。”

选择与被选择的经历，在很多年前刘旺就有了很深的体会。当一名战斗机飞行员，淘汰率是 70% 以上，今天还在一起肩并肩飞行的战友，也许明天就会被宣布停飞。在人生的起伏中，刘旺心中多了几分淡然，多了几分成熟。他更多考虑的是如何把握自己，如何努力把事情做到最好。

“他对载人航天的追求和信念从来没有动摇过，每次选拔一结束，立即投入新任务的训练中，永远不言放弃。”航天员系统总指挥，航天员中心主任陈善广这样评价。

失落过吗？想过放弃吗？面对这些问题，刘旺很坚定，“遗憾肯定有！但失去一次机会，意味着另一个机遇的来临！”刘旺说：“争取梦想的唯一途径，就是时刻努力，时刻准备着。”

这样的日子，他觉得很累很苦吗？

刘旺这样回答：“做自己喜欢的事情，乐在其中。就像登山者永远享受跋涉的过程，没有长途跋涉的艰辛，何来一览众山小的感受？”

跋涉，攀登，充满了刘旺的记忆。他忘不了上中学时来回走的7公里路。在那7公里的路上，他坚持了3年，成功考取了飞行学院。以后的10年时光，他与飞机为伴，跋涉的足迹延伸到了万米高空。他在航天员中心14年的坚持，迎来了新的目的地——太空。

刘旺曾经的梦想是当一名医生，救死扶伤的神圣感令他向往；品学兼优的他也曾被学校有意保送到中国青年政治学院，如果那样，这位学生干部也许在仕途上走得顺风顺水。但，他终于将飞行作为终生职业，将自己的执着刻入每一步飞天之路，而且还将越飞越高，越飞越远。

人生因奋斗而精彩

刘旺不会直白地告诉你他对这份职业的热爱。但他忘不了“神舟五号”飞船返回时，杨利伟报告“有开伞感觉”，站在指控大厅内的刘旺眼泪猛地涌出：战友安全回来了，中国人的飞天梦实现了！回忆起九年前的往事，刘旺仍然目光灼灼。

“沉稳”“执着”“坚韧”，是刘旺周围的人谈到他时最常用的词语。从飞行员到航天员，刘旺用坚韧如山的钢铁意志，日复一日地坚持，终于收获了“最完美的结果”。在“神九”任务选拔中，他的定选成绩是99.06，母亲的一句话让他受益终生：“脸是自己长的，面子是别人给的。”因为，所有的成功都是努力奋斗的结果。

太空中实施交会对接，需要控制好飞船的姿态、位置、速度，考验航天员的心理稳定性，以及快速反应、准确判断、精准控制的素质和能力。空间环境在地面无法完全模拟，但地面练习无疑是完成这一任务的基础。

在进行了1500多次手控交会对接训练之后，刘旺的成功率保持在百分之百。按照工程设计要求，对接时的两个航天器对接机构的角度偏差不能超过4度，但在训练中，刘旺坚持按照0.2度的偏差要求自己。按照正常操作程序，对接过程中应按照显示屏上的图像和参数进行操作，但他自我加压，增加难度。在测量设备出现异常，无参数显示的条件下，他的对接精度也能达到0.2度以内。教员把手柄操作延迟设置在800毫秒到1秒。但他主动延长到2秒，这意味着操作控制难度更大。如此高标准，让他的操作精度不仅超出工程人员提出的要求，也胜过了自动交会对接的精度。

载人航天工程总设计师周建平有一次到交会对接模拟训练现场检查，看见刘旺正在进行仪表无参数对接训练，结果在各种不同任务状态下，他都能做到高精度，一次成功。这一身百步穿杨而正中“靶心”的本领，曾让周建平竖起大拇指连声称赞：“这个航天员选得好！”

这样的评价在训练中一再得到验证。航天员系统副总设计师黄伟芬说，刘旺最突出的特点在于“一直保持非常强烈的求知欲望和钻研精神”。备战此次任务，仅就手柄的操作原理和控制规律，刘旺就给设计工程师打过无数个电话。

刘旺的“秘诀”在于他的钻劲儿，这让他拥有了庖丁解牛般的自如。技能的提高离不开练习次数，但也需要时时停下来静静思考。为了操作精准，训练初期，他几乎每天都要和对接机构研制人员、飞船系统专家通几次电话，了解科研人员的设计思路、操作手柄对飞船的控制规律，认真记录每次操作的手感和设备响应状态。

刘旺从不满足于熟记工作手册上讲的故障处理程序，他举一反三，触类旁通，深入思考故障背后是什么原因，操作指令发出去后，设备会如何响应，会给其他设备带来哪些影响。

一次故障模拟处置演练，刘旺发现，按照手册上的操作程序，可能会延长处置时间，影响操作结果。他通过认真分析判断故障现象和处置机理，提出了自己的建议，经过专家复核，果然他的方案更优。

航天员选拔训练研究室曾有过一次对刘旺的小小“调研”：教员心目中的刘旺是什么样？

教员给出的答案出奇的一致：沉稳、爱琢磨、勤思考、喜钻研。在进行手控交会对接训练中，每次对接结束后，他很少会笼统的问教员“为什么”，而是问："你觉得我这次对接的怎么样？为什么会出现……之类的不足？如果我想对接的精度更高，你建议我下次如何改进?"等等之类。刘旺有进行课后思考的习惯，一堂课下来就总结思考，列出好的方面以及需要改进的地方，发现问题及时纠正。不到半年，刘旺的学习笔记已记满厚厚一本。刘旺非常注重与教员之间的合作与对话，喜欢换位思考，以旁人的眼光来审视自己的学习实践。他说个人智慧不过是草间露珠，集体智慧才是长河流水。在这种教与学平等融洽的氛围中，刘旺进步神速。

刘旺也会用自己的方式表达对教员的感谢。作为负责航天员选拔训练工作多年，航天员系统副总设计师黄伟芬回忆，过去每一次载人飞行成功完成后，刘旺总会给她发个短信："祝贺您和您的团队，辛苦了!"向这些托举航天员飞天的科研人员、教员们送去感谢与祝贺。这次，刘旺发出的短信与以往略有不同："祝贺我们的成功！您辛苦了!"黄伟芬能从中体会刘旺特别的心情。

虽说有地面1500次的充分训练，但在太空中，天上地下的鸿沟无法抹去。在地面上训练，只能体会到视景变化，感受不到飞船的运动特性，也无法体会手柄控制特性。当飞船与"天宫一号"目标飞行器越靠近时，视角变化也越大。此时考验对接者的快速判断力，心理稳定性和及时准确性，他只有快速刷新对飞船的控制及运动特性的认知，才能获得精确判断和精准控制。

千变万变，交会对接的控制规律不会变。为了这次对接，刘旺做了充分的准备，即便在太空没有设备进行训练，他也会抽出时间回想在地面训练的每个步骤。此时他没有紧张，像面对决赛的优秀选手，越是充满挑战，越能激发他战胜对手的决心和斗志，他的状态更兴奋，思维更为敏捷。

110米，80米，60米，30米，10米……手柄控制平衡姿态，瞄准目标飞行器十字靶标，修正，修正……

用时不到7分钟，位置精准，堪称完美的对接，完成了中国载人航天技术新的跨越。此时的刘旺终于可以说，人生因奋斗而精彩，14年的等待是值得，14年的坚守是收获!

脚踏实地的感觉真好！

在任务前，刘旺面对公众，面对媒体总是不苟言笑。航天员中心的领导开玩笑说："刘旺，拿出平时训练的劲头，练一练笑容！"然而，从太空归来踏上坚实的大地，胜利完成手控交会对接任务，完成光荣使命的刘旺终于绽放出光彩灿烂的笑容，令所有熟识他的家人和战友动容。谁说刘旺不会笑？

此时的刘旺充满感情地说了两句话："脚踏实地的感觉真好！回家的感觉真好！"这是他的心声。

13 天的太空生活，刘旺通过小小的舷窗，俯瞰地球家园，拍下了许多美不胜收的太空盛景。他有了第一次在太空观看日出的美妙体验：在一轮柔和的光晕笼罩下，地球一点点明亮，前方神秘的光晕从淡淡的蓝色渐渐转向浓重，直至消失。太阳像跳跃的精灵，突然冒出，光芒万丈，晃得人睁不开眼……

白色的云彩，蓝色的海洋，金黄色的沙漠，棕褐色的山脉和森林。那纯净的色彩镌刻在他记忆最深处，令他驻足。夜幕中繁星点点，如黑丝绒上的钻石般夺目，他像孩子一样兴奋，感叹自己不再只看到北半球的星空，也见识到南半球星空的璀璨。当他飞临祖国上空，壮美的长江、黄河、喜马拉雅山令他动容。当他看见城市里跳动着温暖的红黄色的灯光，看见闪电如礼花般绽放出银白色的光芒，他领略到地球家园醉心的美好，他有了从未有过的亲近感觉——人类和地球家园，唇齿相依，永不分离。他觉得自己有责任担当起保护地球家园的重任。

"神九"任务也开创了航天员首次在太空开展空间实验的先河。13 天里，工作和实验项目是大量的，因为失重环境的缘故，很多工作程序比在地面繁琐、耗时长，这让航天员操作起来颇费心力，但科研人员设计一个空间实验并带上太空验证非常不容易，三名航天员就克服一切困难，想尽办法尽量取得第一手有效数据。常常耽误了吃饭，没时间加热食品，就吃些即食食品充饥。

中长期驻留太空，人会发生肌力降低，肌肉萎缩。除了科研人员为航天员准备的对抗措施，好琢磨的刘旺还设计了一套"自选"动作，锻炼肌力，尝试下来，特别有效。

难得的轻松休闲时间，三名航天员开展了翻跟斗比赛，在刘旺的指导下，刘洋进步飞速，一次能翻四五个。而刘旺自己也创下了连翻 12 个太空跟斗的记录。

在太空，刘旺一点一点用心体会着地面科研人员对乘组的支持，一件件精心准备的乘员心理支持包里的礼物让他惊喜。翻看着航天员大队战友们的照片，令他心潮澎湃。他知道，不论是白天还是夜晚，他的战友一定会守候在飞控大厅，陪伴着他们乘组，和乘组的兄弟姐妹一起飞行。天地通话时，战友会亲切地叫着阿旺，会尝试着为天上的同伴减压，聊些轻松的话题。刘旺觉得自己很幸福，有了科研人员的努力，让他在万里之外的太空，感受不到距离的阻隔，让他和战友们，和地面支持的航天人心连着心，将天与地的距离拉得很近很近……

在撤离“天宫一号”前夜，一贯冷静的刘旺突然变得感性。这陪同他度过了 10 多天的太空之家令他充满留恋之情，在完成了紧张的撤收工作后，他还不愿意休息。看看这里，摸摸那里，“游”遍了“家”的每个角落。“家”里每一寸空间，每一个物件，都像他最为珍视的宝贝，他想把它们一一藏在心底。他在那里写下了对下一个任务乘组的祝福：欢迎你们来到“天宫一号”！

铁骨柔情真汉子

手动交会对接成功的那一刻，激动的刘旺热泪盈眶。因为他为中国交会对接关键技术突破做出了贡献，因为他实现了“百分之百”的承诺，因为 14 年的奋斗终于有了最完美的结果。

有时，内敛含蓄的刘旺也会表现出幽默的一面。比如，谈到前几次任务落选，他说：“毕竟飞船不是火车，不能一下子拉很多的人。”听到记者夸女航天员刘洋的文采好，他马上说：“你们可以聘她为‘天宫一号’特约记者，呵呵。”他也会笑着澄清“流泪事件”：失重环境下，眼泪流不下来，全在眼眶里包着！

6 月 21 日，首次有中国人驻留的中国太空之家——“天宫一号”，响起了刘旺悠扬的口琴声。这一天，是妻子王玮的生日，当《祝你生日快乐》《在水一方》美妙的琴声传向地面，王玮的心中涌起阵阵甜蜜。

这是细心的刘旺精心为妻子准备的生日礼物，借此表达对妻子多年默默支持的谢意。这是他平生第一次最浪漫的举动，尽管他知道有浪漫情愫的妻子盼望了很久。但他要把第一次放在这个特殊的时刻，地点放在遥远的太空。航天员的职业特性，让他没有更多时间照顾家，“女性本弱，为母则强”，是妻子用柔弱的肩头扛起了家的责任，照顾孩子，赡养老人。一名优秀的航天员背后，总有一个默默牺牲勇于奉献的女人。

刘旺有一个幸福的三口之家。刘旺的妻子温柔贤惠，女儿乖巧听话。在妻子王玮眼中，刘旺不善表达，却是一个内心丰富，情感细腻的人。

王玮了解丈夫的心意，结婚多年，丈夫从没有过浪漫的举动，甜蜜的话儿，但她了解丈夫对家对她对孩子的深情。

两人第一次见面认识时，刘旺第一句话竟然是：“虽然我已经工作了，但是我还有两个妹妹在上学，我还要供她们上学。”善良的王玮恰恰觉得，刚见面就说这样的话，说明这个人坦诚，他能够为家庭分忧，说明他善良诚恳又有责任心。好感从这时候就开始了。

刘旺最推崇的一句话：按本色做人，按角色做事。在单位，他是勤奋刻苦的航天员，在家，刘旺是体贴的丈夫，慈爱的父亲。每次回家，刘旺都忙着帮王玮做家务、带孩子。他是大队公认买菜次数多的航天员，难得有时间陪孩子游戏，刘旺特别珍惜。在太空中，航天员希望把最美好的祝愿带给战友亲人，刘旺就透露，他向刘洋预定了一条她在太空亲手编织的中国结手链，带给女儿，祝愿女儿顺利成长。

刘旺对家庭的责任有自己的领悟。他常说，家庭是社会的小单位，要想社会和谐，家庭必须和谐。“老吾老以及人之老，幼吾幼以及人之幼。”父母是孩子的镜子，不管是谁，没有任何借口不对父母尽孝，不对子女尽责。做好分内之事，就是对国家的贡献。

王玮感慨地说：“刘旺像一本书，需要细细品读，你会不断发现一些很闪光的东西。一步一步走过来才发现，原来他是这么优秀的一个人。这时你就会觉得自己真的是特别幸运。”

然而，刘旺也有为难的时候。执行任务前，刘旺的难题是如何把消息告诉身体不太好的老母亲。入选后，他曾经试探过母亲。看到关于“神舟九号”的新闻，刘旺问，您希望儿子入选吗？母亲沉默了一会儿，笑着说，不希望。

作为家中的长子，他太了解母亲了。孩子的平安是全天下的母亲的心愿，她是为儿子担心。但母亲肯定希望儿子能实现多年的梦想，飞得更高、更远。他也惦记着妈妈，当从太空归来，踏上大地的那一刻，一个声音在他心底呼唤：妈妈，我回来了！

3. 刘洋：太空绽放中国玫瑰

“神九”任务期间，通过电视屏幕，人们认识了那个拥有自信、明亮笑容的刘洋。她娇美的身躯被沉重的航天服包裹着，似乎还有负重前行的感觉。然而，就是这位勇敢的女性带给了中国人最多的感动，最多的豪情。

是的，刘洋作为第一位出征太空的中国女航天员，她是中国7亿女性的优秀代表，展示了中国女性坚韧、勇敢，亲切、大方的美好形象。她像一道闪电，照亮了国人探索求真的热情，她和整个飞行乘组完美的任务表现和饱满的精神状态，将自强自立自信的中国精神传递到世界的各个角落。

在浩瀚宇宙，她在太空舱中的自由穿行，让人感受到巡天揽月的巾帼风范，也散发出柔情玫瑰的缕缕芬芳。

然而，当刘洋真切地坐在你面前，她更像一位亲切随和、热情的邻家姐妹，纯真透明，她的真诚时时感染着你，感动着你。网名“小飞侠”的刘洋会说：“我不是钢铁侠，我就是一个能坚持、容易被感动，也会流泪，也爱笑，也有幻想的普通女性。”

我要用自己的努力消除大家的担心

作为“神九”任务的焦点人物，作为中国第一位执行航天任务的女性航天员，刘洋已不再普通，她面临的压力不言而喻。

当刘洋和她的两位战友飞向太空的那一刻，很多人流下激动的泪水。同时，很多人都带着种种疑问和担心：“神九”任务是中国航天员首次驻留“天宫一号”，要主动参与和开展大量的科学实验和试验技术验证，还将首次创下在太空工作生活13天的纪录。女航天员上去能否顺利完成所担负的任务？身体状况能不能经受太空环境的考验？她是否真的具备执行航天任务的能力？

刘洋理解这些顾虑和疑问，毕竟我国女航天员的选拔和训练没有成熟经验可以借鉴。她说：“我是作为具备执行任务能力的航天员，不是作为太空游客飞上太空的。我只有圆满完成赋予的任务，才能充分验证中国女航天员选拔训练的成果，才能让大家放心！”

其实，这并不是刘洋职业生涯中第一次面对这样的顾虑和疑问。

在她的记忆里，刚当飞行员时的经历，曾令她印象深刻。1997 年，她作为空军第七批女飞行员来到飞行学院。在这个男性占绝大多数的职业群体里，女性可谓凤毛麟角。50 多年中，国家培养的女飞行员只有 300 多人。所以一到部队，她和同伴们就被要求消除性别意识，也正因为如此，女飞行员会更加严格要求自己，不让别人看轻。当年毛主席在接见女飞行员时说的一句话让刘洋记忆深刻：“要当人民的战斗员，不要当人民的表演员。”这句话成为她在成长道路上时时提醒自己的警句。

上飞行预校，参加部队组织的拉练，第一天就全副武装地行军 37 公里，5 天时间，天天如此。学员们的口号是：流血流汗不流泪，掉皮掉肉不掉队。艰苦严格的训练让男学员都吃不消，也让大家对这群刚进入军校的女学员有了大胆的预测：肯定坚持不下来，一定有掉队上收容车的。然而结果出乎预料，没有一个女学员掉队，也没有一个上收容车，倒是男学员有。五天的拉练下来，刘洋的脚上全打满血泡，却忍着疼痛，坚持下来。女学员们的出色表现令所有人刮目相看。回来后，院领导专门来看望她们，表扬的话一出口，一直憋着一股劲儿的女学员们顿时哭成一片。而在拉练的5 天时间里，却并没有人哭过。那泪水里饱含激动、喜悦、兴奋，还有一点点委屈，谁说女子不如男呢？

从那后，刘洋清楚，要用百倍的努力和付出去证明你的实力，用事实来消除别人的顾虑。

良好的状态就是女性应对太空挑战的最好证明

13 天的太空生活，如浓缩的人生，令刘洋百感交集，收获颇丰。

太空给人带来的挑战并不会因为性别而有所区别。事实的确如此。入轨初期，由于操作动作多，刘洋出现了短暂的不适，空间定位不准确。她没有惊慌，因为之前听飞过天的航天员讲过，可能会有这种情况发生，因此，她有充分的心理准备。她让自己平静下来，仔细回想在模拟器训练时的方向，以它作为方向基准。于是，脑海里一个正向一个假象交替出现，她就不停自我调整，终于克服太空给自己设下的第一道障碍。

刘洋谦虚地讲述了自己第一次飞入“天宫”的感受，由于之前没有进行失重飞机训练，她对失重环境没有切实感受，身体的姿态掌控欠佳，像莽撞的鸟儿撞了几回头。第一个太空跟斗也没有成功，然而，善于总结的她很快掌握要领，不仅像鱼儿姿态优美，自由穿梭，第二个太空跟斗也已很有模有样。

在太空，三名航天员各自都承担了大量工作，相对独立，等着别人来照顾是不可能的。13天里，大部分工作是科学实验，工作安排异常紧凑，有很多技术都需要得到空间验证，有利后续航天任务，所以“神九”乘组尽量抓住难得的宝贵机会，加班加点工作。有个风速测量项目，有44个测量点，每个点都要测量三次。地面的工作人员知道工作量大，就将实验分级处理，按照设计，只需做一个级别即可满足要求。但当班的刘洋全部都做了，这意味着仅这一项实验就多了三分之二的工作量。指令长景海鹏为此夸刘洋，你不光认真，还很好强！

尽管工作繁忙，但乐观的刘洋也善于从工作中发现乐趣。有一个细胞实验，要求进入天宫就要马上开展。这个实验在地面模拟时，容器很高，需要刘洋踮起脚尖，一手高举盖子，一手操作，很费劲。然而在太空，由于失重，安装细胞时，她很轻松就可以攀上天花板，好像飞檐走壁的大侠，再不用踮脚尖。容器盖打开后，自然就立着，不用一直举着它。兴奋的刘洋颇受鼓舞，手感发挥很好，很顺利调好了细胞，清晰度居然是在地面模拟时也是难得见到的。

当刘洋在太空打太极的影像传回地面，所有人都感到振奋，因为此时，她是弘扬中国传统文化的使者，将古韵悠然的太极带上了太空！然而，谁也不会想到，这是刘洋的自选动作。说到太空打太极的感觉，刘洋用的词是“舒服”“很美很飘逸”。确实，没有了重力的牵引，太极在刘洋的演绎下，如行云流水般顺畅柔和，天圆地方，养心静心。在太空，太极不是作秀般只练一回，而是刘洋休息、锻炼的好帮手。

不仅如此，刘洋在天上还练了好几种“独门绝技”，一指禅、倒立，她都做得很轻松。这些，都不是刘洋在天上的率性而为。因为，人在中长期太空飞行中，人的身体和肌肉状态会发生变化，刘洋通过一切机会，去主动体验，去验证女性在太空中，身体能完成什么动作，保持什么状态，这本身也是试验的一部分。

回来以后，航天员中心的李莹辉副总师兴奋地告诉三位航天员，实验很成功，有的结果比在地面模拟还要完美。为了表达对航天员的谢意，科研人员为每位航天员献上一大捧鲜花。此时的刘洋特别自豪，她用自己的努力证明了，在太空中，女性完全能胜任工作。

在太空，生活料理是太空生活中很重要的一部分，太空环境让地球上简单的吃喝拉撒变得繁琐复杂。刘洋不仅完成自身承担的任务，还充分发挥女性优势，在日常工作中，主动检查仪器设备的工作状态，查看各种参数，做到心中有数。在工作之余，为乘组的生活料理多做分担。太空中，拥有活泼性格的刘洋也为师兄们带来了很多快乐。手控交会对接前，刘洋在手册上对刘旺写下：师兄，你是好样的！并向师兄伸出大拇指。她在以自己的方式，鼓励战友，增添战友完成任务的信心。刘洋的周到细致，赢得了两位师兄的称赞。

刘洋是个有浪漫诗情的人，在她眼中，一切饶有兴味。在太空中，她尽情感受着失重带来的奇妙感觉：地面上许多沉睡的物件，上天后都一个个苏醒过来。所有的东西都在飞，航天服上束缚带伸着懒腰，摇摇摆摆地站立起来。装在口袋里的物品，像捉迷藏，按下去，安静一下，又急切而调皮地往外钻，悄无声息四处飞。这无形中加大了航天员的工作量，因为同样动作需要重复很多次，每一步操作都要保证物品安安稳稳，摆放妥当。然而，刘洋却在这样的“制造的麻烦”中体会快乐。

出征前，刘洋有一个愿望，就是希望自己多看看太空的景色，多记录太空的生活和感受。如今，她的愿望终于实现了。

人说天上仙境，在刘洋眼中，地球比仙境还美！从太空俯瞰地球，阳光照耀着蔚蓝色的海洋，和湖泊河流一道，形成深深浅浅的蓝。地球的边缘永远笼罩着一层亮白的光晕，每次飞船从阴影区到阳照区，可以看见地球黑色的边缘都会慢慢变亮，一点点染成金色，然后从金色渐渐转变为明亮的白色。白色的浮云浓淡相宜，淡如披上轻纱的仙女，浓时则是投射向地面无数个影子，层层叠叠。透过云层看地球，褐色的陆地，脉络分明，像人的血脉，清晰绵长的海岸线，所有的一切都像有生命一样。从太空俯瞰赖以生存的家园，想着自己就住在那里，就会对居住的地球充满感情，充满依恋，一切都是那么美好！

为了多看看祖国的秀美山川，只要飞临祖国上空，刘洋和师兄们都会互相招呼着，欣喜地趴在舷窗去看。此时，在他们每个人心中，祖国的利益高于一切，这已不仅仅是一句口号那么简单，而是一直深埋心底的最真实的情感。太空就是如此神妙，它是一个涤荡灵魂的最佳所在，它让一些东西变得很大很大，比如祖国，也让有些东西变得很小很小，比如名利。她说：在遥远的太空，有许多感情会变得异常清晰。远离了地球，才更加珍惜地球家园的可贵；远离祖国，才能更加体会祖国的崇高无上；远离了亲人，才更加知道亲人的牵挂。

坚持是应对挑战的制胜法宝

然而，太空并不如看上去那么美好。为了展现这种美好，刘洋两年来的付出山河可鉴。曾有人这样问刘洋，作为训练两年就飞向太空的航天员和奋斗 14 年的师兄们站在同一起跑线上，你的压力大吗？

还是飞行员的时候，刘洋觉得自己是离太阳最近的人。迈入航天员队伍后她才知道，从天空到太空，还有太远太远的路要走。

尽管参加航天员选拔时，刘洋一次性通过了所有的选拔项目，综合素质非常优秀。但刘洋很清醒，这样的均衡并不意味所有的都是最好。有差距，就要加压，加练。她常和从小就练体育的同伴说，你们是从平地上攀登喜马拉雅山，而我是从吐鲁番盆地攀登喜马拉雅。所以我要更加努力。

刘洋是个特别能坚持的人。从进入航天员大队第一天起，为了缩短差距，两年时间，刘洋把一天掰成几天用，没有一天睡过懒觉。每天的学习时间都是早上 7 点到晚上 12 点。她知道，为了拿出最优的训练方案，专家们不知将方案推倒重来了多少次，每一条都是逐字逐句反复讨论通过的。她看到教员办公室总亮着长明灯，为了方便航天员答疑，教员们的手机总是 24 小时开机。让刘洋更加欣慰的是，教学训练经过十多年的摸索，不断积累经验，更加科学。令她感动的是，第一批航天员也会倾其所有，将自己多年学习训练摸索出的经验毫无保留传授给刘洋等第二批航天员，使他们的训练，少走很多弯路，达到事半功倍的效果。

但是，除了单调乏味的生活，各种身体适应性训练依然是刘洋要面临的更大挑战。

增强航天员前庭功能的转椅训练，要求航天员能够在高速转椅上连续旋转15分钟，其间，还要不断增加头部运动的刺激，一般人连1分钟也承受不了。其实，转椅训练过去在飞行部队刘洋也训练过，只要4分钟，即可达标。

第一次转椅训练，刘洋坚持到5分钟。5分钟好像是她的极限点，突然浑身冒汗，像晕车一样说不出的恶心，整个人都在崩溃的边缘。但她不能吐，她记得教员提醒过，一旦呕吐身体就会产生记忆，下次再上转椅就会出现条件反射式的记忆，下一次就很难坚持了。虽然在训练中，航天员如果出现身体不适，可以随时按下红色按钮中止训练，但从第一批航天员参加训练，到第二批航天员，还没有人中途停过。好强的刘洋没有喊停。她开始尝试通过自己的小妙招来克服困难。

刘洋拼命转移自己的注意力，幻想自己站在美丽的海边，看夕阳，看浪花。幻想中的美景伴随她度过了难熬的第一次、第二次……后来就一次比一次顺利了。凭着顽强的意志力，她终于闯过了这道难关。

火箭升空和飞船返回时，航天员会承受巨大过载，离心机训练是提高航天员抗过载能力的重要项目。当机械臂高速旋转时，人的全身就像被巨石压住一样，丝毫动弹不得，体液分布也会发生变化。通过观察镜头人们可以看到，随着过载的增强和过载受力方向的不同，训练中的航天员脸部有不同程度的变形，航天员训练的艰苦可见一斑。

最初离心机训练对刘洋依旧是个巨大的挑战，她不知道该如何用力、如何对抗，甚至连头发丝都在使劲。“离心机从启动到停止不超过3分钟，但我下来的时候，两条腿就像跑了万米，抖个不停。”

从太空回来后，有人问刘洋，发射时，你感觉难受吗？刘洋回答，很轻松。

因为平时训练我们已达到7个多G，比发射时的负荷大得多。7个G的过载，相当于承受7倍于自己体重的压力。刘洋用自己的亲身体验证明，两年的训练是科学有效的。

她成功的诀窍是什么？

“我把训练时间延长、延长、再延长，休息时间压缩、压缩、再压缩。”刘洋这样回答。

刘洋曾以《寻找生命中的玫园》来表达自己对生活的热爱。她无限憧憬地说：“只要坚持到最后，推开窗外，就会发现你的玫瑰正在盛开，作为女航天员，祖国的蓝天就是我心中神圣的玫园！”

家，是我事业进步的推进剂

自从当上航天员，刘洋的家人和她承受着同样的压力。都说，女儿是母亲的贴心小棉袄。当上航天员，繁忙的学习训练，让刘洋无法为父母做更多，一周两次的电话也是匆匆。乘组定选考试那阵，给家里的电话不自觉少了，短了。当刘洋最后一门考试刚结束，便收到妈妈的短信：不管怎样，爸爸妈妈永远爱你！刘洋很奇怪，自己没有和父母说过定选考核的事，他们都是传统内敛的人，很少对女儿表达感情，再一想，她心里一热，豁然开朗。人说母女连心，自己一点一滴的变化，都藏在老人心里，他们永远是女儿最坚实的后盾。

刘洋深深体会到，这个职业不是一个人在奋斗。当她在太空翱翔归来，母亲和婆婆和她一样瘦了10斤。爱人几乎24小时守在飞控大厅，伴着妻子飞翔。除了吃饭，从不倒班。作为航天员的男家属，见到景海鹏和刘旺的妻子他会主动安慰说：“嫂子，没问题，多安全啊！”其实，他也是给自己打气，他相信“神九”乘组能圆满完成任务，平安归来。

刘洋的丈夫张华高大帅气，曾与她一起在空军部队服役。刘洋当飞行员时，张华的工作负责保障飞行员，现在刘洋成了航天员，张华的工作变成了保障航天员。他把支持妻子的事业当成自己的事业。

两年里，除了周末，刘洋从不回家。作为一名女航天员，面对日复一日的训练、苛刻残酷的考核、近乎乏味的生活，其艰苦和承受的压力可想而知。作为女航天员的男家属，张华没少费心思帮助妻子缓解压力。

刘洋刚来时体能储备不是最好的，为了帮妻子提高体能，每天晚饭后，张华利用航天员们每天吃完晚饭六点到八点之间的时间，准时来陪伴刘洋加训，训练完，刘洋再回公寓学习。散步，跑步，打地转，练习前庭功能，练习腿部力量，蹲起，仰卧起坐……两年来，航天城的逃逸塔成了他们最好的见证人，不管是寒冬酷暑，他们风雨无阻，从不间断，下大雪的日子，洁白的地面上留下夫妻俩一圈一圈的脚印。专业考核前，丈夫张华是刘洋的第一个考官，她背，他听。最后，张华不用对着书本，就知道妻子回答的对错。他常打趣，自己也成了半个专业人士。刘洋每取得一点进步，家人都是最好的见证人，她能以优异成绩入选“神九”乘组，与家人的支持密不可分。

工作上独立执着要强，生活上的刘洋完全是个小女人。尽管职业原因，刘洋无法像一位普通的妻子那样，照顾家庭，但她对家理解也更深，更珍惜。在她眼中，家就是一个坚强堡垒，有了温暖的家，互相理解，夫妻同心，再大的困难也不是困难。家是推进剂，是另一半力量的来源，有了爱人的支持，鼓励，才能更好地全心投入工作。

在家的时候，刘洋喜欢收拾屋子，喜欢漂亮的餐具，但凡去过她家的人，都会被她家里浓厚的家庭气息所感染。家里的每一盏灯，都是她和爱人精心挑选的，优雅的美人鱼，浪漫的枫叶灯，古典的羊皮纸灯……在那些充满爱和温暖灯光的映射下，她的心变得更加纯净，辽远……

被祖国需要，是我最大的幸福

很多人惊叹于刘洋的勇敢无畏，因为从发射那一刻起，人们看到的刘洋就一直以灿烂的笑容面对。

在刘洋看来，这是种自然而然的情感。任何一个从事航天事业的人都会勇敢，因为这个事业带给你太多感动。正如刘洋在她所写的《心之所系　愿做胡杨》中所说：“中国航天事业的起步充满了艰险挫折重重困难，并不是所有的付出都能收获甜蜜和幸福，不是所有的荣光都是欢歌一路。”发射塔架前，她看到的是航天人“面对生死时的勇敢，面对得失时的坦然”！当面对东风烈士陵园里

600 多名拓荒天宇的英灵墓碑时，她感叹："所有人只有一次生命，所有生命也只能拥有一次青春，可他们却毅然燃烧了短暂的青春，用死亡的锋利穿透天空的阴霾，在这八百里瀚海戈壁，把一枚枚导弹、一发发火箭、一颗颗卫星，一艘艘飞船相继送上太空，用生命之光染绿了黄沙，照亮了中华民族探索星空的漫漫征程。"她深深体会着"航天人"三个字沉甸甸的分量，愿意"为了国家的尊严，为了民族的希望，为了航天事业的辉煌，像胡杨一样，用一千年的生命搏一千年的坚强，做一千年的守望，忠诚扎根于航天事业，奉献青春乃至生命，无怨无悔！"

身边的人给了她最多的感动，航天员师兄们奋斗十几年只为一个信念：执行飞天任务，不停地努力，不停地奋斗，不停地坚持……还有身边的教员、医生，一切为了航天员而忘我工作的精神境界……还有所有那些托举着航天员飞向太空的千万航天人……

刚到航天员大队时，第一批航天员的话深深打动了刘洋。"只要祖国让我去飞，哪怕只有百分之一的希望，我也义无反顾！"这也是她的心声。所有这一切都是刘洋勇敢的源泉。

能被祖国需要，是刘洋最大的幸福。她就是带着这种幸福和自豪上飞上太空，笑容是她最好的表达。

很多人对刘洋的评价是阳光、自信。而刘洋更愿意用温暖、懂得感恩来评价自己。爱人给她讲的故事令她印象深刻：北风和太阳打赌，谁能让农夫把身上的棉袄脱掉。北风说，这有什么难的，于是北风呼啸，风卷起鹅毛大雪，纷纷扬扬飘落大地。只见，农夫把棉袄裹得更紧。此时，太阳出来了，温暖的阳光普照大地，不一会儿，农夫的额头冒出细密的汗珠，他微笑着把身上的棉袄脱去……

温暖的力量是巨大的。她不能忘记，定选后，战友们为她祝贺，更不忘嘱咐她抛除顾虑和压力，心无旁骛只要想着任务，向前走。她不会忘记任务之前，由于乘组封闭训练，工作很忙，不容易和战友们碰面，战友们就发短信，给她讲一些好玩好乐的趣事，名曰"轻松一刻"，为她解压。前往酒泉发射中心前，战友在短信中说：知道你们不能带手机，特别嘱咐一句话：一定要沉着、冷静、胆大、心细。

她不能忘记，回来后，战友相见更像久别重逢，关切的目光，饱含的泪水，想送上一个结实的拥抱，却因隔离规定，只能紧紧握一下手。打开手机，她收到第一条短信，就来自战友：欢迎回家！航天员家的嫂子们，心疼地拉着她的胳膊，问她瘦了多少？隔离期间，战友们多次和队长要求探望，因为他们关心刘洋的身体……

13 天里，刘洋更时时体会着这样的温暖。当刘洋和同伴在“天宫”忙碌时，她没有想到他们在太空的一举一动，一点点变化无时无刻不牵动着地面无数航天人的心。一次与地面视屏通话，一支持专家关切地问她，你昨天是不是不舒服？是不是工作量太大？刘洋有些奇怪，因为她自己并没有感觉！专家又问，为什么你看起来这么严肃，你一严肃，大家就很担心。刘洋还想起，一次她眼睛有些红，自己并没有觉得不适，而这一切却被航天员中心陈善广主任通过下传的图像注意到了，专门让地面支持人员仔细询问。领导、专家、工作人员、战友的关切，令刘洋和同伴们感动不已。

当刘洋饱蘸深情在“天宫”写下：“工作人员辛苦了！晚安！”她在回复地面的短信中说：“我们一起在飞翔。我们的心和所有航天人一起飞！”她想用这样的方式向关注着航天员，关注着飞船，在地面 24 小时值守，不眠不休的工作人员表达心中的谢意。

除了“天宫”中温馨的装饰，“天宫”中的航天员心理支持包也为刘洋带去意外的惊喜，她从中越来越感觉到航天任务无微不至的人性化关怀。她曾在太空展示的小熊猫就是其中的惊喜，她把小熊猫绑在睡觉的地方，伴着小熊猫飘来飘去的可爱模样，踏实进入梦乡。包里还有画册，那里有她朝思暮想的战友，她的同事。每天有空，她就会翻出来看啊看。利用休息时间，她将包里一卷红丝绳，编织了几个吉祥如意中国结，她想将所有美好的祝福都献给伟大的祖国，献给她为之奋斗的航天事业，献给关心和支持他们的全国人民。祝祖国繁荣富强，人民生活幸福快乐，祝祖国的载人航天事业大踏步前进，每一次任务都顺利圆满。那一刻，她是那么虔诚，丝丝缕缕中编织进她一切美好心愿。她将其中一只留在“天宫”，并在卡片上写下她对下一个任务乘组的心里话：祝任务圆满成功，祝你们太空生活快乐！

执行任务归来，刘洋将13天太空生活的体会和经验细细和战友分享。因为此时的经验会为今后执行飞天任务的战友提供借鉴，有了自己的提醒，当初遇到的问题也许就会避免，也会让战友未来的太空生活更加舒适，任务完成得更加顺畅。此时，刘洋也终于体会到，当初执行过飞天任务的航天员，反复叮嘱她在太空注意事项的良苦用心。

温暖的力量是巨大的

刘洋也愿意用温暖回馈世界。她是个情感丰沛的女孩，曾经因为眼泪，怕被人诟病航天员不坚强。然而这趟太空之行，让她的认识有了转变。眼泪不是恐惧，不是不坚强，眼泪代表感动，一种感情，一种涌动的温暖。因为在太空，让感情变得纯粹。

在任务中，她有多次热泪盈眶的经历。当手控交会对接任务成功那一刻，刘洋的眼泪在眼圈里转啊转，她拼命在忍，只是激动地将手和师兄们拉在一起。她在为刘旺的优秀骄傲，她更为载人航天事业取得的突破自豪！那天，她在手册上写下："我真为祖国骄傲自豪！"为了表达心情，她还画上了光芒万丈的太阳来表达她激动的心情。

当重返祖国大地，那种巨大的幸福感是常人无法体会的！当开伞瞬间，刘洋就知道乘组安全了。此时，舱体在快速旋转，翻滚、摇摆，外加强大的过载压力，几重叠加的力量，巨大压迫，仿佛要把航天员甩出去。刘洋死死抱着开关指令板，抬胳膊，动手指都变得异常艰难。当刘洋将指令发出，报告航天员状态良好时，地面上所有人终于松了口气。

这里有个有趣的插曲。当飞船返回地面，所有人都急切地想知道中国首位女航天员的身体状况，想一睹她的芳容。也许是心情太急切了，觉得等待的时间无比漫长。当刘洋出舱时，她绯红的面颊让很多人误以为，爱美的刘洋是化妆后才出舱的。

其实，刘洋的心情比大家更为急切，她想让所有关心支持她的人放心，她的状态非常好，中国女性有能力执行航天任务。然而，飞船落地后的侧立位，把刘洋留在最里侧，狭小的空间伸个胳膊都困难，需要两位同伴做好一切检查和准备后，一个个依次出舱。而且，经过漫漫13天的太空旅程，航天员都需要重力再适应过程。

那天天气炎热，厚厚的航天服和保暖内衣将她烘烤的像从水中捞起的一样，面颊绯红就不足为奇了。

当飞船返回祖国的怀抱，她的泪水情不自禁地落下，出舱前，她又一次擦干了眼泪，面对大家，露出了笑容。她微笑着说：天宫就是我们在太空的家，很舒适，我们在太空生活很愉快，我为祖国感到骄傲和自豪！此时此刻，她真正理解了诗人艾青那句著名的诗句：为什么我的眼里常含着泪水？因为我对这土地爱得深沉……

据统计，刘洋是世界上飞上太空的第56个女航天员，却是乘坐自己国家研制飞船进入茫茫宇宙的首位中国女性，为此，舒广袖的嫦娥已不再寂寞，吴刚的桂花酒也已洒向神州大地。到中国人自己研制的天宫一号实验室工作生活，这是刘洋最大的骄傲！

第三章　走向太空新时代

1. 第一辆太空班车

“神十”来得几乎算平静。

随着载人航天工程新闻发言人2013年6月3日宣布，神舟十号飞船本月中旬将在酒泉卫星发射中心择机升空。也是从6月3日起，“神十”的发射进入最后准备阶段，中央电视台报道，“神十”的发射准备正有条不紊地展开。

2012年的6月，甚至在更早的时间段内，国内媒体对“神九”飞船行将发射的报道可谓铺天盖地。与此同时，也引发了涉及国家航天事业发展各个方面的大讨论，各种声音聚集。

“神九”发射圆满成功后，“神十”提前做了官方预告：在2013年6月至8月择机发射。时隔一年，“神十”任务的时间节点的掌控果然与预告完全吻合。仅凭此，就足以佐证：中国载人航天工程的脚步稳健、自信和从容。

虽说“神十”发射行将进入倒计时，但此时的媒体对“神十”的报道却不见升温，少了好奇的打探和挖掘。其实，这样的平静从“神九”就初现端倪。因为大众似乎已习惯航天任务的成功来得几乎毫无波折和悬念。

主持新闻发布会的官员在表示感谢的同时，希望媒体对载人航天的报道常态化，他坦言，此次邀请赴东风航天城采访团记者人数的减少，就是对载人航天宣传常态化的具体措施。

除了减少采访团记者人数，“神十”发射还将减少直播场次、减少直播时间、减少专题报道、减少相关画面、减少访谈。而在“神九”发射时，央视进行了包括航天员乘组与中外记者见面、航天员出征、飞船发射、飞船与飞行器首次交会对接、航天员返回等在内的6场直播，且飞船发射直播提前30分钟开始。但此次“神十”飞行，将取消首次交会对接直播。

在行内人看来，“神十”任务的低调恰恰说明了我国航天工程技术的日臻成熟及发射工作的常态化。

在平和的心态下，我们迎来了“神十”。

6月10日下午，神舟十号与天宫一号载人飞行任务总指挥部召开了新闻发布会。中国载人航天工程新闻发言人介绍说，这次任务的主要目的有四项：一是发射神舟十号飞船，为天宫一号目标飞行器在轨运营提供人员和物资天地往返运输服务，进一步考核交会对接技术和载人天地往返运输系统的功能性能；二是进一步考核组合体对航天员生活、工作和健康的保障能力，以及航天员执行飞行任务的能力；三是进行航天员空间环境适应性和空间操作工效研究，开展空间科学实验和航天器在轨维修等试验，首次开展中国航天员太空授课活动；四是进一步考核工程各系统执行飞行任务的功能、性能和系统间协调性。

神舟十号将在轨飞行15天。飞船入轨后，将按照预定程序，先后与天宫一号进行1次自动交会对接和1次航天员手控交会对接。组合体飞行期间，航天员进驻“天宫一号”，并开展航天医学实验、技术试验及太空授课活动。完成组合体飞行后，飞船撤离并返回着陆场，“天宫一号”转至长期运营轨道。

一个关键点由此被解读：由神舟飞船和长征二号F运载火箭组成的天地往返运输系统从“神十”任务开始进入了应用性飞行阶段。

与去年的“神九”任务相比，“神十”任务依然采取“两男一女”配置，主要任务和看点依然是交会对接天宫一号，但二者却发生了质的变化。

在承担的使命上，“神九”主要是进行载人空间交会对接试验，实现载人交会对接技术的突破。而“神十”虽然还要继续进行与“天宫一号”的自动和手动空间交会对接，但是其重点转向对这些技术的验证和应用。在具体实验内容上，“神十”增加了绕飞，也就是“神十”飞船计划绕着目标飞行器“天宫一号”进行绕飞。这一实验的成功对建造空间站同样非常重要，因为空间站上可能有多个对接口，飞行器要从多个方向与它对接，这就需要对飞行器绕飞进行进一步考核。

“神十”发射并完成与天宫一号空间交会对接等任务后，我国载人航天第二步任务第一阶段将完美收官，全面进入空间实验室和空间站研制阶段。

神舟十号升空开启了中国载人航天应用飞行的新时代。这是世界上目前除了俄罗斯“联盟号”飞船外，仅有的可供人员和物资天地往返的实用系统。

换言之，“神十”飞船是中国第一辆太空班车。

对普通大众来说，对中国太空之家的想象可以越来越具体了。

在这天下午，大众也认识了“神十”乘组的三名成员。

聂海胜，01 号航天员，指令长。曾执行“神六”飞行任务。如今，49 岁的他将成为中国第一位飞向太空的将官航天员，也将是年龄最大、驻留太空时间最长的航天员。在担任指令长的同时，他还将承担手控交会对接的操作任务。在我国载人航天飞行史上，这两项艰巨任务首次由同一人承担。

张晓光，02 号航天员。15 年的坚守，终于实现飞天梦想。这次任务将配合指令长完成飞船驾驶、手控交会对接、飞船撤离等任务。而且他还将作为太空授课的摄像师，把太空的画面传送给地面。

王亚平，03 号航天员。人称“神女二号”。她也成为我国踏上太空的首位“八零后”。她在本次任务中除了常规的飞行器状态监视、空间实验、设备操控外，还将负责太空授课和乘组生活照料。面容姣好的王亚平被网友赞为全宇宙最美的航天员。

王亚平这个名字其实大家并不陌生，2012 年“神九”3 人乘组名单发布前夕，她和刘洋一起进入备选名单，虽然没有最终入选，但是通过简历人们了解到这位不让须眉的巾帼英雄：17岁参加空军招飞选拔，成为我国第七批女飞行员，能飞4种机型，参加过多次战备演习、汶川抗震救灾、北京奥运会消云减雨等重大任务。2009年5月通过层层严格选拔，成为我国首批女航天员，“神九”任务备份乘组成员。

他们在回答记者提问时，三人沉着自信。有人说，和“神九”乘组相比，新三人组合似乎更沉静。他们的表现还是让大众吃了定心丸。

2012年以来，得益于航天与航空工程技术天然紧密的相融互补性，我国航空工业的发展同样令世界刮目相看，紧扣时间节点稳步推进，与我国载人航天和嫦娥登月工程的稳健实施交相辉映，增加了我国实力，增强了国人实现“中国梦”之“航空航天梦”的信心。

非常有意味的是，仅仅在“神十”发射三天前的6月7日至8日，中国国家主席习近平刚刚与美国总统奥巴马进行了一场备受世界瞩目的“庄园会晤”。这一两国元首的首次会晤，释放出中美致力于建设新型大国关系的重要信息。中国专家分析，不但为“中国梦”的实现营造良好的国际氛围，也向世界宣示了分享“中国梦”的诚意，即与各国一道努力营造一个长久和平、共同繁荣的“世界梦”。

2013年6月11日17时38分，中国酒泉卫星发射中心，天空湛蓝，夏风轻拂。此时，酒泉卫星发射中心正被世界眼光注视，发射场上，湖蓝色的发射塔架完全打开，“神舟十号”飞船和乳白色“长征二F遥十”火箭组合体向天矗立，格外精神。

随着一声“点火”的口令，这里拉开了中国天地往返运输系统首次应用性太空飞行的序幕。长征二号F运载火箭在震天的轰鸣声中腾空而起，箭体上五星红旗图案鲜艳夺目，“中国航天”4个大字熠熠生辉。它承载着“神舟十号”飞船和3名航天员飞向苍穹，飞向中国人的太空之家……

中共中央总书记、国家主席、中央军委主席习近平亲临酒泉卫星发射中心观看“神舟十号”载人飞船发射。习近平来到航天员公寓问天阁，为即将出征的航天员聂海胜、张晓光、王亚平壮行。他对三名航天员亲切地说：“海胜、晓光、亚平，你们好!”

聂海胜、张晓光、王亚平难掩激动心情，响亮应答：“首长好!”

“看到你们精神饱满、英姿勃勃，我感到很高兴，在你们即将出征之际，我代表党中央、国务院、中央军委，也代表全国各族人民，来为你们壮行。

你们这次执行的是我国第五次载人航天飞行任务，这承载着中华民族的航天梦。这也展现了我们中国人敢上九天揽月的豪情壮志，你们使我们全体中国人都感到骄傲，你们这个任务是光荣而又神圣的。为了这次飞行任务，你们已经做了认真、扎实的训练，各方面也都做了精心、周密的准备，我对你们圆满地完成任务充满了信心，在此，我祝你们成功，期待你们凯旋!”

14 时 48 分，执行“神十”飞行任务的聂海胜、张晓光、王亚平 3 名航天员，身着白色舱内航天服，步出问天阁。神舟十号航天员出征仪式在酒泉卫星发射中心圆梦园广场举行。

“出发!”随着载人航天工程总指挥张又侠一声令下，3 名航天员登车，驶往 5 公里外的载人航天发射场，准备开始踏上神秘的太空之旅。

2. 飞天梦瑰丽绽放

在“神十”飞船发射前后，外媒对这次任务倒有了充分的解读和评价。

“‘神舟’的意思是‘神圣的船’”，像法新社这样给读者做科普的国际媒体不在少数。《澳大利亚人报》说，“神十”飞天让聂海胜、张晓光、王亚平这 3 名航天员成了中国家喻户晓的人物，他们的照片占据了中国各大主流媒体。美国《华盛顿邮报》则更关注中国第二名女航天员王亚平肩负的“太空授课”任务。文章说，在加拿大宇航员哈德菲尔德通过视频网站分享他在国际空间站一展歌喉的视频后，中国航天员也要在天宫一号里同地球上的学生展开交流，这标志着中国航天工程迄今最大胆的一步：将军方支持的航天工程带入普通中国人的生活中。文章说，这样做也是在紧随美国宇航局（NASA）的脚步，后者通过与学生的接触刺激人们对太空的兴趣，维持公众对航天预算的支持。

美国专业网站“太空网”报道称，一些关注神舟十号的美国专家称中国稳健的步伐将促成美中太空合作。

此外，神舟十号任务也让美国科学界关于在太空探索领域开展国际合作的呼声更强。

“神舟十号任务将是中国日益增长的太空实力的最新展示”“航天工程象征着中国崛起中的全球地位、不断发展的技术以及执政党在改变这个曾经贫穷落后国家的命运方面的成功”。

有意思的是来自邻国日本的报道。因为钓鱼岛争端，而让两国关系处于胶着的时刻，迎来了“神十”飞船发射。“中国载人飞船神舟十号发射。承载习政权的野望。”日本富士电视台在报道“神十”升空时配发的这段字幕。在日本国语大辞典寻找“野望”的释义，得到的答案是“未能实现的野心”。有旅日华人在微博上留言说，自习近平与奥巴马会面起，日本舆论的反应就像吃了一马车酸葡萄。

与此同时，英国广播公司报道说，欧洲宇航局已在拓展未来使用中国天宫一号空间站的可能性，此外，一些欧洲宇航员已开始接受汉语培训了。无论是客观陈述还是真诚褒奖，这些评价基本上契合了中国人由来已久的飞天梦。

飞天，对于古人来说是斑斓却奢侈的梦想，从庄子《逍遥游》中的鲲鹏、天池，到公输班的“木鹞”，从屈原的奇诡想象，到明朝万户的悲情实践……飞天梦而今终于梦圆。

2013年五四青年节，中共中央总书记、国家主席、中央军委主席习近平专程来到中国航天科技集团公司中国空间技术研究院，参加“实现中国梦、青春勇担当”主题团日活动，同各界优秀青年代表座谈。

习近平来到中国空间技术研究院展厅，参观空间技术成就展。在导航卫星系统、通信卫星、载人航天系统、航天技术应用产业、探月工程等实物展品前，在介绍几代航天青年优秀代表人物的展板前，习近平仔细听取介绍，同青年科研带头人交流。听说航天科研团队以青年为主体，平均年龄嫦娥团队、神舟团队33岁，北斗团队35岁，东方红四号团队29岁，卫星应用团队28岁，习近平十分高兴。他指出，我国航天事业的发展历程充分说明，创新的制高点在科技，科技创新的希望在青年。他希望大家认真学习航天青年科研团队的创新创造精神，结合实际发扬光大。

习近平强调，青年最富有朝气、最富有梦想，青年兴则国家兴，青年强则国家强。广大青年要坚定理想信念，练就过硬本领，勇于创新创造，矢志艰苦奋斗，锤炼高尚品格，在实现中国梦的生动实践中放飞青春梦想，在为人民利益的不懈奋斗中书写人生华章。青年一代有理想、有担当，国家就有前途，民族就有希望，实现我们的发展目标就有源源不断的强大力量。中国梦是历史的、现实的，也是未来的；是国家的、民族的，也是每一个中国人的；是我们的，更是青年一代的。中华民族伟大复兴终将在广大青年的接力奋斗中变为现实。

飞天梦，正是中国梦的一个瑰丽绽放。

上个世纪“两弹一星”的成功发射，是飞天梦闪耀的里程碑。“神一”发射升空，这是中国航天史上的闪亮节点，标志着载人航天技术获得了新的重大突破。而2003年“神五”升空，圆了中国人的飞天梦。从一名航天员到多名航天员，从中国成为世界上第三个掌握空间出舱活动技术的国家，到实施中国首次空间无人交会对接试验，我们已经取得了一个个突破，畅想未来的探月以及和平利用外层空间，中国的飞天梦更雄伟、更辽阔。

一代代航天人的砥砺奋进，托起了飞天梦，他们有的站在幕后，有的走上台前，每一名为梦想努力的人都值得尊敬。当个体的梦与家国的梦融为一体，更能实现梦想的跨越。

3. “神十”乘组关键词

神十乘组的三名航天员每个人都有一个性格标签。聂海胜，沉稳细致。张晓光，乐观朴实。王亚平，文静亲和。

聂海胜：“无论将军还是士兵，都因使命而光荣。”

2005年金秋，41岁的他在“神六”飞行中度过了115个小时。8年后，49岁的他再次以指令长的身份率领“神十”乘组飞向太空。成为我国飞向太空的最年长航天员。

拥有“英雄航天员”称号和少将军衔的他，面对人们的疑惑：为什么还要飞？

“飞行是我的职业，我的使命；无论将军或士兵，都因使命而光荣。”聂海胜说，只要我还能飞，就要做好一切准备；只要任务需要，就当义无反顾。“谁说拿了一次奖牌的运动员就再也不参加奥运会啦？”

以前当空军飞行员时，聂海胜曾在飞行任务中被迫跳伞。巨大的心理冲击下，遇到这种情形的飞行员往往需要疗养一段时间。而他一刻也不愿耽搁，经过短短几天调整就成功复飞。

险情尚且动摇不了他重返蓝天的决心，昨日的荣誉又怎能构成再迎挑战的障碍？

人们的另一个疑问随之而来：他还能飞吗？

“国外五六十岁的航天员多着呢！”聂海胜说。进入中国航天员大队15年以来，他的各项训练和体育锻炼从未间断。面对每一次新的任务，选择一如既往——学习理论知识、苦练操作技能、参加乘组选拔。从“神五”到“神十”，聂海胜入选所有任务梯队。8年间，当他的普通同龄人经历着正常的生理衰退时，聂海胜的航天生理功能始终保持在优良等级，骨骼代谢变化不大，出色的心肺和心血管功能更是普通人无法相比。

这就是一个职业航天员时刻准备出征的状态。

2013年4月，聂海胜以优秀成绩入选“神十”飞行乘组。在担任指令长的同时，他还将承担手控交会对接的操作任务。在我国载人航天飞行史上，这两项艰巨任务首次由同一人承担。

他很有信心：“压力肯定有，但我们经历了千锤百炼，绝对不会被压力打垮！”

这是名副其实的千锤百炼：执行任务前，聂海胜的地面模拟训练已超过2000次。结果表明，他的对接操作越来越精准，稳定系数越来越高，准确率基本达到百分之百。

“他性格沉稳，爱思考，不仅从不缺席每一次训练，还经常参加设计师和技术人员的研讨会。”航天员训练中心总设计师姜国华说。

“他会随时随地问一些非常难的问题，让我们措手不及。”

王亚平说，聂师兄在我眼里稳重、踏实，是一个值得信赖的人。他对自己要求非常非常严格，他要求我们做到的事情，他自己一定会先做到。给我的感觉，聂师兄就是我们乘组的“定海神针”，只要有他在，我们心里就很踏实。

与“神六”飞行相比，这次任务要复杂得多。乘组的信心来自载人航天工程的成熟，来自在多年训练中铸就的飞行能力，也来自三人在“老大哥”带领下满满的默契。

执行任务前，心理专家为乘组进行了一次心理测试，要求三个人轮流上阵，共同在黑板上完成一幅画——三人之间不能有任何交流，绘画随时有可能被打断，换上另一个人。

张晓光第一个动笔。他想画条铁路，刚画上两条平行线、填了三两根枕木，就被叫停。下一个进来的王亚平面对奇奇怪怪的几条线，毫不犹豫地照着铁路的样子画了下去。待到聂海胜放下粉笔，这条铁路已完整成型。

第二轮绘画更为行云流水。在聂海胜画了一条同样很不像桥的小桥之后，张晓光紧接着添了一条路：“有桥就有路嘛，正好另一边是亚平画的农田，我就把两边连接起来了。”

2 个多小时的绘画完成时，三个人都很感慨：画面那么和谐、那么完美！

王亚平问聂海胜：“师兄，我们最初几笔那么粗糙，你怎么知道画的是什么?”

聂海胜笑：“我一看就知道是铁路!”

在这个被王亚平概括为“团结紧张严肃活泼”的乘组里，心有灵犀的交流不需要言语。每个人都能猜出对方的想法，每个人都在照顾其他人的感受。经历了长期共同的训练磨合，三个人融洽得如同一家人，尤其是在进行复杂的交会对接训练时，只要一个眼神一个手势，就能读懂对方的意思。

从突破多人多天飞行的“神舟六号”到我国第一次应用性飞行“神舟十号”，聂海胜亲历了中国载人航天工程的发展与跨越。

两次飞行后，聂海胜将成为中国飞得最远、在太空生活时间最长的航天员。

他希望这个记录很快被打破：在未来空间站时代，中长期飞行将成为常态。

他更希望这个纪录由自己打破：只要我身体条件允许，只要任务需要，我希望自己还能飞进中国的空间站。

张晓光：“成功者其实不仅是从不失败的人，更是从不放弃的人。”

航天员张晓光，对于绝大多数人来说是一个陌生的名字。而实际上他是和杨利伟、聂海胜一样，都是 1998 年入选的我国首批航天员。

聂海胜这样深情评价这位战友：跟他在一起已经生活了15年半了。他这个人性格非常开朗，对人很热情也热心。还有一个就是他这个人比较执着，为了自己的追求，为了他的事业，从不放弃，一直在奋斗，一直在拼搏，对他这次能够入选，我衷心地祝福！

质朴而真诚的张晓光曾说："从我成为航天员的那一天起，飞向太空就是我梦寐以求的奋斗目标。我也想去看一看我们美丽的地球是什么样的，我也想去看看神奇的太空它的星星是不是闪烁的。所以不管用多少年的努力，我觉得我必须不抛弃不放弃，追求我的梦想。"

从"神五"到"神九"，张晓光一直无缘太空。15年的艰苦付出没有结出丰硕的果实，面对挑战，张晓光对成功和挫折，有着自己独特的见解："成功是生活的一部分，我觉得挫折也是生活中的一部分，战胜挫折更是生活中的一部分。所以我坚信追求理想的过程也是弥补我缺失的过程。"

"当我看到我的战友们执行任务的时候，说句心里话，我心里也失落，我只是把自己关在办公室里去琢磨，寻找自己的不足和缺失，然后去努力去提高，我每次都这么做，再沮丧的心理我也能一下子感觉到充满阳光。这些年我都是这样坚持的，心态要平和，要淡定，看得清自己，我会面对困难，面对未来的挑战。"

张晓光是知恩感恩之人。2003年"神五"飞天之后，他颇费周折找到他的同学刘英福。见面后，张晓光深情对这位同学说："你是我航天的引路人，如果没有1985年你无意把我带到锦州市，我就没有可能成为飞行员，也就不可能成为航天员。"

当年，锦州市的招飞体检要在军分区进行。而家在农村的张晓光错过了前往市里的公共汽车准备回学校。这时，同样掉队的同学刘英福硬把他拉上了开往锦州的火车。

一轮轮检查下来，20人剩下来10个，张晓光留下了，而刘英福却要离开了。走前，刘英福他拍着张晓光的肩膀说："老弟，看你的了！"

张晓光说："放心吧！我一定给你争光！"

虽然，因为学习工作原因，张晓光多年来一直联系不上这位同学，可他下了决心，一定要找到他。在见面后，张晓光深情端起酒杯，说："我敬你一杯，是你改变了我的人生！"

张晓光至今还珍藏着他的老父亲交给他的一支钢笔。张晓光的父亲是一名公社干部，这支英雄金笔是奖品。在老人心里，这支笔荣誉的价值更大。他跟张晓光兄弟姐妹说，你们谁有出息考上大学了这支笔就是谁的。张晓光考上军校的那天，老父亲郑重地从他的柜子里拿出来那支笔，交到张晓光手上。"这支笔归你了，希望你用它很好地书写你自己的历史。"

今天的张晓光说，他会用这支笔继续书写自己的人生，也记录下中国航天的壮阔历程。

王亚平："我们'八零后'是敢于迎接挑战的一代！"

烟台市福山区张格庄镇，有"中国大樱桃第一镇"之称。这是王亚平出生和成长的地方。

每年的五六月份，是樱桃成熟的季节。

16 年前，正是在樱桃成熟的季节。17 岁的王亚平走出村庄，走出大山，成为了一名女飞行学员。

当上女飞行员，是王亚平完全没想到的结果。当年的招飞，原本想当医生或律师的王亚平是在同学的怂恿下去的，因为理科班二十多名女生，只有王亚平不戴眼镜。身体素质非常棒的王亚平就一路过关斩将，成就了一名女飞行员的梦想。

也就从她穿上军装的那天起，每当樱桃成熟的季节，总是飞行任务最繁重的时候，她都在飞行。

2013 年樱桃硕果累累时，王亚平还在飞，这一次却飞得更高，也更远。

王亚平的第一次飞行在 1999 年，那天教员带着她第一次就飞了个超低空。几十米的低空，从一个村庄上飞过。王亚平感到兴奋和刺激，她甚至看到了村上那些仰头看着他们的脸。

第一次跳伞的经历令人难忘，一起的女同学看着地面上的人越来越小，兴奋不已。指令一下，一个接一个稀里糊涂跳了下去。接着跳第二次，机舱里突然间鸦雀无声——第一次的新鲜与好奇褪去后，袭来的是恐惧……那天返回的车上，大家唱起了《真心英雄》，王亚平和战友们都泪流满面。

2001 年，当王亚平毕业成为一名真正的女飞行员后，当时入校的 37 名姐妹，只剩下 22 名。9 年驾驶运输机驰骋蓝天，王亚平安全飞行 1600 小时，出色完成奥运会开幕式消云减雨、汶川抗震救灾、山东抗旱等任务。

2008 年，也是樱桃成熟的季节。5 月 12 日，王亚平刚刚从外地执行人工降雨任务归来，还没等歇歇，却马上接到部队命令，执行汶川抢险救灾紧急飞行任务。

王亚平的爱人也是一名飞行员，在王亚平驾机停靠在成都双流机场的前一小时，王亚平的爱人也刚刚驾机停靠双流机场。于是，夫妻两人就在机场会面不到十分钟。这是两地分居的夫妻俩在 2008 年的首次见面。从 5 月 12 日那天起，两人就一直执行抢险救灾任务。20 多天来，夫妻经常在空中擦肩而过。

像很多中国人一样，王亚平的太空梦源自 10 年前杨利伟飞天的那一刻。在王亚平看来，正是祖国的腾飞，托起了自己的航天人生。

那时，23 岁的王亚平还是一名加入空军飞行部队刚 2 年的运输机飞行员。睁大眼睛看直播时，一个念头瞬间击中了她：中国有男飞行员，也有女飞行员；现在中国有了男航天员，什么时候会有女航天员呢？

她没有想到，10 年后的自己会以中国女航天员的身份远征太空；仅仅在战友们面前讲过飞行计划的她更没有想到，10 年后的自己会成为中国第一位“太空教师”。

1 年前的“神九”乘组选拔，成绩同样优秀的两名女航天员中，最终只有一人能成为中国首位飞向太空的女性。王亚平以微弱之差落选。航天员系统副总设计师黄伟芬记得，王亚平几乎没有停顿即投入到后续训练中，那么平和，那么坚强。

在太空中向青少年讲授失重环境中的物理现象，王亚平对即将进行的授课充满信心。精心准备教具，研习实验内容，了解心理知识，她的备课细致入微。为了在太空授课中实现最好的实验效果，王亚平和乘组在地面进行了多次演练。

目前，世界上只有美国女教师芭芭拉·摩根在 2007 年做过太空授课。她通过视频，给爱达荷州的学生上了 25 分钟课，并展示了宇航员在太空怎样运动，在太空如何喝水等情景。当有学生问宇航员如何在太空中锻炼身体时，她就抓住其中一个同事并把他举了起来。而问起王亚平在太空将讲授哪些内容时，她却调皮地一笑说，暂时保密。

实验不成功怎么办？王亚平答：“实验做出什么样，我们就讲什么现象。面对浩瀚宇宙，其实我们都是学生。”

除了太空授课，在“神十”飞行中，王亚平还将负责飞行器状态监视、空间实验、设备操控和乘组生活照料。飞船与目标飞行器实施交会对接时，作为备份操作手，她要在每一条指令发送前准确判读数据，对操作进行提醒和读秒。千百次训练和两年多的等待，这是她一直为之准备的时刻。

在张晓光眼里，王亚平是个聪明、可爱的小姑娘，她的太空授课一定会带给大家惊喜。

聂海胜这样评价：“她是个要强的女孩儿，有时候我们想帮她，但基本插不上手。”

她说：“生活中他们把我当作小妹妹一样照顾，但是在工作上，我希望自己成为可以和他们并肩作战的战友。”“我想让大家看到，我们 80 后是敢于迎接挑战的一代。”

2010 年 5 月，王亚平通过层层选拔，成为中国第二批航天员中的一员。超重训练对女性最为艰苦。刚加入航天员队伍时，王亚平一直没能突破二级，身体的极限让她难以承受。她焦急万分，一面向“老大哥”们讨教，一面加班加点增强心血管和肌肉练习。第二年，超重训练成绩轻松达到一级。

聂海胜和张晓光是一起相处了 15 年半的战友。而王亚平 2010 年才加入航天员队伍。不过，在短短两年的时间里，她不但掌握了自己在此次任务中所需要掌握的各种知识、技能，同时和聂海胜、张晓光两位大师兄之间达成了高度的默契。

在王亚平眼里，一个乘组就是一个整体。这种默契是从生活、工作、训练中一点点培养起来的。

和很多年轻人一样，王亚平喜欢摄影，爱听音乐。在满是男选手的篮球场上，她还是进球率很高的优秀前锋。在结束“神十”飞行之后，这位一心要探寻奇妙太空的漂亮姑娘还有个小小心愿：陪丈夫吃顿饭，逛逛街，看一场电影。

作为一直负责航天员选拔训练工作的航天员系统副总设计师黄伟芬，她对航天员非常熟悉，因而也有自己的评价。在她眼里，聂海胜的心理素质非常好，他曾经在飞行员的时候，就有低空跳伞的经历。也就是说，为了保飞机，在不得已的情况下，聂海胜才选择跳伞，反映了聂海胜的心理素质相当好。

张晓光兴趣爱好比较广泛，很大的特点就是不气馁。在黄伟芬的记忆中，刚入选航天员时，张晓光在低压耐力检查项目中，第一次是没有通过，是第二次通过的。经过综合的考核分析，张晓光入选。以后，他针对这个薄弱项目，始终不气馁，虚心地向教员请教，向其他的航天员请教，仔细揣摩，学习技巧。不断加强训练，后来，在这个项目上，张晓光做得越来越好。所以这次能够参加“神十”飞行任务，他的执着坚持是特别突出的一个特点。

王亚平内敛、朴素，看起来文弱，实际内心坚强，意志力顽强。

在慢慢地了解梳理中，我们会发现，“神十”任务乘组的三名航天员的一个共性，即家境贫寒，但各自怀揣梦想，种种机缘巧合，他们走上了航天路，这是机遇，也与他们的努力分不开。当个体的努力赶上了国家的大发展，命运便因而改变。在聂海胜看来，张晓光有一股韧劲，“他是我见过最执着的人。”“哪里训练有缺陷，他就刻苦地练，直至完美。”而张晓光自称：“我总愿意把生活看待得充满阳光。为了梦想，所有的坚持都值得。”每个实现梦想的人，都与坚持结下了不解之缘。而只有与时代融合，梦想才更坚实。

人间万事出艰辛。张晓光还有一句话令人感慨，他称：“从入选航天员那一天起，飞向太空就是我追求的梦想。我深深感受到了‘人间万事出艰辛’，这个伟大的时代为我们实现梦想提供了舞台，但能够把握机会的从来是那些永不放弃的人，只有保持淡定的心态，脚踏实地，持之以恒，才会实现个人梦想。”张晓光这话是说给自己的，也应该为更多的人所聆听并体悟。时代确实在进步，如果把中国比作一个充满活力的梦工厂，那么每个人都有权利做梦，也理应为实现梦想而努力。

“如果说成功是生活的一部分，那么挫折也是；成功者其实不仅是从不失败的人，更是从不放弃的人。”身处这个开放而生机勃勃的时代，愿中国梦更瑰丽，愿每个怀揣梦想的人都不言弃，用努力成就梦想。

4. 十全十美看“神十”

对“神十”任务，大众赋予它特别的意义，更寄予了更多美好祝福和期望。

2013 年是中国载人飞行第十个年头，“神十”任务后，中国将有 10 名航天员踏上太空。这几个“十”，让人们更期待“神十”任务“十全十美”。

“神十”任务中的新“零号指挥员”周晓明给予“零号”的注解别有意味：万人同心，共同完成一个完整、完满、完美的圆！

在正是在对完美完满的追求中，各系统都一再精益求精。

此次，长征二号 F 火箭进行了 18 项技术状态和 2 项工艺状态适应性更改，其中 17 项主要为提高可靠性。

此外，“神十”还有一些新增加的科学实验项目。“神十”的实验有一部分是延续以前的，比如有的实验不是做一次就完成了，还有一些持续的研究，需要大量的积累数据来总结规律。还有一些是“神九”飞行之后大家再思考完善的项目，需要让大家更深刻地了解和掌握近地轨道飞行的特点和规律。所以飞行的机会非常宝贵，要好好利用，多多积累测量数据。

吸取“神九”飞行的经验，对“神十”的值班制度做了改进。当航天员在轨飞行的时间逐步延长，和在轨短期飞行的工作生活节奏就不一样了。“神九”任务时，因为是第一次进驻一个新的航天器——天宫一号，晚上始终有安排一个人在值班，不能睡觉。但这样做，航天员非常疲惫。通过监测，我们发现“天宫”状态非常好，因此在“神十”就取消了夜晚值班制度，值班航天员晚上可以和其他航天员同步休息。出现特殊情况，有一个人专门起来处理一下就可以，不需要 24 小时值守。航天员休息会更充分，工作效率会更高。

在“神九”任务中也发现，因为天地差别，完成同样一件工作，天地耗时是不同的，于是科研人员根据在失重条件下特性，需要消耗时间的预计，做了一些程序调整。在“神九”有这样的情况，当航天员进驻“天宫”时，头两三天，正是人体空间适应期，一入轨，航天员的眼睛睁不开了，老是觉得难受。这是因为失重状态下，人的方向感发生改变导致的。但第二天就好了。可是从飞船进入“天宫”，又不适应了。这是为什么呢？因为从一个狭小的环境进入更大的环境需要重新适应。当时科研人员就发现刚进入“天宫”的时候，航天员老是踩着脚限制器一点点往前挪，非常奇怪他们怎么不“飞”呢？回来后，航天员说：不敢飞。因为当时在飞船里的时候空间狭小，不需要飞，人一拉就过来了。但是到了更大的环境以后该怎么运动？运动过程中怎么控制自己身体的姿态？如何用力？都需要重新适应来获得特性感知。因此，在“神十”飞行中科研人员都会充分考虑这方面的问题。

另外，“神十”赋予航天员更大的自主权。工作提计划，而不再是“一步一动”的固定程序。10多天的飞行，某一天要做几件事，哪几件事可以自主安排时间，哪几件事，有时间可以做一做，没有时间可以不做。是一个指导计划性的文件。否则，因为天地差别，工作量太大，航天员会不休息也要完成工作。景海鹏曾说：“国家送我们到太空，花了这么大精力，费这么大劲，科学家让我们干的工作，我一定干完，不睡觉我也要干完！”

记得“神九”入轨第二天，通过大屏幕，科研人员发现航天员把窗帘拉上不让摄像机看。在干什么呢？其实，航天员在加班呢！到该休息的时候，活没干完怎么办？加班！为什么干不完？就是因为天上与地下的不一致性。所以“神十”在程序上做了改进，航天员可以自主安排时间，只在一些特殊的节点，才需要航天员跟地面、跟测控区、跟地面指令严格匹配。

未来，空间站飞行，可能需要航天员呆上几个月半年，所以未来将对航天员的工作采取周表形式，就跟课程表一样。这周干什么、实验是什么、操作是什么，然后航天员可以自主安排。只有遇到重大事件，地面才会发一个非常紧凑的程序，按时序完成。

随着飞行时间延长，航天员失重防护措施等进行了相比“神九”更进一步的优化。比如“神九”时，大家看到航天员在天宫骑自行车锻炼、穿企鹅服或套袋，“神十”航天员在骑自行车锻炼的时候，束缚系统会更加舒适，也更加有利于航天员进行锻炼，保持体能和维持各个组织的肌肉功能。

在这次飞行中，航天食品的滋味和品种更加丰富，根据三位航天员的不同口味，航天食品专家们制订了个性化食谱，像聂海胜喜欢吃米饭，张晓光喜欢酸辣口味，王亚平喜欢甜，喜欢面食，食品专家都有充分考虑。新增了新鲜水果、小米粥、酸奶、粽子等多种太空食品，来保证航天员更好的摄取能量，达到营养和能量的平衡。“神九”航天员反映喜欢吃的一些食品，依然保留。另外针对“神九”航天员的建议，在刚入轨的生理适应期，希望口味清淡一些，因此“神十”航天食品的含水量多一点，有了几种粥，口味清淡也更有助于消化。

“神十”将继续进行航天医学空间实验，涉及项目有 12 个。这 12 个项目还是围绕着航天员健康的检测和保障；失重飞行的生理效应的机制与防护措施；医学工效学评价技术三个方向。

其中，有的是新增项目。新增项目主要是针对两个目标：一是在“神九”中获取的一些数据的验证；二是瞄准未来空间站长期飞行，一些设计需要验证的项目。

比如噪声，科研人员对在轨安装了噪声测量装置。不仅有在轨噪声测量，同时也有对航天员在空间条件下对噪声的反应和对噪声的评价，飞行前后都会对航天员听力进行测试。

还有和航天员的作业能力有关的实验项目，比如开舱门。在飞行中，航天员会遇到很多不同的开关舱门的操作，科研人员在“神九”任务中发现，航天员操作所用的力和地面上感觉不太一样，所以科研人员专门设计了这样一个实验。在航天员开舱门的过程中可以测他的力，同时对航天员的失力特性进行测量，为后续的设计提供一些数据和参考。

长期飞行对于航天员的味觉和嗅觉都会有影响，未来航天员的营养和能量的保障要求更高，怎样才能保证航天员在长期飞行时吃好，要从生理特性来研究。因此，“神十”增加了在轨的嗅觉和味觉的测试。因为一个人的食欲和味觉、嗅觉有关系。但在失重条件下人的嗅觉味觉有所变化，新增测试，能更好地了解人的生理变化特征来为后续任务提供参考。

还有一些科学试验项目是在“神九”基础上进行完善、发展和深入。比如细胞学项目，原来只是做了一种细胞，这次增加两种细胞，实验时间也从“神九”的48小时延长到96小时，从研究的深度上也有深入。

另外从实验设计上也充分优化，航天员操作也更方便。

天宫一号中的厕所是男女有别的，并且是各自有独立的空间。专家称，太空中航天员大小便也很特殊。马桶是特制的。为了迎接女航天员入住，还专门进行了改进，加装了帘子，以保护航天员的隐私。

在“神十”任务中，航天员的医监医保技术也更加成熟。在“神九”任务的基础上对航天员健康保障技术体系进行进一步的完善，重点突破和完成三方面新的变化。第一方面是中期驻留在轨的健康检测和评估技术，还有中期驻留在轨的健康维护和健康促进技术。第三是对女航天员的健康保障技术体系的建立。

那么，在轨运行短期和中期界限是怎么划分的呢?

按照航天惯例，15天以下是短期飞行，15天到60天是中期飞行，60天以上是长期飞行，未来空间站是瞄准180天的长期飞行。

“神九”飞行是中国第一次对女航天员进行健康保障，对于医监医保挑战巨大：一是女航天员的运动病发生率比较高；二是女航天员的立位耐力比男性差。这些都是航天医学领域大家认同的，另外就是女性的生理周期。

于是，中国航天医学专家对于女性的保障采取了个体化保障和飞行中药物综合、联合运用的手段进行了防护。女航天员飞行前个体化保障方面根据生理周期的不同点，中医防护的重点不同，提高女航天员对特殊航天环境的耐受力和适应性，并对运动病的发生采取“4321的方案”。所谓“4321”是四种药物新配伍，三道防线，两种药物新剂型和一个基础性防护。这个是我们运动病防护的综合防护方案，获得了很好的效果。对于立位耐力下降，是通过飞行前的女性个体化保障和飞行中的太空养心丸联合使用来防护的。返回后，刘洋的立位耐力非常好，达到一级。甚至和国内外的男性相比，她都处于非常好的水平。“神九”因为是首次女性参飞，在太空，如果正处在生理期，担心女航天员耐受力和适应性下降，专家会采用中西合用法，药物联合使用，避开生理周期。在“神十”，根据王亚平的特点，个体化上有一些调整。但在生理周期的认识上，航天医学专家希望在太空也能顺其自然，对于太空女性生理的规律能够有全面的了解和掌握。所以虽然根据参加任务的时间，会有所调控，但是总体来说是顺应生理规律。

关于如厕，这里有个故事非常有意思。

据说，许多宇航员进入太空后，常常发生便秘，不理想的太空马桶会让航天员难以正常排泄，即使能正常排泄，对排泄物的处理也是一大难题。在“神七”出舱任务成功后，大型研讨会“同贺‘神七’飞天，共建创新中国——续写航天新篇章”在北京航天城举行。民间发明家金徐凯带着自己设计的新型采挖式太空马桶进行专题发言。他是本次会议中唯一获邀的民间代表。

2005 年，“神六”飞天后，金徐凯从新闻中得知宇航员如厕是一大难题。自此，金徐凯便有了研制太空马桶的念头。在对各国现有的太空马桶从原理到技术结构进行一番研究后，一个大胆想法闪现在他的脑海，太空马桶能不能直接伸进体内采集，体内的粪便是不会飞散的，也不怕便秘，因此他带领团队就把研发的方向放在了体内采集。

四年下来，经历了数千次实验，他和他的团队终于成功研制出体内螺旋采挖式太空马桶。

尽管，这个太空马桶真正应用太空尚需检验。但谁能想到这个设计师是只有高中文凭的四川农民打工者，目前他已拥有 80 多项专利和成果。1998 年，金徐凯被团中央、公安部、司法部等八部委评为第二届“全国十大杰出外来务工青年”，并走进人民大会堂接受颁奖。

即便这个太空马桶并未真正应用于太空，但无论怎样，航天人都不会忘记金徐凯对太空的热情和钻研，中国需要更多的金徐凯开启太空的大门！

2013 年 6 月 12 日是中华民族传统节日端午节，正驾乘神舟十号飞船遨游太空的 3 名航天员，在太空度过了一个特殊的节日。

下午，三位航天员端坐于“神十”飞船返回舱内。经过与地面测控人员沟通后，聂海胜发出祝福：“今天是中华民族的传统节日端午节，我们‘神舟十号’航天员向全国人民、全球华人致以节日祝福，祝大家端午节快乐！”下午一点，3 名航天员共同举起一块写着“端午节快乐”的字板，通过摄像机镜头送出问候。

随后，航天员进入飞船轨道舱，品尝科研人员为他们精心准备的节日美食豆沙粽。和地面不同，太空粽子是扁平形状，目的是为了方便贮存和加热。为了让航天员找到在家过节的感觉，细心的科研人员还专门为每个太空粽子包上了一层粽叶。

在轨道舱内，王亚平吃完粽子后，向摄像头展示粽叶，样子十分可爱，有网友看到照片后大呼“萌呆了”。张晓光则手持摄像机，将这一景象摄入镜头中。这是中国航天员第二次在太空过端午节，也是首次在神舟飞船上品尝美味的太空香粽。

也是在这一天，中国首位女航天员刘洋出现在奥地利首都维也纳，参加由联合国举办的纪念世界首位女航天员太空飞行 50 周年系列活动。这次活动由联合国外层空间事务司主办，着眼于女性对于世界航天事业的贡献，从女性视角审视当前的太空探索，科技和应用，太空商业以及政府发展等。出席活动的除了世界首位女航天员苏联的瓦莲京娜·捷列什科娃，中国首位女航天员刘洋，还有来自加拿大、日本、美国等国太空领域的女性航天精英。

刘洋对向正在太空飞行的战友发出了美好的祝愿。刘洋说虽然神舟十号发射期间她正好在旅途中，但是一有机会她就会打开电视机收看有关“神十”的报道，对这个乘组表示祝贺，并且祝福他们任务一定会取得圆满成功，一定会安全顺利的返回。

刘洋还特别对正在飞行中的战友和姐妹王亚平发出真诚的祝愿：“亚平，衷心的祝贺你在这次“神十”任务中能够圆满成功！虽然不能和你一起执行任务，但我的心是和你一起飞翔的，我相信你一定会有出色的表现，一定能够成功、圆满地完成这次任务，安全顺利返回。”

在科技人员精确控制下，6 月 13 日 10 时 48 分，神舟十号飞船经过多次变轨，转入自主控制状态，以自主导引控制方式向天宫一号逐步靠近。13 时 18 分与“天宫一号”目标飞行器成功实现自动交会对接。这是天宫一号自 2011 年 9

月发射入轨以来，第5次与神舟飞船成功实现交会对接。

自动交会对接实施期间，航天员聂海胜、张晓光、王亚平在“神舟十号”飞船返回舱值守。3名航天员密切监视着飞船仪表盘，通过天地通讯系统迅速准确地向地面报告交会对接实施情况。

随后，3名航天员将通过对接通道从飞船进入“天宫一号”，开展相关空间科学实验和技术试验等活动。并于14日对“天宫一号”目标飞行器进行在轨维护，顺利完成内装饰材料更换试验。

14日上午，地面人员对“天宫一号”目标飞行器舱内环境进行检查确认后，北京航天飞行控制中心向航天员下达了开展内装饰材料更换试验的指令。航天员身着蓝色工作服，在地面科研人员的支持下，按照工作计划，互相配合、密切协作，拆除“天宫一号”原来铺设的软质地面材料，更换上硬质地板和新的限位装置。更换硬质地板，更加有利于航天员在失重条件下保持身体稳定，将为航天员在太空工作生活创造更加方便、舒适的条件，同时也为未来空间站航天员在轨维修航天器积累经验。

在长时间的航天飞行中，航天员不仅会遭遇航天适应综合征即太空病的影响（大多数会表现出不同的症状，从轻微的头痛到眩晕和恶心），即便到了返回地面，航天员也要经受重力再适应的考验。加拿大宇航员克里斯·哈德菲尔德在空间站工作了5个月，回到地球后，他就面临了不少挑战：“就在我着陆之后，我能够感受到嘴唇和舌头的重量，因此，我不得不改变说话的方式。”“我之前并没有意识到我利用着无重的舌头说话。”

其实说话仅仅是一方面，对于长期在轨的宇航员来说，其他对健康的影响问题则是更加紧迫。他们的骨骼密度会以每个月1%的速率降低。肌肉质量也开始萎缩，眼球压力发生改变，大约1/5的宇航员称存在不同程度上的视觉问题。

哈德菲尔德首先在美国休斯敦美国宇航局约翰逊太空中心进行一系列密集的测试和康复治疗，这个过程大约持续了三周，之后他进行了长达数月的独立的躯体康复疗法。

哈德菲尔德在刚返回地球时洗澡都是坐在浴缸里进行的。和其他长时间的太空飞船宇航员一样，哈德菲尔德至少需要等到着陆 21 天后才能开车。

目前世界上只有 4 名宇航员进入太空的时间超过一年。其中最长滞留时间长达 437 天，这是由俄罗斯航天员瓦雷里·玻利雅可夫创下的纪录。

重力再适应是航天员一个必然经历的过程，从脚不着地到找到脚踏大地的感觉确实需要一个过程。在“神九”飞船返回时，很多围坐着观看央视直播的观众都在翘首期盼中国第一名女航天员的身影，随着时间一分一秒过去，大家似乎觉得等待的时间过长了，央视的直播也延迟了半个小时。有的人甚至说，刘洋一定是躲在返回舱化妆呢。其实这都是误解。按照航天医学专家的说法，是大家太心急了！

5. “水晶天宫”

“神十”任务中最大的亮点，便是一项颇有特色的太空任务，航天员开设“太空讲堂”。

太空教育是连接青少年学生与载人航天事业的最好桥梁，已受到越来越多国家的重视。

1984 年，美国总统里根宣布实施“教师在太空计划”，来激发学生对数学、科学和太空探索的热情，决定将挑选的第一名普通公民乘坐挑战者号进入太空的资格定为教师。

让教师来开创普通人航天的道路，是美国载人航天史上的创举，也让教育工作者感受到承接使命的光荣。然而，正如大家了解的那样，当麦考利夫成为入选女教师，却在 1986 年 1 月 28 日，在所乘坐的挑战者号发射后发生爆炸，7 名乘组人员梦断太空。本来的计划是在这次太空任务中，麦考利夫将在太空为几百万的美国学生讲两堂课。

直到 2007 年 8 月 14 日，同样出身中学教师的芭芭拉·摩根，在随奋进号航天飞机进入国际空间站后，进行了世界上首次“太空授课”，圆了自己和麦考利夫的梦。

这次授课通过视频，实时传回地面。地面课堂设在博伊西的“爱达荷发现中心”，那里距摩根曾经任教的小学有 100 多英里。

这节“太空课”气氛十分活跃，摩根和她的同伴们把空间站当作了一个别具一格的课堂。一名学生想了解宇航员是如何在太空中锻炼身体的，摩根没有直接回答，而是将身旁两个身材魁梧的宇航员举了起来，一手一个，做出锻炼状。另一名学生则想知道如何在太空喝酒。众所周知，由于重力的缘故，在太空喝酒是非常困难的一件事，不过为了满足这个孩子的愿望，摩根和同事没有丝毫犹豫，他们将一根麦秆插入饮料袋中，使劲往外挤出泡沫，红色的泡沫在国际空间站四处飞舞，他们连忙凑上前去将泡泡吸入口中。

学生们的问题五花八门，摩根通过亲身体验和实验项目，形象生动地为孩子们打开了通向太空的智慧之窗。

学生们还要摩根将教师这份职业同宇航员做一番比较。摩根回答说：“宇航员和教师其实是在从事同样的工作。我们探索，我们发现，我们分享。作为教师，伟大之处在于你是同学生们一起做这项工作；作为宇航员，伟大之处则在于你必须在太空中从事这项工作，这些绝对是奇妙的工作。”这堂问答课持续了25分钟。

2011年，国际空间站的参与国决定将其运行寿命由2015年延长至2020年，各成员国或组织都在努力拓展国际空间站的应用，其中一个重要领域就是国际空间站作为教育平台的开发。航天员在繁忙的工作之余，会尽可能抽出时间和学生交流，亲自做些实验演示。十多年来，一直如此。甚至，在国际空间站还带上一些学生设计的太空实验。

神舟十号的飞天传奇正在继续，中国人终于有一天也把上课的讲台延伸到了太空，延伸到天宫一号上。

这次任务中，务实低调的航天人，没有大张旗鼓做宣传。虽然任务进行10天，但电视上网络上，除了任务重要节点播报一下简短新闻，再没有其他。也许，积蓄已久的沉寂一旦爆发，会更为有力量。也许，所有的准备，都在为这精彩一课做着铺垫。

6月20日一早，我早早就按照预告坐到了电视机前。授课前，无论是航天科技工作者还是中小学生们，都表现兴奋和由之引来的各种猜测和憧憬。

上午10：04，我和全国8万余所中学的6000余万名师生和许多关注“神十”的人们一道等待着“神十”女航天员王亚平作为主讲教师的精彩授课拉开大幕。从这一刻起，她成为继美国芭芭拉·摩根之后世界上第二位“太空教师。”

弯弯的柳叶眉、清澈的双眸、甜美的笑容，王亚平让人眼前一亮，“我是王亚平，本次授课由我来主讲。”随着这一句来自天宫的问候，王亚平轻轻一跃，和她的两名战友一起，向天宫一号舱内的摄像机镜头缓缓飘来。有史以来内容最神奇、教室最高远、观众人数最庞大的一课开始了。

“神十”任务，在这一刻，达到高潮。从十余天前的期盼，到穿着蓝色舱内工作服的3名航天员亮相，中国第一堂太空授课会讲什么？

此时设在北京人大附中的太空授课地面课堂已经具备与神舟十号航天员双向音视频通话互动的能力。包括少数民族学生、进城务工人员随迁子女及港澳台地区学生代表在内的330余名中小学生，睁大了双眼。没等大家平复兴奋的心情，指令长聂海胜先展示起了“绝技”。

“我来个悬空打坐吧！”只见聂海胜轻盈地在半空中盘起了腿，好似有神功。“那我来一个大力神功吧！”王亚平用手指轻轻一推，聂海胜摇晃着飘出很远，形象地展示了太空失重环境下物体运动的奇妙特性。“在太空中，我们个个都是武林高手。”王亚平的话引发了地面课堂同学们的欢笑和掌声。

轻松拉开大幕之后，王亚平变起了一出出戏法，圆周运动的单摆、不变轴向的陀螺、晶莹剔透的水膜、红雾弥漫的水球……中国第一堂太空授课在趣味与惊奇中完美展现。

“如果诗仙李白在‘天宫’里生活，大概就写不出‘飞流直下三千尺’的名句了，因为，失重环境下水不可能飞流直下。”“同学们，见证奇迹的时刻到了。”妙语连珠后，王亚平从饮水包里挤出一个水珠，水珠悬浮在空中，然后被她一口吃掉，“刚好润润嗓子”。

清楚的演示、到位的操作、生动趣味的语言和娴熟的操作手法，让这位漂亮和具有亲和力的太空老师深得学生们的心，让中国的太空第一课笑声不断，惊喜连连。

当一个美丽的水晶球在我们面前呈现，王亚平俏皮地从晶莹剔透中向我们望来，里面浮现出她温婉的笑容。

此时的“天宫”像极了这个美丽的水晶球，一头连着深邃的太空，一头连着我们的地球家园。在深邃的黑色天幕中，借着星星的光亮，“天宫”聚幻成热力四射、流光溢彩的水晶球，微笑着注视着我们——地球子民。

此时耳边传来王亚平的声音：飞天梦永不失重，科学梦张力无限。转而，她像一个梦似地飘出我们的视线……

多想在这个宛若童话般美丽的梦中沉浸的深些，再深些……

40分钟，就在奇妙和兴奋中和孩子们和航天员的良好互动中流逝了。一直睁大眼睛，屏声静气的我和孩子们一样仍觉得意犹未尽，抚摸脸庞，却发现了凉凉的湿意，那是激动的泪水。

我为自己是航天人骄傲！我为我的航天员同事自豪！

从“神五”一路走来，5次载人飞行，中国的航天员总以最为完美的表现博得世界的惊叹。可我觉得完美背后的坚守拼搏，更值得赞叹！

和6年前芭芭拉·摩根进行的太空授课相比，摩根的授课从大家感兴趣的太空生活入手，随性，讲求趣味。而中国的太空授课备课精心，科学性强，注重知识阐释。两名太空教师同样优秀，我想这更多是中美的文化和教育理念的差异，倒也不应分高下。航天员就像一个太空魔术师，完美演绎了一些奇妙的物理现象，真正感受到“眼见为实”的科学魅力，对所有公众都有启迪作用。

面对美、中两个大国展开的“太空授课”活动，作为航天大国的俄罗斯也坐不住了。俄罗斯之声在2013年6月17日的文章《来自太空的课程》称，莫斯科教育和科学部准备在2013年9月1日新学期开始后，也推出向中学生介绍航天知识的教学计划。俄罗斯航天员将在国际空间站上为中小学生授课，课程包括生理、生物、物理和化学等。

当然，一人的生动讲课，背后是众多航天员和科学家们的精心备课。在太空课堂背后，是来自各方面专家的支持和努力。它由教育部、中国载人航天办、中国科协共同主办。最初的授课计划一年前就在筹备，国家为此成立了专家组。太空授课教案组成立之初就开始广泛征求各方面意见，确定实验计划。最后呈现出的几个实验都是经过反复推敲、精挑细选的。“神七”航天员刘伯明就参与了“神十”太空授课专家组，与其他成员一起讨论策划太空授课的脚本。

授课前，按照航天员系统副总设计师黄伟芬的说法，如何保证在始终状态下完美呈现，如何能保证航天员在随时漂浮的失重状态下，把授课的画面清晰完美传回地面，对航天员都是很大的挑战。因为手持摄像机在稳定地面拍摄的清晰画面都很考验摄像者，何况是在失重情况下的太空。然而，航天员张晓光拍摄的画面非常清晰，没有一点儿抖动。他用自己的努力打消了专家们此前的担心。而将开课时间定到10点，也是经过科学家的多方论证。选择这个时间段，航天器距离地面站最近，出于天地信息传输效果的考虑，最保险。天地通信效果最好，画面和声音都会更清晰。为天地对话牵线搭桥的，是被称为太空数据“中转站”的中继卫星。依靠三颗中继卫星构成中国太空数据“中转站”，“神十”任务测控通信的覆盖率得以提升，成功进行了天地之间双向实时的太空授课，以及天地之间的视频提问与回答，公众也得以看到更稳定、更清晰的实时直播画面。

这5个实验经过了反复的方案选择和讨论，航天员也进行了试讲。在讨论的过程中，专家组了解了学生们的知识储备，对哪些问题感兴趣。大家会考虑，一个具体的实验，在太空中是否有可操作性，会带来哪些问题，产生哪些现象。虽然往太空带物品越轻越好，但为了太空授课，带上天宫一号的“教具”总重量为2.9公斤。

“太空寄托着人类美好的向往，知识是走向太空的阶梯。我们愿与您一道为开启全世界青少年朋友热爱科学、探索宇宙的梦想共同努力”，在回复世界首位太空授课的美国前宇航员芭芭拉·摩根的信件中，中国首位太空教师王亚平说。“寄”出回信的时候，王亚平刚刚结束太空授课。

“太空回信”是从绕地球飞行的天宫一号中发出的。几天前，摩根在神舟十号飞船成功发射后写下一封给王亚平的亲笔签名信，在这封发给“亲爱的亚平航天员”的信中，摩根写道：“在你环绕我们的地球而行并准备从太空授课之际，我代表全世界的教师和学生向你致以荣耀和爱的问候。我们为你骄傲。你在那里一定非常忙碌，但请记得花些时间望向窗外。中国和这个世界美丽迷人。”

王亚平回信说：“今天，我们顺利完成了太空授课活动，与亿万中国学生一起分享了太空的神奇和美妙，收获了知识和快乐，希望您和世界各地的教师、学生看到后能够喜欢。飞行期间，我经常会通过舷窗遥望我们美丽的家园。”

从太空到地球，两代太空教师的“天地飞鸿”辗转“邮寄”，传递着两位航天员对推动太空科普教育的热忱，传递着激发年青一代探索太空的愿望。

此时，中国太空第一课的靓丽影像已永久定格，回味悠长。就在这堂课之前，当孩子们说起载人航天时，霎时想到的或许还只是火箭的烈焰、漆黑的太空和舷窗中遥远的地球……你敢飞天吗？

而就在这天的太空课堂上，孩子们大胆展开了他们想象的翅膀，对着太空发问：“天上的生活用水可以循环使用吗？能看到太空垃圾吗？天上的星星会闪烁吗？能看到 UFO 吗？”“如果流泪，它是会流下来还是往上飘呢？”……

这些有趣的问题将孩子们的世界带到遥远的太空，带到那个充满想象的世界。“飞天梦永不失重，科学梦张力无限”，王亚平的话音犹在耳畔回响。寻声凝望那深邃的太空，将给孩子们植下热爱航天、热爱科学的萌芽，给青少年学子打开认知世界、追逐梦想的大门。

随着科学的进步和发展，人类探索太空的脚步不会停歇。仰望星空，需要一代代人前赴后继。仰望星空，召唤着一代又一代人思考、探索，使伟大的科学精神在民众间生根发芽，使思想之树枝繁叶茂、茁壮成长，照亮人类文明进步的旅途。

6. “神十”完美之旅

在经历了 15 天的太空遨游，神舟十号飞船在 2013 年 6 月 26 日早晨踏上返回地球之旅。

当飞船进入最后一圈飞行时，在北京飞控中心的大屏幕上，多日来飞行轨迹留下的优美弧线，已交织成一张梦幻之网。

“神舟十号，准备返回，按照步骤操作。”飞行调度员洪亮的口令声在大厅响起。

从这一刻起，天上、地下，每个人都开始为“神十”的安全返回绷紧了神经。

回家，回家，我们就要重返美丽的地球家园了！聂海胜、张晓光、王亚平平复着内心激动，微笑着相互用眼神交流了一下，那眼神饱含着满满的鼓励和信任。地上15年的朝夕相伴，天上15天的默契配合。无须多的言语，此时他们的心胸被一个声音充满：美丽的地球家园，我们准备好了！亲爱的人们，请放心等待我们胜利归来！

“一次调姿开始！”

随着洪亮的口令声，飞控大厅大屏幕上的三维动画显示，神舟十号飞船像一只展翅的雄鹰，轻盈地扭转身躯。第一次调姿到位。

“轨返分离”指令随着电波飞向太空。只见飞船轨道舱松开了与返回舱推进舱紧握的“手”，恋恋不舍向太空深邃处游弋而去。

约一分钟后，飞船再次调整姿态。返回舱推进舱组合体踏上了回家的路。

“神舟十号，返回制动开始！”

瞬间，一团橘红色的火焰从飞船推进舱向前喷出。飞船减速，脱离运行轨道，开始进入返回轨道。

300公里、200公里、150公里……飞船离地球越来越近。几分钟后，飞船高度下降至140公里，接近地球大气层。

飞船推进舱与返回舱做了最后“告别”，圆满完成使命的推进舱迅速脱落下坠，在大气层中被烧成灰烬。

返回舱继续向东北方向行进，直奔家的方向——内蒙古阿木古郎草原，那个象征着平安美丽的地方。与此同时，大厅里传来航天员聂海胜的报告声：“神舟十号报告，各项身体指数正常，完毕！”

紧接着，屏幕上信号消失，飞船进入“黑障区”。

这是最牵动地面工作人员心的时刻。

几分钟后，大屏幕上，一颗红色的火球猛然闯入视线。紧接着，火球越来越大，越来越亮，拖着一条红色尾焰向祖国的怀抱飞奔而来。大厅响起热烈的掌声。

“回收一号发现目标!”

“回收二号发现目标!”

飞控大厅内，飞船飞行状态、航天员各项生理指标，海量数据源源不断传来，飞船顺利穿越了“黑障”。

搜救直升机已到达待命空域，等待搜寻飞船。

“神舟十号报告，座椅提升手控制令已发出，座椅提升，航天员感觉良好，完毕。”

8 时 02 分，巡天游弋的神舟十号飞船，在红白相间的降落伞的牵引下，在滚滚红尘的裹挟下，安然着陆。

大厅里响起一个声音：“北京，神舟十号报告，我们已顺利返回，感觉良好!”

此时，舱内的 3 名航天员相视而笑，此前的热切盼望，此刻便是踏实和满足。

不，不，还有很多后续工作还在继续。

听，航天员终于再次听到地面工作人员的声音，那声音来自家，熟悉、亲切，竟有些恍惚，天上地下，人间天宫。

曾经那些难忘时刻，骤然推向眼前——

6 月 13 日上午，在北京航天飞行控制中心就对接准备状态进行最终确认后，神舟十号飞船沿直线缓缓向天宫一号目标飞行器靠拢。13 时 11 分，神舟十号与天宫一号对接环接触，在按程序顺利完成一系列技术动作后，13 时 18 分，对接机构锁紧，两飞行器连接形成组合体。“神十”与天宫一号自动交会对接成功实施。

16 时 17 分，神舟十号航天员成功开启天宫一号目标飞行器舱门，聂海胜、张晓光、王亚平以漂浮姿态进入天宫一号。

6月20日10：04到10：55，神舟十号航天员王亚平担任主讲的中国首次太空授课活动成功举行。

6月24上午9时许，中共中央总书记、国家主席、中央军委主席习近平来到北京飞控中心同神舟十号航天员天地通话，亲切的关怀和鼓励犹在耳畔：

习近平：海胜、晓光、亚平，你们辛苦了！现在全国人民都在注视着、关心着你们，我代表党中央、国务院、中央军委，代表全国各族人民，向你们致以诚挚的慰问！

聂海胜：感谢习主席，感谢全国人民！

习近平：你们进入太空工作生活已经有13天了，我们大家都很牵挂。你们现在总的情况怎么样啊？身体状况如何？工作进展如何？

聂海胜：感谢习主席的关怀！我和晓光、亚平的身体状况都非常好，各项工作都按计划进行。能够为实现中华民族的航天梦想贡献力量，我们感到非常的骄傲和自豪！

习近平：很好，飞天梦是强国梦的重要组成部分。随着中国航天事业的快速发展，中国人探索太空的脚步会迈得更大、更远。我要问一下晓光和亚平，你们是第一次进入太空，你们感到各方面适应吗？

张晓光：报告习主席，在太空13天的生活中，我们很快地适应了失重环境，现在身体感觉都非常的好，我们空间站进展非常顺利，现在我们精力充沛、精神饱满，我们一定再接再厉，圆满完成后续任务。

王亚平：报告主席，我们的饮食很正常，每天都能够休息七八个小时。我还当了一次太空老师，给全国的青少年演示了一些失重环境下的物理现象，对我自己来说也是一次提高和学习。

习近平：很好，看到你们各方面的状态这么好，我们很放心。前几天，你们为全国的中小学生进行了太空授课，很有意义，据我了解，有8万所学校、6000万名学生参加了这次授课活动。这对于他们培养崇尚科学、探索太空奥秘的兴趣，会起到很好的作用。这一次载人航天飞行，在你们的身上体现了不畏艰辛、勇于探索的意志品质，这种宝贵的意志品质，对全国人民都是启示和鼓舞。我们希望你们精心操作、密切配合，圆满完成后续任务！大家都盼望着你们胜利归来！我在北京等候你们！

聂海胜：我们一定牢记习主席的指示，坚决完成任务。请习主席放心，请全国人民放心。敬礼！

回来后的张晓光在接受采访时说，当我们在遥远的太空听见习主席亲切的话语，感到我们背后有强大的祖国关注着我们、支持着我们。

就在6月25日早上，在撤离天宫一号，告别中国人的太空家园前，“神十”3名航天员聂海胜、张晓光、王亚平通过特殊的方式——手语和语音，向在太空飞行了3年，圆满完成赋予任务的天宫一号，向陪伴他们的太空之家惜别，向地面的科技人员和关心支持航天事业的人们表示感谢和敬意。

“梦圆天宫，心系祖国。我爱你！衷心地谢谢你们！”——王亚平

“谢谢大家12天的陪伴和支持！离开天宫前向你们致敬！我们的心永远和你们在一起！”——张晓光

“我们的任务仍将继续，精彩仍将继续！再见！”——聂海胜

这天5时许，3名航天员关闭天宫一号实验舱舱门，回到神舟十号飞船返回舱。7时05分，天宫一号与神舟十号组合体顺利分离，神舟十号撤离至距天宫一号相对一定距离处。

随后，神舟十号按照预定程序进行变轨控制，从天宫一号上方绕飞至其后方，其间，在地面科技人员的精确控制下，神舟十号转为正飞姿态，天宫一号转为倒飞姿态。此后，地面控制神舟十号接近天宫一号，顺利完成近距离交会。首次成功实施航天器绕飞交会试验，终于，他们脚踏上坚实的土地了。阳光欢快地洒满白色的航天服，四周一张张充满关切和喜悦的脸庞，带着露水的鲜花被捧上前，散发出无限芬芳。那是我们美丽可爱的家的味道！

祖国，我们回来了！

同天穹比起来，地球这个庞然大物真显得微不足道了。

——哥白尼

人类探索外层空间的脚步越走越远，认识宇宙的目光也越来越远。相对于深邃寥廓的宇宙，人的一生短暂而渺小。但也正因为生命和梦想的存在，才让寂寥的宇宙富有生机和意义。

仰望星空，会让人站得更高、看得更远。多一些仰望星空的人，一个民族才有希望。此时，智慧的双翼已经展翅翱翔，当梦想的光芒照进现实，寻找突破的脚步，每天都会踏响。

以“神十”3名航天员健康返回的那一刻为标志，中国进入了全面建设太空站时代。

可以预见，不远的将来，中国普通人的身影也将会出现在中国太空站。

期待下一张中国面孔的出现。

魅力无限的太空中国梦，将继续延伸，一个更加充满激情的中国航天新时代已经到来……

守望天山

——一个老兵24年的感恩故事

■党益民

编选按语：

一个已经复员回到自己老家，并成家生子的老兵，为了缅怀和守护曾经在天山暴风雪中为救护自己而冻饿牺牲的班长及很多战友的英灵，自愿放弃家乡的一切，带着妻子和孩子到天山深处守护烈士陵园。至今已经二十多年的守护，使他的精神和情感似乎带有超乎常人的神性表现，感动着所有听到这个故事的中国人。《守望天山》巧妙地从不同的人物感受和认识角度，聚集陈俊贵的选择和坚持，非常奇特深入、文学生动地描述了这个真实的传奇故事，在现实社会记录和文学表达中独领风骚。

一条冰雪之路

一段雪藏30年的历史

一个老兵与168座坟茔

一家人24年孤独的守望

——作者手记

陈俊贵的故事我早就听说过。

故事很简单：30年前，部队在修筑天山公路时，遇到了大雪封山，官兵被围困在雪山上，弹尽粮绝，上级派陈俊贵等四名战士去40公里外送信求援。四名战士带了20个馒头，在冰天雪地里爬行了三天三夜，生命遭到极大威胁。班长郑林书将最后一个馒头让给了陈俊贵，陈俊贵因此活了下来，而班长郑林书和副班长罗强英勇牺牲，陈俊贵腿部冻残，另一名战士陈卫星脚趾头被冻掉。陈俊贵复员回家后十分思念班长，抛弃了县城的工作，带着妻子和刚出生不久的儿子重返天山，为班长和168名烈士守墓。

不简单的是，陈俊贵这一守就是24年，而且还将继续守下去。他为什么要这样？是什么力量让他和他的家人支撑了24年？他们是怎么熬过来的？他们在白雪皑皑的天山上演绎了怎样的人生故事？2007年9月，我从北京调到新疆，在陈俊贵原来的老部队——武警交通二总队担任副政委。带着这些谜团，2009年春节刚过，我踏上了通往天山的公路，前去探访陈俊贵。

巍峨的天山将新疆分成南疆与北疆。天山独（山子）库（车）公路建成以前，从独山子到库车，必须东绕乌鲁木齐或西拐伊犁河谷，至少需要四天时间才能到达。1974年4月21日，毛主席亲自批准了国务院、中央军委《关于加快天山公路建设的命令》。从此，天山独库公路工程建设拉开了序幕。

1974年4月，军委基建工程兵第十二支队（后改为中国人民武装警察部队交通第二总队，简称武警交通二总队）从湖北宜昌挥师天山，投入兵力13000人，担负独库公路施工任务。官兵们征服了“老虎口”，开辟了6公里的“飞线”（路段设计在悬崖绝壁，上接云天，下临深涧，黄羊都难以攀登；测量人员因无法实地测量，只好在图纸上标成“虚线”标志，称为“飞线”），凿通了3条隧道，架设了65座桥梁。1983年8月胜利竣工，缩短南北疆的行程距离近600公里，创造了我国筑路史上的奇迹。独库公路的建成，对于维护新疆稳定，巩固国防和开发天山资源，促进南北疆沟通和繁荣，改善各族人民的物质文化生活条件，都具有十分重要的意义。

建成后的独库公路全长562公里，北起“石油之城”独山子，南至龟兹古国库车，途经乌苏、尼勒克、新源、和静等县，翻越哈希勒根、玉希莫勒盖、拉尔墩、铁力买提四个冰达坂，跨过奎屯河、喀什河、巩乃斯河、巴音郭楞河、库车河五条天山主要河流，穿越著名的高山草原——巴音布鲁克草原。道路陡峭险峻，很多地段被标明在“雪线”（终年积雪）以上，年平均气温-9℃，最低为-46℃，施工难度很大，环境异常艰苦。

筑路十年间，部队官兵战冰雪斗严寒，经受了生与死的严峻考验，先后有168名官兵献出了宝贵的生命，几千人受伤致残，官兵们用青春、鲜血和生命谱写了一曲生命绝唱，创造了著名的“天山精神”。第四届人大代表、党的十一大代表、军委命名的“雷锋式好干部”姚虎成和优秀指导员李善国就是捐躯烈士中最杰出的代表。

“碧血洒满天山，捐躯为谁？为国威军威振奋；夫妻十年分居，幸福何在？在千家万户团聚。”这是上世纪80年代初轰动一时的电影《天山行》里的一副对联。而这部电影，就是根据这支英雄部队的事迹创作而成。

1984年1月，新疆维吾尔自治区人民政府、新疆交通厅在天山公路中段的乔尔玛修建了天山独库公路烈士纪念碑，纪念缅怀为独库公路工程献身的官兵。

我们沿着险峻蜿蜒的冰雪之路艰难前行。路上冰雪很厚，很滑，来往车辆极少，路中间是两道深深的冰雪车辙印，我们的行进速度相当缓慢。

中午时分，我们到达了尼勒克县乔尔玛。在雪山环绕的烈士陵园门口的平房里，我见到了传说中的老兵陈俊贵。他50多岁的样子，身板硬朗，脸膛黝黑，已经明显谢顶，豪爽的东北腔里夹杂着维吾尔族和哈萨克人的混合口音。都是筑路兵出身，我们一见如故。他的手有力而温热。

他和妻子正在做午饭，锅里炖着马肉，屋子里香气四溢。尼勒克的马肉很出名，从乌鲁木齐出发前我和陈俊贵通过电话，他知道我今天要来，所以专门准备了马肉。他说还给我准备了雪莲，让我回去时带走。我很感动，说马肉可以吃，但雪莲不能要。我知道采集雪莲是一件很不容易的事。他说天山上到处是雪莲，不值几个钱，算是他们的一点心意。

屋角放着一个半人高的蓝色塑料桶。我揭开一看，里面是半桶冰雪。陈俊贵说，他们一年四季吃的全是冰雪化的雪水。他走到靠近火炉的另一个屋角，揭开一个同样大小的塑料桶给我看，说这是已经化好的雪水。果然是，里面还漂浮着几块薄冰。我问他吃雪水对身体有没有影响，他说没多大影响，就是对牙齿不好。说着他张开嘴让我看。他的牙齿很稀疏，而且发黄发黑。他说吃了几十年的雪水，牙齿全松动了，要不了几年就会掉光。他和妻子很少吃肉，就因为咬起来费劲。我问他雪水怎么会使牙齿发黑呢？他笑了，说那不是因为雪水，是因为抽烟。他说山上空寂无人，寂寞无聊，他一天要抽一两包烟。

我想先去祭奠烈士。陈俊贵带我走进陵园。积雪没过膝盖。我们沿着他开辟的“雪道”前行，迎面是高耸入云的纪念碑，上书“为独库公路工程献出生命的同志永垂不朽”。陈俊贵说，以前墓地不在这里，在新源县，因为这里有纪念碑，所以2006年才在这里建了烈士陵园。

绕过纪念碑，白雪皑皑的山坡上，是一排排整齐的墓碑。不用数，我也知道那是168座。我被眼前的一排排墓碑震撼了，驻足良久。“168”，以前只不过是一个数字，但是现在它们排列在一起，不能不让我的灵魂颤抖。墓地雪白一片，像是一个童话世界。在这个圣洁的世界里，安息着168位烈士的英灵。

陈俊贵指着墓地告诉我说，在这168位烈士里，职务最高的是副师，叫李黑土，河南人，牺牲时57岁；最小的叫王爱林，新疆人，牺牲时18岁。

迈向墓地的脚步很沉重，脚下积雪的“咯吱”声，像是我的灵魂在呻吟。

我们烧了纸钱，鸣放了鞭炮。

陈俊贵对那些沉默的坟茔说：“战友们，总队首长看你们来了，天气冷，给你们烧点纸钱，暖和暖和。”那口气，好像那些墓碑是一个个活生生的人。

我们一人手里拿着一瓶酒，踩着厚厚的积雪，祭洒在每一个烈士的坟头。

陈俊贵说：“战友们，喝口酒吧，驱驱寒。这酒不错，‘伊力老窖’，你们不准抢，一人只准喝一口，喝多了要犯纪律的。”

最后，我们站在最里边的一座墓碑前，墓碑上写着“郑林书烈士之墓”。这就是陈俊贵的班长。班长命令陈俊贵将最后一个馒头吃下去。班长牺牲了，陈俊贵活了下来。

陈俊贵蹲在班长郑林书的墓碑前，点燃三支烟，摆放在碑座上。他说班长不喜欢喝酒，喜欢抽烟，他每次来要给班长点三支烟。陈俊贵对墓碑说：“班长你抽吧，这可是软中华，一包六七十块钱呢，昨天过路的一个州里领导给的，我没舍得抽，给你留着呢……”

祭奠完毕，回到陵园门口陈俊贵夫妻住的平房里，吃着他妻子炖的马肉，喝着酒，陈俊贵开始了他的讲述——

一、守望老兵：陈俊贵

我们是战友，有啥说啥。

当年你们十一支队（基建工程兵的一个师）在青海修青藏公路，我们十二支队在新疆修天山公路；你们修了10年，我们也修了10年；你们牺牲了108个，我们牺牲了168个。咱们都是从基建工程兵出来的，都在雪山上抡过铁锤，背过石头，所以见到你感觉特别亲。

我们实话实说，不整那没用的。但是有些话、有些事，你可别写到书里去，别让人家笑话咱老兵没水平。来，喝，听我给你慢慢唠。

我这一辈子呀，做过最大的一件错事，就是吃了四个战友最后的一个救命馒头。当然，我也做对过几件事：一是当了兵，二是娶了个好老婆，三是退伍后又重返天山为班长和牺牲的战友守墓。

我们村里的许多媳妇都是骗来的

我家在辽宁省辽中县老达房孟家岗。我们弟兄三个，我是老二。老大是残废，23 岁那年，给生产队赶马车，让马给踢了，双目失明，现在还没有成家呢。老三也是个农民，成家了，有一儿一女，听说日子过得还可以。

你说我父母？我父母已经不在了。我父亲是 2003 年去世的，我没回去，太远了，没有那么多路费。再说接到家信时，人都下葬一个多月了，回去也不赶趟。我母亲是去年去世的，我也没有回去。当时烈士陵园的事挺多，离不开，我想她老人家能原谅我。

不瞒你说，我来天山 24 年了，没有回过东北老家一次。为什么？我也说不清，阴差阳错的，就是没有回去。现在父母不在了，以后更不可能回去了。我想一直陪着我的老班长，陪着这 168 个战友，死后就跟他们埋在一起。你看天山这地方多美呀，多干净呀，死后能跟这么多战友埋在一起，也是我的福分。

我父亲排行老二，是个农民。我大伯也是个农民，但是新中国成立初期担任过大队书记。老三当兵去了朝鲜，牺牲在了朝鲜战场。老四当了工人。我父亲最没本事，大字不识一个，人老实得有点过分。“文化大革命”的时候，人家给队长写大字报，落款都写的是我父亲的名字：陈彦令。我父亲不认识，还乐呵呵地跟在人家后面看热闹，结果让队长臭骂了一顿。后来知识青年上山下乡，给公社、县里领导写信告生产队长，落款也写我父亲的名字。你说这老实人倒霉不倒霉。

那时候穷啊！我们家过春节买不起鞭炮，我父亲是赶大车的，就用马鞭子甩两下，让我们听个响，算是过年放了炮。我的小名叫“赶趟子”，你知道为什么这么叫吗？因为我出生的第二天，正好赶上生产队分粮。小时候看人家戴手表，我特别羡慕。当时“戴手表、穿皮鞋、镶金牙、别钢笔”，最牛气。不管有没有文化，衣兜里也要别上一支钢笔，有的别两三支。再多就不行了，别上一排，那是修钢笔的。有的没有钢笔，捡了人家扔掉的笔帽别在衣兜上，冒充有文化。

我哥哥 12 岁就辍学了，回家养猪。我父亲吃了没文化的亏，自己的名字都不会写，希望我和弟弟能继续上学。那时我就想，一定要好好学习，将来买一支真正的钢笔别在衣兜上，那才叫真有文化。可是好好学也没用，那时提倡的是交白卷。我们辽宁的张铁生就交了白卷，还说“条条铁路通北京，老师何必硬强求”。当时没人好好上学，天天写大字报，学生给老师写，老师给校长写，贴得满墙都是。

我们村的知青说：老达房这个地方，从村东头到村西头光棍能把人绊倒。女娃都嫁出去了，男娃找不到对象。找不上对象咋办？骗呗。咋骗？跑到山东去骗。让村里最年轻长得最帅的小伙子去山东相亲，说我们那里地多人稀，哪个姑娘要是肯嫁过去，连她的亲娘老子弟弟妹妹都可以带过去。这话很管用，又看小伙子长得帅，姑娘就上了当。

但是新婚之夜，前去相亲的那小伙子就消失了，换成了另外一个人。等新娘子发现上了当，生米已经做成了熟饭，只好认了。

最要命的是，新婚三天后，新房里的摆设都让村里人抬走了。为啥？因为当时为了糊弄娘家人，全村人都把自己家里最好的摆设集中在了新郎家。媳妇已经到手，当然要物归原主了。

我当兵就是为了能吃上馒头

但是，我母亲不是父亲花钱骗来的，是她自己主动来到我们孟家岗的。来的时候，母亲怀里还抱着一岁多的大姐。我父亲三十多岁还没结婚，就娶了我母亲。母亲以前的丈夫是谁？为啥来到我们孟家岗？我一直没弄明白。母亲不说，父亲也不说，这事就成了一个谜。现在父母都走了，这个谜永远也解不开了。

母亲生下我后大出血，几乎死掉。我一声没哭，也不睁眼，一动不动。父亲以为是个死胎，就拿破布一卷，用草绳一捆，扔到了山上的野沙岗。父亲走出老远，听到了我的哭声，又把我抱了回来。我确实也不争气，小时候多病多灾，长到11岁才会说话。村里的土医生说，是因为我的舌头大。

那时我们那里以吃高粱米、玉米、大豆为主，想吃大米白面得到外地去换。过年的时候村里才发几斤面粉，让大家初一包顿饺子。一年到头，三十那天能吃顿猪肉炖粉条。粉条是自己用土豆或者红薯加工的。把红薯放在缸里，捣烂，加水，把浆打出来，淀出淀粉，然后加上白矾和成面，支一个大锅，下面烧苞米秆，上面“漏鱼”，就是粉条。生产队分的粮食，一年总有一两个月接不上顿。

记得有一次，锅里就剩下了两个苞米贴饼子。我和弟弟放学回来，揭开锅一看，谁都舍不得吃，又悄悄去了学校。父母和哥哥还要下地干活，饿着肚子可不行。我和弟弟坐在教室里上学，省力气，饿一顿也没啥。

可是我们经过苞米地时，实在饿得走不动了，就溜进去掰青苞米啃。青苞米不好消化，容易放屁，而且还特别臭。我不敢放，怕同学听见，就拿捏着，一点一点悄悄放。同学嗅到之后，问谁放的臭屁？我也左顾右盼，寻找放屁的人。

我记得很清楚，毛主席去世那一年，在城里工作的堂姐夫来我们家，拿了一盒点心，用红纸包着。堂姐夫走后，母亲将点心挂在屋梁上。母亲不让我们吃，一是舍不得，二是想让人家看看，我们家来城里客人了，还带了这么好的点心，觉着很有面子。等家里没人的时候，我踩着凳子，用手指头将红纸抠开一点点，沾了点心上的油，用舌头舔了舔手指，算是解了馋。后来时间久了，那红纸上落了厚厚一层灰，母亲才取下来分给我们吃。那时点心已经有点变味了，但是吃起来还是很甜，很香。

你知道，我们东北农村都睡大炕。家境不好的一家人挤一个大炕。有人开玩笑说，老公公把儿媳妇的鞋都穿了。我们一家六口人就挤在一个大炕上。我大姐长大了，还和我们挤在一个炕上。但是大姐穿衣服优先，她毕竟是女娃，不能让她穿露屁股的衣服。大姐穿过我们再穿。我 16 岁以前，一直都穿大姐的旧裤子。那时女式裤子前面不开叉，解手很麻烦，我就在前面自己开一个小洞。一条裤子你穿了我穿，穿破了也舍不得扔，补一补又穿。有时来不及补，就用书包挡着屁股后面的破洞往家走。哎呀，别提多别扭了。

当时谁都想穿一身绿，但是买不起绿布啊，咋办？母亲就把莲花叶子和生布放在锅里一起熬，捞出来就成了绿布。母亲用这样的绿布给我做了一身衣裳，穿在身上心里别提多美了。我喜欢绿军装。我做梦都想长大了去当兵，穿上真正的绿军装。还因为当兵能吃上馒头，而且管饱。这话是我姐夫告诉我的。

那时大姐已经出嫁，嫁给了一个解放军。姐夫是沈阳军区的，叫何长友。他第一次来我们家，看着他那一身绿军装真是眼馋。我说何哥，能不能把你的军装脱下来，让我过过瘾？他只把上衣脱下来让我穿了一会儿。哎呀，那领章，那帽徽，真是让人羡慕。姐夫说，你要是喜欢，等长到18岁也报名参军，部队不光能穿绿军装，还能吃上馒头和猪肉炖粉条。那时我就发誓，一定要去当兵。不为别的，就为了能穿上绿军装，能吃上馒头。

为了当兵，我给大队书记跪下了

其实，我最先想当的不是基建工程兵，而是云南的野战军。那是1978年3月份。当时我已经体检合格了，有人告我的状，说我高中还没毕业，结果没去成，我心里很难过。那时政审很严，大家都想当兵，争破了头。

你不是告我高中没毕业吗？那好，我干脆不上学了，回家务农，就等着当兵。但是我不会铲地铲苞米，队长见我有点文化，就让我跟人去拉草，拉回来粉碎了喂牛喂马。生产队有一头瘸骡子，没人愿意赶，队长让我试着赶。

那年冬天，又开始征兵。这次是征召基建工程兵。当时不知道基建工程兵是干啥的，也不管那么多，只要能当兵就行。

我们大队五个体检合格，另外那四个都有来头，就我没有一点关系。这可咋整呀？上次没整成，这次再黄了，我当兵的梦不就破灭了吗？

我夜里长吁短叹，睡不着觉。母亲也替我难过，可是有啥办法呢？我们家没有一点关系，找谁帮忙呢？后来母亲想了个办法。大队书记姓王，我母亲也姓王，母亲就跟人家书记套近乎，提着半篮子鸡蛋，领着我去找书记。

母亲见了书记说，大兄弟，咱们都姓王，五百年前是一家，我求求你了，让你这个外甥去当兵吧。母亲说着眼泪就下来了。母亲一边流泪一边让我跪下，喊书记“舅舅”。我心里很难过，很不情愿，可是为了当兵，我还是扑通一下跪在书记脚下，喊了一声“舅舅”。那一刻，我的泪水也落了下来。

书记很高兴，答应研究研究。

书记说话还真算数，没过多久，我就穿上了崭新的军装。

生产队长对我父亲说：“陈彦令，你儿子要当兵走了，放你一天假，你去赶大集。”父亲就抱着家里唯一的一只母鸡去赶集，准备卖了钱再买点肉和菜，请大队干部吃饭。可是父亲把老母鸡揣在怀里，在集市上转了一圈又一圈，没舍得卖，又抱了回来。母亲说那就把老母鸡杀了吧，给大队干部吃。这是规矩，人家请，我们不能不请，我们家再穷也不能少了人家这顿饭。

父亲就把母鸡宰掉了。我心疼啊。家里就指望这只老母鸡下蛋换钱，给母亲买药呢，鸡蛋送给了书记，现在连鸡也杀了，母亲以后靠啥买药？母亲说，儿子你放心走吧，妈以后吃黄连素，黄连素便宜。我当时就暗下决心，到部队后好好干，将来混出个人样来，为父母争气。

第二天，民兵连长把我们带到公社，然后坐汽车直接去了辽中县。晚上我们到了沈阳，啥也没看见，又被送上闷罐子兵车。

闷罐车上只有一个小窗户，车厢里光线很暗，接兵干部都穿着“四个兜”，也分不清谁官大谁官小，见了“四个兜”都叫首长。我第一次坐火车，心里很激动。想问“四个兜”我们去哪里，但始终没敢问。

天安门上的钉子不是金子做的

一下火车，我们才知道到了北京。那个激动啊，简直没法说。但是看了看周围，没有多少楼房，不像是心目中首都北京的样子。一打听，才知道是房山区李庄大队。我们将在那里度过三个月的新兵训练生活。

我们住的是老乡的房子。我们班住的那家姓池，他家有个沼气池。那一带许多老乡都用沼气做饭。训练休息时，我经常帮老乡清理沼气池，干点家务活。老乡很喜欢我。他家有两个丫头。

老头子跟我开玩笑说，小伙子，你将来退伍了，就给我当上门女婿吧。

我听了心里很不乐意。我刚到部队，还准备好好干一番哩，将来穿个“四个兜”啥的，你却说我退伍的事，你知道我一定会退伍？

但是冷静一想，老头子说得也没错，再说，人家丫头长得也不差。

说实话，我既然出来了，就不想再回东北老家了。

三个月新训结束后，我们才真正走进北京城，驻扎在西城区安德路，任务是修地铁。我们连队的主要任务是扎钢筋、支模板，支好后往里面浇水泥，等水泥凝固了再把模板拆掉。你说啥？馒头？那当然了，连队馒头管饱，我们新兵特别能吃，干的又是重体力活，一顿能吃七八个。但是我们天天在地下施工，又是封闭式管理，很少看见外面的繁华世界。

一个休息日，连长对我们说，你们新兵刚到北京，可以出去转转，但必须三人一组，由老兵带队。还说，出去时要衣帽整齐，军姿端正，不要影响军人形象。这可是我们伟大的首都，你们一定要注意！

我们把军装平铺在床上，用嘴往上面喷些水，用装有开水的茶缸熨平。然后穿上，高高兴兴地走出了营门。

一个老兵带着我们两个新兵逛王府井。我对逛街没兴趣，一心想去天安门。为啥？说了不怕你笑话，我们村里人都说天安门城楼大门上碗口大的钉子，全都是金子做的，有人还为此打过赌。我就是想亲眼去看看到底是不是金子做的，还要亲手摸一摸，将来探家的时候好给村里人吹牛。心里这么胡思乱想着，我就与另外两个战友走散了。找了半天没找到，我干脆自己一个人去天安门。

我一路问到了天安门。看到雄伟的天安门城楼，我激动不已。我用手摸了摸大门上那碗口大的钉子盖，原来不是金子做的，而是铜铸的。

我在天安门转了很久，后来就转迷了，找不到回去的路了。

我问路人：西城区安德路怎么走？人家说安德路地界大了，你到底要到哪里？我说不上具体地址。我一路走一路问。我从地上捡到半根粉笔，担心自己越走越迷，就在走过的电线杆上画一道，如果找不到，大不了顺电线杆子再折回来，重新再找。后来还真找到了。但是天已经很黑了，连长急得在院子里跳，带我出去的那个老兵站在一边，吓得满头大汗……

天山的冰棍不花钱

我在北京修了半年地铁。

1979年，对越自卫反击战打响后不久，我们才离开北京。不是去前线，而是去相反的方向。但是当时我们并不知道，以为是去越南前线。

当时传说是一部分人要调走，大家都很兴奋，都盼望着去前线。为啥？去前线可以立战功，立了战功可以入党、提干，穿上“四个兜”。能入党，能穿上“四个兜”，是每一个新兵的梦想。别看北京是首都，是全国人民向往的地方，但是前线那时才是我们真正向往的地方。北京再好，我还是一个兵，可是上前线我就有可能穿上“四个兜”。

那天晚上，天很黑，我已经睡着了，突然听到了紧急集合哨。

连长在外面喊：一号装备，把该带的都带上。

我们打好背包，黑压压站在操场上。

连长说，点到谁谁出列。

营门口停着6辆解放车，车厢用帆布蒙着。气氛神秘而紧张。被连长点了名的站到另一边。我心里很紧张，等着连长点我名字，可是就是听不见“陈俊贵”三个字。心里那个紧张啊！我一心想去前线。打仗我不怕，死了也痛快，不死就立功、提干。连长终于念到我了，我很激动，答“到”的时候，声音都有点哆嗦。

解放车把我们拉到丰台，我们在那里坐上了闷罐车。一人发了一袋江米条、两瓶罐头。窗户还不让打开，只留一道缝。铁门一直关着，只有停车解手的时候才打开。我们的火车白天不走，晚上才走。白天停靠的都是小站，也不让下车，大家就坐在车厢里等。也不知道走到了哪里，离越南边境还有多远。干部不让问，说保密，这是纪律。

现在总队的雷永文副总队长，当时就跟我坐一趟闷罐子车。但当时我们并不认识，前年他来乔尔玛看我，说起来以前的事，我才知道他当时也在。

闷罐子车把人坐得晕头转向，也不知道走了几天几夜，最后到了一个地方，让大家打背包下车集合。我们下车后才知道，是乌鲁木齐。有人问干部，不是说是前线吗？怎么跑新疆来了？干部说，队列里不要说话，注意纪律。没人敢吭声了。后来我们才知道，其实那个小干部当时也不知道是怎么回事。

9月的乌鲁木齐，已经有点冷了。我看见许多大篷军车朝我们开过来。我们按次序上车，刚坐稳，车就开动了。军用帆布把车厢蒙得严严实实的，看不见开往哪个方向。

颠簸了整整一天，到了一个兵站。睡了一晚上，第二天又继续往前走。半路上来一个矮个子，姓郝，“四个兜”，人很精干，也很和气。后来才知道他是副团长。听说他后来当了将军，现在已经退休了，住在北京。你认识他？那太好了，你见到他就说，他以前的兵陈俊贵向老首长问好。

我们坐在车里啥也看不见，心里那个急呀。我就用手悄悄抠帆布，抠开一个小洞，往外一看，乖乖，满世界都是冰雪。除了冰雪啥也没有。

天黑的时候，我们到了一个叫那拉提的地方。这才知道已经到了天山，我们的团部就在那拉提。但是那时我并不知道这个叫那拉提的地方，后来会跟我有那么深的不解之缘。

第二天继续往天山深处走。一路往上，积雪越来越厚，路也越来越滑，大家吓得不敢吭声。走到半道，车队停下了，说前面塌方了。有人问塌方是咋回事？没人回答。干部们神情都很严肃。干部说路不通了，都下车，步行。我们就背着背包，徒步前进，走到天黑才到营地。刚从工地上下来的老兵们，一个个黑黢黢的，脸上带着笑，列队站在营门口，敲着脸盆欢迎我们。

我和另外17个新兵分到了二营五连。我们连长叫许排顺。连长把各个班长叫过来，说来了一批新战友，谁谁谁到一班，谁谁谁到二班。班长把我们领回各班帐篷。

我的班长是四川人。他把我领进帐篷，老兵们帮我拿行李，铺床，说你一路辛苦了。我一看那环境，心情不是很好，但是老兵的热情让我挺感动。帐篷里生的火炉子是用废油桶做的，上面连着两个水桶，里面都是雪水，一个洗脸，一个饮用。正副班长住在两头，中间住战士，因为两头到了夜里比较冷。帐篷里没有电，点的是煤油灯，用罐头盒做的。也不是煤油，是柴油，所以直冒黑烟。老兵们就往油里洒点盐巴，烟一下子就小了。这一手我很快就学会了。

当天晚上吃的是面条。那时的面条可是病号饭，一般人平时吃不上，那天是连队专门招待我们新兵的。还有大肉罐头、鸡蛋罐头。那顿面条吃得特别香，现在都记忆犹新。饭后，老兵们给我们打了一盆热水，说你们走了很远的路，烫烫脚好睡觉。这时老兵才告诉我说，我们是基建工程兵，是专门来修天山公路的。我一听心就凉了。本来想去前线，没想到被拉到这里修路来了。但是坐了几天的车，确实很乏，一躺下就呼哧睡着了。

第二天起来，老兵们早不见了，上了工地，帐篷里就剩下了我们几个新兵。火炉子上有洋芋片，大米粥，还有七八个馒头。我们吃过饭，走出帐篷，外面全是白茫茫的冰雪。有几只比兔子大点的动物，肉乎乎的，笨笨的，在雪地上跑来跑去，“嘎嘎”乱叫。后来老兵告诉我们，那是旱獭。

我们几个没事干，就往山上爬。想爬到山顶上看看山外是啥样子。可是等我们气喘吁吁地爬到山顶，山外还是山，一座比一座高，连绵不断，没有一个人影，看不到尽头，只有一条小路通往山外。

我们坐在山顶，有些绝望。这咋整？怎么来到这么个熊地方！

晚上，指导员把我们新兵叫过去开了个会，说这是毛主席最关心的一条重要的国防公路，叫独库公路。但是你们给家里写信不要提具体干什么，也不要提国防公路，这是军事秘密。

最后指导员开玩笑说，新战友们，北京有北京的好，天山有天山的好，你们想想，你们在北京吃冰棍还得花钱，我们这儿的冰多的是，随便吃，不用花钱。

从此，我就在天山上开始了筑路生活。

在天山修路，牺牲是常事

那时，天山公路已经修六年了，大部分毛路已经开辟出来了。

部队没有大型机械，用的全是钢钎、铁锹，最先进的工具就是风钻。后来机械能开上山了，才配备了几台 D80 推土机。我们连队主要任务是备料。说实话，施工环境相当艰苦，劳动强度也相当大。早上天麻麻亮就得上工地，晚上天黑得看不见了才收工，中午饭在工地吃，一天至少要工作十三四个小时。

我们白天施工，晚上还要学习。学些啥？学政治，学“两报一刊”社论，学在天山上牺牲的烈士们的先进事迹。我印象最深的就是姚虎成和李善国，他们两个的墓碑你刚才在陵园里都看见了。

姚虎成是你们陕西人，城固县的，牺牲的时候是副营长。入伍前他是个孤儿，到部队后特别能吃苦，有点拼命三郎的劲头。部队打导洞出现塌方，他冲进去排险，连续 42 个小时没合眼。战士们把他硬从导洞里拉出来，强迫他休息。他从手腕上摘下手表交给通信员，说你半小时后必须叫醒我，否则我处分你。他只打了一个盹儿，又钻进洞里指挥排险。有一次，几台筑路机械要运上山，上级要求他带领战士们炸山开路。那时机械可是宝贝疙瘩，不能有半点闪失。他用七天就开辟出一条道路来，保证将机械按时运上了山。后来他荣立了二等功，还当选了第四届全国人大代表和党的十一大代表。

我到天山的前一年，姚虎成和打前站的战友为大部队开辟道路。他们从早上一直干到中午，他看时间不早了，就让战士们先回去吃饭，自己和两个推土机手留下继续清除积雪。战士们刚走不久，冰达坂上突然传来一阵轰隆隆的响声，雪崩发生了，把推土机冲出50多米，两个推土机手昏迷在变了形的驾驶室里，姚虎成不幸牺牲，年仅28岁。当时他还没有结婚。姚虎成牺牲后，中央军委授予他“雷锋式好干部”荣誉称号，号召全军指战员向他学习。

另一个就是李善国。他是湖北武昌人，1965年入伍，牺牲时是政治指导员。1974年，他跟随大部队第一批进军天山。第二年6月底，他爱人来队，他正带领部队打“飞线”，没有下山去接，他爱人自己上山找到部队。爱人来队他也没有休息一天，坚持带领官兵在“飞线”施工。半个月后，一场意外的大塌方发生了，李善国等五位同志不幸牺牲。李善国终年29岁。他爱人就在不远的营地等着他。你想想多惨。

新疆军区有个作家叫李斌奎，好像也是你们陕西人，他根据姚虎城和李善国的事迹写了小说《天山深处的大兵》，还改编成了电影，就是上世纪80年代初轰动一时的《天山行》。

我再给你讲一个比这还悲惨的故事。但不是发生在我们团，而是另一个团，我是听战友讲的。部队在“老虎口”施工，突然塌方了，一块巨石落了下来，把一个入伍不到一年的四川兵砸住了，整个身子都被压在巨石下面，压成了饼子，只有头露在外面。当时人没死，还能说话。战友们用钢钎撬，想把石头扳开，把他救出来。可是那么大的石头，咋撬得动啊！当时“老虎口”在悬崖峭壁上，机器又上不去。想用炸药炸开石头，又怕伤了他。一点办法都没有。看见战友的惨状，全连人哭着喊着围着石头跑来跑去，就是无从下手。

被压在石头下面的那个兵说，你们别白费劲了，我肯定活不成了，你们就把我和石头一起炸了吧，别影响施工。

谁忍心炸？没人这么干！

那兵说，我还没来得及给家里写封信呢。

战友们急忙找来纸笔，说，你说，我们写，一定寄到你家去。

那兵就说：爸、妈，我在部队挺好，工作也不累，吃得也不错，首长很关心我，战友关系很不错，跟亲兄弟一样，你们就放心吧。爸、妈，我啥子都好，就是有点想念你们。

说着，那兵的眼泪涌了出来，跟鼻子里的血一起流在了雪地里。

那兵最后说，爸、妈，我在部队很努力，干得不错，没有给你们丢脸。

在场的所有人都哭了。但是一点办法都没有。战友们把全连所有好吃的东西找出来，轮流给他喂吃喂喝，陪他说话。第二天，那兵才牺牲。眼睁睁地看着自己朝夕相处的战友一点一点死去，那是一种啥心情？我每次想起这事都流泪。

当年在天山修路，确实很艰苦，很危险，战友牺牲的事时有发生，要不烈士陵园里咋会有168座墓碑？

有一个叫石博韬的湖北兵，在隧道施工时遇到了塌方，他为了救战友，献出了自己年轻的生命。2006年，部队组织“重走天山路”活动时，也邀请了他父亲石文华。老人70多岁了，当时站在儿子的坟墓前老泪纵横，泣不成声。

老人说，我没有一天不想念儿子，我人在湖北，心在新疆，因为新疆还有我的儿子。每天晚上，我和老伴都要看新疆的天气预报，30年来天天都是这样，已经养成习惯了……

有一个老兵，叫董二龙，当年他们营打2号隧道。去年，他从河南老家来新疆捡棉花，回去的时候专门跑到天山来，想看看牺牲的战友，看看2号隧道。他走到隧道口，“扑通”一声就跪下了，泪流满面，他哭着说：30年前，我在这里奋战了5年，我的好几个战友就牺牲在这里啊……

“司令员同志，能不能让我们握握女兵的手？”

唉，不说这些伤心的事了，说说高兴的事。

要说最高兴的事，那就是看电影。当年在天山，也没什么娱乐活动，最多也就是看场电影。但是看一场电影要等一两个月，全线560多公里，大家得轮流看。

一听说晚上放电影，大家早早就完成了任务，也不知道哪儿来那么大精神。看电影要到营部去，全营一起看，要走好几公里地呢。最远的连队要走10公里。我们排着队，拿着雨衣，提着马扎，朝营部走。为啥拿雨衣？天山上一会儿雪一会儿雨的，没个准，看到中途下起雨来咋办？不能等雨停了再看，过了这村就没这店了，人家电影队第二天还要赶到下个营去放映。我那时觉得当个放映员最牛，可以天天看电影。

那时电影都在露天看，哪有现在坐电影院里舒服。我们有天看得正起劲，突然下起了大雨了。这咋整？没有一个人动，大家冒雨继续看。电影放完了，雨也停了。

营长喊："全体起立，各连带回！"

没有一个人站起来。

营长说："哎哟，今天还较上劲了，咋回事？"

一个班长站起来说：首长，能不能再放一遍？我保证我们班明天不耽误施工，并且超额完成任务。

大家一齐喊：再放一遍！

营长没办法，去给放映员说情。人家不同意，说今天太晚了，我们明天一大早还得到乌苏去放呢。别看团里的放映员是个兵，说不放就不放，营长说话也不灵。营长悄悄给放映员塞了一包烟，放映员这才勉强同意，又放了一遍。

我们连有个陕西兵，我来的第二年他就复员了。当了五年兵，从来没去过团部。一个团撒在200公里的战线上，远哪，不立功受奖，参加团里年底的庆功会，很少有机会到团部。指导员对退伍老兵说："你们在天山干了这么多年，今天就要复员回家了，还有什么要求？"陕西兵说："指导员，我没有别的要求，走的时候能不能绕个道，让我们看看团部，在大门口照张相？"指导员向团长汇报，团长同意了，就让老兵绕道去看了看团部，还专门让安排人给老兵每人照了张相。

别说当兵五年没去过团部，就是女人也从来没有看见过。

有一年，新疆军区的司令员杨勇来天山公路视察，身边带着一个年轻女军医，顺便给山上官兵看个病。战士们哪儿见过女兵？眼睛都直了。

有个战士大着胆子报告说：司令员同志，能不能让我们握握女兵的手？

司令员一听这话，眼睛湿润了，对那个女兵说：去，跟战友们握一下手。

战士们爆发出热烈的掌声。大家正在施工，手很脏，急忙用雪将自己的手搓洗干净，等着跟女兵握手。跟女兵握过手后，有的战士好几天都舍不得洗手……

我哪儿有那福气？我当时不在场，那是另一段工地。这件事后来在整个部队传为佳话，现在总队的许多领导都记得。

我的班长郑林书

我跟我们班长只相处了38天，我却甘愿用一生来为他守墓。

我原来是一班，那年老兵复员后，才把我调整到了四班。四班长叫郑林书，湖北人，个不高，圆脸，大眼睛。他普通话讲得不好，说话爱带个“老”字。说话爱带把子，我不大喜欢。但是后来有两件事，让我挺感动，改变了对他的看法。

你也知道，山上海拔高，馒头蒸不太熟，抓在手里黏糊糊的，吃到嘴黏牙。把馒头从炊事班打回来，先放在火炉子上烤，然后再吃就好一点。你们那时在青藏高原也烤馒头吃？呵呵，看来都一样。对，用铁丝编个小笼，把馒头放上去烤，如果时间允许，烤得焦黄焦黄的，吃起来特别脆，一咬嘎巴响。我看老兵烤，我也去烤。第一个吃完后，觉着不过瘾，又烤了一个。结果吃到一半听到了集合哨子，我顺手把剩下的半个馒头丢进了帐篷角的脏水桶里，跟着战友跑了出去。

连长集合说，今天营里检查卫生，要求大家回去好好整一整，一定要扛上卫生红旗，不能给连队丢脸。那时啥都讲究争第一，见第一就争，见红旗就扛。

可是还没等我们整理好，营里检查的人就来了。也该我倒霉，人家正好就抽查我们班，发现了我丢在脏水桶里的半个馒头。结果红旗没扛上不说，连长还让营里来检查的人训了一顿。那时丢半个馒头，可不是个小事。连长很窝火，把班长叫去训了一顿，让他一定要把丢馒头的人查出来。

班长回来黑着个脸，问谁扔的馒头。我看事情闹大了，吓得不敢吱声。我要是承认了，今后入党就没戏了，提干就更别想了。我心里有鬼，很害怕。班长瞅了我一眼，没说话。我是最后一个跑出帐篷的，当时就我一个人吃烤馒头，还能有谁？班长肯定知道是我干的，但他什么也没说。

班长从桶里捞出那半个馒头，看了看，当着我们全班的面，一口一口吃了下去。吃完后，班长说：我们部队苦，老百姓比我们还苦，我们绝大部分人都是农村来的，可不能这样糟蹋粮食！

我羞愧难当，感动得几乎想给班长跪下。但我当时什么也没有说，我没有勇气承认。这事我们班长自己扛了下来，说是他扔的，连长把他臭骂了一顿，没有再追究。一直到班长牺牲，我也没有向班长承认馒头是我扔的。我后悔死了！

还有一件事情，让我终生难忘。

有一天晚上，我洗完脚，去帐篷外面倒水，刚一出门，我就“哗”的一声泼了出去。只听有人“哎呀”一声。原来是班长。他刚从连部开会回来，被我当头浇了一身脏水。那时山上多冷啊，零下十几度，泼出去的水很快就能结冰。

我说，班长对不起，我不是故意的。

他一边往帐篷里走，一边说，没关系没关系。

我们班的战士见我泼了班长一身水，赶忙帮班长把衣服脱下来，在火炉子上烤。大家都瞪着我，说你个新兵蛋子，净干些没屁眼的事！

班长冻得直打哆嗦，一边用毛巾擦头发上的脏水，一边说，没事没事，陈俊贵，你以后倒水跑远点，别倒在门口，一结冰，容易滑倒人。

这两件事，特别让我感动。这就是我的班长，比我亲哥哥还能包容我的战友！现在班长就躺在陵园里，我想对他再说声对不起，他都听不见了……

班长把最后一个馒头让给了我

1980年4月6日，这个日子我死也记得。

当时大雪封山，“42”已经断粮。那里是2号隧道，有三个营的兵力，一年四季都在隧道里施工，春节也不休息。因为在42公里处，所以大家习惯叫“42”。路上的许多电线杆被风雪刮倒了，通信中断了，团里决定派人去“42”送信。团里把这个任务交给了我们连，因为我们连离“42”最近，只有40多公里。

连长让班长郑林书挑选三名身体好、素质高的兵去执行这次任务。我们班长就挑选了我。我当时正在帐篷里洗衣服，班长站在帐篷门口喊，陈俊贵，你过来一下。我跑过去。班长说，你跟我去执行一次任务，愿不愿意去？我问去哪儿，班长说去“42”送信。我一想，这么大的雪，要跑40多公里去送信，太难了。但是班长能叫我去，说明组织信任我，在考验我，再说我还欠着班长的情呢。于是我很干脆地说，班长，我很愿意跟你去！

出发的时候我才知道，跟我们一起去的还有副班长罗强和战士陈卫星。

我们四个人把炊事班剩下的20个馒头装进挎包，背了一支步枪、一部军用电话，简单吃了点东西就出发了。时间大概是下午两点。团里的意思是，如果走到前面电话线能通，我们就给“42”打电话，传达了团里的指示就可以返回。平时这42公里，最多走一天，谁想到我们却走了三天三夜……

开始，我们沿着刚修好的公路走。路上的积雪只有半尺深，走起来不是很吃力。天快黑的时候，我们走到一个被遗弃的道班，里面没人，我们稍事休息，吃了点馒头，又继续往前走。

这时天已彻底黑了，到处白茫茫的，路基也没有了，我们只有顺着电线杆子走。又开始刮风下雪，地上的积雪也越来越深，已经没过了大腿，走起来非常艰难，许多地方我们都是爬过去的。雪坑里的雪有一两米，如果掉进去，要费很大工夫才能爬出来。

班长说，我们这样走不行，一是耽误时间，二是会掉进雪坑里，很危险。我们爬上一根电线杆，看看电话通不通。

他说着就往一根电线杆上爬。电线杆结了冰，很滑，爬不上去。班长蹲在地上，让罗强踩着他的肩膀，又让我踩着罗强的肩膀，陈卫星扶着我们，以免被风刮倒。折腾了半天，我才爬上去，接上电话，却打不通。电线上有冰，黏手，一拉一层皮，但那时我已经被冻麻木了，也不觉得疼。

我们只好顺着电线杆继续往前走。

天快亮的时候，我们已经筋疲力尽，实在爬不动了。棉袄、棉裤里全是汗水，外面沾满了冰雪。趴在雪地上刚休息了一会儿，棉袄、棉裤就被冻住了，像盔甲一样，动都动不了，爬也爬不起来。班长就用枪托砸自己身上的冰，砸开了，爬起来，又帮我们砸。我们不敢再休息，继续往前爬。爬一会儿又冻了，身上的冰雪越滚越厚，死沉死沉的，腿都打不了弯，前进的速度特别慢。

班长说，照这样的速度前进，我们非冻死在雪地里不可。

他让我们把棉袄、棉裤全脱了。脱又脱不下来，全冻住了。就拿枪托砸，把冰砸碎，然后一人坐着，一人抱腰，一人往下拽棉裤，这样才相互脱下来。谁的棉袄、棉裤谁背着，班长还背着枪，我们继续往前爬。这样爬起来倒是快，但是穿着绒衣冷得够呛，那风跟刀子一样，嗖嗖的，直刮骨头。

我们实在爬不动了，就坐下来休息，又不能坐时间长，浑身哪儿都疼，手像冻没了似的，一点不听使唤。那时真是喊天天不应，叫地地不灵。班长冲我喊，快起来，赶快走，坐下来等于等死。我说班长，我实在爬不动了，你就把我放这里吧，你们走吧。班长说不行，绝对不能把你一个人扔下，我背也要把你背出去！我哪能让班长背着走呢？只好咬着牙继续往前爬……

就这样，我们在雪地里又爬了两天两夜。

第三天早上，我们爬到一处山坡上。这里距离目的地还有8公里，大家都坚持不住了，倒在了雪地里。班长用颤抖的手拿出了最后一个馒头。我们每个人心里都明白，这个馒头意味着生死存亡，谁吃下了，谁就有可能活到最后。馒头外面的皮已经磨没了，看上去烂糟糟，但是我们四个人的眼睛都盯着那馒头。一路上，馒头都由班长掌握、分发。大家饥肠辘辘，谁都想吃。说实话，我当时真想一口把它吞下去。

班长看了我们每人一眼，举着那个馒头说，我们就剩下这最后一个馒头了，我和罗强同志8天前刚被批准为预备党员，陈卫星比陈俊贵兵龄老，所以我建议，这最后一个馒头让新兵陈俊贵同志吃，大家有没有意见？

罗强说，我没意见。

陈卫星迟疑了一会儿说，我服从班长的决定。

我说，我不能一个人吃，要吃大家一起分着吃。

班长说，就一个馒头，大家分着吃，对谁都没有作用，就这么决定了！陈俊贵，我命令你把馒头吃下去！

说良心话，当时我真饿啊！班长把馒头递给我，扭过头去。罗强也跟着扭过头去。陈卫星没有转身，看着我。我背过身去，三口就把馒头吞了下去。

等我转过身来，陈卫星瞪着我，意思是班长让你吃，你还真的一个人吃了！你怎么这么不懂事！那时我才开始后悔，后悔不该一个人吃了那个馒头。但是馒头已经落进肚子，后悔也没有用。这个救命馒头后来成为我心里永远的悔恨。

班长见我吃了馒头，冲我笑了笑说，很好，我们继续前进。

雪仍在下，风刮很大。但白天比夜里强多了，能看见方向，也没有夜里冷。但是我们每走一步仍要付出全身的力气。谁走在前边，谁付出的力气最大，因为是逆风，前面的人给后面的人挡风。谁在前面？那还用说，当然是班长。班长让我走在最后边。

我们走到中午的时候，班长突然倒下了。

跟在班长后面的罗强喊："班长，你怎么啦？"

我们几个人爬过去一看，班长趴在那里，半个脸都埋在了雪里。我们把他翻过来，他一脸的冰雪。当时我没想到班长会死，以为他是太累了，躺下休息一会儿，喘口气就好了。班长闭着眼，不吱声。我摸摸他的脸，冰凉。但他的鼻子还在喘气，说明他还没死。

罗强说，陈俊贵，你在这里守护班长，我和陈卫星去找点柴火给班长取暖。

可是，漫山遍野都是雪，哪有柴火？连一根草都没有！罗强他们走了几步又失望地回来了。

我们呼唤班长的名字，班长就是不睁眼。我害怕极了，但我没有哭。不知那时为啥就没有哭，也许是脑袋被冻木了。班长躺着，我围着班长转圈，不知如何是好。班长终于醒来了，我跪在他身边，他脸上全是雪，我替他抹去，很快雪又落满了。

班长对罗强说，你们继续走，别管我，我不行了。你们一定要完成任务！

他又把目光转向我说，陈俊贵，如果你能活着出去，将来你到我湖北老家去看看我的父母。

我把他的头抱起来说，班长，你不会死的，我们背你出去。

班长没有说话，闭上了眼睛。

我感觉他的头越来越重。

班长死了。他的身子很快就冻硬了。

这时我才哭出了声。我跪在那里，呼喊着班长。他一动不动，雪很快覆盖了他的脸。我用手拂去班长脸上的雪，把自己的棉衣盖在班长的脸上。我不想让班长冻着，也不想让老鹰啄伤班长的眼睛……

我们朝天鸣枪，为班长送行。

任务还没有完成，我们必须继续往前走。我们一步一回头。走了一会儿，三人又不约而同又返回来，幻想着班长刚才是睡着了，希望能看见班长奇迹般的醒了过来。但是班长身上很快落了一层雪，已经看不见他军装的颜色。

我们也不知走了多久，走着走着，罗强又扑通倒下了。我们已经失去了班长，不能再失去罗强。我和陈卫星背着罗强走。一个人背，一个人在后面提着他的腿。可是我们俩也没多少力气了。后来罗强牺牲了。我又背着陈卫星走，背着，走着，我就昏了过去。后来，一位哈萨克老牧民救了我和陈卫星……

班长郑林书和副班长罗强被追认二等功。《解放军报》还专门介绍了他俩的事迹，文章的题目我还记得，叫《短短预备期，青春放光彩》。意思是他们俩入党才 8 天，就为国家献出了年轻的生命。

陈卫星的左脚趾头全被冻掉了，被评为二等甲级残废，后来退伍了。

我的右腿大腿上的肌肉被冻死，陆陆续续在医院住了三年，被评为二等乙级残废。1984 年年底，我复员回了辽宁老家。

我一直记着班长牺牲前给我说过的话，想去湖北寻找他的父母，可是我和班长只仅仅相处了 38 天，他家具体地址我不知道，上哪儿去找？我退伍后给部队去信打听班长家的具体地址，信都被退了回来。独库公路 1983 年秋天竣工后，部队就撤离了天山，有人说部队撤销了，有人说编入其他部队，到别的地方修路去了。从此，我与老部队彻底失去了联系。我向以前的战友打听班长的老家，他们说班长的老家移民搬迁了，我就更无法寻找了。

但是我想，终有一天我要找到班长的亲人！

快乐的日子里，我把班长忘了

我退伍回到了我们辽中县。像我这种情况，立过功，又是残废军人，按规定可以安排工作。我想到公安局当个民警，民政局局长说你有残疾，遇到坏人你都自身难保，咋当民警？不合适。他说这样吧，你去电影院放电影吧。我一想，放电影也好啊，我们在天山看一场电影多难啊，现在可以天天看电影了。

说是放电影，其实我只负责倒片子。放电影是老王的事。老王说，咱们电影院 8 个人，就你和我是党员，我负责放电影，你也别光倒片子，你给咱负责收门票吧，你是党员，责任心强。我说好。倒完片子，我就去门口收票。

收票是个相当体面的活。没过多久，几乎全县城的人都认识了我。我的故事也在县城传开了，有人说陈俊贵当过特种兵，在天山执行过特殊任务，负过伤，立过功，是个英雄。县城里那些穿喇叭裤、提三洋收录机的地痞也不敢惹我，见了我老早就打招呼，点头哈腰地递烟。

听到这些传言我很不好意思，就给人讲我们那次执行任务的真实情况。

有人说，你们一共去了四个，冻死了俩，另一个脚趾冻掉了，为啥人家冻死了，你没有冻死？你是不是没去啊？

还有人说，我看你走路好好的，是不是真的有残疾？

我很难回答这些个问题。但是日子一长，就没人关心这些事了。

人们后来关心的是我能不能不要票放他们进去看电影。在电影院收票也算有点小权力。收不收票我说了算。老战友来了，不要票，进！老同学来了，不要票，进！买不起票的学生来了，不要票，进！当然，文化局领导的亲戚来了，也不能要票，进！那时我算是彻底明白了，权力这玩意儿就是好，难怪好多人挖空心思想当官呢。我有生以来第一次拥有了权力，也是唯一的一次。

我跟你说吧，我活到50岁，那是我最开心的一年，最风光的一年，是我最快乐的一段日子。刚开始，我还经常想起天山，想起老班长，但是后来快乐的日子多了，我就渐渐把雪山上的班长忘了。尤其是我遇到了一个姑娘后，忙着谈对象、结婚，更是把班长忘得一干二净。

现在想想，我真不是人！

电影也不是天天放，即使晚上有电影，白天也没啥事。没事的时候，我就一个人骑着自行车满大街转悠，看看哪个单位有漂亮的姑娘。干啥？找对象呗。工作有了，我想有个家。那时我已经25岁了，总不能一直这样“一人吃饱全家不饿”吧？也该正儿八经成个家了。还有一个原因：民政局领导说了，只要你成家了，我们就给你分房子。就是为了能分到房子，我也得赶紧成家。

你也别笑话我，咱一个退伍老兵，一个残废军人，在县城又没啥亲戚，谁给咱介绍，不这么找咋找？

以前，也有人给介绍过一个。一见面，女方家人说，你家在农村无所谓，你长得黑点也无所谓，你当过兵吃过苦也是好事，你放电影虽说不算个啥技术，但也是份正经工作，可是听说你在部队负过伤，会不会影响今后的生活？人家说我们再考虑考虑。这一考虑就没了下文，肯定是嫌我有残疾。

没办法，我只有自己给自己找媳妇。哪个单位姑娘多我就往哪儿转悠。

你还别说，我骑着自行车这么转悠来转悠去，还真遇到了一个好姑娘。她叫孙丽琴，在我们县征稽站收养路费，是一个合同工。那天我转悠到她单位，她正坐在那里收费开票。她十七八岁的样子，长得不算很漂亮，穿戴也不像城市姑娘，没穿喇叭裤，看上去很朴实，但干净利索；个子也不高，但身材好，还留着一根大辫子。我一眼就看上了她。这不就是我要找的人嘛，就是她了！

可是咋跟人家搭话呢？我总不能冒冒失失走过去，对人家说：我看上了你，你嫁给我吧。那肯定会遭骂。第二天，我去找老战友王爱民。他比我退伍早，给单位开车，经常到征稽站去办事，跟那里边的人熟。我让王爱民去给那姑娘说。没想到事情很顺利，一说就说成了，见了几次面后，姑娘就同意嫁给我。

一个月后，我们结了婚。民政局说话算话，给我分了两间房子。这样一来，我有了一个媳妇，在县城也有了一个属于自己的家。

一年后，我们有了一个儿子。

电影《天山行》让我寝食难安

1985 年的 10 月，我第一次看到电影《天山行》。

看过之后，我就开心不起来了，就想念班长，想得心口疼。从那时起，我就有了重回天山为班长和牺牲的战友守墓的念头。

当时我媳妇已经怀孕 8 个月了，我每天倒好片子，收完票，也不看电影，就急急忙忙跑回家伺候媳妇。那天，我像往常一样，稀里糊涂倒完片子，连电影名字也没留意看，把门票收完后准备回家。我进去拿东西，电影已经开演了，八一电影制片厂片头上的红五星一闪一闪地放着光芒。我想肯定又是战斗片。那时年轻人对战斗片已经不像六七十年代那么喜欢看了。大伙说，看不看也知道结果，都是日本败，中国胜；国民党败，共产党胜。那时爱情片刚出来，年轻人特别喜欢看。所以我更没留意。

可是当我刚要走出影院，不经意一回头，咦，电影上的地方咋这么眼熟？我站在那里看了一小会儿，越看越像我们天山。

我急忙跑回去问老王，今晚放的啥电影？

老王说，你倒的片子你不知道？

我说，我没注意。

老王说，《天山行》。

我说，我的娘啊，真是我们天山！

我激动得手直哆嗦，对老王说，电影上演的就是我们部队！

老王疑惑地看着我。

我抓住老王的手说，真的，我不骗你，我一眼就看出来了。

老王也很激动，说，那你还不赶快去看？

我坐到观众席里，认真地看起来。那里面演的不就是李善国的故事吗？那个男主角郑志同，不就是李善国吗？我很激动，心儿怦怦跳。故事很感人，我边看边流泪。我真想站起来朝黑压压的观众喊：电影里演的就是我们部队！电影上的那些人就是我以前的战友！但是我只顾流泪，没有站起来。我那时的感受很复杂，有点像外出多年的儿子终于找到了家的感觉，但又不全是。

当天晚上回家的路上，我脑子里全是电影上的景象和班长牺牲时的情景。想起班长，我心里很难受，脑袋晕晕沉沉的，浑身没有一点儿力气。我感觉很疲劳。

媳妇问我，今天咋回来这么晚？

我说，没啥事，就是有点累。

我一个人坐在那里抽烟。当时我不会抽烟，收票时别人塞给我的“大生产”，我从来不抽，回家随手扔在抽屉里，准备家里来人时拿出来招待。可是那天不知咋整的，突然就特别想抽烟。从那以后，我就抽上了烟，现在一天至少一包，心烦的时候得两包。

媳妇看我有点不对劲，问我，你咋的啦？

我说，没咋的。

她说，你肯定有事，你平常不抽烟啊，今天咋抽起烟来了？

我没说话。她马上就要生孩子了，见我把屋子弄得乌烟瘴气的，很生气，把烟一把抢过去，扔在了地上。我还是没说话，捡起来又接着抽。

她说，你到底咋的啦？

我说，今天放的电影是《天山行》，演的就是我们部队，我想我班长了，心里很难过，很烦。

她就不吭声了。

结婚前，我就给她讲过班长的故事。她是个好女人，很善解人意。

我说，班长牺牲的时候，让我去湖北老家看看他的父母，可是我回来一年多了，到现在还没有去，我真不是人！

她说，你不知道具体地址咋去？

我说，关键是这一年来我几乎把班长忘了。这是人做的事吗？我现在老婆有了，家有了，马上就有孩子了，可是班长呢？他现在还躺在雪山上……

那天晚上，我抽了两包烟，早上起来嘴上都起了泡。

我决定重回天山，为班长守墓

第二天，我对县城里的几个战友说，昨晚放的电影《天山行》演的就是我们部队的事。几个战友一听很激动，让我晚上一定留几张票，大家一起看。我说片子下午就要被别的县拉走了。战友们说，这么点事你都办不了，还在电影院混？我去找老王，说我们几个战友想看一遍《天山行》，老王很痛快地答应，中午专门给几个战友放了一场。

看完电影我请客，大家喝了不少酒，战友们都流泪了。有个战友说，陈俊贵，这辈子你要是忘了你们班长，你就不是人！战友说这话的那一刻，我突然做出了一个决定：去天山给班长守三年墓。

晚上回到家，我把自己的想法给媳妇说了。媳妇半天没说话。我说，我去为班长守三年墓，三年后回来咱们好好过日子。我媳妇想了很久才开口说话。她说，人就应该知恩图报，我同意你去为班长守墓，但是要等孩子生下来你再走，我跟你一起去。我说你就不用去了，天山很苦，你受不了。她说嫁鸡随鸡、嫁狗随狗，你走哪儿我跟哪儿。我很感动。她还说，从现在开始，我们就要多挣钱，少花钱，准备一点路费，再说将来有一天你去湖北找班长父母也需要花钱。

那一夜，我们一直盘算到天亮。

自从我们决定去新疆后，就开始节约花钱。我们东北有一种汽水，一瓶三毛钱，我媳妇特别爱喝，尤其是怀孕以后，几乎天天都要喝一瓶。可是从那天开始，她不喝了。我也戒了烟，本来刚开始抽，烟瘾就不大，很好戒。别人给我的烟，我就悄悄拿到小卖部卖掉，能积攒几毛钱。

儿子出生三个月后，也就是第二年春天，我们准备辞职去新疆。

我给朋友说，我要辞职去新疆，为班长守墓三年。朋友不信，说你是不是下海挣钱去呀？当时刚时兴下海，大家都想着挣钱，想当“万元户”，没人相信我辞职是为了报恩。朋友说，守墓三年回来，工作没了咋办？另外，你媳妇马上就要转正了，你们去了新疆，她这几年不白干了吗？

我去找我们电影院老王。老王说，陈俊贵，你现在的工作是在部队用命换来的，容易吗？咋想辞就辞了呢？你想报恩何必去新疆守三年呢？我告诉你吧，每年春节、清明的时候，你打点纸钱，打上你班长的名字，然后到十字路口烧了，边烧边念叨你班长的名字就行了，他也能知道你心里在想他。我说不行，我良心过不去，我必须去。老王说，你真是个死脑筋！

我去找我们县文化局局长。局长在二炮当过兵，转业时是正连。我讲完我和班长的故事，说了我的想法，局长很感动，说：“陈俊贵，你是好样的！做人就应该这样！我支持你！只要我不退休，你不管去几年，电影院的工作我都给你留着！”他听说我媳妇是征稽站的，又说：“征稽站的主任是我老铁，我打电话过去，让他先给你媳妇转正，然后把她的工作留着，一直等你们回来！”

就这么着，我们瞒着家里人，悄悄上了火车，来到了新疆。

为啥守满三年没回家？当时主要是生活艰难，没有路费；再一个是我们在天山也慢慢习惯了，离不开那些烈士，感觉他们就是我们家的成员；还有一个，我们当时住在坟地旁边的地窝里，身上穿的全是过路的人给的，破破烂烂的，连捡破烂的都不如，回去怕人家笑话。

三年时间满了，我没有提这个话题，有意躲着。我媳妇也没提。她那人爱面子，很要强，但是心强命不强。她不想让家里人知道她在外面受这么大苦。所以大家都装糊涂，就这么一年又一年，熬过来了。

后来生活条件好点了，攒够了路费，可是父母都相继去世了，就不想回去了。现在，我感觉天山就是我的家，烈士们就是我的亲人。你不是说嘛，我的口音都带着维吾尔和哈萨克的味道。我现在是一个纯粹的新疆人了。

这24年是咋过来的？熬过来的呗。但是再咋熬，再咋苦，也不能跟班长和陵园里这些烈士比。起码我还活着。我能活到今天，就已经足够了。好了，不说这个了。你想知道，等会我媳妇说给你听。

我这人一喝完酒，这条残腿就发痒，坐不住，必须出去走走才能缓过来。但是一天不喝点又不行，腿疼。今天你来了，我们喝“伊力老窖”，平时我不喝这个，太贵，哪儿喝得起啊。平时我喝的是几块钱的用雪莲泡的药酒，喝一点，出去转一圈，回来再往腿上抹一点，腿就不疼了。等会儿吃完饭，我去墓地清雪，你跟我媳妇聊。说实话，我能在天山守到今天，真得感谢我媳妇。

好了，咱不整没用的。接下来，我给你说说去湖北找班长父母的事情吧。其他事可以不说，但这个事必须说。说一说，我心里痛快。

我终于找到了班长的亲人

你问我咋知道班长家的具体地址？这事说来也巧。我儿子不是当兵了嘛，他在乌鲁木齐参加集训，快结束的时候，他有一天上街看见有几个武警战士，戴着“交通”臂章，想起我以前的老部队是基建工程兵，筑路兵。交通武警？不就是修路的部队吗？他就过去问那几个战士。这一问还真是我以前的老部队。

部队当年没有解散，改编成了“武警交通部队”，我们以前的基建工程兵第十二支队，就是现在的武警交通二总队，总队机关就在乌鲁木齐。

儿子把这个好消息告诉了我。我家哪有电话啊，儿子把电话打到了邻居家。那时我们早就不住地窝子了，新源县县政府已经让我们搬到了那拉提，给我们上了户口，还分了地。一听到这消息，我高兴得哭了，一夜没合眼。我可找到老部队了！那心情，就像闺女找到失散的娘家人一样。关键是，找到部队我可以打听到班长家的具体地址，我就可以去找班长的亲人了。

这是2005年10月份的事。

我给总队打电话，总机转给了政治部的韩敬峰干事。他一听这事也很激动，说马上给领导汇报，跟湖北那边联系。几天后，韩干事打来电话说，政治部徐升主任对这事特别关心，指示要想尽一切办法，找到烈士的亲人；现在湖北那边已经联系上了，他陪我一起去湖北寻找班长的亲人，明天就过来接我。20多年了啊，终于有了班长亲人的消息，那种激动的心情你都无法想象。

当天下午，我去了墓地。烈士陵园建立起来以前，班长的墓地在兔耳根乡，在原新疆野战军军区155医院后面两公里的山坳里。我跪在班长的坟前，眼泪刷刷地流。我说：班长，老部队没有解散，还在，我已经找到了，你老家也找到了，我明天就去看望你父母和亲人。班长，对不起，20年了，我才去看望老人，你能原谅我吗？可是我实在没办法，你老家迁移了，我找不到啊！班长，你要是想回家，就跟我一起走吧，咱们回家去看看……

那是我20年来，第一次轻松地给班长上坟。那天尽管我流泪了，但是心里特别高兴。因为我就要见到班长的亲人了，就要实现班长牺牲前留下的遗愿了。

第二天，韩干事带着车来了。当时我儿子集训结束了，第二天就回来探家了。儿子当了4年兵，这是第一次探家。说实话，我也想儿子，想看看他这4年长啥样了。但是我不能等儿子回来，我必须走，马上就走，一刻也不能耽误。班长的父母等了我20多年，我4年没见儿子算个啥？

我们到了乌鲁木齐，坐飞机去了湖北。我还是第一次坐飞机。我的心早就飞到湖北去了，比飞机还要快。我想象着见到班长父母的情景，想该对老人说点啥，怎样向老人讲述班长牺牲的经过。我想，见了老人，我一定跪下对老人说，班长走了，我就是你们的儿子，我给您二老养老送终！我还想，我现在多幸福啊，班长别说坐飞机，见都没见过飞机。这么想着，心里就特别难过。

到了湖北，天已经黑了，我们只好住下来。我一宿没有合眼。

第二天，我们坐车赶往罗田县。到了罗田县，找到民政局。民政局的人查了档案，说有这么个烈士，叫郑林书，他家原来在古庙乡，多年前由于国家修水库，早搬迁了，也不知道搬到哪里去了，你们先去古庙乡找找看。

我们找到古庙乡，到处向人打听，所有人都摇头，说没有听说过有个叫郑林书的烈士。我就给人讲班长的故事，人们很感动，许多人都落泪了，说一定帮我找班长的家。在当地群众的帮助下，一直到黄昏，才有了一点眉目：有人说有一家姓郑的，可能搬到白莲花乡去了。

那时天已经黑了，那里离白莲花乡还有很远，只能第二天再去。但是已经有了线索，而且我的双脚已经踏在了班长当年曾经踏过的土地上，心里就踏实多了。

这么多年一直想来，现在来了，马上就要见到老人了，可是我心里又害怕见到老人。老人要是问我：陈俊贵，你和我儿子一起去执行任务，你回来了，他咋没回来？是不是因为我儿子把最后一个馒头让给了你，你才活了下来？那最后一个馒头你当时就忍心一个人吃了？我咋说？

我这么一直胡思乱想，又是一宿没闭眼。

第二天早晨，我们没有吃饭，急急忙忙赶到白莲花乡。乡党委书记和民政干事听了我们的介绍，说当年确实有一位在天山修路的烈士，姓郑，但是好像他父母早就去世了，他姐姐和弟弟还在。我一听这话，脑袋“嗡”的一声。我来晚了，老人已经不在了。但心里又有点侥幸地想，也许乡里干部记错了，他们只说“好像”，说不定班长的父母还健在呢。但愿他们还在吧，也好圆了我的心愿。

乡干部带我们找到了班长的姐姐。她五六十岁的样子，看上去很憔悴。知道了我们的来意，她惊讶地张大嘴巴，半天说不出话来，过了好一会儿才哭出声来。我说大姐啊，我来晚了，对不起你们啊！我与大姐抱头痛哭……

大姐告诉我说，班长的父亲在他参军第二年就去世了，家里怕影响他的工作，就一直没有告诉他。母亲是2003年去世的，去世时一直念叨班长的名字。

我要是早来三年，就能看见班长的母亲了。我真后悔啊！

大姐带我们来到班长父母的坟前。

我跪下来，对着坟墓说：老人家，对不起，我来晚了！我没有实现班长牺牲时的遗愿。老人家，您放心，在我有生之年，我要一直守护班长！

我给老人烧了纸，磕了三个响头，就回了天山……

陈俊贵抹了把泪，说：“今天见到老战友，我的话特别多，也特别容易掉泪。好了，不说了，吃菜吃菜。”又对在一边忙碌的妻子孙丽琴说：“菜凉了，你给热热。”孙丽琴也不说话，端了盘子去热菜。

吃罢饭，陈俊贵说：“老党，我这伤腿坐不住，得去墓地转转，你坐着烤火，跟我老婆唠唠嗑。她可是有一肚子委屈，让她往外倒倒畅快。可是有一条，她埋汰我的话你可别信，这娘们对我意见可大了。”

说着，他大咧咧一笑，独自走出屋门，扛着雪铲上了墓地。

——作者手记

二、陈俊贵的妻子：孙丽琴

采访陈俊贵的妻子可不是一件容易事。她说话声音很小，又不善言谈。她满腹心思，才43岁头发几乎全白了。看上去，好像头上顶着一座雪山。那雪山圣洁而沉重，让我肃然起敬。

她19岁跟着陈俊贵上天山，一守就是24年。她把一个女人最好的时光献给了天山，而且还要继续陪伴丈夫守下去。她当初真的像陈俊贵说的那样，心甘情愿来到新疆？是什么力量让这个看上去如此羸弱的女人坚守了这么多年？漫长而孤独的岁月里，这个苦命的女人到底积攒了多少苦水？她的心底到底蕴藏了多少不为人知的秘密？

她越是不善言谈，我越想跟她聊聊。

果然，跟她一开始聊，她的泪水就涌了出来。好像那些苦水早就在那里等着，满满当当的，一句话就让它们奔涌四溢。我们聊了两个小时，许多时候我们的谈话会被她的哽咽和泪水打断……

——作者手记

下辈子，我不会再嫁给他

你别听我们家那人瞎吹！

我当时根本就没看上他。他天天缠我，撵都撵不走，我没办法才嫁给他的。当时还有几个人追我，都比他条件好。他这么一缠，影响出去了，别人就不追了。我父亲早去世了。我母亲看他心眼好，脾气也好，就同意了。他脾气确实好，不管我咋说他，他就是个笑。如果让我现在选择，我肯定不会选择他。

他经常拉我去看免费电影，弄得单位人都知道了。我这人爱面子，既然大家都知道了，说他是我对象，我就只好嫁给了他。女人嫁人太重要了，嫁一个人就等于嫁一种命。嫁给他，我等于嫁给了黄连。有时候他开玩笑说，下辈子我还娶你。我说没有下辈子，就是有下辈子，我也不会再嫁给你。

下辈子，我要好好当一回女人，把该享受的都享受到。最起码，我得给自己买个金戒指、金项链啥的。

当时咋结的婚？很简单。那时我18岁，还没到结婚年龄，不知他咋整的，人家就给我们扯了结婚证。他残废的事，倒没有骗我，实话告诉了我。我也不知道那时咋整的，谈了一个多月，就稀里糊涂嫁给了他。那时年龄小，可真傻。

我们结婚的时候，没有多少钱，买了一个木箱子，一个炕上用的那种四角柜，一个“白山”牌的自行车，一台缝纫机，还有一个座钟，其他就没啥了。三转一响？没有。对了，他还买了个收音机，说是要听国家大事。我说你一个退伍兵，听啥国家大事。他说这你就不懂了，因为你不是党员。我们结婚一共花了六七百块钱，有一部分钱还是我拿的。我们摆了一桌，叫了几个战友，他战友王爱民端着酒杯说了两句，我们就算结婚了。

有一点他说得没错，是我自愿跟他上新疆的。你都嫁给了人家，人家上哪儿你不得跟着？当时咋离开家的我已经记不清了，好像把钥匙交给了邻居，让人家帮我们看门，说我们三年就回来。谁想到这一走，就再也没有回过东北老家。我记得离开东北的时候只带了四五百块钱。钱我管着，掖在儿子的小棉袄里，怕路上丢了。那时车费便宜，我们从沈阳到乌鲁木齐，一张票才70多块。

到了北京，我们下车中转，他想带我看看北京，坐坐地铁，说那地铁是他当年修的。我们还去了毛主席纪念堂，我抱着儿子进去看毛主席，他老人家躺在水晶棺里，还是那样慈祥，跟睡着了一样。我们一家三口，在天安门照了张相。他还带我参观了人民大会堂。他在那里买了两条印有“人民大会堂”的烟，一条好像15块。他说一条给班长抽，一条到新疆办事用。他自己舍不得抽，只抽几毛钱的烟。

他说北京的烤鸭好吃，要带我去尝尝。其实他也没吃过。到烤鸭店一问，太贵，半只我们也吃不起。他还硬撑，说来半只给你和孩子尝尝。我说尝完了路费咋整？算了算了，走吧，我们看看，知道烤鸭长啥样就行了。我说我爱吃饺子，走吧，你带我吃饺子去吧。他就带我在火车站附近吃了顿饺子。那饺子真大，全是肥肉，真解馋。吃完饺子，我们又上路了。

火车过了西安，孩子病了，重感冒，咳嗽，不吃，光吐。我们又没带药，这可咋整？旁边的小两口去北京旅行结婚回新疆，是独山子油田的，一听我们家那人以前修过天山公路，哎呀，那个热乎劲，一路上净给我们东西吃。见孩子病成那样，小两口说，你们去找列车员嘛，拿点药，或者让列车员在火车上喊一下，看看乘客里有没有医生。

我们家那人拿了残废证去找列车员，人家还真在广播里喊了，不一会儿就来了个医生，说孩子感冒挺重的，可能是肺炎，光吃药不行，得赶快输液。车到了天水，列车长给我们签了字，让我们下车先给孩子输液，坐下一趟车再走。

我们在天水给孩子输了两天液，稍微好点，又继续赶路。孩子一路上还是咳，车上的人知道我家那人是残废军人，都把好东西拿出来给孩子吃，让我很感动。那时候，我才感觉出残废军人的价值。

我们下了火车换汽车，又走了三天，才到了新源县。他拿着残废证去找民政局，说想给牺牲了的战友守墓。民政局的人对他说，你不忘本，知道感恩，是个好同志，我们支持你，但是当时部队撤走的时候没把墓地交给我们地方。这样吧，我们给那边农场的领导说一下，以后有什么困难，你们可以找他们。人家就写了一封信，让我们去找农场的一个民政干事。

那时候，墓地那片草场已经分给了牧民，我们要想守在墓地，就得跟牧民商量。第二天我们去找农场的民政干事，干事把场长叫来了。场长是哈萨克人，很热情，说牧民那边我们做工作，你们可以在墓地盖房子，种粮食种点菜。

第二天，我们找到墓地，祭奠了他的战友。那里坟墓很多，有的墓碑已经坏了，有的已经倒了，看上去真是有点凄凉。我们家那人说，看来我们来对了，不能让烈士们寂寞，受委屈，我们得整理墓地，守着他们。

他掏出从人民大会堂买的烟，给班长点了三支，给罗强点了三支，给杨波点了三支。杨波是谁？我以前也不知道，后来听我们家那人说，杨波是沈阳市人，当兵前在我们辽中县下乡当知青，跟他一趟火车到了天山。就在他们四个人执行任务出事之后20天，杨波在施工中被石头砸死了。

我们家那人点上烟，对他班长说：班长我来看你了，以后你就不会寂寞了。

我四下里打量，我们住哪儿呢？那时是三月份，天山还很冷。我们两个大人还好说，可孩子病还没好，这咋整？后来，我们在离墓地几公里的地方，找了一处废弃的破房子，暂时先住了下来……

我们在墓地边的地窝子住了9年

我们准备在墓地边打个窝棚。

我们家那人说，这样离墓地近，修整墓地比较方便。可是方圆十几里没有人家，我们去哪里找材料呢？离墓地最近的地方是原新疆军区的155医院，已经废弃了，我们就想去那里找找看。找到那里，有个老汉在看营地，是个甘肃人。我们家那人说了事情的来龙去脉，告诉老汉说，我们想在墓地那边盖个窝棚，想找点砖。老汉很感动，给我们找了一些塑料布，说那边菜地有一堵倒塌的墙，你们去那里扒，随便扒，别扒营房就行了。

砖有了。可是咋运到墓地？那里离墓地还有两公里，而且是上坡。我们家那人说，没别的办法，他来背。接下来的日子，我看孩子、挖野菜、做饭，他往墓地背砖。他一回背20块，一天要跑七八趟。背回来的砖一部分修了窝棚，一部分修了战友的坟墓。

半个月后，我们的窝棚搭起来了，他的衣服也早磨破了。我心疼他。他说这不算啥，我们以前在山上修路，就是这样背石头，连长营长都背，大家的棉衣都磨破了，跟叫花子一样，但谁也不叫苦。

窝棚搭好那天，我给他做了一顿疙瘩汤。菜是野菜，好像是蒲公英。那天他吃得很香，一连吃了好几碗。他抹了抹嘴说，哎呀，我们终于有个家了。

可是这是啥样的家呀！一到晚上冷得够呛。风一吹，塑料嚓嚓嚓，嚓嚓嚓，响个不停，听上去真是吓人。后面全是坟地，左一堆，右一堆，谁不害怕？我晚上都不敢出去解手，不敢抬头瞅门口。他安慰我说，你别怕，他们都是我的战友，我们来给他们做伴，他们不会吓唬你。

但是住了几个月，窝棚让一场大风掀了顶，塑料被风吹得没了踪影。

我们就挖了一个地窝子，地上铺上砖，里面打上土炕，还搭了一个灶台，跟我们东北老家一样，与土炕相通，白天做饭时就烧热了土炕，夜里就不会冷了。但是一下雨，屋里都是泥巴，锅碗瓢盆都放在炕上接水。就是这样的地窝子，我们一住就是9年。那9年是咋过来的，现在我都不敢想，一想就头疼。

我们在附近的山坡上开荒种地，一共开了四五亩。第一年收成很不错，有苞米，也有菠菜和小白菜。十几里外有人种蓖麻，人家收完了，我去捡回来一些蓖麻子，用擀面杖、碗、勺碾碎，做饭的时候，往锅里搁一点，当油用。有一种叫麻子的野草，撸回来后搁锅里炒，擀碎，做饭的时候往里撒一点，算是调料。这样一来，吃饭的问题总算解决了。

我们干活的时候，孩子就在墓地里爬来爬去。墓地里有蛇，但是从来没有咬过孩子。我想，可能是他的那些战友在保佑孩子吧。

三年很快就过去了。说心里话，我真想回老家去。这三年我们过的是人不人、鬼不鬼的日子，确实很苦，我真想回去。可是我心里又很自卑。当时走的时候没给家里人说，现在像叫花子一样突然回去，我的脸面往哪儿搁？

一提起回家的事，他总是对我笑，也不说话。我知道他是不想回去，来的时候他答应我只待三年，又不好食言，所以啥也不说，就傻笑。有几次，我已经把东西收拾好了，准备走，可是朝墓地那边一看，心里又有些不好意思。

我也是有儿女的人，人心都是肉长的，人家的孩子十八九就牺牲在这里，那些父母是白发人送了黑发人，该有多痛苦！我不管咋苦，咋累，咋受罪，但毕竟我们一家几口在一起，三个儿女在一天天长大。可是人家的儿子早就牺牲了，就在那山坡上剩下了一个冰冷的碑子。人家孩子牺牲了，埋在这雪山上，孤零零的，总得有人守着吧。大道理我说不出来，当时我就是这么想的。

在墓地待时间长了，好像跟那些从来没见过面的烈士有了感情，有点分不开的感觉。我出去干活，不管干什么，心里总是空落落，有什么牵挂似的，说不出来的感觉。可是只要一回到地窝子，看到那片墓地，我心里就踏实了。我们走了，那些牺牲了的人待在这里多孤单啊！人家把命都扔在这里了，我们苦点算个啥？

再说，我也习惯了住在墓地的生活。好像那就是一个村子，他的战友就是我们的邻居。真想离开的时候，心里还真有点舍不得。后来他也不提回家的事，我也不提，一年拖一年，就这么一直待了下来，直到现在。

我们一家在墓地那边的地窝子里一住就是9年，我的女儿和小儿子都是在地窝子里出生的。唉，别提在地窝子生孩子的事了，想起来心里就难过。那不是人受的罪！别提了，有些事我都没法给你说，说不出口……

为了生存，我捡羊骨头卖钱

唉，我现在记忆力不行了，还经常失眠，整夜整夜睡不着觉，也不知道为啥。去年有个医生路过乔尔玛，来陵园祭奠，说我可能得了抑郁症。听说城里文化人容易得抑郁症，你说，我一个长年守在山上的女人咋就得了这种病？

睡不着咋办？抽烟呗。你别笑话我，也别写这事。

实话告诉你说吧，30多岁的时候我头发就全白了，那时我就学会了抽烟。有时一个人抽，有时他陪着我抽，两人一晚上能抽两包。好烟抽不起，就抽两块三块钱的，能冒烟就行。日子苦的时候，没钱买烟，就抽大黄叶子。山上有大黄，把大黄叶子采回来晒干，揉碎，用报纸一卷，就那样抽。虽然没啥劲，可是能冒烟。不抽不行啊，山上寂寞，无聊，不抽咋办？

我记忆力不好，但是有一件事我记得很清楚。

那是1995年春天，新源县的领导来墓地看我们，当时他正在地窝子前编筐，我在喂鸡。陪同的人说，这是我们县委刘书记，专门看你们来啦。

刘书记祭奠完烈士，对我们说：我上任时间不长，听说了你们的事，很感动。你们的娃娃都长大了，应该上学了，不能把娃娃耽误了。这里太偏僻了，很不方便。这样把，你们喜欢附近哪个乡，就搬迁过去住，我给你落户口、分地，你们一家从此就是我们新源的人了。你们好好想想，想好了告诉我，我让人马上给你们办手续。

刘书记的话让我们很感动。

是呀，孩子们一天天长大了，总得上学啊，不能一直待在墓地。刘书记走后，我们商量还是搬家好，对孩子有好处，但是又不能离这里太远，要方便过来修整墓地，看望他的战友。我们家那人说，还是搬到那拉提比较好，那里离天山公路最近，离墓地也不是太远。

几天后，我们家那人去了一趟县城，给县里领导汇报了想法。那时车费不贵，来回五块两毛钱，但对我们来说就挺贵的了。他没舍得在县城吃饭，回来的时候，给我和孩子们买了一个西瓜。那西瓜真甜，一家人吃得挺高兴，我现在都能记得那西瓜的味道。

这么着，我们就搬迁到了那拉提乡八大队三小队。

那时，那拉提的党委书记叫贾成，听说他现在是新源县电力局的局长。他很关心我们，让队里给我们划了房基地，分了土地。当时正经土地已经分完了，队里就在河坝山边这里分一亩，那里分三亩，零零碎碎的，加起来也有八九亩地。贾书记说，你们先种着，以后土地调整时再给你们补好的。

我们开始自己盖房。我们借来哈萨克人的拉拉车，两口子到河坝去捡松树枝，到山坡上去割草，拉土和泥，自己动手盖了一间土坯房，还盘了一个大炕。几年后又盖了几间。有了住的地方，我们开始在地里种土豆。那时土豆每公斤八分钱，一年下来能卖几百块钱，可以买油盐酱醋，供孩子上学。

我们搬迁到了村里后，尽管条件比以前好多了，能吃饱饭了，但是日子还是苦。主要是没钱花。说句不怕你笑话的话，自从到了新疆，我一家人从来就没有买过一件新衣服，我穿的全是当年从东北带来的做姑娘时的旧衣服。穿破了，补补再穿。我实在穿不成了，就东剪西凑改小了，给孩子们穿。

冬天下雪了，有的哈萨克人牛羊冻死了，哈萨克不吃死的牛羊肉，就给了我们。我们哪儿舍得吃呀，我们家那人就扛着牛腿，走街串户地上去卖，卖给汉族人，卖个十来块钱，也是一笔不小的收入。

我也不能闲着，种完地，干完家务，就去捡破烂，捡骨头，捡酒瓶卖。村外山谷里的牛羊骨头比较多，我主要捡骨头卖钱。一公斤骨头四毛钱。夏天的时候，骨头上有味，就掉价了，两毛钱一公斤，有时人家还不收……

最困难的时候，我自杀过两次

我三十几岁的时候，三个月时间，头发全白了。嗓子哑得一句话也说不出来。当时我都觉得自己完了，哑巴了。一个多月才能说出话来。

咋啦？日子艰难，愁得呗。

我是个女人，没有男人坚强。我们家那人很乐观，大大咧咧，再苦再累都能忍受，很少见他愁眉苦脸。我不行。女人爱面子，心眼小，容易想不开。实在熬不过去了，我就想一死了之。

我第一次想死，是大儿子上学的时候，因为交不起学费。那时，我们附近都是民族学校，要想到外村的汉族学校去上学，就得比当地孩子多交学费。我记得好像一个孩子一年400块。对我们这样的家庭来说，这可不是一个小数目。

不瞒你说，因为没钱，孩子使的本子，正面写完写反面，反面写完之后，还要拿橡皮擦掉再写。写一遍，擦一遍，再写一遍，再擦掉。擦来擦去，把本子都擦薄了，稍不注意就擦出一个窟窿。看见同学扔了的旧本子，孩子悄悄捡回来，有空白的纸裁下来，一片接一片，用白线钉起来当本子用。看着孩子这么懂事，我心里特别难受。我觉得自己很对不起孩子，不是一个称职的母亲。

这都好说，关键是学费，让我头疼死了。交不起学费，学校就把孩子撵回来，不让上课。我就到村子里挨家挨户去借钱，转来转去，一块钱也借不上。没人愿意借给我们，因为人家知道我还不起呀。我在前面悄悄抹泪，孩子跟在后面哭。我原来在东北有好好的工作，有固定的工资，我要是不上天山来，我能有这么难吗？我一个女人家，出来借钱，看人家的脸色，连一点自尊都没有了。这么多年，我把别的女人没吃的苦都吃了，没受的罪都受了，我这是为啥呀？我想人家是个女人，我也是个女人，为啥就该我遭这么大的罪？

我想不通，我就想到了死。

我死了孩子咋办？当时我也想了。我死了，孩子还有他爸。我只要眼睛一闭，就不受这个苦了。现在想想，那时也挺自私的。我要是真的眼睛一闭走了，孩子们还小，肯定比现在还要苦。人家不是说了吗，幼年丧母，中年丧妻，老年丧子，是人生的三大不幸。但是当时没这么想。我把孩子们哄出去玩，把绳子往屋梁上一搭，就把自己挂上去了。后来，我们家那人正好回来取东西，把我救下了。

第二次为啥事我记不得了，反正也是因为穷，没钱，我跟他吵了一架，委屈得不行，就去摸电线，想把自己电死。他跑过来，把电线扯断了……

我很心疼我那三个孩子。自从他们来到这个世上，就没享过一天福。我们苦也就罢了，让孩子跟着一起受罪，心里很不落忍。

我们家孩子太懂事了。就说我那二儿子吧，现在在尼勒克念高中，今年考大学。我们两口子在乔尔玛守陵园，孩子一个人上学，自己做饭。孩子有一次说：“妈，我咋觉着自己像个孤儿。”说得我当时眼泪就下来了。

我这一辈子，最对不住的就是我那三个孩子。

后悔不后悔？说实话，也没啥后悔的。当时后悔，现在不后悔了。其实，我们家那人心肠特别好，很善良，我们穷是穷，但他对我和孩子很好，有啥好吃的先给我们娘儿几个吃。他也不容易，为了给战友守墓也吃了不少苦。你都看见了，他头发都快掉光了。现在想想，我也不后悔。后悔不后悔，这一生也快过去了。

我一辈子没戴过一件首饰

你问我刚才为啥不吃肉？别说我不吃肉，我们一家都很少吃肉。你看见没有？我们家那人也吃得少。今天是你来了，专门准备了马肉。以前家里穷，没钱买肉，现在政府修了陵园，把我们家那人转成了正式职工，生活条件好了，买得起肉了，可是我们一家的肚子已经不适应吃肉食了。

那时，衣服也很少买。最初几年穿的都是从家里带来的，这些年穿的都是别人给的。我身上这件衣服是我大儿子年前给我买的。他在你们部队六支队当兵，去年才调过来，跟着部队重回天山，正在改建天山公路，他们营房就在河对岸。儿子现在是二级士官，有工资。

我说，儿子，你给妈买十几块几十块钱的衣服就行了，攒着钱供你妹妹弟弟上学，这一件两百多块呢，太贵了。

儿子说，妈，您辛苦一辈子了，该穿件像样的衣服了，您就穿上吧，现在来乔尔玛陵园祭奠的人多，您得穿体面点，别让人家瞧不起。

儿子的话，让我感动得直掉泪。

说句实话，这些年，我们家那人从来就没有给我买过一件衣服。很多年前只给我买过一个方头巾，很便宜，才几块钱。首饰？更不可能。我一辈子从来就没有戴过一件首饰。不是不喜欢戴，是我根本就没有。什么戒指、耳环、项链，什么也没有。金的没有，银的没有，就连铜的也没有。

是女人，都喜欢戴那些东西。这是女人的天性。我太喜欢戴了，可是我没有。有时进县城，看见大街上人家女人戴这戴那，浑身珠光宝气，闪闪发光；有的来陵园参观祭奠的女人也戴着各种各样的首饰，我就特别羡慕，心里也特别酸楚，特别自卑，都不敢瞅人家。人家跟我说话，我不敢离人家太近，怕人家看出我的寒酸来。心里说，人家活这一辈子，咋那么幸福，那么潇洒。都是女人，我咋就得这么穷酸？我为什么没有穿的，没有戴的，还有这么多的痛苦？

但我从来不在他面前说这些事，等会儿他回来你也别说。我不想让他知道。我女儿现在在乌鲁木齐上大学，小儿子在尼勒克上中学，马上就要考大学了，他们都得花钱，哪儿有闲钱买首饰？所以我从来不提，也不怨他。我就这命。

老话说，儿子要穷养，女儿要富养。家里穷，儿子不穷养也不可能。让我心里难过的是，我家的女儿也得穷养。这些年，我记得只给女儿买过两次衣服。一次买的是一件黄上衣，三十多块钱。一次买的是一件蓝色的牛仔裤，二十几块钱。另外还买过一条项链。我没戴过首饰，不能让我的女儿也不戴首饰。但那项链是塑料的，两块钱。除此之外，我再没给女儿买过东西。

我们家那人有个老战友，叫李延九，在乌鲁木齐工作，他几乎每年都来给战友扫墓。他一来，就带一大包衣服，孩子们就争着穿。这些年，多亏了像他这样的好心人。

伊宁有个老师，姓郭，听说了我们的事，她们姐俩专门跑到陵园来看我们。临走，把我女儿带到伊宁，给孩子买了一大包衣服，还给我们小儿子买了T恤衫。现在我女儿身上穿的，就是那时人家给买的。

清华大学有个女教授，叫李彩霞，前年夏天来天山旅游，路过乔尔玛烈士陵园，看见我们生活不容易，当时就答应资助我小儿子陈晓刚上学，一年给寄一千块钱。现在增加到了一千五。我们很感激人家，就把自己从天山上采的蘑菇、雪莲给人家寄去，人家不要，给退了回来。教授的母亲70多岁了，今年非要把我小儿子接到北京去过年，还说要寄路费过来。我们怕麻烦人家，考虑到孩子马上要考大学，就没有让孩子去。我儿子打电话过去，对老人家说，奶奶，谢谢您，等我考上了大学，一定去北京看您。我的孩子挺懂事。

今年春节，女儿大学放假，从乌鲁木齐回来，想带着弟弟上山来跟我们一起过年。可是当时大雪已经封山了，路不通，他们姐弟俩只好在尼勒克过年。县民政局在那里给我们分了一间房子。初一早上，他们俩包好饺子，给我们打电话拜年。可是乔尔玛信号不好，我们家那人跑到雪地上，一会儿东一会儿西的，总算跟孩子们通完了话。他回来对我说，他在电话里听见女儿哭了……

你看，我颠三倒四地说了这么多，不知道合适不合适。我记忆力不好，好多事我都忘了。我就说这些吧。我们家那人快回来了，我得给他温温药酒，他一回来就得往伤腿上擦。好了，我们就唠这么多吧。你看行吗？

三、陈俊贵的大儿子：陈晓洪

六支队天山工程建设营地，就在乔尔玛陵园对面，中间隔着一条喀什河。河里结了很厚的冰，看不见水流，据说4月份才能解冻。陈俊贵说，夏天的时候，河水清澈，河边开满了野花，看上去很美。我无法想象喀什河夏天的模样，我看到的只是一条在夕阳下闪亮的冰河。

来这里之前，总队黄建国副政委一再交代，让我多拍几张乔尔玛的照片回去。他说他很想念乔尔玛。他曾经在这里和哈希勒根冰达坂战斗过三年。我拍下了冰封的喀什河和周围白雪皑皑的山峰，还有蜿蜒而上的冰雪之路。

六支队的官兵跟另外三个支队的官兵一样，去年一起重回天山，承担独库公路改建任务。我到部队营地时，支队副政委束学忠和宣传干事廖振华也刚刚赶到，他们一是来指导部队进点，二是想邀请陈俊贵下山去给官兵上"当代革命军人核心价值观"教育课。副支队长李昭昕、教导员刘让平正在带着战士们保养维修机械，准备明天用机械开路，让部队陆续进入工地。

几个战士正在院子里追一条狗，狗的嘴里叼着一只鞋。后来我才知道，那鞋是一个战士探家回来前刚买的，纯牛皮的。战士们开玩笑说，他们大队的狗冬天跟几个官兵留守在山上，太想吃肉了，看见皮鞋也不放过。

陈俊贵的大儿子陈晓洪就在追狗的人群里。一听我叫他，急忙跑了过来，"啪"地一个标准军礼，一看就是军人的后代。他去年才从别的部队调到我们武警交通部队，为的是实现他爸的一个心愿：重修天山独库公路。小伙子干练挺拔，脸膛黝黑，目光冷峻，给我一种沉稳刚毅的印象。

我们坐在屋子里，烤着炉火，开始聊了起来……

——作者手记

我冲着我爸喊：你天天守着这些死人有啥意思？

小时候，留给我印象最深的有两件事情。这两件事都跟钱有关。

第一件事，小时候看到别的孩子买零食吃，我也想吃，就缠着我爸要钱，缠了很长时间，我爸很不情愿地给了我三毛钱。我当时那个高兴啊，跑出去买了一包饼干。我把饼干藏在书包里，一天吃一小块，吃了好多天。

第二件事，就是我爸打我。

那时我上初中，青春期，特别逆反，天天跟我爸吵。为什么？我也不知道为什么，就是看见他烦，对什么都烦。我都已经上中学了，穿的衣服全是我妈穿剩下的，在同学面前特别没面子，心里特别憋气，委屈。不怕您笑话，我 20 岁前从来就没有穿过皮鞋。当了士官以后，部队发了皮鞋，我第一次穿上都不会走路。当兵前我穿的鞋都是别人给的布鞋，而且，从来没穿过袜子，冬天也不穿，脚上全部裂了口子，走路很疼；天气一热，又痒得难受。

上高一的时候，我缠着家里要鞋，家里没钱买，我就跟我爸吵起来了。我冲他喊："你是一个不称职的父亲，你天天守着那些死人有啥意思？"我爸"啪"给了我一耳光。我从家里跑了出去，三天没回家。

我躲在同学家。听见我爸到处着急地找我，我就是不吭声。心里想：让你找去吧，谁让你不像人家父亲有本事！

要说还有什么印象深的事，就是经常遭别人欺负。因为我穿得又脏又烂，又不爱说话，跟别的孩子格格不入。但在别人眼里，我很傲，不愿意跟他们交朋友。其实我有什么傲的？我那是由极度的自卑产生的极度自尊。他们经常在放学的路上截住我，追着我打。他们人多，我打不过，就跑。所以，后来我在学校的运动会上赛跑总拿第一。

小时候，我感觉最难堪的事就是交学费。每次一到交学费的时候我就害怕。老师说你不交学费，就别上课，回家拿钱去。老师不知道我们家有多困难，以为我想赖掉学费。

我们家跟学校不在一个乡。每次老师让我回家拿钱，我就在学校围墙外面转悠，能不回家就不回家。回家向家里要钱，我爸我妈坐在那里无言以对，说你先去上学，我们想办法给你凑。就这样拖来拖去，半个月二十天才能交齐学费。

我妈为给我交学费自杀过？有这事？我不知道，一点也不知道。我那时很内向，有点自闭，不喜欢跟父母交流。

上中学的时候，我有两个愿望：一是考上大学，永远离开天山；二是将来有钱了给自己买一双球鞋，底下带疙瘩的那种。

可是我高中还没有毕业，我爸就逼着我当了兵。为啥？因为交不起学费呗。还有，他当过兵，认为男人还是有过当兵的经历好。可我不这么看。当兵也没当出个啥名堂来呀？倒当出了一身残疾，日子过得穷巴巴的。

我爸瞒着我报了名，硬把我从学校拉回来体检。我想，体检就体检，当兵也不是那么容易当的，体检的时候我捣点鬼不就行了。可是谁知道我爸去找接兵干部套近乎，说他以前当兵在天山修路，班长牺牲了，他跑到天山来为班长守墓20多年。接兵的干部被感动了，把我列为特殊照顾对象，批准我入伍。

可是我不想去当兵，看见那身军装就烦。我爸给我穿上，我又脱下来。我妈哭了，说，儿子，妈实在供不起你们三个上学，你就去当兵吧，到部队好好干，将来给妈争口气。我心软了，这才穿上军装离开了家。

军车开动的那一刻，一车的新兵都哭了，唯独我没哭。

当兵后，我才理解了父亲

我入伍到新疆某野战师的一个高炮团。我们家的情况新兵连连长知道，班长也知道。班长对我特别好，帮我叠被子，经常找我谈心，慢慢把我感化了。从那时起，我就决定在部队好好干。离开新兵连的时候，我特别舍不得班长。我这人从来不哭，但是心里一直在流泪。那时，我才知道什么叫战友情，才有点理解了我爸跟他班长之间的感情了。

后来，我被分到通信排，当了一名通信兵。我专业掌握得很快，班长很喜欢我。第二年，我就被报送到教导队，参加预提士官培训。

考军校？想过。但是我高中没毕业，怎么考？其实我那时的想法很简单，觉得当个士官也不错，能挣工资，可以资助弟弟妹妹上学。

转了士官后，我把工资基本都寄回家去了，自己只留下很少的一部分。球鞋？不用买了，部队发的鞋就非常好，我还节省下来两双，寄给了我弟弟。

当兵就要当个好兵，一是证明自己的能力，二是为父母争口气。我在团里师里军事比武中，都拿过名次。我立了一次三等功，还被师里树为“创放心岗位标兵”。

我第一次探家时，我爸去了湖北，我们父子俩在路上错过了。您说得对，我爸是去湖北寻找班长的亲人。我爸的老部队还是我无意中帮他找到的呢。

那天，我一进家门，心就凉了。家里还是以前那个样子，破破烂烂的，房子都有了裂缝。我妈坐在门口，手里拿个馒头，就着咸菜，正吃着。几年不见，她的头发又白了很多，一下子苍老得我都不敢认了。妈妈怎么这么苍老了？我嘴里叫了一声“妈”，可是，怎么也迈不动腿。我妈慢慢从门槛上站起来，呆呆地看着我，看着看着，眼泪就流了下来……

后来，我爸从湖北回来了，我看见他也憔悴了很多，感觉很陌生，又很亲切，说不出来的一种感觉，很奇怪。我爸带回来部队首长赠送给他的《天山行》影碟，说让我们兄妹几个看看。我们家没有VCD机，就拿到别人家去放。看过之后，我们兄妹三个特别受感动，为有这样一个爸爸感到骄傲。

休假期间，我爸带我上过一次山，专门到他当年战斗过的地方看了看。我长这么大，从来就没去过我爸以前战斗的地方。他几次想带我去，我逆反，就是不去。现在我也是军人，特别理解我爸这个老兵的心情，很愿意陪他去看看。

那里的环境确实很苦，10月份山崖上就已经挂上了一米多长的冰溜子，山上全是雪。那一次，我彻底理解了爸爸。

回来的路上，我对他说，爸，我以前不懂事，对不起您。

我爸笑了，看了我一眼说，看来让你当兵是当对了。

假期满了，我真不想走，真想多陪陪我已经苍老的父母。

去年，听说老部队要重回天山了，承担独库公路提升道路等级的施工任务，我爸激动得一夜没合眼。他找到总队领导，要求把我调回老部队，让我代替他参加重修独库公路的施工。总队领导多方协调，去年年底将我调了过来。

现在，我们大队担负着独库公路中段的施工任务。我一定努力工作，不给父亲和陵园里的烈士们丢脸！如果需要，将来我会接替父亲，守护这些长眠在天山上的烈士。

四、陈俊贵女儿：陈晓梅

第二天，我离开乔尔玛，来到尼勒克县。

在尼勒克民政局“光荣院”的一间小屋，我见到了陈俊贵的女儿陈晓梅。她放假回来，一直住在这里，给弟弟做饭。弟弟陈晓刚上学去了。半个月前，路通了，父母下山来买东西，他们一家才得以团聚。

陈晓梅今年22岁，正在乌鲁木齐某学院读书。她是一个懂事的女孩。她没有化妆，脸上冻伤的痕迹依稀可见。她的眼睛很大，也很清澈。刚见面的时候，她话不多，很腼腆。她是学中文的，喜欢写作。听说我业余时间也写点东西，又听我说是她爸老部队的战友，便不再拘束，我们之间的距离一下子拉近了。

但她说话的时候，总是低着头，摆弄着手里的一根皮筋，缠来绕去，好像那是一项很重要的工作，又好像在对皮筋说话……

——作者手记

我剥了一片馒头皮，我爸打了我一巴掌

我们家以前不在尼勒克，在新源县那拉提。那是一个民族混居的地方，前面是山，后面还是山。冬天经常下雪，特别冷。不下雪的时候，就刮黑风。风特别大，一刮就是好几天，甚至半个月，把地都刮黑了，人的脸也刮黑了。

您问我童年都玩些什么？我都不好意思说。我跟着哥哥在我家前面的河坝里玩泥巴。怎么玩？把泥巴和好，在手里团成窝窝头那样子，然后使劲往地上摔，看谁的泥团炸开的花大。冬天雪很大，有一尺多深，我们也玩打雪仗。用雪堆出两个城堡，孩子们分成两队，然后相互进攻，对方一个人跑过来把你拍一下，你就算是死了；自己人把你拍一下你又活了，最后谁攻进了对方的城堡谁就算赢了。

其实这都是男孩子玩的，但我喜欢跟哥哥们一起玩。

等我长大了，不好意思跟男孩子玩了，就跟女孩子玩跳皮筋。我们那里离集镇远，买不到皮筋，就把家里坏了的雨鞋一圈一圈剪下来，然后跳着玩。

小时候，我最喜欢过年了。特别让我期盼的是，过年我可以穿新衣服。说是新衣服，其实是半新不旧的，最好的是七八成新，都是别人给的。

上初中前，我从来就没有穿过一件属于自己的新衣服。

我爸乌鲁木齐有个战友，经常给我们拿来一些衣服。也不管男女，谁能穿谁就穿。也不是随便穿，得由我妈分配。一般都是过年才分给一件两件。我记得有一年，妈妈给我分了一件半新的黄衣服，我特别喜欢，过年只穿了几天就舍不得穿了，自己收起来，准备过六一儿童节表演节目的时候穿。

我记忆最深的是，有一年过六一儿童节，我被学校选上跳舞蹈。老师说我个子高，苗条，跳舞好看。我很高兴，回家告诉了妈妈。妈妈给我买了一条项链，两块钱，特别漂亮。跳舞的时候，我戴着妈妈买的项链，感觉特别幸福。

上初中的时候，我爸给我买了一双布鞋，牛筋底的，上面有米老鼠图案。我特别喜欢，穿上它走路特别轻快。

其实我父母都很疼我，因为我是女孩子，吃的穿的都比哥哥弟弟强。爸爸特别疼我，平时我吃剩的饭，都是他帮我吃掉。但是上小学五年级的时候，爸爸打了我一巴掌，让我特别伤心，现在还记忆犹新。

那时我13岁。以前我爸从来没有打过我，以后也没有，那是唯一的一次。那天吃饭的时候，我发现手里的馒头上有几个黑点，好像是有点发霉，就把馒头皮剥了，随手扔在了地上。我爸看见了，很生气，说你给我捡起来，吃掉！我不捡。我也很生气，多大的事嘛，用得着这么夸张嘛。我爸说，你捡不捡？我不但没捡，还用脚把馒头皮踢开了。我爸说你咋这么不珍惜粮食？上来就给我一巴掌。我委屈地哭了。我妈跟我爸吵了起来，说不就是一点馒头皮吗？你看把孩子打得，脸上都起印了。我爸从地上默默地捡起馒头皮，自己吃了。

为这事，我一个星期没理我爸。我爸倒像是自己做错了事，看我的眼神里充满了内疚。我也很后悔，不该扔那馒头皮。但是他打我太重，第二天上学脸还是肿的，眼睛也哭红了。我忍着，就是不理他。

有一天放学，家里就爸爸一个人。爸爸对我说起他以前当兵的时候，班长把最后一个馒头让给了他，班长牺牲了，他活了下来的事情。开始我还板着脸，跟他赌气，后来我听着听着，不觉眼泪就出来了。

我对他说，爸爸，我以后再也不糟蹋粮食了。

到别人家去看黑白电视

在我们那拉提，只有我和另外一个女孩子考上了大学，其他现在基本都嫁人了，有个女同学甚至都有孩子了。

我们那里人思想很保守，女孩子读到三年级就不让读了。他们的父母认为，女孩早晚是别人的，读书也是白读。在这方面，我父母很开通，特别是我妈，说你哥不上大学还可以当兵，你一个女孩子不上大学咋办？根本没有出路！我苦了一辈子，可不希望你跟妈一样待在这山沟里受罪。

我从小学二年级开始就自己洗衣服，有时也帮弟弟洗。妈妈下地干活去了，我就学着做饭。我记得第一顿饭是炒茄子，好像没炒熟，但我妈说特别香。

小时候，父母经常为生活琐事吵架。都是因为没钱，生活艰难。我爸开始还啰唆，我妈一厉害，他就不吭声了。每次都是以我爸的失败而告终。

我问我爸，你是不是怕我妈？

我爸说，我怕她？笑话！我是因为她年龄比我小六七岁，让着她。再说了，她跟我跑到天山上来，这些年也没过啥好日子，爸爸欠她的。

我上小学的时候，我们村里只有一个女同学家有电视，14 英寸，黑白的，屋顶上插个木杆子算是天线，只能收三个频道。我就跑人家家里去看。人家高兴的时候让看，不高兴的时候就早早把门关了。到我上了初中，我们家才买了一台电视。12 英寸，黑白的。那时人家已经是大彩电了。前几年政府修建了陵园，我们家从那拉提搬到了乔尔玛，地方政府送给我们家一台大彩电，那台黑白电视才结束了它的使命。

我不爱逛街是因为我没钱

女孩子都爱逛街，但是我不爱逛街。因为我没钱。对于我来说，是一种折磨，一种痛苦。

我上大学一年学费 3700 元，住宿费 600 元，10 个女生住一间宿舍。一个月我妈就我给 400 元生活费，包括吃饭穿衣，还要买日用品。我妈没工作，我爸两年前才有了工作，工资 1000 多。我上学的钱基本都是我哥给我妈，然后我妈给我。每个月都很紧张，都得特别仔细地计划着花。

每年清明、春节，我爸都给他的战友去上坟。其他节日也去。家里有了高兴事他也去，坐在那里，点上一根烟，跟战友们唠叨唠叨。我哥当兵时他去了，我考上大学时他也去了。他有时带我们去，更多的时候是自己一个人去。

上大学前，我爸带我去了墓地。他郑重其事地给我讲了他们的故事。我感悟挺深。我们家日子再苦，起码一家人团圆，都好好地活着，可是那些牺牲了的叔叔们，没有看到现在社会发展的样子，没有享受到天伦之乐，只得到了一个墓碑。即使现在您写了书，宣扬他们，他们也不知道。

这些年，我爸为战友守墓，我们已经习以为常了，觉得是应该的，是分内的事，是我爸、我们家生活的一部分。但是也有人不理解，说我爸是“苕子”。意思是说我爸笨，傻呗。听到这种说法，我心里特别难过。

第一次跟爸爸走天山路，看到那些山那些沟，那么危险的路，想象着我爸和他的战友当年修路的情景，心里特别辛酸，说不出话来。突然觉得我爸挺伟大。

去年，我们班上教育课，老师让我们每个人讲一段故事，我就把我爸的故事讲了。那天我也不知道哪儿来那么大勇气，讲得特别投入，有几次都忍不住掉泪了。老师和同学们听得也很专注，不知不觉就下课了，但是没有一个人离开。

但是我没有讲，故事里的那个老兵就是我爸。

下课之后，几个关系铁的女同学围着我问：你讲的都是真的吗？我说都是真的。那时为了证明故事的真实性，我才忍不住悄悄告诉她们，那个老兵就是我爸。

同学们都很惊讶，特别佩服我。

我觉得挺自豪，为有这样一个爸爸。

我上了三年大学，我妈只来乌鲁木齐看过我一次。她身体不好，经常失眠，胃也不好，吃不下东西，人越来越瘦。她来乌鲁木齐看病，顺便来学校看我。我妈带我到外面吃了顿饭，母女俩吃了三十块钱，这是我上学以来吃的最贵的一顿饭。我妈舍不得住旅馆，晚上就跟我挤在女生宿舍。跟母亲头一次睡在一张床上，我感觉特别幸福。

第二天，我妈临走时我忍不住悄悄告诉她，我谈了一个男朋友。其实那时我才刚开始谈。别的班一个男孩子追我，两人见过几次面，连手都没拉过。

我妈一听就急了，说，我们一家人供你上大学容易吗？你怎么这么不懂事！年龄这么小怎么能谈朋友？影响学习怎么办？你大老远地来城里上学不是为了谈朋友！现在你懂个啥？以后你毕业了，找到一份好工作，想找啥样的没有？

我妈说得特别严厉！说得我无地自容。我答应她不谈了，马上分手。我妈这才放心地走了。后来，我真的和那男孩分手了。

其实我妈根本就不了解现在的城市，不了解现在的大学生活。我谈个朋友算什么？我本来就很传统，不喜欢上街，不喜欢出去玩，网吧、酒吧从来不去，像我这样的女孩子学校里已经很少了。我们许多同学一谈上对象，就租房子住在了一起。两人住一阵子觉得不合适，又散了，另换一个，照样出去租房子住。有的女大学生还被人包养呢。这些事要是让我妈知道了，还不把她吓死？

选择什么样的生活是每个人的自由，我无权干涉，也不加指责。但是我不喜欢那样。我可以吃最便宜的饭菜，穿最便宜的衣裳，但是我一定要过一种有尊严的生活。

这几年，有许多好心人关心我。有个漂亮姐姐叫陈小溪，她去乔尔玛陵园后知道了我们家的情况，专门来学校看我，给我买了衣服和女孩子用的小提包，还经常请我出去改善生活。有个叫管维的大哥哥，是搞荒山绿化的老板，他驾车去天山旅游，知道了我爸的事迹，回到乌鲁木齐也来看我。后来我哥哥病了，他热情地联系医院，帮了我家很多忙。还有已经退休了的孙丽阿姨，她加入了新疆“妈妈协会”，这个协会是专门帮助困难妈妈的，孙阿姨从乔尔玛回来后，来学校看我，见我床上的褥子很薄，就买了一床厚褥子给我。去年中秋节的时候，孙阿姨还专门请我跟他们家人一起过节。这些好心人让我很感动，让我在乌鲁木齐感到温暖，不再孤独。我唯一能回报他们的就是好好学习，将来做一个对国家有用的人，一个热心帮助别人的人。

你问我将来最大的心愿是什么？就是毕业后能找份工作，为国家多做点事。再就是挣钱养活自己，养活父母。我拿到工资的第一件事，就是给我妈买一枚白金戒指。我妈什么首饰也没有，一辈子没戴过戒指。她年轻的时候可漂亮了，头发很长，垂到屁股那里，编一根大粗辫子。现在老了，您在乔尔玛都看见了，头发全白了。其实她才四十多岁。

为什么一定是白金戒指？因为我喜欢白色呀，我妈也喜欢。也许因为我从小在天山下长大，看惯了山上的冰雪和雪莲，觉得白色很纯洁吧。

五、地方政府领导如是说

上天山看望陈俊贵之前，我查阅了很多资料。同时向当时参与陵园建设协调工作的总队副政委苑占稳了解了当时的一些情况。他是在天山上战斗过多年的老兵，对烈士陵园的建设一直很热心，配合地方政府做了很多工作。

在尼勒克县，我见到了县委书记吴奉军、组织部部长杨文光、武装部政委刘一亮、民政局局长马国法。他们用当地哈萨克人最尊贵的礼仪——羊头，还有尼勒克最负盛名的马肉和灌马肠招待了我。

当过兵的吴书记说，老兵陈俊贵是我们军队的骄傲，也是我们尼勒克人民的骄傲；乔尔玛烈士陵园是我们国防和民族团结教育基地，也是我们尼勒克宝贵的红色资源；天山精神是激励我们建设新疆、维护民族团结的精神财富，作为地方党委政府，我们有责任、有义务建设好烈士陵园，保护好陈俊贵和他的家人。

民政局局长马国法是四川射洪人，他也当过兵。巧的是，当年他也参加过天山独库公路的修建。退伍后，他留在了尼勒克，种过地，打过工，承包过食堂，一步步从一个退伍士兵成长为粮食局局长、民政局局长。他当民政局局长后的第一件事，就是建设乔尔玛烈士陵园。

——作者手记

尼勒克县民政局局长马国法——

陈俊贵为战友守墓这么多年，确实不容易，事迹很感人。自治区领导、民政局对这事很重视，我们伊犁哈萨克自治州民政局想树立陈俊贵这个典型，建设烈士陵园，搞一个红色教育基地，要求我们具体落实。为什么把陵园建在乔尔玛？因为乔尔玛有当年自治区政府和交通厅为烈士们修建的纪念碑。

陵园建成后，我们把陈俊贵一家从新源县那拉提接过来。当时他确实很困难，家当加起来也不到1000块钱。我给了他800块钱，还带去了清油、面粉、大米，让他们一家能开火做饭。州民政局给了他一台大彩电。县领导当时决定：县里每月给他500元，民政局给117元的低保金，加起来就是617元。后来，他的正式职工指标批下来，现在有了正式工资。

我们现在的吴书记标准更高，说要搞就搞好，不能怠慢了烈士，要求重新修整，建设得更庄严一点。他说没有钱也要搞，钱的事情县里想办法，县里再穷也不能穷烈士；他说这是一段光荣的历史，是一种精神财富，无法用金钱衡量。

现在，我们又开始修整陵园，主要是想建一个展览馆，更好地弘扬天山精神。

六、烈士亲人如是说

2006年部队组织“重回天山路”活动时，特别邀请了烈士石博韬的父亲石文华。听说老人当时说过这么一句话：尽管我人在湖北，但是24年来，我每天都在看新疆的天气预报，因为新疆有我一个儿子。

老人的这句话让我很感动。

我决定采访74岁的石文华老人。

石博韬生前是113团的一个排长，湖北新洲县人，1976年3月入伍，1977年12月入党。1983年7月19日，带领战士在天山独库公路2号隧道施工，拆除下导洞支撑木时，突然遭遇塌方，为救战友，壮烈牺牲，时年26岁。

石博韬牺牲时，总队原参谋长、高级工程师马海卿大校就在2号隧道施工。回到乌鲁木齐后，在马海卿的帮助下，我联系上了石文华老人。

我拨通了老人家里的电话。听说我是儿子生前部队的战友，老人特别激动。电话采访进行了将近一个小时。老人当过教师，担任过教育局时政科科长，说话文质彬彬，条理很清。但是他的讲述时常会因为哽咽而中断……

——作者手记

陈俊贵？当然认识。我们见过两次，一次是1999年，一次是2006年。我去给儿子扫墓，他在那里守墓，我们就认识了。他退伍后在辽宁有工作，条件比新疆好，但是他放弃了，重新回到天山，为战友守墓。他是个知恩图报、忠义守信的好人，我很敬佩他！他当时对我说：老人家，您放心吧，我一定守好您儿子的墓。他让我很感动。听说他现在还守在天山。他为战友守了24年墓，一般人很难做到。真了不起！如果你见到了他，一定代我向他问好。

好吧，我说说儿子博韬的事。

博韬牺牲的时间是1983年7月19日。

7月20日，部队来了电话。我当时在县教委工作。电话没有直接打给我，而是打给了我们熊局长。局长把叫我到他办公室，我当时一点预感也没有，还以为局长找我是中考阅卷的事。

局长问我，老石，你有个儿子在部队当兵吗？我说，是。他问在哪个部队，我说在新疆。他说刚才新疆部队来了电话，说你儿子病了，很想念你们，让你们去看一看。我一听这话，心里咯噔一下。

儿子病了？部队有医生，干吗叫我们去？再说这么远的路，生个病也没必要让我们跑一趟。我就知道儿子出事了。我两腿发软，有点站立不住。

我说，熊局长，你不用瞒我，我知道，我儿子牺牲了。

他说，不不不，没有，确实是病了。

我一路流着泪往家走。走到家门口，我把泪擦干才走进去。我对老伴说，儿子病了，部队让我们去看看。老伴当过妇联主任，是个明白人，一听这话当时就哭了，哭得几乎晕过去。等她平静后，我说，你也别哭了，我们赶快去新疆吧，去晚了，恐怕连儿子最后一面也见不上了。

第二天，我们带着三儿子一起上路了。当时单位已经把粮票、路费给我准备好了，还专门到县政府开了介绍信，说那里是边疆，路途遥远，带上介绍信路上方便。我们搭车到武汉，之后从汉口上了火车。

到乌鲁木齐后，我们找到部队中转站。王所长接待了我们，他人很热情，说明天部队有车送你们去团部。团部在新源县那拉提。我们路上走了四天四夜。

到了团部一下车，我老伴看见一个兵，上身穿着白衬衣，下身穿着黄裤子，特别像我的儿子博韬。她激动得对我说，你看，那不是我们博韬?

她朝那个兵喊，博韬，博韬!

我说，那不是我们儿子，你看花眼了。

她不信，使劲喊，博韬，博韬!

结果，那个兵转过身来，是一个陌生小伙子。

到了团里，我们才知道博韬已经下葬了。团里派了跟博韬一起入伍的战友来照顾我们。看到那些一起来的老乡都好好的，而我们的博韬已经不在了，我们更加伤心。

第二天，王副团长陪我们去了博韬的墓地。我跪在那里半天起不来。儿子走的时候活蹦乱跳的，现在却变成了一个冰冷的土堆，真是让人无法接受。

第三天，我们上山去了2号隧道。那是我们儿子牺牲的地方。营部、连部、团部的首长陪同我们一起走进隧道。当时是7月天，天山上很冷，洞里冰水很大，我们戴着安全帽，穿着棉衣和长筒胶靴。博韬牺牲的地方离洞口308米。

走到那里，连里干部给我们介绍博韬当时牺牲时的情况。正说着，突然“嘣咚”一声，吓了大家一跳，以为又塌方了，结果是一个钢钎从上面掉下来了。我从来不信神，但是那时我信了。我儿子知道我看他来了，显灵了。我拿塑料袋装了一点那里的土，算是我的儿子，准备带回家去。

我们从隧道出来，来到儿子生前所在的连队。他的战友给我们谈了他平时的一些情况，说他怎么关心战士，怎么不怕吃苦，怎么带领全排战士完成施工任务。

他们告诉我，当时连队让他休息三天，他本来可以不去上班，如果真是那样，他就躲过了那场灾难。但是他责任心强，知道洞里很危险，只用了一天时间去团部办事，当天就搭便车回了连队，第二天又上了班。

7月19日早上，天还没有亮，他们连队就起床上了工地。9点多的时候，我儿子带着战士们拆除支撑木，发现上面嘎嘎响，就朝战友们喊：要塌方，赶快撤！洞里施工的声音很大，有些战士没听见，他跑过去一个一个往外推，最后推出来的是一名叫于志雄的新战士。刚推出来，就塌方了。于志雄的后腿被砸伤了。他被三根大木头砸中了，一根在肩膀上，一根在腰上，一根在腿上。儿子牺牲的具体时间是：上午10点45分。因为他的表被砸坏了，永远停在了这个时间上。

这块表我带回了家，一直保存到现在。每当想念儿子的时候，我就拿出来看一看，擦一擦。

谈话中，我发现战士们情绪很低，思想包袱很重。我儿子牺牲后，连队已经停工十几天了。那天晚上，睡在儿子生前睡的床铺上，我特别想念儿子。又想，儿子牺牲了，战友们心里难受可以理解，但是这么长时间不开工，会影响工程进度。如果儿子在天有灵，也不愿意战友们用这种方式悼念他。

第二天是八一建军节，部队首长让我给战士们讲几句。

我对战士们说，人非草木，孰能无情？我儿子才26岁就牺牲了，我的心情非常悲痛，说不悲痛是假的。我儿子当兵走的时候，我在他的笔记本上写过这么一段话，为谁参军？为谁扛枪？为谁打仗？自参军之日起，就必须在理论和实践的结合上弄清这个问题，争当一个雷锋式的毛主席的好战士。这就是我的全部希望。“人生自古谁无死，留取丹心照汗青。”我儿子是为救战友牺牲的，是为国捐躯，我为有这样的儿子感到光荣和自豪。但是工程不能停下来，必须搞下去，而且要搞得更好，这才是对我儿子最好的悼念。

听了我这话，下面的许多战士都哭了，为我鼓掌。

第二天他们就上了山，重新开工了。

我把那包沙土带回家，用儿子小时候上学戴过的红领巾包起来。我感觉自己年龄越来越大了，可能无法再到新疆去看望儿子了，就在家乡给他建了一个衣冠冢，里面放着他的红领巾和天山上的沙土。

博韬牺牲后，她妹妹石翠芬要求到部队去当兵。那时部队在新疆乌苏，离她哥的坟墓很远，部队专门派车送她去给哥哥扫墓。她在天山当了三年兵就退伍了，现在在武汉工作。

二十几年来，我人在武汉，心在天山，每天都在看新疆的天气预报，下雪啦，下雨啦，天冷啦，天热啦，总是在关心新疆的天气，感觉新疆很亲，因为我的儿子在那里。1999 年，我特别想念儿子，和老伴去了一次天山，2006 年八一建军节，部队组织“重走天山路”活动，我又一次上了天山，去看儿子。

那是我最后一次看望儿子，也是最后一次见到为我儿子和那些烈士守墓的陈俊贵。他比以前老多了，头发都快掉完了。我深深地给他鞠了一躬，为的是他对战友的那份感情。我儿子当时抢救战友，那只是一闪念的事。可是陈俊贵在天山苦苦守墓 24 年，可不是一时心血来潮，不是一般人能做到的。所以他很了不起，我很敬佩他。你们要多宣传他，让全社会的人都知道他，尤其是要让年轻人知道他的事迹，学习他的精神。我是一个老教师，知道教书育人重要。但是不能光教年轻人怎么做事，更重要的是要教他们怎么做人，做一个知恩感恩的人。我们的国家现在强大了，经济繁荣了，人民富裕了，但是许多年轻人只知道享受，不知道牺牲奉献。国家的未来终究是属于年轻人的，他们不继承我们中华民族的传统美德，不学会感恩，不知道为国家、为民族牺牲奉献怎么能行？

七、昔日战友如是说

退伍老兵陈卫星——

我们四个人那次去执行任务，确实很艰难，班长郑林书和副班长罗强牺牲了，我和陈俊贵活着回来，我的脚指头冻掉了，陈俊贵的腿冻残了。陈俊贵讲得一点没错，当时的情况就是那样。他讲过了，我就不啰嗦了。

我给你说句实话，其实当时我并不想执行那次任务。为什么？因为我想退伍。万一出了事，我就永远回不去了。这是真话。部队那时在天山上施工，每年都有十几个战友牺牲。当时并不是非去不可，不是命令，谁愿意去就去，不愿意去可以换别人。罗强劝我，我才跟他们去了。

我跟罗强是同年兵。1978 年 3 月，我们一起从广东连州入伍。罗强比我干得好，当上了副班长，还入了党。我什么都不是。对了，那次执行任务前，罗强入党才七八天。

我们从小生活在广东，哪儿见过冰天雪地？冷得受不了，手都冻伤了，耳朵冻黑，吃的住的都不习惯，一年多时间才适应过来。部队整天在天山上修路，说难听点，跟劳改犯差不多。我当兵三年，没有下过一次山，连团部都没有去过。我看在部队干也没什么前途，所以就想等到年底退伍。

有一点陈俊贵忘了讲，或者当时又冻又饿，人都已经冻糊涂了，他没有注意罗强牺牲前给我说了些什么。罗强说，我不行了，你回去告诉我家人，说我是执行任务时牺牲的。他摸摸胸口。我明白他的意思，帮他从衣服兜里掏一张黑白照片。他看了一眼，又示意我装进去。然后他就闭上了眼睛。

那照片上的人是他对象。

我跟陈俊贵继续往前走。我实在走不动了，他就背着我走。他后来也走不动了，我们就往前爬。再后来，我们俩都爬不动了，趴在雪地里什么也不知道了。

我醒来的时候，发现躺在一个哈萨克牧民的家里。毡房很温暖。哈萨克老大爷很高兴，朝我们叽里咕噜说些什么，我们也听不懂。老人喂我们馕饼和奶茶，我一口气喝了七八碗奶茶。之后，我又昏迷过去。

直到15日早上，我才醒来。我们离开连队已经整整七天了。我们俩急着回去报信，哈萨克老人送我们。我趴在马背上，陈俊贵趴在牛背上，也不知道在风雪里走了多长时间，终于看见了穿军装的战友，我一下子昏了过去……

我先在团卫生队住了半个月，后来转到了野战军155医院。部队给立了三等功，评了残，那年年底我就退伍了。

我印象很深的是，当时天很冷，风很大，雪很厚，又结了冰，几乎把耳朵冻掉了。我们获救后，战友们找到郑林书和罗强的遗体，他们两个已经冻在了雪地上，搬都搬不动，折腾了三天才把他们抬下山来。现在想想，心里都打颤。

要不是那位哈萨克老大爷，我们和陈俊贵早就没命了。我退伍之前，专门去寻找过老大爷，但是他已经不在那里了，不知道他游牧到了哪里。二十多年来，我经常想起老大爷。真的，特别感激他，想念他。我最大的愿望就是，在我有生之年，能看见那位哈萨克老大爷。

2006年，部队搞“重走天山路”活动，邀请我和罗强的家人一起参加。我去接罗强的父亲。老人又一次拿出儿子的照片、领章和红五星，还有二等功奖章，看了又看。

老人对照片说，罗强，我就要去新疆看你了。

罗强的家还是以前的老样子，父母都70多岁了，还得自己下地干活。自从罗强当兵后，他们就再也没有见过罗强。当年，罗强母亲得知儿子牺牲的消息，一下子就昏了过去，在医院住了好几天。现在两个老人更加苍老了。

我们临出门时，罗强的母亲把早已准备好的纸钱装进罗强父亲的背包。我说纸钱到新疆再买。罗强母亲说，还是家乡的纸钱好，你们多带点，新疆那地方很冷，给罗强多烧点，别让他冻着。

罗强母亲把我们送出门，一路走一路对罗强父亲唠叨，你给罗强烧纸钱的时候，一定要大声喊罗强的名字，那里风大，你不大声喊他听不见。你告诉罗强，说我身体还好，还能干活，让他不要担心。回来的时候，你一定要把罗强的魂引回来，你要一路走一路喊他的名字。你无论到哪里都要喊，大声喊他才能听见。特别是走到十字路口，或者是换车的时候，汽车换火车，火车换汽车，一定要记着喊，别让罗强走丢了……

到了天山墓地，我见到了离别26年的战友陈俊贵，我们抱头痛哭。我把罗强的父亲介绍给陈俊贵，陈俊贵跪倒在老人面前。

我们带老人来到罗强的坟墓前。

老人扑倒在儿子坟前，哭喊着，罗强，罗强，罗强……

我们把老人带到当年罗强牺牲的地方，讲述了事情的经过。老人流着泪说：“当兵就是会死人的，我这一辈子对国家没有什么贡献，我把罗强献出去，就算是为国家做了一点事……”

武警交通二总队政委张国华——

陈俊贵他们四个送信出事的时候，我也在天山上施工。那时我是排长。陈俊贵当时在113团，就是我们现在的六支队；我在111团，就是我们现在的七支队。他们团部在那拉提，我们团部在独山子巴音沟。

当时山上交通、通信很不方便。通信线路顺着山沟架设，一刮大风就断了，还搞不清是哪里断了。一断之后，相互没了联系，供给就是问题，就得派人送信。团与团之间、连队与连队之间经常派战士送信。送信的事各个团都有。我也往团部送过信，只是没有遇见暴风雪。但是雪一年四季都有。那时我年轻，为了快点把信送到，一屁股坐在雪地上，从山顶上往下滑。现在想起来，那也是很危险的，说不定就会滑到沟里，或者引起雪崩。我没出事，那是幸运。

当时我们听说了陈俊贵他们的事，确实很感动。班长郑林书把最后一个馒头让给了一个新兵，就等于把生的希望让给了战友，把死亡留给了自己，那是一种患难之交，一种生死考验。

我是1976年2月当的兵。离开河南老家的时候，吃了一肚子红薯，坐着闷罐子车咣当咣当一家伙拉到了新疆。路上整整走了七天七夜。下了车后，大家都晕晕乎乎的，集中在车站广场上，穿着皮大衣，坐在自己的背包上看电影。好像是《南征北战》《地道战》之类的，放了一夜，许多人都趴在膝盖上睡着了。为啥看电影？我估计可能是一下子来了上千新兵，候车室车站容纳不下，只能让我们坐在广场上看电影。

第二天吃完早饭，我们上了大篷车，一家伙被拉到了独山子——就是天山独库公路的起点。第二天就上了天山，到了毛溜沟。老兵们敲锣打鼓欢迎。地上铺的麦秸草，上面铺着席子，背包一打开，一个挨一个，这就开始了新兵生活。

那时候新兵生活确实艰苦，吃的是白菜、土豆、罐头。屋里有火墙，烧着炉子。我们在河南没见过那种炉子，不会烧，睡前压不好炉子，半夜炉子熄了就得挨冻。火墙还经常爆，弄得满床满脸都是黑灰，第二天大家全都得洗衣服、洗被子。

一般来说，一个月能看上一场电影。白天在山上施工的时候，大老远看见山下蜿蜒的公路上有车上来，就特别高兴。上山的车一般有三种：一种是团部的吉普指挥车，一种是运送物资的解放卡车，再一种就是送信、送报纸、送电影队的“大屁股”吉普车。

一看见“大屁股”来了，战士们就特别高兴，知道不是送信，就是放电影的来了。干活的劲头特别大，早早就完成了任务，准备回连队看信、看电影。

那时在山上最高兴的事，就是看信、看电影。也不管是自己的信，还是别人的信，大家都相互看，只要是信，看着就高兴。结了婚的老兵老婆来封信，大家抢着看，转着圈看，看人家老婆在信上写了什么，这也是一种乐趣。

我在天山上干了八年，经历过三次“死亡”。

第一次是“差点被砸死”。那时我当班长，我们班在防雪走廊挖基础。那天天气非常好。但是天气好的时候，山上容易掉石头，也容易发生雪崩，特别危险。天气好，雪化了，土松了，石头就会掉下来。我记得很清楚，那是1979年七八月份，我带着全班人正在施工，突然听见安全员喊：掉石头了！抬头一看，一块大石头从山上滚下来，滚在半山腰时碰在了另一块石头上，碰得粉碎。那时跑已经来不及了，一块碎石击中了我头部，把安全帽打歪了，安全帽的边棱啃进了我脑袋里。我当时就休克了，头上血直流。战友们赶快用小推车把我推到营部卫生所，止血包扎，缝了好几针。医生说，头上缝针不能用麻药。我一下子疼清醒了，自己能听见“吱——吱——”缝伤口的声音。

第二次是“差点被困死”。有一年，我带着全排在一个远离大部队的工地施工，结果遇到了大雪封山，全排米、面、油、柴都没有了。到处都是五六十公分厚的积雪，我们无法自救，外面也很难救援。三顿饭改成两顿，后来改成一顿，再后来干饭改成了稀饭，再后来连稀饭也没有了。烧火没有了柴火，就开始烧铺板，一张一张的烧，大家夜里挤在一起睡。好在那场暴风雪很快就停了。如果那场雪再多下两三天，我们排就得被饿死、冻死、困死。

第三次是“差点被捂死”。1980年3月初，作为排长的我带人打前站，任务是疏通大部队上山的道路。那天我们吃了饭，比平时提前十分钟上班。刚走出营门，有个云南籍战士说他忘了带绑腿，请假跑回帐篷去取。当时山上冰雪很厚，我们都穿着雪鞋，需要用绳子把裤腿扎在鞋子里。我们往前走了不到十分钟，突然听到身后“轰隆”一声，回头一看，不好了，营地那边发生了雪崩。眨眼间，我们排的五顶帐篷一顶都不见了。

天哪！帐篷里还有炊事班的三个战士，一个病号，还有刚才跑回去取绑腿的战士！五个人全被埋进去了。

我们急忙跑回去就拿锹挖、用簸箕铲。雪崩下来后，最厚的地方冰雪有5

来。我们挖呀挖呀，挖了一个小时，才挖出一个帐篷的小窗口，一股浓烟呼的冒了出来。帐篷里生着火炉子，雪崩将帐篷压塌了，帐篷烧着了。这时我听到里面有“哼哼”声，赶快挖开帐篷，把里面一个人救出来。一看，是刚才回去取绑腿的那个云南籍战士。他当时扑倒在火炉子上，胸前的棉衣都烧着了。我们赶快把他的棉衣脱下来，他身上全是烧伤，已经失去了知觉。

事后我们分析，他当时坐在床铺上，一只脚踩在炉子上系绑腿，雪崩来了，把他一下子压倒在火炉子上了。

我急忙派人往山下送，走到半路上他就牺牲了。

我带领战士们抢救另外四个战士。谢天谢地，他们四个躲在帐篷一角，那里刚好有个油桶撑着，幸免于难。哪来的油桶？我们在山上吃的都是融化的雪水，油桶是用来放冰块的。后来想想挺害怕。如果那天我们不提前上班，那么牺牲的可不是一个战士，我们有可能全排覆没。

要说最惨的一次，是在部队打“飞线”的时候。两个战士去爆破，人还没跑下来，炮就响了。人被炸飞了，战友们提着麻袋到处捡遗骸……

那时候生活确实艰苦，经常吃压缩干菜，喝玉米面糊糊。姚虎成就是我们团一营副营长，那天早上他就是喝了玉米面糊糊上的工地。结果遇到了雪崩，牺牲了。战友把他挖出来，做人工呼吸，一按胸脯，嘴里冒出来的全是玉米面糊糊。后来很长时间，大家都喝不下玉米面糊糊。

当时穿得也很破。棉衣三年发一套；罩衣开始是粗布的，后来改成卡其布的，三年发两套，根本就不够穿。为啥？平时施工抱石头，特别费衣服。罩衣大家平常都不舍得穿，只有在营里团里开会的时候，上级首长看望大家的时候，尤其是探家的时候才穿。平常都是光棉袄，抱石头、背石头、打风钻，摸爬滚打都是棉衣。反正山上荒无人烟，也没人看见。战士们的棉袄都磨出了窟窿，有的甚至就剩下了里面一层布，看上去像叫花子，还不如现在的民工呢。

有一年，新疆军区杨勇司令员来看望部队，大家来不及换好点的军装，就那么穿着烂棉袄站了一山坡。杨勇司令员看见战士们这样艰苦，心疼得落泪了，当即宣布给全师官兵每人增发一套棉衣……

2006年，总队为什么搞“重走天山路”活动？主要是为了宣传陈俊贵的事迹，弘扬天山精神。那年4月底，自治区党委书记王乐泉在新疆第24个“民族团结教育月”活动动员大会上说：30多年前，为了加快新疆基础设施建设，打通天山南北通道，部队官兵与极其恶劣的自然环境殊死搏斗，修筑了独山子至库车560多公里的天山公路，几千名官兵受伤致残，168名官兵壮烈牺牲，他们用自己的生命和热血在天山上筑起了一座巍峨的丰碑。

这些年来，当地政府十分关心部队建设，对宣传陈俊贵也做出过批示。书记王乐泉，主席努尔·白克力，副主席戴公兴，自治区常委宋爱荣，交通厅厅长里加提·苏里堂、书记王新华等地方领导都先后到部队慰问，都很关心陈俊贵。

“重走天山路”活动同样得到了新疆维吾尔自治区党委政府、交通厅、乌鲁木齐市市政府以及我们总队驻地头屯河区委区政府的大力支持。出发仪式上，自治区党委常委、乌鲁木齐市市委书记杨刚为活动授了旗。由当年参加天山独库公路建设的老兵及烈士家属、媒体记者、军地领导共80多人组成的活动团，从乌鲁木齐出发，历时4天，行程2000多公里，重走天山路，追忆战斗史。在乔尔玛独库公路纪念碑前举行了隆重的祭奠仪式，慰问了默默守墓20年的老兵陈俊贵。前不久，武警部队吴双战司令员动情地讲述了陈俊贵的事情，武警交通指挥部党委也做出了“向老兵陈俊贵以及他的战友学习”的决定，指挥部主任孟洪喜少将、政委刘学政少将关于学习陈俊贵、弘扬天山精神多次做出指示。我们总队党委决定：向生活困难的陈俊贵一家，每个月给予1000元的生活补助。

我们这个时代需要陈俊贵这种感恩精神。陈俊贵的故事和天山精神不仅要在部队宣传，还要向全社会宣传，更要向年轻一代宣传，要让我们的年轻一代懂得什么是国家，什么责任，什么是奉献，什么是感恩。

武警交通二总队副总队长缪贵荣——

当年我在112团，也就是现在的五支队。

当时，我们全线一共摆了三个团，111团在北段独山子，陈俊贵所在的113团在中间地段那拉提，我们112团在南段库车。

说是在库车，其实我们连在铁里买提冰达坂，团部设在狗熊沟，离库车还有127公里。那时，雪崩、泥石流、塌方稀松平常，受伤牺牲时有发生。陈俊贵他们的事情发生后，我们团向部队通报了情况，还组织了讨论，号召大家向陈俊贵他们尤其是班长郑林书、副班长罗强学习。

陈俊贵退伍后重回天山为战友守墓的事，以前我并不知道，因为天山公路竣工后部队撤离了天山。2005年我才知道了这事。陈俊贵确实不容易，退伍不褪色，这么多年一直保持军人本色，能吃苦，重感情，知感恩，守信用，这是我们这个时代值得提倡的一种可贵的精神。

当时，我们担负的是铁里买提冰达坂上的3号隧道施工任务。隧道长1864米。两个营同时两头掘进，一营在北口，我们三营在南口。那时没有现在的多臂钻等先进的施工设备，全是人工作业，天天打风钻，放炮，然后往外清理渣料。

有一次，隧道突然发生塌方。清理人数的时候，七连发现少了一个兵——湖北省罗田的范寨德。大家急忙寻找，上面还在不断掉石头，突然听见石头堆里有微弱的呼叫声，大家疯狂地往外搬石头。等搬开一看，他被两块大石卡在中间，拉也拉不出来。一个排的人费了好大劲才把石头搬开，把人弄出来。他的上身和下身扭成180度，已经扭断了，命是保住了，但是终生瘫痪。

还有一次更惨，我们连正在浇注混凝土，发生了大塌方，我们班一下子就牺牲了三个。一个战友的胸脯被石头砸陷进去了；一个战友的头被木板和石头夹成了饼子，有一根22厘米的螺丝从头上穿过去了；还有一个砸成内伤，嘴里的血不停地往外冒。这三个战友当场就牺牲了。我很幸运，死里逃生，从塌方堆里爬了出来。我们副排长夏胜榜被砸成重伤，送到卫生队去抢救。送去时他人已经不行了，我们给他把棺材都做好了，他命大，抢救了三天，竟然奇迹般的活了过来，而且还没有留下什么残疾。

当年在悬崖绝壁上打“飞线”，那更危险。把人从山顶上用保险绳吊下来，悬在半空中打炮眼，放炮，炸开一片立足之地，然后再一点一点往前掘进。当时我在八连当排长，打“飞线”的是七连。他们就在我们隧道口不远的地方施工，我们经常看见他们在半空中“打秋千”。当然，后来我也当过七连的连长。

七连可了不起，当时在天山很有名。他们在“飞线”上开道，“老虎口”里拔牙，当然也付出了惨重的代价。原来的连长杨晓海带领战士打“飞线”，身上系着保险绳，腰里捆着炸药包，悬在半空，抠着石缝，打眼放炮，凿出尺把宽的羊肠小道，沿着羊肠小道再开凿导洞。导洞很小，人在里面只能跪着、斜躺着打炮眼，爬着出碴，爬着装炸药，经常有人在洞内昏倒。连长杨晓海、指导员李善国和三名战士就牺牲在这样的“飞线”上。当年，连队被基建工程兵兵办授予“拖不垮、砸不烂，敢打敢拼的硬骨头连队”光荣称号，还荣立了集体二等功，连党支部两次被中央国家机关党工委评为“先进基层党组织”。电影《天山行》中主人公余海洲的生活原型就是李善国。

天山公路竣工后，部队陆续撤离天山，2005 年编入武警部队序列，将团改为支队。我们支队离开天山后，开赴新疆和田，担负和布公路修建任务。工程也相当艰苦，但是我们圆满完成了任务。工程竣工后，地方政府在和田为部队修了一座纪念碑。像这样的纪念碑，当地政府在新疆一共为我们修建了三座。

后来，部队陆续开赴六盘山、太行山等地，投身国家基础工程建设。我们总队进疆30 多年来，继天山独库公路之后，修筑了和布公路、中巴公路国内段、新藏公路、吐（鲁番）乌（鲁木齐）大（黄山）、乌（鲁木齐）奎（屯）、阿（拉尔）和（田）和5 条国道等50 多条公路，建设总里程达5000 多公里。

去年夏天，部队又重回天山，根据国家计划，要将天山独库公路由原来的三级路改为二级路，全线要求2010 年 11 月完工。部队现在基本按照当年的位置布局，五支队在库车那头，六支队在中间乔尔玛，七支队在独山子。我们之所以这样布局，主要是为了让老部队重新回到原来的地方，重温当年筑路的光辉历史，弘扬我们部队独创的“天山精神”，像当年老一代筑路官兵那样，敢打硬拼、勇于牺牲、无私奉献，圆满完成党和人民赋予我们的施工任务。

我从天山回到乌鲁木齐一个星期后，总队常委分工让我去天山独库公路起点独山子蹲点，指导部队“进点”工作。冬季天山冰封雪裹，部队无法施工，只好撤下来休整；到了春天冰雪融化，上山的道路通了，部队再“进点”施工。

如果从库车出发，沿天山独库公路一路蜿蜒北上，走出白雪皑皑的天山沟口，你的眼前会豁然开朗，展现在你面前的是一望无际的戈壁滩。戈壁滩上，孤零零的蹲守着一座小山，像陈俊贵一样孤独地守望着天山。

也许，这就是著名的石油小城“独山子”的由来。但是在维吾尔语和哈萨克语中，独山子叫“玛依塔克”和“玛依套”，意思是“油山”。

独山子距离乔尔玛烈士陵园只有100多公里，可是现在山上都是积雪，道路不通。否则的话，我真想再去看看陈俊贵。

独山子是克拉玛依市的一个区，地处天山北麓，准噶尔盆地西南边缘，南屏天山，与奎屯、乌苏毗邻。独山子石油开采始于清光绪二十三年（1897年）。民国二十五年（1936年）开始引进苏联技术装备，在独山子（山）北坡形成石油工人聚居的矿区。到1953年已发展成万余人的新型城镇。1958年克拉玛依市成立，独山子划归为克拉玛依市的一个区。但是独山子距克拉玛依市区还有150公里。在世界上所有的城市中，独山子也许是离市区最远的一个城区。

我抵达独山子的当天，就去了30年前部队修筑天山公路时的巴音沟营地。那里是111团的团部。30年前，副总队长何俊才是团部的干事，他让我拍几张照片回去，想看看现在的巴音沟变成了什么模样。遗憾的是，这里几乎变成了一片废墟。没有倒塌的营房里，散居着几户哈萨克牧民。团部的大门已经看不出从前的模样，只有两根水泥柱子孤独地矗立着，好像在向死去的战友默哀，又像是向人们诉说着当年的故事。

第三天，七支队独山子北段工程指挥员李传华上校带领官兵开始上山。车厢上贴着这样的标语：“向天山进军，向陈俊贵学习！”“大力弘扬天山精神！”“努力践行当代革命军人核心价值观！”

那天风和日丽。但是让我们始料不及的是，当天晚上天山突降大雪，上山的道路一夜之间又被封堵了。多亏部队带足了给养，否则后果不堪设想。好在接下来的几天温度渐渐回升，路上的冰雪慢慢融化，路又通了。

但是麻烦接着又来了：11中队测量班班长肖彦平的血压突然升至

180，呼吸困难，几近昏迷。我们连夜将他送到独山子医院。经过一夜的治疗，肖班长脱离了危险。医生说他是因连日劳累，加之刚上山身体不适所致。

大家刚松了一口气，李传华又病倒了，拉了一夜肚子，人几乎虚脱，不得不输液治疗。他说，吃雪水拉肚子是常事。30多年前部队在山上一年四季吃雪水，官兵们还不是照样完成施工任务。你看人家老兵陈俊贵，吃了这么多年的雪水也不见拉肚子。习惯了就好了。现在部队条件好多了，配备了饮水净化器。

在场的七支队副政委唐金江接口说，部队刚上山吃的都是雪水，因为饮水净化器被冻成了冰疙瘩，无法使用，等天气暖和了，净化器才能使用，那时饮水问题就解决了，这一两个月还得吃雪水。去年部队上山就有许多人拉肚子，七八天后肠胃才慢慢适应。今年大家有了经验，提前吃了止泻药，拉肚子的人比去年少。李传华上校最近一直奔波在工地，带领技术人员勘察线路、指挥布点，天山峡谷寒风刺骨，他又喝了雪水，所以比较严重。不过没事，他身体结实，过两天就好了。

10年前我就认识唐金江，那时他在三中队当指导员。三中队解放战争时期，参加过保北战役、平张战役和太原大会战，屡立战功。抗美援朝战争时期，先后历经龟城、泰川、平康、华川等四次战役洗礼，作为先头部队率先突破“三八线”，被志愿军总部授予“突破‘三八线’尖刀连”荣誉称号。在上甘岭战役中，官兵们在水尽粮绝的情况下坚守阵地，以少胜多，被志愿军总部授予“五音山功臣连”荣誉称号。1974年5月三中队随大部队开往天山，担负哈希勒根冰达坂隧道施工任务，在环境极其艰苦危险的情况下，打通了隧道，荣立了集体二等功，被基建工程兵授予“硬骨头三连”。

唐金江说：“天山精神不能忘，陈俊贵这样的老兵不能忘。”

部队今年进点之前，专门组织开展了“向陈俊贵学习，弘扬天山精神，践行革命军人核心价值观”学习教育活动。去年重回天山后，唐金江和李传华先后6次路过乔尔玛烈士陵园，每次都要进去祭奠烈士，看看陈俊贵一家，问问他们有什么困难，需要什么帮助。陈俊贵说不需要什么帮助，老部队现在重回天山，重修天山公路，是对天山南北各族人民的最大帮助，也是对我陈俊贵的最大帮助。我为曾经是这个英雄部队的一名老兵而感到骄傲！

这天晚上，远在400公里之外、驻扎在独库公路南段的五支队张权年大队长打来电话报告说，他们打前站的官兵已经进入工地，但是由于南段山上积雪很厚，机械发动不起来，暂时还无法施工。巧的是，张权年现在所在的地方，就是他哥哥（现任总队后勤部部长）张盛年当年战斗过的地方。

第二天，李传华的病好多了，我们一同上了工地。

路上，李传华告诉我说，去年5月12日汶川大地震，13日那天，他和唐金江、总工刘罡、副大队长王思远4人挺进天山，为部队施工进点勘探线路。他们首先看望了老兵陈俊贵，祭奠了168名烈士。然后来到哈希勒根达坂1号隧道。当年“雷锋式好干部”姚虎成就牺牲在那里。他们停下来祭奠姚虎成。这时突然发生了雪崩，他们赶紧撤离，雪崩在距离他们50米的地方停了下来，有惊无险。

李传华说：“这是烈士们在保佑我们！”

我们来到哈希勒根冰达坂，隧道口挂满了冰溜子。总队总工程师和郁富曾在这里干过3年。他的左手在一次施工中受伤，缝了21针，现在手指还有些弯曲。

李传华指着一处悬崖说：“那就是当年部队打‘飞线’时，留在上面的钢钎。”我顺着他手指的方向，果然看见绝壁上有一根钢钎，隐约还能看见钢钎上带着断断续续的绳索。那时已经使用尼龙绳索了，不容易腐朽。30年了，它们还在那里。因为没有人能攀上去把它们取下来。

我们来到架设在两个山崖之间的一座小桥前，李传华指着山崖上的一个山洞说，听当年的老兵说，那里曾经住过一个排，这座桥就是这个排修建的。

这些都是那段艰难岁月的历史见证。

李传华先后组织指挥过6个工程项目的施工，都圆满完成了任务。他是武警交通部队基层新一代指挥员，虽然没有参加过当年的天山会战，但他对完成任务充满信心。

他说："党和政府让我们部队重回天山，担负这么重要的施工任务，是对我们的信任，也是对我们的考验！在老一代筑路兵战斗过的地方，有陈俊贵这个榜样在激励着我们，有那么多烈士的目光注视着我们，我们一定能圆满完成任务！"

穿行在蜿蜒崎岖的天山公路上，我想起了最近网络上许多网友有关陈俊贵的留言，他们有的来天山旅游时在乔尔玛见过陈俊贵，有的是从报道中知道了陈俊贵。这些留言让我感动，让我看到了陈俊贵的价值。

网友"神州一片红"：忠义之人，堪比关云长！

南宁一位新浪网友：人间的真情原来是这样！80后的姑娘向你敬礼！

北京一位新浪网友：陈伯伯，您还记得我吗？去年暑假，我去看过您。我的父亲也曾亲身参与修建独库国防公路，在天山打了8年的隧道。去年暑假，我与父亲重走天山路，父亲感慨万千，他说了一路，我哭了一路……

烟台一位网友：陈俊贵这个"傻人"陪伴着长眠于地下的班长和战友24年，他和班长生死相托的友情，惊天地，泣鬼神！我敬仰陈俊贵和他的班长，我热爱这支伟大的人民军队！

网友"红尖兵"：情谊无价，不是一般人能做到的。谁做到，谁伟大。我没做到，我要做到！

云南一位网友：一个仰望英雄、追寻崇高的民族，是可以战胜一切艰难险阻的民族。我们为有郑林书、陈俊贵这样的战友而骄傲，为无数网民的感动而感动，为我们这个伟大的民族而自豪。

四川一位新浪网友：在这个价值多元的时代，看到了人间真情，战友至爱，看到了人们对英雄的敬仰，看到了人们对社会主义核心价值体系的认同。

陕西一位搜狐网友：人一生最大的收获不是他得到了什么，而是他做过什么！我也曾经是一名军人，当过兵的人最能体会到战友情真正的含义。我在这里向陈老兵敬礼！

广东一位搜狐网友：陈俊贵的事迹让我们思考：人活着究竟为了什么？是追逐名利、荣华富贵？还是尊重生命、知恩图报？在陈俊贵身上，我们找到了答案！

山东日照一位署名“一个平凡的工人”的搜狐网友：一个洗涤灵魂的战士，一段刻骨铭心的故事，浩浩浮尘遮蔽了多少人的心灵和眼睛！当我们回望自己的人生时，有谁无愧于心？

浙江一位腾讯网友：永远悼念离去的英魂！一生敬佩军人精神！我虽然还没感受到军人的生活，但军人是我一生崇拜的偶像。

深圳一位新浪网友：谁是最可爱的人？我没有从军的经历，这是我终生抱憾的一件事。如果有条件，我一定要让我的儿女去从军，哪怕只有一天……

常德一位新浪网友：做好最简单的事最不简单啊！20多年！是什么信念使得老哥哥坚持下来？中国魂！民族魂！老弟我50岁下岗算不了什么……

广东一位新浪网友：饮水思源，我们永远不能忘记曾经为祖国和人民牺牲的英烈们。没有他们，就没有我们今天这么美好的生活。不管是作为父母或教育工作者，都要以这个为教材来教育我们的孩子。

四川汶川一位搜狐网友：是这些无名英雄的青春和生命换来我们现在的幸福生活。我会勇敢地去面对生活中的困难，以微笑来面对人生……

我心里想着陈俊贵，想着网友的留言，耳边又一次响起了那首熟悉的歌：

当我永别了战友的时候，
好像那雪崩飞滚万丈。
啊——
亲爱的战友，
我再不能看到你雄伟的身影，
和蔼的脸庞。
啊——
亲爱的战友，
你也再不能听我弹琴，
听我歌唱……

想起长眠雪山的168名战友，想起墓地边陈俊贵一家住过的地窝子，想起陈俊贵屋里塑料桶中的常年饮用的冰雪水，想起陈俊贵黝黑的脸上爬满了皱纹，想起陈俊贵妻子雪山一样耀眼的白发，我的双眼渐渐模糊了……

蜿蜒而平坦的天山公路，是筑路老兵们用青春、热血和生命铸就的历史奇迹。陈俊贵和他的战友们的故事，将伴随着这条天山公路传向远方。战友们的无私奉献、为国捐躯是一种大爱，班长的舍生忘死是一种大爱，陈俊贵的知恩图报也是一种大爱。而爱，就需要相互传递。我希望这种大爱会越传越远，抵达每一个人的心灵。

陈俊贵守望的不仅仅是班长给予他的那份恩情，更是那段激情燃烧的岁月。在那段岁月里，一批批战友战斗在祖国最需要的地方，用奉献和牺牲建设着美丽的人民共和国，诠释着共和国军人的核心价值观。我们永远不会忘记他们！

现在，新一代的筑路兵又重回天山。我们有理由相信：他们一定会继承和弘扬老一代筑路兵创造的天山精神，圆满完成祖国赋予的光荣使命！

天山，当年的“大兵”又回来了，请你检阅！

——作者手记

黄河岸边的歌王

■黄风　徐茂斌

编选按语：

中国有着非常悠久、绚烂的文化传统和内容，而流行于全国各地的民歌正是传承和不断推进发展这些传统内容的重要方式。黄河岸边的民歌歌手们，他们一代代的延续歌唱，既是文化的不间断演示，也是一代代、一个个人物生活命运的真实呈现。这篇作品，从民族文化和人生命运的角度，对一些歌手的追踪和真实描述，非常深入和生动。作品地域民族特点分明，叙述诗意动情，其中歌曲和人所包含的内容极其丰富、形象和深刻，读来令人陶醉与深思。

引子 黄河落天来

你晓得——

天下黄河几十几道弯？

几十几道弯上，

几十几只船儿？

几十几只船上，

几十几根竿儿？

几十几道弯上，

几十几个艄公，

来把船儿扳？

从晋西北的偏关县，前往紧邻的河曲县，沿途峰回路转，黄河一出现在前方，我的耳畔就回响起这首歌。20多年前，我就熟悉这首歌，叫《天下黄河九十九道弯》，只是个别歌词版本不同而已。

耳畔回响的歌声，像河路汉子背上的纤绳，在我脑海里牵出一片壮阔：日头奔走在黄土高原上，九曲十八弯的黄河落天而来。大河滔滔，一艘老船在浊浪中出没，河路汉子赤条条的臂膀闪耀着古铜色的光芒，挺立在船头的舵把子一边掌船，一边扯开嗓子吼着歌。仿佛唱了一千年，唱了一万年，与天地一样恒久。

千百年来，在大河的咆哮声里，苍凉的晋西北，每一条沟壑都流淌着风沙，滚落着泪蛋蛋。一孔孔黄涯涯的老窑洞，支撑不起一缕缕柔弱的炊烟。“男人走口外，女人挖野菜。”走的一步一回头，挖的一把泪一声唤，把百结的愁肠，化作千叮咛万嘱咐：

哥哥你要走西口，
小妹妹实在难留。
有两句知心话，
牢牢记心头。
走路你要走大路，
可不要走小路。
大路上人马多，
好给哥哥解忧愁。
路上你歇息，
可不要靠崖头。
那千年的崖头，
单怕一出溜……

千百年过去了，晋西北早已今非昔比，西口路亦尘埃落定，唯有民歌还在生长。像晋西北顽强的柠条，把根深扎在厚土之中，一茬一茬生生不息，绿了山川，绿了日月。在广袤的晋西北，民歌已成为老百姓生活的一部分，已成为老百姓精神世界的一部分，融入血脉与骨髓，只要黄河的涛声不歇，歌唱就不歇。

我和茂斌兄此行的目的，便是感受大河的涛声，倾听从岁月深处走来，仍如早晨的阳光爬满山头的歌唱，在不歇的歌唱中，追寻不歇的人生。

他们是民歌之魂。

他们的歌喉代表着晋西北民歌。

他们是民歌的瑰宝。

在以往的岁月中，这些歌者像他们的祖辈先人一样，都有一把辛酸泪。祖辈的辛酸洒在了西口路上，他们的辛酸洒在了唱歌路上。我们即将写下的有他们动人的歌唱，但更多的是他们鲜为人知的人生。“嘴里头唱曲心里哭”，就像河曲的糜子酸饭一样，看起来黄灿灿，吃起来软溜溜，但是有着常人难以下咽的酸心……

A章 马鞭子一甩称歌王

满载煤炭的重型卡车，巨兽似的一辆接一辆。迎面驶过时，一副横行霸道的模样，车尾卷起的尘沙，唰啦啦地敲打着我们的车窗。

和山西的好多县一样，河曲这几年也靠煤炭发了。过去穷得叮当响，现在富得响叮当。据地质勘探，河曲煤炭储量多达120亿吨。自古就因煤炭出名，曾有一个旺气冲天的名字："火山军"。

早在北宋时期，河曲的煤炭就已开采。此后历朝历代，"近窑之民，每岁农事毕，冬无营作，则入窑砍炭"。由于开采设备简陋，全靠锹镢斧头，所以叫"砍"不叫"采"。而且都是独眼斜井，没有通风口，井下温度高达30多度，如蒸笼一般。窑民"寝食其中，不见天日，血汗淋漓，渍以煤垢，形状如鬼"。旧时煤炭并不吃香，敌不过莜面、山药蛋，在窑下做"鬼"远不及后来走西口，窑民们能有个奈何，是决不下窑砍炭的。

砍炭就是砍命。

当时窑民们断不会想到，他们砍下的黑疙瘩，日后会变得炙手可热，硬舍命不舍炭，让公家、私家的腰包暴富起来。从河曲县城到辛家坪村，一路上除了呼隆隆的煤车，还是呼隆隆的煤车，直到我们拐进村子，远离繁忙的公路，才变得清静起来。

辛家坪村是歌王辛礼生住的村子，坐落在一处半山坡上，站在村口向北望去，便是辽阔散漫的黄河，再过去就是内蒙古地界。除此外，还能看到河中有一个小岛，像一个疲惫的老人，实在走不动了，一屁股坐在那里，木然地注视着河面，注视着两岸。昔日的帆影已远去，扳船的号子声已远去，眼前只有大河如故。

九曲黄河十八弯，
传奇莫过娘娘滩。
历经沧桑数千年，

依然盘踞河中间。

朋友张少华告诉我们那就是有名的娘娘滩，号称“天下黄河第一滩”，相传汉文帝和他的母亲薄太后曾被“政不出房户”的吕后贬于此，所以起名叫娘娘滩。冬天可以蹚着冰往来，平时与岸上交通全靠船渡。汉家母子到娘娘滩之前，据说先到的就是辛家坪村。

早晨的辛家坪村，阳光洒满街巷，清静得像一口老井，一天还未开始的忙碌，全沉在井中。村子对我们的到来漫不经心，连鸡犬都懒得叫一声。汉家母子的故事，早已被日子碾作尘埃，养了墙脚的青草，涂了屋上的泥巴。我想，如有一点牵挂的话，就是那屋上的几缕青烟了。

辛礼生住在村东头，一所漂亮的农家小院，收拾得干净利落，像天天都在迎接客人。见到辛礼生后，大大出乎我的意料，远非我所想象的模样：土气、木讷、老实，而是精明强干得很，衣着谈吐根本不像一个年迈之人，不像一个小山村的农民。那种精神之状，像扑面的河风一样感染了我，让我有种一见如故的感觉。

我说：“久闻大名，没想到您这么面小呵。”

辛礼生笑道：“唉，面小啥哩，都半截入土了，七十的人啦。”

辛礼生弟兄 5 个，他排行老大；还有一个妹妹，再加上父母、爷爷、奶奶，曾经家里有 10 口人，可谓人丁兴旺。可在战乱不断，饥荒连绵的年代，人丁兴旺却成了灾难，晚上睡下没盖的，早上起来没吃的。一口大锅眼巴巴的，不是煮饭而是煮人，煮得一家老小度日如年。有一年天旱绝收，人饿得跟牲畜一样，把树叶都啃光了，吐出的苦汁是绿的，屙下的屎疙瘩是绿的。

他家有几分水地，能浇上黄河水，想种点洋烟赚钱，可是等不及收获，就打洋烟籽充饥了。先把洋烟籽泡软了，再在小磨上磨碎，然后熬糊糊喝。那糊糊的滋味，辛礼生至今记忆犹新：

喝多了头昏脑涨，走路都像打摆子。可也总比饿着强，再头昏脑涨也得喝呀。

辛礼生 17 岁时，也就是 1955 年，新中国新气象，到处唱着“一条大河波浪宽，风吹稻花香两岸”，但是全家人拼死拼活，还是填不饱肚子。肚里像生了狼崽子，一天从早到晚饿得抓心。实在活不下去了，辛礼生便重拾祖辈旧梦，与两个亲戚踏上了西口路，到内蒙古古五原去投奔二舅。

农历十月的晋西北，寒冷已铺天盖地，朔风起兮云飞扬，大河上下一派萧索。背着一卷儿铺盖，半袋子米面过河后，辛礼生和两个亲戚一路北上，就像那歌里描述的：

头一天住古城，
走了七十里整。
路程不算远，
跨了三个省。

第二天住纳林，
碰见几个蒙古人。
说了两句蒙古话，
甚球也听不懂。

第三天翻霸梁，
两眼泪汪汪。
想起家中人，
痛痛哭一场……

越往北走天气越冷，加之路途遥远，他们丝毫不敢懈怠，每天起早贪黑，赶了一程又一程。晚上住店后，用自带的米面熬点粥喝，再问店家要半碗蔓菁疙瘩腌的烂腌菜就上，吃罢倒头便睡。就这样，在路上走了七八天，赶到二舅家的时候，辛礼生说：“人都变样了，灰头土脸的，就像个讨饭的。”

二舅家的光景自然比他家强，填饱肚子不成问题，但也不能天天闲着，一个半大小子靠二舅养活，辛礼生便开始揽工。经人介绍，在一个叫黑柳圪旦的村子，揽下了放羊的营生。200 多只羊，一只羊放一年给一块钱，一年下来能挣 200 多块钱。而且吃饭不掏钱，谁家有几只羊，谁家就管几天饭，一年四季吃住在村民家里。

第一次走口外，第一次自食其力，辛礼生非常知足。吃的百家饭，放的百家羊，每天早出晚归，跟羊们泡在一起。早晨，羊鞭子一甩把羊赶出去，等羊们吃得肚皮圆了，该歇一歇的时候了，就把鞭子往地上一插，仰躺在草坡上。幕天席地，嘴里嚼着一棵青草，看天上白云悠然，看老鹰展翅盘旋，看得乏了腻了就吼两句：

妹妹十七哥十八，
牵魂线拴在咱一搭搭。

羊群群漫下一条洼，
拦住头羊咱说两句话。
羊群群丢下一道道踪，

妹妹和你一条心。
为朋友为上放羊汉，
山果子山杏吃不完……

晚上羊们各回各家，辛礼生无事可干的时候，一个人睡又睡不着，就吆喝上村里的几个年轻人，到五原城去看戏。村里好多人家养马，几个人便骑着马一路呼啸，直奔 20 里外的五原城。

“黄河百害，唯富一套。”在富饶的河套地区，五原城老早就是繁华之地，最出名的商号隆兴长，最初由一个叫郭向荣，人称郭老太爷的人创办，后来被大地商王同春盘下，生意越做越大，几乎独霸整个河套市场。王同春是红道黑道之人，因为瞎了一只眼，人称“独眼龙王”，“谁要不听他的话，叫你一命见阎君”。可他又广为善事，被老百姓称为“王善人”，曾为河套地区的开发立下汗马之功，有歌赞曰：

河套由他来开发，
五谷丰登享太平。
要不是禹王再重生，
哪有这样的好光景？

辛礼生走口外的时候，当时的五原城仍不失繁华，市面上一片熙熙攘攘的热闹，卖各种各样的吃喝。辛礼生最喜欢吃的是“锅盔”，还有豆腐粉条烩菜，每次去了少不得饱饱口福。然后花3毛钱买一张票，和伙伴们一起去看戏。五原城偌大的礼堂，让辛礼生大开眼界：

那礼堂好着哩，人字架屋顶，能坐1000来人。坐进去，直起脖子来一看，人头黑压压的一片。

究竟去五原礼堂看过多少场戏，辛礼生已记不清了，反正那一年他活得很开心很快活，白天放羊，晚上骑马去看戏。光棍儿一条，一个人饱了全饱了，一个人乐了全乐了。留给他印象最深，看得最过瘾的，是呼市晋剧团演出的《真假牡丹》。他说着，就给我们唱起来：

还记得元宵节前一晚
他闯入花园与奴叙说
老爹爹一怒将他赶走
又谁知出现两个牡丹
两个牡丹一样打扮……

但是好日子不长，放了一年半羊以后，村里成立农业社，辛礼生就不再放羊了。他被派到当地的老塄河去挖大渠，每天挑两方七的土，一方土有30多担，一天挑下来肩膀都压肿了。挖完大渠，辛礼生又被留下来防凌防洪，住在一个蒙古族老乡家里。那老乡待他非常不错，觉得他勤劳朴实，差点儿让他做了上门女婿。老乡家牛羊成群，宰了羊给他吃羊肉，宰了牛给他吃牛肉，吃得嘴头子像刚擦过的皮鞋，每天油亮油亮的。

也就在那一年，辛礼生情窦初开，和老乡的姑娘爱上了。辛礼生清楚地记得，当时他 19 岁，姑娘只有 16 岁，颧骨高高的，梳着一根壮实的大辫子，非常漂亮。当时姑娘还在上学，学校离家有五六十里路，平时住在学校不回来，只有到了礼拜天才回来。一回来就找他玩耍，相跟着像兄妹一样。

老乡爱唱歌，那姑娘也爱唱歌。他和姑娘一块儿出去，少不了要唱的。有一首歌叫《五哥放羊》，他和姑娘唱过多次：

男：十月里来天又短
女：五哥放羊受风寒
男：我吃不饱来穿呀穿不暖
女：没钱的人儿真可怜
男：哎嗨哎嗨嗨哎嗨哎嗨嗨哎
女：没钱的人儿真可怜
男：十一月里天又凉
女：白毛旋风冻死人
男：人家有钱在家中坐
女：五哥没钱赶羊群
男：哎嗨哎嗨嗨哎嗨哎嗨嗨哎
……

一对热恋中的年轻人，待在一起唱歌可想而知，唱得该软的软了，该硬的硬了，胸中之情像黄河滩上的芦苇激荡。但由于婚俗不同，姑娘不愿意跟上他回口里，他也不愿意独自留在口外，最终两个人未能如愿，“竹篮篮打水一场空”。

尽管几十年过去了，如果姑娘还健在的话，也一大把年纪了，但是辛礼生仍不能忘记：一双忽闪闪的大眼睛，一根油亮亮的大辫子。提起姑娘的名字，辛礼生脱口而出，说叫“乌兰口坑”，是红女子的意思。光听名字的意思就很馋人，我问他：“那么漂亮个姑娘，你现在还想不想人家？”

辛礼生笑道：“唉，这大岁数了，还瞎想个啥，记倒是记着哩。”

我又问他：“当初那么相好，也没拉一下人家的绵手手？”

辛礼生一下子不好意思起来了，说你这人越问越逗了，把脸捩到一边，接着又捩过来，眼盯着地沉浸了片刻，然后抬起头说：“拉来，两个指头勾在一起，心跳跳地拉了一下。”

接着满脸堆笑，告诉我们他与姑娘拉手的地方，是八月十五相跟着去供销社买月饼的路上。我又问他：“绵手手拉了，红嘴嘴也没亲一口？”

见我穷追不舍，辛礼生放开声笑了，满屋子笑声荡漾，笑得我们也前俯后仰。他慢慢止住笑声，边摇头边说：“真的没亲，一口也没亲。那会儿时代不同，不像现在的年轻人，舌头搅到一起想亲就亲，那会儿亲嘴可是大事情，而且自己当时还有些懵懂，还有些不敢。咱要是亲了人家，最后没弄成咋办？”

辛礼生在农业社干了一年半，就离开五原到包头去找大舅。原因是干了一年半，一分钱的红没分上，还欠了村里280块钱，实在没法干了。大舅在包头二电厂，辛礼生找到大舅后，就在电厂当了一名车工。工作要说也不错，可就是挣得钱少。于是经人介绍，又到包头火车站，当了一名搬运工。

在包头火车站当搬运工的时候，他已经两三年没有回家了，家里怕他在外刮野了，就打发父亲来找他。父亲说：“回家吧，家里的光景也好过啦，你不用在外头刮野鬼了。”

可是他不想回去，他真有些刮野了。父亲叫不回他去，自己回去后就又想了一个办法，来信告诉他母亲病危，让他无论如何回去一趟。一听说母亲病危，这下他撑不住气了，赶紧丢下工作回家，一路上披星戴月，可赶到家后母亲好端端的，根本没什么病危。弟妹们站在一旁，喜笑颜开地看着他。他知道被父亲老谋深算地骗了，再返回口外已经不可能，便老老实实留在了家里。那一年是1958年，连头带尾算起，一共在外口刮了4年。

回村以后，辛礼生给村里赶了大车。

大车又叫胶车、胶皮车，有3头骡马拉的，也有4头骡马拉的，3头骡马拉的叫“三套车”，4头骡马拉的叫“四套车”。一辆大车有两个人，都是专职“司机”，前面赶车的叫“车把式”，后面跟车的叫“刹磨杆的”，也叫“拉磨杆的”。下坡时磨杆一拉，磨杆磨着车轱辘的瓦圈，老远就能听到。1953年河曲才有了第一辆大车。此前河曲的货物运输，水路主要靠船运，旱路主要靠驮运。县里有好多家“脚户”，每家都有专门的脚夫和驮骡，从事长途运输的叫“高脚”，从事短途运输的叫“小脚”，一个脚夫赶3头驮骡，称为“一把鞭子”。

当时，大车在农村吃香得很，赶大车的就像开小车的。辛家坪村有两辆大车，辛礼生就赶着一辆，是可想而知的风光。每天赶着大车出村，赶着大车回村的时候，一手握着缰绳，一手挥舞着长鞭，迎着红彤彤的朝阳或落日，在空中耍个漂亮的“8”字，鞭子叭叭叭一阵脆响，像放鞭炮一样。然后，威风凛凛地走过大街，唬得街上的大姑娘小媳妇，赶紧躲到墙根下或大门口，半掩了嘴骂他：“辛礼生这个灰小子，赶了个胶车兴得不行了！”

那时在辛家坪村，一到盛夏的傍晚，男女老少都喜欢上房乘凉，大人们光着膀子，娃娃们光着屁股。从房顶上远望去，老远处就是黄河，河风挟带着辽阔的凉爽，越过碧绿茂盛的田野吹来，浑身的溽热与辛苦了一天的劳累，很快消失得一干二净。当时也没别的娱乐，最好的消遣就是唱歌。一家的屋顶上唱了起来，另一家的屋顶上也跟着唱起来，歌声在山川间回荡。

这家屋顶上唱——

你走西口我上房，
手扳住烟囱泪汪汪。

哥哥走了妹妹瞭，
越瞭越走越远了。

那家屋顶上回应——

哥哥走了二里半，
小妹妹还在房上站。

风尘尘不动树叶叶落，
真魂魂跟上你走了。

幕天席地，家家屋顶变成了大舞台，歌声此起彼伏，全村沉浸在一片欢乐之中。男女老少齐上阵，你方唱罢我登台。唱到最后，像摆大席一样，大碗儿喝酒，大块儿吃肉：

高粱高，
奴家低，
搂住奴家脖子就亲嘴，
我的大娘呀。

亲了嘴，
还不算，
脱了衣服就灰拾翻，
我的大娘呀……

每当此时，辛礼生只要赶大车回来，只要出现在屋顶上，就会一展歌喉。唱得野性十足，引得一片欢呼之声。由于他大车赶得好，歌也唱得好，村民就送给他一个艺名："胶车红"。

场面异常地壮观红火，整个村庄都沸腾了，被歌声燃烧着。从太阳还未落山，像半疙瘩西瓜衔在山嘴上，直唱到夜深方罢。辛礼生回忆说：

那时候穷是穷，可歌唱得好着哩。现在不行啦，人人都急着挣钱，而且家家有了电视，用不着上房折腾了。

辛礼生从小就爱唱，村里一来了卖艺的，或者赶庙会去看戏，人家唱什么他学什么，并且一学就会。什么《水刮西包头》，什么《公公骚媳妇》，都是那时学会的。因为少不更事，人家“骚”他也跟着“骚”，“骚”得手舞足蹈，“骚”得大人们骂他：

这娃子开心了，人芽芽就爱上那一道道了，长大了还不是个骚巴头？

1960 年，在村里赶大车的辛礼生，被招收进县二人台剧团。由一个车把式，一下子成了专业演员，辛礼生颇感幸运。当时剧团里名角荟萃，有贾小秃、李法子、邬怀义、任爱英、吕桂英等等，都是河曲顶尖的二人台演员，个个都有拿手好戏。在剧团期间，辛礼生如鱼得水，潜心学习，虚心求教，使自己的演艺日臻成熟。

同时，还收获了一个姑娘的芳心。姑娘叫李巧凤，与他搭班子，他唱小生人家唱老旦，一来二去就好上了。姑娘比他大两岁，脸蛋儿圆圆的，像秋天的红苹果，瞅人一眼都心跳。两个人非常情投意合，但就是姑娘家里不同意，像乌兰口坑一样，最终有缘无分儿，竹篮打水空喜一场。大辫子没抓住，红苹果又跑了，让辛礼生感慨万千：

人活着，好多事得认命哩，不是你想咋就能咋的！

后来，河曲二人台剧团被地区文工团收编，姑娘跟上剧团走了，辛礼生又回村赶大车。他之所以没走，是嫌剧团挣的钱太少，远不及回村赶大车，赶大车不仅挣的工分高，村里还给补助。剧团被收编之前，住在河曲水草沟，条件相当艰苦，为解决生存困难，剧团开着石灰窑，经营着蔬菜门市部。

辛礼生又回到村里后，并没有放弃演唱，经常白天赶大车，晚上跟人排练二人台，希望将来像贾小秃、李法子一样，成为一名响当当的二人台演员。可是世事多舛，远不是他所能预料的，一场“文化大革命”把他的希望泡汤了，二人台受到批判，好多演员被迫改行。就如那歌里唱的：“一疙瘩云遮满天，甚会会盼得亮了天。”

直到“文化大革命”结束，辛礼生才重新恢复希望和信心。他不再赶大车了，忙时务农，闲时演出，哪里叫就到哪里。1987 年，河曲县成立职工业余剧团，辛礼生被剧团请了去，不管到哪个村演出，村民们一听说他来了，就奔走相告，早早坐在场子里等候。

他天生一副好嗓门，极其高亢嘹亮，如今虽年逾古稀，仍不减当年风采。许多听过他歌唱的专家评价说，比世界著名的男高音歌唱家帕瓦罗蒂还高 8 度。嗓子一亮，满堂喝彩：

前沟里石头后沟里水，
数九寒天眊妹妹。

鹞子踏雀鹰踏兔，
脚板子生风站不住。

想你想得心有点乱，
因为眊你多跑了二里半。

三十里沙滩一马平，
瞭不见亲亲后影影……

凭借灿烂的歌喉，精彩生动的表演，辛礼生愈唱愈红，从黄河岸边偏居一隅的小山村走进红墙绿瓦的北京城，从简陋荒凉的民间小戏台步入金碧辉煌的央视大演播厅。天南地北，好多地方留下了他的足迹，留下了他的歌声，“胶车红”真的红起来了。包括央视在内，他先后参加过多家电视台举办的春节文艺晚会和各类比赛，还受聘到中央民族音乐学院授课，奖状证书获得一大摞。

几经人生的苦难与追求，辛礼生终于实现了自己的梦想，成为一名出色的二人台演员、河曲的一代民歌之王。他像一株燃烧的红高粱，挺立在秋色汹涌的八月，挺立在晋西北的黄土地上。

2008 年，辛礼生被文化部命名为国家级非物质文化遗产项目河曲民歌代表性传承人。在此之前已经评选过一批。他是第二批入选的，这一批山西一共有25名。

那年正月，辛礼生从老窑洞走进了人民大会堂，出席了由文化部主办的第二批国家级非物质文化遗产项目代表性传承人颁证仪式。场面十分隆重，让辛礼生感觉如梦：

那是啥地方？是国家领导人开会，迎接外宾的地方。咱一个土老百姓，小时候赶车放羊，到老了会唱两句歌，能坐到大会堂享受待遇，实在是赶上了好时代，实在是活得不枉哩！

辛礼生虽然成名了，但是面对各种赞誉，他很是从容淡定，依旧保持着一如既往的朴实。用他的话说，做人活的是本分，做农民活的更是本分，声名如浮云，只要不愧对脚下的三尺土，不愧对一碗糜子酸饭，能嘴一张给人们带来欢乐，这辈子就足矣。

为了不愧对一碗糜子酸饭，辛礼生演出更忙了。仅2009年一年，就在县里演出20多场，去外头参加大型演出10多场。在吕梁离石演出时，一同演出的有潘长江，在北京琉璃村演出时，一同演出的有阎维文和谭晶，还有其他的好多明星。阎维文和谭晶都是山西人，能与两位老乡同台献艺，不管人家认不认得他，他都深感荣幸，觉得山西人了不得。

当时他带着两个女的去的，三个人合唱了《山丹丹开花红艳艳》，然后他又独唱了《水刮西包头》：

当天一疙瘩瘩云，
空中捣雷声，
对面站下一伙人，
望也个望不清，
看只看，
瓦窑井才把一个这大水行。

平地起了水，

就地把船来撑，
二龙戏水要刮西包镇，
看只看，
大街以上才把一个大水行……

诞生于清朝时期的《水刮西包头》，是辛礼生最拿手的民歌之一，自幼一直唱到现在。高亢嘹亮的歌喉，加之声情并茂的演唱，像晋西北苍凉辽阔的风一样，裹挟着雄浑浩荡的黄土气息，在晚会上刮起，立刻征服了台下的观众，先是黑压压的一片寂静，接着掌声雷动。唱罢一曲，还想让他再唱一曲，掌声久久不息。

大的演出他参加，小的演出他也参加。特别是乡亲们需要的时候，哪怕场面小得寒碜，只要打一声招呼，他就会去的。去了从不摆架子，演出从不敷衍，也像上大场面一样卖劲："香甜的烧酒端起来，我给大伙儿唱开怀。"

由于长期演出奔波，而且年岁也大了，两年前辛礼生得了一场大病，差点儿见了老祖宗。病好之后，辛礼生倍加珍惜时光，尤其是希望在有生之年，能为二人台的发扬光大尽一己之力。一是如何保护继承，二是如何创新发展，让这个历尽千年沧桑的地方小剧种永葆青春活力，让这个已成为河曲乃至山西文化品牌的牌子响亮不倒。

他说，能做到这些难呵，关键得后继有人。一是要发现苗子，二是要手把手地培养，像山上种树一样，只有大片片成林了，才能形成气候，才能山活了水活了。

辛礼生的这种想法和努力，其实早在十几年前就开始了。特别是1995年至2004年，河曲文化馆创办二人台艺校期间，他把自己独有的唱功、技巧、戏法、表演，都毫无保留地传授了出去，先后培养学生200多名。再后来，外头的一些演员和朋友，包括在央视《星光大道》一炮走红的歌手阿宝，也来登门求教。不管谁来了，认识的不认识的，他都悉心指教，使好多人受益匪浅。

鉴于他为河曲民歌二人台做出的贡献，2007年河曲县委宣传部专门为他举办了"七十岁生日暨从艺六十年"庆典，200多位宾朋出席参加了庆典。县里为一个艺人举办如此隆重的庆典，在河曲是从未有过的。2009 年，县里又提出向他学习的号召，县委书记王书东亲自撰写文章，对他从艺一生给予高度评价：

“辛礼生是我县的一位农民歌手，70 多岁了，仍然活跃在民歌艺术舞台上。他是河曲民歌二人台的杰出传承人，上至央视演播厅，下到山村小戏台，演出无数，深受群众喜爱，在全国民歌艺术界有很大影响。我到任河曲后，曾去他的农家小院拜访看望这位可敬的长者，交谈中了解到他是走西口人的后代，也是走西口的亲历者，这些都给我留下了很深的印象。尤其是他身上的一些可贵精神，街谈巷议，有口皆碑，的确值得我们学习。”

“辛礼生德艺双馨，舞台上是一代歌王，舞台下一如既往地做着快乐的农民。他从来不以大腕儿自居，更不以艺高自傲；他没有在名人的光环下脱离观众，迷失自我；他总是以一颗平常心对待世事人情，这种永葆本色、自我修养的精神品质，是我们做人所必备的根基，需要大家学习。”

人生难买老来红。在古稀之年，能获得如此高的评价，辛礼生非常欣慰，但是又深感欠缺，总觉得心有余力不足，还有好多要做的事，他还没有做到。跟我们交谈时，他几次抚摸着脸叹息：

咱就会唱个歌演个戏，并没有给国家做啥贡献，政府就给了这么大的荣誉，背上背着这荣誉，越老越得拼上劲唱哩。

就在我们采访的那天，辛礼生又应邀到内蒙古演出，我们是上午去的，下午他就要走。如今到内蒙古有的是车，条条大路通罗马，再用不着背上一卷儿铺盖，半袋子米面，一路上顶风冒寒了。日子一片崭新，但是民歌依旧：

第四天沙蒿塔，
捡了个烂瓜钵。
拿起来啃两口，
打凉又解渴。

第五天珊瑚湾，
遇见个鞑老板。

问一声赛拜奴，
给了碗酸酪丹。

第六天乌拉素，
扯了二尺布。
坐在房檐下，
补补烂皮裤……

附：歌手主要简介

辛礼生，男，1938年生，山西河曲县辛家坪村人。“国家级非物质文化遗产项目河曲民歌代表性继承人”。13岁登台表演，19岁时，被誉为“胶车红”。2001年，参加中央电视台等单位举办的“全国农民歌手大赛”，获三等奖。2001年，参加黄河流域省（区）政协联谊会“腾飞吧！巨龙黄河”国际港澳巡回展演出，获“民歌手金奖”。2002年，参加山西省民间歌手大赛，获“十佳歌手”奖。同年，在北京中山音乐堂专场演出，并参加上海“中国精粹·天籁之声”文化交流演出。2003年，参加南京“红豆相思节·情歌大赛”，获金奖。2003年，参加中央电视台全国农民歌手赛，获二等奖。2004年，参加中央电视台西部民间歌手电视大赛，获金奖。2005年，出席北京由10多个国家音乐家参加的“科达伊园”国际音乐研讨会演出。2006年，走进央视《星光大道》。

B章　不为米活为歌活

早春的黄河，静卧在河谷的臂弯里，平阔的河面上不见半朵浪花，好像还没有完全苏醒，依旧做着“千里冰封，万里雪飘”的梦。一位老人坐在河滩上，正怀抱着一把二胡，一边忘我地拉，一边歌唱：

我们这地方靠河畔，
大闺女就爱扳船汉。

河水平来浪不平，
人心爱人不由人。

我扳渡口你坐船，
想交朋友不用难。

船流到当河风摆浪，
怕把我扳在干滩上……

如泣如诉的歌声、二胡声，仿佛千年苍凉不变的风，在空旷的河谷里回荡。席地而坐的老人，就像一个年迈的河路汉子，倾诉着往昔扳船的艰辛与浪漫。唱给流淌的大河，唱给远去的帆影，唱给那些曾经浪里打滚、河岸上挣扎的人们。

那老人就是歌手贾德义。他没有跑过河路，但打小就熟悉河路汉子："脚踏船沿命交了天"，被滔滔浊浪泡黄了日子，泡黄了性命。一曲黄河水生死相依，从祖祖辈辈脚下流过，从祖祖辈辈生命中流过，不管跑河路吃水饭的，还是跑旱路吃干饭的，哪一个河曲人都离不开。

贾德义告诉我们，他天天都要去黄河边，两天不去就心发慌。去了坐在黄河边，读天读地读河，望着落天而至的河水，像从心头流过。天地亘古，逝者如斯，他说："拉一曲曲二胡，唱一曲曲民歌，敞开自己的心扉，是说不出的欢欣，说不出的幸福！"

与辛礼生相比，贾德义可谓不修边幅，一头乱蓬蓬的花发，一副瓶底似的眼镜，面貌形容洒脱不羁。一说话笑嘻嘻的，嘴里有滋有味，像抿着两颗糖块儿。在我们见面的饭桌上，两小口烧酒下肚，他就用手转周一抹嘴巴，给我们唱起来：

大摇大摆大路上来，
你把白脸脸掉过来。

妹妹就给你掉过来，
哥哥你有甚巧安排。

哥哥我没啥巧安排，
就想揣你那绵奶奶。

你想揣可要慢慢点揣，
奴家刚发起奶核核来……

歌唱得火辣辣的，像吃重庆麻辣火锅一样，唱得站在包间门口的两个小服务员，不禁低下头去看自己的胸脯，然后脸红红地抬起来，想听又不敢听下去了，赶紧躲到了包间门外。如果换成大奶子婆姨，我想一定会咬牙切齿地骂他：

这个挨刀的贾德义，两盅盅猫尿下肚，就骚得不行哩！

贾德义出生在河曲沙万村，爷爷贾旺艺名“运气来”，吹拉弹唱样样拿手，在河曲周边地方非常出名。不管到了哪里，对岸的陕西还是北头的内蒙古，只要戏摊子摆开了，一杆唢呐朝天吹起来，村里的老百姓就知道谁来了，奔走相告：

快去看吧，快去看吧，运气来又来了。

贾德义的爷爷一生卖艺，靠卖艺发家致富，养着一头驴、一头牛和一个长工，种着30垧（90亩）地，在村里首屈一指。可是好运并不长，被一个叫王三疤的土匪像狼一样盯上了，不仅抢劫了财物还谋害了性命。爷爷和奶奶被吊在窑洞顶上，用毡子蘸着油活活烧死。安葬的时候，因为烧得不成人样，衣服都穿不上，只能用白布裹着装进棺材。从此家道衰落，土改时被定成富农，后来又被定成破产富农，再后来连破产富农也不够格了，变成了中农、下中农。

昔日衰落的家道，让贾德义回想起来无比感叹：

我爷爷一辈子盼望好运，也自以为运气还不赖，光景过得蒸蒸日上，却没想到落了个人亡家败的结果。

遭受土匪抢劫的那天，他父母也在家，父亲腿上挨了两刺刀，母亲头上挨了一枪。所幸的是，母亲没有被打准，靠装死躲过一劫，在村里老窑洞的墙壁上，至今还留有那枪痕。

对于那天的记忆，他父亲一生刻骨铭心，一生心有余悸，曾好多次给他讲过，但是只限于听听而已，不准他再讲给任何人，害怕祸从口出，再得罪下什么人。还一再教导他，做人不管咋有钱，都应该活得谨小慎微，千万不要显山露水，以免招来横祸。

贾德义说："我老子一辈子穿得破烂，我从小也没穿过好衣裳。如今社会大不同了，想穿甚就穿甚，满大街花花绿绿的。可我已经养成习惯，都说我不修边幅，我也真不修边幅。"

贾德义的父亲，10来岁就跟着他爷爷走村串户，名气虽不及他爷爷大，但也一样有名。可是再有名气，也是"王八戏子吹鼓手"，在过去人眼里属于"下三滥"，社会地位极其低下，活得台上台下两重天。在台上热声捧你，走下台后冷眼瞧你。娶老婆的时候，再穷人家的姑娘都不会嫁给你，要找只能找"门当户对"的，谁也用不着嫌谁。他母亲之所以嫁给他父亲，就是因为他姥爷也是卖艺之人。

像他父亲一样，他姥爷也是一杆唢呐噙在嘴里，做吹鼓手做了大半辈子。原本复姓司马，从小流落在大西北谋生，后来辗转到偏关，跟了一个姓杨的师傅学吹唢呐，一日为师终身为父，于是改名换姓。再之后又来到河曲，在五门楼村安居下来。

在贾德义的记忆中，姥爷生得牛高马大，戴一顶绒帽子，胸前别一块儿揩鼻子（手绢）。不管到哪里演出，都十分投入，用揩鼻子一抹嘴巴，抿抿唢呐哨子，就吹开了唱开了：

哥哥走来妹子瞭，
泪蛋蛋抛在大门道。

瞭得哥哥上了船，
泪蛋蛋抛得刮动船。

瞭得哥哥登了岸，
手巾巾揩泪沾不干。

越瞭越远越心惨，
泪蛋蛋遮住毛眼眼……

受家庭影响，贾德义也是很小就学会了演唱，很小就跟着父亲外出演唱了。当时主要是跑事宴，几个人搭一个鼓班子，红事宴去了吹喜曲唱喜歌，白事宴去了吹丧曲唱哭歌。遇上有钱的大户人家，雇的鼓班子不止一个，鼓乐声此起彼伏，像办堂会一样。

在跟随父亲外出的演出中，贾德义见识了无数的宴席，最奢侈的是“八八大席”，一个“八”是8瓯：豆腐丸子，汆过油肉，素炒西葫芦，小炒菜，喇嘛肉，拔丝山药，酱糟肉，溜鸡片。一个“八”是8碗：红条肉，清真羊肉，黄焖肉，红炖猪肉，酥鸡肉，八宝粥，肉丸汤，羹汤。如果再加上山珍海味，什么海参、鱿鱼，什么燕窝、猴头，就成“八八海菜大席”了。

但是，不管宴席如何豪盛，他们也只有看的份儿，看别人吃得觥筹交错，看别人吃得红光满面，把口水一口口往肚里咽。对于他们做鼓手的，东家绝对不会慷慨，只有一碗儿茶，一盘子油糕。冬天的话拢一堆炭火，围着炭火一边吃一边唱。

有时候越唱越心酸，“嘴里头唱曲心里哭”，简直是唱给自己的。那“八八海菜大席”，他们不知道一桌得多少钱？如果换成他们的话，得辛苦多少日子，才能挣到那一桌饭？

他们跑一趟事宴，最多也就挣几块钱，而且挣得非常辛苦。贾德义清楚地记得，第一次跟父亲出去跑事宴，正赶上下大雪，下得天昏地暗。父亲带着他和另外两个人，在白茫茫的雪野上，一脚一个雪窝子，赶到东家的时候，人都快被雪埋了。他穿着一身破棉衣，一双破牛鼻子鞋，冻得嘴唇发青，清鼻涕抹了两袖头。那次事宴，他们仅仅挣了3块钱。

跟着父亲出去，贾德义主要是打鼓拍镲。由于人小力不足，经常打鼓打得胳膊肿胀，拍镲拍得双手发麻。辛苦倒也罢了，他说：

最心酸的是受人欺负，你演得唱得再好，骨子里也瞧不起你。

好几次出去演出，他用的鼓镲被人涂上大粪。看着他气得直哭，父亲强颜欢笑，替他揩一把脸上的泪，替他把鼓镲收拾干净。在一片围观的哂笑声中，鼓乐重新开张：

得朗朗太阳天下明，
为甚受苦人黑洞洞？

一疙瘩云彩遮满天，
甚时候盼得亮了天？

有朝一日天睁了眼，
改朝换世也活两天……

1950年，也就是贾德义8岁的时候，父母再不让他跟鼓班了，执意要送他到学校去读书。父母一共生养过5个孩子，很小的时候就死了两个，剩下姐姐、弟弟和他3个。怕他和弟弟也夭折了，父亲就给弟弟取小名叫“混狗子”，给他取小名叫“狗儿子”。因为做狗的命贱，命贱了就长寿。送他去上学的那天，父亲嘱咐他：

狗儿子，有祖传的手艺，没祖传的恓惶。你爷爷一辈子恓惶，我一辈子恓惶，你再不能恓惶了。要想不恓惶，就得去念书。只有念好了书，才能出人头地，才不会受人欺负。

贾德义没有辜负父亲的希望，学业上一路“金榜题名”。1956年高小毕业后，考上了河曲巡镇中学。1959年巡镇中学毕业后，又考上了五寨师范。当时他不愿去上，“家有五斗米，不做孩儿王”，害怕将来出来当老师。可是在父亲看来，已是天大得了不得的事，便苦口婆心地劝他：

狗儿子，当老师有甚不好？不比扛镢头种地强，不比给人家唱戏强？天地君亲师，当老师再没出息，也是受人尊敬哩。

父亲曾读过几天私塾，在父亲眼中能考上师范，无异于科场“中举”了，从此就会改换门第。在父亲的劝解下，贾德义不再固执己见，同意去五寨师范读书。临开学的那些天，全家人都围着他转，父亲出来进去倒背着手，从头到脚都透着荣耀。

最忙乎的是母亲。母亲虽然大字不识一个，但是非常心灵手巧，村里成立高级社后，在裁缝组当组长。那几天，母亲的缝纫声彻夜不息，为他赶制新衣服，不管过去他穿得怎么破烂，现在不能破烂了。贾德义记得，母亲用的是一架跃进牌黄颜色缝纫机，双脚一踩噔噔噔啊。以致多少年后，他一听到缝纫机响，就感到幸福与温暖，眼前就呈现出母亲坐在缝纫机前的样子。

走的那天，父亲一早就起来，把院子从里到外打扫得干干净净，像过年一样放了三声炮仗，“当当当”地向村人宣告，他儿子要念书去了。走的时候把他送至村口，快瞭不见他的时候，父亲一声高吼：

毛主席来像太阳，
照得咱屋子亮堂堂。

屋子亮来心中亮，
家家屋里有毛主席像。

吃水不忘淘井人，
至死也忘不了毛主席的恩。

井里头打水土地上浇，
毛主席恩情忘不了……

五寨师范成立于1941年，前身为抗战时期的晋绥边区二中，2004年改为忻州师院五寨分院，先后培养过大量人才，被誉为“晋西北文化的摇篮”。著名的马克思主义理论家、教育家范若愚曾任校长。从此，在“晋西北文化的摇篮”里，贾德义穿着母亲用老布给他做的麻领子大衣，铺着家里以往只有待客时才拿出来铺的“二五”羊毛毡子，开始了3年的师范生活。

当时，学校的生活条件相当差，最难熬的是冬天，西北风一吼像下刀子，再好的麻领子大衣，再厚的羊毛毡子也无法抵挡。由于取暖不行，每天上课冻得要命，满教室的跺脚声，就像跳爱尔兰踢踏舞。去了的第一年冬天，贾德义就冻得左手无名指开裂，露出了骨头。

再就是饥饿。

1960年全国饿肚的时候，学校每天的早饭只有一个乒乓球大的杂面窝头，午饭只有一块儿巴掌大的莜面。粮食不够就吃树叶子，先把树叶子煮熟了，再用胡油清炒一下，吃起来倒是香甜，可是大便不下去。一到上厕所的时间，厕所里人满为患，厕所门口就像领救济粮一样排起长队。直到现在，贾德义一想起来就屁股紧张。可是同学们精神不减，有一天正在饭厅吃饭校长来了，校长问他们树叶子香不香？

他们齐声回答：香！

又问他们能不能吃饱？

他们齐声回答：能！

在艰苦的3年当中，贾德义别的功课都一般，唯独音、体、美学得好，在师范叫“小三门”，也就是音乐、体育、美术。特别是音乐，贾德义学得出类拔萃，经常参加各种文艺演出活动。教授音乐的老师是一对夫妇，男的50多岁叫冯冲，曾做过交响乐团的指挥；女的40多岁叫苏菲亚，曾做过剧团的舞蹈演员，两人都是政治运动中被下放到五寨师范的。

两位老师教得既精彩又生动，让贾德义大受其益，终生难忘。几十年后，在他的一本书中写道：

从此后，我放弃了其他学科，一心专学音乐。早上提前两小时起床，冬练三九，夏练三伏，一年后手风琴就能伴奏了，接着苏菲亚老师把全校仅有的一架钢琴的钥匙也交给了我，除了她备课外就是我去练。记得曾经每个礼拜六晚上，师生在饭厅跳舞时，苏老师领奏钢琴，我们协奏其他乐器，三拍子、四拍子、“九九艳阳天”“开花调”等由苏老师换曲，我们和伴舞的同学陶醉在音乐声中。有时苏老师激动得忍不住下去和舞伴跳时就让我替她领奏，我虽然远不及她那样演奏得声情并佳，但也乱不了舞步，苏老师每跳一次所有舞伴都好像上一次舞蹈的欣赏课。她舞姿翩翩，步法多变，跳快三步时小转大转，直转得人眼花缭乱，就这她也不误笑眯眯地和我们交流眼神，我看出她满足的表情不外乎是她的学生能漂亮地为她和她的舞伴伴奏，而我也为此无比自豪，于是越奏越来劲，确实是感到一种特殊的享受，就这样度过了好多个美好的夜晚。

“一心专学音乐”的贾德义，上数学课把老师写在黑板上的“12345”，都能读成“哆来咪发索”，惹得同学们哄堂大笑。

1961 年岁末，就在贾德义为音乐着迷的时候，他收到了父亲的一封信。当时也不知父亲为什么，害怕收不到还是咋的，竟把信寄给了校长。那天，校长拿着已经看过的信，到教室里把他叫了出去，说：“你老子行呵，怕你将来打了光棍，现在就让你回去娶媳妇。”

贾德义的脸一下子红到了耳根，看着校长手里拿着的信，他做梦也没想到父亲会这样。他觉得父亲不可思议，一来他还在上学，二来他压根儿就没有那个想法。在此以前，由于他音乐学得不错，在学校和班里很活跃，周围断不了有女同学示好，秋波像电波一样，可是他视而不见，要搞对象的话早搞下了。

从校长手中接过父亲的信，他就像接过一个烫手的山芋，烫得年近古稀了还无法忘却，对于父亲什么他都感念，唯有这件事耿耿于怀。信的内容，他至今记得一字不漏：

“吾儿德义，今何家塬村有一女子，亲自登门要和你成婚，请你速回。”

此后不久，父亲又给校长打来电话催他回去，可是他就不回去，跟父亲较起劲来。当时正值期末会考，他很快就把事情撂到了脑后，等会考完自以为无事了，背着放寒假节余下的30斤莜面，与同学韩运德相跟上，高高兴兴地回家准备过年。像每次回家一样，第一天从五寨步行80里路，在一个叫杨宅的村子住上一晚，第二天又步行80里路回到家中。

那天傍晚，当贾德义背着30斤莜面，兴冲冲地赶回家时，家中一片喜气热闹。原来，父亲一定要他娶那何家墕的女子，知道他今天会放假回来，便瞒着他早把婚事张罗好了，窗花对联贴得红彤彤的，一进门给了他个下马威。等候在家的父亲，一见他就满脸堆笑，像秋天成垛的谷子，告诉他："喜日子择在了后天，后天给你把喜事办了。"

事已至此，贾德义只能屈服了，他对父亲说，想办你就办吧。得到他的回答后，父亲信心十足，把婚事办得十分隆重，像干了平生最伟大的一件事情，连续半个月脸上风光无限。父亲穿着一双崭新的毛窝子，咯吱咯吱地走在雪后的大街上，一见人就拱手："那天呵，我儿子的喜宴上，您可是赏光了！"

媳妇叫何玉莲，相貌品性都不错，可贾德义就是不喜欢。新婚之初，母亲夜夜到窗台下听房，把耳朵贴在窗子上，自以为生米下锅，他点把火就做成熟饭了。可是每次去听房，他们都毫无动静。一天晚上，母亲又去听房被他发现了，母亲就哭着对他说："娃呵，娘知道强扭的瓜不甜，可娶媳妇图的是过日子，咱已经把人家娶回家了，就得为过日子着想，再不甜这瓜也得吃呀。吃上一口不甜，再吃上一口就甜了。"

但是，贾德义捆住嘴就不"吃"，晚上睡觉一个这头一个那头，中间隔着大半条老土炕，从拜罢天地入洞房，到3年后两个人分手，他没尝过媳妇一口。茂斌兄听了不相信，哈哈大笑："老贾你谝吧，一个大甜瓜放嘴边，你能不尝一口？"

1962年，贾德义师范毕业，被分配回乡里教书，不久又调进县城，在一所重点小学任教。为了逃避媳妇，贾德义平时很少回家，一边在学校教书，一边准备着再考大学，如果能考上的话，他就会远走高飞，像出逃的鸟一样，远离家中的媳妇。1963年秋天，中央音乐学院来山西招生，招收一名作曲系的学生，结果跑了大半个山西，也没招下一个学生。最后又来到河曲，在众多应招的学生中，前来招考的老师，一眼就看中了他。

问他：“你会乐器吗?”

他说：“会。”

又问他：“你会作曲吗?”

他说：“会。”

贾德义当即用笛子吹奏了一曲《走西口》，又拿出上师范时发表在报纸上的一首歌曲《曲峪是个好地方》，给招生的老师看。曲峪曾是河曲的一杆旗，农业学大寨的时候闻名全国。我们将要采访的歌手菅保憨，就曾在曲峪教书工作多年。

听罢贾德义的吹奏，看过他创作的歌曲，几位老师大为赞叹，深山出俊鸟呵，河曲不愧为民歌之乡，当场就决定录取他。像当头放了一个二踢脚，贾德义惊喜得如同做白日梦，梦里是一望无际的前程，是红墙绿瓦的北京城，是中央音乐学院辉煌的殿堂，命运之神已经在向他招手致意。

从考场出来，贾德义便跑到一家小酒馆，把身上带的几个钱，往饭桌子上叭地一拍，一边要了酒喝，一边歌唱：

半夜里梦见迎喜神，
二妹妹勾走哥哥的魂。

远远瞭见个穿青的，
那就是哥哥知心的。

你吃哥哥的海红子，
哥哥咬你的嘴唇子……

像范进中举一样，贾德义快喜疯了。可等酒醒之后，迎接他的却是一瓢冷水，兜头浇了个稀里哗啦，浇得在家昏睡了一个星期。原因是，他被中央音乐学院录取的消息，竟惊动了县委书记，那县委书记很热爱河曲，觉得如此人才只能留下来，不能让他远走高飞了。

一个星期昏睡起来，像当初父亲强逼他成婚一样，贾德义只能垂头丧气地屈服，只能接受上学被剥夺的现实，满腹的梦想皆成泡影。在政治挂帅的年代，在一个偏僻小县，县委书记就是太上皇，没有半点可违抗的余地，否则收拾他一个“臭老九”，就像捏死一只壁虱。

贾德义被调到了县二人台剧团，后来又调到县文化馆。在此期间，他与前妻离婚，又娶了第二个妻子。第二个妻子，上初中的时候和他同学，上师范的时候又和他同学，但师范只上了一半，就因为饿得不行退学了。娶下第二个妻子，他自以为这下婚姻美满了，可以白头偕老，但是没想到更加苦不堪言。一起生活了 14 年，吵闹了 14 年，嘴头拳头相加，成天炮火连天。

贾德义被打得一败涂地，只好乖乖分手。直至今天，他也没弄明白第二个妻子与他炮火连天的原因，妻子说嫌他“王八戏子吹鼓手”。可当初嫁给他的时候，不知道他是“王八戏子吹鼓手”吗？他无从解释，只能听天由命，跟我们说：“不是冤家不成亲呵，找老婆就是找冤家哩。”

和第二个妻子离婚后，贾德义下决心再不娶了，天下光棍多的是，离了女人就不活了？离婚的时候，他只带了一儿一女，一把二胡和一卷儿铺盖。可单干了几年后，又经不住朋友们劝说，与第三个妻子开始了交往。

接受前两次婚姻的教训，贾德义不再急于结婚，先“哥哥拉着妹妹的手”，住到一块儿试婚了 3 年，然后才正式结婚。第三个妻子非常贤淑，他天生闻不得女人身上的油味，一闻见就不能吃饭，妻子便从不涂脂抹粉，几十年素面朝天。女儿高中毕业后，不幸患上了精神分裂症，有时连他都嫌伺候得麻烦，妻子却不嫌不弃悉心照顾，要怎样就怎样，想吃饺子就顿顿给包饺子。

贾德义终于找到了爱的归巢。那天在酒桌上，跟我们讲述的时候，乐得嘴巴大张，烧酒抿了一口又一口。我们几个人起哄，说这么好的老嫂子，你也叫来让我们看看？贾德义说看就看，立刻打手机把妻子叫来，拍着妻子的肩膀笑道：“这就是我的第三个老婆，年轻时候光光鲜鲜，到老了也还水蜜桃一个。黄作家和徐部长，你们看不赖吧？”

1968年，“文化大革命”如火如荼，和许多知识分子一样，贾德义被下放到农村，在河曲城关南元村锻炼。南元是河曲“打蓝调”有名的村子，也是老歌手张林燕的村子。贾德义被下放到南元后，白天参加生产劳动，晚上辅导文艺节目。当时，河曲村村都有文艺俱乐部，每天晚上都要排练节目，在农闲之时或逢年过节演出。

贾德义辅导的南元俱乐部，很快就在全县出了名，表演的节目盖过了县剧团。贾德义也跟着声名卓著，被调到县电厂工作。到了县电厂以后，之前诸多的辛酸苦辣，使他决意金盆洗手，再不搞文艺了，甘心做一名工人。厂党委书记对他很器重，问他想干什么。

当时厂里有4部汽车，他说：想开汽车。

厂党委书记说：不行。

他说：那你让我干啥？

厂党委书记说：当保管吧。

当保管就当保管，贾德义一干就是8年。当保管比较清闲，无事可干的时候，他就找来医书看，什么《中医概论》，什么《濒湖脉学》，什么《汤头歌诀》，一看竟看出了门道。电厂的采购外出采购时，他让捎回银针拔火罐来，一边钻研一边实践。几年过去，不仅当保管当得好，而且学医也学得不错，朋友们只要得的不是大病，只要信得过他找上门来，一番“望闻问切”，就能诊断个差不多。

朋友们说他能吃这碗饭，他也觉得自己能吃这碗饭，脖子里挂个听诊器，身上穿一件白大褂，比当工人体面多了。于是回去跟母亲商量，他打算出去当医生。当不了正儿八经的医生，也能当个江湖郎中。当保管竟当出医生来了，母亲不知他演的哪出戏，说：

狗儿子呵，你疯哩！三十不学艺，四十不改行，你以为医生就好当？放着好好的营生不做，你是不是要把我气死？

怕气死母亲，贾德义又一次妥协了，放弃了自己的选择，回去继续当保管，继续钻研医书，但再不思谋当医生了。

1976年全国“莺歌燕舞”，到处轰轰烈烈，河曲也紧跟形势。厂里要排练文艺节目，第一个想到的自然是贾德义。可是他死活不干，说他早就不搞文艺了，厂里又不是不知道。厂里的一般领导请不动他，厂党委书记就亲自出马，一连去请了他 8 次，最后一次他答应了：“刘备请诸葛亮才请了 3 次，堂堂的书记请我 8 次了，我要是再不识抬举，这辈子就活该倒霉了。一句话，不干也得干。”

当时排练急需要唢呐，厂里又一下给买不回来，他就用保管的香柏木自己造。香柏木十分名贵，是厂里汽轮机上用的，但为了“莺歌燕舞”，厂里在所不惜。花了 7 天 7 夜的时间，他用香柏木造了 12 杆唢呐，看了他造的唢呐，厂党委书记大加赞赏：

贾德义你小子行呵，我那 8 趟真没有白跑！

唢呐造好以后，贾德义就投入紧张的排练，经过 45 天的排练，50 人的文艺队伍兵强马壮，到县里汇报演出时，一下子引起了轰动，夺得全县第一。当时县委书记也在观看，问电厂的领导，你们的节目是谁给排练的？电厂的领导说是贾德义，县委书记就当即拍案：

这个贾德义可以，让他别在电厂干了，调回文化局来干吧。

两任县委书记两种结局，把他玩得像毛猴一样。于是，贾德义告别了工作 8 年的电厂，去县文化局上班了，离开电厂的时候他恋恋不舍，就像那情歌中唱的：“走一步，挪一挪，扔不下妹子无奈何。”回首自己的遭遇，让他不得不相信命运，面对命运他不过是一头犟驴，再犟也逃不脱命运的摆布，叫他尿几壶就得尿几壶。

还是痛痛快快地唱一曲歌吧：

早知道天高不种那地，
早知道无良心不交你。

早知道恶心不喝这汤，
早知道哄人不上这当。

早知道不沾不和这泥，

早知道乱道心不爱你。

早知道你是个贼豆心，
哥哥不来跳这红火坑……

也许是否极泰来，贾德义调到文化局以后，开始一路顺风顺水。再之后，担任了文化局副局长兼文化馆馆长。

贾德义终于迎来了人生的春天，像黄河掀起九曲浪，满怀热情与信心，投入到民歌二人台的工作当中。在几十年中，为河曲培养歌手、演员上百人，发表各类文章数百篇，上至央视下至乡间演出无数次，大奖小奖拿了一个又一个，被誉为“歌海强音”“民歌之王”“文化功臣”。愈老愈金光闪闪，和河曲的其他老歌手一样，已成为河曲的一张文化名片。

1980 年，电影《啊！摇篮》到河曲拍摄，贾德义应邀参加了拍摄，著名导演谢晋对他十分赏识，认为他“能编能演，会唱会干”，地区想调他到地区文工团当团长；后来，著名导演张绍林到河曲拍电影也相中了他，可是他都一概拒绝了。究其原因，他说：“那么大的导演相中了你，不想跟上走是假的。但是丢不下家中老小呵，丢不下民歌二人台呵。过去想走不让我走，现在叫走也不走了，将来一把老骨头沤作灰，也要留给这脚下的三尺土。”

1995 年，著名表演艺术家小香玉亲自登门，也想请他出山，当时他已经 52 岁，机不可失，时不再来，然而他又一次拒绝了。外面的山珍海味再好，也不及河曲的一碗糜子酸饭，为了他所钟情的民歌二人台，他决心做一位殉道者。

至今，贾德义还蜗居在一座年久失修，历经 200 多年风雨沧桑的老宅里，七八平方米大的小屋，塞得满当当的，几无回旋余地。但是他活得满足，“吃粗食，住土屋，拥琴歌唱，其乐无穷。”每天只要两碗酸饭下肚，二胡一拉山曲一唱，就像皇帝一样坐拥天下了。

1996 年，贾德义索性辞掉所有俗务，一心扑在了民歌二人台上。几年里他自掏腰包，追寻着民歌二人台的踪迹，跑了陕西、内蒙古的许多地方，在陕西绥德的一个村子里，一待就是两个多月。

那是一个十分可怜的小山村，仅有200多口人，但是男女老少几乎都会唱歌，满肚子的山曲。既贫穷又非常富有，一唱起歌来满山遍野，光秃秃的山川变得壮美无比，像火红的红高粱汹涌浩荡，像金黄的向日葵辽阔灿烂。一回想起那情景，贾德义就陶醉万分："孔老二听了韶乐，三个月不知肉味。我听了那歌呀，只想娶个大奶子婆姨，把后半辈子留在那里。"

两个多月待下来，村里没有一个人不认识他的，都哂笑他是一个怪人，放着清闲日子不过，大老远从河曲跑来，钻到他们这穷山沟里听歌，现在甚年月了还有这人？待到后来，他身上的钱花光了，他就像走口外打短工一样，白天帮人家干活混口饭吃，晚上坐在老窑洞里继续听人家唱歌。终于有一天，一位80多岁的老歌手，手持一杆嗞啦啦的旱烟袋，唱完了对他说："其实呀，我们这里唱的这些歌，也没甚球稀罕的，都是从你们那里传过来的。老辈子走西口的时候，歌魂魂也跟着走呵，一碗酸饭带在身边，一肚子歌也带在了身边。"

一听老歌手说"都是从你们那里传过来的"，贾德义激动不已，他之所以千辛万苦，从河曲跑到内蒙古，又从内蒙古跑到陕西，最后跑到这穷山僻壤来，追寻的就是这个，想要听到的就是这个。十几年后，在一位记者的采访中，他道出了自己的初衷：

我之所以那样做，别的想法也有，但最紧要的只有一个，那就是为河曲民歌"正本清源"。河曲民歌究竟是"源"，还是"流"？

现在哪里都打文化牌子，连一个子虚乌有的孙悟空，都争得唾沫星子满天飞。河曲"一嗓吼三省"的民歌二人台，自然也难逃世俗之争。贾德义通过一趟又一趟的跑，从陕西、内蒙古好多老艺人口中，最终证实并得出的结论是：陕北的信天游、内蒙古的爬山调，都是从河曲传出去的。用他的话说，叫"一源二流，一蒂三花"。不管"流"的水多大，"花"开得多好，老源头老根子，都离不开河曲。

贾德义得出的结论，是否坚实准确暂且不论，也许别人会为之永远争下去，但是他为河曲民歌二人台所付出的努力毋庸置疑。当他如获至宝，揣着他的

“一蒂三花”，从陕西绥德兴冲冲地回到家中时，老婆孩子都惊呆了：

你敢情是讨吃去来，胡子拉碴的，咋恓惶成个这？

2009 年，贾德义年将七旬时，被文化部命名为国家级非物质文化遗产项目河曲民歌代表性传承人。和辛礼生一样，对这个来之不易的名誉他非常珍视，像胸前佩戴了一块碗大的金牌，是对他一生从艺最高的奖赏。不管到灰头土脸的乡间演出，还是去中央音乐学院讲课，只要能让他胸前的“金牌”金光闪闪，不愧对国家的“奖赏”，别的就都无所谓了。

凭借他的名气，朋友们都说他早该发了，不管哪里邀请演出，没有足够的红包不去。现在人人都往钱眼里钻，鸡蛋都能瞅出缝子来，他干吗放着钱眼不钻呢？对朋友们的劝说，他只是嘻嘻一笑：

就这样吧，这就活得挺好。

2010 年 7 月，一位中文名字叫葛融的美国小伙子，万里迢迢地飞抵中国，经西安、府谷慕名来到河曲，专程拜访了辛礼生、韩运德、贾德义。葛融是美国俄亥俄州立大学的一名民俗学博士研究生，曾在中国音乐学院学习过一年汉族地方民歌，领略了那磁石般的魅力，很为中国的汉族地方民歌倾倒着迷。

从当时的一张照片上，我看到那小伙子生得又高大又帅气，和贾德义站在一起，就像一对祖孙爷俩儿。拜访贾德义的时候，两个人交谈得十分投缘，包括河曲民歌二人台的历史、现状、唱腔特点，小伙子手舞足蹈地请教了许多。贾德义一边讲一边唱：

拉起那胡琴哨起那枚，
咱二人抖两声山曲曲。

头一回见面有点点生，
管他那生不生唱几声。

不唱那三声唱上两声，
人家要说咱没出过门。

早听说亲亲好口才，

老远那路程赶将来……

尽管有些词儿，小伙子听得似懂非懂，但并不妨碍他的激动，连连竖起大拇指来：OK，OK！拜访结束后，小伙子觉得很是不虚此行，在小伙子的眼中，贾德义就是杰克逊。但是，跟不少登门求教者一样，小伙子也有一个问题不明白：

凭您这样的本事，如果在美国的话，那会很富有的，美钞垛得一摞一摞，可您好像还贫穷呵？

小伙子虽然没有说出来，但是疑问挂在脸上。像面对朋友们的疑问一样，贾德义咧开嘴一笑了之。他没必要去费力巴叽地解释，而且也解释不清楚，如果硬要解释的话，那只有一句话：

中国跟你们美国不一样，人不能单单为吃米而活着！

回答了美国小伙子的疑问，也等于贾德义回答了自己的一生，一生不为米活为歌活，他对河曲民歌二人台的贡献，可谓功不可没。贾德义告诉我们，在他的眼中心中，河曲民歌二人台就是“圣经”，就是洪荒到如今的“上古稀音”，从小唱着来，到老唱着去，注定了他这辈子的歌唱。像流淌不息的大河，赤条条来去无牵挂，只牵挂着：

对坝坝那圪梁梁上那呀是个谁？

那就是我那要命的那个二小妹妹。

附：歌手主要简介

贾德义，男，1943 年 9 月生，山西河曲县沙万村人。“国家级非物质文化遗产项目河曲民歌代表性继承人”。5 岁起跟随父亲演唱。自上世纪 60 年代以来，先后创作《回口里》《蜜果缘》等剧本几十部，参与编纂了《中国二人台艺术通典》《中国爬山歌艺术通典》，出版专著《河曲二人台》《西北风情歌》《二人台》《山西二人台传统剧目全编》等 8 部。参与拍摄影视片、专题片 40 多部，创意主办了“黄河民间艺术节”“三省七县二人台大赛”。1986 年中央电视台为其拍摄专题片。

C章　歌喉一展皇帝远

昨晚大风刮了一夜，像无数只发情的猫，在宾馆房屋上流窜。早晨吃过饭，在前往南沙窊的路上，被风彻夜洗劫的天空，干净得像湛蓝的湖面。公路盘山而行，一座山头接着一座山头，一同去的几个人，都经不住寂寞起来，有的在打盹，有的在枯坐。老朋友岳占东说：

哎，老哥子，我快给唱首歌吧，要不这还行哩？

嗓子一吼别打盹，
要为朋友得抖精神。

骑马要骑大走马，
为朋友要为十七八。

骑骡要骑花点点，
为朋友要为毛眼眼。

白布衫衫黑板扣，
为朋友要为小秀秀……

岳占东一唱，大家果然振作了起来，欢声笑语取代了寂寞。岳占东唱的是《要为朋友正当年》，只是篡改了开头的一句。岳占东是河曲文联主席，人生得短小精悍，像匹小马一样，啥时候都乐着嘴巴，像偷吃了他老娘的糖包子。因为开心早，从小就向往河曲妹子，“白萝卜胳膊水萝卜腿，果子花脸蛋蛋海红红嘴”，1994年忻州工校毕业后，回老家五寨点了个卯，就跟着一个河曲妹子，跑到河曲来了。

岳占东唱罢一曲，我还想让唱，他却不干了：

行哩行哩，我这是瞎唱呢，等一会儿去了南沙庶，那两个老人才唱得好呢。

他说的“两个老人”，女的叫狄兰半，男的叫刘宽来，都是上世纪 30 年代出生，比贾德义和辛礼生年龄还大。按照事先安排，我们今天去采访这两位老歌手，一路上丘壑连绵，小车一会儿被推上波峰，一会儿又沉入浪谷，像在浪头汹涌的黄河里漂流。

临近南沙庶的时候，又翻过两道黄土梁后，前方终于出现一片人家，散布在周围的沟沟崖崖上，岳占东把手一指：

到哩到哩，那就是南沙庶。

我们把车停在一处坡上，找来一个村民领上，来到刘宽来家。一处破旧干净的院落，十几间砖面老房子，但房子骨都还结实，砖墙用手一拍啪啪响。因为我们去的人多，还有县电视台的记者，屋子里坐有点拥挤，就搬几个凳子摆在屋檐下，又打发人叫来狄兰半，在院子里一块儿采访起来。

刘宽来打小就爱唱歌，一听到别人唱歌，就小公鸡一样竖起脖子，可真正唱歌是从他 16 岁开始的，而且是给逼出来的。他父亲是个半拉子医生，每年一开春就去了口外，凭自己的一点医术谋生。当时村里有 150 多户人家，100 多人走口外。走的时候抛妻别子，男人挎个包袱在前边走，老婆孩子屁股后头跟着送，从家里送至村口，又从村口送至大路上。依依不舍，哭声连绵。

每年春天父亲去了口外，哥哥也外出打工去了，家中就只剩下他和母亲，他成了家里的顶梁柱，大小事情都得他来担当。当时，家里种着十五六垧地，他和母亲整日泡在地里，怕耽误了节令，该耕种的耕种不下，秋天一到喝西北风。每天天不亮，睡梦里妹妹还站在房顶上，手扳住烟囱瞭哥哥呢，母亲就吆喝他起炕，一碗酸粥蹲在锅台上，让他吃完了赶紧下地。

从太阳刚爬出山头，到中午蹲在当头顶，刘宽来越干越心苦，手拄着犁把四下里张望，满世界黄涯涯的一片。黄风一起尘土弥漫，把日子瞭得眼枯了，也瞭不见个尽头。村里年轻力壮的都走了，地里只剩下妇女老人。遍地老老小小，东一家子在耕种，西一家子在耕种，饿吼的驴叫声撕心裂肺，叮咚的楼铃变成了呜咽。

这个梁头上唱起来了：

三春天黄风天天刮，
妹妹心难活你走啦。

才待回来你又走呀，
不是和妹妹甩手哇？

那个梁头也唱起来了：

叫一声哥哥真走呀，
扔下小妹妹谁搂呀？

哥哥走口外妹妹拉，
拉拉扯扯可好难活。

歌声听起来像哭，可泪已经被榨干了，仅剩下干巴巴的倾诉。但是，苦焦的日子太需要歌声了，笑也罢哭也罢，只要有歌声唱起来，荒寂的四野就会生动起来。一年又一年，刘宽来便受到感染，也“学会了唱曲解心宽”，每当干得乏了累了，他就歇下来吼一腔：

女人难活眼皮皮肿，
男人难活活抽筋。

女人难活伤脸皮，
男人难活伤底气。

你难活不像我难活，

泪蛋蛋都在喉咙上卡。

哥哥难活说不成，
泪蛋蛋渍得眼畔畔红……

就这样，刘宽来熬呵熬的，盼望父亲回来再不走了，把他从苦累中解放出来。可是父亲一如既往，春天走了秋天回来，有一年一走竟是6个春秋。6年后的冬天，父亲带着几年挣下的积蓄，一路上披星戴月，过了“长牙店”，再走“乌拉素”，从口外满怀喜悦地归来，决定以后再不走了，守着他和母亲过日子。可谁料到，在“沙蒿塔”被土匪抢了个精光，差点连性命也搭上，失魂落魄地回到家中，一见他们母子就抱住头大哭：

娃呀爹无能呵，对不住你和你娘！

看着号啕大哭的父亲，刘宽来却是满心欢喜，觉得土匪抢了好，抢了他就不会再走了。后来，他给父亲编了一首歌，每次父亲再走的时候，他就唱给父亲听：

我走口外没少受罪，
挣下那银钱想回口里。

欢欢喜喜想回口里，
买不起马子买一头驴。

只想着回家眊妹妹，
不曾想沙蒿塔遭土匪。

遭土匪把我抢个净，
你看咱受苦人多苦命……

像母亲的泪水一样，他企图用歌来阻止父亲，挽留住父亲。可是父亲并不甘心，第二年就又走口外了，不光是自己走口外，过了两年把他也带走了，家里只留下母亲支撑门户。到了口外，父亲继续做江湖郎中，他去大青山下窑背炭，钻在漆黑的窑道里，拄一根窑拐子，“天天背炭罪受尽，大炭压得后背疼”。

说着，老人伸出一双手来说：“你们看，那会儿留下的老圪茧，现在还在哩。”

一双手又粗又糙，饱受风霜，十个指头就像老树根，有的指关节已经变形，从指头肚子到掌心，结满厚厚的老茧。但我们看不出黄厚的老茧，哪一处是背窑时结下的。老人便抚摩着手掌说，老茧是分层次的，指着一处让我们仔细看：

这个死圪疔下，就是背窑时留下的。

和贾德义的父亲娶他母亲一样，刘宽来的老伴儿也是“门当户对”娶下的。因为他父亲是医生，老丈人也是医生，才把闺女嫁给了他。老伴儿小他几岁，一说起当年的凄苦来，就拿话咬他：

你爹只给了我爹 20 块钱，就把我一个黄花闺女买回家了。

被 20 块钱买下的老伴儿，从黄花闺女到年逾古稀，与他一个被窝里滚战了一辈子。如今他们已不再凄苦，几个子女都已经成家立业，每年种着五六亩薄地，收入两三千块钱，日子过得简朴而安详。有地方叫他去演唱，他就去演唱一下；没地方叫他去演唱，他就跟人玩玩小麻将。老伴儿活得知足，他也活得知足，跟我们说：“人活一辈子，就这么回事，像现在就行哩！”

狄兰半比刘宽来大两岁，但比刘宽来还小面，身体硬朗朗的，戴着一顶红线帽子，穿着一件红绒外套，从头到脚地精神，根本不像一个八旬之人。我们半开了玩笑问：“您不会是八十吧，五六十还差不多？”

老人立刻半捂了嘴，一手抚在大腿上笑道，真要像你们说的，那我就活得老不死了。说着收起了笑，冲我们一声长叹：“16 岁就给人家当童养媳，受苦受难了一辈子，能活到八十也是天给的，咋还能五六十了？”

狄兰半的父亲曾是跑河路的，一年风里来浪里去，也挣不下个养家糊口钱。

家里穷得没办法，就把她送出去当童养媳。16 岁进婆家的门，18 岁上正式嫁过来，从此厮守在南沙窊，给婆家传宗接代，一共生养了 6 个孩子。出嫁的时候，一顶骡驮轿驮着，行走在黄漫漫的山路上，骡脖子里的铃铛响个不停，满肚的甘苦都被敲打了出来。甘的是一辈子做一回新娘，苦的是做姑娘做到了头，从此“生是人家的人，死是人家的鬼”，再回不到娘家去了。

说到这里，老人的语气不禁悲怆起来。她告诉我们，正月里她嫁到南沙窊，五六月就赶上闹饥荒，地里能吃的草都拔光了，生下的娃娃都是绿圪蛋。家里的瓮缸子一个比一个空，一到半夜里像人一样饿得嗡嗡响。看着空荡荡的瓮缸子，她都想一头栽进去死了。过年的时候借回二斗粮来，她手把着小磨子，一边呼隆隆地磨，一边哭着唱：

手扳磨把把不想围，
单想住娘家不想回。

十六上进了婆家门，
把我当成个活牲灵。

远远瞭见娘家的门，
青山绿水一座城。

远远瞭见婆家的门，
灰土麻生一座坟……

茂斌兄听得有点不解，也想逗老人个乐子，就口气认真地问，刚才你说的是饥荒，现在咋又数落起婆家了？是你婆婆对你不好，还是你男人对你不好？老人一听，赶紧扬手道：

可不是，可不是，都对我好呢。唱歌哩哇，要不咋哭哩？

男人比她大 6 岁，十几年前就去世了。十几年来，每当夜晚回想起男人的时候，她就像我们后来采访的张林燕一样，再也无法入睡，独对长夜自编自唱：“大大的灯盏满满的油，长长的捻子你和我没相跟到头……”

长夜漫漫，心曲漫漫，唱不尽的思念，道不尽的孤苦。从小做童养媳，到老又守寡，狄兰半老人所遭受的命运，特别是在苍凉的晋西北，可以说代表了昔日“手扳磨把把”，而今又生活艰难的许多同龄妇女的命运。她们不会唱的把苦难埋在了心底，会唱的倾诉了出来，她们不单单是为自己倾诉，也在为同病相怜的姐妹们倾诉。

说着，老人拿手抹起泪来：

做童养媳的都是苦命人，苦得像生黄片一样！

见老人伤心起来，我们赶忙转换话题，说过去的事不提了，日子一定会越过越好。我们这次来，是很想听听您唱歌，县里的人都说您唱得非常好，您就给我们唱几首吧。老人很是拿得起放得下，立刻扬起头对刘宽来说，那咱就好好唱几首吧？

刘：哥哥给你软颤软颤
软溜软溜
紧跑慢跑
水洗汗流
担上两担水紧跑
狄：我给哥哥荞面饹饦
碎圪粉粉
尖圪针针
圪针针那尖呀
有有味味
汤清水利
双圪手手递给那个你亲人
刘：你有情来我有意
活一辈子谁也不要离开谁
狄：一碗凉水实冻了

你不要把妹妹失望了

刘：瓢葫芦芦舀水落不了底

活一辈子也忘不了妹妹你亲人

合唱：咱二人相好一对对

铡草刀切脑袋也不后悔

在屋前宽敞的场地上，两位老人给我们对唱罢《担水》，又对唱了《牛鼻鼻孩（鞋）》，唱着唱着，两人的手就牵到了一起。一边唱一边扭，原本已显年迈的双腿，一下子变得欢快无比，像踏着咚咚的鼓点，在大街上扭秧歌一样。

仿佛时光倒流，两位老人又回到了从前，儿时的生动活泼，青年时的美好浪漫，一并展现在我们面前。我们几乎看傻了，掌声随之而起，呱呱地拍了又拍。在我们掌声的鼓励下，两位老人演唱得更加卖力，一个比一个嗓子高亢嘹亮，像站在山圪梁梁上，迎着早晨的红日高歌，天空被燃烧得一片灿烂。

歇下的时候，狄兰半拿出一本重新翻印的《河曲民间歌曲》来，从书中找出一张照片让我们看，照片下注："图为中央采风队在河曲著名歌乡南沙窊村，为该村十一位女歌手合影留念，其中有著名歌手王金莲、狄兰半等人。"

从那照片下的注释，我才知道南沙窊是河曲歌乡中的歌乡，土地贫瘠，歌声丰茂，曾出过好多优秀歌手。于是，我明白河曲宣传部的朋友，为什么一定要安排我们到南沙窊来，一定要让采访狄兰半和刘宽来，如果我们不来将是莫大的遗憾。

那本《河曲民间歌曲》编纂规格很高，由当代著名词曲家、民歌研究专家晓星主编，1956 年音乐出版社第一次出版，2003 年由河曲县重新翻印。1953 年秋天，晓星带领 7 位专家教授，从北京专程来河曲采风。当时，晓星任中央音乐学院中国音乐研究所研究室主任，他之所以选择河曲作为民歌采访的重点地区，是因为河曲"在晋西北的黄河三角上，西望陕西，北接今之内蒙古西部汉民族聚居区"，在这片苦寒之地诞生的民歌，具有无可替代的区域代表性，"目的是想通过一个点的深入采访，了解民歌与人民生活的关系，研究民歌是怎样反映人民生活情绪的。"

经过3个月的采访，8个人满载而归，采集民歌曲调400多首，民歌歌词2万多首，采集二人台曲目42个。其中在南沙窊采访15天，采集民歌曲调和歌词1110首。采访结束后，他们挑选出一部分民歌，还有民歌采集调查报告，结集而成《河曲民间歌曲》出版，成为“新中国第一部地方民歌艺术大全”。

书中的照片因年代久远，加之又是重新翻印，已有些模糊不清。“合影”中的狄兰半，穿戴臃肿土气，一副村妇打扮，但仍掩饰不住当年的纯朴与美丽。当时狄兰半只有20多岁，不仅歌美人也美，像一朵灼灼的山桃花，在风沙凄迷的土地上绽放着。说起那一段经历来，老人满脸的幸福：

那些北京来的人可好呵，一点点架子都没有，我唱的时候咋也不怯生，唱了一遍不行再唱。

正是由于当年的鼓励，老人才越唱越有信心，“山曲本是肚里才，甚时唱它甚时来”，不管生活多么艰难都不曾放弃，从小媳妇一直唱到老太太，从南沙窊一直唱到北京城。老人告诉我们，2002年“纪念毛主席延安文艺座谈会60周年”时，省里组织河曲民歌二人台到北京演出，她也在演出的名单之列。

活了一辈子第一次去北京城，唱了一辈子第一次登上大舞台，老人的激动可想而知：

北京那地方真叫个好哩，好得人头晕目眩。我们在中山音乐堂演的，演完了还上了天安门，逛了毛主席纪念堂。毛主席就是了不得，死了这些年，还像活的一样。

一直站在一旁听着的刘宽来，几次想插话都没插上，这时一拨拉狄兰半的手说，光说你去北京来，我就没去？为了证实自己也去北京来，刘宽来告诉我们，去的时候坐的卧铺大轿车，听说一张车票300来块钱，比得上一亩莜麦的收入。去了演出结束以后，还受到了中央大官的接见。可那些大官叫什么名字，老人搔搔头却想不起来了：

唉，人一老就灰哩，人家谈论过，可我就是记不住了。

老人牙已不全，说话的时候有点走风漏气，反复朝我们笑了，很为他的“记不住”抱歉。

中午的时候，我们告别了两位老歌手，告别得实在有些恋恋不舍，如果能多待几日的话，一定和他们多待几日。从刘宽来家出来，我才发现院子附近的崖头上，老老少少立着许多人，看热闹似的望着我们。岳占东指着崖头上的人说：

那些人会唱歌的不少哩，一听见唱歌他们就在家坐不住了。

岳占东的话我深信不疑，他们每个人都装着一肚子歌，要唱的话哪一个都精彩动人。那是天地的平衡，是苍天厚土的恩赐，也是命运被迫的选择。

我环顾四周，村里现代的东西几乎看不到，唯有屋顶上站着的几杆电视天线，屋顶下几家闪耀的铝合金门窗，还有大门口停着的一两辆农用车。与我所生活的都市相比，不知要落后多少年，而且根本就不能相比。拿都市来相比，本身就是一个错误。

就在我们乘车离开之际，透过那黄土汹涌的贫困，我突然间感到一种莫大的富有，是我生活的都市无法企及的，是高楼林立比不了的，是灯红酒绿比不了的。他们一辈辈苦守着这山窝子，就有一辈辈苦守的理由，不管日子过得多么地老天荒，只要得天独厚的歌喉一展，脚下就是世外桃源。

这让我想起了那首古老的歌：

日出而作，
日落而息，
凿井而饮，
耕田而食，
帝力于我何有哉？

附录：歌手主要简介

狄兰半，女，1930 年出生，山西河曲县南沙窊村人。自幼酷爱民歌艺术。1955 年参加多家广播电台组织的演出和录音。2002 年和 2004 年，两次赴北京中山音乐堂，参加河曲民歌二人台艺术表演。

刘宽来，男，1932 年出生，山西河曲县南沙窊村人。16 岁开始唱民歌。2002 年赴北京中山音乐堂，参加河曲民歌二人台艺术表演。2009 年参加山西电视台组织的河曲民歌专辑录制演出。此外，天津电视台、上海电视台、中央电视台等多家电视台，也曾邀请演出或报道。

D章 “下里巴人”下里情

“血、血、血，中国人民流的血！火、火、火，日本鬼子放的火！”

这是60多年前，歌手张存亮第一天走进破庙上学，上第一课《血与火》的时候，烙在心中的两句话。那场令中国人记忆惨痛的战争，也曾给河曲带来惨痛的记忆，1940年前后的几次轰炸，炸得河曲城墙倒屋塌，无数商家店铺化为焦土，西口古渡漂泊着一片哭声。一首至今流传，为好多老歌手熟悉的民歌唱道：

> 舛不死鬼日本鬼子坏了心，
> 驾上他那瞎眼飞机来到河曲：
> 先散传单，后扔炸弹；
> 先炸南关，后炸河畔；
> 先炸城关，后炸营盘；
> 临完扫了个簸箕弯弯……

当时张存亮还小，虽然没有亲眼见证那轰炸的残酷，但是他倾听过不少，每一个诉说者都声音颤抖。他觉得河曲民歌，不仅凝聚着千百年来时间的沧桑，走西口的酸悲，也凝聚着战争的血与火。整个抗战时期，河曲光牺牲在册的烈士就有162位，无名者更是不计其数，长眠于大河之畔，使河曲这片土地更多了一层血性与光荣，使河曲民歌更多了一种顽强与崇高。正是这种顽强与崇高，鼓励张存亮甘做“下里巴人”，也自认是“下里巴人”，一生厮守着脚下的土地，厮守着生生不息的民歌。

张存亮是河曲唐家会村人。唐家会是个出艺人的地方，清末河曲有名的艺人李有润、张兴旺、李占存就出自这里。张存亮告诉我们，唐家会也是个出长工的地方，他的祖祖辈辈就揽长工，日子像泡在菜缸里的压菜石，捞起来汤汤水水滴苦。他5岁大了，还不知道父亲长啥模样，见别人出来进去都有爹，他就问母亲：

娘，我是不是没爹？

灰小子，没爹咋能有了你？

那我爹哩？

走口外了。

母亲告诉他，生下他的第二年就赶上闹饥荒，一家三代8口人饿得度日如年，父亲就拔腿去了口外，从口外挣回一石黄米来，让母亲做成黄米馍去卖，用卖下的钱养家糊口，才使全家渡过难关，才保全了他一条小命。见全家人活下来了，父亲就又去了口外。

父亲的小名叫满家明，可就是“明”不起来，像一盏电压不足的灯泡，悬挂在老屋横梁上，一辈子活得昏昏暗暗。大灯不亮小灯亮，后来把希望寄托在他身上，给他起小名叫可心亮，希望他长大以后活得瓦亮。他没有辜负父亲的希望，打小脑瓜子就灵，就懂得了“手拉住小手手，送妹妹到大门口”。

当时，唐家会有个五云堂玩意儿班，创办于清朝同治初年，是河曲有名的戏班之一。二人台也叫“打玩意儿”，玩意儿班也就是二人台班。每天玩意儿班排演的锣鼓一响，伙伴们就吆喝着来找他：

黄米馍，五云堂又唱开了，你还不去看？

因为那年闹饥荒，是父亲的一石黄米救了他的小命，村民们就给他起外号叫“黄米馍”，谁见了他都不叫可心亮，就叫黄米馍。跟伙伴们去了五云堂，演员们怕影响排练，不让他们进去看，他们就把脸挤在门缝上偷看。偷看多了，心也就开窍了：

唱二人台不赖，唱山曲儿不赖。学会《走西口》，到处有吃口。说不定学会二人台，将来自己也能挣回一石黄米来。

张存亮7岁那年，父亲被晋绥军抓丁抓走了，一家老小要想活命，就都得承担起家务来。张存亮所能干的，就是上山砍柴割牛草。因为当时山上狼多，上山的时候必须结伴而行，一个叫郭老虎的伙伴，便成了他的铁哥们。郭老虎只比他大两岁，但是自幼勤劳，早锻炼出来了，老练得像一个猎手。一遇到狼在山上出现，郭老虎就赤裸着膀子要起虎威来，“惊狼鞭”抽得叭叭响，像满山遍野放鞭炮，一边抽一边喊山歌。那山歌很简短，就那么几句，轮番了吼：

“大榆树上结榆钱，剥了狼皮做坎肩。”

“狼咬我一口，我咬狼十口。”

惊狼鞭是用草根和麻皮拧成的，抡起来如长蛇起舞，落到树上枝叶纷飞，落到地下黄土生烟。如果狼给抽到身上，一定皮开肉绽。再加上吼叫的山歌，狼一看遇上对手了，赶紧逃之夭夭。

再后来，上山遇到狼的时候，郭老虎抽鞭子就成了表演，裹挟着阳光与山风，简直是与狼共舞。有时连狼都看呆了，哪还顾得上吃人。郭老虎让张存亮佩服得五体投地，佩服他抽惊狼鞭的威武，佩服他慑狼魂魄的歌喉，是一个顶天立地的汉子。张存亮说：

就这样，我爱上了民歌。

1942 年，村里响应解放区新文化运动，在一所破庙里办起学校，张存亮被招收进学校，祖祖辈辈睁眼瞎，终于出了他一个念书人。读的第一课就是开头说的《血与火》，唱的第一首歌是《大刀向鬼子们的头上砍去》。学校还创办了一个小剧团，将二人台《小放牛》配上抗战歌词演出。

张存亮在剧中扮演小放牛的，因为他从小跟牛打交道，对放牛的一套早已熟悉，表演起来驾轻就熟。而且嗓门儿好，唱得也不错，第一次在村里演出，就获得满堂喝彩：

这黄米馍行呀，他爹没“明”了，他倒“明”了。

在一声声喝彩的鼓励下，张存亮愈发瓦亮起来，只要小剧团有节目就少不下他，相继参加了《口袋》《除奸自卫》《夫妻识字》等多台新编二人台小戏的排演。1944 年春节，县里举办文艺汇演，他们演出的《小放牛》和《口袋》大获成功，张存亮得到一张毛主席画像的奖励。把奖品领回家后，母亲高兴得一边抚摸着毛主席画像，一边抚摸着他的头说：

那黄米馍我娃没白吃，把毛主席都请到家了！

童年的虚荣与满足，让张存亮对演唱越来越痴迷，上山砍柴割牛草都不忘背台词，结果一跤摔成轻度脑震荡。由于光顾了演唱，学习越来越差劲，在村里念了6年书，只升了三次级，蹲班蹲成了小油条。这还了得，父亲说：

张家好不容易出了你这么个念书人，你却去了学校不好好念书，天天就记得唱呀跳呀，将来还不是一个戏子？

父亲也曾唱过几天戏，知道做戏子的心酸，唱得再好也没地位。不几天，父亲就收拾一卷儿行李，把他送到了巡镇第一完小。当时河曲县政府也在巡镇，第一完小是县里的最高学府，父亲希望他在新学校里能用功读书，读出个金盆银碗来，将来毕业了有出息。

可没想到事与愿违，到了新学校他还是唱呀跳呀，比在村里上学时还要活跃，父亲在家鞭长莫及，当初的一番苦心全泡汤了。后来，张存亮在他的一篇自述中写道：

> 进了学校，我被编到小学四年级，全班30多名学生，都是十六七的小后生大闺女，但能住这样的学校大家都很高兴。学校还是抗大作风，边学习边劳动，开荒种地，纺线织布，寻柴背炭，什么都干，学习费用自家只拿点口粮就成。学校还有个全县闻名的文艺宣传队，每5天到巡镇集市上搞一次宣传活动，我是这个宣传队的骨干演员和节目唱词编撰者。

好在当时人才奇缺，不像现在研究生都成堆，像菜市上的土豆一样批发。张存亮完小还没毕业，就被分配到县文化馆工作，终生吃上了皇粮。那一年是1951年，他在学校只待了两年。到了县文化馆，他更是如鱼得水，从青春年少，一直唱到如今白了头。

到文化馆上班的第三天，老馆长就带着他下乡演出，几个人带着一部幻灯机，一台省里给的收音机，一盏手提式汽灯，还有锣鼓竹板什么的。每到一村，家家像过节一样，演出场上挤满了人，围着幻灯机转，围着收音机转，围着他们演员转。特别是那收音机，咔吧一拧就传来山外头的声音，带着遥远的陌生与新鲜，虽然传播信号很差，但仍像宝贝似的，惊奇得老人孩子吸溜口水，惊奇得姑娘媳妇拿眼偷人，然后遥望着山外怅然失神。

他们白天说新书打快板，晚上放幻灯听收音机，歌颂新社会农民翻身得解放，倾诉旧社会农民受压迫，牛马不如：

东山畔阳阳西山畔落，
说起揽长工心难活。

拿起烟袋没火镰，
揽长工的哥哥实可怜。

三棱子扁担尖底子桶，
想歇一歇万不能。

天阴阴下雨不叫歇，
铡草翻粪累死人……

在两年多的时间里，张存亮跟着老馆长跑遍了全县350多个村庄，演出600多场次，他编的快板《赵山汉的山药蛋》《刘丑头学文化》《王婆子送种》《奴圪旦宰猪》，几乎家喻户晓。

不管到了哪个村子，都与老百姓同甘共苦，一条老土炕上睡觉，一口大锅里吃饭：早上喝酸粥，中午吃酸捞饭，晚上呼噜酸稀饭。一日三酸，吃着酸饭，唱着酸曲儿：

哥哥不想吃那干硬粥，
你给哥哥熬上一碗二不溜溜，
不溜酸酸，
清圪湛湛，
酸稀粥呀亲亲……

那是一个美好向上的年代，日子尽管过得艰苦朴素，但是每个人都过得心甘情愿，并且引以为荣。张存亮说：

每次下乡演出都有些乐不思蜀，回的时候和老乡们难分难舍。

1953 年秋天，中央音乐学院中国音乐研究所研究室主任晓星，带着由简其华、李明辉、赵宽仁、王树、金湘、苏琴、李一鸣 7 名队员组成的中央采风队，从北京来河曲采风。

当时，从北京到河曲交通十分不便，只能先坐火车到宁武，再骑上毛驴去河曲。沿途翻山越岭，在骑毛驴前往河曲的途中，他们还没有领略“歌海”之浩瀚，就已经被震撼了。那一天正好是中秋节，他们雇用的一名当地脚夫，一路走一路唱：“人在外面心在家，家里头丢下一朵朵花。你那夜走呀没对妹妹说，早上上哭至阳婆落。”

后来，他们在《河曲民歌采集调查工作报告》中回忆道，那脚夫“悠扬而迷人的歌声”，简直“像起伏的波浪，在幽静的山谷中回荡”，是满腹的牵挂，是满眼的渴望。荒凉的群山变得满目苍翠，如雨后的山林云蒸霞蔚，一个个都被脚夫的歌声深深打动和陶醉。还没把他们送到宿营地，那脚夫就把缰绳一丢，对另一个赶脚的伙计说：“我想得不行了，得回去一趟。”

等到了河曲，接下来 3 个月的采风，更让他们惊叹不已。1986 年 11 月，已任《词刊》主编的晓星，在给张存亮的信中还无比怀念：

“时隔三十三年，我们都两鬓斑白了，但河曲民歌的艺术青春却是永恒的，它将世世代代地传下去，这份珍贵的文化历史资料从人民的口头载入文献，像《诗经》《乐府》一样，具有永恒的生命力。”

中央采风队在河曲采风期间，张存亮几个人天天陪着，先后到南沙窊、五会、五花城、南元等 11 个村庄采风，采访歌手上千名，哪一位都歌喉灿烂，唱起来如山泉不竭。让 8 名专家教授，感受了无比的穷困凄苦，也领略了无比的富有浪漫：

有的人唱着，有的人在旁边提示，这个唱不上来时，那个便接上。一个曲调唱腻了，再换一个曲调。越唱兴致越高，越唱民歌越多，就像刚从山谷里迸裂出来的泉水一样，涌泻不绝，直唱到夜深人静，各自散去。在这样蕴藏着丰富的民歌环境里，有的同志不禁感叹地说：“这里简直是一片歌海。”

3个月的采风结束后，不仅让北京来的人震撼，也让张存亮震撼，他没想到生养自己的土地，原来如此浑厚博大。让他深刻了解了河曲民歌，认识了河曲民歌，甘做“歌海”的一名歌手，为父老乡亲歌唱，为脚下的土地歌唱。

从那时起，张存亮收集整理了大量民歌，发表在当时的《山西文艺》和《山西农民报》上。一边收集整理民歌，一边组织辅导演出，1954年组织辅导十几个村庄，开展了民歌二人台演唱活动，在全县掀起演唱的热潮，就像几百年前描述的盛况：“户有弦歌新治谱，儿童父老尽歌讴。”

当时，山西歌舞剧团的著名歌手任爱英应邀回乡演出，老百姓着迷得顾不上种地，顾不上吃饭。有天晚上演唱了一夜，第二天早上户户断炊，太阳爬上屋头老高了，还在做着任爱英的梦。任爱英简直成了老百姓心中的歌仙，一首当年流传的顺口溜描述道：

“增产节约喝稀粥，也要看任爱英《走西口》。看了任爱英的脚，吃饺子倒不用捏。看了任爱英的辫子，点灯都不用捻子。”

而事实上，着迷梳着大辫子的任爱英，也就是着迷民歌二人台，是老百姓对民歌二人台的生命相依。那种狂热的情景，让我的想象穿越时空，在山月当空的晚上，看到了人头攒动的场面。

我问老张：当时你着迷不着迷？

老张说：着迷呀，咋不着迷？

怎么个着迷法？

就像家里“丢下一朵朵花”。

1955年春天，由张存亮负责选拔15名演员，参加省艺干校民间艺术研究班培训，培训的都是全省各地的拿手好戏，有左权小花戏、万荣花鼓，有祁太秧歌、朔县踢鼓子秧歌，河曲自然是民歌二人台。培训完以后进行汇报演出，河曲来的演出3场，场场观众爆满，一时间轰动省城。张存亮与演员王玉秀表演了二人台《捏软糕》：

哥哥揣糕不嫌烧，
小妹妹手巧捏软糕。

哥哥包上个糖角角，
小妹妹捏了个喜鹊鹊。

哥哥捏了个百灵灵，
小妹妹捏了个张生戏莺莺。

哥哥捏了个黄牛耕，
今年地里五谷丰登……

“捏软糕”也就是捏油糕，是把黄米磨成面做的。先将黄米面拌上水蒸熟，然后在盆子里或案板上，用手揣得软溜筋道了，再一个一个捏成糕，不用油炸的叫素糕，用油炸过的叫油炸糕，是晋北待客的尊贵之食。

软溜溜的油糕，捏得观众满鼻扑香，人也变成了一团软糕，戏散了还黏在座位上不走。演出结束后，他们又参加了五一劳动节游行表演，在省城太原车水马龙的大街上，再一次展示了河曲民歌二人台的风采，软糕的香味几天不散。

准备回县的时候，山西省委宣传部给张存亮带了一封信，信是直接写给县长的，建议河曲成立二人台专业剧团。县长很快就落实下来，下拨27个人员编制，1200元的办团经费，由张存亮担任剧团团长。剧团最初住在一座三官庙里，后来搬迁到河曲的河会村，演员每人每月5块钱的津贴。剧团刚成立3天，张存亮就带着下乡，一边演出一边排练，几个月转战下来，就打得名声卓著。

卓著的名声，让张存亮变得雄心勃勃，他说：

当时我的想法大啦，不光是在河曲演出，还想打出娘子关去，打到北京去。

1957 年，张存亮的雄心变成了现实。那一年，忻县地区举行民间文艺汇演，他带队去参加演出，演员有吕桂英、张林燕、柳凤英，合唱了民歌《拜大年》《在河湾》《推船号子》《打蓝锭》，又表演了二人台《珍珠倒卷帘》。在忻县汇演完，他们又作为忻县地区代表队，去太原参加了全省的民间文艺汇演，像两年前在省城演出时一样，再次引起轰动。

就这样，一路过关斩将，张存亮如愿以偿，他们演出的节目，被选定为出席全国第二届民间音乐舞蹈汇演节目，由省里组团赴京演出。坐在前往北京的火车上，张存亮一夜睡不着，其他演员也睡不着，漆黑的夜色从车窗掠过，哐当哐当的火车声像敲击在心上。用他们当时的话说：

北京是啥地方？那是天堂呵！

到达北京后，每两个省市演一天，下午演出一场，晚上演出一场。有自己的节目就当演员，没自己的节目就当观众。他们先后在北京天桥剧院、工人文化宫，演出并进行了观看。

全部省市汇演完，又选拔各省市的优秀节目，去给国务院、驻京外宾、中央军委演出。山西选拔的河曲二人台深受好评，获得苏联大使授予的两枚列宁勋章，一枚奖给了张林燕，一枚奖给了柳凤英。演出结束后，与其他省市的演员一道，在中南海怀仁堂受到了周恩来、朱德、彭真等国家领导人的接见。

赴京演出的时候正值 5 月，京城的大街上到处花团锦簇，一张张笑脸朝气蓬勃，让张存亮看花了眼，让一同去的演员看花了眼。在北京待了半个月，待得山汉气少了，待得浑身沾满花香。

可没想到乐极生悲，当张存亮从北京回到河曲后，一封状告他有男女作风问题的黑信，将他满怀的喜悦告得一干二净。他被革职调离剧团，调到县文教科写剧本。1958 年又调到一个公社当团干。再之后，又调回县文化馆当馆长，住在破旧的老爷庙里，领着两员大将：一个走路“地不平”，一个拧着三寸金莲。

一大圈儿绕下来，张存亮被绕得晕头转向，等他转过向来的时候，“文化大革命”又开始了。张存亮被罢馆长，打入牛鬼蛇神之列，每天大会小会挨批斗。有一天中午，母亲正在家中和面做饭，从有线喇叭里听到批斗张存亮，当下就吓得沾着两手面倒下了，从此丢下了她的黄米馍。当张存亮赶了60多里夜路，从被批斗的地方赶回家中时，迎接他的再不是母亲慈爱的笑脸，而是一口凄惨的棺材。

他扑倒在棺材前，号啕大哭：

娘呵，你活得好好的，咋一下就走了？

1972年，张存亮又被调离文化馆，调到一个公社当副主任，官不大却时间不短，一待就是8年。正当他待稳了的时候，县里又一纸调令传来，让他回县文化馆重新当馆长。那破旧的老爷庙，似乎注定是他的归宿，跟“老爷”做伴，亦受“老爷”庇护。此后将近10年，张存亮像个苦行僧一样，在几出几进的老爷庙里潜心用功，收集的民歌二人台资料，撰写的书稿堆满床头桌下。这是我从他的一份材料中，摘要的几项主要收获：

1982年，参与《中国民间歌曲集成·山西卷》民歌收集整理，入选河曲民歌260多首，约占全书的五分之一，受到省编委的表彰。1984年，被聘为《中国戏曲志·山西卷》撰稿人，撰写15万余字的《二人台志》，荣获省艺术科研一等奖。1986年，承担河曲民间文学“三套集成”（故事、谚语、歌谣）任务，负责《河曲歌谣集成》编撰，完成上下两集近20万字的编撰任务，一共收集歌谣4000多首，受到省区表彰。

1989年，张存亮再一次告别了老爷庙，被调到县文联工作，虽然干的还是老本行，但是大好年华已不再。调到文联的时候，张存亮已五十好几，眼看着时不待我，哪里需要他就到哪里，每天忙得不亦乐乎。参加了省里《中国歌谣集成·山西卷》的编撰工作，担任了河曲民歌二人台研究会会长，还担任了“西口黄河灯会”的负责人。每年一次的黄河灯会，他已负责举办15次，一次比一次举办得精彩隆重，现已成为三晋文化颇受瞩目的盛会。

退休以后，张存亮除了继续负责黄河灯会，还编写了20多万字的《河曲二人台行踪》，特别是他多次往返北京，征得昔日老专家老教授的同意，重新翻印了1956年出版的《河曲民间歌曲》。令当年的中央采风队队长，时已垂暮的晓星老先生大为感佩：

你这是在为河曲做好事呵，为河曲民歌二人台做奉献呵！

现已77岁高龄的张存亮，为自己画了一个圆满的大红圈儿，但是不管圈画得多么圆满，在他眼中仍不过是一顶草帽，就像农民一样戴在头上，依旧保持着一如既往的本色，在尚余的人生中风里来雨里去，跟昔日无二。一句话，他还是个“下里巴人”！

附：歌手主要简介

张存亮，男，1934年生，山西河曲县唐家会村人。一生学习、演唱、收集、创作、研究河曲民歌二人台。先后参与《中国民间歌曲集成·山西卷》、《中国戏曲志·山西卷》、河曲民间文学三套集成、《中国歌谣集成·山西卷》等多卷集成志书的编撰工作。2005年被中国文艺家协会授予“当代杰出功勋艺术家”称号。2007年被山西民间文艺家协会评为“河曲二人台杰出传承人”。

E章　风流倜傥把歌儿唱

“王根小娶了个妈妈，菅保憨娶了个娃娃。”到了河曲，一提起这句话来，好多人都知道。说“菅保憨娶了个娃娃”，一是说他老夫少妻，妻子比他小15岁，二是说他风流倜傥，活得潇洒唱得自如。

与贾德义不修边幅相比，菅保憨可谓风度翩翩。我们在宾馆见面的时候，屋里像涌进一片阳光，精神与年龄大相径庭，怎么也不相信他是一个年近7旬之人。一副黑框眼镜，一身西装革履，红光满面，直率风趣。说起他的“娃娃”来，一句话就剥下男人的面皮：

天下男人，哪个不爱小小？

菅保憨是河曲沙坪人，和河曲已故著名歌手菅二毛一个村。菅二毛艺名

“芝麻旦”，与“老百灵旦”樊贵作、“小百灵旦”樊二仓、“何山旦”何山，并称河曲“四大名旦”，曾活跃在二人台舞台上，在口里口外非常出名。在张存亮翻印的《河曲民间歌曲》上，我见到了菅二毛的照片：一顶破皮帽，一件老羊皮袄，像放羊汉一样，站在一处窑洞前，为中央采风队演唱。当时菅二毛已告别舞台，中央采风队找到老人以后，像深山里挖出一处宝藏，老人敞开歌喉给他们唱了3天，二人台不少失传的节目，都给他们唱了出来，其中有《祝英台下山》《洪五爷牧羊》等等。

菅保憨的奶叔菅玉才，师从的就是菅二毛。菅保憨生下的时候，由于母亲缺奶，被送到奶叔家，由奶婶来奶养。躺在奶婶肥天沃地的怀抱里，吃足了充沛的奶水，也听足了奶叔的歌。正是在奶叔的耳濡目染之下，菅保憨才爱上民歌二人台的。

那时，二人台的演出环境非常简陋，在村中的社科圪坝（没盖房的宅基地）上摆一张供桌，就算是演出舞台了。菅保憨在他的一本书中回忆说：

供桌前大约两三米处的左右两边插着两根火箸，火箸的头子上绑着一团棉花，蘸上黄油点燃照明。这一张供桌作用非常之大，既代表舞台的中心，又是前后台的分界，也是服装、道具摆放的地方。每当演出之前，先是由乐队演奏一曲二人台牌子曲，俗称“耍牌子”，而后是唱两个“小曲曲”（民歌），然后才是二人台演出。

每次演出的时候，菅保憨早早就去了，挤坐在村民中间，急不可耐地等待着开演。老老少少幕天席地，火箸上的棉团熊熊燃烧着。在宽阔的社科圪坝上，菅保憨听了不少山曲曲，看了不少二人台，像奶婶的奶水一样丰富。其中留给他印象最深的一首山曲曲，是奶叔与搭班的演员菅禄树在一次开场前唱的：

（男）：穷球捣得那炕板石咚咚响，
哪有那打伙计那心肠哎哟。
（女）：你给娘娘买上一根二号号针，
好好那赖赖也是你的那个心。哎哟。
（男）：灯盏盏点灯那没有那个油，

哪有那心思混风流哎哟。

（女）：灯盏里没油擦上些醋，

哥哥不要叫穷拿住。哎哟。

结果在一片欢笑声中，菅禄树的婆姨醋意顿生，脱下脚上的绣花鞋扑上去就抽，啪啪的鞋底声，代替了软溜溜的“哎哟”声，抽男人是不是真打伙计了？打伙计就打了吧，还要当众败她的兴。还是人芽子的菅保憨，不晓得菅禄树被抽的滋味如何，但那挥舞的绣花鞋却将他抽明白了，长大以后打伙计千万不能让婆姨知道了。再就是，打伙计不能被“穷拿住”，兜里再穷也得装一根“二号号针”。

菅保憨在家排行老二，有一个哥哥一个弟弟。和杜焕荣家一样，两辈子缺闺女，母亲生了 7 个闺女，7 个都夭折了。而这种缺闺女的情形，我发现在河曲很常见。“优胜劣汰”，好像河曲这地方天生就是走西口的，漫漫长路与苦难女人是无法承受的，只有身强力壮的男人才扛得住。又因为男人扛得住，西口路才会那么漫长，那么苦难：

上杭盖，掏根子，自打墓坑；

下石河，拉大船，驼背弯身；

进河套，挖大渠，自带囚墩；

上后山，拔麦子，两手流脓；

走后营，拉骆驼，自问充军；

大青山，背大炭，压断背筋；

高塔梁，放冬羊，冷寒受冻；

遇传人，遭瘟病，九死一生；

沙蒿塔，碰土匪，几乎送命。

菅保憨的祖辈也曾走西口，“上杭盖，下石河，进河套”，饱受了艰辛也挣下了光景，土改时被定成富农成分。由于家里光景不错，菅保憨小时候无忧无虑，可是土改飞来的一顶帽子，却害苦了他的日后。1961 年初中毕业时，他考试成绩很好，老师拿着卷子问他：

你家啥成分了？

他回答：富农。

老师哀叹一声走了。

老师的那一声叹息，菅保憨每次回想起来，都像秤砣一样吊在心上，吊得满心窝伤痛。本该上高中继续念书的他，只能垂头丧气地回村当农民，一年有大半年泡在地里，冬天农闲的时候辅导村里的文艺俱乐部。除了辅导文艺俱乐部，每天唯可消愁解闷的，就是一大早起来，坐在村外的山圪梁上吹枚。

枚是二人台早期唯一的伴奏乐器。吹奏起来，“滑音”华丽流畅，“喉音”激昂醇厚，“抹音”豪放粗犷，“吐音”跳跃热烈。面对早晨寂静清冷的大山，菅保憨以枚当歌，从东方发白吹到太阳升起，吹得远山近壑如春而至，一派山岚鸟语。

一听到他吹枚，村里人就说：“这娃苦呵，又坐那里吹了。”

也许是枚声感动了上苍，两年后菅保憨被抽调到一个叫葛真龙的村子，当了一名小学音乐老师。本来，他家属于“地富反坏右”五类分子之列，是不允许参加工作的，只因为当时学校缺少音乐老师，才破例把他抽调走的。从此一边在学校教书，一边帮村里搞文艺，走一个村红火一个村，菅保憨的大名逐渐响亮。

在葛真龙村教书期间，他组织学校的 12 位老师办起一个剧团。由于缺粮饿得不行，他就想办法以戏养戏。星期六出去演出，星期日返回学校，别的不挣就挣粮食，演出一次能挣两口袋粮食，不仅养活了戏班子，还给学校增加了收入。每次演出回来，伙房里欢笑声不绝，端着碗里冒尖的糜子酸饭，老师们说：

跟上菅保憨不赖，又有吃又有唱，活一天顶活半辈子。

1971 年，菅保憨从葛真龙村调到曲峪村任教，当时曲峪是全国都叫得响的先进大队：“学大寨，赶昔阳，曲峪是榜样。”大队书记王海元是老八路出身，1949 年解放太原时任连长，复原回村后带领村民艰苦奋斗，以“治山治水治滩结合，农林牧副全面发展”而闻名，事迹曾在北京、广州、香港等地巡回展出，被评为全国劳模，当选中共十大代表。后来曾任河曲县委书记、忻县地委副书记。1980年因冠心病突发去世。

能在这样的村子教书荣幸啊，到了曲峪就像到了大寨一样，跟着王海元就像跟着陈永贵一样。菅保憨在曲峪村待了14年，也是他一生最难忘的14年，像他油亮的大背头一样春风得意。

在曲峪的时候，王海元不让他干别的，就让他搞文艺宣传，挣学校的工资，给村里干事。村里组织起一支30多人的队伍，平时植树护林是林业队，需要演出的时候就成了宣传队。为了带好这支队伍，菅保憨使出浑身解数，将自己的十八般武艺，都兜售了出来。王海元见他踏实能干，是个值得信赖的年轻人，遇到什么事都给他扛着，像给他头上罩了一把大伞。

有一年华北地区调演，菅保憨写的一台二人台小戏《一杆秤》，被地区文工团选用，作为参演节目到天津演出。小戏写得相当精彩，但是运气不佳，当时正赶上批“山上桃风”，说他写的小戏有伤社会主义大背景，上纲上线要收拾他。王海元知道后，对他说：“别怕！你写的是勤俭节约，勤俭节约是咱们的传统美德，宣传传统美德有啥不对的？”

因为有王海元撑腰，事情最终不了了之。如果不是王海元撑腰，他这个富农家庭出身的五类分子，就猫喝烧酒够呛了。

还有一年，一位省领导到河曲视察，县里为领导接风演出，菅保憨被叫去参加演出，演唱了他新编的《唱一唱曲峪副业队》。没想到演唱以后，省领导龙颜大怒，什么乱七八糟的副业队，这是在走美国农业的路。当下就用指头敲打着水杯子问，是谁编的？他赶紧站出来说是他编的。结果被骂了个狗血喷头，晚上睡觉都能闻到血腥气。

原本省领导大驾光临，那前呼后拥的阵势，已经让他够怕的了，现在又挨了一顿骂，更是心寒胆战。他回去赶紧跟老支书汇报，老支书听了却嘿嘿一笑：

骂叫他骂去，你就当没听见。

一句话让他心头纠集的恐惧烟消云散，像雷雨过后的天空，重现阳光灿烂。

从王海元身上，菅保憨看到了一个老八路，一个老支书的风骨。老支书不仅遇到麻烦事给他撑腰，生活上还处处照顾他，见他跑来跑去地很辛苦，就把他媳妇的户口从沙坪迁到曲峪，又让大队给他买了一辆自行车。那自行车的牌子，菅保憨至今记着，是有名的“永久牌”。当时流行着一句话：“飞鸽快，永久耐，红旗车子也不赖。”那时自行车非常紧俏，能买下一辆自行车，就像穷汉娶下一个漂亮老婆。菅保憨是可想而知的高兴，一有工夫就骑出去兜风，在绿树成荫的黄河畔上，一路铃声一路歌：

清早起来梳住了头，
姊妹二人打酸枣走。

竹竿竿在肩膀上翘，
背后又把竹篮篮挑。

大清早起来没吃饭，
打酸枣还要巧打扮。

酸枣好吃可刺刺多，
因推打酸枣看哥哥……

1985年，菅保憨告别了曲峪村，调到河曲巡镇文化中心当站长。在巡镇文化中心，菅保憨一“站”又是11年，直到1996年才离开。在文化中心期间，他先后组建起8个剧团。其中最有名的，是给文化中心组建的“河曲民间艺术团”，给县塑料厂组建的“蒲公英二人台剧团”，给县海红蜜厂组建的“海红蜜二人台剧团”。3个剧团不仅在河曲叫得响，在一河之隔的内蒙古也叫得响，转遍了内蒙古的五原、临河、陕坝等地。

可是几年过去，就在菅保憨风光无限，干劲十足的时候，当头一棒几乎将他打晕了。原因是，文化中心占用的巡镇礼堂，要卖给县塑料厂做仓库。巡镇礼堂建于上世纪50年代，一直是县里、镇里的文化活动场所，曾给老百姓带来无数快乐，留下诸多美好的记忆。一旦礼堂被用作仓库，不仅文化中心失去栖身之所，连剧团也无处着落，只能树倒猢狲散。

在曲峪的时候，遇到麻烦有老支书王海元给撑腰，现在却只能靠他自己了。在多次交涉无果的情况下，他只剩下了一个办法：告!

那年是1995年。他从县里告到省里，又从省里告到文化部，望着文化部门口的大牌子，他谁也不想找，就想找文化部部长刘忠德。可是，一个屁大的乡镇文化中心的站长，平时见县长都不容易，见文化部部长就更难了。回想当初，菅保憨苦不堪言：

这里告那里告的，就像一个上访专业户。早告得头昏眼花了，到了北京汽车哇哇的，就更是找不着北了。可是千里迢迢，不能见不着就算了，于是我想到了老文化厅厅长曲润海。

曲润海曾任山西省文化厅厅长，调到文化部以后，时任文化部文艺局局长。曲润海是山西定襄人，老文化厅厅长再加上老乡，很当回事地接待了他。通过老厅长的关系，刘忠德部长准备接见他，但时间只有15分钟，让他把事情说清楚就行了。

部长接见他的时候，他像走口外遭了难，回家见到亲娘老子一样，没说两句话就哭得稀里哗啦。见他泣不成声的样子，部长就说：

老乡你不要哭，有话你慢慢说，别管时间长短。

一句话温暖得他泪水更止不住了，哭得鼻子眼都分不清了，像发生了泥石流。最后，也不知谈了多长时间，反正他把满肚的苦水，一肚的委屈都倒腾了出去。听罢他的诉说，部长在他带的材料上做了批示，要山西省速查此事。临别的时候，部长拍着他的肩膀说：

回去继续好好干，一定不要把阵地丢了。

揣着部长的批示回到县里，菅保憨自以为这下有救了，可是就在他拿着批示去落实的时候，塑料厂白花花的封条早将礼堂封了，把文化中心赶出了礼堂，把他像皮球一样给踹了。

上世纪90年代的中国，经济已是傲视天下的龙头老大，一个玩花扇子的文化中心，是绝对敌不过一个机器轰鸣的厂子的。县里也睁一只眼闭一只眼，最后的结局是封就封了，就那么一回事儿。刚刚恢复精神的菅保憨，又被踹了一个窝心脚，这次他彻底认输了，封了礼堂又不是封了他家，他实在是无能为力了。

只要他不告就好办，县里想给他个台阶下，但是他死活不买账，让他当乡镇副镇长他不当，让他当文化局副局长他不当，让他到县水泥厂去他不去，让他到县纤维板厂去他也不去，最后只剩下一个台阶，到县良种场去当厂长。如果他还不买账，那就在家歇凉吧。

这次他同意了。他之所以选择良种场，是决心再不搞文艺了，“放下笔头，扛起锄头”，回归生养自己的土地，亲近生养自己的土地，在土地上度过余生。到了良种场以后，他再没挪过地方。

为了坚定自己的决心，他把收集下的民歌二人台资料付之一炬。那是他好多年的心血呵，望着熊熊燃烧的火焰，他哭了：“每一页纸都是烧心啊，像烤羊腿一样，嗞嗞嗞地冒油！”

后来，菅保憨想写一本回忆录，把自己的酸甜苦辣写下来留给后人，书名叫《错位人生》，错自己不该从小爱上民歌二人台，错自己不该阴差阳错地去教书，错自己不该去当狗屁不如的文化站长。总之错错错，错自己本就不该来到这个世上。

可是一提起笔来，他说：“就写不下去了，一写就伤心万分。”

河曲县良种场在曲峪村，紧挨着黄河边，主要是培育蔬菜种子。到了良种场以后，菅保憨就等于回到了曲峪，回忆往昔，回想已故的老支书，有一种说不出的亲切与抚慰。再就是，每天看着大片绿油油的菜地，看着蝶飞蜂舞的景象，让他打心底舒畅：

阳婆婆出来满山红，
站在菜园我唱几声。
怀抱上这么大的苤蓝，
转个弯弯转个圈圈，
小个刀刀碎个纷纷。
姑娘们那歌声，

脆铮铮亮音音，
一阵阵顺清风飞……

菅保憨心头的伤痛，渐渐被田园的泥土抚平，重新焕发出往日的精神，再显风流倜傥，像田野上呼啦啦的一棵树。而给他精神，给他最大安慰的是妻子王洪英，也就是他的“娃娃”，不管他飞上天还是掉下地，几十年风风雨雨，都一心陪伴着他。

王洪英是他的第二个妻子。第一个妻子，是他24岁时娶的，当时他并没有看上，可是母亲看上了，非让他娶不可。再一个原因是，他家是富农成分，好多姑娘看上他了，但是家里不同意，怕运动中遭受牵连。而前妻家也是富农，拴在一条线上的蚂蚱，所以嫁给了他。

前妻别的都好，就是疑心大，总怀疑他在外风流，女人们投怀送抱，像猫一样盯着他。发展到后来，前妻几乎无法控制自己，跑到教育局去告他，跑到会场上去跟他闹，实在没办法了，他只能离婚。

他说：“跟第一个离了，我就娶下了第二个，这就是我的‘娃娃’。”

跟第二个妻子好上以后，菅保憨爱得风风火火。还未结婚的时候，妻子去内蒙古包头的二道河筛沙子，他就追到二道河，“五百里路途眊妹妹”，在河边的树林里相拥而泣，然后又“三百里明沙二百里水”地跑回来。像老辈子一样，亲演了一出现代版的《走西口》：

泪蛋蛋流出来手背背抹，
操心哭瞎你那毛眼眼。

你拿上泪蛋蛋送哥哥，
哥哥的泪蛋蛋扔山坡。

一下南梁瞭不见你，
泪蛋蛋流成山水水。

一疙瘩苦瓜两个人吃，

一个疙心病两个人哭……

就这样，“娃娃”成了他菅保憨的人。“娃娃”能歌善舞，对他非常温柔体贴，最叫他欣慰的是，不会成天起来怀疑他“串门子”，能让他从容自如地生活。特别是2003年退休之后，更是与他相携相扶，安度人生的晚年。说到“娃娃”给予的幸福，菅保憨嘴一乐笑了，有时想搞点小动作，也一思谋“娃娃”算了。

在妻子王洪英的悉心陪伴下，菅保憨被一把火烧枯了的心，又重新恢复雄心壮志，先后干了好多的事情，像他耕耘的田园一样，在人生之秋赢得了丰盈的收获。

整理改编了传统二人台《走西口》《方四姐》《小寡妇上坟》《河灯情》《叔嫂缘》等剧目。新创作了6场二人台现代戏《乌金黑浪》和小戏《喜出望外》《过河》《酸溜溜》《换钱》《接闺女》《狗不理进货》《回口里》《老来红》以及民歌剧《圪旦哥的二妹妹》等10多个剧目。把白朴的名著《墙头马上》改编成6场二人台古装戏。《乌金黑浪》荣获山西省业余戏剧大奖赛编剧一等奖、作曲一等奖、全剧金杯奖；《圪旦哥的二妹妹》荣获山西省首届“群艺奖”三等奖。

在河曲民歌方面，整理改编为独唱、对唱、二重唱的曲目有30多首，其中《想亲亲想在心眼眼上》《放河灯》《想死妹妹的还是我》《山沟沟里好恋爱》《山弯弯》《跑口外的哥哥回来了》《一把拉住妹妹的手》《热身扑扑在冷窗台》等多首曲目得到了观众的认可，并广泛流传。歌曲《这该叫我咋》荣获忻州地区音乐作品改编奖。

2006年8月，举办了“黄河风情”个人作品演唱会。

2007年4月出版了《二人台剧作选》《二人台音乐概述》《河曲情歌精选》3部著作。

除此之外，退休以后他还创办了“隩州白朴艺术社民歌二人台工作室”，还为山西老年大学组建起“河曲二人台实验剧团”。

老来红的菅保憨，浑身洋溢着新潮活力，日子过得盆满钵满，像吃羊肉大葱饺子，满口流汁流香。本书写作的时候，我因为要核实一些细节，几次跟他通电话，每次手机打通了，手机里总是歌声烂漫。而且快70岁的人了，电脑玩得驾轻就熟，上网关心国家大事，开QQ与人聊天，写作用的是五笔输入法，键盘敲得如奏钢琴。那天采访结束时，他把创作的一首新民歌唱给我们听：

想亲亲想得败了兴，
成天手机发短信。

想亲亲想得带上害，
买回电脑上宽带。

想亲亲想成泪人人，
心肝五脏摇铃铃。

想亲亲想下个相思病，
QQ才知道因为甚。

我们说，那么好的“娃娃”，你还敢想亲亲？

菅保憨诙谐地一笑，电脑上想没事。

附：歌手主要简介

菅保憨，男，1944年生，山西河曲县沙坪村人。17岁初中毕业，开始演唱钻研二人台。先后创办二人台剧团8个，整理改编传统二人台《走西口》《方四姐》《小寡妇上坟》等剧目，创作二人台现代戏《乌金黑浪》以及民歌剧《圪旦哥的二妹妹》等10多个剧目。其中《乌金黑浪》获山西省业余戏剧大奖赛编剧一等奖、作曲一等奖、全剧金杯奖，《圪旦哥的二妹妹》获山西省首届“群艺奖”三等奖。2006 年举办“黄河风情”个人作品演唱会。

F 章　死活舍不下二人台

今天采访歌手吕桂英。

吕桂英是河曲岱岳殿村人。岱岳殿是非常有名的二人台之乡，曾出过许多出类拔萃的演员，最令人怀念的是李法子。李法子曾为河曲二人台的传承发展做出过巨大贡献，河曲好多二人台演员得到过他的真传。李法子从小拜师学艺，自组“打软包”演出。打软包是二人台的旧称，当班主的称“出当子”，搭班子的称“入当子”，旧时演出因行头简单，几包袱就打包完了，所以叫“打软包”。演出时很少上舞台，多是“打地摊”形式。

李法子自组的打软包，在口里口外相当出名，有一年最困难的时候，还得到过傅作义的帮助，后来在去绥远演出途中，遭遇土匪洗劫散伙。打软包散伙以后，李法子又同当地驻军创办了“军民友谊业余剧团”，1947 年改名为“贫农文化站”，为轰轰烈烈的土改运动演出。1953 年，李法子又组织了“娃娃班”。吕桂英就是在娃娃班，开始跟随李法子学艺的。

吕桂英在家排行老小，有一个姐姐一个哥哥。家境相当苦寒，就像訾保憨的奶叔唱的，“穷球捣得那炕板石咚咚响”，靠父亲走口外揽长工，母亲在家卖豆腐维持日子。卖豆腐十分辛苦，每天天不亮就起床，赶天亮把豆腐做好了，挑出去叫卖。母亲虽然做豆腐，但全家人吃不上豆腐，吃的是豆腐渣子。一看见母亲做起豆腐来，白嫩嫩地飘香，吕桂英就站在旁边咬指头：

指头咬破了，也吃不上一口，那时真恓惶呵！

唯可填饱肚子的是唱歌，一听到李法子的戏班子唱，吕桂英就魂不守舍，心跟着锣鼓声飞翔。到了娃娃班以后，在李法子的严格指教下，从叫板亮调到衬字花腔，从走场台步到道具舞法，吕桂英一字一腔地苦学，一招一式地苦练，很快脱颖而出。1954 年，她跟随河曲的武六计娃娃班，到陕北榆林演出一年多，开始在舞台上绽香吐蕊：

正月里来开的一朵
那什么花花花花开得儿开
正月里来开的一朵
迎春花花花花开
迎春花花开得儿开
有多么来来大得儿大
人家娃娃头上爱戴一朵花
嘁不隆咚隆咚赛得儿赛……

就像那歌中的迎春花，吕桂英深受当地老百姓喜爱。每到一地，她人还跟着戏班子在路上，名字就已经在村里传开了：

赶紧引上娃去看吧，河曲猴娃班那吕桂英，到咱们村唱来了。

从陕北榆林归来，吕桂英迅速成长，名气越来越大。1955 年，参加了山西省民间文艺调演，她与同村演员李二白搭档演出《十对花》《挂红灯》，一举夺得大奖。再之后受省艺干校邀请，为民间艺术研究班教授二人台，当时省艺干校很想留下她，可是被她一口谢绝了。

我们问：那么好的机会，你为啥不留下？

吕桂英一笑道：小哩哇，当时才 15 岁大大，想我娘想得不行。

1956 年秋天，河曲县成立二人台剧团，一共招收了 27 名演员，其中岱岳殿的就有 15 名。吕桂英被招收进剧团后，先后得到过“芝麻旦”菅二毛、“六牡丹”樊六等老一辈高手的指教，演艺大长，成为剧团的台柱子。她的很多二人台曲调，就是那时候学下的，能唱七八十种，是一般演员比不了的。

剧团成立之初很穷，演出时连幕布都没有，照明用的是煤油灯。到哪里演出也不挣钱，挣的是服装和幕布，演员只要能填饱肚子就行。但是演出从不偷懒，哪怕饿得脖子挺不起来了，可只要台下一声喝彩，立马就来精神了。

次年，也就是 1957 年 5 月，在极其艰难的情况下，剧团终于迎来收获的喜悦，节目被省里选准，赴京参加全国第二届民间音乐舞蹈汇演。那次参演，可说是河曲二人台自“大清国出真龙，乾隆爷爷把基登，登基后出了戏一宗，这宗戏出在山西凤凰城（河曲）”以来，第一次真正登上“大雅高堂”，从西口古渡走进皇城根儿。是河曲二人台的骄傲，也是河曲每一位演员的骄傲，是河曲二人台历史上难得的一次辉煌。

当时，包括张林燕、柳凤英、李二白在内，河曲剧团一共去了15人。去的时候河曲还残寒未了，她穿着老棉袄老棉裤。一路上翻山越岭，先骑马，后改乘“二牛抬杠车”，十几号人慢腾腾地坐着，赶到宁武火车站去坐火车。在宁武城望见火车的时候，火车一声吼叫，吓得她顿时惊叫起来：“那是个甚东西了，声音那么厉害？”

到了北京，吕桂英像刘姥姥进了大观园，拿“瓯瓯”吃饭烫了嘴，进出酒店时被玻璃门碰了头，再吃饭端起瓯瓯来就有点害怕，再进出酒店时就有点提心吊胆。但比起家中的老海碗，一碗酸饭十瓯瓯也盛不下，比起家中的老木门来，一关上黑漆漆的，吕桂英还是打心底羡慕留恋，告别北京的时候，“走三步，退两步，牵魂线把我心绞住”。

从北京演出回来，吕桂英受到极大鼓励，暗藏下一个心愿，那就是凭自己的本事，争取有一天再去北京一次。

为了实现自己的心愿，吕桂英越唱越精彩。1958年，在地区3个县（忻县、定襄、原平）巡演时，她主演的7场戏场场爆满，站在台上望去，人头像黑压压的西瓜。有一场她因病无法演出，让另一名演员代替，结果观众不买账，吼着她的小名“叫板”，硬逼着她带病登台，才平息了观众情绪。每次演出戏散了，离开的时候，观众总是前簇后拥，就像一首民歌唱的：

真心话话真心歌，
亲死妹妹爱死哥。

妹妹爱唱哥爱听，
真魂魂拧成一股绳。

石竹竹花开红彤彤，

山曲儿里头见人心。

妹妹唱曲儿拿心换，
我掏出真心给你看……

观众“掏出了真心”，吕桂英也付出了汗水，一把把汗水让她变得光彩照人。在菅保憨编著的《二人台剧作选·前言》中，我看到当时河曲流传的两句话：“看了任爱英《走西口》，增产节约不用喝稀粥”，“看了补莲子《走西口》，不枉上世走一走”。补莲子就是吕桂英，是她的小名。任爱英前面已经写过，而任爱英所唱的《走西口》，正是跟吕桂英学的，曾住在岱岳殿学习了一个多月。

1964 年春天，河曲二人台剧团被地区文工团收编，也就是那一次收编，辛礼生离开了剧团。剧团被收编以后，迁到了行署驻地忻县，吕桂英开始了全新的生活。然而两三年后，接踵而至的“文化大革命”，一切都被铺天盖地的口号声，漫天飞舞的大字报，像黄河里遇难的船一样掀翻了。

“文革”的第二年，吕桂英又一次去了北京，实现了她几年前的愿望。但是，这次她不是因为演出去的，而是跟着串联队伍去的，北京人山人海的场面，让她再也找不回第一次去的感觉了。串联回来不久，她就被无端地指责为“当权派”，整个演艺界人心惶惶，好多名角都遭受批斗。留给她印象最深的，是著名表演艺术家贾桂林被游斗的情形，在拳头愤怒挥舞的大街上，一双破鞋挂在脖子里，一根绳子拴在背后头，浑身贴满了大字报。

当时，贾桂林是忻县地区北路梆子剧团的副团长，是老百姓心目中光彩照人的“小电灯”（艺名），也是吕桂英十分敬仰的梨园前辈，却被游斗得丧魂落魄，连一盏昏暗的老油灯都不及了。

从未见过那样残酷的场面，吕桂英害怕了，如果自己也被那样批斗，她该咋活呀？于是离开文工团，改行到忻县地区印刷厂，当了一名铸字工。也就在这期间，吕桂英跟现在的老伴儿结婚了。老伴儿是个当兵的，非常喜欢看二人台，也支持她唱二人台，当兵以前就看过她的戏，曾立下誓言：

将来我要是娶老婆，一定娶个吕桂英这样的老婆！

当时老伴儿在大同当兵，经人两头牵线，还真把她给娶上了。之所以能把她娶上，其中一个重要原因，就是母亲不让她嫁外路人，怕外路人靠不住，而老伴儿是河曲人，满足了母亲起码的条件。

在此之前，吕桂英已结过一次婚，男人也是河曲的，曾跟她一个剧团，打板打得好。原本“妇唱夫随”，是很美满的小两口，可是婆婆刁蛮，她生孩子坐月子后，锅里盯着碗里抠着，就不给好好吃饭，丈夫又做不了主，一气之下她便离婚了。

跟现在的老伴儿结婚后，老伴儿从部队转业到了忻县，之后又一同调回河曲。老伴儿在县气象局工作，她在县文化馆上班。之所以要调回河曲，吕桂英说：

当时原因多啦，但真正动心的只有一个，那就是死活丢不下二人台，觉得在忻县唱不成了，就回老家去唱。

可是事与愿违，吕桂英在县文化馆只待了两三年，就又调到县糖业烟酒公司，当了一名做酱工人，远离自己的愿望，一切变得阴差阳错。昔日围着舞台转，后来围着坩埚转，现在又围着酱缸转。但是命运就这样，每一样酸甜苦辣，都想叫她尝一尝。直到 1983 年，吕桂英才不跟酱缸打交道，结束了自己的“酱缸生涯”。

那一年，地区举办民歌二人台会演，河曲县由贾德义带队参加，在忻州剧院吕桂英演出了她最拿手的《走西口》。从做酱的缸房，再一次走上魂牵梦绕的舞台，多年积压于心的苦闷，一下子化作演唱爆发了出来，轰动秀容（忻县）古城。那是可想而知的精彩，我们很想听一听，让老人给描述一番。但是老人害羞了，觉得有些自吹自擂，连连摇着一只手说：

别听了，别听了，都猴年马月的事了，再说就王婆卖瓜。硬要想听的话，我给你们唱几段吧。

说着，激动地从沙发上站起来，给我们演唱了一段《走西口》，接着又演唱了两段《方四姐》《打樱桃》。在我们掌声的鼓励和要求下，又为我们演唱了民歌《人在外头心在家》：

人在外头心在家，
家里头丢下一朵朵花。

黑靛靛的头发白圪生生的牙，
笑圪盈盈的嘴唇亲死哥哥啦。

两眼眼窗窗糊玻璃，
见不上笑盈盈在哪里。

骑马不要骑带驹驹马，
马驹驹想娘我想她……

在忻县演出的时候，时任山西省委宣传部部长的刘贯文也在场观看，被吕桂英的《走西口》深深打动，看后问陪同的领导，这个演员在县里干啥？陪同的领导说，听说在县糖业烟酒公司做酱。

这么好的演员做酱？

听说以前不做酱，在县文化馆工作。

那把她还调回县文化馆去。

省委宣传部部长一句话，吕桂英就又被调回县文化馆，直至1994年退休。后来地区成立艺校，想调她去当老师，她却又一次谢绝了，始终故土难离。地区艺校见调她不成，就在河曲专门设立二人台班，聘请她去上课。从省艺干校第一次留她，到离开地区文工团当工人，再到地区艺校又调她，吕桂英放弃了三次大好机会，如今老了返回头去看，不免有些感慨与遗憾：

哪一次都不赖，我要再来的话就走远哩，可不是现在的样子。

但是从艺一生，给吕桂英留下更多的还是欣慰，特别是她为河曲民歌二人台培养的那些后起之秀，令她感到无比荣耀与自豪：

都唱得好呵！一下子能记起来的，有苗俊英、王长良、马瑞花、王永毛、刘爱琴，其中苗俊英、王长良名气最大，都是国家一级演员，这会儿在内蒙古二人台剧团工作。

我们问老人：现在你还培养学生吗？

老人说：培养，咋不培养？

现在，老人在家带着四五个孩子，有一个是她的小外甥，主要学习二人台演唱。两个子女都不爱唱，可这个小外甥爱唱，9 岁大了非常聪明。本来，她还想多带几个孩子，把自己一生的积累，好好地传授给下一代，但是心有余力不足了。

老人怅然地告诉我们，她不爱吃不爱穿，这辈子就爱唱，可也积劳成疾，唱下一身病了。1990 年患肾结核，大病了一场，七天七夜没吃饭，真以为自己要死了，住了两三个月医院，花了 7000 多元。

自从大病以后，她就不再轻易演出了。但是老百姓没有忘记她，政府没有忘记她，1990 年被忻州地区（原忻县地区，后又改为忻州市）文联、忻州地区民间文艺家协会授予“民间文艺家”称号，1995 年被县里评为“从艺四十年以上的优秀文艺工作者”，2008 年又被文化部命名为“国家级非物质文化遗产项目河曲民歌代表性传承人”。

这些荣誉，让吕桂英深感欣慰，也深感责任在身，虽然年迈多病，身子骨大不如前了，但她依然想做点事情：

> 我听说河曲民歌二人台艺校早已在设想中，这是个很好的举措，加之上下各级随着对二人台发展的资金倾斜，以及对民歌二人台人才待遇的不断提高，我相信河曲的民歌二人台一定会打出山西走向全国乃至世界，只要有各级部门的高度重视，河曲二人台前途一定不比东北二人转差分厘。只要国家和社会需要，我仍会不遗余力地为我喜爱的二人台艺术发光发热，为继承和发扬二人台艺术做出更大的贡献！

这是吕桂英在《我的从艺自传》中，写在结尾的一段话。既是老人晚年的莫大心愿，也是老人对国家的希望，对社会的呼声，盼望河曲民歌二人台在“继承和发扬”中，“打出山西走向全国乃至世界”。

附：歌手主要简介

吕桂英，女，1941年生，山西河曲县岱岳殿村人。“国家级非物质文化遗产项目河曲民歌代表性继承人”。1951年跟随前辈李法子学艺，为河曲第一代二人台女演员，多次参加省市、国家演出并获奖。1990年被山西忻州地区文联、忻州民间文艺家协会授予“民间文艺家”称号。2008年被文化部命名为“国家级非物质文化遗产项目河曲民歌代表性传承人”。

G章　南元走出“胎里红”

在我们采访的河曲歌手中，张林燕是最孤苦的一个，34岁就开始守寡，一直守到现在65岁，整整守了31年。岁月如焚，从满头青丝到两鬓白发，半辈子时光，都被一寸一寸苦熬了。

昔日河曲男人走西口，大多是春去秋回，也有几年不回的，但总有回来的一天，苦守在家的女人总有个盼头。可是张林燕没有盼头，像村前大路口上的一棵树，“瞭见人家回来瞭不见你”，晚上“手捉住相片片叙不上话”，只有无望的守候。

把枯守的日子，干啦啦地装满箩筐，张林燕硬是挑了过来。那天采访的时候，我们说当时你还小呵，为什么不再嫁个男人？张林燕说咋不想嫁，可怕娃们跟上受罪呀。她慨叹道：

守寡苦的是我一个，可嫁人嫁不好的话，那就都苦了。

张林燕是河曲南元村人，跟吕桂英的前夫一个村，婆家是河曲岱岳殿的，又跟吕桂英一个村。和南沙窊一样，南元村也是民歌之乡，老早因打蓝而形成的“打蓝调”，在河曲家喻户晓。

南元村紧挨黄河畔，曾出产一种上好的蓝草，每年“谷雨播种，夏至栽苗，麦熟收割，立秋至白露打靛”，打出的蓝靛用于染布。一亩蓝草可制80到100斤蓝靛，100斤蓝靛当时可换1000斤糜米，抵得上十几亩山坡地的产量。蓝草收割回来以后，先在蓝池里沤成蓝液，存入专门挖的小井中，然后把蓝液舀到打场池的大瓮里，再用特制的木槌搅打，一边打一边往里加石灰加水，等打到水乳交融的时候，拔掉瓮底小孔里的木塞，将打好的蓝浆流入澄池，再经过一定时间的沉淀，取出蓝泥用布包好晒干，就制成蓝靛了。

整个打蓝的过程，既辛苦又特别富有诗意，打场池里摆放着一排大瓮，每口大瓮的前后各站一人，手持木槌上下搅打。7 至 9 人为一班，每班都有领头的“大师父”，负责掌握劳动的节奏与技术指导。一打大半天或大半夜，被木槌击打起的蓝液，溅得浑身上下星星点点。在大师父的指挥下，分成甲乙双方，一边打一边歌唱：

甲方：搅一两搅搅三四

乙方：搅五六

甲方：搅七八九来上一十

乙方：十一十二十三四

甲方：十五六

乙方：十七八九来上二十

“如此循环反复，一直顺数唱到百，再从百倒数唱到一，先后数唱二百下——百小节。每小节即甲乙双方交错的两个劳动节拍：甲方的木槌落在强拍上，乙方的木槌就落在弱拍上；乙方的木槌转落在强拍上，甲方的木槌就转落在弱拍上。”

在皓月当空的夜晚，蓝池中月光闪耀，澄池中月光闪耀，小井中月光闪耀，齐声协力的打蓝声，回荡在村子上空。瓮里搅打的木槌，把汗水搅打进去，把快乐搅打进去，把希望搅打进去，每个人都沉入蓝色的梦境，整个村庄沉入蓝色的梦境。

打蓝调一共有三个曲调：一是“搅陷调”（用木槌搅石灰与蓝液时唱），二是“打蓝调”（用木槌打石灰与蓝液时唱），三是“提水调”（从小井舀上蓝液倒入瓮里时唱）。最初打蓝调只限于打蓝的内容，成为一种民歌曲调以后，除了开头一句“野雀雀落在澄池沿，但等哥哥打完这个靛”，其余配什么样的歌词都能唱，一样的动人优美。如：“七月糜子吊园黄，路上路下瞅对象。一苗白菜房檐上晒，自瞅对象常心爱。”

张林燕会唱打蓝调的时候，村里已经很少种蓝、打蓝。她家里靠种地开磨房过日子，在屋顶坠满粉尘的磨房里，两盘大石磨驴拉着，呼隆隆地不停旋转，粮食从磨眼里流进去，变成面粉从磨嘴里流出来。母亲在一旁脚踏箩杆，把磨好的面粉过箩子，咔当咔当的箩面声，与磨面声交织在一起。

由于家里光景不错，张林燕自幼不愁吃不愁穿，没有挨过饿受过苦。也许是童年太幸福了，日后才遭受艰难，守寡守了大半辈子。家里祖辈都不爱唱，唯独她是个例外，年轻时没唱够，到老了还在唱。很小的时候，她就跟河曲著名艺人郝大嘴学习二人台。1955 年在县里举办的民歌二人台会演中，她与柳凤英合演的《对花》获得一等奖。之后又参加了县里的“山区群众文艺慰问演出团”，到 60 多个山庄窝铺演出，被老百姓誉为“胎里红”，意思是在娘肚子里就会唱歌了。

次年，河曲成立二人台剧团，张林燕与吕桂英、柳凤英一起被招收进县剧团。当时，她还在小学读书，父母亲不同意去，还想让她继续上学，但是拗不她：

儿大不由娘呵，他们没办法，只能由我了。

进了剧团以后，在李法子的培养下，张林燕勤学苦练，扮演剧中的丑角，“将二人台歌、舞、嬉、逗技术表现得极为精彩”，其中二人台《打秋千》《牧牛》《珍珠倒卷帘》最为拿手。我们让老人现场表演一段，老人就给表演了《牧牛》：

三月里来桃杏花开
桃花红来李子花儿白
行至在山前
又观见牧童哥哥山头上站
头戴个草帽没有顶子
身穿一个草衣没有领子
腰系一根草带没有疙瘩

脚穿草鞋没有底子
那口儿不住地吹横笛
妹妹回来
妹妹你回来就回来
还得你打个锣……

老人演唱得声情并茂，一腔一调颇见功夫，如果换上戏装站在台上，自是可想而知的精彩。但老人毕竟老了，一给我们唱完就赶紧坐下：

我歇上一口气吧，心喘得不行了。

1957 年，张林燕荣幸地赴京参加了全国第二届民间音乐舞蹈会演，和吕桂英一样穿着花棉袄花棉裤，每天一有空就跑到北京的大街上去逛。与柳凤英相跟着，两个人看得眼花缭乱，除了看再就是吃，看见街头卖烤红薯的，就一人买一个烤红薯，但是买下了又不敢吃，暖烘烘地藏在衣兜里。因为领导不让她们随便吃东西，怕吃坏嗓子影响演出。演出结束后，她和柳凤英合演的《珍珠倒卷帘》获奖，一人获得一枚列宁勋章。当时她只有 12 岁，柳凤英只有 13 岁，她女扮男装演丑角，柳凤英演旦角。

北京之行，最令张林燕终生难忘的，是汇演完与国家领导人合影留念。由于她们年龄太小，领导人见了她、柳凤英和吕桂英都叫小鬼，合影留念时周总理一手搂着她，一手搂着柳凤英问：

两个小鬼，你们是哪里的？

她和柳凤英回答，我们是山西的。周总理便腾出一只手来，指着一旁的彭真说，你们和他是一个地方的哟。后来，她们才知道那人是彭真，一个在中央当大官的山西老乡。

自打那以后，张林燕再没有去过北京，如今从电视里看到的北京，已远非昔日的景象，满街林立的高楼大厦。但曾经北京的记忆，就像那列宁勋章一样，一直珍存在张林燕心里，成了她一生无比的荣耀，无可替代的安慰。只是，她说：“到老了生活还没依靠，连个皇粮也没吃上。别人都说我，张林燕你真可惜呀，可惜周总理还抱过你。”

老人感慨地告诉我们，她之所以到老“连个皇粮也没吃上”，是因为1963年她得病离开了剧团，1964年剧团被地区文工团收编后，她又未能跟上走，从此失去了剧团的工作。现在，每月只享受县里的300元补助，日子过得相当紧巴。

赴北京演出之后，张林燕就成了剧团的台柱子，到哪里演出都离不开她。由于长期的演出劳累，加之平时排练又特别用功，练抖膀子练得患上了肩周炎，吊嗓子吊下个半咳嗽。得病以后她再无法演出，那一年只好回家养病。

去世多年的老伴儿李花眼，就是她在剧团时相好下的。老伴儿人生得帅气，就像他的名字一样，一见面就叫她花了眼：“满天星星一颗颗明，满世界相中你一个人”，死了还让她一直苦守着。老伴儿在剧团的时候，吹拉弹唱样样都行，1962年因为饿肚子，离开剧团回了岱岳殿，后来当了村主任。她第二年也回家养病，养了一年病就结婚了。

老伴儿弟兄5个，12岁时父亲就去世了，家里穷得米缸都渗苦水。当时，父母不同意她嫁给老伴儿，可是又阻拦不住，像当年她不上学硬要去唱戏一样，只能由着她了。父亲说：

你可主意打好了，咱们家不兴退婚，到时你过不下去了退婚，我会剥了你的皮，晒在窗台上。

出嫁的时候，按风俗父亲要扛她上轿，可是父亲老了扛不动她，就让她二哥把她扛上轿子。老伴儿娶亲的舅舅坐在轿子前头，送亲的二哥坐在轿子中间，她披着红盖头坐在后边。和狄兰半出嫁时一样，乘的是骡驮轿，两头骡子一前一后驮着，一路上铃铛响得哗啦哗啦。她一上轿就开始哭，哭自己如愿以偿的幸福，哭自己真要离开父母了，牵肠挂肚的不舍。

那做新娘的情景，让张林燕一辈子都眷念自怜，每次回想起来恍如昨天。她头戴凤冠，身穿大红旗袍，脚上是一双绣花鞋。到了老伴儿家一亮轿，红盖头还没有揭，亲戚们就大声赞叹：

好媳妇呀，花眼可有艳福哩，娶回了一朵花！

从此，张林燕结束了无忧无虑的日子，开始了艰难的生活，每天不仅为锅里无米发愁，还得起早贪黑地下地劳动，尤其是老伴儿当了村主任以后，参加劳动还得比别人更积极。但苦得心甘累得情愿，身体反倒比以前强壮了。日子闲下的时候，她仍念念不忘老本行，当时不让演唱二人台，她就和辛礼生、柳凤英结伴，偷偷跑到外面去演唱，到形势宽松的地方去演唱。

老伴儿也忙里偷闲，少不了参加演唱，但唱的大多是样板戏，在《红灯记》中扮李玉和，在《智取威虎山》中扮杨子荣。一上台子，尤其是化了妆了，依旧是那么英俊：

穿林海跨雪原气冲霄汉，
抒豪情寄壮志面对群山。
愿红旗五洲四海齐招展，
哪怕是火海刀山也扑上前。
我恨不得急令飞雪花春水，
迎来春色换人间……

就在生活一天天好转了的时候，一个巨大的灾难却从天而降，降得张林燕天旋地转，降得两三年走路双腿发软，降得一辈子伤痛在心。那一年是1978年，那一日是7月29日：大暑过后的第六天，农历六月二十五。她下地干完活，正扛着锄头在回家的路上，一个村民跑来告诉她，老伴儿被电打着了。告诉她的时候，其实老伴儿已经死了。

那天上午，老伴儿去村外的一条沟里，给村里抽水浇地。因为头天晚上刮大风，刮下一根电线来，老伴儿不小心碰着了，当场就被电打死了。跟老伴儿一同去抽水的村民说，老伴儿只喊了一声“啊呀妈呀”，就被电打得手没了。

像撕下一片天一样，张林燕当下哭昏在地，好端端的一个人，怎能说没就没了？安葬老伴儿以后，张林燕夜夜不能安睡，坐在黑漆漆的炕头上，回想老伴儿的生前往事，一边回想一边泪长流。就在老伴儿出事前的3月里，她一连几晚上梦见家里的墙倒了，自己嘴里的牙掉了。她也感觉到梦不好，可是她没有当回事，没有提醒老伴儿做事要注意。

最叫她伤心不已的，是老伴儿一辈子省吃俭用，出事那天也没吃顿好饭，早上吃的还是酸粥。由于家里穷困，一辈子只知道辛苦，那天离家的时候，临出门还在催她：

赶紧下地了，不要误了营生。

回想到后来，张林燕就有些神思恍惚了，晚上搞不清醒着呢还是睡着呢，总感觉老伴儿又活过来了，待在墓里边出不来，要是迟埋几天就好了。只有到了大白天，她才清醒那是做梦。

2009 年公公去世后，张林燕回村去送殡，坐在公公的灵前哭得泣不成声。哭公公，哭丈夫，哭自己。89 岁白发苍苍的婆婆去劝她，结果也抑制不住老泪纵横。婆婆的哭泣，更增加了她的悲伤，哭得呼天抢地，一声泪一声唤：

阴坡的糜子（呀）背洼洼的谷，
我哪达里想你来哪达（达）里哭。

手撒（那）黑豆（呀）楼种（了哟）谷，
我心上（的）难（了）活（哪）天天（哟了）哭。

泪蛋蛋本是（呀）心上的（哟）油，
谁不（呀）难（了）活（哪）谁不（哟了）流。

泪蛋蛋本是（呀）心上的（哟）血，
谁不（呀）难（了）活（哪）谁不（哟了）滴。

长不过午（呀）短不过（哟）冬，
难活（呀）不（了）过（哪）人想（哟了）人。

老伴儿李花眼死后，给张林燕留下 3 个孩子，当时最大的 13 岁，最小的只有 6 岁，大大小小加起来不足 30 岁。好在老伴儿是因公死的，每个孩子每年村里给 120 块钱，冬天再给拉一车炭。

靠村里的一点抚恤，张林燕度过了最伤心的几年，为了维持生活养育孩子，她又开始与人搭班演出。一次去岢岚演出返回的路上，因为半路上吃饭时，司机喝了点儿酒，将一车人翻到了沟里，她和另一个演员摔成重伤，在县医院住了一个多月。自从发生车祸以后，她一见汽车就害怕，加之又患胆结石、肾结石，就很少再出远门演出了。

现在主要是教戏带徒弟，说到带徒弟老人变得轻松起来，扳着指头给我们细数所到过的村子，所教过的人数：

石槽沟一冬天教了 10 个人，郝家沟两冬天教了 10 个人，木瓜梁一冬天教了 10 个人，辛庄子一冬天教了 10 个人。

因为冬天是农闲季节，村民们有时间学习演唱。

但不管到了哪里，有一出戏她是很少教的，唱就更谈不上了，那就是《王成卖碗》。她和老伴儿曾一同演唱过这出戏，老伴儿在戏中扮演财主薛称心，她扮演卖碗的王成，两个人“夫唱妇随，妇唱夫随”，但是没想到“半崖崖开花半崖红，转眼就把她闪成两世人”。她不能去回想去演唱，一回想一演唱就伤心不已，泪水就会从心底溢起。

靠教戏带徒弟挣下的钱，张林燕一部分用于自己的生活，一部分用于贴补孩子们。老人告诉我们，3 个孩子都已成人，姑娘出嫁了，大儿子在城里卖肉，二儿子当泥瓦匠。可是，一想起死去的老伴儿，她就觉得孩子们很苦，就觉得亏欠孩子们：

从小死了老子，没有一个上成学。二小子 15 岁时就出去跟人拉大锯，现在媳妇是娶过了，可还没有房子。

在采访张林燕的过程中，我们始终有一种说不出的沉重，几次想开个玩笑都开不起来。比如，守寡守了这么多年，唱戏唱了这么多年，有没有一个相好的？但怕有失尊敬，勾起老人更大的伤心。

作为一个情感饱满的女人，30 多年如一日守寡，为心中的老伴儿活着，为抚养子女活着，为自己深爱的二人台活着，该需要多大的人生勇气，该要付出多大的人生辛劳呵。就像菅保憨在他的一本书上，给自己写的一首打油诗：

一声哥哥似行云，
妹妹一曲天门开。
悲欢离合皆是情，
谁人识得二人台？

好在老人坚强乐观，别人识得识不得，她都熬过来了，离开时一边同我们告别，一边笑道：

我会继续唱的，唱到啥时候唱不行了，我这辈子也就结束了。

附：歌手主要简介

张林燕，女，1946年生，山西河曲县南元村人。幼年即跟人学唱二人台，被誉为“胎里红”。1955年，在县里举办的民歌二人台会演中，与柳凤英合演的《对花》获一等奖。1957年，参加全国第二届民间音乐舞蹈会演，所演《珍珠倒卷帘》被评为优秀剧目，受到国家领导人接见，并获列宁勋章。

H章 一生艰辛一生歌

按照日程安排，我们在河曲县采访完就前往偏关县，一路上依旧煤车滚滚，和来时无二。几天来，民歌远离尘嚣的美好，歌手们讲述的生动故事，顷刻间被迎头碾碎。我想这就是现实，进而怀疑：

我们的采访是否有意义？在这个经济至上，开山掘地的年代，是否还需要民歌？

偏关又叫偏头关，“东连鸦角山，西逼黄河，其地东仰西伏，因名偏头。宋置偏头寨，金因之，元升为关。”偏关与山西宁武关、雁门关并称“外三关”。自古要冲，千百年来“与套虏仅隔一水”，胡笳声咽。当然，还有大河的涛声，还有顽强的民歌：

如果黄河冻成了冰河
还有长江最母性的鼻音
从高原到平原
鱼　也听见
龙　也听见

如果长江冻成了冰河
还有我　还有我的红海在呼啸
从早潮到晚潮
醒　也听见
梦　也听见

老歌手郝忠庆的家，在距离偏关县城四五里远的磁窑沟。虽然仅仅几里之遥，但与车水马龙的县城相比，却恍如隔世。午后的阳光照耀着远山，一孔孔老窑洞卧在崖头下，在房前屋后树的陪伴下，守望着寂静的山沟。唯一打破寂静的是偶尔顺着山沟爬上来，又顺着山沟爬上去的农用三轮车，嗒嗒嗒地吼叫着，屁股后面吐出一缕缕黑烟。

沿着山沟两侧分布的人家，不时可见废弃的大瓮小缸垫在墙基下，或者垛起来做了院墙，还有些在沟里散落的，磁窑沟之所以叫磁窑沟一目了然，亦可想见昔日窑火之盛。

行至磁窑沟山根底，小车就没了三轮车的本事，再努力也爬不上去了。我们只能下车步行，沿着一条挂在山坡上，近乎直立的小路爬上去。郝忠庆住在沟一侧的最高处，也就两三户人家，远望去群山连绵，莽莽苍苍。山风成群结队地掠过，窑洞窗户上蒙着的塑料膜，被吹得呼啦呼啦作响。

郝忠庆长得很瘦小，典型的小老头一个，满脸的沧桑皱褶。讲述起他背窑的时候，我怎么也无法将沉重的炭块与他瘦小的身体联系起来，不知道他是天生得瘦小，还是背窑压的？

由于家里穷困，郝忠庆7岁时就背窑，“四块石头夹着一片肉”，是在炭缝里长大的。如今70年过去了，小时候背窑的情形，郝忠庆仍历历在目。每天下窑像下地狱一样，将一块十五六斤重的大炭用绳子捆好了，大汗淋漓地从窑里背出来，然后码成驮子，用毛驴驮着去卖。一个毛驴驮子，能驮二百三四十斤大炭，需要下窑背十五六趟，换小米的话仅能换一斤。

窑是简陋的小煤窑，根本谈不上机械设备，谈不上安全保障，全靠窑镢头挖掘，全凭老天爷保佑。在荒山野沟里，一个黑窟窿打下去，宽高仅有4尺见方，背窑的时候半爬了，拄着一根尺把长的窑拐子，提着一盏素油灯。由于都是独眼井，井下没有通风口，温度高达30多度，“进窑好比热笼蒸，出窑冻得肉挺硬”。而且窑是斜打下去的，越往上爬越费力。一趟窑背下来，累得“形状如鬼”，就像那《童窑工》唱的：

拉上毛驴当骡子，
背炭压成罗锅子。

腰疼腿酸弯着走，
没活几天就老朽。

下了炭窑倒了霉，
好娃害成一匹鬼。

黑窟窑洞是坟堆，
不埋富人埋穷鬼……

在漫长漆黑的窑道里，背着一块炭就像背着一口棺材，说不定啥时候轰隆隆一声崩塌，性命就像手里油灯被扑灭了。每次背着炭出来，当遥望到窑口天堂般的一束光亮，当爬出窑口卸下背上沉重的炭时，郝忠庆就感觉如同死了一回，四仰八叉地躺在炭场上，肚皮喘息得一鼓一塌，好半天不愿爬起来。

因为当时他还小，每次背炭他都紧跟着父亲，一老一少满脸污垢，在窑道里屁股撅得老高，就像两头牲畜一样。父亲是用担子挑，3尺长的窑扁担，“前担筐箩后系箩头”，一担能挑200多斤，最多的时候挑四五百斤，码两个毛驴驮子。回想起当年的父亲来，郝忠庆又佩服又辛酸：

背窑背了一辈子，因为人生得虎背熊腰，背窑时又劲儿大，别人都不叫他的名字，叫他“半挂车”。

可是，一辈子当“半挂车”，一辈子穷困潦倒，背窑换回的粮食远不够全家人糊口。45岁那年，父亲终于累垮了，像匹老骡子一样，从车上卸了下来，卧床3年不起，第四年撒手去世了。去世的那一年，正是闰四月，粮缸青黄不接，郝忠庆说：“前四月十八把我卖了，后四月十八他就死了，一家人妻离子散。”

屋外风声依旧，窗户上的塑料膜不停地作响着，我们的交谈变得沉闷起来，谁也无力把话题再继续下去。郝忠庆的老伴儿操着两手，一直倚在炕沿边听着，这时从柜子里找出一盒烟来，给我们一人散了一支，她自己也点了一支。老伴儿比他小面得多，看样子挺能抽烟的，抽了一支续上一支。烟很劣质，我们没有抽过，抽得满屋子呛人。

我问老郝：为啥要卖你？

老郝苦笑道：那还为啥，养活不起呀。

卖了你多少钱？

38块现洋。

当时，郝忠庆有一个哥哥一个姐姐，卖他之前先童养了姐姐，后来姐姐生孩子生死了，死的时候仅有21岁。郝忠庆被卖的时候，并不知道他被卖了。母亲哄他说，你是别人家的儿子，是替别人养活的，现在你长大了，该回去了。就这样，郝忠庆说：

我被稀里糊涂地卖了，卖了我的第二年，也就是我父亲死后的第二年，她也改嫁了。

买他的人家没有儿子，只有两个姑娘，也是靠背窑为生，他去了也还是背窑。当他弄清楚自己是被卖了以后，有天去背窑时他就从窑上偷跑了。先去投奔改嫁的母亲，虽说找到了依靠，但还必须自己养活自己，每天赶着牛去窑上驮炭，然后驮回村里卖掉。遇上炭卖不出去的时候，他就站在大冬天的风中，眼巴巴地苦等着：

怀抱着牛鞭，两只手操在袖筒里，冻得清鼻涕一吸溜一吸溜。

因为继父已有儿子，不管郝忠庆多么勤快，继父都看不顺眼，母亲又做不了主，他只好离开继父家，又回村去投奔叔父。当时，哥哥在口外大青山背窑，村里除了叔父再无亲人。叔父光棍儿一条，也是靠背窑勉强度日，他要想跟叔父一块儿生活，就得像在继父家一样，自己来养活自己。

“下了炭窑倒了霉，好娃害成一匹鬼。”尽管背窑背得早已辛酸不堪，郝忠庆还是被迫无奈地又拾起了窑拐子，提着一盏摇摇晃晃的素油灯，重新走进望而生畏的窑道，继续过着暗无天日的生活：

大炭压断二股筋，
端起沙钵烤火笼。

冷酸稀粥黑烟熏，
舔净钵子半肚空。

进窑好比热笼蒸，
出窑冻得肉挺硬。

守住火笼烤前胸，
脊背后面结了冰……

跟着叔父背了两年窑，哥哥从口外大青山回来后，兄弟俩听说河曲开采硫黄能赚钱，就一起到了河曲的梁家碛开采硫黄。开采硫矿和挖煤差不多，也是一眼独井打下去，用窑镢头一镢一镢地砍挖，再用窑担子运出来。开采出的硫矿，经过火笼冶炼，就变成了硫黄。

郝忠庆和哥哥给别人挖了两年硫矿以后，自己挖出一个硫黄砂子窑来，靠卖硫黄砂子赚了一笔钱，就回村花 33 个布（旧币）买下一处院子，又花 33 个布把父亲当年成家时，为娶母亲典出去的 7 亩半地赎了回来。那是老天爷最开眼，活得最幸运的几年，郝忠庆说：

买房置地，父亲一生不敢奢望的光景，我们几年就置下了。还给我哥哥娶了媳妇，娶下第一个离了，又给他娶了第二个，第二个是一个哑巴。

然而，就在日子眼看着好过了，时来运转的时候，身强力壮的哥哥却倒下了。哥哥像父亲一样短寿，也是背窑给累死的，死的时候只有 44 岁，比他父亲死时还小 4 岁。一家两代人，两个相依为命的骨肉，两个家庭的顶梁柱，先后给老窑口吞食了，加起来还不足百岁。

失去哥哥之后，郝忠庆的生活又陷入困境，在家里待不下去了，就和村里的几个人一道，到内蒙古达拉特旗的高头窑煤矿谋生。父亲曾走过口外，哥哥也走过口外，现在他又走口外了。那一年是 1954 年，郝忠庆清楚记得，他刚满 19 岁：

背着半袋子小米，一卷儿破被窝。一路上，每爬上一道山圪梁，就想回头瞭一眼，瞭老远了的黄河，瞭黄河那头的家乡。

一过固城泪汪汪，
一翻坝梁更心伤。

翻过坝梁入了沙，
心上难活想起了家。

入了沙梁刮起风，
风沙沙打得眼眦疼。

沙梁高来沙梁凹，
腰酸腿疼好难活……

到了高头窑煤矿以后，让郝忠庆没想到的是，比起口里自己下过的小煤窑，矿上各方面的条件好多了，简直一个天上一个地下。每天虽然仍旧是背窑，但是背窑的感觉不一样。在高头窑煤矿，郝忠庆最大的收获是参加了矿上的扫盲学习，每天学习两个小时，只学习了一个多月，他就学会3600个汉字。由一个地道的“瞎汉”，变成了一个识字人，超越了他父亲，超越了他哥哥。

扫盲不仅武装了郝忠庆的头脑，也开始改变了他的命运。他被招收进矿上的文艺宣传队，演唱的天赋崭露头角，很快就成为宣传队的骨干。可以说，他是天生的一块儿唱歌的料，好多歌曲都无师自通，从此他再没有丢掉演唱，走到哪里唱到哪里。

在采访中，我们也发现郝忠庆记忆力惊人，每一件往事不管年代多么久远，每一首歌不管歌词多么复杂，他都记得一清二楚。老郝跟我们讲，有一年他参加地区的民间文艺调演，现场观看的一位专家叫陈家宾，见他唱得好反应又快，就突发灵感，给他3天时间，让他编一首民歌。他说：

3天太长哩，现在就编吧。

当下点了一支烟，他站在那里编一句，让专家陈家宾记一句。歌词编好以后，又当下进行了演唱，令陈家宾与其他在场的专家惊叹不已。最后凭借这首自编的歌，他获得了调演比赛的一等奖，奖了县文化局400块钱，奖了他一把雨伞和一个旅游盒子。

那次调演比赛，让郝忠庆倍感自信自豪，当时他已50出头的人了。距今20多年过去了，那首歌郝忠庆仍不曾忘却，就像昨天演唱过一样，每一个字都烙在脑子里：

山顶顶上刮风树林林响，
魂灵儿跟在你身上。

二饼子牛车慢慢游，
魂灵儿跟在你身左右。

二饼子牛车慢慢游，

魂灵儿跟在你西包头……

1956年，郝忠庆在高头窑煤矿干了两年之后，又到了内蒙古准格尔的榆树湾硫黄厂，在硫黄厂一边掏硫黄砂子，一边闲下来演唱。厂领导见他受苦受得好，唱歌也唱得不错，厂里有个二人台戏班，就让他当了戏班的导演。一下子英雄有了用武之地，郝忠庆干得非常出色。戏班子不管在厂里演出，还是到外边演出，只要锣鼓一响，就赢得满堂喝彩，为厂里赢得不少荣誉，他自己也无限风光。

当时老伴的哥哥，也在榆树湾掏硫黄砂子，看见他能文能武，是个可依靠之人，就把妹妹嫁给了他。娶老伴儿的时候，他虽然十分风光，但仍是穷鬼一个：拿着一丈二布票，给她扯了一件新袄，就把她娶回来了。

听了郝忠庆的话，一旁袖手而立的老伴儿立刻笑道，如果换成现在娶我，再咋也得给我买个手镯子。接着又一言否定：

别听他瞎说了，歌唱得再好也没用，跟背窑一样受穷。

娶过老伴儿的次年，就赶上国家“六二压”，郝忠庆结束了硫黄厂的风光，从榆树湾回到磁窑沟，在县里的煤矿上当了一名工人，一直干到1979年患上矽肺病退休。几乎一生跟煤窑打交道，像一块儿炭一样被耗尽，不管如何艰辛都无从逃脱，手里都扔不掉那窑拐子，几乎成了他一生的宿命。

退休以后，本该安度晚年的郝忠庆，却仍然活得和背窑无二，背罢儿子背孙子，比背窑还要艰难。3个儿子，他都给娶过媳妇，但是没有一家过下去，先后都离婚了。离婚以后，媳妇各奔东西，儿子也各奔东西，家都撒手不管了。丢下6个孙子孙女，除了大孙女已出嫂，三孙女跟着母亲走了，剩下的都由他来抚养：

给大孙子娶过媳妇，供二孙子上了大学，供二孙女上了高中，供三孙子上了初中。

靠每月1230元的退休金，靠种的几亩薄地，年近八旬了还苦苦支撑着，支撑着本应由儿子们来支撑的家。让我们深感欣慰的是，好在老人活得很是乐观与满足，在与往昔生活的比较中，寻求着自我平衡与幸福。老人跟我们说：

再咋也比过去强了，那会儿吃的甚穿的甚，现在吃的甚穿的甚，一切就都会好起来的。

辛劳之余，老人唯可欢娱的就是唱歌，老伴儿既不支持也不反对，20 多年前那次令他骄傲的演出之后，他又参加过好多次演出，其中两次最令他难忘：一次是 1986 年 5 月 23 日，参加忻县地区民间音乐舞蹈会演，获得优秀演唱奖；一次是 1986 年 8 月 14 日，参加完地区的会演，又去参加省里的演出，获得男声独唱丰收奖。

在地区演唱的民歌是：

羊鞭鞭一响正午睡，
山坡坡上有草牛羊醉，
羊羔羔吃奶眼望着娘。

祖祖辈辈放羊就在边墙上，
弯弯的长城有万里长，
羊倌的山歌随他向远方……

老人的记忆力再一次让我们惊叹，两次演出的时间都随口道来，眉头连褶皱都没打一下。对于我们的惊叹，老人自信地笑纳了，并且告诉我们，在地区唱的民歌，也是他自编的。

我们说：那给我们也编上一首吧？

老人满口答应：行呵。

欢迎二位来采访，
我心中那高兴唱一声，
你说我给你们唱个甚，
山曲唱起来就没根本。

小时候生来最苦命，
没想到现在这光景，
儿囡子孙满堂红，
我老汉如今活得最高兴……

附：歌手主要简介

郝忠庆，男，1934 年生，山西省偏关县磁窑沟村人。7 岁下窑背炭。19 岁进煤矿文艺宣传队，开始演唱。1979 年参加山西忻县地区民间文艺调演，获民歌演唱一等奖。1986 年参加忻县地区民间音乐舞蹈会演，荣获优秀演唱奖；参加山西省民间音乐舞蹈演出，获声乐表演男高音独唱丰收奖。

I 章　这辈子交定“二妹妹”

从山西偏关县直奔保德县，一路上伴随乌烟瘴气的煤车，沿黄河东岸曲折而行。黄河时宽时窄，或平静地流淌，或急浪喧哗，河上始终不见一只船筏，更听不到那扳船的歌：

哎！众弟兄，人多捧柴火焰高哟！嘿！
哎！众弟兄，弯腰用力一齐来哟！嘿！
哎！歇一歇，缓一缓大家一齐来干哟！嘿！

在我们采访的 3 个县中，偏关是最穷的一个，而保德是最富的一个，近几年像河曲一样靠煤炭发了，财政收入每年以几个亿的速度增长。“河曲保德州，十年九不收”的穷困，早已被滚滚煤炭洗刷。据说，黄河对岸的陕西府谷，内蒙古的鄂尔多斯，更是势如猛虎，鄂尔多斯的人均 GDP 都超过了香港，老板们钱多得拿麻袋扛。到呼和浩特市大街去转，十之六七的好车，来自鄂尔多斯。

到达保德后，我们采访的第一位歌手是杨仲青。

杨仲青兄弟姊妹 7 个，其余 6 个分别是杨仲阔、杨仲义、杨仲宽、杨爱萍、杨爱珍、杨爱林，个个酷爱演唱，一个比一个了得。三弟杨仲义，是忻州北路梆子剧院的副院长，山西戏曲研究会副会长，山西剧协副主席，曾师从贾桂林、赵景勃等著名表演艺术家，是继贾桂林、李万林之后北路梆子的第三代传人，被誉为“全才须生”。1992 年荣获第十届戏剧“梅花奖”，之后又多次荣获全国戏剧大奖。2009 年被命名为国家级非物质文化遗产传承人。

杨家可谓三代传承，从爷爷杨文斌到父亲杨富祥，再到杨仲青兄弟姊妹，一代接着一代唱，代代歌声不绝。父亲杨富祥曾是一名小商贩，摇着拨浪鼓走村串巷，把针头线脑卖出去，换回油盐酱醋来。如果是出远门，北上河曲、偏关，南下兴县、临县，过黄河去神木、米脂，就挑上保德的土特产，“麻叶红枣果干皮，水烟药材老麻纸”。一副担子挑在肩上，满载而去，满载而归。

每次出远门的时候，父亲都衣着体面，一袭白洋布衫子，一条肥硕的大裆裤，一双“踢倒山”，带着糜米干饭、窝窝头，饿了吃两口干粮，渴了喝两口山泉水。如果是傍河而行，渴了就趴到黄河边，灌半肚子黄河水，虽然泥沙硌牙，但喝下去畅快耐饥。

因为做小商贩，忌走“静路”，怕走“哑路”，也为消乏解闷，父亲就一路走一路唱。山高路遥，烈日当空，肩上的担子颤颤悠悠，口中的歌声信马由缰：

青皮皮（那个）西瓜（啰啰）沙又（那个）甜，
小妹妹是（那）哥哥（啰啰）可心心丸。

灯笼红（那个）香瓜瓜（啰）香又（那个）脆，
小妹妹是（那）哥哥（啰啰）勾命的鬼。

大花花（那个）毛眼眼（啰）胸脯脯（那个）高，
人里头（那个）挑人（啰啰）就数妹妹你好。

嫩豆豆（那个）芽芽（啰啰）调成了一盘盘菜，
你是了（那个）哥哥（啰啰）心爱爱……

父亲一生唱着来唱着去，走的坐的都爱哼几句。88 岁临终的时候还在唱，杨仲青守候在病床边，父亲唱一声拍一下腿：“难活加上不好活，走哪也不洒乐，唉！”

母亲也特别爱唱歌，而且嗓子特别好，绝不亚于父亲。杨仲青记忆最深的，是 1947 年还在开展的解放区“大生产运动”，上百架纺车齐聚在广场上，场面非常壮阔生动，嗡嗡的纺车声像蜻蜓飞舞。当时杨仲青仅有几岁，母亲带着他，怕他胡捣乱，就一边纺线，一边给他唱歌：“妈妈要纺线，你要胡搅穷，咱们的生活干不成。”

看着他专心地蹲在一旁，母亲就停下活计，拿指头在他额头上溺爱地一点，接着唱道：“俺的那杨仲青！”

在父母的熏陶之下，杨仲青很小就迷恋上演唱，锣鼓一响跃跃欲试，不甘于台下观看。第一次“登台”演唱，他头扎小辫，身穿花袄，被大人抱到桌上，打着快板批判一贯道：“黄香道，黑香道，都是歪门搞邪道，谁要入了一贯道，打烂屁股尿进尿。”手执呱哒呱哒的快板，表演得稚气可爱，人们都说：

杨家了不得，又出了一个会唱的。

得到别人的夸赞，杨仲青高兴，父亲更是高兴：

儿子好好唱吧，将来一定唱出个名声来！

1951 年，杨仲青被送进学校读书，当时学校的文艺活动很活跃，既排戏又唱歌，他排的第一出戏是晋剧《走山》，老师教的第一首民歌是《兰花花》。每天早晨出操的时候，老师把他们带到城外的山坡上，迎着把大河染红了的太阳，练功的练功，唱歌的唱歌：

三月子那里来哟开了那桃杏花，
贺司令员笑格吟吟来到了我的家。

黄油糕那个再把白糖糖撒，
贺司令员坐俺炕上把知心的话儿啦。

暖格腾腾的窑洞哟白粉粉那个刷，
边区的劳动人民当呀当上家。

三八式步枪哟我身上挎，
我跟上贺司令员去把鬼子打……

“贺司令员”就是贺龙。1937年，贺龙领导的八路军120师，派工作团到保德开展工作，创建抗日根据地。再之后，中共晋绥二地委、晋绥行署二专署、晋绥军区二分区、晋绥二中相继迁至保德，使保德成为抗战的大后方。有关贺老总，有关抗战的“红歌”，在保德流传甚广，像秋天的红叶遍染山头。

杨仲青最早熟悉的一首红歌，是《大红公鸡窗台上卧》，短短4句歌词唱起来高亢豪迈，具有浓重的时代气息。红歌给杨仲青最大的感受，就是很好地印证了他对民歌的体验：“一首民歌就是一段历史，一首民歌就是一个故事，一首民歌就是一幅图画，一首民歌就是现实生活的写照。”

说到民歌就是现实生活的写照，杨仲青给我们讲述了他小时候亲眼目睹的走西口的情形。每年春天一过清明节，走口外的人就聚集到保德城外的码头上，最多的时候像赶庙会一样，七八天都渡不完。码头上人头攒动，熙熙攘攘的吵闹声，盖过了黄河的涛声。他家住在保德城东关，他经常跑到码头去看热闹。每个即将远行的人，都掮着一根扁担，一头挑着一卷儿铺盖，一头挑着一个小柳篓子，装着腌菜丝丝，还有一个褡裢，装着糠炒面和干窝头片儿。

渡船是木质瓜皮船，大者十余米，小者仅五六米。登船的时候，送别的父亲也不多说话，只是表情凝重地一拍儿子的肩膀，然后撩撩手示意走吧。可是一上船，心就揪起来了。眼瞅着船缓缓地离开码头，向河水横阔的对岸驶去，直到船越来越远，平安抵达对岸后，才算放下心来。也不管对岸的儿子听到听不到，做父亲的总要奋力地挥舞着胳膊吆喝道：

哎，灰小子，到那边安顿好了，长短给家里捎个信回来！

杨仲青的舅舅、姥爷、丈人都走过西口，经历过那送别的场面，那时的黄河比现在宽多啦，遇上春汛更是不得了，他说："水又急又大，如果碰上河心翻船了，岸上顿时哭声恸天。眼看着船沉没了，人被滔天的浪头卷走，干心碎没办法，噗地一口血吐了出来。"

就像民歌中唱的，那些走口外的人一过黄河，就顺着西口路各奔前程，拉大船、挖大渠、背大炭干啥的都有，最拿性命做赌注的是"上杭盖，掏根子，自打墓坑"。"掏根子"也就是挖甘草，先到东家报了到，然后带上工具、锅灶、粮食，还有一块儿席片一块儿篷布，到荒野上去挖甘草。住的是地窝子，铺的是蒿草，喝的是河沟水，像孤魂野鬼一样。遇上天旱河沟干了，实在找不到水喝，就喝自己的尿，如果连尿也没了，就只能眼睁睁地渴死。

因为甘草根扎得极深，越往下挖越粗，越粗就越值钱，有时要挖到一人多深，形同打墓一样。几个人挖还比较安全，坑上总有人照应着，如果一个人挖，不小心坑塌陷了，人就被活埋了。十几里荒无人烟，大风一刮天昏地暗，被埋到坑里的人，很少有能活下来的。杨仲青说：

好多保德人挖过甘草，有的就被甘草坑活埋了，连尸首都找不到，把一把枯骨留在了口外。

1957 年，杨仲青完小毕业后，考入保德中学。中学的文艺活动一样活跃，学校办有一个文工团，杨仲青就加入了文工团，先后参加过《白毛女》《刘胡兰》《洪湖赤卫队》的排演。为了扮演好剧中角色，记住《洪湖赤卫队》的歌词，县礼堂演几场电影，他就跑去看几场，看得做梦都是"洪湖水浪打浪"，"四季野鸭和菱藕，秋收满舨稻谷香。"

在中学期间，杨仲青学唱歌学得走火入魔，上课上的就唱了起来，走路走的就撞到了电线杆上。撞到电线杆上了，抚摸着头上的青包，还在唱：

葵花呀那个开放黄呀黄又黄，
红领巾那热爱共产党。

葵花呀那个向阳粗呀粗又壮，
红领巾那靠党来培养。

葵花呀那个朝着太阳太阳转，
红领巾那永远跟着党。

几年以后，杨仲青告别学校穿起了军装，最先在连队当文化辅导员，后调到师部毛泽东思想文艺宣传队，当了 5 年兵唱了 5 年歌，被部队评为“王杰式五好战士”。

1968 年，杨仲青转业回县当工人，一边为工作生活奔波，一边不忘参加演出。1978 年，他参加了忻县地区的“三民”（民歌、民乐、民舞）调演，站在万众瞩目的舞台上，一曲《那是个谁》唱得荡气回肠、黄土滚烫：

对坝坝那个圪梁梁上那一个她是谁？
那就是我那要命的二妹妹。

那山上那个长的呀十个样样草，
十个样样我看妹妹子九样样好。

哥哥我在那圪梁梁上呀妹妹你在那沟，
看准了那个哥哥妹妹你就摆摆手。

当时，参加调演的民歌手一共有 6 个：河曲县 2 个，原平县 2 个，保德县 2 个。保德县除了他，另一个是他二妹杨爱珍。6 个人出类拔萃，最终他一举夺冠。谈起夺冠的原因来，杨仲青说：“唱民歌容易跌调调难，不能全盘用官话，也不能全盘用土话，关键是要把握好乡音。‘要命’一词内涵非常丰富，咋嚼咋有味儿，只要能把那内涵唱出来，这首歌就唱成功了。”

民歌《那是个谁》，在晋西北流传甚广，还有一河之隔的陕北、内蒙古，拉出个会唱的就能唱。我去采访之前就听过多次，但像其他民歌一样，《那是个谁》有着强悍的生命，强悍的地域特色，歌词多几个字少几个字，绝不是随意增减的，即使是同一个歌词，味道也因地域不同而不同。“一山有四季，十里不同天。”所以杨仲青说，唱歌“关键是要把握好乡音”，就像河曲的糜子酸饭，只有用身心去品尝，才能吃出金黄的滋味来。

1985年，《那是个谁》又作为著名作家马烽、孙谦编剧，上海电影制片厂拍摄的电影《咱们的退伍兵》的插曲，专请杨仲青去配音演唱。由“咱们的退伍兵”，把“要命的二妹妹”从黄河岸边，从“对坝坝那个圪梁梁上”带到全国，后来又漂洋过海带到日本。

我问杨仲青：现在，你还怀念那首歌吗?

杨仲青说：怀念，咋不怀念?

说着，老杨跟我们诙谐地笑道，为人不把朋友为，枉来世上走一回，为人不把朋友交，枉来世上走一遭。那“要命的二妹妹”，是他歌中梦中的情人呀，一辈子也割舍不下了。

上世纪80年代，杨仲青的民歌演唱，用今天时髦的话说，一天比一天“给力”。1980年，参加山西省第二届民间音乐会演，在太原市公安礼堂演出时，一曲由他创作并演唱的《周总理永远活在咱心中》，深深地唤起观众对周总理的怀念，连同一起观看的日本和加拿大友人，都感动得泪流满面，抽泣声与掌声不断，最后荣获比赛一等奖，他被评为优秀民歌手。

直到现在，只要一提起那次声泪俱下，哽咽难当的演唱，歌声就回响在杨仲青耳边：

苍松翠柏万年青呀哎，
周总理活在咱心中呀哎。

菅草叶长根又深呀哎，
周总理永远活在咱心中呀哎。

想总理呀念总理呀哎，
周总理永远活在咱心中呀哎。

1986年，杨仲青被从工厂调到县文化馆，担任副馆长，年底赴北京参加了全国民间音乐舞蹈大赛。这次由国家文化部和广播电影电视部联合举办的比赛，是继1956年全国第二届民间音乐舞蹈大赛，时隔30年之后举办的又一次全国性大赛。各省市都非常重视，紧锣密鼓层层选拔，全国共有36个单位，选送441个节目进京参赛。其中山西选送13个节目，并且全部获奖：

“获比赛大奖2个，获一等奖1个，二等奖5个，三等奖4个，丰收奖1个。获奖数目之多，等级之高，为全国之冠。”

杨仲青夺得大赛二等奖，他演唱的是民歌《三天路程两天到》。与他一同参赛的妹妹杨爱珍夺得大奖，演唱的是民歌《走西口》。在此之前，在省市的选拔赛中，兄妹两个都名列前茅。

1986年12月6日，对于杨氏兄妹来说，是非常值得纪念的一天。那天晚上，大赛决赛在中央广播电视剧场拉开帷幕。下面是摘自文化部《群众文化》刊登的一段记述妹妹杨爱珍当时比赛情形的文章：

这是一次规模空前的盛会，高手云集，名家荟萃，竞争激烈；而今晚的声乐比赛尤为突出。中央电视台进行现场直播，据估计，全国至少有一亿多观众正在热切地关注着结果。剧场内庄严肃静，更增添了紧张的气氛。

“请听女声独唱《走西口》。参赛者，山西代表队杨爱珍。”剧场里响起主持人从容不迫的声音。

录像机从各个方位对准了舞台中央，聚光灯下，亭亭玉立着身穿鲜艳民族服饰的杨爱珍。她体态俊俏，一双大眼在强光下熠熠生辉。

乡土气息十分浓郁的乐曲，把人们带到天高云淡、地老天荒的意境之中。

“哥哥走西口，小妹妹实难留；止不住伤心泪蛋蛋呀，一道一道往下流……”

清亮、甜脆、圆润、婉转、悱恻、悠扬；声情并茂，酣畅淋漓，这是浓烈情感的宣泄，是艺术之美最充分的体现。

观众陶醉了，偌大的剧场屏声息气，一任那袅袅余音在空中缓缓消逝。

骤然，暴风雨般的掌声，振聋发聩，经久不息；它捧携着一颗颗无比激动狂喜的心冲向舞台，紧紧包围住了杨爱珍。

“请评委亮分！”

10分！9.9分！10分！……

“平均得分：9.89分！”

杨爱珍名列前茅，一举夺得声乐大奖！

尽管距今20多年了，文章淋漓生动的笔触，透过被岁月发黄了的纸页，仍在我们面前再现了当时紧张激烈的场面。1986年的中国，虽然改革开放近10年了，社会思潮与气氛空前活跃，但是精神与物质依然匮乏，今天早已淘汰不见的黑白电视，那时好多人都不敢奢望，能走上万众瞩目的电视屏幕，能夺得全国演唱比赛大奖，是可想而知的轰动。

“电波飞向全国各个角落，故乡保德县、忻州地区、整个山西沸腾了！中共山西省委以最快的速度发来贺电；不知姓名的观众打来一个又一个电话，寄来一封又一封信件，热情洋溢。”

从北京载誉归来，1986年12月21日，山西省人民政府在迎泽宾馆举行了隆重的表彰大会。12月20日回到忻州，忻州地委、行署又在忻州剧院举行了隆重的表彰大会。忻州一共有6人获奖，其余4人分别是：轩岗矿务局的张玉香获声乐比赛二等奖，原平的魏明友获器乐管子独奏三等奖，保德的周培梧获作曲二等奖，地区文化馆的郝丛楼获编曲三等奖。

兄妹二人回到保德以后，更是受到热烈欢迎。在此之前，保德除了已成名的歌唱家马玉涛，没有谁还能在北京唱红，还能登上中央电视台的荧屏。在山城父老的眼中，杨仲青与妹妹杨爱珍无疑是英雄，理当受到热烈欢迎。时值新春将至，大街小巷都在议论赞叹：

了不得，了不得，一家子出了两个“歌状元”！为自己家争了光，为咱们保德争了光!

父老乡亲的议论赞叹，自然也包含了对《走西口》的惊异与感慨，几百年来悲凄的《走西口》，只是在祖祖辈辈间传唱，只是在西口路上流浪，没想到如今竟能登上大雅之堂，能得到全国人民的喜爱。像养在深山的春姑一样，原本并不是不好，是自己不以为然，是未嫁出去人未识。杨仲青激动地跟我们说：

那次比赛，更增加了我对民歌的认识，坚定了演唱民歌的决心。一句话，这辈子交定了“二妹妹”。

时隔将近一年之后，也就是1987年10月22日，应日本埼玉县之邀，山西组织民间艺术团去日本进行访问演出。杨仲青和妹妹杨爱珍也在之列。当时出国热刚刚兴起，在普通老百姓眼中，出国无异于上天堂，是可望而不可即的事情，能到日本自是了不得。消息一经传出，在保德再次引起轰动：

又为咱们保德争光了，过去日本人来咱这里，烧呀杀呀无恶不作，现在咱也到他们那里去，看看啥样子!

曾经的历史不能忘却，但恩怨可以用歌声化解。从10月22日到31日，山西民间艺术团在埼玉县的深谷市、大宫市、川越市一共演出3场，场场轰动，有3900多人观看，日本的《读卖新闻》《每日新闻》都做了报道。艺术团启程回国的时候，日本翻译渡边小姐对团员们说：“真希望从今天起太平洋上刮起十二级台风，飞机不能起飞，强迫你们留在日本，继续访问演出。”

在日本访问演出期间，杨仲青用日语演唱了日本民歌《北国之春》，用中文演唱了他的“二妹妹”——《那是个谁》。最初彩排的时候，日本人死活搞不懂“要命的二妹妹”，一个妹妹怎能要了“我”的命?翻译来翻译去，怎么都想不通，都理解为“第二个妹妹”。经过中国翻译的耐心讲解，“二妹妹不是第二个妹妹，是爱得死去活来的情人，也有可能是未来的妻子”，日本人这才如梦初醒：

如果爱得死去活来的话，那就有可能要了“我”的命!

山西民间艺术团在日本的演出大获成功，杨仲青的演出自然也大获成功，每次演唱都掌声雷动，最多的一次鼓掌达7次。八百里黄河，八百里黄土养育的歌声，像富士山下的樱花，让日本人着迷不已。在深谷市首场演出时，人们都是冒着大雨前去观看的，在哗哗的大雨中倾听黄河的涛声。每次演出结束后，日本人喊着“杨 Sir”（杨先生），与他争相合影留念，并不断说着：“秋尼契油靠（中日友好）!”

转眼十几年过去了，2002 年杨仲青退休。回首所走过的路，他像他父亲一样，可谓唱着来唱着去，“爱民歌是我的魂，唱民歌是我的命”，像一棵忠心耿耿的老枣树，扎根在大河之畔，结出一颗颗油亮的大红枣。他先后 60 多次获奖，被誉为“黄河之滨民歌王”。退休以后，杨仲青最大的心愿就是发挥好余热，一是坚持不懈地演唱，二是传承培养好后人，把自己的一腔情怀与歌声留给家乡，留给养育自己的黄土地。他告诉我们：

传承是他们的家风，爷爷把演唱传授给了他父亲，他父亲又传授给了他们兄弟姊妹，一代接着一代往下传。

退休 10 年来，老杨一边演出一边传授，保德的好多优秀歌手，他都给当过老师。他看到了希望，也心怀担忧，歌手们的境遇都很寒碜，要想把保德民歌传承下去，必需政府大力支持，光靠个人努力是远远不够的。

2009 年，在央视一炮走红的歌手阿宝，专程从北京来拜访他，听了他的歌唱大为赞叹，说保德是民歌的风水宝地呵，录走保德民歌 300 首。那 300 首民歌，都是他一生喜爱，精心挑选出来的。阿宝拜访了他，又去河曲拜访辛礼生，走时给他留下一个五台山铜鼎。

我们问老杨：你也没保留一点儿?

他说：没有。

为啥?

为保德民歌发扬光大。

附：歌手主要简介

杨仲青，男，1942 年生，山西保德县东关村人。一家三代钟情民歌。1978 年，参加山西忻县地区“三民”调演，演唱民歌《那是个谁》，获一等奖。1980 年，参加山西省第二届民间音乐会演，演唱民歌《周总理永远活在咱心中》，获一等奖，被评为优秀民歌手。1986 年，参加全国第二届民间音乐舞蹈大赛，演唱民歌《三天路程两天到》，获大赛二等奖。先后获奖60余次，被誉为“黄河之滨民歌王”。

结语　珍稀的红豆杉

“坎坎伐檀兮，置之河之干兮，河水清且涟漪……”

在《黄河岸边的歌王》的写作中，我脑海里始终抹不去黄河的身影，经常飘出这句诗来，耳畔一片“伐檀”之声。每至深夜愈加清晰，一面敲击着键盘，一面如身临其境，能看到斧头抡挥的场面。从古人抡起斧头，不管朝代如何更替，烽火燃烧还是熄灭，斧斫都不曾停歇，可以说“伐檀”之声，一直伴随着我们这个民族的历史，伴随着黄河的汹涌激荡，绵延至今。

几千年前的斧伐，终至“河之干”高原破碎，光山秃岭，大河清澈不再。这不能不让我们扼腕叹息：“九曲黄河十八弯，一碗河水半碗沙。”

可惋叹难敌滚滚尘嚣，泛滥的斧斫从地上伐到地下，亿万斯年被埋藏的森林，成就着公家私家的黄金梦。也许，我们真像那个曾饱受殖民掠夺的印第安民族说的：“只有当最后一棵树被刨，最后一条河中毒，最后一条鱼被捕，你们才发现，钱财不能吃。”

黄河苍浊了，晋西北苍凉了。“河曲保德州，十年九不收”，迫于生息的脚步，从清王朝开始，人们背井离乡，成群结队地流浪，衣不蔽体的身影，飘摇在西口路上。风沙呼啸，饥肠难挡，只有用民歌来抚慰，用民歌来支撑：

千年的黄河水不清，
跑口外跑了几代人？

千年的黄河滚泥沙，
走了大人走娃娃。

娃娃走成朽老汉，

走来走去穷光蛋。

走一辈子西口守一辈子寡，
死活难倒一搭搭。

辈辈坟里不埋男，
穷骨头撇在河套川……

“嘴里头唱曲心里哭”，“学会唱曲儿解心宽”。生存的苦难、焦灼、挣扎，使民歌丰茂起来，像那失去的森林一样，覆盖了荒凉的精神家园。最衣食贫穷的土地，成了最富有的歌乡。

然而当我们告别往昔，不再“走来走去穷光蛋”的时候，民歌却遭遇前所未有的困境，在现实面前或冷落退守，或“随着工业文化对农业文化的吞噬，逐渐丢失其乡土特性而趋于‘标准化’”。被“标准化”，就像方言被官话了一样，丧失了自身的存在。

那些年迈的民歌手，成了民歌田园的守望者，像一棵棵珍稀的红豆杉，坚守在被尘嚣围困的土地上。在采访的过程中，他们对民歌的坚贞与忠诚，以及为之饱尝的艰辛寒碜，让我们深深感动。为了民歌不被荒芜，给子孙后代保留下一份遗产，恪守住一份精神家园，他们过去拿生命歌唱，现在更是拿生命来歌唱，燃烧着一生最后的时光。

“夕阳无限好，只是近黄昏。”民歌需要拯救保护，民歌手也同样如此。他们是民歌的负载者、传承者、守护者，只有他们不在现实的困厄中沉沦倒下，民歌才能生生不息后继有人，才能根深叶茂发扬光大。这既需要社会共同来担当，更需要政府重视，给予最切实的支持和投入，改善维护民歌的生态环境，改变民歌手的生存状况，像对待“国粹”一样，对待“红歌”一样。

而事实上，当某一地方民歌被列入“非物质文化遗产”，某一民歌手被确定为“非物质文化遗产传承人”的时候，从官方到民间就已经承认其处境窘迫，也意味着政府的承诺保护，而且责无旁贷。

红豆杉是第四纪冰川期劫后余生的树种，是国家一级珍稀濒危植物。因其果如血，像南国的相思豆，故称“红豆杉”。它是我在写作“收官”之时，脑子里突然间冒出来的，觉得很适合用来形容我们采访过的歌手，便拿来作为结束语标题，并引发一番书生之慨。

我们所采访的歌手，都是河曲、保德、偏关宣传部和文联的朋友帮助选定的：一是年龄已大，除两位年将花甲，其余都年近古稀或伞寿；二是能代表晋西北民歌演唱水平，或至少能代表县域民歌演唱水平；三是还在本县工作生活，而没有去了别的地方。

也许是我们“画地为牢”，有朋友曾建议扩大范围，但那不是我们现有篇幅能完成的，再就是所写的老歌手，他们到老还坚守着家园，还在为脚下的土地歌唱，如同一直战斗在最前线的战士，是最值得关心关注的，也是我们创作此书的初衷。

另一个初衷是，我们不是为官者难以给予他们最现实的帮助，我们不是专家学者做不出高论，而且有关他们演唱的报道已不鲜见，有关民歌的论述更是车载斗量，我们只想透过每一位歌手精彩生动，台上台下看似光鲜的背后，写出他们不为人知的故事，几多艰辛寒碜，几多喜怒哀乐。因为他们首先是人，被日月滚烫着，然后才是一位歌手。

钱钟书先生曾说，文人纸上谈兵，是笔尖上的英雄。我们也算做一回纸上“英雄”，以心以泪以叹，以苍白的笔墨写下每一个字句，来表达对那些一生奉献，现已黄昏日暮的歌手的敬意，也为晋西北民歌二人台的传承发展尽一点微薄之力。

巨灾对阵中国

——汶川大地震一周年祭

■朱　玉

编选按语：

这是作者继2008年5月12日汶川大地震后发表的《天堂的云朵》之后，真实地面对巨大灾害问题的又一部作品。这次，在大地震一周年之时，作者真实描述的已经不只是地震灾难发生时的具体对象，而是从此次灾难发生延伸思考，追踪和探究国家应当如何预防与积极、科学地面对可能还会不断出现的各种巨大灾害的问题。在举一反三的总结追问和期冀中，作品具有很分明的形而上特点，是对真实事实的积极审视和深层表现。这样的作品，对于促进提高人们的灾难预防和积极科学应对的意识有很大的价值和深远的意义。作品文字洗练，表达准确，有将理性内容文学化的意识。所以，它超越了只是灾难记录的文学报告，富有思辨力量和生命精神。

前事不忘，后事之师。

忘记过去，就意味着背叛。

——题记

中国的汉字，真是个奇妙而迷人的东西。

随便掷出一个偏旁，如一个宝盖儿，用些字配来配去，就几乎能创造奇迹——它差不多能配出一般人穷尽一生追求的所有东西来！

比如，家，官，宝，富，宅，安，定……

翻脸一变，作为偏旁部首的宝盖儿，也可以带来人一生不乐意见到的景象。

灾害，是不招人喜爱的两个中国字，谁都巴不得一辈子别见到这两个字。

但是，几乎没有人可以做到，在一生中不遇到任何灾害……

自从人类在丛林中直起腰来行走，灾害就如影随形。然而我们是否真正认识了这位与人类相识了上亿年的"朋友"？

以目前人类的智慧，还消灭不了灾害；而以当下在地球上数以几十亿之众的规模，再大的灾害也不太可能立即灭绝人这个物种，在谁都灭不掉谁的状态下，我们是否适应了与它们在地球上相处？

我们，是否做好了准备，在天降巨灾时，与之对阵？

1. 冰雪滑倒了中国

2007年年底，随便一股从哪里来的干风，就可能带走叶片上的最后一点水汽，点燃整个中国南方的森林。

中央气象台2007年12月3日17时发布了《森林火险气象等级警报》。这个预告着森林干燥易燃的警报，几乎将原本温婉潮湿的中国南部一网打尽。

民政部开始讨论，准备为岭南的旱灾拨去救灾款项，消防车也为当地已无水可喝的百姓们送去了清水。

正在这时，它来了。

1月11日，雪花开始在久旱的湖北、湖南、安徽上空飘下，以上三地一夜降温10摄氏度。

这是一次最初以美的形式到来的巨大灾难。

渴急了的土地和人们，被迟来的水分感动，共同欢呼：好啊，瑞雪兆丰年！

2008年1月25日凌晨，在火车站值勤的广州市公安局民警张俭，眼睛盯住了出站口。

怎么会一个出站的人也没有？

没有出站的，就没有进站的；火车得来一列，才能走一列，这是一个最浅显的道理。

铁路断了？

2003年11月，中国开始制定突发公共事件总体应急预案。

制定预案的过程中，国务院副总理回良玉对正在制定预案的闪淳昌说："老闪啊，你领着你们预案小组的同志去看看这个电影吧！"

闪淳昌，国务院应急管理专家组组长、国家减灾委专家委员会副主任、国务院参事。

回良玉副总理指名让他们看的片子叫《后天》，是一部投资1.25亿美元的美国科幻大片，它力图展现和说明的是：如果温室效应和全球变暖的趋势继续发展下去，势必会引发全球范围内的重大灾难，这无疑有十分现实的大背景。

在片中，冲天巨浪狂涌进美国纽约市，"自由女神"被淹没，繁华的街道沉没在汪洋之中，万吨巨轮竟被冲进楼宇之间。而转瞬间，气温骤降，浩瀚汪洋中的纽约城又变成冰封世界，茫茫冰原上，只留下自由女神的头像。

故事发生地——北纬35度。

北纬35度，这是一条横贯我国山东、河南、山西等省，横穿古老中国腹地的纬度线，也是与中国的诸多文明发源地几乎完全相交的一条线。

科幻片《后天》中那样的灾难果然部分地发生了。

正当全国观众面对着自家电视屏幕上，那被暴风雪速冻的南方毛竹和透过冰雪还可见到的隐隐绿叶惊呼时，广州火车站几近崩溃。

京广铁路是中国最重要的大动脉之一，印象中，京广铁路只有在 1975 年 8 月的驻马店大水和 1954 年的大水中，才发生过大规模的中断。

25 岁的女民警韩弘清楚地记得她走进广播车的时间，是 1 月 26 日上午 8 点。

春运开始后，她每天都要在 8 点之前上岗播音，广播车就停在广州火车站的中广场。

韩弘，一位漂亮白皙，纤巧的广州姑娘。

中午，同事把对讲机拿走了，拿走时，同事告诉韩弘，借用一下，马上就可以把对讲机送回来。

在现场，广播的信息来源就是这部对讲机，除了韩弘的手机外，对讲机也是她接收上级指令的工具。

1 月 26 日中午 1 点左右，正在车内播音的韩弘突然发现车站广场内人如潮涌，广播车已经被人群团团围住，她的同事已经无法挤进人群送回对讲机。

天哪，全都是人！

韩弘完全被广播车前后左右暴怒的人群惊呆了！她看看手机，完全没有信号。

事后才知道，火车站站前广场聚集的人过多，大家都急切地想与外界联系，超载几百倍的网络扛不住如此的重负，颓然倒下。

韩弘独自一人被困在了广播车里。从那个时候开始，她就跟外界没有任何联系了。

下午，火车站的广播室开始朗诵一封道歉信，说因为湖南地区降雪不能通车。然后，就再也没有任何声音。

被困在广场中央，韩弘所在的唯一的警用广播车变为了人海中的一叶孤舟，她的广播成为现场嘈杂人声中最清晰的声音。

韩弘无法上厕所，因此，她也不敢喝水，可她不能停止广播。在火车站的广播停止后，她的声音就是现场代表官方的唯一声音。

广播车相对比较高，韩弘能看到挤在人群中的群众看不到的东西，因此，她就抬着头，盯着站前的大屏幕，把当时屏幕上凡是停运的车次信息，一看到就立刻播出来。

她的嗓子完全哑了。

来自北方的风雪也没有绕过广州。

这个南国都市，一年四季鲜花不败；急风冷雨，气温骤降到5摄氏度，在广州，这是一个能冻死人的温度。

挤在人群中，手机打不出去，听不到开往家乡火车的信息，淋着雨，身上带着食物的可以吃些，没有的，连挤出人群购买的可能都没有。

人挨着人，人挤着人，人贴着人……

有人尖叫“我不走了，让我出去!”他们试图挤出人群。但周围的人寸步不挪，他们被挤得死死的，完全身不由己。尖叫者也放弃了挤出人群的努力。进了这个拥挤的人群，能摆布他们的，只有命运。

北方的铁路和公路都不通，机场的航站楼里塞了几万名暴躁的、上不了飞机的旅客。

人走不了，但越来越多准备回家的人还在从四面八方拥向广州火车站，人流越积越多……

韩弘不能让广播车没有声音。尽管她觉得害怕，觉得无助，也失去了与外界的联系，但是，她仍然坚持着只有心理抚慰意义的广播：“我们是广州市公安局，人民警察将竭诚为您服务，在此提醒大家……”

韩弘无法让情绪越来越激动的人群上车，她只能尽量提醒大家注意安全。

旅客才不管什么中断不中断，他们只要回家！在应急的时候，人们的想法变得简单而直接，直接得甚至连弯都不拐：只要穿过这一排警察人墙，进入火车站就可以上火车，上了火车，就快到家了！

韩弘目瞪口呆地看着，1米高的栏杆，都是用铁丝螺丝钉铆死在地上的，被那些激动的旅客整个拔了起来，人群就像洪水一样涌进广场！

直到夜里两点，韩弘的领导突然想起了那个独自一人待在广播车里的小姑娘，他喊了几个武警，又叫了几个警察，一起去解救接近20个小时没吃没喝没有上厕所，却一直不停在广播的韩弘。

这是一条多么艰难的路啊！

五六个精悍过人的小伙子，一起用力，想分开人流挤到广播车前，竟是那么的困难！广播车近在咫尺，却好像是天涯！

在距离广播车的最后一段，小伙子们拼尽了全力，用半个小时，挤过了五六米的路程。

他们给韩弘带来了一顿饭，还有任务：要带这个姑娘去上厕所。

韩弘打开了车门，凌空扑在同事的身上，两个男警察把她举在肩头，武警在前面开路，“武装保卫”已经脚不点地的韩弘去上厕所。

广州火车站站前广场，是一个与它的重要地理位置极不匹配的小广场，只有区区 2.7 万平方米。即使是警方立即封路扩大候车面积，也只有 3 万平方米。最后，为候车扩大的交通管制范围达到 4.3 平方公里，狭小的区域犹如一个不断膨胀的气球，随时都可能砰然爆裂。

一小时后，韩弘又被抬回广播车。

11 个昼夜，韩弘一直在这个几平方米的广播车上工作。

事态平稳后，韩弘与一群民警坐在一起，他们的总结会开成了集体流泪会，灾难之后，有劫后余生的感觉。广州火车站的突发危机已经过去了一个多月，他们依然只做一个内容的噩梦。

“人，太多的人！”

“放不出去的人，怎么放也放不完！”

“人群堵得我上不来气！”

2. 几乎崩溃的广州火车站

在热腾腾的农历新年到来之际，中国同时迎来了冷飕飕的巨灾。

巨灾，因为春运庞大的人流，被放大。

面对着巨灾，我们挥舞着一根牙签仓促上阵了。

从韩弘走不出广播车的那天，广州市公安局就往广州火车站地区增加警力，两三天内，广州及周边地区90%以上的警力，甚至于周边驻扎的1700多名武警官兵、5800多名广州军区现役军人、3000多名预备役民兵，都驰援那片小小的地区。

广州市公安局，调动了12000多名警力，调空了户籍警及与之有关狱警、法警，调动了退休人员、机关干部和平时坐办公室的女民警，已经到了无警可调的地步。

为保证后勤供应，广州市公安局每天为无法从火车站撤下的民警和部队送饭，十天时间，仅盒饭，送上去16万多份。

为此，广州市公安局流花分局食堂煮烂了三个锅，每天下锅600多公斤大米，买空了周围各超市的八宝粥、方便面和面包。

但是，最为难的是送餐。

警察都站在人群最稠密的地方，送餐车和保温箱要到达那里，难上加难。就是千辛万苦地送到了，送餐者往往连保温箱都不敢打开！

在广州的冷雨里，保温箱一揭开，饭香瞬间四溢，周围，可都是又冷又饿的人！上万双眼睛都在盯着这个可能盛着热食的箱子！

为人们发放一些热饭菜不就解决这个问题了吗？

广州市也组织了饭菜和雨具发放，但是，杯水车薪。人太多，人的密度也太大了，很多核心区过不去。而且在那种极度拥挤的状况下，稍有不慎，就可能马上招致难以想象的后果。无数双手可能伸过来，前面的想多拿两盒，后面的要往前挤，人群拥挤最不可预计的场面——踩踏，会立即出现！

广场上有69个摄像头，覆盖了整个广场和它周边的路面。从摄像头上可以看到并估算出：广州火车站周边地区，人流顶峰是26万多人，所有的环路上都站满了人。这个密度相当于一平方米站了十几个人，这是最密集，也是最危险的聚集人群！在世界上，每年一度的麦加朝圣，堪称人群密度之最，也没有超过广州火车站。

所以，送饭的民警只敢拿出几盒饭，给带着孩子的旅客。中国人在灾难到来时，也保持着最起码的良知，没有人会抢夺给儿童的饭菜，也无人会对这样的选择提出异议。

京广线，中国最大的铁路动脉，怎么会说断就断呢？

从2008年1月10日到1月29日下午，中央气象台一共发出11次暴雪警报，其中9次橙色警报，2次红色警报。

第一次发布橙色警报是11日晨。在警报发出之后，中国南方整个交通、电力等系统，在暴雪到来之际表现得措手不及。

只是在湿润的雨季里过冬的中国南方从来没有经历过强度如此之大、范围如此之广、持续时间如此之长的暴雪天气，人们除了想到往身上加些衣服之外，根本没有想过做其他准备。

扛住了1月11日的第一次雨雪，忍过了1月18日的第二场暴雪，湖南地区纤细的电缆，终于经受不住25日到来的第三场雪，电力线路系统的脆弱性在雨雪中暴露殆尽，只能承受直径1.5厘米冰柱的电线，被风雪和冻雨裹成了直径达十几厘米的冰坨子！

冻雨，指雨滴与地面或地物、飞机等物相碰而即刻结冰的雨，落在表面温度低于冰点的电线上后，会马上在电线外围结成晶莹透明的冰层，此后就会逐渐凝结成一条条冰柱；电线结冰后，遇冷收缩，加上冰柱重量的影响，就会绷断，甚至将成排的电线杆拉倒，使电信和输电中断。

只能承受低度和中度冰雪灾害的设施和设备，在几乎见不到雪的南方，赶上了连续四次大面积的寒潮叠加。终于，电线被沉重的冰柱坠断了，电塔也不堪重负，在中国最要紧的，也是最需要温暖和有序的春节前轰然倒下，湖南地区的电网，断掉了。

京广线是中国较早实行电气化改造的线路之一，2001年，全长2300公里的京广铁路电气化改造全线贯通。

电气化铁路，是要靠电来运行的！电网的破坏，直接导致了京广铁路的瘫痪。

天灾造成广州铁路局40多列旅客列车临时停靠沿线小站，4万旅客滞留途中。广州火车站当日共有79列北上以及57列南下的旅客列车，无法发车。

1月25日8时38分，中国气象局副局长许小峰签署重大气象灾害预警应急预案三级应急响应命令，中国气象局重大气象灾害预警应急预案三级应急响应正式启动。

这场灾难结束后，人们才反应过来，这个应急响应，启动得太晚，启动的级别太小。

那一天，正是中国农历腊月十八。按照以往过年返乡的习惯，这一天已进入了春运高峰，超大量的人流，准备上路回家过年了。

即将到来的年，在寒冷中召唤着人心。

所以，每年春节前，中国的铁路、航空、公路、水运都要进行吃力的大搬运，这是人类历史上规模最大的人群大迁徙。在中国农历新年的前后 40 天左右的时间里，会有 20 多亿人次在中国国内流动，这个数量约占世界人口的三分之一，仅广州，每个春运期间发送的人数，就是澳大利亚全国的人数。

流动的方向只有一个——家。

四次寒潮叠加，电网中断，铁路中断，南方众多机场因为积雪过厚，飞机停航。公路，因为地面头几天就盖上了厚厚的冰层，早已中断。

千万斤的重量，都压在了广州火车站这一根针上。这个聚集着数十万人的露天候车站，冷雨、饥寒与疲惫使人们的体力渐渐透支，人群之中不断出现告急的旅客。现场值勤的民警一次次冲入人潮，将需要救助的妇女和儿童从人海中救出。

怎么能不晕倒？

晕厥的人们中，最多的一个，在广场上站了整整 12 天！

人群过于稠密，警察也有挤不进去的时候，一个新的办法被发明出来，一个个晕过去的人从人群头顶上方被传递出来，一个个儿童也陆续从人群中被传送出来，放在有警察看管的“临时幼儿园”中。孩子们最大的也才 10 岁，有的连话还不会说，有一个几个月大的小孩传出来时还在呼呼大睡，全然不知自己刚从危险中脱身。

外圈的人们，用各种办法抢救传递出来的人，最后发现，对又冷又饿而晕倒的人，最有用的是——姜汤！

一碗红糖姜汤下肚，一般的人，半个小时后，就可以缓过来。

挤在人群中不能动弹，有人问，大小便该如何解决？

警察们有意回避这个问题，不回答。

再问，有的女警察捂着脸哭出声来。

带头的男警察吸了一口气，下了决心似的：有什么办法？忍不住了，就尿在裤子里。

警察尚可以换班，不能换班的候车人群呢？

广州市环卫局事后提供的数据，广州火车站露天地区，每天扫出垃圾110吨，每天清理粪便100吨……

那等于，在火车站前候车的人，当众……

是的。

人，失去了最后的脸面和尊严！在无法招架、更是没有准备的巨大灾难面前。

3. 无硝烟的战争

直到这时，真正看透这场灾难的人并不多。

吴沙，广州市公安局局长。

他是最早看穿这次灾难的人之一，虽然，他没有正确称呼灾难的大名——巨灾。但是，吴沙准确地把握了灾难的另一个侧面：这是一场战争。

部队有一位首长告诉吴沙，部队有个预案这样写道：在战争状态下，铁路、公路、民航全都不通，大量人群聚集，所有的人都不明真相，出现骚动。

广州火车站出现的情况，跟部队的预案一模一样。而且，这不是一场小型战争。

最初的灾难迹象，出现在武汉。

经过连日持续低温，武昌一根直径1.2米的地下主水管突然爆裂，造成附近上万人吃水困难。

这一天是腊月初八，很多武汉人没有安稳地吃上腊八粥。

无论是冬天还是夏天，武汉的温度是那种或冷或热，都要跳着向上摸高向下探底的，有些极端还有点烈性的气候。

因此，武汉冻裂的水管旁边长长的冰凌，并没有引起别的地方太大的警惕。

对着卫星云图上那罩着三湘大地的浓重云彩，湖南省气象台在3天内连发了8次预警，预警的级别，从蓝色提高到黄色，进而橙色，最后，气象预报上标志着最极端天气情况的红色警报，在湖南首先拉响。

气象灾害预警信号的级别，依据气象灾害可能造成的危害程度、紧急程度和发展态势一般划分为四级，四级为一般，三级为较重，二级达到严重的程度，一级则是特别严重，依次用蓝色、黄色、橙色和红色表示。

贵州省连续拉响几次红色警报。

新华社贵州分社副社长赵鹏，从北京调去贵阳工作。分社为他租的房在贵阳市的一面山坡上，有一天早晨，赵鹏一出家门，差点滑倒在已冻得像镜面似的坡地上，他吃了一惊，贵阳向来是下雨就当成过冬的，夏无酷暑冬无严寒，怎么会像北京一样，路面结冰呢？

贵州从12日便已开始出现23年来罕见的雪凝天气。由于道路结冰严重，9条高速公路全线封闭，近万名旅客滞留。过路的火车受阻，停在龙里县火车站。过往的旅客无衣无食，但是，车组竟无人与当地政府联系，最后，大怒的乘客砸碎玻璃窗和车门，跳车出去寻找食物……

湖南岳阳城区一些楼房的屋檐上出现了长达两米多的冰挂；也是在湖南，百万人口之巨的郴州全城断电。当地政府想起了北方司机在冰雪道路上行驶的诀窍：防滑链，副市长满城去找，却只找到一条！

铁路因断电而断行，反过来，交通瘫痪又导致电煤运输无路可走，能源供应在全国全面告急。

1月30日，部分北上列车恢复通车。通车放行的消息传出之后，在短短一天时间内，广州站广场前的旅客人数猛增到近40万人。此时，任何一根新压上来的稻草，都有可能让这头早已超出极限负荷的骆驼轰然倒地。加上13个临时安置点的人群，广州火车站聚集人群已达50万之巨。

这是一场淮海战役的规模。吴沙面临的是，参加淮海战役的总人数，聚集到了只可以立锥的地块上。

广州火车站的灾难，以人群聚集的方式出现。它既是2008年初南方冰雪灾害带来的次生灾害之一，也是世界灾难史上少见的一页。

45 岁的许元金准备乘坐的是 1 月 26 日晚上广州开往郑州的火车，为了能早点进站，他和家人当天中午就乘坐公交车赶到了广州站。

许元金家是河南周口的，他订了 4 张票，准备与弟弟、女儿和外甥女一起，踏上返乡的旅途。许元金把打工所得的 3 万元钱都塞进了行李包，因为这是他往年带钱回家最安全的办法，这是他与儿子女儿在广东打工一年的血汗钱。

乘坐的公交车距离车站还有一公里的距离就寸步难行，此时的许元金发现，广州火车站的站牌近在眼前却遥不可及。

长这么大，许元金从来也没见过这么多人呀！黑压压一片，全部都是人！许元金他们四个慢慢步行往前，看见天上有个直升机嗡嗡在响。许元金冲口而出：哎呀，我的天呐，广州怎么出这么大的事呀！

爸爸嘱咐女儿："你千万要拉住我的胳膊，无论怎么挤，也不要撒手！一撒手就把你挤丢了，找不到了！"

挤在人群之中，人与人是贴在一起的，许元金的后背几乎可以感觉到后面人的心跳。许元金个子高些，可以抬头看到火车站在哪里，个子小的女孩子，会被人流淹没在一群后背里，踮着脚也看不到方向，连拥挤的目的地——广州火车站都看不到。若往前挪动，许元金完全用不着迈步，来自身后一股大力就推着他，飘着往前走。

1 月 26 日，吴沙将 2008 年广州春运安全保卫指挥部，前移到了距离车站广场一公里远的监控中心，应对这场冰雪巨灾带来的次生灾害——前所未有的公共安全危机。

女儿哭了，不行了，我受不了啦！

许元金说，受不了也不行。他艰难地回头望望四周，你想回也回不去了，只有往前冲，往前挤了。

1 月 27 日凌晨，许元金距离广州站还有 800 米。

从中午到午夜，许元金带着女儿只向前挪动了 200 多米，他们在饥寒与无助中煎熬，支撑他们的是看上去越来越近的站牌和回家过年的强烈渴望。

吴沙提议，必须把广场分成不同的区域进行控制，把现有的人群分割开，用警察和部队进行分割穿插。否则，如果人群聚在一起，处于无序的状态，那么前面出现问题，后面一拥而上像决堤的水一样，势必出现严重的问题。

现场的公安民警与武警官兵用身体组成了人墙，对人群进行了分区控制，不断奔涌的人浪涌过来又退回去，一浪强过一浪。人流与人墙的撞击犹如惊涛拍岸。

1月30日，许元金距离广州站200米。

部分北上列车开始恢复通行，已经苦苦等待了几个昼夜的滞留群众，终于等来了他们最期待的那个消息。

韩弘第一次收到可以进站的信息，感觉特别激动，她马上就播出去，告诉人群：北京、重庆几个方向的旅客可以进站了。

韩弘听到了广场上的群众巨大的欢呼声。

她播完第一遍以后，哽咽着，停了一下，才开始播第二遍。

1月31日，许元金距离车站50米。

其实，当时的铁路只有极少线路部分恢复，但是，火车恢复通行的消息一传出，原本打消了回家念头的旅客转身又奔向火车站。

1月31日，是广州火车站最可怕的一天。

“放人！放人!”

相对于聚集在广场之上的千军万马，广州站的每个进站口都无异于一条独木小桥，放行开始之后，现场滞留的人群以百川灌河之势一起涌向了入口，这片原本静止的人海骤然之间波浪滔天。

放行之前，警察会用喇叭冲着人群广播，请大家把孩子抱在怀里，把行李举在肩上，一旦行李掉下来，坚决不能低头去捡拾。

每一个放行口都是呈喇叭筒形状，旅客越走路越宽，警察挎在一起，走在最前排，控制整个人流。

在每一个入口，警察们形成的“人墙闸门”，通过不断的“开合”，控制人流前进的速度，同时对跌倒在人流中的群众展开“抢抬式”救援。

为什么呢？开了闸口，让旅客放开腿跑不就成了？

不行。

连着站了几天几夜，人的腿脚都僵硬了，必须有几十米的缓冲，让旅客慢慢走，把筋骨活动开。

经常可以听到人群中传来的破口大骂。排得好好的队，为什么不从排头开始放，要突然从队尾放？为什么不直线放人冲进去，要让人绕着房子排成S形？

一切都为了缓冲。那是一股早已蓄势待发的洪流，组织者必须让它减弱，甚至分流，才能减少队伍最前方的冲击力。

就是这样，每一次开闸放人之后，都有没膝深的鞋子和箱子扔在闸口处；每一次放人，都有几十个警察专门等在闸口的地方，几个警察站在制高点盯着人流中是否有人摔倒，准备从地上“捞人”。

每次放人，在闸口都有十几个人被冲，或者被绊倒在地。

只要倒下一个人，后面的人流冲过来，在众人脚下，这个人必死无疑。

放人进站，对所有的人来说，都是鬼门关。

监控室里的指挥员全部站起来了，声嘶力竭地在那里叫：“封住！”

因为在现场的监控中，可以看见人群中有人倒下，这时必须马上封住闸口，必须马上把倒下的人扶起来。

又一次人流进站的过程中，一个旅客为捡回被挤脱手的行李箱，反向冲入人流，导致周围多名旅客被后面汹涌的人潮挤倒在地。几名民警迅速冲进人流，竭尽全力顶住人潮的冲撞。另一个警察爬上铁马，对着后面的人群狂吼“停！停……”其他民警迅速横向汇合包抄。

闸门终于再次关闭，留下一地鞋、包、箱子和一群浑身大汗的警察、特警和武警。

经常处理突发事件的武警某师，表现得很有经验，他们居然在紧急驰援前，想到带上很多的鞋子！这些鞋子帮了很多旅客大忙，让他们不至于光着脚走完回家前的最后旅程。

许元金前面走着的女人被人流冲倒了。

他拼命喊警察：快救命啊！

冲上来两个警察，把那个女人拉起来了。

许元金一只手护着女儿，一只手拉着行李，行李掉下来了。

一年的辛苦钱，全在这个行李中放着呢！

“警察，快！我的行李！”

许元金终于带着自己的行李和女儿挤上了回家的火车。

完全没有了检票和对号制度，卧铺车厢的每个铺位上，都成了坐席，满满当当地坐着喜悦的人。

甚至，上车的旅客完全不管这列火车终点去哪儿，只要去自己要去的省份，或者自己家的方向就可以了。

2 月 5 日，沉默了几天的火车站播音室开始播放萨克斯名曲《回家》。

韩弘听到这个声音，马上停下来，打开广播车的门到外面看，广场真的空了。

吴沙找了个没有人的地方，哭了。

他后怕……吴沙以为，可能会失去上百名警察和几百名百姓的生命，才能平息这场灾难。

广州火车站，以一名乘客死亡的代价，度过了春运的高峰。

4. 巨灾留下的作业

其实，在 1 月中旬，这场给中国带来 1500 多亿损失的巨灾，已经凶相毕露。

暴雪先是直奔湖北，先拿中国腹地的武汉小试牛刀。

然后，第二次暴风雪又自西而东，直奔长江中下游地区。一路奔袭，切断电力，让许多中西部村镇与外界失去联系，甚至出现无米下锅的危机。

第三次……

第四次……

中国气象局公布的数据显示：湖北、湖南遭受的冰雪灾害为百年一遇。湖南省电线覆冰厚度达到 30 ~ 60 毫米；江西持续出现 59 年以来最严重的低温雨雪天气；贵州有 49 个县市持续冻雨日数突破历史纪录；安徽持续降雪 24 天，是新中国成立以来最长的一年；江淮地区出现 30 ~ 50 厘米厚的暴雪。

冰雪灾害的影响人群已超过 1 亿，这也是新中国成立以来，第一次遇到如此之漫长、影响面如此巨大的灾害过程。

雪灾，也被称为白灾，经常发生在牧区和北方地区。可是，自然界玩了个乾坤大挪移，灾害变了个区域错位的戏法，这次冰雪偏偏发生在没有应对经验的南方，这些地区的老百姓，有的甚至连棉衣都没有！

冰雪灾害的复杂程度超过了1998年的洪水灾害和一般性的自然灾害，它束缚了救灾的机动能力。抗洪能调动百万大军，而现在飞机不能起飞前去救援——最重灾区的机场停止了运转，连国务院总理的救灾飞机起飞时，都不知道可以降落的机场在哪儿。

春节前，广州火车站两周内累计聚集超过两百万旅客带来的压力，给广州当地带来的压力，可以与几年前“非典”的压力相提并论。

虽然广州火车站在春运时从未让当地放心过，但，现有的应急方案制定于1998年，这个方案是以6万人滞留为前提，而在2008年春节广州火车站最高峰时，滞留旅客数已经将近预案人的10倍！

这个预案已经被证实，它远远落后于社会发展。

一些部门，反应总是比冰雪来得晚一步。

继1月25日启动三级响应后，1月27日，中国气象局启动二级响应。但，重大气象灾害预警应急的一级响应，始终没有启动。而国家救灾的应急响应，虽然实际上已到了最高级别，也在名义上只启动到二级。

直到京珠高速公路和京广铁路中断，及广州火车站出现山呼海啸般的人流，才初步唤醒了人们对巨灾严重程度的认识。

巨灾，这是一个多么陌生的字眼！

中国，一向是世界上自然灾害危害最大的国家。这片辽阔的国土，每年要承受无数或大或小的自然灾害侵扰。

然而，无论是对于哪一个国家，巨灾，都会让其不寒而栗。它让我们对这个世界感到陌生。

巨灾，这个词最初是由拥有30个成员国的世界经合组织在2003年提出来的，是指某一灾害发生后，发生地已无力控制灾害造成的破坏，必须借助外部力量才能处置。

我们可以按照字面意思来理解它：巨大的灾难。

中国1976年的唐山地震，1998年的特大洪水，2003年的SARS……

印尼高达9.0级的地震引发的海啸，使得印度洋两岸损失惨重，罹难者近30万人。早些年智利的震群型地震，震波竟从太平洋的东海岸驱使海洋发生海啸，在太平洋西边的日本，把停靠在码头上的邮轮打上陆地……

巨灾是大自然在发威，也是人类与大自然间，相谐之中的对峙和决斗。

2004年2月22日，英国《观察家报》以“五角大楼告诉布什：气候变化将摧毁我们”为题目，披露了美国国防部给布什政府提供的一份“秘密”报告——《气候突变的情景及其对美国国家安全的意义》。

这份报告震惊了世界，引起了轩然大波。

报告警告说：今后20年全球气候变化对人类构成的威胁要胜过恐怖主义。届时，因气候变暖、全球海平面升高，人类赖以生存的土地和资源将锐减，并因此引发大规模的骚乱、冲突甚至核战争，成百上千万人将在战争和自然灾害中死亡。

“秘密”报告还称：20年后人类的头号威胁不是恐怖主义；气候变暖将导致地球陷入无政府状态；气候变暖将摧毁“我们”。

这份报告对21世纪前期全球气候的变化做了骇人听闻的“预言”：

亚洲和北美洲的年平均温度下降达5华氏度（2.8摄氏度），北欧下降6华氏度（3.3摄氏度）……在欧洲和北美洲东部人口密集的农业产区和水资源供给地区，干旱将持续几十年。冬季暴风雪和大风增强，西欧和太平洋北部将遭受更强烈的大风天气。

报告称，2010年的中国，降水分布将发生“南北颠倒”“南涝北旱”的降水分布型，到时可能变成“北涝南旱”的降水分布型。

报告对6年后中国气候的可能变化也做了描述：

季风降水可靠性的降低将对中国产生重大影响。中国南部地区在2010年前后将发生持续10年的特大干旱。中国北方将水患不断，南方一片干旱。夏季风可以为中国带来降水，但也会引起负面效应，如洪水可使水土流失更加严重。由于水汽蒸发冷却作用的降低，会引起寒冬延长，夏季高温增加。

报告被披露以后，引起了各界的广泛关注。

以色列《国土报》发表评论说，这份报告的两个颇具影响力的因素将最终改变人们谈论全球变暖问题时的态度：一个是这份报告首次把气候变化与地缘政治稳定联系起来；另一个则是这份报告背后的赞助者的非同寻常的身份——美国五角大楼。

尽管可能有言过其实的地方，这个报告还是引起了中国国内气象学家们的高度重视，因为，他们中的绝大部分人都没有想到过，气候变化，关系到国家安全。

在中国国内，与这两者有干系的工作，无人涉及。

在现在的国家防御体系愈发立体和空间愈发虚拟后，肉眼可及的疆土，已经不能代表一个国家所有的领土安全。传统的国家安全概念已从一般意义上的国防军事安全，上升为更广泛的国土安全、粮食安全、环境安全、网络安全、金融安全、水资源安全和能源安全等。

随着全球气候变暖，极端天气气候事件呈现增多增强和更加异常趋势，50年一遇的灾害也许10年20年就会出现一次，一些地方从未发生过的灾害也可能会在当地出现。

随着经济社会的快速发展和人口的日益增长，受灾害影响的人口总数和经济总量都会大大增加，灾害敏感区域和脆弱行业也越来越多，任何一个国家防御气象灾害、特别是防御极端气象灾害的压力也将越来越大。

事实上，在中国踏冰卧雪的同时，世界多个国家也同样遭受了灾害：伊朗、阿富汗，持续降雪并造成雪灾；伊拉克下了100年以来的第一场雪。

1月19日至31日，地中海中部的中东国家也遭受了大雪，造成以色列航班停飞，冻死数十人。美国东部、西部也遭受暴雪袭击。1月31日到2月1日，美国东部很多机场因为暴雪、冻雨和雨夹雪暂停开放。

看到美国这份秘密报告后，中国气象局国家气候中心罗勇研究员当即撰文写道：

“在防止气候变化不利影响的应变能力方面急需引起我们的重视。虽然报告中对于气候突变潜在影响的描述过于耸人听闻，但也给我们一个启示：万一类似的气候突变真的发生了，在最坏的情况下，我们应该怎样做？我们是否有足够的应变能力加以应付。与去年发生的‘非典’和今年发生的禽流感一样，气候突变的发生及其影响虽然可能性很小，却具有很强的破坏力。我们应未雨绸缪，加强对气候突变应变能力的建设，把它纳入到国家的紧急应变体系中加以考虑。”

言犹在耳。在这几年中，中国应对气候突变的能力，是否因为这份报告和罗勇研究员的切中时弊而改进呢？

在中国冰雪灾害后的6月25日，美国国家情报委员会推出一份名为《2030年前全球气候变化对国家安全的影响》的保密报告，代表美国16个国家级情报机构，对世界未来的气候变化可能对美国安全之影响做出国家情报评估。

这份报告认为，世界上无一国家能够避免气候变化所带来的影响，但不同国家应对的能力却有天壤之别。

气候变化直指国家存在之本的可能性是存在的！

大面积的冰雪天气，就可以引起半个中国电力、交通等瘫痪，我们放开胆子设想一下，假如，在如此的气候条件下，外敌又乘机入侵……

去翻翻历史书吧，历史曾经向我们展现过多少这样的案例，每一个案例都是以成千上万人的鲜血写成的！

包括气象灾害在内的巨灾，其打击对象，不仅仅针对人的生命财产和社会的公共设施，国家安全亦是其精确打击的目标！

可是，在巨灾来临之时，即使见惯了自然灾害的我们，竟显得那么的笨拙和无措！

行驶在京珠高速公路湖南段的2.7万辆车滞留，8万多人处境艰难。完全瘫痪的京珠高速公路变成蔓延数百公里的“停车场”。有些乘客被困几天都没吃东西。

在京珠高速公路山高坡险的粤北段几十公里路段，救灾人员救援时，从临近县城的山脚救起，而最需要救助的，也是最寒冷饥饿的，恰恰是在山顶堵着的车辆和人员。

当一些地方出现电网中断，客运受阻时，南方各省正忙着省级政府换届。

原本联系合作不多的各省，在冰雪中真正成了独立王国，不，孤立王国，或孤军作战，或者，坐等中央政府协调。

中国百姓的灾难意识，在这次冰雪中也受到了诘问。

如此极端的天气，还有不少人固执地选择出行，而遇到危险受困时，却缺乏自救和互救的能力。

部分司机在京珠高速公路上，南下车辆强占北行车道，让刚刚破冰疏通后的高速公路，阻塞达10公里。

还有，哪怕是夜里起来清扫一下房顶，房顶就不会被雪压塌；哪怕是用绳子缠绕一下水管，水管就不会轻而易举被冻裂……

真正要应对冰雪考验的，是刚建立几年的中国应急机制。

《中华人民共和国突发事件应对法》于2007年8月出台，11月1日正式实施。当初，突发事件应对法制定的一个背景，是2003年突发的“非典”。

那是一场多么奇特的巨大灾难！

就在那次灾难之前，中国的医务界很多人还乐观地认为，中国今后只需要面对慢性病的威胁，传染性疾病对中国人民的危害，已不是最主要的问题。

结果怎么样？甚至连我们的医院，天天与疾病打交道的地方，都没有防病的概念。

位于北京西直门的卫生部，恰好与“非典”在北京的传播点之一——北京大学人民医院门对门。卫生部与人民医院在地面上隔一条三步就可以跨过的马路，而在地下共用一个食堂。人民医院的大夫护士们，午间有时连白大褂都不换，就直接到卫生部地下的食堂吃饭。

“非典”到来时，依然如此。

在“非典”中，作为重灾区，人民医院的医护人员共有90多人罹患“非典”，其中，两人不幸死亡。全医院员工病人被整体隔离21天后，才得以与外界自由往来。

侥幸的是，卫生部的办公人员虽说与他们日日共餐，却幸运地逃过了这场劫难。

连想都不敢想，中国最高的卫生行政管理机构，如果在一场大规模的传染病中，不幸有众多人感染，导致领导机构瘫痪，甚至被整体隔离，该是什么样的情景！

解除隔离后，北京大学人民医院院长吕厚山接受了央视“面对面”记者的采访。

吕厚山，骨科专家出身。他巧妙地闪躲了主持人犀利的头几问。甚至，利用央视的高收视率，为自己医院的名牌科室做起广告来。

在解释非典在人民医院内传播的原因时，吕厚山的一句“因为我们不是传染病院，我们也没有传染科，我们也没有这方面的人才”，轻飘飘地滑了过去。

央视的记者并没有医学报道的背景，没有追问下去。

但只要对医院有一点常识的，就可以问出至关重要的一句话：作为一个三甲医院，虽然没有传染科，但控制院内感染，是考察医院管理的最重要指标之一。造成如此大范围的传播，你们医院的管理水平，是怎么样的呢？

就在“非典”过后的2003年11月10日，北京一个初冬的夜晚，国务院领导把闪淳昌请到了办公室，整整谈了一个半小时。

也就是在那天晚上，国务院领导同志对他说，从今天起，你把所有工作都放下，到中南海来，协助我，制定中国政府应对突发事件的白皮书。

这就是后来国家突发公共事件的总体应急预案。

中国虽然经常应对灾难，但是，以往的灾难过去，痛楚的一页也就翻过去了。

唯有“非典”，让中国政府突然醒悟：中国，不仅要拼命搞经济建设，而且，要为可能到来的灾难，特别是随时可能迎头痛击我们的巨大灾难做准备！

巨灾，是中华民族未来发展的最狡猾、也是最狰狞的敌人之一！

5. 痛未定而思痛

这个日子和33年前的那个酷热的日子一样，足以让中国人疼痛几辈子。

2008年5月12日，汶川。

如果时光能倒流，所有的中国人都会用尽全力，对踉踉跄跄的已经走远的时间，拉住它的衣襟，扯着它的手，扳转它的肩膀，恳求它，哪怕是低声下气地，好言好语地，把它拽回来，让它停在那个时刻前的一分钟……

太奢侈了吗？

我们要求的太多了吗？

那，15 秒钟。

15 秒钟，够我们呼唤那时还在屋里、哪怕是在楼上的人们跑出来的了，够把还在教室里捧着书本的孩子们带出来了。

孩子们没有经历过这样的事，可能会哄笑，会不听话，也不信，他们哪能相信自己的学校和家乡会在瞬间变成一堆瓦砾呢？

那，让我们当一时的恶人吧！

踹，也要把孩子们踹出去……

痛未定而思痛，痛何如哉！

那天的 14 点 28 分，北京。

民政部正在召开会议，突然间地一震，天花板上的灯也在晃。

对灾难颇有应对经验的民政部官员，立即打电话询问。几分钟后，知道震中在都江堰附近，有 7.6 级。

不得了了，都江堰都有 7.6 级，成都会怎么样？

官员们马上跑到楼上报告正在开会的部长，部长听出了分量，立即中止会议，要求马上组建工作组去灾区。

就在当天上午，民政部召开 2008 年第一次部务会议。部长李学举主持会议，研究法制办提交的《自然灾害救助条例（草案送审稿）》。条例草案上午刚刚获得通过。

15 时 40 分，国家救灾进入一级响应。

5 月 12 日 22 时 15 分，国务院将响应等级提升为二级。

当天，四川方面就提出要 5 万顶帐篷、10 万床棉被赈灾使用。

如果是在平时，5 万顶帐篷是个非常大胆的数字，因为中国一年全年的赈灾也就用 5 万顶帐篷。

民政部的部长们度量了灾情说，5 万顶帐篷不够，给四川 10 万顶，同时，给20万床棉被。

进一步的指示来了，帐篷有多少调多少！

当天下午，民政部就开始组织帐篷的调运。

中国目前的物资储备主要分为三类：救灾物资储备、国家物资储备以及其他物资储备。起主要作用的是前两者。

建立中央救灾物资储备制度源于10年前的一场地震。1998年1月10日，河北张北发生地震，在救灾过程中救灾物资缺乏统一规划的弊端暴露突出。为此，当时的中央领导专门批示，要求建立中央救灾物资储备制度。

帐篷成为唯一的中央救灾储备物资，正是源于1998年7月民政部、财政部发出的《关于建立中央级救灾物资储备制度的通知》。

这个通知表示，为提高灾害紧急救助能力，保证灾民救济工作的顺利进行，促进灾区社会的稳定，中央和地方以及经常发生自然灾害的地区都要储备一定的救灾物资。

此前，出现灾害采取的是临时采购救济的办法。

也就是从这个通知开始，确定帐篷为唯一的中央救灾储备物资。其中沈阳、天津、郑州、武汉、长沙、广州、成都、西安被确定为首批8个代储点，分别负责东北、华北、华中、华南、西南、西北各个区域。此后几年，广州被南宁所代替，增加了哈尔滨和合肥两个城市，代储点达到10个。

帐篷分为单帐篷和棉帐篷。

一般情况下，中央库存的帐篷维持在20万顶左右，15万顶单的，5万顶棉的。

如果帐篷由于损耗、使用等原因数量不足，就向财政部申请经费。每年财政部、民政部用于中央救灾物资储备的预算大概在两亿元左右。

哪里想到，相对于汶川地震来说，这个数字依然太小！

5月12日，国家减灾委专家委员会副主任、北京师范大学常务副校长史培军正在北京的中央党校上课。

3分钟后，史培军就知道了这次地震的大致情况，因为他所在班刚好有同学是山东省地震局的局长，通过国家地震局了解了一些情况。

下午下课后，史培军赶紧跑回设在北师大的环境演变与自然灾害教育部重点实验室，输入震中“汶川”的信息。

在自己实验室完备的数据库里，中国所有的县在近百年内遭遇的自然灾害全部存在其中，史培军他们花了20年时间才完成这些研究。

“汶川”这个县名多数人并不知晓，但搞地理与灾害研究的对它所处的“川滇地震带”太熟悉了。这个地震带也被称为“西南地震带”，包括四川和云南的强地震带区域。

数天后，史培军临危受命，在国家汶川地震专家委员会中担任副主任。

史培军在数据库中输入“汶川”信息后，开始了解这次地震有可能影响的地区。

5月12日20点，美国国家地质调查局（USGS）就在网站上公布了模拟的汶川地震烈度图，美国同行的迅速反应，为大洋此岸的中国科学家分析与研究提供了特别宝贵的资料。

看到灾区地震模拟图，史培军的第一反应就是：这次地震不是那种以震中为圆心、不断往外画等距离圆圈的扩散方式，它是一个断裂带地震！

史培军从这张模拟图上看到的断裂带，南北长200公里，东西宽不到50公里，从映秀到北川县城这一线是断裂带的中心地带。

到5月13日凌晨2点，这次地震的基本数据被分析出来。拿到实验室数据，史培军感到，这次地震导致的灾害看来远远超过以往的经验。

焦急的史培军早上8点就带着研究数据，冲进了民政部，找救灾救济司司长王振耀，他们俩在处理中国近年来各种大灾害的时候，总是搭档指挥，已经是老朋友了。

史培军对王振耀说：“这次是条形地震带，没有百十万顶帐篷不行！”

史培军提出一个当时听起来是非常惊人的数字：死亡人数可能达到5万~10万人！

简直是吓死人的概念！

1998年，发生在中国的特大洪水是一次典型的巨灾，而死亡不到2000人，汶川地震能死5万多人？

史培军还掷过来几个数字：严重受灾面积有15万平方公里；受这次地震影响的人口，在四川省境内就达到2000万人！

从后来的统计数据看，史培军教授的估计还偏保守了，在受地震影响的人群中，有超过1000万人是灾民！

上千万的灾民，需要多少顶帐篷？

几乎成为规律，凡震后必有大雨，流离失所、失魂落魄的灾民站在雨地里，让他们能避雨的帐篷，能果腹的洁净水及食物，是第一需要！

震后约半个小时，绵阳民政局局长杨学辉派人核查了局里的现有库存，与赈灾相关的，只有棉被200多床、帐篷不到200顶。在上百万人受灾、400余万人需要转移的绵阳，这个数字几近于无。

绵阳之所以只有如此之少的储备的原因是，考虑现在市场体系发达，发生灾难时再进行大规模采购也能够应对。

谁会料到，在巨灾之时，拿着钱也买不到东西。灾情，也不允许灾民站在暴雨里，民政人员慢条斯理去买救灾物资！

如此的调调，在上级的民政部门也可以听到。

土耳其一年储备救灾帐篷50万顶，有的民政干部竟讥笑人家的储备，认为这个储备量过于宽松。

看出来了吧？面对大灾，我们多么地缺乏经验，又多么地缺乏常识！

四川全省，中央储备库内的帐篷，在地震发生后的48小时内，几乎全部掏空。

中国红十字会在四川的仓库，也在第二天全部清空。

中国红十字会紧急向国际求援，国际红十字会又紧急向各国发出呼吁，各国捐赠的、国际救援史上空前的10万顶质量优异的帐篷，被空运到了中国。

以往的储备数字是因为既往的经验而得的。

2007年，全国因为各种自然灾害倒塌房屋185万间，并且分布在不同的地区和时间，并没有同时到来，因此中央救灾储备足以应对。

但是汶川大地震倒塌了400万间房屋，最为根本的救灾物资之一——中央救灾储备物资，成为熊熊燃烧的火堆面前的一杯水，根本没有能力应对。

我们是作了灾难到来的准备，但是，忽略的是，巨大灾难以排山倒海之势，突然到达的准备。

年初的冰雪灾害到来时，民政部就发现了中央救灾储备现存的弱点：物资过少，品种不是单一，而是唯一——只有帐篷。

真正的大灾来临了，民政部发现，冰雪灾害不太需要帐篷，救灾需要棉衣棉被。

南方许多城市的棉衣棉被被一购而空，民政部一口气往灾区发放了 1189 万件棉衣被。

棉衣被有了，民政部发现，在南方电网、交通、通信不起作用的时候，灾区需要大量的照明设备，需要了解外界信息的收音机！

在日常生活中已被很多人忽略的收音机，成了在冰雪灾区极受欢迎的救灾物资！

到了汶川地震，救灾车辆被拦住，最受欢迎的是消毒剂！

自中央救灾物资储备制度建立以来，就不断有意见提出，中央储备救灾物资不应该只停留在帐篷，棉衣、棉被、救灾设备、消毒剂等救灾中必须用到的物资，也应该有一部分储备。

2007 年底，民政部部长李学举在全国民政工作会议上指出，新的一年，要丰富储备物资的品种。

就在冰雪灾害后的 4 月份，民政部救灾救济司发出通知：“为进一步加强救灾物资储备工作，提高应对重大自然灾害的物资保障能力，我司决定编制《自然灾害应急救助物资生产商名录》，将具有良好资信的应急救灾生活物资供应商编入名录，为各级民政等救灾部门应急物资采购提供依据和参考。”

这一份长长的应急救灾物资名单包括：炊具、餐具、大米、面粉、食用油、蔬菜、食盐、饼干、方便面、奶粉、食糖、瓶装水、净水剂、净水器、棉服、棉鞋、雨衣、雨鞋、防护服、防护面罩、防护手套、口罩、救生衣、手电、干电池、发电机、应急灯、蜡烛、防水灯、打火机（火柴）、灭火器、对讲机、扩音器（喇叭）、简易厕所（移动、固定）、卫生纸、清洁用品、铁丝、绳索、铁锹、钉子、塑料布、编织袋、帐篷、棉被、毛毯、毛巾被和蚊帐等。

这个名单刚刚发出，还没有来得及招标，又一次巨灾到来了！

5 月 22 日，国家主席胡锦涛亲赴浙江，督战帐篷生产。

5 月 24 日，温家宝对中外记者谈到目前抗震救灾工作面临的挑战——最主要的仍是帐篷缺乏。中国政府已要求能够生产帐篷的工厂，每天生产和向灾区运输 3 万顶帐篷。

汶川地震，救灾共消耗帐篷 150 万顶以上。

汶川地震后的几天，民政部部长李学举说："在这样的自然灾害面前，从民政部自身来讲，我们缺乏必要的思想准备，也缺乏必要的物资准备。"

明哉此言！

6. 来得太晚了

缺乏的，又岂止是帐篷！

美国国家地质调查局国家地震信息中心的戴维·沃德博士告诉采访他的中国记者，这家中心在汶川地震发生后 30 分 54 秒，即得到一份烈度分布图，但这个版本没有包括断裂方向和长度信息；汶川地震发生后 2 小时 15 分，其烈度分布图上已经标出了断裂方向和长度。

震后 5 小时，史培军已可以在美国国家地质调查局网站上查到公布的中国汶川地震烈度图。

地震时，正是中国的下午，美国的夜间。地震波也是先传到中国周边地区，然后再传到世界其他国家。

事后，美国科学家的勤奋和专业，让中国相关人员万分感慨。

美国国家地质调查局最初拿出的汶川地震烈度图，是一个看上去有些简单粗陋的图，只能对汶川地震的地面破坏看出个大概，但它的用处却很大。

地震，能量大小用震级表示，地面破坏力则用烈度来区分。地震烈度分布图应属于向社会免费公开的政府信息，直接影响着地震发生后的应急救援的部署。

只有这张烈度图可以说明，地震时哪些地方烈度最大，破坏最严重，最需要救援。烈度图到手，就是不懂地震的人，都知道救援力量应该发向何方。

业内人称之为“烈度速报”。

此次汶川地震是一个条状的断裂带，早期几乎所有人的目光都集中在震中汶川县，可是这条地震带呈“中间窄、两头粗”的哑铃状。哑铃的一头是汶川县映秀镇，另一头就是北川县城。偏北边的断裂带出现了“拧麻花”的状况，北川县城就是这个“拧麻花”的所在地。

逆冲走滑性的地震断层，在北川出现了强烈的扭转，北川县城，它承受的力最大。

这次地震虽然震中是汶川映秀，但它并不是以映秀为中心向外发散地震波的。实际上是以北川为中心，东到青川，西至汶川，南部沿着龙门山脉到都江堰，这些地方成为重灾区。

北川是汶川地震的宏观震中！

这个偏僻的县城必然出现大问题！

因为没有烈度图，当时绝大多数人都没有正确判断，以为既然震中在汶川，那么汶川县城就应该是受灾最严重的地区。

大批救援力量积压在都江堰，准备突进汶川。此时，距绵阳市仅有几十公里的北川，道路虽说被落石掩盖，但也不是绝无突进的可能。

救援，素来有“白金十分钟”“黄金半小时”之称，通过这次地震，极多的人知道了在灾难来临时，黄金 72 小时的救援概念。在废墟中，无水无食，生存超过 72 小时的，完全是一个生命奇迹。

宝贵的救援力量，在最初，被浪费了。

6 月 13 日，清华大学法学院副教授程洁通过电子邮件向中国地震局提出政府信息公开申请，要求其公开“5・12”汶川地震前后，震中及其方圆 300 公里的地震烈度信息。

这是中国学者首次就汶川地震的专业技术信息提出政务信息公开的申请。2008 年 5 月 1 日，中国国务院制定的《政府信息公开条例》才正式施行。

地震发生 100 多天之后，8 月 29 日，中国地震局在其官方网站正式公布了此次地震的烈度分布图。

这张来得太晚的烈度图，只能对地震造成损失的评估起到作用，完全无助于当初的救援……

即使它细致和精准。

我们设想，如果，中国地震局在地震后的第一时间先拿出个大概的烈度图，供救援部队救人；然后，再细细地描绘，从容地拿出第二张图，以备灾后损失评估，情况又会怎样？

2007 年，“十五”建设项目《中国数字强震动台网》四川部分的建设也宣告完成，其中布设在龙门山断裂带及其周围地区的有 60 多个台站。

中国地震局不是没有迅速拿出地震烈度图的能力的！

汶川地震中，还有一张十分需要而面世较迟的图。

“大家都关注汶川的灾情。但到现在我们还出不了一幅图。”

5 月 12 日汶川地震后，温家宝总理即飞赴灾区，飞机上工作的照片显示，手里拿的还是地图，不是遥感出的现势图。中科院院士、现任中科院遥感应用研究所所长李小文，于 5 月 13 日在他的博客上发文感叹：

“我们搞遥感的，真是恨不得打个地洞钻下去，就算地震殉国算了。”

震后遥感地理信息的提供大致分为三个阶段：前期提供灾前历史地理信息；中期提供用于灾后紧急救援的地理现状图；以及后期提供次生灾害监测、灾后评估和重建的地理信息。

从遥感图上，可以判断山体崩塌与滑坡，桥梁、公路的受损情况。

5 月 14 日，航空和航天遥感已经到位，图像被连夜送抵国土资源部，结果显示，北川、汶川两县县城及周边灾情严重，后期隐患重大。10 万立方米体量的山体崩塌与滑坡 19 处；公路桥梁受损 38 处，损毁里程 5390 米；崩塌滑坡体堵塞北川县城周边湔江 7 处，至少还有 6 处 50 万～100 万立方米体量具有隐患的滑坡体，如果发生余震或强降雨，可能形成新的灾害。

图件和判读结果迅即送达政治局，15 日晚送达位于都江堰市的前方指挥部。

遥感在汶川地震中立了功。

但是，这个功立得迟了一点。

如果，5 月 12 日下午遥感飞机就起飞，连夜出图。前方指挥部在 13 日一早就可以判定公路暂时打不通，可以更早决策空降、空投，以及步兵徒步急进，争取到宝贵的救援时间……

遥感及时发挥作用，24 小时是能够争取的。

为了让人知道，搞“遥感”的自己是做什么研究的，李小文经常讲起他和 3 个出租司机的故事，给大家科普。

第一个司机问：“遥感？是不是造我摇的这个换挡的杆？”

第二个司机说：“遥感，是摇笔杆吧？”

第三个司机贴谱：“就是卫星云图吧？”

实际上，卫星云图，就是跟一般人关系最密切的遥感技术。说白了，遥感就是从飞机上或者卫星上，远远地给地球照相，得到数据后，用计算机分析。

航拍除了要考虑到天气情况，还要申请到空域后才能起飞。一次，淮河发大水时，中科院遥感所仅申请空域就用了 10 天。

这个生于四川自贡，长于成都的科学家极为痛楚地在自己的博客中写道：“骂骂解气是可以的，还得总结教训，这次是血的教训：早 24 小时，能多救出多少人啊！”

一身本事，却眼望家乡受灾，有力使不上的李小文，“顿顿都要喝点酒，一天一斤二锅头”的性情科学家，在那几天中，是如何用酒浇灭自己的极度痛苦的？

几年前，十来位搞遥感的院士，就曾联名建议要在国家层面协调全国的遥感，这样遇到国家出现急事、大事，指挥渠道可以十分通畅。

石沉大海，现在还是各部门各自为战。

新中国成立已经 60 年，在 60 年中，科技力量，甚至是可以用于救灾的科技力量已经有了长足的发展。目前我们需要的是一套在灾难中把乱拳变成合力的手法和机制，这样，才不至于在同一条战壕中各干各的！

5 月 13 日下午两点，卫生部首批赴汶川的医疗队集结完毕，准备出发。

这支由骨科、神经外科、普通外科、胸外科、小儿外科专业为主的 9 家医院的 53 名医护人员组成的第一支国家医疗队，本身出发时间已在震后的 24 小时后。

医疗队辗转到了成都之后，来接机的人先是跑到了另一个机场，然后，又恍然大悟般地发现，医疗队原来是带着随身医疗物资的，而且医疗救援物资还不少呢，15 吨！

接机的人回去，调动运送物资的车辆，时间在一分一秒地流逝……

在大雨中，医疗队的专家们凌晨到达了安县——离北川县最近的县，准备接收伤员，结果发现，绝大部分伤员被送到了绵阳，专家们在距离最近的地方，反而起不到应有的作用。

医疗队掉头向后方的绵阳市撤去。

等到一切安顿好，可以开始医疗工作时，已是 5 月 14 日中午之后，此时距地震发生，已有近 48 个小时。

绵阳市卫生部门的指挥能力遭到了批评。作为一个临近最前沿的卫生行政机关，居然不知道哪里有伤员，哪里最需要什么样的专家！

这，简直让人愤怒！

协调，这个词在中国如此多见，几乎成为办事效率和人际润滑的必有名词，但在大难临头之际，这个本意是让各方面配合得当的词，会不会是效率低下的代名词和遮羞布？

随着众多医疗队到达灾难现场，每天专门与各类灾难打交道的医疗部门和医务工作者，对真正灾难的陌生，真实地凸现了出来。

很多人还是本着坐在大医院中，你挂号我看病的概念，完全不熟悉灾难医学的体系，贸然穿着一身白大褂和一双旅游鞋，仓促上阵。

地震灾区，特产就是废墟。废墟上盛产乱七八糟的钢筋、碎玻璃和铁钉，穿着软底的旅游鞋，还有穿着高跟鞋的大夫护士们，还没怎么工作，脚已经被扎了，自己一瘸一拐地来打破伤风疫苗，最后，还要派两个人把他们送出灾区。

带了呼吸机和心电图机，没有带发电机。

外科医生携带了手术器械，到了灾区才发现，没有消毒蒸锅，所有的器械只能一次性使用。

在绵阳，医疗队员们住的帐篷有些不防水。一下大雨，住在里面，就像泡在水里——那样的帐篷，只适合在晴空丽日下，到农家乐游玩钓鱼使用，哪里能进得了灾区?

大部分紧急赶赴灾区的卫生人员从未参加过野外和灾难现场的工作生活演练，到了灾区才开始学习搭帐篷。

很多医务工作者根本没有掌握灾难事故急救中最为关键的检伤分类技术，更不知道用灾难救援中国际通行的红绿黄黑“伤票”，标志伤员伤病严重程度，谁喊声大就先往后方医院送谁。

相反，倒是一些平时医疗水平并不特别高，以矿难救援为特点的队伍，出发时带着行军锅、发电机，带粮带油，甚至带简易手术床，到了现场安营扎寨，迅速发挥了医疗救援的作用。

部队首屈一指的著名大医院急诊科副主任在灾后抱怨，我们几百名医护人员上去，在都江堰根本没有人保障生活，是我们中的一个人靠个人关系，才让一群人没有挨饿，吃上了一点方便面。

听者目瞪口呆。

谁救援谁?

谁保障谁?

作为最应该有战斗准备的部队医院，野战救护的经验应该是最为丰富的，难道说，你们连自身的生活保障都没有做任何准备，赤手空拳就上了灾区?

灾区之所以是灾区，其特点就是它失去了基本的设施，也没有基本的保障能力。如果救援人员不能保障自己生活的话，那纯粹是给灾区添麻烦去了，这样的救援人员和灾民又有什么两样?

国际救援界有一个不成文的法则，那就是救援人员必须带够自己一周以上的水和粮食，不能给当地增加负担。

中国国际救援队医疗队员们也许可以给我们一些启示。

到汶川地震为止，他们已经参加了国内外10次地震救援活动。

他们所依托的武警总医院有4间库房，队员们的个人背囊都在那里。背囊里要求有洗好消毒好的衣服和水壶、手电、剪刀等。

容易过期不好保存的物资被记在一张纸上，纸上列着，地震来了带什么药，水灾来了带什么药，把这张纸放进箱子，需要时照着单子到药房拿药，既提高效率也不会遗漏。

平时，这是一批每年都要接受救援培训的队员。训练分很多方面的内容，每名队员要掌握基本技能和专业技能。基本技能包括野外生存、寻找水源、通信联系等。专业技能包括急救技术、止血、包扎、固定、搬运病人、心肺复苏等。此外，还得掌握专科技术，如脑外科、骨科、急诊科、麻醉科等。

在灾难中，我们要的是能钻到废墟里，在遇难者堆中打着手电，为生存者输液的医护人员，他们，才适合真正面对灾难。

7. 一个农村中学的防灾准备

海恩法则是飞机涡轮机的发明者德国人帕布斯·海恩提出的一个在航空界关于飞行安全的法则。海恩法则指出：每一起严重事故的背后，必然有29次轻微事故和300起未遂先兆以及1000起事故隐患。

当然，这种联系不仅仅表现在飞行领域，在其他领域也同样发生着潜作用。

按照海恩法则分析，当一件重大事故发生后，在处理事故本身的同时，还要及时对同类问题的“事故征兆”和“事故苗头”进行排查处理，以防止类似问题的重复发生，及时解决再次发生重大事故的隐患，把问题解决在萌芽状态。

海恩法则强调两点：一是事故的发生是量的积累的结果；二是再好的技术，再完美的规章，在实际操作层面，也无法取代人自身的素质和责任心。

叶志平永远笑眯眯的，在2300多人的安县桑枣中学，是一位最不为学生惧怕的老师。

学校的每一架显微镜，叶志平都认识。没事的时候，他就跑到保管设备的地方，一架架显微镜，挨个儿摩挲。其中有一架显微镜，是叶志平的最爱。每次来，都要认真看看。他嘱咐保管显微镜的老师：“把它保管好，千万不能弄坏！”

桑枣中学的大部分家当，是叶志平像麻雀筑窝一样，一根根稻草衔来的。

1978年，叶志平师范学校毕业后，到了桑枣中学，那时，他还是个没成家的小伙子。

他教过语文、外语，还教过音乐。

那时，桑枣中学还是个只有三四百学生的学校。

1983 年，一直在破平房中上课的学校，终于得到了一点点拨款，学校咬紧牙关，盖了一栋 1700 平方米的教学楼，一共花了不到 17 万元，每平方米造价不到 100 元——这是桑枣中学的第一栋教学楼。

那个时候，中国西部的农村学校，还有大批在破庙里上课，能有楼房就不错了，建楼的质量完全谈不上。

由于经费不足，这栋被称为实验教学楼的楼房，没有能力找正规建筑公司，有点钱就找个施工队施工；钱断了，就断工；再有钱，再换个施工队，断断续续，这栋楼盖了两年多。

叶志平是眼看着那栋楼盖起来的，楼的底细，他最清楚。当时的安县建委也了解，他们不愿意为这栋楼验收。楼盖好，没有人愿意搬到新楼里去，老师学生，谁都不愿意搬。原因很简单，每个人都担心出事，它的建筑质量粗糙得没法提。

四川的学校，都是外廊式的建筑，就是楼道在外面。但是，走道的砖栏杆，都是晃晃悠悠的。

教室里本来就不需要什么装修。但是，总得四白落地吧？这栋楼可好，墙上都是底灰，连面白墙都没有。教室里的灯泡规格也不统一，千差万别。

叶志平是学校的骨干教师，骨干应该起带头作用，他只好带头搬进去上课。

年级组长，教导主任，副校长，校长，1995 年，叶志平当上了校长。

上任后，叶志平在全校大会上说，要做并且必须做的一件事就是加固危楼。

他过人的管理能力开始显现了出来。

学校教学质量开始飞速进步，学校的规模迅速从四五百人，扩大到了八百人。1996 年，纯初中的桑枣中学第一次在中考中，在全安县名列第一，从此，再没有当过第二。

叶志平开始盯住了那栋始终让他不放心的楼。

这栋楼结构很奇怪。一栋教学楼后面还附带着一栋厕所楼，两栋楼像连体婴儿般，每层都通过楼道连在一起。

叶志平绕到教学楼后面看，一看吓一跳，后面的厕所楼都歪歪斜斜的了，而且，厕所楼露在明面上的钢筋，早已锈得不成样子。眼看着，厕所楼要塌，而且，明显地将连累站在前面，同样体格欠佳的教学楼。

叶志平一挥手，“拆！”

拆了，学生怎么上厕所？

叶志平说，先拆再说。

1996 年暑假，叶志平让人拆了厕所楼。向县教育局要了 1.2 万元，在教学楼外重建一处厕所。

顶楼的学生要跑出来上厕所，有些麻烦，但是，总比在那种随时可能倒的厕所楼里安全吧？

有一道“莲叶难题”曾流传于法国。

这道难题提到，莲叶浮于水面之上，其面积每天增加一倍。倘若莲叶把整个水池覆盖起来，在池中生息的鱼类等生物就都将窒息死亡。假定莲叶在第 30 天覆盖整个池面，导致池中所有的生命都将灭绝的可怕后果，试问莲叶覆盖一半池面是第几天？

正确答案是：第 29 天，即莲叶覆盖整个池面的前一天。

“莲叶难题”之所以难，在于人们往往会产生一种错觉，即莲叶覆盖半个池面用了 29 天，那么剩下的半个池面再被覆盖，恐怕还要费些时日。

其实，可怕的事情在第二天就要降临。

在危险一步步趋向严重的漫长过程中，不大容易引起人们的警觉，然而，它有一个可怕的加速度，当那个“极其悲惨的结局”即将到来，或者已经到来之际，再动手应付，为时晚矣。

叶志平并不指望自己是最幸运的那个人，学校中全是学生，个个都是家长的心肝宝贝，出了事，他怕跟家长没有办法交代。

后来他说，如果那时我不知道，情有可原；如果我知道却不排危，这不是昧良心吗？

叶志平想过，干脆拆掉那座可能惹麻烦的楼，重建！但是，对于一个农村初中，重建一栋楼，要花 100 万元，那简直是天价！

1998年，叶志平发现楼的楼板缝中填的不是水泥，而是水泥纸袋、破布条、烂竹片和草绳，从楼板缝里可以直视下面的班级。他气坏了，找正规建筑公司，重新浇注楼板，老老实实地灌注了混凝土。

楼道的栏杆也到了必须要修的程度，30多米长的砖栏杆，一个瘦小的女老师，轻松地就能把它从垂直推成向外倾斜，偏离原中心45度角。

一次意外坚定了他整修栏杆的决心。那天，几名学生在三楼栏杆处聊天。一个男生背靠栏杆，谈笑间往后一仰，身体便飞了出来。吓得楼下的叶志平一身冷汗，奔过去张开双臂等着接人。不料学生一扑腾，掉进了二楼楼道。

所幸孩子皮实，爬起来拍拍灰，啥事也没有。

叶志平又去向县教育局要钱。

教育局的领导其实对桑枣中学非常关爱，无奈，教育局的维修经费太少，全安县一年只有17万元，安县可是有300多个小学，几十所中学啊。

所以叶志平的钱不可能一次要到位，他只能一点一点要，要到一点，修一点，维修工期一拖就是几年。

走进教育局长的办公室，局长假装虎起脸，“你又来找我要钱！”

叶志平赔笑：“哪能啊，我是专门来找您汇报工作的。”

“汇报什么工作？”

“学校楼房的栏杆真不行了……”

“这还不是来找我要钱？拿去，5万！”

1999年，叶志平又花钱，将沉重的砖栏杆拆掉，换上轻巧美观结实的钢管栏杆。接着，他又对这栋楼动了大手术，将整栋楼的22根承重柱子，按正规的要求，从37厘米直径的三七柱，重新灌水泥，加粗为50厘米以上的五零柱，他动手测量，每根柱子直径加粗了15厘米。

别人数落他，叶志平不听。只有他心里清楚，原来所谓的三七柱，是假柱子，根本不是混凝土的，是砖搭成的。

1996年至2004年寒暑假，学校从没停止过修修补补、敲敲打打，不是修教室、宿舍、操场，就是改造食堂、道路、排水沟。

老师们有意见。

谁不缺钱啊，一栋十几万盖的楼，光维修花了43万！有那么多钱，发点奖金给老师们花不好？

当时，校长叶志平每个月也只挣300多元。

桑枣中学整天像是个工地，有的老师话带讥讽：“咱们干脆办个建筑公司得了！”

叶志平对老师可是会黑脸，他说：“乱讲！”

教学楼光维修施工三年，叶志平监工三年。混凝土施工多是半夜灌注，一到半夜，叶志平就像夜游神一样，戴上安全帽，穿着雨靴，跑到工地去，看着工人灌注，工人不睡，他也不睡。

学校施工其实雇了监理，他说，我是监理的监理。

三年，叶志平学会了看施工图。

给学校干活的施工队，全部在县监察室监督下竞标、中标。给叶志平送礼的一律不给面子；想跟他耍滑头的，全被他收拾得服服帖帖。

叶志平说，给我一两条烟，我可能会拿上抽了，给我钱，竞标资格马上取消。

他开玩笑，我的“一世英名”不能毁在这个钱上。

叶志平任校长以来，总共盖起4栋楼。每栋楼修建时，他经常在工地上转悠。见他总是乐呵呵的，施工队就会做些小动作。

有一次，叶志平发现沙子含泥量太重，立即让公司来人解决。大中午，叶志平在太阳底下等了两个小时，他们也没来人。叶志平火了，立即拉闸停电，不让他们干了。

实际上，叶志平的思维和很多人的思维，都是从“万一”出发的。叶志平会想：万一出事呢？我怎么交代！

很多人会想：哪里会那么巧！那么多人呢，怎么会轮到我头上？万一不出事呢？花那么多钱，人家怎么说我？

两个万一，用词一样，但结果谬以千里。

我们天天讲责任，但许多时候，一些人往往在纸上写责任，在嘴上讲责任，在会上喊责任，却不能把责任落到实处。

但无论是谁都没有想到，汶川地震，成为这栋被维修后危楼的检验员！

桑枣中学所在地，距离北川县城车程36公里，直线距离只有20多公里。汶川地震，安县灾情严重程度超过都江堰市，位居极重灾区之列。桑枣镇所在位置，为九烈度到十烈度之间，破坏力相当于七级以上的地震。

那座让叶志平修了又修的实验教学楼，粗粗的承重柱被震断了两根，但是，却没有塌。

建筑范式与桑枣中学相同的一些学校，因为外置的沉重的砖栏杆，地震时倒下来砸死学生的，不是一两例。桑枣中学因为早早地拆除了砖栏杆，没有发生这样的悲剧。

桑枣中学的几座楼上，都布满了X形的、地震带来的剪力裂纹，有的楼掉了一角，或者楼梯间垮掉了，楼上掉下的砖块遍地都是，却没有彻底倒塌。

地震时，那座修了又修的楼，上面坐着桑枣中学马上要参加中考的，全安县最优秀的700多名学生和他们的老师。

叶志平最宝贝的那些显微镜，整个柜子翻倒在地，没有一架显微镜幸免，全都砸烂了。

还有那些崭新的电脑，电脑室被震波掀了房顶子，连摔带震后的大雨浇入，几乎一台都没有保留下来。

桑枣中学师生无一伤亡。

一位调进桑枣中学不久的男老师震后捂着脸大哭："我在这所学校工作，实在太幸福了！"

他以前的学校，在地震中坍塌了。

8. 预案的反思

预案是干什么的？从事救援工作的一位专家解释什么叫预案时说，人员，被培训后，再加上装备，把训练好的应急程序写在纸上，叫作预案。

预案，是为了用的。但是，各式各样漂亮的预案，哪一个是实用的？有多大的比例不是为了"演出"给领导看的？

民政部救灾司原司长王振耀，经常外出参加一些学校减灾的演习活动。学生们像演戏一样，在领导面前穿梭而过。

王振耀是个实在人，下到场地里就问学生："知道火灾来了怎么跑吗?"

学生摇头："不知道。"

"那知道该往哪儿跑吗?"

学生依然摇头。

王振耀叹气啊，这样的演习有什么用!

曾在美国学习过一段时间的王振耀举例，咱们的消防演习是上来给人讲灭火器原理，美国的消防演习是由消防队员带着，告诉大家着火时怎么用湿毛巾捂着嘴爬出火场，也手把手告诉孩子们，灭火器怎么打开，再怎么向火苗喷去……

当王振耀上小学的儿子回到家，向父母演示如何在火场逃生时，王振耀太感慨了！中国的防灾教育，中国人的防灾意识，差距绝不是一星半点!

国家不是没有要求。根据国家减灾委与教育部、民政部联合下发的《关于加强学校减灾工作的若干意见》，"十一五"末，全国学校减灾应急预案制定率达到100%；建立有关部门与学校的信息共享机制，建立预警预报信息通报制度；建立健全学校减灾信息采集报告制度，全国100%的学校设有灾情信息员；将减灾知识纳入学校教育内容，采取学校课程教育、远程教育等多种形式，使学校减灾知识普及率达到70%，灾害高风险区学校减灾知识普及率达到90%以上。

可是，所有的预案，如果不够实用，那又有什么用途呢?

绵阳下属的北川、安县几个县，都是汶川地震的极重灾区。市卫生局的人说，"非典"之后，按照上级要求，他们也准备了各类应急预案。地震发生后发现，这些预案大都对困难估计不足，根本没想到通信、交通同时中断，根本没有想到大批伤员一下子涌到医院，而医院又受到破坏该怎么办。

所以灾难真正来临，"该乱还是乱"。

在地震中，桑枣中学的预案，和它早于地震开展的演习，成为众人瞩目的焦点。

有人说，无一伤亡的桑枣中学是偶然幸运，但偶然的幸运，都有它必然的原因。

地震那天，叶志平与总务主任，去绵阳买粮食。平时，学校只买2吨，只有那天，因为粮价不稳，叶志平说，买5吨吧——冥冥中竟为大灾储存了足够多的粮食。粮食装车，到最后一袋子时，大地震来了。

叶志平站不住，与总务主任面对面抱着，边上的一个女同志，膝盖跪地，手撑着地，被震出去老远。

第一波地震过后，叶志平连那最后一袋子米都不要了，开车就往学校跑。越往桑枣镇走，叶志平越害怕，房子塌得越来越多，到了安县县城附近，叶志平发现地面裂了个长达几公里的大口子，裂隙周围，房子几乎无一幸免。

电话完全打不通。

总务主任一路唠叨，完了，那栋楼肯定完蛋了。叶志平一直不说话，但是听了总务主任那句话，气得回头骂："你个乌鸦嘴!"

桑枣中学门前是一条小街，小街每周末会被来接学生的家长和车辆堵塞。地震后，它又一次堵塞了，被垮塌的房子堵住了。

叶志平跑！他胖，挺着个将军肚，一路呼哧带喘地向学校跑！

远远看到学校了，别的校领导在门口迎叶志平："学生没事，老师没事!"

叶志平问："一个都没事?"

老师回答："一个都没事!"

叶志平说："各年级再点一遍!"

叶志平冲进学校，看到学生们都站在操场上，被围在里圈，老师们站在外圈。

老师们再次报告："2000多个孩子都在，一个都没有伤。"

这回，叶志平腿软得站不住了，他手把着操场的标杆，想挪腿，却挪不动，嘴里只是来回重复一句话："好，干得好!"

55岁的男人，眼泪落了下来。

他一把一把地抹着脸上的泪水："晚上发啤酒，一个老师一瓶。"

一位地震时碰巧在操场上的老师下意识计时，全校师生跑到操场站好，用时1分36秒。

孩子们在操场上站定的同时，楼顶的防盗网被震得凌空而降，砖头瓦块散落一地。

孩子们是在两次地震波之间，按照平时演习的方式跑下来的。事后，有人用敬仰的目光望着叶志平，“您真有先见之明，头几年就预见到会地震。”

叶志平哭笑不得，我哪里有那么能掐会算？谁会想到有地震？我是按照消防演习的！

桑枣中学是一个场地非常狭窄的学校，很挤。2000多个孩子，根本不能一起下课，更要分时吃饭，不能一起冲进食堂。

越挤，叶志平越怕出事。

尤其是一栋女生宿舍，本来只能住900多人，加床住到了1000多人。女娃娃胆小，哪怕有调皮孩子装神弄鬼喊一下，孩子们都可能被吓得乱跑。那栋楼只有一个门，叶志平很怕出现踩踏事故。

2004年，叶志平到上海参加华东师范大学的培训班，回去后下定决心要做紧急疏散演习。

最开始不顺利，有老师觉得多此一举，2000多个学生，在岗的教学人员只有70多人，课程本来就多，这不是没事找事嘛！

学生要不就嘻嘻哈哈当游戏耍，要不就躲进宿舍不肯配合。

第一次演习，十几分钟，才把全校人聚拢。

叶志平很执拗，他坚持。

每个班的疏散路线都是固定的，学校早已规划好。两个班疏散时合用一个楼梯，每班必须排成单行。下楼时，一队学生围着楼梯，另一队沿着墙边往下跑——为了防止有烟雾看不清。

每个班级疏散到操场上的位置也是固定的，每次都站在自己的地方，不会错，也避免了学生找不到自己的班，便于老师清点数目。

教室里面一般是9列8行，前4行从前门撤离，后4行从后门撤离，每列走哪条通道，事先已经明确。

孩子们事先还被告知的有，在2楼、3楼教室里的学生要跑得快些，以免堵塞逃生通道；在4楼、5楼的学生要跑得慢些，否则会在楼道中造成人流积压。

学校紧急疏散时，叶志平让人计时，不比速度，只讲评各班级存在的问题。有时一个演习要搞两遍，跑下来一次，讲讲问题，再让孩子们跑一遍。

演习是按照消防预案进行的。自从第一次预案出现后，每做一次演习，桑枣中学的预案就做一次调整。

地震之前，桑枣中学的预案刚刚调整到最新版，2008年3月版本。

预案有让上级看的成分，但是，叶志平和学校老师自己知道，哪一部分预案是实用的。比如那些规定哪一个班的学生从哪个楼梯撤退的部分。比如遇到紧急情况后，学校老师分成哪几个组，每个组由哪些人组成，各个组的职责是做什么的。

为了让大家记住自己的职责是什么，叶志平曾拿着预案提问，抢险组有谁？

下面坐的老师中，有几双手高高举起来。

汶川地震后，民政部、国家减灾委等单位，曾悄悄地进入桑枣中学，他们要看看桑枣中学这件事是不是真的！如果是真的话，这个叫叶志平的校长，在灾难未曾到来之时，一手抓硬件，也就是危房改造，一手抓软件疏散演习，实在太难得了！

他们不明白，为什么城里信息发达的地方都没有确立的防灾意识，却在中国西部一个偏僻的农村中学确立了起来？

叶志平回答，我是给别的学校出过的事吓的！

学校的孩子多，经常有千奇百怪的事发生。

学校安排老师夜里值班，叶志平发现一个住在下铺的学生，偷偷溜出去了。为了糊弄值班的老师，孩子把被窝隆起，弄成有人躺着的模样。

叶志平刚刚发现学生溜号，那个学生的上铺铺板，突然平平地砸了下来，狠狠地砸在了学生可能躺的位置。

他第一次破天荒地表扬了偷偷溜出去的学生。

从此，桑枣中学开学前，老师都增加了一项检查，用手使劲摇晃床，看床是否结实，检查过后，老师要签字。

寄宿学校为了节约空间，都用上下铺。桑枣中学有一项特别的规定，睡在上铺的学生，整理床铺时，必须背靠墙壁……

上铺的孩子从床上摔下来，哪一个学校没有出过这样的事？

一切经验都是从教训中得来的！

区别在于，有些人从教训中汲取了经验，有的人则把教训当成是八卦，议论一阵，教训就在大风中烟消云散。

2008 年春节前，广州市公安局为广州火车站广场滞留旅客 6 万人、9 万人及 9 万人以上，分别制定了三级应急处置工作措施。

原来想，这样的预案也就可以了。这个火车站以往一天最高客流量 19 万人，再多，还能多于这个数字吗？

让他们没有想到的是，他们每天面对的，是几倍于这个数字的客流！

而且，是对好意阻拦的警察充满了气愤的客流！

是不明真相，也得不到真实信息的客流！

是淋着雨挨着饿，在露天中一站就是几天的客流！

几十万人的潮水退去后，新中国成立以来，中国警察史上从未出现过的，甚至无处学习的经验和教训，都摆在他们面前。

广州市公安局局长吴沙有一个特别的体会是，我们缺乏重大灾难应急机制！虽然各方配合，动员了 60 万人退掉了火车票，但这次应对，是多方努力，也是老天眷顾，依当时的情景，出事是必然的，不出事才是偶然的！

没喘气，广州市公安局会同其他部门立即调整了今后的预案，将一级预案的最高滞留客流，直接提到了 39 万人，而且设定了如果客流超过额定人数的情景应该如何处理。

“当铁路中断超过 48 小时以上，滞留旅客人数达到 39 万人（一级应急预案的可容纳人数），市政府将有关情况报告省政府，并会同铁路部门宣布铁路受阻信息，铁路部门有序组织旅客办理退票手续，劝返回务工地。由省交通厅通知珠三角各市暂停开往广州方向的公路客运班车。”

有了这个预案，再有巨大客流滞留，也不应该再出现广州火车站 2008 年春节期间沉默了几天的大喇叭！

有一次夜里，学校里也是叶志平值班，突然发现女生楼一楼的一间宿舍往外冒烟。几个老师飞起一脚把门踹开，把女孩子们拎了出来。

原来是蜡烛倒在了蚊帐上，孩子们手足无措，不知如何灭火。

还有一次，叶志平在一个学生床下，发现了一箱雷管，原来是学生家长拿来暂存的。

天下竟有这样没脑子的家长！

演习通常安排在期中考试后，5 月 12 日是星期一，刚刚结束了期中考试的桑枣中学，本来打算就在那一周搞一次演习。

演习没有搞成，大地震的实战来了。

叶志平对老师的站位都有要求。要求老师在下课后、课间操、午饭晚饭，放晚自习和紧急疏散时——都是教学楼中人流量最大的时候，站在各层的楼梯拐弯处。

地震当天，学校的政教处主任黄显兵，就是在楼梯口，一把把一个已经单腿跪倒在地的女孩子，揪了起来。

地震毕竟不同于演习，叶志平过后提起，会有些不好意思地说，孩子们还是有点慌。跑到楼下后，有的学生吓得抱在一起大哭。哭过后，就有一群群灰头土脸，泥血交加，刚刚从废墟中爬出来的家长们，直愣愣地冲到桑枣中学，不管不顾地冲进去，找到自己的孩子，抱住放声大哭。

灾难啊，无法描述的灾难！

一位美籍华人作家听说了桑枣中学的事，给叶志平写信：

“这个奇迹是您在触目可及的腐败和豆腐渣工程海洋中，凭借校长的责任和普通人的良心，默默地、坚韧地创造的。虽不能抗拒物欲横流、腐败遍地的建筑业歪风，您仍不随波逐流，恪守校长职责，甚至肩负起建筑业的责任。

……

苍天有眼，您‘虽千万人吾往矣’的气概，恪尽校长职责，坚持清理豆腐渣工程的作风，是大丈夫的作为。由于您的仁慈，700 多名年轻生命安然无恙的奇迹，是中国‘悯生悲死’的不朽，是道成肉身般的复活。您的人道主义、关怀生命、身体力行、不随波逐流的精神和作风，是灾后重建和中国一切救赎最宝贵的道义源泉。”

震后，桑枣中学复课。叶志平走上讲台，面对着全校完好无损的学生，哭得说不出话来。一个学生跑上讲台，当众为他们的校长，被网民们称作“史上最牛校长”的叶志平擦去了眼泪。然后，学生的掌声，如雷一样滚过，让叶志平根本开不了口讲话！

社会同样热捧桑枣中学。这个本身教学质量就十分优异的学校，原本招生就不愁，但一般招生也得一周或十天才能招满。

汶川地震后，桑枣中学招生爆棚！初中一年级本来想招 8 个班，一天时间，全部爆满。叶志平手中的领导条子都应付不过来。

再扩招，又满！

管招生的副校长被家长们追得到处乱躲。谁不愿意把自己的孩子放在既安全，教学质量又好的学校呢？

9. 用了 32 年的铁锹

中国，是自然灾害最为频繁和影响深重的国家。

汶川地震前半年，中国地震局发布了《国家防震减灾规划（2006～2020年）》。

规划说，中国是世界上地震活动最强烈和地震灾害最严重的国家之一。中国占全球陆地面积的 7%，但 20 世纪全球大陆 35% 的 7.0 级以上地震发生在中国；20 世纪全球因地震死亡 120 万人，中国占 59 万人，居各国之首。中国大陆大部分地区位于地震烈度Ⅵ度以上区域；50% 的国土面积位于Ⅶ度以上的地震高烈度区域，包括 23 个省会城市和 2/3 的百万人口以上的大城市……

历史上一次死亡几十万人的地震，在中国多次发生。有关部门做过这样一个统计，在上一个世纪，全世界因地震死亡人数是 120 万人，中国占了 59 万人。

如果从 1900 年到 2008 年为止，108 年内，中国地震在全世界的死亡人数占 1/3，中国因地震死亡人数比位于第二位、第三位、第四位的印尼、伊朗、日本三国的总和还要多！

中国地震的特点是：频度高、强度大、分布广、震源浅，灾害损失严重。

其他类型的灾难，在中国也多有发生。

《中华人民共和国突发事件应对法》规定，突发事件，是指突然发生，造成或者可能造成严重社会危害，需要采取应急处置措施予以应对的自然灾害、事故灾难、公共卫生事件和社会安全事件。

中国的2008年，经历了南方冰雪灾害、3·14打砸抢事件、手足口疫情、汶川大地震、问题奶粉事件、山西溃坝事件……这些事件分别涵盖了自然灾害、事故灾害、公共卫生事件和社会安全事件几种类型。

数据显示，中国每年因自然灾害、事故灾害和社会安全事件等突发事件造成的人员伤亡逾百万，经济损失高达6500亿元，占中国GDP的6%。

但是，谁又敢拍着胸膛说，作为世界上被灾难危害最为严重的国家之一，我们有着一流，不，哪怕是二流的防灾装备?

谁敢这样说呢?

反而，作为一个在历史长河中挣扎了5000多年的民族，一个经常面对灾难的民族和一块经常承受灾难的大地，我们好像对灾难司空见惯，也对防灾麻木不仁。

国际防灾界曾经有一个“怪圈理论”：地震造成损失惨重，震后人们积极预防，但地震“重复发生周期”要比人们“耐心等待时间”长得多；这样，人们的预防逐渐松懈开来，待到地震再次来临，已又回到“无准备”状态，再次造成惨重损失。

其实，无防备的灾难所造成的损失，要比人们为防备所支付的成本，高得多!

成立于2001年的中国国际救援队，是中国最好的救援队，它的成立，一波三折。

最初，很多人甚至觉得成立这个队，要有救援和医疗几个部分，只花钱，却不太必要，以至于准备设立它的医疗队时，北京市的很多大医院不愿意应答。

武警总医院具备超前的眼光，积极要求，将这个医疗队建设在自己的医院中。这个医院的一部分大夫护士，无灾时在医院正常工作，有灾时随时出动救灾，从此，中国的灾难救援医学，有了新的里程碑。

自中国国际救援队成立后，共参加了国内外 10 次大型灾难救援，其中包括发生在 2005 年的印尼海啸、汶川地震等。

到了汶川地震时，没有人再说救援队有无必要存在的话了，大家翘首以待，盼望着它的到来。

事实证明，专业的救援队伍、消防队伍，其救援理念，其技术水平，其装备，是一般的救灾队伍无法相比的。

中国国际救援队装备了一批国际上先进的救援设备，其中六大设备堪称王牌：

光学声波探测仪，又称“蛇眼”，是利用光反射来进行生命探测的。仪器前面有细小的探头，可深入极微小的缝隙探测，类似于摄像仪器。救援队员将探头放入需要探测的地方后，探头可 360 度旋转，而救援队员利用观察器就可以把探头探测到的地方看得清清楚楚。

声波探测仪，利用声音的震动搜救遇难者，仪器的灵敏度非常高，只要幸存者发出微小的声音，声波探测仪都可以探测到。所以即使是被埋在瓦砾中的遇险者已经不能说话，但只要用手指轻轻敲击，发出微弱的声响，声波探测仪都能够及时捕捉到。

红外线探测仪，夜晚照明不足是影响救援工作及时展开的一个重要因素，为了赢得更多的救援时间，科学家充分利用红外线的反射，在黑暗中靠温度来探测事故现场中还有没有生命存在。

液压钳，紧急救援队员们随身携带的液压钳体积也不过普通钳子大小，但是由于应用了液压原理，一把液压钳却能把倒塌房屋中纵横交错的钢筋一根根剪断，为营救工作抢得宝贵时间。

救援队员们还随身带有月球灯，两个月球灯就能够照亮一个足球场那么大的地方。

在紧急救援队员随身携带的工具袋中，有一只不过 1 米见方的气袋，但它的威力却可以把楼板抬起、将钢筋顶弯。由于救援工作一般作业空间都比较狭小，因而所有营救工具都很小巧。这个小小的气袋能够顶起 68 吨的重物！

以往救援队员们对夹在两层楼板之间的遇险者无从下手营救，现在可以用气袋将楼板顶开，将受伤者营救出来。

云南省救援队，在汶川地震时，显示出了过人的救灾理念。内行的人说，云南省救援队在北川搜救过程中，搜完一片区域，就在这片区域的明显处画上一个圆圈，在圆圈内打叉，还写着：此处已由我队搜过，没有幸存者。另外，标上时间和自己的队伍名称。不能小看这个圆圈，这是以自己的队伍名誉担保，此处已无生命迹象，后来的队伍，不用再费力了。

一个圆圈，节省了多少时间！

唐山大地震，距今 32 年。这个城市直下型地震，一下子从我们身边，带走了 24 万人的生命。地震 5 天后的 8 月 1 日，《人民日报》第三版右下角刊出与唐山地震有关的第一张照片：人民解放军某部特等功臣、二级战斗英雄徐恒禄率领部队指战员迅速奔赴唐山市，投入抗震救灾斗争。

据统计，《人民日报》从唐山地震发生的 7 月 28 日，到当年的 12 月 31 日的 150 多天里，刊登唐山地震有关的新华社播发照片和本报记者、通讯员照片共 83 张。没有一张灾情照片反映当时唐山的惨状，无论是新华社还是《人民日报》。

曾经历过唐山地震的报道者们说，因为当年的政治形势和抗震报道指导思想，报道大大地违背了灾难新闻的规律，加上记者在当时历史阶段本身认识的局限，使摄影纪录灾情和保留历史这两个显著功能都没有发挥到位。唐山灾情的记录及后来的展示明显不足。

在众多憾事中，有一些照片也可以引起今天我们的注意。在当年《人民日报》发出的 3 张救援大军奔赴灾区的图片中，可以看到，当年急跑着冲进唐山的救灾部队，是徒手进军的。至多，手里拿个铁锹。

曾经历过唐山地震的人说，当时没有工具，部队看着沉重的楼板，只好用手扒。大型机械是震后十天左右才开进唐山的，机械进入的时间，对于救人，已经太晚。

后来他们发现，除了大型机械外，最有用的工具，不是铁锹，那家伙用两下就秃了，而是那些从废墟上扒出来的钢筋，救人者把它们集成一束，做成了耙子，手持这种耙子，一下一下，可以扒开砖头瓦块。

32 年过去，在汶川地震中，大部分救人者用的还是铁锹和手。

汶川地震后的救灾帐篷。

我国的救灾帐篷，一千多元一顶；国外进口的，四五千元一顶。单从价格比较，我国的帐篷有绝对优势。但是，我们的帐篷，外面温度35度，里面40度，只能暂蔽风雨；国外的帐篷，防大雨，防晒保温，考虑到了功能的舒适。

今夕的中国，早已翻天覆地。而中国最根本的防灾用品，还停留在几十年前的水平。中国的人均GDP 2008年已超过3000美元，但救灾水平，还停留在1000美元以下。

汶川地震后6天，邻国日本向我们捐赠了50台血液透析机。同是地震多发国家，我们为什么没有想到呢——震后挤压综合征的大量伤员，面临肾衰竭的危险，对血液透析机和相关医护人员的需求陡然上升。在这批血液透析机到来之前，成都各医院，面对的是来自灾区的大量需透析人员和在旁边落泪的医护人员，他们忙得几天几夜不能睡觉……没有会操作的人，设备也不够！直到日本的透析机到达成都的同时，卫生部才反应过来，急令北京各医院组织血透人员奔赴灾区。

再推后22个小时，由北京25家医院40名血透护士组成的第五批医疗队，到达了灾区，这是一批全部由血透人员组成的医疗队。时间，已是震后第七天。

能把卫星发射上天的中国，防灾装备这根本该粗粗的弦，为什么这样细呢？

汶川地震后，最让防灾减灾人员称道的，是来自德国红十字会的野战医院。

德国红十字会此次运往中国的是一所处于世界领先水平的移动医院。运抵灾区后，就可马上边搭建边使用，待全部功能展开后，它具有相当于中国县城医院的规模。它设有1个门诊部和8个诊疗室及住院部，有手术室、产房、急诊室、放射室、化验室、实验室和药房等，一般医院所应有的内科、外科、儿科和妇产科的功能它都具有。这所医院由25顶帐篷组成，每个帐篷的面积为30到50平方米不等，它能提供120张住院床位，可同时接纳120名住院患者，并可向总计25万受灾群众提供医疗服务。

为了能尽快向灾区人民提供医疗服务，德国还同时派来了一支包括医护人员、技术保障人员在内的10多名有经验的专家组成的救援队。

在机场，装进机舱的不仅有医院的各种手术设备、药品、帐篷，而且还有3

辆野营车、一台发电机，消毒洗衣机、水处理设备和冰箱等。

在极端的条件下，跟随这所医院的人员可以在无水、无电和无给养、无外援的条件下坚持两个星期。

安装一座这样的野战医院，只需要不到3天的时间。所有的东西都装在箱子里，箱子分为不同颜色：绿色代表门诊部，红色代表住院部，黄色代表手术室。不同颜色的箱子按特定顺序堆在一起，只需要依照顺序打开安装。

这个野战医院设备齐全，它有门诊室、手术室、产房、药品储藏室等，其电力全部由一部携带而来的发电机提供。

帐篷分为两层，隔热防雨，防阳光辐射，帐篷里的每张床头都对着一个窗户，病人可以决定是否打开。

手术室是一个充气帐篷，内部高压，保证外部空气中的不洁物不会进入；一共有50~60个小型简易马桶，病人使用后，马桶会自动将排泄物粉碎，导入一个塑料袋，统一送到环卫部门处理。

X光室帐篷，与其他帐篷保持较远距离，其X光机的辐射在3米之内就衰减，不会对远距离的人造成伤害。

看着野战医院的帐篷，难道不明白，自己应该学习点什么吗？

对于李宗浩来讲，心灵上最不能承受的是，唐山地震时，他见到了大批的截瘫病人。其实，他们中的很多人完全可以不截瘫的。如果抢救及时，现场抢救得当，不需要更高深的技术，只要懂得怎样把伤员放在平整的木板上，尽量不要移动，相当一部分截瘫可以避免发生。但是在当时的情况下，那个时候，尤其“文化大革命”的时候，知识也没有普及，很多病人因为救护不当而终生辗转床榻。

在随后的30多年中，李宗浩成为中国救援医学的创始人。他写了一本《第一目击者——一个急救医生的手记》，里面就提到了这些截瘫病人惊人的平静。汶川地震，没有到现场救援的李宗浩，在电视上看到了救人的情景，这个扳着肩膀，那个拖着腿。

李宗浩几乎喊了出来，怎么回事？

三十多年过去了，救援时的场景还与当年的唐山几无差别！

10. 高风险的城市

美国东部时间2003年8月14日下午4点左右，一场北美有史以来最严重的停电事故，造成美国东北部和加拿大部分地区大面积停电。包括纽约在内的两国许多重要大城市均未能幸免。大停电不仅给美国经济造成了每天高达300亿美元的损失，还严重影响了5000万人的正常生活。

这是现代社会所独有的灾难，它的袭击目标是人类社会生活的核心地区——城市。

像这样的大面积断电，在美国历史上还从来没有过。经历了这次大停电的纽约市民说："感觉这次大停电比'9·11'似乎还要可怕。"

2001年9月11日，对于纽约人来讲是个难忘的日子。这天，纽约的标志性建筑——世贸中心大楼被恐怖分子摧毁，从这天起，"9·11"成为纽约人心中永远的痛。也正是从这天开始，纽约市政府开始进行长期的反恐袭击后的应急演习。因此，在离上次袭击仅差不到1个月就两年的时候，这些演习终于派上了用场。

在大停电中，纽约市911紧急事务电话系统和311便民电话系统，在救援行动过程中始终保持畅通，纽约市警察、消防和卫生部门在两天的时间里对15万个求救电话做出了回应。

纽约市14日晚发生了60起严重火灾，800次电梯救援行动，911紧急求救电话接警8万次，急诊医疗服务也接到了创纪录的5000次求助电话。

美国官方人士说，如果不是有关人员在近两年时间里，制定全面细致的应急计划为再次遭受恐怖袭击做准备，大停电事故造成的损害会大得多。在纽约，警方曾就如何疏散困在地铁通道和高楼大厦里的人进行了几个月的训练。

巨大的灾害一旦在大城市发生，不仅受伤人员集中、抢救伤情复杂，还会顷刻间成为全球性新闻热点。

2008年7月2日，中考第一天。

在头一天，云南昆明气候已有极大异象。

7月1日晚间8时至7月2日早晨，昆明出现罕见的全区性的大到暴雨，暴雨在昆明城区的最大降水量达到113.6毫米。这场暴雨导致全市30多个片区发生严重的内涝淹水，多处交通受阻或中断。这是昆明市自1957年以来遭遇的第三次大暴雨。

许多通往学校的必经之路积水达1米多深。一些搭乘公交车的乘客，被大水逼上了高一些的公共汽车车顶，一些想开私家车的人，无奈地发现，自己的车已经完全淹没在水里，成了地道的“水车”。

在这种极端天气下，昆明市的中考如期举行。

大部分考生都是在瓢泼大雨里趟着几乎没到肩膀的水哭着走进考场的，有的考生甚至在游泳赴考过程中，把鞋都丢了。十四五岁的孩子们全身湿透，哆嗦着坐下，面对他们人生的第一次重大考试。

这么大的雨，为什么不启动应急预案？为什么不及时取消考试？

面对媒体的质疑，昆明市招生办不耐烦地回答说，应急预案其实有，但“光念一遍就需要40分钟”！

完全没有取消或者顺延考试的考虑，惯性的思维是，哪怕天上下刀子，也要保证考试的如期举行。

考试重要，难道孩子的生命不重要？

在美国，暴雨、雪灾、飓风等突发性天灾同样频繁，一旦这些灾害达到一定程度，有关方面会优先要求学校关闭，用最有效的方法通知家长和学生不要到学校来，已经到达学校的学生则由校方妥善监护。在加拿大，由于大多数国土处于高纬度，冬季漫长，冰雪灾害频发，一旦路面积雪、积冰，或能见度很低，有关方面同样会首先关闭学校。

没有任何道理可讲。只有六个字，就可以压过所有的声音：“生命高于一切！”

孩子们的生命更是需要无数的成年人小心地呵护。

其实，人的观念是可以更新，甚至改变的。

1988年云南澜沧—耿马地震发生时，一批地震专家最早进入极灾区，数天后回到县城。抗震救灾指挥部领导向他们询问灾情时，竟然回答：“不知道！”

理由是“我们的任务是跑烈度的（科学考察）”。

这样的回答令当时抗震救灾指挥部领导十分茫然。当时国家唯一的地震部门的认识很简单，将自己的任务只定位在“地震科研、监测预报”，没有“抢救生命第一”的意识。

但是，20年后，人们对生命价值的认识，早已今非昔比。

2006年，台风“碧利斯”就掀开了城市防涝软肋，福建、湖南、广东、浙江、广西等省、区的城市出现不同程度的内涝；2007年7月，一场特大暴雨使重庆主城区多处积涝，49个场镇进水受淹；北京、杭州、西安等城市也一度成为内涝频发的“名城”，略一下暴雨，原本显示城市气魄的立交桥下，顿成泽国……

原因其实并不复杂。城市发展的脚步越走越快，但城市防洪排涝的基础设施建设明显滞后，加之极端天气的不断骚扰，水患因此越来越难以避免。

2007年7月18日17时左右，山东省省会济南及其周边地区，天开了河。

简直是从天空中向下倒水一样。

降水过程历时时间短、雨量大，降水从18日下午5时开始到晚8时30分前后减弱，市区1小时最大降水量达151毫米，2小时最大降水量达167.5毫米，3小时最大降水量达180毫米，均是有气象记录以来的历史最高值。

根据事后山东省气象台提供的资料，当天下午15点，气象台发布了暴雨黄色预警信号；按照暴雨预警黄橙红三级标准，黄色代表“6小时降雨量将达50毫米以上”，是三级中危险程度最低的一级。但事实上，济南降水量超出预警量3倍。

缺乏排洪通道的雨水在市区中心聚集，道路成为汹涌的河流。整个城市濒临瘫痪状态。

事后，济南市民形容说，水流大的地方，汽车都是漂浮的，多少汽车都被没了顶的大水冲着走。

突如其来的暴雨造成济南低洼地区积水，部分地区受灾，大部分路段交通瘫痪，造成人员财产严重损失。根据济南市民政局事后公布的数字，暴雨共致38人死亡，6人失踪，171人受伤。

另一个极端的例子，是同在山东省的青岛。

青岛正式建置于1891年，作为一个现代城市出现，则是1897年德国强占胶州湾之后。

据相关资料记载，德国人对青岛的规划建设非常重视，它与德国规划任何一个新城市没有区别，这反映了当时西方先进的城市规划水平和城市建设标准。青岛老城区有发达的排水系统，据青岛当地人说，在那里是买不到雨靴的，因为无论多大的降雨，城区都没有积水。

在青岛基建工程施工过程中，施工人员挖出了百余年前德国殖民者铺设的混凝土和瓷砖混质的老式管道。最让人难以置信的是，这些管道虽然已经历了一百多年的雨水冲刷，但却一点瑕疵也没有，怎么也砸不烂，而多数新城区地下才使用了不到50年的管道却早已是千疮百孔。

青岛当地人带些夸张地描述，自己城市老城区的下水道，那是可以开进两辆吉普车的。

青岛的路边有很多污水井盖，青岛话叫“古力”，是从德语舶来的。近年来被盗的“古力”很多，但是有一种古力却没有一个丢失，这种古力的中心都有一个“K”或者“S”，是德国人100年前装的。由于选用钢材质地优良，开关设计巧妙，所以100年来丝毫无损。

与此相对比的是，青岛的新城区，下雨却可以出现积水。

为什么一百多年前，以刻板著名的德国人就可以对一个城市有如此超前的规划能力，而我们却没有？

我们对城市规划管理了解多少？

对可能发生在城市中的灾难，知道多少？

著名作家龙应台曾在一篇文章中写道：

“如果闭着眼睛让天方夜谭的神毯带你飞到一个陌生的国度，睁开眼后，你将如何分辨这是个发达国家，还是个所谓的发展中国家？”

她提到的一个办法是“最好来一场倾盆大雨，足足下它三小时”。

“如果你撑着伞溜达了一阵，发觉裤脚虽湿却不肮脏，交通虽慢却不堵塞，街道虽滑却不积水”，这大概就是个发达国家。

而“如果一场大雨使你全身泥泞，汽车轮子陷在路坑里，积水盈尺，店家的茶壶头梳漂到街心来，小孩在十字路口用锅子捞鱼”——这大概就是个发展中国家。因为，“它或许有钱建造高楼大厦，却还没有心力去发展下水道；高楼大厦看得见，下水道看不见，你要等一场大雨才看出真面目来。”

刻薄，却尖锐。

一个大中型城市的河道防汛最起码要按照不低于100年一遇的洪涝标准设防。各位地方政府管理者们，可以看一看自己辖地的河道防汛标准，或许连5年一遇都达不到。

上海市杨浦区现有防汛排水标准只有1年一遇，2007年8月5日发生在上海市的一场强降水，受灾较严重的杨浦区主要街道积水历时22小时全部排尽，该区主要小区积水历时38小时才全部排尽。

2001年12月7日。时值二十四节气中的“大雪”。

下午一场突如其来的小雪，使得道路湿滑，北京全城交通瘫痪。许多北京人第一次体会到回家的路这么难——坐车回家的人用的时间是平常的三四倍，还有更多的人只好走路回家，甚至有人从下午走到凌晨五点。

公安部一位官员转述说，那天站在北京市交通监控指挥中心的大屏幕前，几乎所有地段都在堵车，“就像火场一样，到处都是火，都不知道该从哪里救起。”

更多人形容当时北京成了一个大的停车场。

北京市最大的汽车救援公司“大陆汽车俱乐部”在下午4点以后接到的救援电话就比平时上升了150%，但是救援车和拖车与当时在市内行驶的车辆一样被堵在各条道路上。

在堵车的队伍中，一部分人的目的地是首体——田震的演唱会在那天举行。田震特别希望开演唱会的时候下点雪，“那样会增加一点情调”。结果这话被她言中了，她的第一场演唱会真的下雪了。

12·7雪后交通大堵塞，上了生动一课，一些问题也暴露出来，引人警醒。

“环路高架桥”是城市交通的主要框架，但不同的是北京冬天长、冰雪多，环路高架桥为主的设计已经成为北京大雪天的交通瓶颈。众多的汽车堵在环路的高架桥边，面前有相当坡度的高架桥，桥面冰亮得像镜面一样，汽车憋足劲儿吼着，就是冲不上桥去。

尽职尽责的交通警察把纸板和破棉絮塞在一辆车的轮胎下面，助了它一臂之力；然后，他小心地滑行，抽出纸板，又冲向另一辆车。

第二天，北京的立交桥上，净是为汽车防滑而丢下的大衣、坐垫等——冲上桥后，司机根本不敢停车去捡自己的东西，只要一停，他们就再也没办法启动。

造成中国首都全城从未有过的交通大瘫痪，罪魁祸首，不是暴雪，不是大雪，而是小雪，是连干旱的北京地皮都湿不了的一场小雪，只有1.8毫米厚。

这是一场让全世界都看了笑话的小雪。

北京的交通是以环路为中枢的。只要中枢神经瘫痪，环内的车出不去，环外的车进不来。有关方面在设计环路和高架桥时有否考虑到下雪天路面的防滑系数呢？这种以环路为主的交通架构，是不是遇见下雪天就束手无策？

冰雪灾害来临，南方一座城市持续断电，电话打不出去，一位地方官员借了中央媒体的手机，随时听候民政部的抗灾指导，借不到手机时，这位官员急得都快哭了。

科学家们分析，进入21世纪以来，城市群和大城市的风险大为增大。由气象灾害肇始的灾害链已经明显地转变为城市危机。

遭受高风险的城市名单，还在拉长：

2007年7月17日重庆市遭遇了强降水天气过程，死亡42人，失踪12人。

2007年3月4日起，辽宁地区下了罕见的暴风雪，阵风达6~7级，短时达8级。沈阳市区主要干道积雪都达到30厘米以上，个别地方达到了1米厚，宛如兴安岭的林海雪原一般。行走每一步都十分困难，体力消耗是往常步行的几倍，所有机动车都成了废铁，无法行进。两个并肩行走的孩子，忽然就找不到另一个了，原来，孩子摔了一跤，摔到雪堆里了。

据气象台称：本次暴雪是辽宁省自1951年以来最大的一次暴雪，所有交通航空客运高速公路全部封闭！

2008年8月25日，上海遭受百年一遇的强暴雨袭击，造成中心城区150多条（段）马路积水，超过1.1万户民居进水，徐家汇等地一度交通严重拥堵。

据上海市气象部门说，这次强暴雨，全市最高的小时降雨量超过117毫米，这是上海徐家汇气象观测站130多年以来的最高纪录。

31年前的1978年，中国的城市总量是181个，现在是666个。城市里的高层建筑越来越多，公共聚集场所越来越多，复杂的项目工程越来越多。因城市的特点，城市的灾害具有突发性、复杂性、多样性、连锁性，受灾对象的集中性，后果的严重性和放大性……

城市，成为现代人类最为脆弱的阿喀琉斯之踵。

11. 防与不防

20世纪以来，我国大陆发生的18次7.5级以上大震中，除了1976年的唐山大地震外，其余17次均发生在农村地区。9亿农民中，有三分之二以上居住在地震烈度6度以上区域；地震造成的死亡人员中近60%为农村人口。

广阔无垠的中国农村，是中国防灾链上最为柔弱的一环。近于完全不设防的状况，让其向天灾袒露了不堪一击的腹部。情况严重到几乎难以找到中国农村对自然灾害事前防范的材料。

只能从汶川地震后，那一片片几乎毁坏得看不出原形的废墟中，看到大量农村建筑的情况——用专门搞建筑人的话说，在震前，那真是想怎么盖就怎么盖，毫无防震设计，甚至于根本不考虑房屋的重心。

震后，那一排排拔地而起的新房中，建筑专家又看到了他们不愿意再看到的局面：没有任何设计，农民盖起的两层小楼中，楼前面的外立面，二楼奇怪地比一楼凸出一大块，盖好的房子，个个呈头重脚轻的状态。

一个被防灾界频频提出的概念，来到了人们面前——墨菲定律。

“墨菲定律”的大意是：如果有两种选择，其中一种选择将导致灾难性后果，则必定有人会做出这种选择。

这一定律是美国空军的一位工程师爱德华·墨菲上尉概括出来的。1949年，墨菲参加美国空军的一项实验：将16个火箭加速度计悬空装在接受试验者的上方。当时有两种方法可以将加速度计固定在支架上：一种是正确的方法；一种是导致灾难的错误方法。令人不可思议的是，竟然有人将16个加速度计全部装在错误的位置上。

于是，墨菲提出了被称为“定律”的著名论断。后来有人把它简化为“只要存在着出错的可能性，就一定会出错”。

在地震后，相当一部分灾区房子的建设中，又出错了。

2007年6月3日凌晨，云南普洱市宁洱县发生里氏6.4级地震。截至3日15时30分，地震已造成2人死亡，300余人受伤，受灾人数达18万之多。此次地震震源极浅，地震感强烈，城乡房屋受损严重，土木结构房屋墙体倒塌、损坏较多，砖混结构房屋普遍出现墙体开裂，有些承重柱出现了移位。受灾最重的是县城附近的农村。

对于这次地震，中国科学院院士陈运泰指出，除了地震发生在凌晨、城区人员相对比较密集、山区地震容易造成山体滑坡和泥石流等因素，“农村房屋抗震性能比较差也是原因之一”。

“农村房屋抗震性能比较差”是中国农村普遍存在的问题。防震减灾意识不高，抗震设防管理相对薄弱，缺乏科学合理的抗震设计，基础和地基不牢固，结构强度低，跨度大，稳定性差。建筑材料和材料配比达不到要求，施工工匠无资质或缺少相应知识，建筑质量差，建筑经费使用不合理，过分追求高大、气派、宽敞、明亮、舒适、豪华，不惜在内外装修上投资，却千方百计在结构上省钱等，都是导致地震时房屋严重受损的原因。

中国工程院院士、广州大学教授周福林说，只要每平方米造价增加100块钱，就会使得抗震能力有很大提升，这不能算是昂贵，关键时刻却是可以救命的。

周院士用浅显的道理说出了防震减灾知识，他说，国家建设部出台过《房屋建筑工程抗震设防管理规定》。这个规定主要依据所在地方的地震历史情况，测算出一个概率。还有就是根据地区所在的地下断层发生地震的危险性，结合当地的经济发展水平等因素综合考虑。像我国建筑普遍的抗震等级都在7度左右，而日本、美国要比我国高出20%到30%。

新中国成立后，一些重大建设项目需要地震资料。为改变地震工作基础极其薄弱的状况，1953 年底，科学院组织成立了中国科学院“地震工作委员会”。委员会由院内外有关专家 18 人组成，副院长李四光、竺可桢分别任正、副主任，下设历史、建筑、地质、地震四个组，分别由范文澜、梁思成、张文佑、李善邦负责。规定 7 度以上地区（即需要设防地区）的地震烈度由委员会讨论确定，提供国家计委作为决定设防度数的参考。

委员会成立后的工作，主要是供给 141 项企业所在地区的地震资料。但因历史文献上关于地震的记载过于简单，当时采用苏联的地震烈度表作为鉴定标准，难以参照。而产业部门及地方希望烈度定得低些，经常认为科学家定得偏高，故确定 7 度以上的地震烈度往往因争论不决而影响设计进度。

1954 年 5 月，中央批转国家计委关于地震烈度的报告，决定今后鉴定工作完全交由中国科学院负责，地震设防将直接根据烈度的鉴定来决定。

1954 年 8 月 21 日，院党组向中央报告，说明三年来地震工作情况，短期内不能解决缺乏科学资料的问题，科学院难以独立承担。因此建议，在党内由科学院张稼夫、文委范长江、计委张玺组成地震烈度审查小组，张稼夫任组长。凡烈度在 7 度以上，争论不下的，由审查小组讨论作出意志性决定，以科学院名义将地震烈度分发设计部门使用；聘请一个苏联地震专家组来指导工作；仍请由计委负责对地震鉴定的地区按照设计的要求，按轻重缓急排定次序，以便依次进行工作。

中国地震局兰州地震研究所原所长郭增建研究员说，根据前苏联专家的意见，汶川一带的基本地震烈度为 9 度，但建设部在 2002 年的规定确定为 7 度，7 度分为上、下，汶川和北川都属于 7 度下。

汶川地震震区大批建筑物倒塌的原因，问题非常可能出在基本烈度上。

以 7 度下的房屋设防标准，去应对 11 烈度的 8 级地震，无异于以卵击石。

一位建筑专家说，6 度区建筑抗 9 度地震烈度的房屋，也不过增加 15% 的资金。从 7 度到 9 度增加 10% 的资金。震区的建筑物每平方米施工资金是多少，是可以计算的。根据 10 年前建成的北川刘汉希望小学建筑成本每平方米为 400 元，目前材料涨价，就算每平方米 1000 元，增加 10%，也就是 100 元。刚好是周福林院士说的数额。

“防为上，救次之，戒为下”，源自荀子，意思是说，在不好的事情发生之前阻止是上策；不好的事情刚发生就阻止次之；不好的事情发生后再惩戒为下策。

新疆是多地震地区，当地原来的建筑与西亚地区差不多，是用泥块搭成的土坯房，非常不抗震。2004 年以来，中央政府、新疆维吾尔自治区党委和政府十分重视震区人民的住房质量，决定实施城乡抗震安居工程。该工程的目标是对地震多发、易发地区的民房进行彻底改造和建设，提高抗震设防标准，消除地震灾害隐患。

抗震安居工程实施五年来，中央政府和新疆累计投资 321 亿元，新建和改造城乡抗震安居房 152.2 万户，其中农村占大多数，共有 691 万民众迁入新居，占 2004 年抗震普查鉴定危房的七成。在较为贫困的南疆三个地州，近 60 多万贫困户彻底告别了世世代代居住土坯房的历史。

新疆的做法几乎是立竿见影，因为抗震房修建的时间长，在这过程中发生地震，修好的抗震房没有受灾，而没有修的土坯房倒塌了。

仅举几例：2005 年 2 月 15 日新疆乌什 6.2 级地震，2475 户抗震安居房，2007 年 7 月 20 日新疆特克斯 5.7 级地震，9330 户抗震安居房，2008 年 3 月 21 日新疆于田 7.3 级地震，30790 户抗震安居房无一受损。

在物质上是否对灾难设防，在精神上是否对灾难设防，在灾难到来之际，可能迎来截然不同的结果。

广西柳州市是全国少数民族自治区第一座百亿城，社会发展综合指数居全国第 18 位，并跨入我国 24 个小康城市行列。

柳州是广西最大的工业城市，已形成了以汽车和工程机械为主体的机电工业，以钢铁和有色金属为主体的冶金工业，以糖、烟、造纸、牙膏为主的轻工业支柱产业以及以出口为导向的纺织、建材、化工等门类齐全，基础雄厚，结构合理的工业体系。

但在 1996 年以前，柳州市是一个不设防城市，当年 7 月 19 日起，柳江支流融江流域暴雨，19 日最高水位达 92.43 米，超出警戒水位 10.93 米，市区 197 条街道中有196条被淹，受灾企业1000多家，1万多台设备被洪水浸泡，直接经济损失97.1亿元。洪水过后，柳州市吸取教训，加强设防，在1998年特大洪涝灾害中损失减少了。

减灾投资也属于政府投资的基础性和公益性项目。据我国著名灾难学家高建国测算，减灾项目的投入产出效率大约在1比10以上。这对于减少社会风险，安定人民生活生产，具有特别重大的作用。

广东省深圳市罗湖区在建区的初期，专家们发现，由于该区地势低洼，一下暴雨，全市的积水都会流入该区，造成渍水。他们建议，如果先花费1000多万元，将罗湖区的地面垫高1米，就可以免受损失。可惜的是，当时的领导没有听取专家的建议。结果1993年两场暴雨就损失了13亿元。

罗湖区吸取教训，加大投入，为了消除涝渍灾害，扩大了排涝设施。2008年6月发生大暴雨，深圳市其他地区积涝成灾，唯罗湖区排涝及时而无恙。

汶川地震半年后，十一届全国人大常委会第六次会议2008年12月27日下午，表决通过了修订后的《中华人民共和国防震减灾法》，修订后的防震减灾法首次明确农村民居抗震设防要求，国家对需要抗震设防的农村村民住宅和乡村公共设施将给予必要的支持。

亡羊补牢，未为晚也。

但是，每个中国人的脑子里，都应该想一想，作为一个自然灾害极多的国家，中国的民众，为什么那么缺乏灾难意识？难道中国的百姓们忘性那么大，对灾难的记忆力那么差吗？

灾难从来不是只发生在邻居家！

我们还应该问问政府相关部门，为什么做了多年的减灾宣传，民众脑子里没有灾难随时可能发生的概念，防灾宣传还只是停留在发材料发宣传品的水平？

防灾，不能只看印在小传单上的防灾知识，那是要动手干的！

12. 从抗灾到避险的微妙转变

中国的抗灾史，似乎可以从两次台风中找到些许轨迹。

1969年7月28日，强台风正面袭击广东汕头牛田洋，470名部队官兵和83名大学生在这场强台风中死亡。

身处沿海的人都知道强台风是一个什么概念。

热带风暴是热带气旋的最低等级，然后依强度依次递增为：强热带风暴，台风，强台风。

热带气旋在全球很多热带海域都有发生，但西北太平洋是全球热带气旋发生次数最多的海域。一些强度最强、尺度最大的台风往往发生在这个海域。台风在西北太平洋上形成后，从北半球向西北方向移动。我国正处在西北太平洋的西北方，成为台风经常光顾的地方。

每年的5月至11月，台风都有可能在我国登陆，登陆期限之长也居世界首位。受害最大的当属东南沿海的广东、台湾、海南、福建等省。沿海的其他省区也都受到台风袭击，就连内陆也逃不出台风的手心。我国大多数的内陆省份也都受到过台风暴雨和洪水的侵袭。例如，1975年的3号台风，8月份在福建登陆后深入内陆，滞留不消，在河南降下一场特大暴雨，24小时降水量达1062毫米，三天降雨量达1605毫米。

50毫米的降水量即为暴雨级别！

终于，中原的水库再也承受不住老天这样的疯狂降水，河南省驻马店地区板桥、石漫滩两座大型水库，竹沟、田岗两座中型水库，58座小型水库在短短数小时内相继垮坝溃决。

大水的水头达到40多米高，它席卷了一座县城，河南省有29个县市、1700万亩农田被淹，其中1100万亩农田受到毁灭性的灾害，1100万人受灾，超过2.6万人死难。

纵贯中国南北的京广线被冲毁102公里，中断行车18天。

就在汶川地震发生的前10天，强热带风暴“纳尔吉斯”5月2日在缅甸伊洛瓦底省海基岛附近登陆。风暴登陆时最大风速每小时超过190公里。

强热带风暴的正面袭击，从我们的近邻，带走了近13万条生命。

而牛田洋面对的，是高两个等级的强台风，那是一次风力强达18级的最高等级风暴。

据《汕头大事记》载：

1969年7月28日上午10时半，第三号强台风在本区沿海登陆。台风中心登陆时，汕头、澄海、潮阳、南澳等县，平均风力在12级以上。

这次台风正值大潮期，风、潮、雨交加，汕头市区海潮急剧上涨，全市受浸，水深2.3米，郊区及各县地势较低的地方水深4米左右。强台风造成公路交通瘫痪，通信联络全部中断。

为保护这片新垦的土地，当时驻守牛田洋生产基地的部队官兵与在该基地锻炼实践的2183名大学生，参加了抗击强台风和暴风潮的战斗，共抢救遇险群众3700多人，动员帮助6400多名群众安全转移，而部队和大学生在抢救海堤和人民群众的生命财产中，有470名官兵和83名大学生献出了宝贵的生命。

据统计，汕头受浸水稻42万亩，其他作物45万亩；崩塌民房141025间，仓库、工厂3502间；崩决堤围316540米。全区死亡894人，水里到处浮着尸体。

在强台风中不撤退，本身就是一个极大的冒险，况且是迎着台风而上。

据当时的幸存者描述，在强大海潮冲击下，海堤已被冲出多处缺口，扔下去堵缺口的大沙包大石头被轻飘飘地冲走。“人在大堤在，誓与大堤共存亡!”又一次在耳边响起，解放军抱着大沙包大石头跳下去了，大学生也跟着跳下去了，他们手挽着手，筑起了一道道人墙，就像黄继光用胸膛堵住敌人碉堡的枪口一样，欲用身体堵住大堤缺口！可是一切都是徒劳的，在强大的狂风、海潮中，他们像稻草一样被卷走了！

……

有的人还穿着那一身橄榄绿的军装，衣服扣得十分整齐，而大多数尸体上只着背心和裤衩，那是抢险突击队的队员们。尸体中有的三个五个手挽着手，扳都扳不开。最多的有八个战士手挽着手，怎么也扳不开。最后收尸的时候，只好动用了钳子。

这次强台风是汕头新中国成立后强度最大、持续时间最长、波及面最广、危害性最大的一次。

40年过去了，如今的牛田洋早已不是农场，而是海产养殖基地。见证那段“战天斗地”历史的，是静静竖在小山包上的一座“七·二八不朽烈士”纪念碑和永存人们心中的感慨。

那是人类以血肉之躯抵抗大自然的极端的例子。虽然大批官兵、学生在台风海潮中牺牲，虽然牛田洋军垦基地未得保全，但他们“人在大堤在”的豪迈精神，在当时仍得到了“北有珍宝岛，南有牛田洋”的赞誉。

今天看来，那种与台风以生命相搏的行动，实在太值得人们反思了。

1994 年 17 号台风，在温州市瑞安梅头镇登陆，台风登陆时近中心最大瞬时风速 55 米/秒，又正值农历七月十五大潮，形成了狂风、暴雨、大潮三碰头。

自然界三个最可怕的灾难叠加在一起！

温州、台州降雨都在 200 毫米以上，其中乐清市砩头站日降雨 620 毫米。温州机场候机厅被海水浸没，进水近两米深，被迫停航半个多月。全省死亡 1239 人，直接经济损失 131.5 亿元。

台风登陆地附近沿海海浪普遍高出海岸 2～3 米，局部地段拍岸浪高达 12 米，离温州市区不远的瓯江口浪高达 10 米，为有记录以来闻所未闻。1700 多艘船只被巨浪打沉，千吨渔船像小纸船一样，被大浪抛进海塘。紧接着，潮水暴涨。

在台风登陆前后的几个小时里，温州沿海所有区县的一线海塘几乎全线崩溃，二线海塘决口无数，三线海塘也不同程度进水。海水势不可当地涌入，温州市百余公里的海岸线纵深 1 公里内尽成泽国，潮水和洪水淹没了一切可以淹没的东西，陆地上看不到平原的踪迹。

无异于一场海啸袭击！

1994 年的 17 号台风，无疑是历次台风中影响最为深远的一次，自那时开始，温州乃至全国，从政府到普通百姓，抗台防台的理念和方式都发生了转折性的改变。

从 1994 年 17 号台风以后，每当可能发生正面袭击温州的台风，温州市委市政府首先发出的命令就是撤离人员。

1994 年之前关于台风的宣传和文件中，抢险救灾这个词出现最多。现在的文件着重强调的，却是应急避险。

这个变化，意味深长。

这一变化，是血的代价换来的。

9417号台风当天，20多名指挥部工作人员和100多名工人留驻现场，准备随时抗台抢险。然而，等待他们的却是生死惊魂。

工作人员开着一辆七座面包车到海塘边巡视，一个个巨浪打过来，居然一巴掌把车顶压塌，直贴到驾驶员头上。

根本谈不上什么抢险了，只有拼命撤退，所有人都撤到离堤坝1.2公里处的一间3层楼里。但是，晚上9点半左右，房子下方却已是汪洋——决堤了！

门板什么的都被拿出来了，只想着万一房子倒了，怎么保住人的性命！

以前台风期间，往往要求领导干部到最危险的第一线指挥，要求各方组织人力保护国家财产，要求老百姓做好准备保家护产。但9417号台风却给这些看似积极的“主动出击”路线一个沉重打击：瑞安市某镇两名副科级干部死于前线，许多留守滩涂的养殖户被海水吞噬……

有些在当地打工的外地农民工，不知台风的厉害，跑到海堤上去观看台风到来时的盛况。结果，尸体都无处寻找。

只有承认天灾的力量，才能正确地应对。

人，才是第一位的。从“抢险”到“避险”的演变过程，也正是“以人为本”理念觉醒和应用的过程。

总是处于抗灾最前哨的民政部，每年都组织演练。有一年，他们在黄河周围组织了黄河决口灾害演练。

黄河，是一条多么桀骜不驯的河！

它是中华民族的母亲河。然而，这个母亲河，却是脾气暴躁的母亲，它善淤、善决、善徙，是一条喜欢在中国的腹地任性打滚的河流。

黄河，才真正是中华民族爱不够、恨不够的河流，它哺育了这个民族，却又是这个民族真正的心腹之患。

三年两决口，百年一改道，从先秦到民国，它老人家决口了1593次！

每年它要搬11亿吨泥沙到黄河入海口，就是它从手指头缝漏下来的泥沙，每年都可将黄河的河床抬高若干，到现在，黄河的河床，比河南新乡市高出14米多，它甚至骄傲地超过了河南开封市高高的铁塔尖！

如果它有一天冲破了河床……

面对它的，是一马平川的，没有任何东西可以阻挡的中原大地。

花园口那次惨痛的决口，河南、江苏赤地千里，89 万人亡命于洪水之中。

连想也不敢想！

就是最为太平的年景，国家也从来不敢对黄河丧失警惕。民政部的演练便由此而来。

让人万万没有想到的是，这次演练变成了真正的实战！正当当地百姓拖家带口转移时，渭河——黄河的支流，大洪峰到来了！

眼见着自己的家园一片泽国，百姓们不干了。尽管他们没有任何人员伤亡，但还是围住了民政部救灾司的王振耀司长不让走，让他给个说法。还有的村民要求赶快回去抢救自己的财产。

王振耀也急了，说，人最重要！如果有人想抢救自己的财产，出了事，他自己负责！

村民们还是讲理的。男人们先低下头，默默地散开了。

过去 10 年中，我国经历了洪水、台风、“非典”、雪灾、地震等重大自然和疾病灾害，中国政府举全国之力，应对灾害的能力世界第一，调集救灾物资的能力强，但发动民众防灾的意识弱。

中华民众迫切需要建立的是防灾文化。汶川地震是一场让中国痛入骨髓的巨灾。灾难不可挽回，但如果灾难让我们有了深刻的防灾减灾意识，让我们这个民族面对灾难时更聪明了，这才是不幸中的万幸。

建立防灾文化，在中国，不是一件容易做到的事。

汶川地震前，一次对湖南省小学生、中学生、大学生、在职人员和退休老人等五类社会群体约 400 人的调查显示，面对 20 余种灾害和我们日常生活中的突发事件，27.6% 的人有所了解，46.0% 的人对应急方法和措施了解十分有限，26.6% 的人根本不了解；47.6% 的人认为自己面对突发情况无法实施自我逃生，100% 的被调查者都认为“应该加强对公众普及应急预案和应急自救知识”。

汶川地震发生后，华南师范大学编辑出版系“媒介市场调查”课程的师生们，随即组织了“关于大学城学生预防重大灾害意识的调查”。

这项调查采用“概率与规模成比例”的抽样方法，以问卷调查的方式对广州大学城 10 所高校的 200 名大学生进行了调查，有效回收问卷 194 份。

调查结果表明：43% 的大学生表示不知道灭火器的使用方法；48% 的大学

生表示平时在商场等公共场合并不会留意安全出口在哪里，即多数大学生在发生火灾等紧急灾害事件时不懂得如何正确逃生；41%的大学生表示不了解居住地常见的重大灾害；58%的大学生未听说过“心理创伤干预”一说；31%的大学生表示疟疾不是地震后常见的流行性疾病。这反映了大学生的防灾知识相当缺乏。

调查表明，汶川大地震并没有成为大学生们学习防灾知识的一个重要契机，震后“还没去学”防灾知识的大学生高达55%；而在汶川大地震发生前，从未学习过防灾知识的大学生则有41%。这表明，即使在汶川大地震之后，仍有相当大比例的大学生不曾知道任何的防灾知识。

大学生，中国社会中文化层次最高、知识积淀最丰厚的群体。

这一情况很快得到了印证。

2008年11月14日，上海商学院宿舍失火。4个在宿舍中的女孩子，穿着睡衣，躲在阳台上尖叫，大火从房间中逼出，最后，女孩儿们逐一从六楼阳台上跳下，摔死在校园中。

她们的阳台隔壁，一墙之隔，就是另一间宿舍。那间宿舍的6个女同学眼见失火，曾试图伸过竹竿，搭救邻居。

阳台的隔墙略有向外突出，但绝不是没有可能跨过，特别是在隔壁有人接应，自己这方又是4人之众，两边还有床单被褥可做援手。

缺乏防灾理念的例子，层出不穷，屡见不鲜。

只就铁路而言，中国公路与铁路的平交道口大概有14000个，由于机动车与火车抢行，或者车况不好，在铁路上趴窝，导致道口事故屡屡发生。

2008年1月23日，施工人员在规定时间前强行砸锁进入有动车组运行的铁路，在时速200公里的铁路线上活动，造成18人死亡，9人受伤。

四川成都到达县的一列货运列车，拉着石油钻井设备。托运的这方没有绑扎好，铁路部门也没有严格验收，运行过程中，一个采油用的磕头机臂甩了出来，超过车帮1.8米，离地50多厘米。由于没能及时发现，在铁路运行21公里的区间，除去打坏了一系列铁路设施设备外，连续打死了23人！

23个人，都是把铁路当成纳凉的地方了，他们分别躺在桥梁处乘凉。本来他们都躺着，火车一过来，大家好奇，一定要坐起来看看火车拉的是个啥东西，这一坐起来的高度，正是50多厘米的高度……

处理事故的人员说，惨，太惨了！

向国务院领导汇报这场事故后，闪淳昌刚要走，国务院领导又把他叫了回来：老闪老闪，你去找找广电总局和文化部，你看我们好多电影、电视剧，男女一谈恋爱就到铁轨上去散步，这个导向不好啊。

13. 他山之石

中国是饱受灾难折磨的国家之一，但却不是面对灾难的唯一国家。

1989年12月，第44届联合国大会经济及社会理事会指定每年10月的第二个星期三为国际减轻自然灾害日，每年确定一个主题进行宣传。

据资料提供，地处板块分界处的日本，经历过不计其数的大小地震，惨痛的教训让日本政府和国民不断反思并总结经验，通过提高房屋、道路、桥梁等建筑的抗震标准等手段来提高抗震能力。同时，可供地震灾害发生时使用的应急用品也得到大量研究和开发。这些应急用品大体上可划分为食品、生活用品和自救工具等三大类。

应急食品主要有：开罐即可食用的大米粥、小豆糯米粥、兑水即可食用的被称为“万年饼”的压缩饼干、可直接食用的“大酱汤”、杂烩菜及其他各类速食蔬菜、保存期较长的饮用水等。这些应急食品和饮料大约有上百个种类，保质期大多在5年以上。

应急生活用品有：简易坐便器、男性便携小便袋并配有除臭剂和液体固化剂以及塑料袋等附件。此外，还有防灾腰包、安全帽、头巾、防毒面具、便携报警器、应急灯、便携充电器、手电筒、防灾蜡烛、雨衣、简易帐篷、睡袋、灶具和炊具等一系列物品。

这些物品均很适合地震发生后的应急使用。

比如，简易坐便器包括5块树脂板一个坐便圈和若干塑料袋，组装方便快捷；防灾腰包上有反光带和ID卡，很容易让救援人员发现并确认身份；用便携式充电器充电一分钟可使手机连续通话30分钟或待机90分钟；警报器可连续鸣叫5分钟；防灾蜡烛能连续燃烧100个小时；防灾净水器能将雨水、洗澡水、河水等净化后直接饮用。

自救应急用具包括：小型便携灭火器、家庭防灾急救医药箱、救护用具（包括铁锤、铁锹、铁铲、铁镐、锯子、老虎钳等）、防水作业灯、防水鼓风机、小型发电机、梯子、简易消防输水管及管架、简易担架等。

由于日本地震、火山喷发、台风等自然灾害较多，所以日本国民防灾意识普遍都很强，家中大都储备有灾害应急用品。根据居住环境的不同，应急物品储备也各有侧重。居住在城市高层住宅中的人，由于地震发生后容易被困，因此家中几乎都储备有防灾应急用品和自救用具。而居住在单独小楼或小院中的居民，由于容易逃离现场，所以应急用品的储备侧重于简易帐篷、防灾衣物等。

日本家庭的防灾包放在门口的柜子里。防灾包里有手电筒、隔湿的坐垫、小收音机、外套、口哨、雨衣等，另外，把护照、存折等重要东西也都放在一个包里，家里储有可供三天的方便面、罐头等食品，一箱水、小的煤气灶及煤气罐6罐。

为什么要储备可供三天的食品，而不是更多或更少？

日本人解释说，三天后，救援就会来临了。

很多日本人在枕头下放一双厚袜子，以防地震后的破碎玻璃。

幼儿园、小学校每年开学要带两个罐头去做防灾食品，没用的话，第二年带回来，换新的带去。

日本人的住家家具也很有特色。日本人的卧室里几乎没有家具，被褥等都放在壁橱里，壁橱都是横拉门。横拉门除了能够节省空间之外，还有一个特点就是不会在地震时由于晃动而自动开启，从而使里面存放的东西滑出来造成人员伤害。

日本家庭里比较沉重的家具一般都尽量支到天花板，实在支不到的在上面加上一个可伸缩的撑脚，尽量和天花板成为一体，电视电脑用专用的东西粘上，避免地震时掉下或倒塌。

针对青少年的保护，夏天6点，冬天4点半，日本的小区里会广播，天要黑了，每一个好孩子都应该安全回家了。社区里到处贴着好孩子怎么应对诱惑，很多小店或者住户的外面，都贴着安全110的标记，孩子们都知道，遇到危险，可以到那里求助。

日本防灾理念的先进和深入人心，使得他们成为防灾意识最为明晰的民族，从他们到中国旅游，都可以看出来：他们一进宾馆，即刻察看宾馆的紧急出口，这一良好习惯，让日本客人在中国多次的宾馆火灾中，训练有素地全身而退。

而中国客人呢，入住后也会去察看，看哪一层有洗脚房，哪一层有按摩，卡拉 OK 的包房又在哪儿。

去年中国发生四川大地震以后，日本政府迅速普查了中小学校的校舍状况，对危房进行了大规模的检修。

如果细心观察，至少还可以看到日本以下的措施：

“防灾头巾”是学生入园入学必需用品，用于防止地震时硬物掉下时砸伤头部。厚度约一二厘米，里面装填了缓冲材料，式样好像一块长条毛巾对折之后缝住一条边，加上两条带子系在脖子下，下方呈裙摆形，护住肩膀。做工十分精细，内侧面有一个装了口罩的小口袋，带子是可调节的宽边松紧带，装在精致结实的外袋里，刚好套在儿童课椅的靠背上。每人一个，灾情发生时随时可用。

训练时，孩子们头戴防灾头巾迅速撤离教室，躲开危险物，来到空阔操场；家长们则准时轻装来校，接走孩子。学校操场上，各年级各班学生按顺序席地而坐，头戴防灾头巾，肩背书包。家长们在自己孩子班级队伍前面排队，依次上前，将学校早已发放的“接人卡片”（写着学生名字、接学生的人的名字、相互关系等）递交给班主任后，领孩子离校回家。

为了震后救灾，在所有中小学的楼顶上都写上校名，以便让空中救灾的飞机容易发现。

地铁所有紧急避难的指示灯都设置在 80 厘米左右的高度，因为震后一旦发生火灾，浓烟上升，形成密封状态，行人抬不起头，只能往前爬行，避难灯的设定高度非常重要。

公园的木椅子全部用水泥做土台，这样可以在紧急时当作灶台做饭。每一个小公园都有小厕所，小饮水龙头。国民平时被教育，如果遇到地震等灾难，城市中最安全的地方，是加油站和学校。司机在考驾驶证时就被告知，遇紧急情况，首先要靠边熄火停车，钥匙留在车上，以便移走。

高速公路上的指示牌上扎了很多小孔，为了防止逆光的时候无法辨别标记。

全是琐碎的考虑，有的人可能说，这些事情不大气，写不到预案中去。

但回头想想，我们写到预案中的体面措施，又有多少可以用在真正的灾难来临时？

联合国前秘书长安南曾从伦理和经济上陈述这一概念：“预防不仅比救助更人道，而且更廉价。”

1953 年，一个寒冷的夜晚，一场猛烈风暴让荷兰的老海防大堤和防波堤崩溃，海水大举涌入这个低地国家，造成 2000 人死亡，7 万人被疏散，4000 幢建筑被摧毁。城市和村庄变成充溢冰冷海水的湖泊，上面漂满奶牛的死尸。

从那以后，荷兰人明白，由于自己一半国土，包括阿姆斯特丹和鹿特丹，都位于海平面以下，大海可能会带来更恐怖的灾难。

在此后半个世纪里，荷兰花费 80 亿美元，建造了一条让全世界羡慕的海防体系，它现在叫作“德尔塔工程”，可以抵御万年一遇的风暴。

在这一体系中，荷兰人先是加高了海防大堤的高度，使之达到 40 英尺，约 14 米。同时，他们把岸边岛屿用大坝、防波堤和其他建筑连接起来，形成一条“进攻型防卫盾牌”，将易受攻击的海岸线长度减少了 400 英里（600 公里）。

一个名叫王悦的中国人，撰文介绍美国人的防灾意识：

有一次，百人礼堂座无虚席，正在召开一个年度会议，台上总经理正在讲话。突然，墙上的喇叭里传出尖利的警报，一个熟悉的声音说：“自然灾害预警演习开始，请大家到指定疏散地点集合……”

总经理立刻合上笔记本电脑，边往外走边说：“训练结束我们再接着谈。”开会的人也纷纷起身，井然有序地离开会场。我在美国工作了 4 年，每年公司都有两三次这样的预警演习。每次无论同事们正在干什么，大家都会放下手头的东西，自动到预定地点集合。对他们来说，有意不遵守规定，逃避演习是不可思议的。

我住在印第安纳州，当地龙卷风比较频繁，所以多数房子都有地下室。很多朋友都和我们一样，在地下室放一个小冰箱，接通自来水，这样即使被困在里面也能坚持很久。

之前我们曾住在佛罗里达州，那里飓风很多，我们当时租的房子没有地下室，主卧室的卫生间里也没有窗户。刚开始觉得特别不方便。后来房东告诉我们，盖房子时，是特意如此设计的。如果听到飓风警报，就躲进卫生间里，里面还装了一台小型汽油发电机，即使飓风刮断电线，也有备无患。我们住的社区每周五下午4点都有飓风警报测试，各个小区设的警报器同时拉响3次，目的是测试各处的器材是否好用，防止在关键时刻出现哑巴警报。

14. 巨灾时代已经来临?

巨灾，巨大的灾难，巨大到超乎人类想象。

近百年来部分巨灾事件包括：

1906年4月18日美国旧金山8.3级地震，死亡6万多人；1923年9月1日日本关东8.2级地震，死亡142807人；1939年1月24日智利南部边境7.8级地震，死亡2.8万人；1970年5月31日秘鲁钦博特7.8级地震，死亡66794人；1985年9月19日墨西哥西南太平洋海底8.1级地震，死亡3.5万人；1990年6月21日伊朗西北部里海沿岸7.3级地震，死亡5万人；2004年12月26日印度洋地震海啸，死亡20多万人。

此外，1927年4月美国密西西比河特大洪水，6.7万平方公里土地被淹，2000多人死亡，60多万人丧失家园；1937年印度加尔各答暴雨洪水，死亡30万人；1943～1944年孟加拉国暴雨洪水，死亡100多万人；1970年11月12日原东巴基斯坦台风风暴潮，30万人死亡；1971年越南暴雨洪水死亡10万人；1991年4月29日孟加拉台风，113.8万人死亡……

中国是世界上巨灾特别严重的国家。据历史灾情统计资料，自20世纪以来的100余年，中国各类自然灾害大约造成1250万人死亡（其中直接死亡约400万人，灾后饥荒、瘟疫等间接死亡约850万人），其中大约2/3即830万人死于巨灾事件，而且许多巨灾事件的伤害很大。例如：1920年12月16日宁夏海原8.5级地震，死亡20万人；1938年6月黄河花园口因人为轰炸决口，黄河泛滥9年之久，因水淹、饥荒等死亡89万人。

新中国成立以后，虽然抗灾减灾能力明显提高，但巨灾事件仍不断发生。据统计，1950到2008年，共发生巨灾事件13次，平均4到5年发生一次，巨灾事件共造成直接死亡45万人。巨灾事件发生次数约占同期世界的1/3，造成的人口死亡数量约占世界40%。

典型巨灾事件包括：1966年3月22日河北邢台7.2级地震、1970年1月5日云南通海7.7级地震、1976年7月28日河北唐山7.8级地震、1999年9月21日台湾南投7.6级地震、2008年5月12日四川汶川8.0级地震；1954年长江中下游和淮河流域特大洪水，1963年海河流域特大洪水，1975年淮河上游特大洪水，1991年长江、淮河特大洪水，1998年长江、松花江、珠江特大洪水；1994年9417号台风风暴潮、1997年9711号台风风暴潮等。

巨灾，这个不受欢迎的客人，从来都青睐中国。

在中国，巨灾的定义是，每次死亡5000人以上，直接经济损失100亿元（以1990年的价格标准）以上。符合其中一条，即成巨灾。

巨灾，发一处而动全身。

巨灾，是关系全局的重大灾害，是涉及国计民生的大事。

因此，必须有举国之策，使用举国之力。

1900年至2004年，中国巨灾发生55次，平均1.9年发生一次。

就是在中国首都北京，也未曾从巨灾中幸免。1976年，河北唐山7.8级地震，震中距北京只有100多公里之遥。唐山地震时，北京同样出现了房倒屋塌、百姓奔走于外避灾的局面。

被大家公认为“福地”的北京在历史上，曾经成为大地震的震中。

1679年9月2日（清康熙十八年七月二十八日），中国河北省北部燕山地震带发生大地震。这次地震是中国东部人口稠密地区影响广泛和损失惨重的知名历史地震之一，是北京附近历史上发生的最大地震。

这是一次典型的巨灾，震级估计为8级。据史书记载，以河北省三河县和北京市平谷县的灾情最重，震中烈度为11度，破坏面积纵长500千米，北京城内皇宫有多处损坏。

灾难专家们原本以为，中国巨灾的发展特点是：1950年至2004年期间，以1976年为明显分野，1950年至1976年，死亡人数巨大；1977年至2004年，直接经济损失巨大。

如果这个规律成立，就可以说明，中国通过几十年来的防灾减灾工作，自然灾害已从死亡人数为标志，转入以直接经济损失为标志。

汶川地震和南方冰雪灾害，打破了这个曾被认为已经成立的规律。

仅2008年1月，中国南方冰雪灾害，上千个亿的经济损失就接近了常年中灾难的直接经济损失。谁也没有想到，几个月后，更大的自然灾害发生了，这次自然灾害，不但带来了上万亿的经济损失，把冰雪灾害的损失远远抛在后面，而且，死亡人数超过常年平均的几十倍。

以上事实，是不是意味着中国的巨灾发生将进入一个转折点：1950年到1976年，死亡人数巨大，经济损失较小；1977年到2007年，死亡人数较小，直接经济损失巨大；2008年开始，死亡人数巨大，直接经济损失巨大。

一切皆是大自然设定的谜团。

如果第二种假设成立，结论只有一个：中国，进入了巨灾时代。不管我们愿不愿意。

2006年，教育部、公安部等10个部门制定了《中小学幼儿园安全管理办法》，其中要求学校应当每学期至少开展一次针对洪水、地震、火灾等灾害事故的紧急疏散演练，使师生掌握避险、逃生、自救的方法。这个以中华人民共和国教育部第23号令下发的政令，自当年9月1日起施行。实行的结果怎么样呢？

全中国有中小学校、幼儿园66万所，到汶川大地震前，按照要求每学期进行演习的一共有70所学校。

汶川大地震后，进行演习的学校有所增加，演习的学校到了一万多所。震后一个数字意味着从灾难中的警醒，但可惜，警醒的面太小，警醒的人太少，警醒的程度太低！

难道说，那么多人，甚至那么多孩子的鲜血，还不足以让活着的人警醒吗？

他们付出珍贵的生命和鲜血，不是只让我们流泪痛心之后就可以了事的！

2005年8月29日，卡特里娜飓风登陆美国两个州，数以万计的房屋被淹和数十万户家庭断电，1200多人因灾死亡。事后，美国对不利的救灾工作进行了反思，将需要改进的地方列出来，一共列了100多条。

中国具有一方有难、八方支援的优良传统，以及在灾难中越挫越勇的伟大精神，但是，我们却缺乏在灾难前预防的机制和意识，以及在灾难后及时反思的诚恳态度。

在中国更多的是，在灾难中稍微一缓过神来，立即转入单纯对伟大精神的歌唱之中。

而在一个又一个巨灾面前，甚至有些是重复发生的巨灾面前，仅有招展的伟大精神是不够的，需要的是伟大的精神加上科学的、老老实实的、注重每一个细节的工作，以及前瞻性的防范——哪怕是一点点防范呢，在巨灾发生时，都会像叶志平一样，得到出乎意料的回报。

巨灾，让我们的某些建设倒退了几十年，跌进了波浪前进的低谷；但至少，我们的认识，应该有螺旋式的上升，否则，巨灾的发生给人们的教训，便成了“狗熊掰棒子——掰一个丢一个”。

无论是自然灾害还是社会安全事件，无论是事故灾难还是公共卫生事件，巨灾可能从任何一个角度来袭。

人类大约平均每30年到50年就会发生一次新的大流感，现在距上一次暴发的1968年，已经40年有余，新的一波流感大流行的概率在增大。

对人类造成最大灾难的，不是原子弹，而是我们经常听说的流感。以上个世纪为例，1918年的西班牙大流感，全球死亡4000万人；1957年的亚洲大流感，全世界有400万人罹难；1968年的香港大流感，200万人死于非命。

人类高度警惕禽流感，就是生怕在感染者身体上将禽流感和人流感整合，形成一种新型病毒，那将是人类的一次灭顶之灾。

2001年发生在美国的“9・11”，是一次典型的由恐怖主义发动的巨灾，可以想见，恐怖主义绝不会就此罢手，杀死很多的人，让更多的人恐惧，一直是他们的宗旨。

……

巨灾之所以与普通灾害不同，就是因为国际上对巨灾的预测，仍处于束手无策的状态。

很多巨灾都发生在过去从来没有发生过巨灾的地方，它无影无踪，目前的科学技术，尚不能有效应对。唯一让我们了解的是，平时的救灾机制和体制、资源储备等，对于巨灾统统不适用。

它需要的是，人们更深层次的认识，更直接的防灾理念。

这是一切的“一”，也是“一”的一切。

后　记

汶川大地震后10天，四川一所偏僻中学的校长，站在他的操场上，用他千修百整，最后终于平安度过大地震的一栋教学楼，教育了我，让我知道了，什么叫作防患于未然。

他就是拙作中的主人公之一——叶志平。

在作为老师讲课时，每当我讲到灾难报道这一课时，总会从台下收集到一些不以为然的眼神。眼睛是会说话的，它们在说："至于那么怕死吗？"

死亡是人类的共同归宿，我们每个人都会踏上这条道路。但是，我们不能愚蠢地去死。我们不能茫然无措地面对灾难，我们不能身处种种灾难之中，却假装对灾难视而不见，假装它从来不曾发生。

一个善于反思的民族，才是真正值得敬佩的民族。我们需要的，是沉淀下来经验和认识，为亲人，为民族，也为这片亲爱的土地。

知我者谓我心忧。

假如读者从这篇报告文学中略微多了一点对灾难的认识，平时多注意了一下灭火器和逃生通道，那是一个作家，也是一位记者，在作品之外收获的最为欣慰的果子——为了这篇作品，我在北京最酷热的时候，拼命采访。身边掠过的，是高高兴兴地去观看奥运的人们。

谨以此文纪念汶川大地震一周年。那些走远的人儿，一年了，我们依然很想你们。

汉水大移民（节选）

■梅洁　鄂一民

编选按语：

因为非常复杂的历史和社会生态环境原因，华北、北京严重缺水。要解决这个对坚持和发展有根本性制约的难题，有高明者多少年前提出从南方调水到北方，这就有了“南水北调”工程的开展。正是因为需要调水，就有了这篇《汉水大移民》叙述的这些真实的人物和故事，有了许多许多可能永远无法闭合的伤痛。自然这其中不乏伟大、高尚、无私的国家精神，有故土难离和斤斤计较的算计与各种无奈，但不管是高尚还是无奈，记录下这些真实的情感和行为，就是珍贵的历史保存。

28万人曾经的疼痛与迁徙

1959年12月26日，经过十万筑坝大军的奋战，汉江丹江口工程截流合龙。三千里汉江在人们高呼“万岁”声中被拦腰截断了……

此后，汉水开始倒流。

有着辉煌文明的郧阳府城开始沉沦……

号称铁城的古均州城开始沉沦……

庞大的武当山脚下的古建筑群开始沉沦……

道教文化的瑰宝——壮丽的净乐宫、迎恩宫开始沉沦……

土地和森林开始沉沦……

房屋、码头、公路、邮电线路开始沉沦……

28万湖北库区移民开始了艰难的迁徙之路……

我的故乡湖北郧阳，自明成化十二年（1476）设抚治，便以都御史驻之，经楚、豫、陕、川四省边区，安抚地方，兼理军务。抚治成为长期设置之职，体制如同省之巡抚。它所管辖的范围在湖广境内计六十余州县，自清康熙十九年郧阳抚治裁撤，这个疆域辽阔的“郧阳”，抚治的历史长达205年。

而“府制”的郧阳呢？郧阳位于楚西北之边陲，毗连川、陕、豫，一向被称为“四塞奥区”。明成化十二年（1476）五月，朝廷纳柬，命左副都御史原杰以抚治荆襄等地。原杰到任后遂向朝廷拟议，奏请开拓郧县城置郧阳府。

1476年至中国帝制结束的1911年，郧阳府制达436年！

而从民国乃至1994年郧阳地区与十堰合并，郧阳作为地市级区划，虽变来变去，但它始终是鄂西北政治、经济和文化的中心。

但这个“中心”在丹江口水库蓄水的1968年，彻底沉没了！

古城因万年汉水而诞生，又因万年汉水而消失。从江底打捞上来的，永远是剪不断的乡思、乡愁。沉入江底的郧阳古城，已成为所有生于斯长于斯的人心灵深处永远无法抹去的伤痕。沉没是这座城市的宿命，而永远无法沉没的就是来自于无数心灵从江底打捞上来的绝唱。因沉没而从这座古城放逐的生命，无论他们日后走在怎样的路上，也无论他们栖居在哪一块地方，在他们回眸故乡的时候，郧阳始终成为一个若隐若现的远年标志，引渡着他们流浪的精神进行虔敬的皈依。这是超越宗教的一种神谕般的生命现象和生命力量。也许，这是一个特定地域的文化象征；也许，这是整个人类精神中最不会苍老的美丽。

从1958年9月，郧阳府城和均州古城开始拆迁，到1980年均县最后一批移民迁出，郧阳地区共动迁28万余人。

当一浪高于一浪的江水一步步逼近均州城和郧阳古城时，当无情的江水泛着白色泡沫汹涌而来，开始大片大片吞没土地、房屋、果树时，由机关干部、工人、农民、军人、红卫兵、红小兵组成的督促搬迁的工作队穿街走巷，日夜敲锣吆喝：“水进城了！快搬家哟！”红卫兵、红小兵们手拿广播筒，一边高喊口号，一边沿街刷大标语：“为革命搬迁有功！抗拒搬迁有罪！”有的工作队员身背长枪，手拿绳索，对那些死活不动窝的人实行“革命行动”。大街小巷，日夜传来劝说声、哭泣声、吆喝声……

也有不怕“革命行动”的，那就是一些上了年纪的人。他们认为自己已是黄土埋半截了，远迁是死，“革命”也是死，随你们的便吧。到头来，只好是一场“革命行动”了——用绳索捆绑起来，拖上船，强行搬迁。

人们携老扶幼、拖儿带女地走了！人们一步一回头地走了！

人们捧着故乡的泥土、揣着故乡的石头走了！

离开祖祖辈辈生息的土地，天涯海角，茫茫苍宇，何处是栖身之地？

湖北郧阳十几万人远迁至湖北京山、嘉鱼、武昌、汉阳、宜城、襄阳、枣阳、随县、沙市、南漳、沔阳。其余十几万人在本县后靠。在那个一切“以阶级斗争为纲”的年代，移民们被迫走上了异乡之路。由于生活的艰辛、劳作方式的不适应，以及当地人的“欺生”行为引发了种种矛盾，有的地方甚至发生武斗，至使原本思乡的移民开始成千上万地返迁，他们不顾一切地又回到了各自的故乡，哪怕是一路乞讨要饭。但他们在故乡已没有了一切：没有户口、没有房屋、没有土地，他们属于“黑人”。根据当时的政策，故乡的政府根本不可能收留他们，除了劝说、办学习班外，就是强行催撵。于是，他们撵了就跑，跑了又回来。他们成为一个庞大的游民群体。

由于返迁时他们的生活资料全部留在安置地，家底一片空虚。他们上无片瓦，下无立锥之地，返回后只好在河边、岸边、山边搭茅庵睡席片，库水上来了，他们就跑；库水下去了，他们就在江边消落的泥沙地上撒把种子，收多少算多少。在一些公路、码头边，返迁移民的庵棚长达数公里。

他们有的四处卖苦力，给建筑工地拉板车、淘沙、装卸、搞运输；有的四处捡破烂、捡垃圾、捡废弃物、捡烂菜。他们有的返迁早，在陡坡上开荒，半年收粮、半年乞讨。返迁晚的，无地可开垦，他们只好四季乞讨。再无办法的就男的去偷，女的去卖淫……

总之，他们宁可挨饿乞讨、宁可寒窑破棚也不返回安置区。

前些年，我在湖北郧县、丹江口市采访时获知，那里仅城区返迁的移民就多达2.8万余人！

在郧县的城边、江边、码头边以及柳陂镇的河口店村（后合并为大桥村）布满了移民的油毡房，当地人叫“棚棚区”。

我来到了棚棚区，城关镇党委书记雷正金陪我一起来到了返迁移民金元成家，金元成不在，其妻尚明慧向我们诉说着她家的不幸。他们原本是郧阳城郊菜园的菜农，菜园——那是一片富裕、美丽的土地，一望无边的、四季常青的蔬菜赋予了菜园人最殷实的日子，潺潺流淌的“棒槌河”边，女人们的歌声、笑声、杵衣声组成菜园区四季的美丽。

突然间，所有的富足、殷实、安稳与美好全打碎了！菜园区要沉没了！1969年10月，25岁的金元成、尚明慧夫妇带着一岁的女儿，舍下家里漂亮的三间大瓦房和一间偏房，随着所有菜园人的哭声、喊声上了机驳船，他们什么都没有带成，净身来到了湖北京山。京山还没有为移民盖好房子，他们一家三口被分配住在了生产队队长家，队长家六口人，他们在人家家里一挤三年，直到三年后，生产队才给他们盖房。世世代代种菜的人，到京山要种十几亩水田，劳作方式的改变使他们倍感辛苦，这还是其次。最大的艰难是年年插秧时抢水，他们是外乡人，是当地人眼中的“野人”，人家不给他们田里放水，他们也抢不上水。他们和田里的稻子一起吃尽了苦头。1989 年，在远迁 20 年后他们夫妻又带着四个儿女回到了故乡郧县，他们在异乡又生下了二女一男。

他们回来后，亲戚们帮他们在城边搭了一间油毡棚栖身。没有户口，没有土地，他们开始捡破烂维生。他们在河滩上种点粮食，水淹了颗粒无收，水不淹，他们就收点充饥、度荒。回来四年后即 1993 年，村里可怜他们一家住风雨不挡的破棚棚，给他们分了块宅基地，可他们没钱盖房，直到八年后的 2001 年，才盖起了两间干打垒墙的房子。

他们家徒四壁，除了几把破凳子和破床外，一无所有。在一间黑咕隆咚的、结了许多蜘蛛网的屋子里，躺着一个面黄肌瘦的青年，尚明慧说，那是她唯一的儿子，也是已经疯了四年的儿子。她说，儿子 15 岁时和他们一起从京山回来，儿子一心想念书，可没有户口不让上学，儿子念到六年级就失学了。为盖这两间房子，儿子和村里人打架，被抓到公安局关了 15 天，不知他在公安局受了什么惊吓和虐待，15 天回来后就疯了！那是四年前的事，那年儿子年轻力壮，才 26 岁。儿子疯后，整日不吃不喝，不会说话，白天黑夜乱跑。为找儿子，尚明慧摔断了一只胳膊……

我们进家时，这个瘦弱、枯槁的青年躺在床上，大夏天他盖着很厚的被子，他用手支撑着头，一言不发地望着我们。落满尘土的破桌上，摆着一碗米饭，上面盖着青菜，插着一双筷子，饭一动未动。这是母亲做的午饭，但已经四个小时过去了，母亲怎么劝他都不吃。我走近他，想和他说几句话，但人们迅速拉开我，说小心他打人。我心里很难过，一个英俊的青年就将这样了结他的一生……

与此同时，尚明慧的大女儿，那个原本诞生在富饶美丽的菜园区的女孩，那个离开故乡时才一岁的女孩，现在也疯了，常常一丝不挂地满街乱跑。她结过婚，后来又离了。现在，她住在母亲房子旁边的棚棚里。我们看了那个棚棚，真是墙倒屋通，房顶上的油毡已大面积残缺破损，露出光秃秃的、权当作椽子用的乱木片，我一阵心悸：这棚棚怎样栖身？尚明慧说，家里现在连买盐的钱都没有……

临走时，我和雷正金给尚明慧留下二百元钱，让她先去买一些油盐。尚明慧接过钱，“哇”一声大哭起来，接着，“扑通”就给我们跪了下来，我一边扶她起来，一边泪流不止。

对于如此的灾难性贫困，我无力相助，心里很疼，很疼……

雷正金又领我来到城关东岭瓦楞巷朱桂兰家，朱桂兰的丈夫在2003年时已经去世，她说，丈夫是气死的。

朱桂兰一家原住郧阳府城钟鼓楼旁边，那是古城最繁华的地界，耸入云天的鼓楼、乐声不断的汉剧院、吆喝声此起彼伏的菜市，还有药铺、绸布庄、百货店……作为化工厂职工的朱桂兰，与在公安局工作的丈夫以及三个儿女，过着平静的生活。然而，突然在一个夜间，大水从城东门涌了进来，家里的木盆漂起来了，板凳漂起来了，城里人开始逃难……

1968年9月，朱桂兰一家6口移民到了嘉鱼县簰舟湾。他们挤住在一个牛圈里，两年后村里才按每人8平方米给盖了房子，这是国家规定的住房面积。没有从事过农业活计的朱桂兰劳动一天生产队只给记7分，给丈夫记8分。下去那年，生产队失火，十几堆黄豆没打粒就烧得一干二净，家大口阔又挣不上工分的他们分不到粮食，孩子们饿得夜里去生产队地里偷腊菜根吃。后来把家里唯一的两只木柜押给生产队，才给分了80斤粮食。孩子们的奶奶就在那年饿死了。

朱桂兰的丈夫王克军在郧县时，曾因一个冤案在监狱里关了4年零7个月，1979年平反后他们一家搬到了簰舟镇，全家也恢复了非农业户口。但当地人还是把他们看成“劳改犯”。

王克军曾数次回郧县落实4年多冤案的补偿，但都毫无结果。1998年，在他们离开故乡30年后，王克军又一次回来，给他的答复是：补偿没有，但可以全家迁回郧县城。

终于可以回故乡了，他们毫不迟疑地回来了，带着6个儿女回来了。他们回来的第三天，震惊中外的长江“98 大洪水”翻堤了，簰舟湾被冲成一展平地。他们的房子、土地上的庄稼走时还没来得及处理，也被冲得一干二净。后来，国家给簰舟湾灾民进行补贴，但没有给他们分文，因为发水三天前他们的户口已经办回郧县。王克军去找簰舟镇怎么说也没有用！

监狱冤案的补偿没有找回，簰舟湾的洪水损失没有找回，王克军一病不起。2003 年，71 岁的王克军死在郧城边租来的、仅有 10 平方米的破屋里。当年，一个 34 岁的青年带着妻儿老小离乡，又过了 37 年，一个白发苍苍、病入膏肓的老人，一无所有地离世，唯一换回的是他的尸骨可以埋在故乡的土地……

用怎样的文字能够说清库区移民一生的辛酸？

用怎样的心情去理解一个原本可以创造、但最终一无所有的生命？

在郧城中岭的棚棚区里，我们还看到从汉阳返迁回来的王荣，三十几岁的王荣已经疯癫，男人已离她而去，母亲已过世。疯人王荣穿条裤衩、上身裹着纱布、脸上涂着红色，在屋里自言自语，我们从她门口走过时，她望着我们说：“生吃啊！”

她的门口、屋内成堆的苍蝇乱飞……

还有 12 岁的王洪涛，十年前随父母、奶奶从京山回来，作为游民的父亲因偷盗、打架被判了十年刑，母亲已不知去向，小洪涛靠奶奶捡破烂维生。雷正金告诉我，小洪涛已上小学三年级，学杂费全免。这是所有不幸中的一幸。

雷正金还说，郧县城返迁一万多人，政府现在采取三种救济办法。一是纳入城市低保，每人每月领一百元救济款，这类人员占百分之二十；二是帮助发展个体经济，比如搞小吃、卖服装、做馍馍、拉板车等，这类人员占百分之五十；还剩百分之三十是“三捡”人员，即捡破烂、捡江边消落地、捡废弃物，这类人员现在还有三千多人。在这类人员中还有“三多”，即离婚的多、疯傻的多、“劳改”的多。

现在，我们再来听郧县农业银行职工余国富的自述——

我爱人和孩子当时都是移民。我看过《蹉跎岁月》，但一点也不动感情，因为我们的经历写出来比那还动人。我爱人是老城十字街金家巷的人，参加工作就搞教育。1962 年精简，简到她头上，回家了。1969 年丹江水漫上来，淹了老城，要移民远迁，也有她的份。她和两个孩子迁到了嘉鱼县的钟畈大队，肚子里还怀着老三，那时，我还在郧县大柳营业所工作，每月 52 元工资，养活 4 个人，每月都欠一屁股账。

妻住的那地方是湖区，抬脚就要下水。她不服水土，天天生病。烧柴不是上山，而是下湖，下到齐腰深的湖里去割湖草，一捆一捆扛上岸。每下一次湖，起来都难受得要死，她受不了。在那陌生地她生了孩子，自己生，自己接，自己养，没人照料，孩子 7 天后死去。

1968 年 7 月下去，到 11 月他们娘儿几个就偷偷跑回来，一路上风餐露宿，逃荒一样。老城已一片汪洋，新城也没有落脚点，只有逃到大柳，住在营业所。那时单位只给职工一个单间，无法住，钱也不够花。第二年年初，天还下着大雪，她跟附近大队的干部好说歹说，答应给一个磨坊供她们母子住。由于太远，他们在那里住了几个月就搬走了。而新居也是同样挡不住雪霜，遮不住风雨。后来，在大柳区领导的帮助下，离所 5 里的地方又租了一间草房，这算是比较好的，10 平方米。他们母子住进去，在地上打了桩，用竹棍子拴了一张床，坐上去吱吱响，砌了灶，房里都满了。床连锅、锅连床，案板架在锅台上。队上干部去看望我们，一坐竹床就压垮了。下起雨，草房漏，虽是躲在屋里，也要打伞戴帽等天晴。就是这样还是住不稳，城里乡里四处清查，凡是迁往他乡的人都得回去。到处都在追、撵、送或通过组织做工作，非走不行。我是党员，这也得带头。1972 年 3 月，他们母子把被子一卷，又返嘉鱼，无奈啊！

回嘉鱼六个月后，她又拉扯着两个娃子，背着包袱，离开了那里。她不敢回家，只得悄悄住她娘家。到了第二年夏天，他们母子准备回郧县找我，连日奔波，在丹江轮船码头上等船睡着了，被小偷偷了个一干二净，回不来了，他们母子在码头上抱头大哭。正好遇到几个好心的郧阳船工，知道原委后，带他们回到了郧县……

财办知道情况后，解决了三丈布票，支行解决了五十块钱，做了几件布衣服总算有了换洗的，这就是那时的家当了。城里没点儿落脚，只得又到大柳营业所，我只得再去找房子……我一生搬了 11 次家。妻子写了几十次申请，厚厚的一叠，希望组织批准他们回来，夫妻孩子在一起，什么可怜的词都用完了，还是不能解决问题，我气不过把它们一把火烧了。

妻子在大柳住下来，我又去给大队说好话，请队上给点口粮，同意后，她就去从事她完全陌生的沉重的农活：上山砍柴、扒红薯沟、点苞谷、挑大粪……

1979 年 12 月 30 日我调到支行来，情况有些好转。第二年夏天，为解决生活问题，我的老二进城在基建工地搬砖，暑天中午炎热，他累了、热了，跳进水库去浸一浸，谁知一下去就没起来。那年他 16 岁。牛高马大的，穿 42 码的球鞋，打捞起来，买了一副棺材，装得满满的。

组织上照顾 380 元钱，300 元棺材钱直到 1983 年才还完……

一个家庭有一个家庭的悲剧，一百个家庭有一百个家庭的不幸，一万个家庭有一万个家庭的眼泪……

我无法将 28 万移民和返迁移民的伤痛写尽。只愿这样的苦难不再轮回，只愿 2014 年汉水抵达北京后，干渴的北方人用清澈的江水泡上一杯茶，然后静静地坐下来，仔细品味这茶中不尽的滋味……

18 万人 18 年的艰辛与等待

这里所说的 18 年，是说从 1990 年长江委在库区进行了长达两个多月的实物指标调查并下了禁建令，至 2008 年 10 月国务院南建委宣布南水北调中线移民工程启动，在这 18 年中，中线调水工程一直处在“要上马”的时紧时松的喧嚷声中，库区百姓和政府就再也不敢建设、也不让建设了。如果说，过去他们还小打小闹地上一些小工程，自 1990 年后，他们就不敢上了，也不敢招商了！老百姓也不敢盖房子了，所有的硬件建设都处于停滞状态。然而，工程始终没能上马。一晃 18 年过去了，他们错过了中国改革开放后经济发展最辉煌的黄金年代！

2003 年，国家正式下达停建令，规定 172 米水位线下一概不准再建任何项目，否则一律不予补偿。自此，库区经济、人民生活完全处于“冻结”状态。

从1958年至今，半个多世纪里，丹江口库区人民因初期工程完全是属剥夺性的政治移民，使他们长期处在贫困之中。新时期后，虽国家开始实行扶持移民政策，但因资金的不足和时间的漫长，也仅是在饮水、行路、温饱上有所改善，他们的日子无法与非库区人民站在一个起跑线上。

对于几十年来依然生活在艰难、贫困之中的丹库移民，他们时时都在大声疾呼：要搬快搬，我们实在拖不起了！我们的房子都拖塌了！我们的媳妇都拖没了！

移民张九娃说："我们知道又要搬迁了，但我们不想走。这里有我们几十年用血汗刨出的土地，有700多棵橘树，库里有我们的网箱养鱼，我们的日子刚刚安定下来。这次远迁，也不知搬到何地，搬到那里我们靠什么生存？那里的环境、生活水平能不能跟得上我们现在的样子？俗话说，一搬三年穷，为了调水我们都搬了三次了！这又要搬第四次。对于往后的日子，我们心里一点也没有底。我们不明不白地等了这么多年，我爹妈都等老了，我们也都快等老了，总不能让我们的孩子再等到老吧？"

丹江口市均县镇书记张兆华说，镇上的村民们都记得，1990年，长江委租用了丹江口到均县镇的班船"均县一号"，白色的大船经常在清晨的薄雾里出现在村口。工作人员拿着仪器跑上跑下，有人在地里打水泥柱，在墙上画红杠子，那是在搞实物指标调查。1992年，库区开始执行国家停止建设的"禁建令"，海拔172米水位线以下的地方，原则上停止一切基础设施建设。移民范围划定后，均县镇发展停滞，镇上不建车站村里不修公路，村民房屋变危房便租用帐篷度日以待搬迁。许多村民在山沟河汊生活了大半辈子，其中有超过三分之一的时间，是在等待搬出这个库区。村民已经无法忍受这里的生活条件。本以为等一等就要移民了，而这一等，就是十七八年。十几年来，我们镇几乎没有变化。市里一位领导前年过来视察时说，这里比十年前还破落。镇上的各个村子一直没有任何基础设施建设，全国其他农村的"村村通"工程在这里被取消了。建了也白建，还是要淹没，建了也不赔偿。像洪家沟那几个村至今未通水泥路，一到雨天，泥泞不堪，孩子们上学要坐船到十几里外的村子。许多村民的土坯房不断出现裂缝，到了2008年，眼见着有几户房墙裂缝大得能伸过手臂，风一刮就摇摇欲坠。但移民的命令还没有下，不得已，镇上给村里有危房的家庭发了救灾帐篷，有几户村民一家老少三代都挤住在帐篷里。帐篷冬冷夏热，许多家在帐篷里一挤就是两年。2008 年 9 月的某一天，我接到长江委的电话，通知说移民试点工程马上就要开始，我总算是松了一口气。但直到今年2 月，市里明确通知均县镇将作为移民试点之一首批搬迁，我才彻底放下一颗揪着的心。

走在世外桃源似的郧县长岭沟村，你会看到绿野翠掩中一栋栋白墙红瓦的小楼，简直就是漂亮的乡间别墅，可是当你沿着通村公路往下走，再往下走，到了 172 米水位线下，你仿佛一步跨入了另一个世界：一户户低矮的土屋摇摇欲坠，有的房屋甚至已破败无人，只是用几根粗壮的木杆支撑着房体，让人感觉只要用手指轻轻一碰房子就会倒塌。好不容易看到几户砖房，那也是到处是裂缝，灰头土脸的。时光的脚步好像走到这里便戛然而止，这里的一切仿佛在一个千年的旧梦里沉睡未醒。

172 米水位线，一道线把线上线下的百姓生活划成了两重天。对于 52 岁的江尔庆和他的家人来说，这些年来的生活一直有些憋屈。他家有 4 间一厦的土瓦房是爷爷在新中国成立初期时盖的，已经在风雨飘摇中过了 60 年，摇摇欲坠十分令人担忧。过去因为缺钱，家里就一直没有重新盖房。自从 2003 年国家南水北调中线工程移民实物指标调查，他家被确定为搬迁对象后，就再不允许建房。近些年江尔庆手头有了些钱原本可以盖房，但受此规定就只能蜗居在老房子里。墙裂了，他用东西塞上；墙歪了，他用木杠顶上。家里4 间房子的里里外外一共用了几十根木杆支撑，在家里行走也要绕来绕去。

长岭沟 6 组的江而有，全家 7 口人，就住在 2 间土房里，家里人多房少也住不下，孩子们都出去打工了，这几年手上并不缺钱，但是有钱也盖不了房。过年过节儿女们都回来了，只好白天在自己家里吃饭，晚上借宿到172 线上房多的亲戚家里，一张床上挤好几个人。

最让镇、村干部揪心的要数 172 线下的那些危房。仅长岭沟村 172 线下有百分之七十都是土木结构的房屋，而这些房屋中有一半都属于危房。长江委的一纸“停建令”让这些危房在漫长的等待中摇摇欲坠。这些危房就成了镇、村干部们重点关注的对象。特别是一到夏季汛期到来，镇、村干部们就格外留心天气预报，随时注意天气变化，只要预报有雨就赶紧上门去通知他们快撤离，到172线上有房的亲戚家借住。长岭沟村的徐生党，全家5口人，都住在危房里，镇、村里怕他家房子出事，劝他们搬到村里的学校去住，但他们觉得搬到学校住太不方便，离自家的田地远了，也不方便照顾家里的牲畜。他们不愿意搬，镇、村干部也不能勉强，只能更加紧张地关注天气变化，随时提醒他们采取预防措施。

"不是我们不想盖新房，也不是没钱盖新房，是政府不让盖啊！"

"年年说搬不搬，房子也不能盖，还不如早搬算了！"

库区的百姓在漫长的等待中，心中有太多的无奈和委屈……

郧县柳陂镇舒家沟一位35岁男性移民在网上这样感慨："南水北调让我惆怅/这里将是一片汪洋/漫长的等待呀/不知让我们搬向何方/哪里将会是我们新的村庄/何时我才能找到我的新娘/暂时的住所呀/如今我像被逐出家门的小羊……"

2008年10月，国务院第32次常务会议和国务院南水北调工程建设委员会第三次会议终于决定，南水北调中线移民工程正式启动，丹江口水库2013年开始蓄水，2014年汛期后往北京送水。

消息传来，作为调水源头的十堰，作为已有300多万移民的移民大省湖北，便开始了规模宏大的、远比三峡移民更为复杂、更为艰辛的一场大移民行动！时间如此短促，移民人数如此庞大、复杂，所有的艰辛与困苦，所有的担当与责任，所有的挑战与机遇，都同时降临在荆楚大地。

南水北调中线工程对于丹江口库区而言，面临的是土地和家园再度沉没。从1958年丹江口大坝开建，1967年开始蓄水，十堰这块土地上已有28万人离开了家园，有40多万亩土地沉入了江底。南水北调工程的再度开工，这块土地上又将有18万人再度踏上迁徙之路，24万亩土地再度沉入江底。

数万间房屋将沉入江底……

13座集镇、125家企业将沉入江底……

一千多公里道路、一千多公里通讯线路和广播线路将沉入江底……

25 座桥梁、8 座水电站、200 余座抽水站将沉入江底……

几百处考古遗址将沉入江底……

近半个世纪用无数血汗建设起来的日子将沉入江底……

具有居住权、成长权的移民的故乡将永远沉入江底……

柳长毅在熊望台潸然泪下

中国有句老话：男儿有泪不轻弹。一向刚毅的柳长毅却为郧县移民十几次流下了滚滚热泪。

2009 年，在湖北郧县做了 7 年县长的柳长毅走到了县委书记的岗位上。

这一年，郧县移民工作进入最艰难的阶段。

这一年，正是郧县最紧张的一年，汉江二桥启动，长岭开发区建设进入关键时期，国家南水北调移民工程启动，郧县动迁移民近 6 万人，其中外迁 3. 1 万余人，其余后靠。仅柳陂一个镇就要动迁移民近 2. 2 万人。而且，国家有严格的时间规定，2010 年底，外迁移民要全部安置完毕。

6 万移民动迁，这个数字对备受创伤的郧县来说是惊人的。而柳陂镇是排在全县面前一个天大的难题。柳陂是全国知名的富裕乡镇和国家级无公害蔬菜基地，它一肩挑两城，既是郧县的菜篮子，更是十堰的菜篮子，号称寸土寸金。半个世纪来，它因南水北调工程两次被淹没，还遭受了 1983 年丹江口水库超标准拦洪的灭顶之灾。但柳陂人硬是在灾后的荒沙滩上一块一块地捡石头，一担一担地挑河泥，再造了汉江河谷 2 万亩土地。可以说，柳陂的富有是柳陂人用血汗浇灌出来的，柳陂的肥田沃土是柳陂人用性命换来的。但残酷的是，5. 6 万人的柳陂镇有 2 万多人和 2 万多亩土地都处在这次调水工程的淹没线下。

柳陂要第四次沉没。

早在 2003 年，调水工程再度开始实物指标调查时，一个严酷的问题就摆在长江委和柳陂人面前：是加高堤坝保护柳陂不被淹没、柳陂人不搬迁，还是放弃加高堤坝、柳陂人搬迁重建家园。

如果选择前者，显然是违反自然规律。丹江口水库蓄水之后，柳陂将被包围在一片汪洋之中，仅被一堵高耸的堤坝保护着的柳陂，坝内气候将发生剧烈变化，土地也会迅速沙化、碱化，而一旦发生水患，大水扑进大堤坝，几万人就要顷刻遭遇灭顶之灾。也就是说，加坝保护起来的柳陂从此要生活在恐怖之中，世世代代不能安宁。

但是选择后者即放弃柳陂保护，必遭柳陂人民的激烈反对：柳陂人舍弃故乡的疼痛怎么安抚？

天大的矛盾摆在郧县政府和柳长毅面前。

站在柳陂人的长远利益上，柳长毅坚决主张放弃柳陂保护，借国家南水北调政策之东风为柳陂人找个长治久安的地方安家落户。做这样的决策，柳长毅知道自己将要面对什么。但他必须站在对历史和人民负责的高度来做抉择。这个观点究竟是不是可以行得通，是不是最佳方案，柳长毅反复征求长江委专家和全县上下有关人士的意见，经过反复论证考察，最终形成一致意见："尊重自然，从长计议，把柳陂淹掉，移民外迁，一劳永逸。"

2007 年 3 月 24 日，在郧县各方领导联席会上，通过投票表决的方式，以百分之九十七同意票正式确定"放弃加坝、淹掉柳陂"的决定。

此刻，生活在富贵之乡的柳陂人，痛苦地认为，县里把他们出卖了。

放弃柳陂，柳长毅真的是肝肠寸断。柳陂，依山傍水的天府大镇，一望无际的良田沃土，不久，都将葬身水底，哪里再能找到这样的伊甸园！

柳陂是县里的招牌，没有人知道，割舍柳陂他的心里有多么疼痛。移民们不了解，作为郧县县长的柳长毅，外迁移民是他心里怎样的牵念。

采取放弃保护方案，柳陂要外迁移民 1 万余人，后靠移民 1 万余人，淹没血汗土地 1 万余亩。要命的是长江委在最初的安置规划里将有"天府之富"的柳陂外迁移民中的 2400 余人安排在武汉市汉南区，而另有 10139 人分散安排在了湖北随州 101 个点，规划方案传出，整个柳陂炸了！这哪儿是"对等安排"？这明明是"不负责任地随心所欲！"后经对接，随州容量只能安排 3000 人，后又调为沙洋农场 5000 余人，但无论沙洋农场还是襄北、荆州、监利、新州，均因点小分散、地方偏僻、交通不便和血吸虫病而遭移民的断然拒绝和愤怒反对。

郧县3.1万移民的选址正如大海涌潮，“哗哗”地席卷而来，顷刻又“哗哗”地退却而去。

为了做移民的思想工作，郧县开始组织2000多名干部进驻每一个家庭，而且是每户2名移民干部包做工作。但几个月过去了，柳陂人的愤怒情绪始终未减。他们把所有的怨恨都发泄在移民干部身上，一天到晚追得分管移民工作的镇党委副书记杨晓不能回家，把杨晓“架飞机”，从郧县架到十堰，杨晓西服的两只袖子都被移民撕掉……

2009年9月，移民宣传动员工作进入举步维艰的时候。

移民群众中有的刁难、打骂上门做工作的干部，有的压根闭门不打照面。郧县科技学校党委副书记杨明乾包保大桥村，被不明事理的移民群众抓得满脸是血，被移民拿着砖头追得连跳四个高石坎；县卫生监督局局长张鹰给移民送慰问金，却被移民连打三个耳光；县法院纪检组长陈艳敏上门做工作，移民把她撵出门，并朝她脸上泼水；县一中工会主席曹相瑞的手机被移民当场摔碎，衣服被当场撕破；省市领导来郧县路过柳陂前，县领导必先给镇委书记打电话：“今天有领导从你那儿过，能行吗?”“过吧，没事!”得到回答后，司机还是得把车牌号取下才敢过……

处在一线的柳陂干部，充满艰难困苦，没有一个不被打、没有一个没哭过。在最艰难的时候，县委一纸调令，肖大有从郧县开发区来到柳陂镇任书记，柳长毅对肖大有说，柳陂不出事不正常，出了大事也不正常！肖大有知道后一句话的分量有多重。他明白，此刻来柳陂风险是机遇的100倍！他做好了被群众打骂、被组织处分的准备上任了。

肖大有和镇上的干部每天早晨都要多吃一碗饭，准备面临一出去就被人围，一围就是一天，不让吃不让喝，上厕所都顾不上的局面。但他们又每每吃不上早饭：镇上食堂只准备十几个镇干部的饭，但移民每天大清早就涌到镇政府院里，自己拿碗、自己盛饭，一抢而光！十几个干部只能饿肚，一饿就是一天！

失去家园又没有选好安生地的移民完全失去了理智……

9月2日早上，县长胡玖明去上班，被拦在政府门口，衣服被撕破。县政府大院里，每天都有几十上百的群众一波接一波前来堵门，工作人员经常被堵在办公室下班后不能回家。移民群众也实行“五加二、白加黑”，全天候上访，白天堵政府门、晚上还带着铺盖，在政府的走廊里过夜。

宣传动员工作，异常艰难。会议开不成，政策无法讲到，会议经常被村民“搅场”，无法进行。

“金窝银窝，不如家里的草窝。移民在故乡生活了那么多年，对老家有难以割舍的依恋，我们一定要理解，要设身处地地为他们着想，我们要尽全力为他们找到理想的安置点。”柳长毅和胡玖明一直这样要求干部。

9 月 3 日，初秋的艳阳依然像夏日般热烈。县委书记柳长毅带着县委常委、副县长赵学国，县长助理、移民局长杜兴秀从郧县出发，开始在千里江汉平原奔驰，逐点实地察看所有的安置点。

7 日下午，他们来到长江委规划的沙洋县熊望台安置点，这里原规划安置 5000 多柳陂移民。一下车，柳长毅们只见这里四野茫茫，一片荒凉，几十里方圆前不着村后不着店，仿佛是鲁智深大闹过的野猪林，沙碱地上长满了稀稀落落的小杨树林。柳长毅静静站立了 10 多分钟，他在想：这里距最近的一个村也有 10 余公里，离县城 40 余公里，我那些地处肥田沃土的移民乡亲如果来到这里，怎么生活？怎么发展？我怎么面对他们？

江汉平原的风在耳边吹得吱吱作响，站在那片野树林下，陪同考察的人看到柳长毅的眼泪已夺眶而出。他背过脸去，掏出手机即向分管移民的省长田承忠和省移民局长汪元良打电话，电话拨通，他却哽咽得说不出话。

“别激动，别激动，有啥困难慢慢说。”省领导安慰道。

柳长毅平复一下心情，一口气陈述了安置地的问题，恳切要求更换。

这是早已规划好的安置点，现在说改就能改么？敲定一个安置点是多难的工作呀！省领导只能安慰，一时无法表态。

夜宿沙洋宾馆，柳长毅饭食不进，夜不能寐，想着白天察看安置点的情景，心里阵阵难过。在洗澡间里，他打开水龙头，泪水和浴水一起肆意流淌……

第二天，柳长毅一行继续考察安置点，同时更留意发现好的地方，他们要亲自掌握一些可以安置移民的去处，以便向省里提供更具体的要求。从沙洋到随州，从潜江到汉南，几天里，他们跑遍了江汉平原，心里有数了：潜江有片

7000多亩的开阔土地，汉南有大片开阔的临近市区的土地，这些地方若能拿出来，不是很好的安置点么？这才是移民生存发展的安身立命之所呀。考察罢回县，郧县政府随即向省里写报告，郑重请求调换安置点。

南水北调中线工程移民所涉及的湖北省移民工作，有这样的说法：湖北的移民看十堰，十堰的移民看郧县，郧县的移民看柳陂。说明柳陂镇移民工作的难度可想而知。为了表达怨愤，表达对所选安置点的不满情绪，柳陂镇的群众经常堵截国道和围堵县领导。村民采取专人蹲点放风、专人联络的方式，对过往的县领导进行"侦查"，一旦遇到，马上组织群众前来围堵。

从9月中旬开始，柳陂镇的群众分批，几乎天天都来围县政府和镇政府。

9月23日，县长胡玖明要到十堰市政府开会，车辆行驶到柳陂路段，就被蹲守的群众发现。不到20分钟，200多名移民把胡玖明团团围住，在场群众七嘴八舌，人声鼎沸。胡玖明提着嗓门，向群众整整解释了4个多小时，结果也没能参加市里的会议。

9月24日晚，柳陂镇的30多个群众再次到镇政府找分管移民工作的镇党委副书记杨晓，没找到，接着又到青龙山庄农家乐去找。

"嗨！杨书记不在，县委柳书记的车在呀！"走在前面的村民看到柳长毅的车停在青龙山庄，赶紧告诉一起来的群众。

原来，就在此刻，柳长毅陪同海南省的客人在长岭开发区考察，晚上在柳陂镇青龙山庄农家乐吃便饭。

"这不正好吗，没找到杨书记，却找到柳书记了，快来啊！"有村民呼喊。

"咚咚咚！"

柳长毅和海南的客人正在谈论投资开发的事，正准备开始吃饭，被一阵急促而激烈的敲门声打断话头。接着，门被踹开，几十人涌上来，不由分说，拽着柳长毅的胳膊就往外拉。柳长毅起身，安抚客人慢慢吃饭，之后便在群众的前扯后推下，走出房门。

"县委书记在青龙山庄被围住了！"附近兴盛、易家垭子、舒家沟三个村的群众开始吆喝、打电话，不到半小时时间，三四百群众把地盘不大的青龙山庄围得水泄不通。

群众前拥后拽，柳长毅来到屋檐下，凭着檐下的一盏灯光，依然语重心长，向群众做着解释："乡亲们放心，我们一定给你们找好安置点……"但群众不由分说，他们大喊："不管你说什么，我们听不进去。你县委书记是县里最大的官，告诉你，我们就是不搬迁！"众人七嘴八舌的开始喊叫："连乌龟都不下蛋的地方让我们搬去，我们就是不搬！""谁出卖了柳陂我们跟谁拼命！""什么尊重自然，放弃保护，都是狗屁！就是想撵我们走！"

柳长毅大声地对移民解释，但他的声音被他们的叫喊声淹没。这时候，他发现旁边有辆小拖拉机，就说："我站那上边行吗？我站高点说话大家听得清一些。"就在他往拖拉机拖箱上爬的时候，情绪激动的两个女人扯住他的衣裳，嚓的一声，衬衣被撕破，柳长毅赶紧用衣袖绑在身上遮住肚皮。这时候，闻讯赶来的县委常委、副县长赵学国，县委常委、政法委书记周吉礼，公安局长张龙、副局长李全兵等挤进现场，挤到柳长毅身边。他们悄声问，要不要上警力。柳长毅说不需要，群众思想不通有情绪是正常的。我们做工作就是了，我相信我们的移民。

于是，拖拉机的拖箱成了他的演讲台。他先恳切地叫了一声："柳陂的父老乡亲们！"然后说道："让你们离开这么好的家园迁出去，作为县委书记，我像嫁女儿一样心疼和不舍。但是，南水北调是国家工程，需要你们做出牺牲。你们放心，县上一定会把你们安排好……我一定会想办法向上级部门汇报，一定会给你们一个满意的结果。到时候，我还要带你们去看安置点，选定了、房子建好了、搬家了，我还要去送你们，以后还要去看你们……"

但愤怒的移民不听他的："都是狗屁话！全是糊弄我们老百姓的！""北方吃不上水，管我们屁事，我们住得好好的，为什么撵我们走？""都撵我们三次了，还要撵！政府坏了心了，把我们撵走，你们好在这儿搞开发搞旅游捞钱……"

"乡亲们，请你们给我时间，请你们相信我……你们所关注的，正是我们县委、县政府努力寻求解决的问题。省里安排的安置点大家不满意，我们也不满意。9 月 4 号我去实地看了，十分难过，当即把情况反映给了省领导，报告也随即写了上去，希望大家能够耐心等等。"他一遍遍讲着，讲得口干舌燥，讲得喉咙冒烟，但村民们就是不散。

消息迅速传到市委市政府。市里分管移民的副市长梁吉祥立即赶到柳陂，市委书记陈天会、市政法委书记糜克洪打电话给柳长毅询问情况。柳长毅回答：“谢谢领导关心，我没事。我的百姓我了解，他们不会伤害我，我对他们放心。”

后来他的手机没电了，跟外界的联系断绝。但他没有丝毫的担心。他总是那句话，我相信我们的移民，他们不管有多少委屈，最终都会理解，都会服从国家利益。

近六个小时里，柳长毅没有喝一口水，没有进一口食，因手机没电联系不上，他的妻子开始为他担心。

但善良的百姓自始至终没有对柳长毅施暴，直到凌晨一点半，群众慢慢散去。

整个被围过程中，柳长毅一直坚持不让出动警力。事后谈起，他也只说是“群众围访”，不说是“群众闹事”。

午夜两点，柳长毅才回到家，妻子看到他身着破衣、满脸疲惫、惨不忍睹，当即潸然泪下，而他此时也禁不住热泪横流……

情满舒家沟

在湖北十堰流传着这样一句话：“淹没了柳陂，整个十堰都要流泪。”其实我们也可以这样说，“淹没了舒家沟，郧县都要流泪。”因为舒家沟村是柳陂镇地理位置最优越、百姓最富庶的村子。然而，柳陂也好，舒家沟也好，都要首当其冲地淹没了！十堰、郧县人的眼泪不能使其幸免。

舒家沟曾经是柳陂区位置优势最好，最为富饶的地方。一度被人称为“郧阳小四川”。六十年代末，丹江大坝蓄水后，淹没了柳陂，也淹没了舒家沟。舒家沟人从此开始过起了吃粮靠供应，穿衣靠救济的日子。自 1968 年到 1978 年，舒家沟人竟然吃了 180 多万斤救济粮，穿救济衣 3600 多件。

1980 年，时任村支书的朱时富开始带领舒家沟谋划实施脱贫发展大计。他们在 4000 多亩没有开垦的荒土地上描画自己的小康梦。当他们艰难地还清拖欠了16年累计11万元的外债、打响了脱贫致富的第一枪时，1983年10月，丹江口水库超标准拦蓄洪水，舒家沟和水库上游及周边数百个村庄一夜间被一场大水洗劫一空！

舒家沟人又回到了从前一无所有的贫穷。

经过5年的努力，他们又在山上大沟小岔里用血汗发展了600亩柑橘，村民们又在卵石滚滚的河滩里刨地种菜，在房前屋后种梨树、杏树、樱桃树。1985年舒家沟被原郧阳地区确定为最早的蔬菜基地，全村450户家家都开始种菜。

始于1997年的一场“白色”革命，全村由原来的500亩蔬菜基地猛增到900亩，日光温室大棚、水泥架大棚、竹木大棚，白花花的二三百个蔬菜大棚使舒家沟人扬眉吐气，一个大棚光产黄瓜一季就1万多斤，加上其他蔬菜，人均只有二三分大棚菜地的农民，年收入都在二三万元以上。一排排小洋楼拔地而起，舒家沟村一跃成为全县乃至十堰地区最早的“小康村”。

正当舒家沟村沉静在喜悦和对未来的美好向往之中，2003年2月国家南水北调办公室下达“停建令”，要求丹江口库区在172水位线下停止一切建设。非常惨烈地是舒家沟的村庄、菜地全部都在水位线以下，这意味着整个舒家沟将彻底淹没，村民要全部迁走。

无奈和惆怅从此笼罩舒家沟。

六年的无助和等待，使舒家沟村经济收入受到严重制约，到2009年，蔬菜种植还停留在900亩左右，四季瓜果飘香的景象没有了，320亩的柑橘基地也枯萎了，人均收入也远远低于2000年以前的增长速度。

11月16日，搬迁后的舒家沟一片狼藉，人们发现在拆除的房屋断墙上留着舒家沟人写的诗：

告别故土心忧愁
移民千里泪长留
同根共祖千百年
何忍亲人孤魂游

凄风苦雨离故土
移民乡亲索眉头
今日还是郧阳人
他日异乡做梦游

这是舒家沟村移民的原创作品，没人加字添韵。

这是舒家沟人写在老屋断墙上的伤心……

按照省委省政府要求的时间节点，为了全面完成全省移民外迁任务，面对时间紧、任务重、情况复杂、困难多等因素，县委、县政府和县移民工作指挥部决定，派13名县级干部进驻柳陂，担任移民村第一书记，又抽调60个县直部门到柳陂开展包保。

县委常委、宣传部长、县移民工作指挥部副指挥长金菊，担起了舒家沟村第一书记的重任。

2010年的春天，风调雨顺，汉江两岸的油菜花开得灿烂耀眼。柳陂镇的舒家沟村更是掩映在桃红柳绿中。可是这个春天对舒家沟村民来说，他们似乎没有太多的心情去关注，去欣赏。土地上少了往年耕作的热闹，蔬菜大棚里没有了菜秧瓜藤的生机繁茂，一切显得有些落寞、空寂。村民们在堂屋里、在道场边沉默等待着。时间在“煎熬”着每个人。

空旷的土地上有一个人仍然在细细的耙土，精心的播种，这个人就是舒家沟村六组的陈启多。陈启多五十多岁，身材瘦弱，皮肤黝黑，夫妇俩勤劳善良。但陈启多也是一个性格倔强、固执的人，大搬迁让陈启多成了“典型”。

他拒绝接受任何形式的移民宣传，给他发的移民政策小册子被他几下撕毁，发的搬迁明白卡扔老远根本不看，给他讲政策的乡镇包保干部他从不理睬，给他做思想工作的亲戚被他骂走，他成了全县最后一个拒绝签字的移民。

转眼到了秋天，离搬迁的日子越来越近，陈启多的这种抵触情绪让各级包保干部很为难也很头痛。负责陈启多搬迁的县审计局的干部，每天都找陈启多谈心，前后黏着他给他讲移民政策，但是陈启多就是闭口不言，不和包保干部交流一句话，将所有送来的通知全部撕掉，最后半个多月的时间里，突然将大门紧锁，躲了起来。

11 月 8 日一大早，包保干部王永吉、镇干部李志刚、村委会副书记陈林想办法找到了陈启多在十堰市东汽五中教书的大儿子陈春。

在东汽五中四楼会议室，包保队员耐心细致地做起了陈春的工作，结果陈春也是不理解，抵触情绪相当大，初次交谈不欢而散。王永吉把情况给金菊汇报后，金菊再次决定安排柳陂镇党委副书记杨晓带领王永吉及村组干部去十堰三环公司找陈春二哥，期望配合做陈启多工作。然而陈启多打来电话说：“打死我也不到潜江!”就挂机了。

当晚，金菊再次召集县移民指挥部搬迁组、政策组、村组干部讨论会，就进一步如何做好陈启多的思想工作进行研究。金菊再次强调用情用心，尽量不要使用强制搬迁的手段，不要让移民带着遗憾离开故土。

11 月 9 日晚上 7：20，金菊带上杨晓、王永吉以及陈启多的妻弟沈显龙等 8 人亲自赴十堰，晚上 8：10 再次来到十堰市东汽五中，金菊想把陈春约出来谈。金菊担心一下子去这么多人，不了解情况的人还以为陈春有什么问题，怕给陈春的工作带来不必要的麻烦。谁知刚登记好房间，接到杨晓电话，说陈春拒绝见面，无奈之下，金菊只好通过电话请十堰市教育局局长帮忙联系五中校长做陈春的工作。晚上 9 点 15 分，东汽五中的校长赶到学校，经劝说，陈春勉强同意在三楼教师办公室与金菊一行人见面。

在交流中，陈春很烦躁，很不耐烦，只是闷着头在纸上乱画，前后乱翻。金菊看到陈春这样的态度很焦急，也很难过。后来给陈春播放移民新村录像、看图片等，耐心细致地给陈春做了两个多小时的思想工作，最后陈春只说了一句话：“我想不通也做不通我父亲的工作，你们再想办法吧，明天要上班，我要休息了。”

听到这句冷冰冰的话，在场所有的人像掉进了雪窖，从外到内都冷透了。临走时金菊对陈春说：“谢谢你听我们讲了两个多小时，你是大学生，我相信你一定会想通的，我们走了，不打扰你休息了。”这声音有些哽咽。

此时已经是深夜 12 点多，十堰的大小饭店基本都关门了，寒冷和饥饿让每个人都疲惫不堪。金菊的胃病又犯了，痛得直嘘气。

11 月 10 日，金菊再次通过校长为陈春请了假，让他回家乡看看，感受一下眼前的工作实情。第二天陈春回到了舒家沟，移民工作干部迅速找到了他，他是个不善言谈的年轻人，在移民干部的真诚说服下，陈春说："我不是不配合你们的工作，我太了解我的父亲了，他是个相当固执的人，他对我们的那块菜地充满了感情。我怕劝说父亲搬迁会伤他的心，也怕我根本就劝不动父亲。"陈春沮丧地低着头。

11 月 12 日，金菊主持召开由信访组、包保队员及陈启多众多亲戚和家人参加的动员会。

11 月 13 日下午，多日不见的陈启多回到了舒家沟。一向少言寡语的陈启多见到金菊时说了这样几句话："这段时间给大家找麻烦了，你们讲的道理我都懂，但是我心里就是舍不得离开舒家沟。凭什么非要叫我搬迁？我家祖祖辈辈住下来的地方，这'根'没有几千年，少说也有几百年，叫搬就得搬？我心里的气就是不顺。我也知道潜江很好，可那里再好，也不是我的家，我祖祖辈辈的坟都在舒家沟，只有这里才是我的家。我不想走，但是我搬迁！我不给我们舒家沟丢脸……"

老人说完这句话，已经是老泪纵横了。金菊和在场的人也流下了眼泪。

当天晚上，陈启多在其母亲的墓碑旁坐了一夜，泪流满面……

14 日白天，他在移民干部的帮助下默默无语地搬运家具，夜色降临在舒家沟时，他又到自家的菜地里坐了好几个小时。

那天一直下着雨，老人只是戴着一顶草帽。雨淋湿的不仅仅是他的衣服，还有他那颗疼痛的心。

11 月 14 日，冷雨淅沥，初冬的风瑟瑟地吹着。舒家沟村的移民和移民干部一起在搬运装载货物，一切很有序也很平静。冬天夜晚降临的特别早，漆黑的舒家沟村里，移民们在空荡荡的屋里燃起的熊熊大火，火是这个夜晚最温暖的色彩。移民干部和移民们围在大火旁取暖，静静地没有说话，跳动的火苗似乎在书写着离别的愁绪。

夜里12：50分，当移民们正在包保干部的督促下陆续到上车地点集结时，审计局的包保干部王永吉突然打来电话说陈启多一家不见了。金菊坚定地说："不会的，一定是我们的工作出了问题，尽快想办法找到他们，问清原因。"

按照金菊的指示，王永吉和郑俊在黑夜里借着手机微弱的亮光，先后来到陈春的爷爷家、小姑家和他们自己的住处均不见人。离出发的时间越来越近了，他们心急如焚。这时，突然发现已拆毁的房屋背后的山上有亮光，手机的电已经不多了，只有用打火机照明，亮一段走一段，王永吉和郑俊好不容易爬上山，原来陈启多正带着儿女们跪在他母亲的坟前。

两位包保干部心中的怨气和焦虑一下子消失了。待他们把纸烧完，郑俊小心地扶起陈启多，说："陈叔叔，快要上车了，我扶着你走吧！"然后，陈启多一家在王永吉和郑俊的护送下，于15日凌晨3点25分，带着对家乡的无限眷恋登上了32号移民专车。

朦胧的夜色里，村庄里的喧哗声渐渐地安静了下来，舒家沟村的877名移民在移民包保干部的帮助下带着大包小包，牵着老人、小孩，背着病人、扶着孕妇都已经陆续上车了，车窗都打开着，公路两旁自发前来欢送的乡亲们还在不停地挥手道别，车队很快开始按序号整队，准备启程了，开道车的警灯一闪一闪的，大车队快要出发了。

正在这时，只听18号车长刘道远紧急呼喊财政局局长费洪刚："费局长，不好了，你们包保的舒家沟村18号车上的8位移民下车跑了！"

按照规定移民干部把自己包保的移民送上移民专车，任务就算完成，可以回家了。财政局的移民干部把移民送上车，和移民谈了一会儿心后，觉得移民的情绪很稳定，认为不会有什么事情，就驱车回家。这些干部已经坚守了三天两夜，一上车，眼皮就不自觉地耷拉到一起了。

刘道远的电话让一车的人顿时清醒过来，费洪刚说："赶紧调头！移民还是有情绪，怪我们工作做得还是不够细呀……"车子飞也似的向高速路口驶去。到了高速路口，只见18号车孤零零地停在路旁，车长刘道远正焦急万分，见到费洪刚一行到来，刘道远一把拉住费洪刚的手说："费局长，对不起，都怪我，你把人全部交给我，我却……"刘道远的声音干涩沙哑。

费洪刚说："没事，移民不走，说明他们有情绪，怪我们工作没有做到位，怎么能怪你！到底发生了什么事情？"费洪刚一边说着一边焦急地向路两边张望，心想这人到底会到哪里了呢？

"有一个移民说要上厕所，我说按规定要到服务区上，现在不能下车。那个人说，屙屎拉尿风火之事，不能等，赶紧停车，让他下去撒泡尿，并且还说再不开车门，他要砸车窗跳下去。没办法我就把车门打开了，没有想到他们一哄而下，我实在拦不住。"刘道远说。

"没事，我相信移民，他们不会走远，他们就在附近，我们去找他们。"费洪刚向他的同事们一挥手。

一行人向公路两旁的沟沟坎坎摸着找去，走了五十多米，他们看见前面有烟头的光亮，费洪刚摸索着走过去，借着手机微弱的光看见坐着的是移民袁文生，"老袁，怎么了？其他的人呢？"费洪刚急切地问。

袁文生站起来，没有回话，面对着舒家沟的方向狠吸了几口烟，烟头微弱的光映着他一双红红的眼睛。

"老袁，到底怎么了？有什么问题我们一定想办法解决。"费洪刚说。

袁文生沉默了几分钟后说："没有什么事情，我们只是舍不得离开，想最后一次亲近一下舒家沟的土地，这是生我们养我们了几十年的土地！"

"老袁……"费洪刚一时不知道该说什么，这个时候任何的道理大义和安慰都显得很苍白。

"费局长，你放心，其他人都在这附近的树林边、水渠边坐着，你们先到公路上，给我们一点儿时间，我们待几分钟后就上车，不误事儿，请你相信我们！"

"好！"费洪刚轻轻拍了拍袁文生的手，袁文生的手冰凉冰凉的。

几分钟后，18号车的移民们陆续从黑暗中走来，他们默默上车，坐在车上一言没发。只有袁文生对费洪刚一行鞠了个躬说："对不起，临走了还给你们找麻烦，谢谢这几个月你们对我们的帮助。请你们理解我们的心情……"

费洪刚拉住袁文生的手说："我理解你们！潜江也是个好地方，你们的日子会越过越红火的。"费洪刚的眼睛开始湿润，嗓子开始哽咽。

当18号车经过高速路口的一瞬间，车上的移民不约而同地回过头来——

别了，家门口那株儿时种下的樱桃树！

别了，绿森森的草木青油油的菜地！

别了，清清的汉江万年的山水！

别了，生我养我的故土舒家沟……

15日凌晨3：30分，移民车队出发，金菊泪眼朦胧，望着夜色里渐行渐远的车队，她自言自语地说："我们的移民真是不容易呀！"

永远的韩家洲

数次回故乡，和家乡的朋友们站在堵河口，远眺静躺在汉水中央的韩家洲，心中便每每升起一种莫名的惆怅和忧愁。

这座被汉水四面围拢的江中小岛，以其两千多年的历史，把古老和神秘一起编织成一幅面纱，雾霭袅袅地笼罩着这片千年的土地。然而，南水北调，将结束这里的一切，包括姓氏与生命的密码，包括千年的纤夫文化，包括古陶、剑镞，包括秦砖、汉瓦……

2009年端午节前夕，我随故乡的文化朋友金菊、堂根、赵锋等一起登上了韩家洲。

那天，大雨如注，江面雾霭蒙蒙。在村支书的引领下，我们登上去韩家洲的船，船在汉水的江面上，犹如一片飘零的树叶，摇摇晃晃。渡船行驶到堵河对面的河滩，从船上跳下来，我们便踏上了韩家洲的土地。

也就是那一次登临，我们发现了韩家洲人世代传唱的《汉江号子》，当洲上几位古稀老人为我们唱出那悠长、深沉、高亢、雄砺的音符乐律时，我们仿佛走进了那千年的沧桑、千年的劳苦、千年不衰的生命的创造与传承。

也就是那天，我了解到韩家洲上的109户家庭都姓韩，而且他们固执地认为他们是汉代韩信的直系后裔。虽然他们没有关于与韩信有关的任何证据，但他们把家族在此地的居住史追溯到了汉代，不得不耐人寻味。他们还固执地认为，洲头那座庞大的、高出地面数米的圆土堆是韩母陵。

历史活在典籍里，更活在世世代代生命的传承和记忆里。

同样是在那一天，我知道这千年小岛上世居的480多人，要因中线调水全部迁出，韩氏家族将全部迁往湖北随县——2009年刚建立的、共和国最年轻的县。

韩家洲在忧伤、愁苦。两千年的家园、两千年的文化、两千年的根脉啊！

离开韩家洲时，雨还在下。乘船过汉江，站在堵河口，回眸再望雨中的韩家洲，我突觉眼前那苍茫朦胧的古岛犹如一位白发千丈的母亲，静静屹立在江中，为她就要启程的儿女们祈祷平安、幸福。

“堵河口，堵河口，年年端午划龙舟，村村有个龙船会，吃会划船祭龙祖。”这首儿歌在堵河口一带已经传唱了千年。

发源于华中第一峰神农架的堵河，是汉江第一大支流，自南而北在湖北郧县堵河口与汉江交汇。矗立于汉江之中的韩家洲，正迎着堵河的出口，堵河的名称由此而来。韩家洲四周水线长九华里，故又名九里山，是三千里汉江上的第一大岛。

上世纪丹江口水库蓄水前，湍急的堵河水冲出800里堵河后撞击在韩家洲上，被韩家洲逼着顺汉江倒流，在自西而东的汉江上形成了一段向西倒流的景观。这一景观随着丹江口水库的第一次蓄水而消失。

古老的韩家洲与洲边的村落乌家河、堵河口、西流、店子河，都保留着千年的龙舟文化。迄今为止，他们每年端午节坚持自发组织和参与龙舟赛并村村有龙舟赛组织——龙船会。这是中国端午文化最具符号象征的地域。

韩家洲崇拜青花龙，负责赛事的组织就叫青龙会。龙船会都有一定的财产：龙王庙、龙船房、龙船、木雕彩绘龙头、龙尾等，部分村落至今还留有维持龙船会活动的集体土地和经济林。

每年端午节，龙船会有两大会事活动，一是“吃会”，二是龙船会赛事。吃会，就是每年端午节当天，各龙船会都要组织吃会活动，即全体会员中午和晚上聚集在“会首”家里吃酒席。会首轮流担当，一年一换。会首的职责就是端午节这天请全村人在他家吃饭，再就是保管、供奉好龙船、龙头、龙尾。吃会当天，60岁以上的老人都被请坐上席，以示对老人的尊敬。韩家洲人坚守着传统文化里很珍贵的元素。

端午节前后是庄稼人抢收小麦最忙的季节，麦子可以不收，但端午节这一天龙船会不能不举行。

2010 年 6 月 16 日，是韩家洲人在故乡度过的最后一个端午节，8 月桂花飘香的时候，他们就要远迁了。我和家兄特地赶往韩家洲，我们想在那里重温童年的欢乐——汉水边长大的孩子谁没有童年在江边看龙船赛的记忆？

故乡文友、树一样高高细细的书法家景贵社陪同我们前往韩家洲。我们到达时，堵河口、汉江南岸已经人山人海。我们的车子无法前行，不得不下车步行 2 里多路前往赛事地点。

这时，只见清澈蓝绿的江面上锣鼓喧天、彩旗飘舞、龙船竞渡，沿袭了数千年的原生态龙舟赛在堵河与汉水交汇处、在六月的阳光与水光的交融里快乐举行。

此刻，呐喊声在水上振荡，生命的激情在江面荡漾。

蹲立在岸边、山头、树林、房顶、路边的成千上万的观众，头顶骄阳，欣赏着这场民间原始的赛事，分享着生命本真的快乐。

男人和小孩们已热得赤胸裸背，没牙的奶奶、爷爷们也眺望着江面笑得满面春风。

只有在此刻，所有的韩家洲人才暂时忘却远迁的忧愁，把最后的欢乐沉浸于这片土地。

“送龙”是龙船会赛事的最后一道程序，由龙歌手吟唱《龙歌》，船上选手一起合唱，然后由下一任会首祭过龙王后卸下龙头、龙尾，并将它们请回家，接着晚上吃龙船饭。至此，一年一度的龙船会方宣告结束。

然而，今年的龙头谁来接？明年的会首谁来任？

龙头放归何家？龙船起坡何处？明年端午节还能划船吗？

站在汉江南岸的码头上，我久久遥望着对岸的韩家洲，遥望江上船上的汉子，回身再看身边韩氏人家的奶奶、爷爷们，一种莫名的忧伤和感动倏忽涌上心头……

到了随州，没有了这岛、这水、这龙舟，韩家洲人将怎样面对？没有了汉江号子，没有了传说和故事，没有了图腾般的盛会，韩家洲人精神里还会深藏怎样的追寻？

8 月 29 日，韩家洲人开始搬家拆房。次日，他们将远迁。

韩天兴抱着刚满三岁的儿子韩一，和妻子一起搬运货物。媳妇的手提袋里装着他们结婚时的照片，他们还特意从家门口挖了一棵春兰，准备带到随州新家去。

韩天兴指着山腰说："两年前，我专门买了一棵葡萄树苗栽在门前，就是为了将来我搬走了，让它自由生长，年年继续开花结果。如果哪天我回岛上，还能找到家……"韩天兴满眼含泪穿过葡萄架，向着岸边的移民船走去。

韩天海的货物已经搬运完毕，家里只有空空的、古老的土墙和烟熏油燎的椽瓦。

面对山坡一片柑橘林，韩天海给身边的包保干部说："山上有一片柑橘林，往年橘子成熟时，不能拿出去卖，我们都把它藏在地窖里，逢年过节可以品尝自家的果实。今年橘子成熟的时候，我们已不在，你们可以过来摘一些，要不然就糟蹋了……"韩天海说完，就使劲仰起脖子望天，他是怕眼泪流出来不好看。

时近中午，包保工作队员给移民送去午餐，移民们迈着几近沉重的脚步踏上过江的船。他们手捧着饭菜，没有一个人开始吃，齐刷刷抬头望着韩家洲，望着各自的土墙老屋，望着洲头上他们顶礼膜拜的韩母陵，望着岛上的一草一木……

少顷，二十多条装满移民家什的机船一齐开动马达，然后依次慢慢离岸，朝下游渡口开去。机船越行越快，马达轰鸣，破浪而去。江水掀起的波澜，轻轻拍打着韩家洲江岸的崖壁，仿佛是在安慰这片即将孤寂的岛屿。

随着一阵长长的汽笛声，岸边 20 余艘大型铁船满载着 483 名韩家洲移民，一字排开，浩浩荡荡向汉江对岸驶去。

"别了，我的故乡……"

"别了，千年的韩家洲！"

韩家洲从此不再有人烟，江中小岛从此开始沉寂。唯有韩母陵在岛上永远高高地耸立，唯有那白发千丈的母亲在江水中做永远的守望。

两年前，韩氏家族已经开始着手编纂家谱，搬迁前，他们已经拿到了前六十代的家谱。将来无论走到哪里，从韩家洲走出去的韩氏后人，都能够按照辈分找到亲人。

永远的韩家洲啊……

“江夏事件”三人谈

随着外迁移民搬迁入住安置点和年度工作尾期的临近，前期搬迁安置工作中的一些问题逐步显现，尤因房屋建设质量问题引发的大规模移民聚集围堵事件屡屡发生。

2010 年 8 月 21 日，武汉江夏区因房屋质量问题发生千人集聚围堵事件：

8 月 21 日，十堰市武当山特区第二批南水北调移民 700 余人搬迁到江夏区移民安置点。移民下车后，因对移民房屋质量、出行交通、吃菜和安置点卫生室配套设施等不满意，与 8 月 18 日搬迁的第一批移民 496 人聚集到一起，与迁出、迁入地政府工作人员发生激烈冲突。移民聚集事件发生后，省、市、区各级高度重视，第一时间赶到现场，与移民进行对话，并及时做出了处置。

事件发生后，8 月 22 日，李鸿忠省长在楚天都市报内部参考 2010 年第 23 期《安置房建筑质量低劣千余名南水北调移民在江夏区发生冲突》一文上做出重要批示：请承忠同志阅。成发同志：请武汉市政府认真组织尽快解决建房质量的问题，按规保质保量使移民满意。此外，还要倒查建房质量出问题的责任，严肃追究。田承忠副省长批示：请省移民局元良同志阅。以省移民指挥部的名义，将鸿忠同志批示发全省安置区主要领导及分管领导同志。

8 月 27 日，楚天都市报内部参考 2010 年第 24 期《房屋质量问题久拖不决百名移民重新返回武当山》和记者实地探访《京山移民安置点房屋质量问题一堆》两篇文章，反映了荆门市京山县雁门口镇移民安置点房屋存在防盗门质量问题和防盗门安装、屋顶檩条和室内地坪施工质量不合格等工程缺陷问题。

9 月 2 日，李鸿忠省长批示：“请承忠同志高度关注，协调解决，尽快使移民回到新家。请王玲、万勇同志调查处理京山移民房屋质量问题，并要倒查责任，予以追究。楚天都市报内参形式反映问题，此策效果很好，省、市要如实了解，要高度重视媒体反映的问题。”

田承忠副省长批示：“请省移民局认真落实鸿忠同志批示要求，排查安置区建房质量问题，严肃对待，彻底整改。请二处 6 号上午召开库区安置区领导会议，进一步落实省长两次批示精神。”

湖北省移民指挥部办公室主任、省移民局局长汪元良秉笔通报了以上两起事件后写道：

截至目前，南水北调搬迁移民到省级上访有 8 批次，进京上访 2 批次，其中，有 7 批次集中在七八月份外迁移民搬迁期间。移民反映的问题主要集中在库区移民政策落实兑现和村集体债权债务的处理、安置点基础设施、房屋质量、土地整理及生产生活、发展致富等几个方面。随着大规模外迁移民的后续强力推进，预计移民上访的数量和规模可能有所上升，房屋质量缺陷问题将成为移民表达各种诉求的焦点，全省移民群体稳定面临空前的压力，维稳任务特别艰巨。

通报严肃指出干部工作作风不够扎实的问题：

去年宜城市安置移民搬迁和今年江夏区安置移民搬迁出现挫折，暴露出少数干部工作作风不够扎实问题，主要表现为：一是安置区对安置点工程建设质量重要性认识不高，一味抢进度赶工期，工程质量监管不严，验收整改不力，致使工程质量问题引发移民群体不稳定，造成不良影响。二是库区出于自身考虑，一心只想把移民尽快搬出去，忽视安置点不具备搬迁条件的事实，盲目组织移民搬迁，同时不留任何道路地拆除了移民在库区的房屋，使移民搬迁工作陷入被动局面……

2011 年 6 月和 8 月，笔者采访时到达库区十堰，先后幸遇了省、市、区三级的三位移民局局长，三位移民局局长都谈到了难忘的“江夏事件”。他们是湖北省移民局副局长彭承波，十堰市移民局局长孙建文，武当山特区移民局局长薛明娥。三位移民局局长在南水北调移民战役中都是经受了无数风雨磨难，对他们的访谈一方面让我们看到了“质量是生命”“房屋质量是移民第一诉求焦点”的严峻事实，另一方面也让我们感受到这些亲历战火的移民干部为移民利益忍辱负重、为移民利益临危不惧的品格，以及他们身陷重围化解矛盾的大义和凛然，也同时让我们领悟了“移民是天下第一难事”的根本所在。

薛明娥，十堰市武当山特区移民局局长。这位在为移民选择新家园时，一年里290天都在安置点跑、一年跑了10万千米的坚强、勇敢的女子，在说到“江夏事件”时，依然泪水涟涟——

原规划我们在江夏区有5个安置点，后经反复选择，我们只选了港尖和花蓝棚两个地方。

移民建房阶段，我不知多少次去江夏。施工方砌墙违犯规则，我一气之下把墙给踹了。老板不服气，我就给江夏区移民局张绍福主任打电话反映：施工队在山墙以上不上水泥，干砌砖。五六栋房子，檩杆都钉了，瓦都上了，最后全扒了。

特区选了18个能管事的移民代表在安置点监督，省里规定每人每月补助监房质量款2000元，但最后还是出事了。

2010年8月18日，移民选了个好日子，496名移民搬到了江夏区花蓝棚。8月19日一场大雨，百分之五十的房子漏水。那次是我去送移民，一直都没回来，在江夏协调、处理这件事。8月21日，武当山第二批移民700余人搬迁江夏港尖。头天我去安置点给移民打扫卫生，准备迎接这批移民。晚上心里一直发毛，一夜没睡着。迷糊到天亮5点起来，心里一直不舒服，预感有什么事要发生。心里不踏实，就给江夏区副区长涂亚平打电话：涂区长，你警力安排好了没有？我心里有点不安生。涂区长说：你别吓我们。

中午11点，700多移民、六七十辆大客车、小车、货车开进了江夏。我和武当山的干部、江夏区的干部都站在路边迎接。这时，先搬迁到花蓝棚的人过来了六七十人，一下子把我围起来，指着鼻子开始骂：你给我们选的啥球地方？盖的啥房子，刚住进去就漏雨？又有人喊：把房子钱退我们！把房子推了，再给我们盖房！

这时，送这批移民来的武当山宣传委员周继红给我打电话：你别过来！老百姓都在找你！有危险，警察管不了！

放下电话，只听围着我的移民大喊：打！打死她！打死她！于是就有人开始又踢又踹。有几个妇女简直是疯了，把怀里的孩子往我们身上砸。我一把接住一个不满一岁的孩子，又一个妇女把孩子朝武当山特区余主任身上扔，我又一把接住。我想把孩子找地方放下，只见七八个妇女追过来，大喊：踹死她！踹死她！接着她们扑上来你一脚她一脚地猛踹，我站不住往前一蹿跪倒了，只感到全身在被人猛踢猛踹，但无论怎样，我流着泪把小孩紧紧揽在怀里，我怕她们踢着孩子。

她们踢够了我站起来，找到江夏张主任的车，我想把孩子放到车里安全些，大中午，天要热死人！太阳要晒死人！这时，扔小孩妇女走过来抱走小孩，我对她说：你抱住孩子在车里休息一下，担心孩子中暑。那妇女朝我就是一口唾沫。

这时，有人开始袭击货车。好几辆货车的窗玻璃被砸碎了，一些移民把货车司机打伤了，口鼻流血，我又立即安排人送司机去医院。江夏区公安局杨局长看见我，大喊一声：薛局长，你快过来，小心打你！几百名警察站在那里，但谁也不敢动。

江夏区涂区长年轻，移民围住他让他表态。我怕他顶不住，迅速给他发短信：千万不能随便承诺。从中午11点一直围到晚上，江夏区给我送来一盒饭，移民不让吃，一把抓过去倒了；江夏区组织人给移民送饭，移民也不吃，全把饭倒了！人们愤怒得真是疯了！

武汉防暴警察也开到了，但移民还是围堵不散。

大夏天，上千人、几十辆车围在那里，水泄不通，大人喊、小孩哭，乱成一团。蚊子也趁机飞来凑热闹，一群一群，厚得赶不走。围了一夜，到第二天还不散。移民不让我们说话，一说话，就把一碗面条扣到我头上。我看见省移民局宫处长、江夏区张主任，移民也不让他们插话，谁插话打谁。

我21号早上就没吃饭，一直到第二天下午赶回武当山，几乎两天没吃没喝。

刚从江夏回到武当山，搬到荆门市京山县的移民89人从京山回武当山，围堵武当山特区管委会。我们立即把89人安排到会议室吃饭，两荤两素。结果移民不吃，纷纷把饭往我们身上扔。谈判谈了大半夜，安排宾馆人家不睡，又追过来不让走，直到天亮5点我都回不了家。

第二天又安排盒饭，中饭后，安排三辆大客车送移民回京山，我一个人跟着过去。有人提醒我：你过去后别下车，你下车命都丢在那儿了！可我不下车怎么办？不见到京山县领导，怎么给移民解决问题？

到京山后，几个便衣警察保护着我下了车，八九十名移民围了过来，逼着师傅把我们送到京山县政府，移民一直围在县政府周围，到夜里2点都没散，必须让京山县做出答复。

21日、22日、23日，三天三夜，我体重骤减10斤……

彭承波，湖北省移民指挥部办公室副主任、省移民局副局长。这位一直在战火纷飞中穿梭、奔忙，既是指挥官又是战士的高层移民干部，在叙说“江夏事件”之前，他一直在倾诉一种移民情结。我在想：他的这种情结兴许是他生命原本的悲悯品质所致，但更确切的原因应该是他担任10余年移民干部，目睹了中国移民为国家工程牺牲奉献后遭际的深重苦难，他的情感因子始终倾向移民，正像有人所说：“彭局长是一屁股坐在移民一边。”

这种情感使他无论面临任何危难都有一种信心支撑，他相信自己，更相信自己的移民。为此，他深情无限，又大义凛然。

好，让我们来听彭承波的叙说——

湖北省有三个指挥部，防汛抗旱指挥部，血吸虫防治指挥部，再就是移民指挥部，足见湖北对移民的重视程度。从迁安两区而言，安置区是重点，任务很重。但对移民这项工作的认识，安置区有个过程，起初总认为是个包袱，是压任务，不是自觉自愿担当，被动担当就感觉担子沉重。“1·20会议”之前，工作根本推不动。之后，工作大踏步前进了。南水北调移民工程是个很大很艰难的战役，是个做群众工作的战役。我们很久没有这样大规模地、面对面地做群众工作了，这是一次很大的考验。从这次战役我感觉，我们各级领导，省、市、县尤其是乡镇干部，是有强烈责任感的，对移民是有感情的。丹江口的刘峙清是倒在移民工作第一线的。江元良局长有句话：解放战争人民解放军是功臣，和平年代我们移民是功臣。我始终认为，做好移民工作一靠政策，二靠党性，三靠感情，四靠机制。

看到那种背井离乡，再坚强的人也要流泪。尤其是乡镇干部受的苦真是催人泪下。六里坪干部都要被逼疯了，都要崩溃了！上面高压、命令，下面移民打骂，不签字不搬迁！他们一直在忍辱负重。新时期的移民工作究竟怎样做？我当时也没有底气。这次战役，我感到我们干部的能力得到一次大检验、大提升，对待群众态度上也得到一次大洗礼。不是群众怎样，是我们的工作做到位没有。

丹江口市五代区住的是老均县城的移民，他们是用上世纪六七十年代均县城淹没时拆下的烂砖破檩盖起的棚户区，7000多人在那里一住50年！2000年6月9日，我上任丹江口市代市长，6月20日五代区移民上访省政府，我当即要去处理、接访。那时，丹江口到武汉没有国道，更没有高速，我下午1点出发，6点赶到武汉。200多人上访，都是六七十岁的老人，年轻点的也有50多岁。我与老人们对话：我叫彭承波，虽然刚来到丹江口市工作，但我了解你们的苦衷，你们现在跟我回去，回去后我们立即研究处理，请你们相信我。你们要我给你们写个东西，我不是不写，因为这需要郑重研究办法。我现在写了不执行还是一纸空文。我现在代表市政府说话，我说话是算数的。最后，他们相信了我，同意回去。

他们已在省政府外的马路上待了2天了，我们组织6辆车把移民拉回来了。回来后，我立即召开市长办公会研究。有人说，这是个马蜂窝，是个乱刺架，招惹不得。我带着班子成员去五代区看，去感受。我去看了就流泪，移民们住的是啥地方呀！下雨水直往屋里流，凳子一坐直往地里陷，老人腿上从上到下贴满了风湿膏。就这样的烂棚子，房管所还要每月收40元房租。我当下决定，绝对不允许房管所再收房租，这是决定！这是命令！我们立即组织26人专班，分16个问题一一查清，用2年时间解决问题，按房屋原价的3倍补偿给移民。最后决定彻底改造棚户区，按拆一还一给移民盖房子，只要墙高1.2米就算一间房子。最终花了1000多万元，都是我们自己财政消化的。

武汉江夏区在上世纪丹江口水库淹没时，搬迁来了3000多名郧县老郧阳府的移民，留下的后遗症非常多。2006年我调省移民局工作，一直在处理全省300多万名老移民问题。一天，我假扮开发商去江夏了解情况，看到老移民住的全是危房，全是棚户区。一个70多岁的老人，我说我们合个影。第二次我又去，老人说你骗了我，你不是开发商，你是省移民局的领导。第三次又去，我们把改造棚户区方案都拿出来了，最终改造了70%的危房，建了新房。大致花了3000多万元。

我深刻地感受到，移民对故乡的眷恋不只是生产、生活方式的改变，而是精神和文化的改变，这是很深层次的问题。我说最近一个印象很深的例子：郧县一外迁安置点在离汉江5里地的地方，一个老人70多岁，搬迁去的第二天，他就问这里有没有河。因为郧县移民都是从汉江边上迁下来的，老人留恋汉江河。有人告诉他有汉江河，离这里有四五里地。于是，老人就让家人扶他到江边看看。以后，每天他都要人陪他到江边去看水。一个多月后，老人离世了。你说这是为什么？他为什么在弥留之际，要天天去看江、看水？

还有一个郧县老奶奶，对环境不适应。住的房子像别墅，但她到卫生间尿不出来、拉不出来，她解手非要到外面去。有一天，她一天不在家，家里人、亲戚到处找她，最后，在安置点小区外边田埂上发现了她，她去那里大小便。有人发现她每天往那边跑。发现她时她窝在田埂里起不来，都一天了。幸亏发现了，若发现不了一夜就冻死了。

什么叫牺牲奉献？太具体、太深刻了！

所以在处理移民上访、群体性事件时，无论任何时候、任何地点都不允许对移民动武，不能采取强制手段。“江夏事件”是武当山移民对房子质量不满引起的。房子主体没问题，都有防震构造柱，上下都有钢筋水泥圈梁，全省都要求这个质量标准。问题出在房与房之间墙体勾缝不严，下雨就漏水。事发当天，即21日下午4点我赶到现场。移民怒吼着要打武当山移民局局长，不让司机、移民干部吃饭，8月热天，太阳地里，上千移民，老人、孩子、男人、女人，哇哇大叫。夜里12点，移民追打武当山、江夏区移民干部，包括武当山特区余建强副主任、涂亚平副区长。我大喊一声：不许打人！话刚说完，一拳打到我胸脯上。这时我也听到有移民在喊：不许打人！但第二拳又打了过来。第二拳轻点。第二天下午我才发现我胸脯青紫一大块，一直疼了20多天。

一直闹到夜里两点，江夏区政府做出决定：让移民全去住宾馆，移民不去。我怕热坏老人、小孩，组织他们去坐到省里各单位赶来现场的十几辆小车上，但车不行驶空调打不开，我让司机把车门全都打开。运送移民的大巴车也全部开放冷气，让老、弱、病、幼在车里休息，免受蚊虫叮咬。

我让找移民代表谈判，但移民不同意。这时，坐在最前面一辆小车里的移民跑来报告：警察在抓人，移民在追赶抓人的警车。我听后立即过去，正在抓第二个人时我赶到了，立即制止，我说：“这个人你交给我，我来处理。”

这时，100多名移民围了上来，有人喊：“我们什么也不说，我们要揍彭承波！”

只听我救下的那个人说：“小刘，你不要胡来！”

但又有人大喊：“打！打！”

我救下的那个移民站到我前面，拦住要上手的人说：“你们误会了！彭局长是来救我们的。”我对移民们说：“能不能派代表座谈解决问题?”移民说:“放人!让警察放人!”我立即给江夏区张书记打电话:“不要把矛盾激化,要赶快放人!”

不一会儿,抓人的警车开出几百米后,把人放了。

于是,我又和移民商量派代表座谈。正在这时,有一个移民拿刀直向武当山特区工委副书记柯尊勇砍过来,我迅即把小柯一把拖住,只见小柯鲜血直流,胳膊被砍伤。

我从21日下午4点赶去,一直搞到第二天晚上7点,没吃没喝,我都不知道自己怎么挺过来的。说好22号早上派代表座谈,但一直到下午1点才同意派代表,我们把移民代表请到江夏区开会,从1点开到5点。到晚上7点50分,武当山700人的搬迁车才开始慢慢移动……

彭承波还说到了天门千人围堵,我们在下一节细说。现在,我们听十堰市移民局孙建文局长关于“江夏事件”的访谈——

江夏事件发生第二天,即8月22日上午9点,我出发赶往武汉江夏区,中午12点多到达。下午1点在江夏杨桥湖会所与移民座谈。省移民局汪元良局长、彭承波副局长、宫汉桥处长,十堰市有我和武当山特区副区长余建强,江夏区区委书记张卫国,移民代表50多人参加座谈。移民反映屋檐底下没边沟,下雨上面房子漏,下面从门口直往屋里灌水,要求要么补房钱,要么全部返回武当山。汪局长、彭局长已经一天一夜没吃没喝。他们对移民说,房子出现问题,是我们工作失误,搬迁完了,有什么问题解决什么问题。江夏张卫国书记提出,请移民们下车先住宾馆,生活费江夏负责,每户补助1000元钱。但移民不干,要求补房钱,汪、彭二位局长不同意,他们不能随便承诺,随便开了口子,全省8万外迁移民,不得了!

江夏区答应在移民房后边院子里给每户加盖一间8平方米的房子可放农具、杂物,统一规划统一施工,以此作为补偿。移民代表提出,8平方米房子折5000元钱给移民,我们自己盖。江夏区同意。这一条协议达成。

这时，又一个移民代表提出：江夏给了 5000 元，武当山也应有表示。不具备条件搬迁，他们为什么要我们搬？他们不放血不行！

武当山特区副区长余建强做不了主，打电话给武当山特区书记李发平，最后答应每户补 3000 元，明确是建房而不是补钱。下午 4 点半快 5 点散会。

江夏风波的当夜，其他安置地的移民，尤其是武当山迁往京山县的移民，在第一时间发难，开始纷纷返回库区要钱，风波迅速蔓延全省。汪、彭二位局长迅速向田承忠副省长汇报：全省要翻盘了……

时至今日，我们回头再来看看，江夏当初也实属不易。

仅港尖一处就打桩基 8 万多米，从正月一直到三月都在打桩基。在建筑工程全面动工之后，恰遇几十年难遇的大雨和暴雨，几乎是三天两头地下，路上处处都是泥泞，没有一天干路可行。运输材料十分困难，据不完全统计，在整个工程建设运输中，车轴和后桥断裂的车就高达 200 多辆。有时整车水泥落水，灰砂砖翻港泡汤，为了移民区的建设，工不能停，即使材料损耗也在所不惜。

因工期逼紧，工地到处是人，材料一时进不来，工地出现窝工现象，但又不能放人，人一走就回不来，就抢不了进度。有两回因工地缺人，不得已派专人到城区的街头上去收集流散队伍，大小工统一一天 380 元，高出常用工许多。

最令人伤神的还是天天修路，没有一天停歇过，前头修好了，后面又压坏了，泥巴槽子深得高过车轮，车子一掉下去就起不来。这时只得调挖掘机来将泥巴挖走，填上砖头与沙子，几台挖掘机长期在路上往返奔跑。

有一天雨夜十二点多，移民局涂亚平主任的手机接连响起，十几车砖被搁在三座桥处进不了港尖，车子都掉进了泥巴槽子里，涂亚平和移民局李继文等人急忙从纸坊镇驱车前往。由于雨夜天黑，伸手不见五指，只能摸着港边的行道树前行，他们相互提醒，千万别摔跤，如滑入港中水里，后果不堪设想。后来调来了几台探照灯，照着挖掘机作业。路通了，车动了，天也亮了。虽然一夜未眠，十几车材料却顺利地运进工地，建设进度又有了保证，一颗颗被雨打湿的心才潜生一丝丝暖意。

移民局张功安局长、张绍福和李继文主任一直蹲在移民安置点上，一年来他们基本没有休假日，尤其是在工程建设期间里，他们几乎是夜以继日，春节期间仍然坚守岗位。由于江夏地区的建筑量大，本区里的灰砂砖瓦严重供应不足，只得远去鄂州和咸宁两地采购。由于各个施工小组都在抢进度，进场的材料还得严防在哄抢中发生不测，天天都要派专人值班搞协调。

今天，我们去港尖、去花蓝棚，只见坐落在一片开阔平原上的数百栋房屋，深蓝色的瓦面与天色相近，奶黄色的墙体清亮明洁，如不是心中有数，很难猜想这是一片移民住宅新区，一准怀疑是新开发的休闲式别墅群。

看着眼前新起的一座现代化村庄，经历了那个岁月的人们，所有的酸甜苦辣、艰辛和泪水都在一笑中飘然远去。

一辈子的移民

2010年7月9日凌晨4点50分，湖北省丹江口市浪河镇浪河口村二组移民何胜友和妻子代桃芝坐上5号大巴车，离开浪河，前往500公里外的武汉市黄陂区移民点新家。望着窗外渐行渐远的故乡，何胜友心潮澎湃，感慨万千。“移民”这两个字对他而言太沉重，他这一生都和搬迁紧紧联系在一起。

何胜友说：“我们家原来住在均县（1983年均县改名为丹江口市）草店公社周府庵附近，1968年搬迁时，我13岁，刚好小学毕业，我姊妹6个加上父母一共是8个人。开始上级领导准备将我们作为第一批移民搬迁，安排到襄阳，我爹是大队书记，他们去看的移民点，没看上，后来又到宜城去看，又没看上。最后上级要我们搬迁到沔阳县（1986年，湖北省沔阳县改名为仙桃市）。”

1968年过了八月十五中秋节，上边工作队进村做工作要我们搬迁，但大家都不走。来的人就说，你们如果再不走，水就要淹到你们的房子里。大家都不相信，但是当我们村里人看到丹江口水库的水倒流时还真有点害怕。

父亲还是在山上搭了个简易的窝棚。那天下着雨，半夜里，我爹听到扑棱扑棱的声音，他忙起来，朝床下一跳，半腿都是水，这下大家慌了，哭爹喊娘地朝后山上撤。后半夜，没有一个人敢睡觉，只听到叭叭的下雨声和哗哗的涨水声。好不容易等到天亮，大家一看呆了：我们房子只剩下个草房顶了，有无数条蛇和老鼠爬在上头，吱吱响。鸡子都上在树上，一夜涨了五六米深的水，昨天还好好的家，说淹就淹了，大家一齐放声痛哭起来。

尽管如此，大家还是不想走，上边就安排所有的移民亲戚到移民家中做动员工作，如果不搬迁，就得停止亲戚家的所有口粮。我们想去舅舅家、姨夫家，但不敢去，怕牵连他们。最后大家看再待下去是无望了，只有服从安排，我爹说哪里的黄土不埋人，走吧。

从草店坐船一天到丹江口坝窝子，到丹江后，移民不愿意走，找均县政府，在均县火车站周围住了个把星期，上边说必须得走，没有任何理由可谈。当时和我们一起走的20多家，200多人，在丹江坐的火车是闷罐车，到汉阳火车站后又住了3天，从汉阳坐船到的沔阳，在沔阳县城住了3天，等待当地政府把移民分到各个大队、生产队。一个生产队插几户，我们20多户插了一个公社，我们家和另外一户叫陈先仁的分在了一个生产队。

下去那年种不惯他们那儿的地，劳动强度太大。1969年春，我们家又到了宜城准备在那儿投靠一个姨娘，因为不是国家统一安排的，住了一段时间，不让住，又返回草店。我们全家在草店的山坡边搭了个窝棚，当地的生产队说我们是移民搬迁走了的，户口不在当地，不敢收留我们。我们就指望到河里去钓鱼吃，开点荒种点绿豆。当时几乎每个星期都有人来找我们要我们回沔阳。在草店住了大半年，1970年吧，沔阳那边派的民兵上来找我们，这边均县派公安局的送我们，我爹看这儿确实没有住的希望了，又回到了沔阳原来住的地方。

从沔阳走时只带了一床被子，下去后又重新制家具。到了沔阳，大队、生产队把我们一家看得非常紧，生怕我们再跑回均县了，现在想想当时计划经济时代，移民又能跑到哪里呢？生产队做农活，等于把你给钉在了土地上，不挣工分你就分不到口粮、就没饭吃。

我下去后又从五年级开始上学，初中毕业后，天天在生产队上做活，先后当过生产队会计，记工员，最后找了个当地的姑娘做媳妇。沔阳每年都要挑土做汉江河堤，日夜搞。我们做不了当地的农活，吃不了当地的饭，栽秧、割麦子，种棉花，受不了，我妈做针线缝衣服时剪子把眼睛戳坏了，生活只指望我爹一天8分工分来养活全家8个人。我下去后又添了一个妹妹，我大姐就当一个男劳力来使用，我们姊妹7个，5个姑娘，2个儿子。为了生计，年年超支，欠集体的钱，每年好几百，没钱用，少吃点粮食，卖点粮食，换点油盐钱。我爹1976年死了，49岁死的，他有支气管炎，我一个姑母在西安，每年就指望她给爹寄钱寄药。

当时要想迁回老家均县的话，主要途径是把姑娘嫁回老家，然后再一步一步迁回去。1984年，我大姐嫁到了浪河镇，当时已经改革开放了。1985年，我们举家都回到了浪河，进厂的进厂，打工的打工。我弟弟也在浪河做了上门女婿，一家人总算又回到故乡。

何胜友的大姐何胜芝说：我是1952年出生的，今年快60岁了，1968年搬走时，我已经16岁了。我们草店，路是平的，国有农场在我们村制种，我们那儿地方真是好啊，土地肥沃，一马平川，因此大家都不想搬迁。1967年丹江口水库开始蓄水，我只看到水从下边往上流，从均县城一点点儿地流到草店。我们搬迁到沔阳后，两家分在一个生产队上，房子盖的小得很，当地人骂我们是山鸡子，我们就和他们吵，和他们打架。我搬迁下去后就像一个男人一样做农活，从16岁搬迁到沔阳一直到25岁，做了整整9年生产队的农活。正二月间，三四点钟就得起来，没出嫁的姑娘和男人一样做活，当地说姑娘早晚要出嫁，小媳妇们才能受到照顾。一天挑6方土做汉江大堤，栽秧，有蚂蟥。那时，我们不知道还有血吸虫。

18岁那年我得了血吸虫病，我搬迁下去时是16岁的大姑娘，两条发辫搭到屁股上。得了血吸虫病后，黄皮寡瘦，头发落完了，当地的人都不敢给移民说这是得了血吸虫病，可能上边不让他们说。我当时几个月身上都不来月经，六月间抬到外边，躺到床上等死。隔壁有一家人叫曾凡庆，他喜欢喝我爹做的黄酒，他悄悄地对我爹说，你们姑娘一死，一家人咋得了，她可是当一个男劳力用呀！她得的是血吸虫病，你们把她抬到堤坡上，找县里的血吸虫防疫站，或许有救。

我被抬去检查，一抽血，果然是得了严重的血吸虫病，住在医院里一天打两针，住了20天院。我曾亲眼看到一个小伙子得了血吸虫病后，在医院里，有一天哈哈一笑，肠子断了，当场死了，血吸虫卵吸附在人的肠壁上。我出院回去后第三天，队长就喊我下地干活，但是5个月后又复发了，后来又去治好了。

1975年，大队书记想把我嫁给他们家的儿子，我死活不答应，我当时已铁了心，要嫁回老家。我们移民当时想回均县，大部分都是将女儿先嫁回均县老家，再慢慢将家人带回老家。要是想在当地生存的话，就将女儿嫁给当地人。

腊月二十九，生产队给我们家分2斤半猪肉，我爹去领时，大队书记不给，就跟大队书记吵了架，第二年就死了。我爹死时，我最小的妹妹才4岁。想起来我爹当年修丹江口大坝时，也是正式工人，当了7年指导员，曾经把我们一家人搬到三官殿，可最后又回到了草店。他的一生可怜呀，最终没能回到均县老家。

1984年，我在浪河找了个婆家，嫁到了浪河。浪河有军工企业和乡镇企业，好生存，1985年前后，我们姊妹7个全部回到了浪河。1996年，我的血吸虫病又复发了，走不动路，到了武汉协和、同济医院检查，都查不出来是啥病，我想原来我得过血吸虫病，是不是又犯了？到血防站一检查，果然是。我又找到了沔阳民政局，要他们帮助治疗，开始他们不答应，后来我说我得这个病是在沔阳得的，不信有据可查，最后，他们查证属实，给我报销了1000多元医药费。

何胜友的妻子代桃芝说，我和何胜友的姐姐何胜芝是同学，她把我介绍给她弟弟的，谁知道一嫁给移民，我这一辈子就没过上好日子，命运和移民紧紧联系在一块。

1985年，他们要返回丹江口，我的父母说什么都不答应，我也不同意，但是他们姊妹们都回迁了。何胜友在一个夜晚趁我睡觉时连夜走的，他不叫我，把两个儿子都带走了。我没办法，只好自己跑到浪河来找他们。他到浪河后，他姐姐把他搞到浪河汽车配件厂上了几年班，1992 年煤气中毒，看好后，他不能再待在厂里上班了。

我们贷款 6000 元买了一辆“神牛 25”拖拉机跑运输，没多长时间，他把拖拉机开翻了，断了 9 根肋骨和 2 根锁骨，体内淤血，在丁家营医院住了 100 多天院，才算保住了命。我们当时手上只有 70 元钱，我们日子是咋过来的呀，真是什么苦都受了。他出院后，不能做农活了。我们在浪河口村落的户口，当时土地承包下户都已结束，哪有好地种？本身浪河镇的土地就少，我们就只有到河边去捡地种，但是牲口糟蹋严重。我到厂里去捡铁末子，用个大吸铁石吸，一天捡几斤维持生计。

从 1992 年到今年整整 18 年了，日子是怎么熬过来的，我都说不清了，两个儿子，要供他们上学，我是 1954 年出生的，今年 56 岁，前些年到江苏船厂打工，人家不要我，说我岁数太大，我就给人家求情，老板娘是浪河人，他们才勉强答应，做了 4 年多工。现在大儿子大学毕业娶媳妇了，儿媳妇家里没有男孩，儿媳妇要跟她娘住，这次不搬迁。小儿子快 30 岁了，没有成家，还在外面打工。

你看我们门前杂草长多深，我们因为要搬迁，不久前回来的。没想到的是，南水北调中线工程大坝加高又要将我们家的房子淹了，这次搬迁到黄陂，可跟原来不一样了。看点、选点、建房，移民代表全部参与，安置地楼房盖得好，我们三间土房换了一幢两间两层的楼房，水、电、路各种配套设施都比较到位，大伙都住在一起，不担心受别人欺负。从黄陂回沔阳娘家也比较近。我们 5 个人要分 7 亩 5 分土地，现在已经有人上来要求租出去，一亩地一年 500 元，3500 元，还有 20 年的后期扶持，每人每年 600 元，又是 3000 元。

我们将麻木车也带下去，我们住的六指街办事处离黄陂城区有点距离，跑个麻木挣个小钱花，儿子们在外面打工，通过这次搬迁，以后的日子好过了，我们对生活充满了信心，再也不是以前的移民了。

库区万只忠犬今何在

不知从什么时候开始，丹江口市城区的大街小巷忽然出现了许多不速之客，这些“客人”什么时候来，因为什么而来，来了多少，起初并没有引起市民的注意。但等市民开始注意的时候，就大吃一惊：这些不速之客都是清一色的土狗，三个一群五个一伙，东边窜一下西边钻一会儿，焦急而惶恐，穷凶而无奈。

这些不速之客真正引起社区和街道办的注意还源于那两场“狗咬人”事件。

60 岁的退休工人张秀发家住张家营社区，2010 年冬天的某日上午，他在张家营菜市场买了几斤猪蹄，正高高兴兴地提着回家要老伴给他炖猪蹄汤，不料刚走到市场西口，突然从旁侧窜出来一黄一黑两条大狗，黑狗一口咬住他右手提着的猪蹄，黄狗则一口咬住他的左脚踝。老人一吃痛，立即松了手里的猪蹄。很快，两条狗拖着猪蹄消失在人流中。张秀发低头一看，绒裤秋裤都被咬出大洞，脚踝上还有两道深深的血印。

另外一场狗咬人事件的事发地点依然在菜市场，只不过是在丹二巷。

午市的丹二巷分外热闹拥挤，突然，身后的人群中传来一阵狗叫声，接着是人群浪潮般地涌过来。仔细搜寻，却原来是市场口三名年轻姑娘被两条狗困住了。只听一名卖菜中年妇女大声喊道：“不要慌，不要跑，一跑就要遭咬。”不过很悲惨的是，那三位姑娘虽然很听话地没跑，虽然周围很多人都紧急前去营救，最后，她们还是未能全身而退——其中一位姑娘的手受了轻伤。

大白天的，野狗咬人，如何处置？社区和街道办事处统一制定措施：打！

2009 年，由于流浪土狗危及市区居民的安全，丹江口市社区街道办组织了两次集中打狗，2010 年又组织了两次，前前后后打了五六十条流浪土狗。至于现在丹江口市区里有多少流浪土狗，不好统计。对于现在还流浪在外面的土狗，社区街道办将再采取一次集中打狗行动。

狗咬人，自然要受到惩罚。打，是最直接有效的惩罚方式之一。但是，那些曾经是农民忠实看门将的土狗，缘何脱离了乡村，包围了城市？而且逞强逞凶咬起人来了？

无需调查，到周边的移民乡镇走走看看就知道了。

政策规定，移民搬迁除了人不准带其他活物上车，而乡下很多农户都喂了狗，他们没办法，一些农民搬迁时只得把狗放了，就成了现在的这些流浪狗。

在凉水河镇江口村移民搬迁后的房屋废墟中，人们见到了从安置地谷城县石花镇转回来的王大嫂。王大嫂此次回转不为别的，只为自家养了12年的大狗“黑子”。

王大嫂说，她家的黑子，10多岁了，忠心耿耿，家里从没遭过贼。她爱人买了个小货车跑货运，每次车子还在村头，黑子就开始叫个不停。去年8月，江口村移民开始搬迁。由于政策规定不能带猪狗之类的牲畜，就把黑子送给邻村不搬迁的亲戚，但是送了几次黑子都跑回来。后来亲戚用绳子把黑子拴住，但搬迁的那天上午，车刚启动，就听到车里的邻居们指着车后窗一个劲地喊：“黑子！你家的黑子啊！”

“黑子跟着车跑了很久，跑得口吐白沫，当时一车的人都哭了，连负责移民的干部都流眼泪了。”王大嫂说起当时情景时，泪流满面。

到谷城县后，王大嫂立即给凉水河的亲戚打电话询问黑子的情况，没想到亲戚说自从他们搬迁后，黑子就失踪了，哪儿都找不到。从此，王大嫂就落下了心病，无论白天黑夜，眼前总晃动着黑子跟着汽车跑得吐白沫的样子，饭吃不香觉睡不着，干活也不安心。后来王大嫂就跟丈夫商量能不能回凉水河一趟，把黑子带过来。丈夫虽然也想黑子，但他担心都搬过来好几个月了，还能找到黑子吗？王大嫂顾不了那么多，只身搭车回到了凉水河。

王大嫂在凉水河镇四处寻找打听黑子的下落，但好几天过去了，一直没有黑子的任何消息。

而安置地谷城县，因为有许多的事情还未处理妥当，丈夫实在忙不过来，就催王大嫂尽快赶回谷城县。

王大嫂又在江口村临近的各村寻找了好几天，依然没有黑子的消息。王大嫂绝望了，绝望的王大嫂只得准备回谷城。回谷城的那天清晨，王大嫂来到了自家房屋的废墟处。她想看看她家原来的地方。

就在王大嫂满心伤痛、满心绝望地四下漫无目的地看着时，屋角杂草破烂什物掩隐中的一小块黑色引起了她的注意。走近，扒开草物，仔细一看，王大嫂不禁一声哭叫："黑子！"

王大嫂看到的的确是她的黑子，但又不是她以前的黑子：杂物中蜷缩着一条瘦骨嶙峋奄奄一息的老狗，全身脏臭不堪，东一块西一块掉了不少毛，只从那宽大的骨架和仅剩的几块乱毛中可以看出它曾经是一条威猛高大的黑狗。

王大嫂毅然决然抱着黑子回到了谷城新家。

黑子是幸运的，所有知道黑子的人都说黑子是好命，因为它最终等到了主人，也最终等到了回家。而其他的狗，就没这么好命了。它们要么待在村里，被骑摩托车的狗贩子逮住装进车后座两边的铁笼，再送到城里的酒店；要么它们自己主动跑进城镇找吃的，被人抓住或被人打死。但它们的结局是一样的：放了血，剥了皮，掏了肚，剁成块，下到火锅里……

现在满大街的小吃店都在兴起狗肉潮。

网上曝说远在浙江的金华市要举办狗肉节。是狗贩子把移民的狗都弄到金华了么？

悲伤的、绝望的、最终惨死的近万只库区移民的忠犬啊……

郧县长岭沟村的江而兵在搬前两天就把房子拆了，把房瓦和木料送给了不外迁的亲戚，自己先住在亲戚家里。可他家的狗来福却怎么也不肯随他们到亲戚家，就只肯待在已经被拆得乱七八糟的老家院子里。而且从那天它就开始绝食，谁喂东西它都不吃。狗是很灵性的，也许它已经知道主人搬迁不能带它走，它曾经忠诚守护的家也不再有它温暖的窝儿了，它是太伤心了，所以吃不下东西。

“人走房拆”，这是搬迁的规定。在搬迁的那一天，所有搬迁移民的房子全要被拆完。拆房的队伍来推房时，来福在旁边狂叫不止，几次跃上去扑咬拆房队员和拆房的机械。有经验的拆房队员早有防备，十几个队员拿了备好的打狗棒准备把它打死。这时，它忽然安静下来，卧在地上，眼中含泪，喉咙里发出低沉的呜咽声。这时一位队员心软了，拦下其他队员们的打狗棒说：“算了，这狗怪可怜的，把它撵走算了。”

拆房队员们轻轻地轰撵它，来福似乎知道它的抵抗是无谓的，便拖着尾巴慢慢地跑到房后的山包上去了。队员们在拆房时听到来福时不时地发出一声轻吠，那声音让人听着感觉无奈而忧伤。

房子很快被拆掉了，来福又回到那片废墟上，时而来回转悠着，时而轻轻地嗅着废墟里的东西，时而坐在那里发出轻轻的呜咽。附近没搬走的邻居看来福可怜，给它送来些吃的，可它一口也不吃；想把它唤到家里去，可它一步也不离开那片废墟。夜晚到了，来福还守着那片废墟，它坐在那里，望着夜空，隔一会儿发出一阵凄凉的叫声。

几天之后，当人们再看到来福时，它已经死在那片废墟中。以前的家即使被拆了，这里也仍是它的家。废墟中有家的味道，闻着家的味道它就能够像以前一样的感受温暖，所以它至死没有离开……

不能缺失的心

——是什么阻碍了中国创新路

■沙 林

编选按语：

科技创新与国家命运的关系越来越密不可分。因此，科学地认识我国科技水平的状况非常重要。毋庸讳言，我们的科技水平已经有了很大的提高，与世界先进国家的距离有所缩小，在某些地方甚至还处于前沿的位置。但这些都不能够成为我们骄傲和停歇的理由。在很多尖端科学领域，我们的科学能力、研究脚步依然很弱。这篇《不能缺失的心》，用大量的调查和事实说明了我们科技创新的现实不足，实有提请人们清醒和努力的真诚用心。这种对于重大前沿社会课题的关注，本应是报告文学的职责和担当，也自然是作家能力和素养的表现。

引　言

有一个像老虎一样的妈妈，是童年的灾难，还是福分?

或可以这样说，现在中国大陆任何一个恨儿不成钢的妈妈都想成为“虎妈”。“虎妈”这个称呼，又是美国人捣的乱。他们拿它称呼一个在美国把女儿严加训诫成功的华裔妈妈——2010年在美国畅销的《虎妈战歌》是虎妈蔡美儿自己写的训诫女儿过程的书。这种西式幽默让人联想到中国“文革”年代驰骋冲杀的铁姑娘，战未休，冲不止。

虎妈的做法在我们中国人看来难谈好坏，“子不教，父之过”“书中自有黄金屋”“书中自有颜如玉”的说法，现在几乎一半的美国人也叫好，《虎妈战歌》畅销就说明这一点。另有一半的人想起了什么?平等自由、自由发展、尊重人权、家庭暴力……他们因此谴责虎妈，弄得虎妈蔡美儿在美国一再辩称这只是自己的育儿日志，而不是训儿宝典之类的，而且还有自己的一种自嘲在里面，并不代表自己全面认同。

中美两国育儿习惯的真正区别是，创新，发明，心灵的自由发展……这些很好听的名词，在两国亦都是上好之词，但在美国这些是真好词，几乎所有的父母（不管他们是否欣赏《虎妈战歌》），都认真实行贯彻之，他们的文化决定了他们的行为，从来发展凭自由，“儿权”向来也平等，这里面牵扯到人权、个人发展等民族深层心理因素。对孩子的尊重等在西方人看来是很神圣的概念。而在我们国家，这些报章、书籍和文件上的好词一落到民间父母中，就成了对外的装饰，如果事实上妨碍了自己后代上个好学，寻个好职，那可以被平凡父母们弃之如履，视同垃圾。

几年前，当我在据说素质教育做得最好的北京的一个教学质量中等的中学会议室抬眼望去，家长会上三百多位父母亲无不在女教导主任的训话下显出恭敬从命的表情，我知道他们，包括我这个父亲，几乎没有一个不希望自己的孩子听老师话，记老师说，做老师题，规规矩矩，不要僭越，不用创新，不得违逆。高考的独木桥就在前面，我们都是这样的父母亲，谁也不要说谁。

我一直苦想这种民族惯性是否有合理之处：整个民族的实用主义的倾向造就了我们的特质，这里面没有好坏高低之分——几千年的历史就这样过去了，到头来，雷霆闪耀之处，这个保守、实用的民族创造了一个东亚的奇迹，也可能无数人的循规蹈矩，跟仿谨记，上下有分，尊卑有别，造成了整体的最小损耗，五千年能完好存在于世，这本身就是一个最大的创造，善于自保或许与善于开创同重，越接近文明发展的近期，文明本身的互相借鉴就越发重要，而且可能在这方面落后几十年，在另外的通道上亦能弥补，器物发明的暂时落后，在制度典籍和气韵精神上却不乏领先。纵观中华民族的发展史，这种领先有时可能更为重要，整个民族有一种文化的内向力，就像一个棱角很小的滚圆巨石，滚动跃跳在种族、国家纷争向前的竞争大道上，摩擦最小，耗损最小，一下子滚蹦到了 21 世纪。

当然，这种“四百年于人类无贡献”的自保式生存，在文明史上无论用什么样的词去溢美，还是遮挡不住发展模式上的不足，无论如何，“创造”是人世间最美的物事之一。

我们岂能心无怍愧地面对峥嵘现实：我们实际是在用创造力不足的内闭性社会中的人民的血汗去与一个异想迭出再加上制造力坚雄的整个西方世界拼争。“一个模仿的民族”“一个山寨的国家”，这是近几十年，一些国内外的专家学者、官人，甚至国内的学术界和新闻界赠送给国人的不雅名号。

在高科技武器方面最能明显看出民族间原创能力的对比。同样的出身于落后封建帝国的社会主义国家苏联，同样遭受对手的严密围堵，在十月革命后的 50 年间，创造了令世界咋舌的世界第一：第一颗人造卫星，第一颗氢弹，第一个原子能发电站，第一艘核潜艇（“台风”级战略核潜艇），第一艘原子能破冰船，第一艘最大的巡洋舰（“基洛夫”级核动力巡洋舰），在上世纪 50 年代就拥有庞大的航母编队……至今许多仍保持着世界纪录。实际他们在建立政权仅24年时，就遇到了世界上武器装备最先进的疯狂军队的突袭，他们迅速爆发出自己的原创能力，研制出众多世界上独一无二的、理念新颖、制作粗糙的T-34坦克、米格战机、喀秋莎火箭炮，与世界上机器制造业最发达的国家展开了殊死搏斗，可以说某种程度上是苏联的原创能力决定了世界战局，挽救了自己的国家和其他许多国家（包括中国）。二战后，美国可以说是全球的人才收割机，苏联以一己之力能在科学上对抗整个西方这么多年而且基本上不落下风，确实非常非常了不起！

反观我们，俄罗斯国防部的一位将军曾很不客气地说，离开了仿造俄式武器，中国就没有武器了。英国BBC也夸张地调侃道："中国国庆阅兵就像是前苏联武器展"。虽然这些话带有侮辱和夸大成分，虽然我们在武器方面已慢慢跨出"山寨"格局，有了自己的设计思想，但比起我们民族几千年的文明史，比起我们建国60周年的伟大业绩，比起苏联20年代就扬言苏维埃要做世界最大最强的东西而且也实现了，我们的创新成就还是比较微薄。

最骇人的一句话是我们的学者自己说的，"中国人四百年来对人类文明没贡献！"这句话是基于遍查我们这个民族，我们现在百姓众生所享用的一切制度、体例、器物、运动、经济、服饰……一切的一切，几乎很难找到一件是中国固有的东西这个事实上的。

令人困惑的是，我们又是这个世界上最大的器物制造国，最大的商品出口国，最快的经济发展国，最猛的财富积累国，最众的人口国，这里面到底发生了什么？创新和国富民强的关系到底如何？"创新"和"墨守成规"这两个截然不同的概念分别在国计民生中起什么作用？

本文尤其想探讨一下，为什么国人有了一定的物质基础却还创新难为，而山寨蜂起？是什么阻碍了我们？是否有一条既符合国人严份守纪的特性而又不至于谈起创新"四百年于人类无建树"的让人羞愧的路？

"床"的悲情

制造业的核心是机床，机床的关键是精密。

上世纪五六十年代，有苏联、东欧的技术设备支撑，我们与世界工业的平均水准差距还不大。但从精细机械、电子技术占领工业核心的七八十年代开始，我们还没生长出创新的信心和习惯，又没了当年苏俄那样强大兄弟国的大强度输血，颓势渐渐明显，工业文明的核心地带与我们渐行渐远，有的领域几乎彻底是望“洋”兴叹。像高级汽车、航空发动机、高级机床母机——有一位汽车工程师这样沮丧地说，“离开了德国的母机，中国机床业将一无是处”，“所有的高级芯片、所有的高级混合材料……全是洋品。在一些稍微低级一点的领域，即使我们勉强模仿造出了自己的东西，也因材料质量不过关，用了不久就会出现各种毛病，被我们自己摒弃，以致一些国产的东西几乎沦为笑谈。”

一位同济大学搞汽车发动机的博士生导师愤懑地说：“谈起创新、技术、研究、攻关，大家都在怀疑我们有没有这个能力了。作为整个国家工业发展中技术含量最高、具有领头羊意义的汽车工业，我们的现状是：1. 车型全部是抄袭，引进。2. 设计软件、流程都是购买国外或者盗版。3. 制造设备生产线都是引进。4. 试验设备都是外购、引进。”

不是没有同步起跑的平台，不是没有赶超的机会，我们曾经有过。

“1956 年苏联帮助造出的卡车，到了 1985 年，快 30 年了，还是那个样子……别说这个了，你看看过去的影像资料，暖水瓶从清末英国进来就是那个样子，到了 20 世纪 90 年代，还是那个样子，一点没变。十几年前才从香港和日本引进了新的样式，中国大陆的一些民营工厂才开始仿制。没有改变的欲望，能拖过去就拖过去，这就是我们的状态。”

一位新中国成立前大学毕业、原国防科委和四机部的高级工程师康老记得，上世纪 50 年代末，我们要搞某尖端武器，从苏联运来了十几卡车的资料，当时的部长王铮下令一个字不能少，全部翻译。这么大数量的俄文资料，紧急动用了部内外几百名懂俄文的官员、技术员等进行翻译。后来我们在仿制过程中，改动了几个地方，研制出来后，出了问题，结果仔细调查，就是咱们改动的那点出了问题……这不能说我们一味模仿后的一点“创新”不对，而恰恰是不经学术研究而匆匆想让工农兵占领舞台、证明“离了赫鲁晓夫我们也行”有问题。

改革开放以后，我们的原创精神更加稀少，安于几十年如一日的平庸度日，又甘于模仿、偷取，让我们在工业文明迅速发展的今天，只能屈居工业产业链的下端，用廉价的工资和不计污染的劲头去和人家竞争，好不容易赚得一点外汇，却污染了祖国大片河山。人民在焦躁繁忙中打拼度日，工资待遇福利却屈居世界末端（如此发展、竞争、生产，甚至革命的目的是什么？如果不以全体国民幸福为目的，那这样的发展以及所有的冠冕堂皇的大词都可以休矣），这真是占小便宜吃大亏——看似以廉价的人力和不交知识产权保护费的偷窃模仿能迅速跟进一段，看似好不容易赚得的一点利润宁愿去拉关系搞腐败，也不愿投入科研和原创的研究上还挺实惠……恶果延宕，所造成的人们的疲惫偷懒、投机取巧心态和不负责任的污染现实，是极大的得不偿失，阻滞中华民族创新精神的发展，甚至损害了中国的道德环境，每一个中国人和企业也不可能在投机取巧和短暂私利的漩涡中有一个安稳幸福的家园。

这是我们民族的一个致命隐伤，创造和发明很少，而在制造这个层次上，又因材料的不过关和技术粗糙等因素，产品质量较低下。追赶似乎遥遥无期，关键是很难见到业界仁人志士在国家高度呼吁一把，鼓起全民族的勇气，下定决心去追赶。

有这么一个大军工企业的工程师，他的故事让很多人感慨。其实那么多浮华就是浮云，增长数字、GDP迷雾、高铁房地产类的喧嚣、春晚类的歌舞升平……都是浮云，让我们一看而伤心流泪的，这个国家，除了底层百姓生活的不易，国土污染越来越严重，就是实实在在的制造实业和引领它的科技，在与发达国家竞争中有着实质性的落后。

这位自诩为“老愤青”的工程师，五十四五岁，不愿写出他的真名。但又非常想表达，虽然自己说早已心灰意冷了，但分明能感受到他对国家的热爱，对行业的深爱，只是冷冷的方式，刺痛人心。

他是721大学学出来的，现在的人可能不太熟悉这种厂办或者是工业局办的大学了。过去这种工人上升为技术员、干部甚至工程师的通道是很诱人的。

他所在的工厂是东北非常有名的军工大厂。这种北方几万、十几万人的大厂照例不是苏联援建、就是日本遗留基础上扩建的。“共和国长子”的福利收入和名气傲视群雄，令周边市民无限向往之。

“老愤青”能进来是因为亲人关系——家亲相迭，友朋环套，是这种大厂的特色，也是上世纪八九十年代极力想用“现代企业制度”改革掉却又效果欠佳的。但“老愤青”是一个有为青年，虽然因为父亲的关系进的厂，但还是想好好干一番事业，特别是在市场经济的冲击下厂子渐显颓势的时候。

这个大厂为了自救早就不只生产军品，也在商品大潮中投身民用市场了。因为曾在人力物力方面在国内独占鳌头，因而现在除了一些独资合资企业外，这种企业的技术实力当时是中国大陆最强的。但国企积习难改，“老愤青”在厂子“初下海”时就感到一种深深的忧虑。

这种忧虑来自我们大多数国人都已熟视无睹，而懂行的人细分析起来却很可怕的事实：如果没有洋设备依凭，没有洋成品模仿，没有洋人远远监督，我们做出来的东西将粗糙得可怕，能用与否都未可知。

“我们的办公室人员只会在那里凑数据，吹业绩，没有看到我们在许多方面大大的不足。比如我在的那个企业，以及所有我知道的这类制造企业，每当攻坚精活、硬活、高档次活计的时候，都照例用外国进口的机床、刀具、材料。我们国企自己生产的设备、刀具等，质次价格还不便宜。”

“老愤青”这类技术员的不满根本无足轻重，他的最终离去来自两代人的苦涩。他们父子同在这个大厂活命，2004 年，“为企业卖了一辈子命”的老父突然发现得了癌症，可这个大厂竟然不给报销医药费，“老愤青”全家很是伤悲。中国大陆底层许多百姓一直挣扎在这种生老病死的痛苦漩流中，在粗放式发展所产生的污染中以及各种低劣烟酒浸染中染上了重病，又得不到发展的补偿，国家的强盛，国家的关怀，很少照到他们身上，可能经过了层次太多的层层盘剥，到了他们身上才是一点烛火般的光。

“老愤青”愤而离厂，外出打工，既是对这个没有人情味的国企的摒弃，也是挣钱救父的需要。他首先来到了上海一家台资小厂，规模比原来的国企小多了，可设备和技术要先进得多。“老愤青”在那使用正版的 Cimatron，UG（一种高级软件），为 20 余台的 3 万转的高速加工中心（一种国外最先进的大型综合性机械加工系统，把车、刨、削、铣、钻、磨、镂等所有工艺集于一身，一个铁块扔进去，电脑控制，走完流程，出来就是一件精致、精密、复杂无比的成品）编程。而他原来的那家国家大厂只有一些有心报国但并不被重用的知识分子弄来盗版软件，苦巴巴地想着做一些好东西。在软件上，一些国企大厂还没有台资小厂开窍。硬件当然也没有人家的系统和先进。“老愤青”在这家台资厂学到了很多东西。

没有创新，没有那种引领的创新，有的只是那种总是模仿别人然后说自己是“创新”的那种创新，整个技术意识和意识体系必然落后，再加上没有精细用心的工作态度，做出来的东西必然是粗糙而不经用。“老愤青”下海后认识到这一点：

“2008年，我在韩国做手机的朋友知道我在一家日本机床制造厂打工，也知道我在国企干过设备采购，为降低成本，托我买几台国内的高速机——手机模具只有用高速加工中心做，否则后续抛光工序会非常麻烦。我遍寻了国内的加工中心制造厂家，南北方各大城市的，最后得到厂家销售部门的说法让我心都凉了，国内没有一家能制造真正的高速加工中心，相比生产速度最高的竟然是宁夏的机床制造厂，人家是合资公司，用的是日本技术——但小日本只让国内做到一万两千转。其他的厂家只有八千转。意思很明确，国内没戏。我郁闷了半天，中午吃饭时我转头问我们日本经理，他告诉我，日本已有五万转的加工中心，气浮动导轨，用于日本飞机的试制，但明令不能向中国出口。这家日本厂在日本国内只算通用机床制造厂，小日本还有更高级的设备已在研制中……”

我们在制造业方面的危机已经很严重了！一位国外归来、现在同济大学研究发动机制造的博士生导师徐先生也证实了“老愤青”的说法：“我们项目里甲方一般要求电机为ABB，减速器为德国SEW或FLENDER，控制系统为西门子或施耐德的产品。其他电器原件，如断路器、接触器等都是要西门子或施耐德的产品。国产的东西因质量次一般沾不上边，除非项目资金较少才选用！而且所谓国产设备，高级点的主要或核心部件全部是进口的！”

“我们国家发动机制造技术落后世界水平多少年？不说那个英国给了图纸、‘攻关’了30年也没仿造出来的罗尔斯·罗伊思飞机发动机，就是普通的汽车，稍大功率的发动机都是进口的。徐工生产的大型吊车，发动机都是美国康明斯的，液压控制中的主件是德国的，连大型吊车上的钢丝绳都是进口的，我真感到有些悲哀。”“老愤青”说。

几十年来，“老愤青”看遍了中国的机械业，他“愤”中有忧，从小家的愤，思中国的悲：

“我曾经负责对单位的几台大型落地镗铣床电气技改，除调速电位器和转速表采用国产的外，其他关键部位全是进口元件。机床使用的五年中，进口元件工作正常，而国产元件却不知换了多少次。中国生产大型机床的企业一般仅做床身和一些附件，丝杠、主轴、电气控制系统都靠进口，为了保证床身导轨的精度还得采用进口的导轨磨床。中国机械制造业全面落后于美国、日本以及欧洲各国。机械制造业工人工资偏低人员大量流失，很多有技术的人下岗，要振兴中国机械制造业谈何容易。”

“老愤青”提出的问题让笔者思索：自己的“床”能让飞机、导弹、卫星飞吗？相信我们做这些东西的机床都是来自国外，一旦国外“敌对势力”发威，又是问题。上世纪70年代苏联躲避美国监控，购进日本东芝的高级机床，加工自己的导弹航天，美国为此狠狠制裁了日本，在国际上酿成轩然大波。实际我们现在一些最尖端的机床是买不到的，西方国家集体对我们限制出口。

有时甚至买了设备也不会用，“老愤青”评价道：“买的时候，要组织数次出国考察，然后数次地邀请外国专家，开无数次的论证会，进行无数次的探讨，当然旅游吃饭是不能少的，然后展开无数次的谈判，讨价还价吃回扣。机器发到后，肯定需要一个仪式，请各级领导和媒体参与，大吹特吹一下，弄个大红花，举行个开工仪式，完了，就放仓库。若干年过后，‘经过各级科研人员的攻关，投入了大笔的资金和人力，现在能达到90%使用率了’，起码要开个庆祝大会，表彰有关人员节省了上百万的资金，至少要发个几十万的奖金给相关领导，请领导和媒体讲话……”

说起中国的制造业，大家都有点想哭的冲动，像“老愤青”一样，许多人都把自己最宝贵的青春岁月献给国企了，曾经一起厮滚过的弟兄还在那苦熬，微薄的收入支撑一家人，有些人不知去哪了，父母还在那个老旧大院里残破的家属楼出入，只是佝偻了，早没年轻时的精壮。

当年是汽车修理工，现在是某贸易企业总经理的张京风回忆道：“每天中午，我们从蒸汽炉中拿出从家带来的饭盒，男女各自品尝。那边突然爆笑起来，某男占便宜又被一堆女工围打在地上……下班时铃声一响，无数自行车冲出厂门，饭盒叮当响着，青工们互相打趣笑骂……瞬间工厂清静了，上中班的人静悄悄劳作，夕阳把工厂染成金黄色。”

“因为企业大，有几年效益也很好，有点本钱，所以一度说要学习国外的先进技术，搞引进，引进技术，引进人才等，自己是个大傻瓜，以为是真的呢。”“老愤青”接着回忆：

“每天查资料，查专利，学习新的东西，忙得像个总理似的，实际上，所谓引进，就是厂长和几个主要的领导出国玩了几次，啥也没干，现在厂子不行了，工人都拿基本生活费，艰难度日，那些当官的当然不怕，他们也捞够了。唉，这些事不说也罢！”

“老愤青”的故事总是那样悲情，不管他如何觉得混得可以光宗耀祖了，他还是忘不了曾经相依为命的厂子：“讲个真实的故事激励国有军工企业，我过去的那个企业买了一台日本高精尖设备。安装时由于国内工程师没有能力安装，专门从日本找了一个高级工程师来中国帮助安装。但是等到了厂子大门，小日本看到一辆坦克（厂子里维修的功勋坦克，打朝鲜时立过功的，退役后就放到厂子正门了），扭头就走，拉都拉不住。等向日本总部汇报过后，制造厂家宁可违约赔钱，将设备硬生生给拉走了……每次我回去看到就想哭，为那耗费了我们工人许多血汗买回的高级设备闲置、损毁，丢弃，不会用，也为国×集团的明天，也为国×二集团用1万块钱买断我10年青春岁月而哭！”

“床”是机床，我们曾经那么重视机床，视同于工业整体。许多成功人士背后都有当年机床的影子，但现在国产机床的地位跟工人的地位一样，很低，很破。最遗憾的是，几代人的奋斗，为工业的呼喊奋争，还有他们的青春，像水中花月，一去不返。

“芯”的缺失

创新之道，全民求之。民族大业，与之相合。90年代以来，创新被提到国家战略层面上。几位国家领导人都一再强调自主创新的重要性，前国家主席江泽民 1995 年就曾经说：“创新是一个民族进步的灵魂，是一个国家兴旺发达不竭的动力。当今世界的竞争，归根到底，是综合国力的竞争，实质则是知识总量、人才素质和科技质量的竞争。”近年中央领导也一再强调，科技创新能力是中国经济社会发展的驱动力，是国家立足激烈竞争的国际社会的重要手段。未来国家发展的关键在于科技的新突破，要进一步增加研发投入，加大人才培养和引进力度，力求在一些领域的核心技术方面有所突破。

在国家上下高度关注自主创新十几年后，中国国家创新能力的确有很大提高，这是铁的事实：我们国家自主研发，自己制造的“神五”“神六”载人绕地飞行，“嫦娥”绕月飞行，最近“神舟八号”飞船在外太空和天宫一号目标飞行器对接，建立中国第一个外太空实验室……这都显示了中国航天技术的成熟，使中国真正跻身成员不多的“全球航天俱乐部”；我国在 2010 年 9 月宣布，研制出全球运算最快的大型计算机。这也是一个不小的成绩，虽然许多元件、机件，甚至还有整机是进口的，但成千上万台这样的机器排列整合起来，使其形成一个超大型机器阵，也是需要真本领的，全球没有几个国家有这样的气魄和能力做出来；我们海上石油工业的科技发展也进展神速，其标志之一就是我们自己设计制造出了全世界技术最先进的深海半潜式钻井平台 981，这个平台体格巨大，高 130 米，重达 30 万吨，全部锚链海上覆盖面积超过北京六环路的范围，有人说能够制造出 981，航空母舰也就不在话下了……

但灿烂的图景掩盖不了严重的问题，中国科技和工农业各方面自主创新的实际态势是，一方面突飞猛进，一方面隐患多多。其中最要命、最关键的问题是，我们不掌握关键技术、核心技术，许多创新成果往往徒有其表，实际是不到位的创新，“拼凑创新”是严重依赖外国人和外国产品进行的“创新”。比如中国的高速铁路的建设，对我们来说就是整合功夫，关键部位往往要仰仗外人。比如对轮，也就是高速列车的轮子的制作技术，是高铁中很关键的技术，对轮是高铁中最“吃劲”、最易磨损的部件，我们的材料和技术不过关，不得不引进挪威的制造技术，与挪威办了合资企业。比如无柞铁轨（无枕木铁轨）技术是从德国引进的。有人统计，高铁技术相当多的来源于外，但我们却把它说成了自己的知识产权。对于这一点，德国等国家非常不满，他们甚至编了歌谣来讽刺这种“二道贩子”式的“创新”。因而，对于许多中国的“创新产品”来说，到底算不算创新，很有争议，一直争论到全世界。

其实在技术文明上，我们跟在外国人后面亦步亦趋，甚至远远难趋，已经持续数百年了，一直到现在，改革开放已经35年了，虽说总体有所改善，但在主要和关键工业经济项目上，还是如此，而且因工业文明的高度发展，民族间竞争意识的日益增强，有的领域这种状况越来越严重。对此外国人这样评价：“对外国的严重技术依赖，已成了中国建设经济强国的最大、最现实危机！”

在中国大陆的文化科技经济领域，这些年提及次数最频繁的一个词是什么？自然是“自主创新”了。如果找几份中央大报细数一下，可以发现，“自主创新”的用词量远远多于其他的一些热词，而与最热词“绿色发展”“低碳经济”“转变方式”等不相上下，有的时候还略高一点。在我们国家的宣传领域，大家都知道一个“潜规则”，“缺什么，补什么”，什么方面面临危机，恰恰去从什么方面去正面反复提及。

“自主创新”这一国家战略，到底缺到什么程度？或者说创新不足在当代有什么表现？

我们或许能从一组海关数据中读出些什么：

2009年，中国花费资金最大的单项进口商品是什么？是石油？不是。2009年中国进口石油花了900亿美元。是铁矿石？也不是，2009年中国铁矿石进口花费500亿美元。正确答案是芯片！2009年，中国的芯片进口价值达1200亿美元。

占进口第四位的是大尺寸电视液晶面板，2009年进口达400亿美元！

芯片和液晶面板，支撑着中国电子业的两项主要产品，基本全是进口。对此国内媒体称，中国是“没有芯的发展”！外媒这样刻薄地问道：“中国所谓的连年高速增长的高技术产品对外出口，离开了这些进口的芯片，还能剩下多少呢？”一台大屏幕电视机1万元人民币，芯片、液晶面板等关键进口组件就要占去7000元人民币。以至于本土电视厂商感叹“电视机论斤买，利润同大白菜差不多。”

怪不得这两年日韩面板厂商一发力进入终端组装环节，国产彩电这朵被称为“开放创新、市场换技术最鲜艳的花”，市场份额立即有跌落到一半的感觉！

进口不易，进口要看人脸色，特别是在高技术方面。

有三大进口牵动着我们民族的“致命伤”，一个是粮食。在各地官员和开发商腐败勾结越演越烈的今天，各种名目、跟个人贪欲私利紧密相连的开发区、新校区、政府办公区、高档住宅区，特别是所谓城市化的“农民上楼”等，动辄占用粮田数千上万亩，还有官员、富商、黑老大的“官邸”“豪宅”“花园”轻而易举变相侵占农村几十亩、上百亩土地的今天，作为国民命脉的18亿亩耕地越来越难保证完好，“红线”已经逾越，加上水旱天灾的加重，粮食供应已难保证，进口量势必越来越大，一旦国际粮食市场发生变故，或者主要产粮国与中国为敌，拒绝输送，粮食问题将成为中华民族的最大问题，决定亿万国民生死。

触动我们民族伤口的第二大进口项是石油天然气。2010年我国石化能源消耗4亿多吨，其中进口达52%，2011年将达55%，一旦国际能源发生危机，或者主要运油海道、管道被封锁，中国大陆将有一半的机动车趴窝，各大城市街道、居民区将被钢铁废物覆盖，中国的工农业、汽车业、航空业、化学工业、服务业、食品业……所系百业，难逃其苦。

第三大“危机进口”就是芯片。有人形容，如果芯片被封锁，进口被堵死，那比汽车多得多的计算机、大型商用机、大型机床、网络、通讯服务器等，都将身处险境，带伤运行，或者趴窝“死机”，整个现代社会的正常运行都将大受影响，甚至整体停顿，所遭受的打击一点不比能源短缺差，有可能危害更烈。

单说芯片，我们可以想象一下，离开了进口的芯片，我们“连年工业品出口增长”的那部分，工业品的出口大宗，我们国家外汇收入的支撑，计算机、电子玩具、手机、手表、中低档机床、家电产品等，还能否成“器”，还将剩下多少含金量？

对于电子行业方面芯片缺失的窘状，一位电子工程师以真情实感写的“泣血”文章很能说明：

从电子行业现状看我们的所谓“强大”

长话短说，本人作为一个有10年经历的电子工程师，就从电子行业看中国现状。电子控制系统作为系统控制的核心，控制小到家用电器，大到汽车、飞机的运行，是一切工业制品的核心。

虽然看似中国有很多大型高科技企业，每年也出口很多的电子产品，但是作为电子控制系统核心的芯片，80%以上都需要进口。

当然芯片也分三六九等，有做一些简单工作的辅助芯片，几角钱一个，这些大概国产的可以占到50%市场，这些芯片可替代性强。还有做复杂或者核心工作的核心芯片（比如电脑CPU之类），从一元钱到成千上万元不等，几乎全部是进口，而且是系统中必不可少的。

即使低端的国产率较高的芯片，其中很大一部分还是买的国外的晶圆，然后自己回来切割，装个外壳测试一下就是成品了。相当于买个进口的产品，自己包装一下就MADE IN CHINA了。

还有极个别那些真正所谓100%国产的芯片，其实也就是拿着国外的某些低端芯片，拆开来，在显微镜下面拍照，然后完全照着抄袭，而且抄都抄不像，性能比原版差，只能和原版拼价格。如果芯片设计还能有一点点改动，那已经牛得一塌糊涂了，估计可以申报国家科技进步奖了。国外高端的复杂的芯片，给国内抄都抄不出来；甚至人家把图纸资料都给你，国内也生产不出来。

电子行业的现状就是，最好的芯片在美国，其次是日本，欧洲，再次是韩国，最垃圾的是台湾。中国大陆？这地方也生产芯片？开玩笑的吧，至少我10年来还真没用过MADE IN CHINA的芯片。当然，在批发市场那些廉价的，用几个月就坏的小玩具或者遥控器里面，是有国产芯片的。

国外芯片厂受08年金融危机影响，产量压缩，结果09年开始，国内芯片就缺货、涨价，个别紧俏品种还翻番地涨。对国内控制器生产造成很大影响，生产不得不一再延期。

举个小例子，中国是最大的电动自行车生产国，而电动车控制器的芯片全部是进口的，其中MOS管芯片以某国外大牌的为最佳。结果每年5月份开始，当电动车生产销售进入旺季后，那个品牌的MOS管芯片都会涨价，普遍涨30%~50%，06年最离谱，从2元涨到8元，一个电动车控制器要用6~12个这样的MOS管，基本上占到一个控制器成本的60%以上。人家涨价就涨了，宰你就牢了，你爱用不用。只有个别技术实力强的厂家会尝试别的国外芯片，虽然质量下降了些，但是毕竟省了成本，整体还算合算。国内的MOS芯片是断没有人去用的，而且这些芯片的核心晶圆也是国外的，只是国内装了个壳，即使这样的，哪怕白送都没人用，差距还真不是一点点。

所以，有人说，别看中国出口了多少多少，其实也就赚点劳务费，八成以上的利润其实是上游的国外大公司赚走了。

哪天如果美国拉着日本和欧洲对中国芯片禁运，那中国的电子行业可能就彻底废掉，中国所有的带电子控制系统的，包括家用电器、汽车、飞机、电网控制，甚至小小的灯泡都不能生产了。说到这，怎么感觉和说1949年一样啊，真正的一穷二白。

为什么中国经历了所谓高速发展的30年了还这样，我的经历就是答案。

10年来，做工程师赚的钱，只有房产升值的零头，比炒股赚的辛苦，我现在已经开始逐步放弃研发方面的工作转而进入收入更高更好玩的商务领域了。虽然很可惜我那10年的技术经验，但是中国其实并不需要什么经验丰富的工程师，中国只是工厂，只需要工人。

10年前，我刚毕业，中国就是这样；今天还是这样，甚至还倒退了（某国内芯片大厂最近宣布停止研发芯片，专注于代工业务）；10年后……

这是本人电子行业的现状，如果大家有本行业的现状，也可以说说。

我记得曾经一个机械工程师说过，如果离开德国的母机，中国的机械行业就彻底完蛋。

世界离开中国，生活成本或者生产成本会略高一点，但也就几个百分点而已，因为中国其实也就在整个产业链中占据着利润最低，产值最小的一个环节而已，也就帮老外在组装阶段省了几个人工费。

国家的悲剧在于在技术研发和创新方面和国外的差距越来越大。

这位工程师所写的不加一点掩饰，真实得有点残酷。与我们一些不明就里、沾沾自喜的宣传完全是两个腔调。到底哪个真？读者自有分晓，反正这篇文章在网上流传的时候，几大网站的所有的跟帖几乎都是一边倒地支持“楼主”。网友们恨铁不成钢，嬉笑怒骂皆文章，冷嘲热讽中流露出一颗颗爱国心，所道出的自己单位地界的真相更加触目惊心。

关于芯，我们为什么匍匐跟随了30多年而难以超越？芯这种精细活虽然包含高科技，但同时也是一种人力密集型的产业，与中国人精细的天性相去不远，我们能在头发丝宽窄的丝缕金玉上刻一首诗，为什么不能在大许多的“方寸”上“磨”一片硅锌铜？何至于落后如斯？何至于20多年来踽踽前行？难道在芯上，除了精细，我们还缺更多的东西？

在芯上，逼近美国人的是日本人，他们给了我们些许信心，能打破芯片等高科技上“白人中心论”的就是他们，台湾人做得也可以，他们毕竟供给了全世界20%左右的芯片。

我们缺什么？比起欧美人、日本人、台湾同胞，在芯片研制方面？

我们在材料上不过关，在制芯材料上要仰仗他人。材料是最来不得假的东西，不像某些“创新”，我们“拿来主义”，整合一下就是我们的“成果”了，材料“整合”不了，它是硅、碳、金、铜、钼、砷化镓等非常精细的配比结合，要经过千百次对比、记录、研磨和炉炼；我们在芯片线路编排、刻蚀加工上的欠缺也不是一星半点，在小拇指甲那么一点的面积上要嵌上数百万个晶体管，线宽只有0.1微米，或更纤细，这需要极灵敏的设备和精细的心绪去长时间操作，刻蚀，需要研制人员有极大的耐性，心无旁骛，一心投入。大多数国人目前好像没有这种细心、耐性和责任感。

这道出了科学研究中最重要的一点：态度。态度决定一切。我们的态度难道不对吗？方向对，但程度不够，全情投入者少，或许一会儿想着顶头上司脸色不对，决定奖金升迁的主任还没打点，一会儿惦记着职称还没搞定需去笼络讨巧于众评委，还有总想着逃离研究而弄上个一官半职管“研究的”——科技界官本位思想也浓厚，“好处都是当官的得，苦了死研究的傻博士”。如此，谁也不是活雷锋，科研人员也想活在更好的环境中，思想上移情别恋是自然的。

从上世纪80年代初开始，去过国外的科研人员就非常羡慕国外的学术研究环境：一就是一，二就是二，人事关系简单，黑白对错分明，没有那么多矫情阿谀，嫉恨嗔佞。我们想一夜暴富、走人情脉络、靠“贵人”提携的大有人在，能够潜下心来、默默无闻地精研“物”的高层次人才太少。知识分子本来应该是最干净的“士”，竟也沾染了许多社会上的不良习气，大环境所致，尤为可悲。科学研究上的大忌就是这个，整体氛围浮躁，这与“芯”的安稳内敛的性质大相径庭。

这是非常现实的脑力分配博弈，在大脑可使用的10%的范围内（大脑像宇宙一样，有90%是当前科学家还弄不清楚的“暗物质”），琢磨“人事”多了，自然要挤占研究“物理”的地盘。科学研究的想法和灵感，是需要足够多的资源去堆砌的，量够了，它们才会某一天突然不期而至——有可能“暗物质”部分起了相当大的作用，但必须用10%的那部分去充分发掘启迪。

芯的缺失，还有一个重要原因，是中国大陆投资阶层短视心理严重，谁也不想“放长线，钓大鱼”，都想捞一票就走。企业界是这样，有些政府部门也是这样，结果导致基础科学、基础研究投入太少，产出自然削薄。

我们也有人曾经放出狠话，与美国叫板，说做出了国人自己的芯，可替换中国人电脑中的主板，“中国人要用中国人的芯”，打爱国牌，一时间很是热闹，最后被揭露造假成分太多，有骗取国家投资之嫌。这道出了一个大问题，在科技研究上我们尚不真诚，还不老实。山寨可以，但要明言山寨。创新就是创新，来不得半点虚假。否则真相早晚被揭穿，到头来名利全空——但可悲的是，太多的人视名声为粪土，什么名誉、名声？万一失手，打通关节，照样没事。的确如此，谁见那些伪造芯片的有什么名誉损失？谁见他们坐被告席上名誉扫地了？搞不好还自诩能人而洋洋得意呢。名誉这个事，信用记录这个事，对我们好像根本不算什么，“敬畏”早被几十年“反封建迷信”，尤其是“文革”折腾弄得不知去向，君不见那么多抄袭论文的被揭穿后，照样振振有词，毫无羞怯，官照当，钱照赚。对比一下，前不久发生的德国国防部长博士论文抄袭事件（有部分论点与其他论文相同），媒体大做文章，民众反映强烈，最后这位高官先是在报纸上公开道歉，放弃博士学位的申请，没过几天就宣布辞职。

巧的是同一天的新闻，山东某地一官员，某学位论文抄得更是彻底，全篇抄，连标点符号都没改，报纸揭露出来后，他大言不惭地说，只是“参考了某些观点”，而且大骂媒体记者别有用心，煽动不满情绪。这不禁让人们联想到，这十几年涌现出的“博士局长”“硕士主任”，有多少是自己学出来的？他们如此厚颜，是否是吏治、尤其是百姓的灾难?

总之，民性有待改进，政府有待督促，风气有待更新，芯是牵一发而动全身的，芯有待于五脏六腑的强健。缺芯不可，心健而身健，芯强而国强。

说到最后，芯的缺失还是心的缺失。

三位天才少年的“归凡”记

两年前的一个傍晚，一位知道我曾经在大报混过的母亲突然给我打来电话求助，说她儿子小新（化名）有两个大发明，现在遇到了一些阻力，希望我能帮他找一位中国青年报的记者报道一下。我对这种敢把自己子女事社会化的举动稍微有些吃惊，她的独生子，一个很胖的初中生，那时才 12 岁。我知道向来少年多想象，让大脑纵马奇飙不足为奇，但两个很严肃的发明还是有些不同。这位母亲的孩子我稍早时见过，跟别的同龄孩子是有点不一样，喜欢一个人在那想问题，构建“发明”。他成为这个样子跟妈妈的宽容有关，这位母亲多才多艺，会传统的诗词曲赋，有宗教信仰，对他人的慈悲使他对自己儿子也慈悲，希望他能在宽松的环境中成长，在兴趣中发展自己。

小新的两大发明听起来气魄很大。一个是海浪发电机，即在浅海中建一个方圆数千平方米的巨大的平台，上面安置海浪推动装置，当潮汐海浪涌来时，巨大的装置被推动，电能随着潮汐涌动而源源输出。另一个发明是运用风能或者太阳能等新能源，把东部沿海的海水淡化后引入西部缺水的青海、新疆等地，把东部的湿润化为西部戈壁沙漠的绿洲……这两个科学计划只是小新十几个发明中的两个。前面说了，一个年轻的头脑在这个年龄是最无挂碍的，科学这个概念强烈吸引着他，成为他的梦想。这在现在的孩子中已不多见了。现在的孩子，在“最想成为的人”这一栏中，科学家早已委身甚后了，某地调查，排在前面的是老板、警察、局长，甚至还有黑老大，孩子的心灵不过是社会风气的晴雨表罢了，社会风气的整体转变对文明、对科学都十分不利，中华民族的有关领导者，仁人志士，一定要有所警觉，认真对待。

虽然小新的功课并不特别优秀，在全班中仅居中游偏上，但因为有这个梦想的牵引，他并没有太多的坏习惯，比如说通宵上网玩游戏、巷间林中亲昵女同学等，这对一个孩子一生何等重要！孩子有一个高尚的兴趣，是一家人的福分。孩子有一个坏习惯是一家人的灾祸。可惜当许多人明白了这个道理，孩子的一生已经步入生命中段了。

这两个科学计划寄给中国科学院等有关科研单位，有的回信了，大多是泥牛入海。回信说，想法不错，但不切实际，望好好学习，长大后再进行科学研究。孩子的学校也进行干预，找到家长，说孩子好高骛远，不利于学习，望进行帮助改正。本来对孩子充满期望，想保护 12 岁的男孩一颗难得发明心的母亲犹豫了。

这个时候，她想在报纸上发起一个讨论，主要是想靠大家给儿子点出一条路。我帮她找到中国青年报的一位记者，但记者的一番话，改变了她。

这位文教科学版的记者，因为是朋友介绍，对母亲说了真心话：如果从新闻角度上讲，这是一条好新闻，“12 岁男孩发明大海发电，权威部门扼杀幼小心灵”，但在报纸上炒起来，对孩子、对学校都不好，况且马克思早说过：“在科学的路上没有平坦的道路，只有不畏艰险的人才能到达光辉的顶点。”科学的道路，走起来很艰难，就像足球运动员，成名后有名有利，但现在中国的家长有几个愿意自己的孩子从小练足球？一个球星背后必然有成百上千个垫底的孩子。还是老老实实地走高考上一个好大学的路子稳妥……

这位想在自己孩子身上试一条不同于应试路子的母亲，终于扭不过社会习俗的力量，开始对自己儿子“发散性思维”置之不理了，她也要求儿子“紧盯”“牢记”“重复”“背诵”老师所说的各种考试的套路，课本的重点……

两年过去了，很少与他们母子联系，因为要写这篇关于创新的文章，打去电话。那天晚上我忽然发现母亲的声音稍微有些黯淡，没有过去那种亮的感觉。小新现在已经考上北京某排在前 15 的重点中学，课业很繁忙，因而很少在发明方面用力了。我告诉他母亲，现在“大海潮汐发电”和“引渤海入西部”等大项目已经被国家和中国海油等大企业提到议事日程上谋划商讨。报载：2010 年 11 月，中国科学院，中国工程院、中国海油等十几家单位召开渤海海水引入新疆宁夏讨论会，与会者一致认为，这是一个可行的宏伟计划，以我们的国力和科研技术能力，应该可以在十几年内把计划变为现实。潮汐发电也正在被中国海洋局和中国海油等单位考虑实施。

没有任何根据说这些国家级项目，跟小新当年的策划有关，但也证明了小新当年的畅想不是不切实际的好高骛远，也不是年少轻狂的纸上谈兵。他只是12岁就做出了这样的策划，如果稍大一些，经过了科学训练，那还能做出多少对人类有益的发明来？

在本文即将完稿时，我又与小新的父母联系上，他们说，他们像保护火种一样小心翼翼地保护孩子的想象力，生怕在其成年后泯灭消失。这个想象力是成人后培养不出来的，不像做奥数的能力，苦练或许就行。因此小新在家长的宽容、学校的默许下（北京人文大环境对有“倾向”的孩子还算宽容，比起外省市许多每天“填鸭”16、17个小时、每月只休两三天的“集中营”不可同日而语）并没有沉寂下去，还在“异想天开”。前几天他与一群孩子出现在中央电视台“异想天开”栏目，出镜露脸，获得好评。最近他还发明了一个工具和玩具结合的东西，自己策划，自己设计，自己画图，并申报了专利，中国专利局竟然也受理了。现在他们一家日夜盼着好消息来。等拿到专利，再找企业，做出产品。“那对孩子的鼓励和成长帮助就太大了！”孩子的父亲憧憬道。

小新是幸运的，但小新经历的些许曲折不也说明我们上上下下反复呼唤的创新型社会的建立尚艰难，建这个大厦所需的块块砖瓦都没有精心托坯烧好，即使烧好后也没有珍惜爱护，何谈建一栋精美大厦。一个个年轻的大脑就是一块块砖瓦，如何保护、开发和利用，非常重要，其重要性不亚于成人科研队伍的培养，甚至更重要。

从一代代年轻人思维节奏的加快，从出成果的年龄越来越“低龄化”，从各国经济社会的繁荣主要由资金和人力密集型逐渐转到由创新来推动这一点看，孩子的创新思维问题，真的不是小事，比GDP更重要，关乎国家民族的未来。而我们还没有真正认识到这一点！当主要由环境污染和民工血汗堆积起来的GDP的泡沫破灭后，我们还能剩什么？如果只剩下会背书、会考试、会上网打游戏、会见网友、会QQ聊天……的孩子，那真就没希望了。

小新是一些有才情、有想法的中国孩子的一个缩影，他还算好，被保护好了，而没被保护好的孩子呢？十年来，百年来，应该以千万计。中华民族曾经流失过多少珍贵的大脑资源。那是无数颗珍贵的灵感宝石，本应在宇宙中熙熙发光、造福于人类地球的。这么多灵光聚集中国，中国该多灿烂？

小新的故事还引出了一个很敏感的问题，就是创新上到底有没有“人种优劣”？中国人到底适不适合进行开创性的探索？“400年来，我们在人类发明创造领域一无所获”，不仅在工业发明和科学技术上，在各种体制、规则、标准、管理、和文化格调上也基本上无建树，无愧无怍地安享现成，总是大言不惭“勇敢智慧”，四大发明挂在嘴边……如果不是从基因上就欠缺发明因子，那到底什么阶段开始慢慢丧失脑力上的创新冲动的？

笔者文笔生涯中，类似小新这样的少年还是见识了几个。小新的例子告诉我们，一些中国人在少年时还是能够冲破思想藩篱的。问题是“小新”太少，在一个学校，一个地方，“小新”还是太少了，比起西方国家少年在行为认知方式和人文领域里普遍从心所欲的不拘一格，显然还是太少了，基本就是特例。

而且，即使小新的发明天性一时没有被压制，暂时能够顺畅发展，但在他成人之后，还将会遇到重重阻力，最终能否成才，纯属未定之天。整个民族的创新氛围太弱了，缺少地力和水汽，一棵幼苗很难长成大树。

中国科协副主席、中国工程院院士韦钰在2011年11月21日的“明天小小科学家”活动开幕时曾发言：“这些获奖的孩子只是个例，他们在小学和初中阶段都必须在当前教育为他们设置的‘网’中成长，要压不垮、变不呆，脱颖而出才能争得后来的机遇。美国的创新人才是由美国的教育大批有计划地培养的，而我们的创新人才是当前中国教育下的‘漏网之鱼’。”

还有一个问题我一直比较迷惑，是不是我们从儿童起本来就没有多少这方面的奇苗？还是我们的孩童与世界任何一个优秀民族的孩童是一样的，是普遍充满创新冲动的，只是成长环境不同，最后智慧的火花一一陨灭？

也就是我们孩子的“基因”是否与那些发明大国欧美的孩子有所不同？

基因暂且不论，我相信中国人是聪明的。据英国剑桥心理科学院的测试，东亚黄种人在大脑容量方面是最大的，中国人和韩国人、日本人等东亚人种，平均智商105，与犹太人持平，高于欧美白人的100，高于美国黑人的90……

可以肯定的是，在智商方面我们毫无问题，只是在创造性方面的智力指向有问题，在比重分配上更偏重于人与人之间的关系，会敏锐察觉人与人交往的微妙感觉，在社会实用人文能力方面的领悟力超常，在考虑解决物质方面问题时力量不足，在科学、技术和方法论上没有另辟蹊径的勇气，脑力跃动曲线平稳过度，较少有冲动、峰起的智力波。

现在还是有科学家相信，这不仅是文化习惯的问题，可能还有多代习惯而造成的基因或者大脑结构的突变，也就是说由软件的反复刺激而使大脑的硬件发生了改变。硬件的改变使本来智商不低的中华智力洪涛不再沿着创造的沟堑奔流，而是分配给需要更多智力去平衡的复杂的社会环境中去为寄主（身体）谋求更好的生存环境……

或许这种硬件的改变并不可怕，它能随着软件、环境的变化，而较轻易地改回和复原。比如我们一些有中华文化背景的学子，到了欧美后，经过十几年的中长期熏染，也能在白人之侧开出了绚丽的创造之花。

因而，在基因、智力、环境诸因素中，可能环境是最重要的。

环境在挤压着我们每一个人，塑造着我们每一个人。智力的幼苗都一样鲜艳，幸或不幸就看它们遇到什么样的社会、环境的气候和土壤了。每个少年都有童贞式的思想蓬勃发展期，伴着年少时那清亮的河水和浓密的林中小道，我们那一代的孩子在一种近乎半仙半幻中享受和畅游，在思想和习俗的挤迫固化之前，孩子就是这样无忧无虑，童年的思绪在清新的大自然中酝酿着一种长大后再也呼唤不回来的甜蜜。我似乎能回忆起每一位小朋友对我说的梦境和遐思，有中世纪的城堡，有海底龙宫，某一强大国家的导弹基地……小朋友都是其中的主角，在与将军、首相、王子、总督、仙女、龙王、狐仙、鬼魂……打交道。那一代的童年记忆，是在“文革”风暴的间隙中镌刻在历史中的，扫去政治口号的狂躁和皮鞭棍棒的乱象，如果真有大脑复印机的话，印制出来的将是十分旖旎奇幻的图画，谁也不会相信那是上世纪70年代初的产物。

我从很小的时候一直到上大学之前，总爱在脑子里构想一个理想国，那不是欧洲中世纪，但有骑士侠义和公民议政的公正，不是中古和上古时代的中华，但有古中华曼妙的神韵。理想国中军队是乘一种能飞能行的装甲光电飞车，士兵和人民都有一种无形的心灵沟通，人们自然遵循着一种道德，惩恶扬善，扶弱济贫。哪有恶人和强豪，主人公（我）就会乘着装甲飞车去铲平。飞车上的武器系统极为先进，有光电枪，有定型雾状喷射枪，（如武术中的点穴，使人呆立不动。那时大陆还没有古龙、金庸等类的武侠书，这种治敌招数是纯想象的产物）最妙的是我能如穿隐身衣般飘忽到恶人身边……其实在这种少年轻狂的思绪中有许多可以挖掘的东西，比如瑰丽的形象、少见的物品、可资借鉴的制度等。可惜多少这样的少年思维随风飘散，无缘利用。而成年以后，呼唤不得。有人说一个人后来的创造中最大的要务就是保有这种“童心”，务实之雾迷蒙了灵思本能的纯真之心是人生可惜之处。

俄罗斯著名作家果戈理就说过，他青少年时，经常在夜的火车上，看着窗外大片的黑暗，突然远处有一点灯火，就遐想起来，那是谁的家，那户人家有什么样的故事，那是什么样的山和河……这勾起他很温柔的玄思，他的童年，他的亲人，往往这就成就了他的一个作品。可他年岁渐长后，再遇到相同的夜车外的灯光，突然有一天他发觉没有任何遐想了。他惋惜莫名，他知道，思绪的无遮拦，见景升情是青年的象征，徒悲青春不在，而活跃的想象消失。

小召（化名）是一个身体结实、智力充沛的北京孩子，我是看着他长大的，也是看着他如何从汪洋纵肆归向传统“成才”路的。他小学的时候并不是一个循规蹈矩的孩子，每次在数学完美交卷后，总是在作文上让老师不痛快。他有时用诗歌代替，诗是那种有很多文言文的近乎赋的新体诗——这说明他看过许多语文课本以外的古书，有时他又用“怪论”惊人。比如在要求记述一个人的时候，他会写一只鸟，以一只鸟的角度看人的世界，说鸟的烦恼，说人的残暴，等等——推己由人，由他论己，这绝对是想象力丰富和思维灵活的表现，但当遣词造句还并不规范流利的时候，这种怪论肯定会被大多数老师视为异类。最关键的是他很直率，他会以一个孩子的细敏去分辨老师每每的言不由衷和行为举止的虚伪，并在作文或者日记中写出来。这就叫语文老师很不痛快了。老师有时候在课堂上大声责骂他，有时给他的作文判不及格。这让小召一度很懊丧，破罐子破摔，周围人也视他为一个问题少年。我知道这是智力超前惹出的祸。其实这种少年的童言无忌多可爱，我们有些被固化了的人就是不喜欢。不喜欢异于自己的孩子，这是人类认知的一个缺憾。

幸亏有一位快要退休的语文特级教师，仔细阅读了小召的每篇作文和日记后，大声叫好，说这是一位不可多得的智力超群的孩子。她把他找来细心询问谈心，并在小召的母亲与训斥小召的那位老师“对簿公堂”时，旗帜鲜明地支持前者——公然支持外人挑战本利益团体，在中国，这种勇气和正义可以说近几年甚少乃至绝无仅有。

让小召不爽的那位老师受到批评，调到了别的班级——这是中国教育界少有的学生胜利个案，到底是史家胡同小学，在公平和公正方面做得就是不一样！那位特级教师实际救了这位“小天才”，让他知道不是自己的脑子出了乱子，而是对方，一个强大的有社会支持的一方出了问题。这对一个孩子来说很难得！可能我们有成千上万个像小召那样智力超前的孩子或许就因为得不到这样的支持而被扼杀。

小召与所有智力超前的孩子一样，还很关心社会问题，他为北京市政府想了许多办法治理连孩子都深感急切的难题，比如如何治理交通堵塞，如何加大植树成活率，如何制止街头犯罪等。难得的是小召的传统课业也非常优秀，他初中考入了北京二中，高中考入北京四中（北京排名第一的中学）。在学校自己创办电视台，创办网站，模拟纳斯达克进行投资尝试，关注华尔街的股市变化……他的兴趣虽然广泛，但专业的兴趣点集中在最前卫的理论物理上面，高中毕业直接考入美国一所非常著名的大学的电子工程系……

但就是这样一位我希望在智力和创新领域为华人争光的孩子，两年后再见面，我觉得变了。最大的变化是务实了，他已经对物理学上的尖端发现没有兴趣了，他在美国主要攻学两门，一门是计算机（最实用的、能立即找到工作的学科），一门是金融或者工程管理（能迅速赚钱并占领管理层的捷径，虽然往往百人中无几人）。重逢的饭桌上，跟他的父母主要讨论他的发展方案，是进入美国的大公司赚得第一桶金，还是创办小的网络公司然后卖掉以便迅速赚钱。

他走的是一条绝大多数在美国的优秀华人孩子都要走的路，无可厚非，但我还是想看见一位物质上相对贫穷，精神上有无限索求，并在科学理论或者制度层面有所创造的华人精英青年。我经常想起十几年前他圆嘟嘟的小脸在倔强地指出老师不足的样子，以及发现了成人世界的缺陷而想出解决办法时的那认真和骄傲的神态。现在取而代之的是外表的分外沉稳和冷静，比同龄孩子更不动声色，更会观察别人。我知道他迅速成熟是因为父母事业突然受挫，家里已经供不起他的学费，只能自己想办法了。他要挑起整个家的担子，父母老了，以后这个家庭中兴的责任就全在他肩上了。

笔者，甚至不用专门采访，周围随手捻来就有好多这样的聪慧少年最后没有走上创新成才路的例子，有几名孩子的事情不忍卒读，让人伤感。这时候我越发感叹这个社会有一条以环境为主的夹杂许多其他因素的鸿沟在阻止一个个颖慧的孩子奔向另一种成功。

小晴（化名），在他襁褓的时候我就见过，很漂亮的一个婴孩，圆脸，白皙、亮眼、神色喜庆，八九岁的时候就显露出强闻博记的聪明劲儿，在别的孩子还对成人世界懵懂的时候，他就开始对人类社会的过往历程——历史感兴趣了。二战史、二战人物传记他都能过目不忘，给旁人讲起来头头是道，绘声绘色。一般来说，二战史的宏烈壮观很容易吸引年轻人，一向不乏粉丝，但小晴由国外战争史进而对国内革命战争史也关注起来，而且是一种很正式的研究的态度，比如对解放战争中共产党军队很漂亮的一仗孟良崮战役，他就是以一种学术的态度去对待的，非要让他原来学文、现在做生意的父亲假期带他驾车实地考察一番。山东临沂，京沪高速驾车疾驶6 小时到。孟良崮，山原不大，父子二人仔细勘查访问了地形、村落、道路、村老，结合海内外资料查询，最后竟然得出了与主流研究不一样的结论，国民党嫡系 74 师师长张灵甫不是被解放军击杀的，而确如国民党方面所说是自杀“殉国”。当然，这种研究也只是简单写出结论和考察日志，完全是兴趣使然而没有功利驱使。父子俩还去过雁门关（平型关大捷之处）、台儿庄、黄桥镇等地，最远的地方去的是广西的昆仑关——国军和日军血战之地。

这样一个孩子，我一向觉得以后定能成就大事，不仅因为他的聪慧和对知识的执着，还因为他对待历史的态度，历史这门几千年来一向是几大显学之一的学问到现在几乎竟成了无奈者的归宿，但小晴却只从天性出发，兴趣和学问结合得那么紧，没有仕途功利的驱使——这也是这种大城市富裕家庭的孩子衣食无忧的好处，孩子完全可以从兴趣出发去选择专业、职业。笔者曾接触过许多艺术学方面的学人，如雕塑、绘画、美学的硕士、博士等，发觉这些个阳春白雪、所费甚多的学业多是中等富裕以上的知识分子家庭的子女从事。这是这种家庭背景最好的一种结果，选择一个优雅的职业而不用去为生存打拼，不是钱多了不想挣了，而是习惯了一种生活态度而不想为钱去改变。

但这种家庭的孩子也容易缺乏忧患意识和责任感，其向下的流变，不好的结果就是任性懒散以及纨绔浮躁。

小晴按说很早就已经走上了正途，而且走的是那种不拘一格的开创性的路子，但不幸也转向了“下途”。我很痛心地看到了这种变化。他初中时寄宿学校，因性子直纯，不懂世故圆融，看不惯班主任的许多做法，比如说假话，对同学不公正等，就当面顶撞，几次冲突后，他情绪就变得很低落。小晴父母工作忙，只是周末接送一趟，没有察觉他情绪上的变化。直到有一次小晴坚决不再去学校了，才知道事情的严重。因这孩子本性很执拗，说到做到，只能给他换一个学校。他这时已经搁置学业很长时间了，本来就是凭兴趣学习的孩子，这时对物理、数学这些课业更感无聊了，公然拒学了，经常到外面去闲逛，结交了一帮哥们儿，最长的一次两个月没上学。这样一个书卷气很强的孩子，竟也结交了一帮“道上”的朋友。

父母为这个孩子操碎了心，孩子已到快高考的年龄，学业已弛，但大学的文凭不能没有。万般无奈之下，父母就为小晴选择了学画画，据说从这条路子考大学文化课往往要少一二百分。这是一个高考要考两次的门类——绘画专业和文化课。现在各个美术学院附近都有各种门庭若市的美术训练班，全国各地的孩子云集而来。小晴攻了两年多的绘画，前一年基本没好好画。蹉跎间他的性情发生了很多改变，小时候聪颖好学的样子没了，长相也相应改变了，正所谓相由心生。圆脸亮眼变成了瘦脸上一双警觉闪烁的眼睛。还时常和一帮哥们儿去街上逛，呼啸而去，参加群殴，好几次深夜，老父亲被召至派出所领人，以致当爹的心灰意冷，几次想放弃，任由沉浮。

小晴耽误了大好时光。后来被家人逼迫，才上心学画，但临近高考，时间仓促，前景难料。可他什么时候都没忘记他钟情的战争史，即使在最颓唐放浪的时候也要在临睡前看上两页历史人物传记。孩子喜欢历史，往往是被历史上的英雄壮举所感召。我曾记得他很小的时候，眼睛亮亮地跟我说起在俄罗斯大地上的几次历史大碰撞，拿破仑和希特勒两位枭雄，都惜败于莫斯科城下，全因为俄罗斯大地的严寒。希特勒孤注一掷的那支装甲铁流，集本国以及七八个国家最精华的兵力，拼死突进已经见到了克里姆林宫尖塔上的红星，如果再早一两天赶在寒流和苏俄援军前到达，那历史就可能是另外一个样子。

“希特勒不能胜，他若胜了是人类的灾难！德国人对黄种人更狠！”他父亲对德国人是另外一种感觉。父子俩有时候在学问上争执一下，我感到很温馨。小晴和许多人觉得，德国人有两种，一种是康德和歌德那样的，一种是希特勒那样的，德国人民对中国还是好的。现在，喜欢德国人也成了中国人的一种潮流，小晴是其中一员。这个浮躁功利的时代，有思考，有感觉，就不错了，起码不会堕落到什么地方去的，虽然这个小小的历史天才还在为一个最低等的大学文凭而苦斗。

笔者曾建议小晴家人，干脆不要大学文凭了，等积累丰富后，直接攻读社科院的历史学硕士。曾有某单位修理工，不会英语，直接考上大学哲学硕士，被大肆宣传过。我知道，这只是孤例，在中国真正实行很难。

我一直在想，这个小天才到底“毁”在哪儿了，是住宿学校的老师不具师德？是家长疏于管理？还是我们高考制度的不足？还是我们对特殊人才选拔的拘谨轻视？大概总的来说是环境的力量阻隔了他的成才路。但他自己是不是有一点原因，可能是更本质的原因，他是不是缺少一种一往无前，百折不挠的向上的力量，正像他所敬仰的那些历史巨人一样的力量？

我想即便有基因的因素，但环境和后天因素更强大。所谓子不教，父之过。少年情景是我们成人的镜像，他们的一切过失，都是我们成人社会的原因。毫无疑问！

“艺术”的缺失

2010 年年底，全国各大媒体都在显赫位置登载一篇消息：“中国青少年想象力世界倒数第一，创造力倒数第五。”

《长江日报》如是评论：“传统的教育观念束缚了孩子的想象空间，中国教育的解放必须从解放孩子的好奇心开始。”昨日，刘道玉在武汉枫叶国际学校举行的首届毕业生情况介绍会上如是说。

刘道玉认为，中国孩子的想象力状况令科学界陷入忧虑。2009 年，教育进展国际评估组织对全球 21 个国家进行的调查显示，中国孩子的计算能力排名世界第一，想象力却排名倒数第一，创造力排名倒数第五。在中小学生中，认为自己有好奇心和想象力的只占 4.7%，而希望培养想象力和创造力的只占 14.9%。

此外，美国几个专业学会共同评出的影响人类 20 世纪生活的 20 项重大发明中，没有一项由中国人发明；中国学子每年在美国拿博士学位的有 2000 人之多，为非美裔学生之冠，比排第二的印度多出 1 倍。但美国专家评论说，虽然中国学子成绩突出，想象力却大大缺乏。

刘道玉拿世界上两个最重视家庭教育的国家——中国和以色列做了比较。以色列家长教育奉行“狮子育儿法”：让小狮子离开母亲，自己学会生存；中国的家庭教育则走向两个极端：要么娇宠，要么棒喝。结果是，以色列的诺贝尔奖获得者有近 10 位，而中国却几近于无，“中国孩子的创造力被传统教育扼杀了”。

刘道玉以武汉枫叶国际学校首届毕业生为例说，75 名毕业生全部被国外大学录取，20 余人获得奖学金。而这 75 名学生中，绝大部分曾经在“体制内”受教育，成绩并不突出，有的孩子甚至被认定为“没前途、没希望”。

在另一种教育体系里，同样是这些学生，每天下午 3 时 30 分就放学，参加各种活动展示自我，可以获得学分；主动上网或去图书馆查资料，完成研究性报告或论文，也可以积攒学分；而达到一定学分，就能申请理想的大学。学生因此有了目标和求知欲。

刘道玉说，中国“一考定终身”的应试教育，严重束缚了学生，埋没了学生的潜力和创造性。他提出，教育改革应首先从高考制度下手。如果现阶段无法取消高考，至少可以采取“一年多考”的形式，同时将考试与录取分开。只有高考“指挥棒”变了，孩子的好奇心才能回来。

要取消高考？刘道玉？30 多年前，仰仗邓公和刘道玉等君冲破“两个凡是”，居险一呼，恢复高考，我辈千万，才有了与“文明世界”正式接触的机会。恢复高考实际是让数百万中国“落难青年”重见天日的伟大的人道工程，是对公正和教育的呼唤。那时“左”的思潮还泛滥中国大地，各种沉弊积存。高考恢复之后，他作为我的校长（武汉大学），以身试“法”，以身斗酋，尝试各种冲破当时教学体系的鲜策，比如在全国高教领域第一个实行学分制，允许学生转系，允许文理生互换，允许文理课程互动……教育改革家的声名鹊起，反而掩盖了他作为“中国高考教父”的名气。

此一时，彼一时，30 年的高考一个轮回，成也它，败亦它，现在振臂一呼取消高考（让考试和录取分开）的竟也是这位“高考之父”。但吾爱吾师，吾更爱真理，无论如何，高考不能废，因为它是众多办法中相对公平的选拔机制，它平衡过滤了太多我们这种国民性少不了的人情、贿赂、权势（当然，只能阻挡部分官权施展，真正的权势阶层是超越高考的），使一个穷人的孩子，父母没有关系的孩子，农人的孩子，罪犯的孩子，单亲的孩子，没有父母的孩子，一切弱者的孩子，能够与富者权贵的孩子同台竞争，这在我们国度是少有的一个现象。我们可以设想，如果“自主招生”“一校一招”“不考而招”“素质而招”“推荐而招”等种种变通之法遍行大学，将会有多少关系、金钱、人情、权力缠上大学、悄悄运作，又会有多少无依无靠的弱者的孩子被无形中踢出大学？考而优则仕是中国自古以来就很了不起的平等，是非常符合中国国民性的历史的选择。当代的高考在公正性和平等性上，是可以与中国古代了不起的人力资源发明——文官选拔的科举制度相媲美的，是中国现当代少有的一个民主平台。

高考不能废，大众少年还得走“独木桥”，两端中有无中间道路？老校长刘道玉和许多人也在思考。有了高考，灵思必然“死性”，这又是一个悖论。向以灵活著称的中国人多年来也总是吃非此必彼的亏。一放就乱，一收就死，这是多年来我们经济社会与意识形态的种种措施实行时的一个顽症。与之相反，死的制度中有活的开脱，主体意识旁又开放繁复百花，好像是“死板”的西人的一个让人羡慕的固有常态。看来在许多事情上，西方人不板，中国人不活。这也合了老子的想法，阴中有阳，阳中有阴，看似是阴，实则是阳。

于是关键问题来了，怎么能让天才孩子在应试的大环境下不“退凡”，怎么能让更多的孩子除了应考也能多有灵思？

前些时候我上网突然发现，我9年前在《中国青年报》上写的一篇文章，《一个硬币的两面：艺术和科学》被收入九年级中学语文课本。这篇文章是我采访中国科学艺术大会时写的，当时感触很深，诺贝尔奖金获得者李政道博士极力促成此次大会，而且每每来华呼吁，中国教育要融入艺术的元素，要把科学和艺术更紧密地联系起来，以他科学研究的亲身经历，他发现，研究到最后，世界上的道理，不管是文科还是理科都归拢为一个点上，就是真理，宇宙物理的真相。如果单从理工科的道路去攀登这个点，有可能行道太窄，不利上行，而艺术和理工结合了，就能获得更多的灵感，丰富上攻的路径，最终可能攀得更高。

“美苏之争的实质是什么，我们一直以为是军备竞赛，是工业竞争，是钢铁比赛，直到世纪末我们才明白，他们最深层的竞争是有艺术气质的高科技人才。”

李政道博士从80年代开始，每年回国两次倡导科学与艺术的结合，他所有举动是基于以下的一个事实：

50年代美苏空间技术竞争中，苏联于1957年11月把人类第一颗人造卫星送上天。美国一直自认为是20世纪科学技术第一超级大国，这一下举国感到耻辱，各部门首先指责教育界，教育部门也觉得对不住大家，认真反省。10年后，一些教育家提出这样的观点：美国的科学教育是先进的，但艺术教育落后。即两国科技人员不同的艺术素养导致了美国空间技术的落后。

美国研究人员认为，从19世纪到20世纪初，俄罗斯文学艺术达到了世界的顶峰。他们仅仅贡献出一个列夫·托尔斯泰，19世纪的俄国人就无愧于全世界。当然他们还有屠格涅夫、契诃夫、普希金……音乐上的柴可夫斯基，世界19世纪后半叶难有人与之相比，那时世界最重要的音乐流派——民族主义音乐，除了德沃夏克、西贝柳斯等少数几个外，全都是俄国人……说到美术，19世纪的美国名画，你能举出10幅来吗？而俄罗斯名画你能举出100幅，如《伏尔加河上的纤夫》《伊凡雷帝杀子》《近卫军临刑的早晨》等，给人的震撼甚至艺术大国法国也无法与之相比……文学、音乐、美术三大门类，美国都不如俄罗斯。

文学就更不用说了，除了马克·吐温、杰克·伦敦、福克纳等少数作家外，美国的作家可以忽略。而美国一直引以为傲的音乐家拉赫玛尼诺夫、斯特拉文斯基等，一查家谱全来自俄国。

这些文化艺术的背景决定了美国科学技术在那个时代某些主要方面不如俄国。

这个结论到底是否准确？艺术的差距对于空间技术的竞争到底有哪些间接作用？为此，1967年美国哈佛大学教育研究生院立“零点项目”研究，之所以用“零”命名，是表示对艺术教育认识的空白。

“零点项目”20多年来花费了上亿美元，参加的科学家超过百名，远远超过一个课题组，甚至一个系。他们在100多个公立和私立学校做实验，有的从幼儿园起连续追踪20年，到目前已出版了几十本专著，上千篇论文。他们的研究成果导致了美国国会1993年3月通过了克林顿政府提出的“2000年目标：美国教育法”，在美国历史上第一次将艺术与数学、历史、语言、自然科学并列为基础教育核心学科。

为此而制定了《美国艺术教育国家标准》，上面总结出这样的结论：缺乏基本的艺术知识和技能的教育决不能称为真正的教育。

因为很多中国人还没认识到这一点，所以李政道博士不辞辛苦，每年数次回国。1999年的一天，他病中从医院偷跑出来，挂着输液瓶来到“科学与艺术”讨论会会场，第二天第三天还要与某中央领导会面，与科学院领导恳谈……在所有场合，他谈的只有一个主题：科学和艺术。

李政道说：“现在大家可以相信科学和艺术是不能分割的。它们的关系是与智慧和情感的二元性密切关联的。伟大艺术的美学鉴赏和伟大科学观念的理解都需要智慧。但是，随后的感受升华和情感又是分不开的。没有情感的因素，我们的智慧能够开创新的道路吗？没有智慧，情感能够达到完美的成果吗？它们很可能是确实不可分的，如果是这样，艺术和科学事实上是一个硬币的两面。”

问题不在高考，问题在我们考进去以后学的是什么。我国目前教育中科学艺术、文理相互沟通状况很不理想，课程内容单质化明显。科技人员常说的一句话是“我没有音乐细胞。”而文艺界常常炫耀的是“小时候我数学考了个零。”

前中央音乐学院院长赵沨认为：我们的学校结构大有问题。1956 年他就提出疑问，这样不是把人弄僵化了吗？

“从那时起我们实行的制度与英美有很大不同，全是苏联的那一套，回想起西南联大时，不严格分科，我要选闻一多的课多一点，就成了楚辞专家，要是选游国恩的课多一点，就成了文学史家，要是选唐兰的课多一些，就成为语言学家。而我们现在一进校门就框死了，想变也变不了。”

专门到美国考察“零点项目”的沈致隆教授说：“美国所有大学艺术之普及不是我们能想象的，所有科的学生都可选艺术课程，专业艺术教育与非专业艺术教育界限不清，常常一个化学博士又是一个著名的演奏家，功利主义不像我们这么明显。”

“比如，我们今年全国大学生艺术节都变了味，只有少数艺术尖子，少数特长生在那儿排练、比赛，观众不多，大学生也没什么兴趣，似乎艺术节就是给几个评委办的。那些艺术尖子也只是为了比赛，为了升学。而国外大学生参与艺术似乎是人生艺术化的一个需要。比如哈佛大学生艺术节，所有的学生几乎都参加了，技术高的不高的都卷在一起，热烈，有一种狂欢节的气氛。”

人生艺术化，教育艺术化。不仅仅是这些，我们缺的是整个人文世界对我们社会的全面覆盖和熏陶。社会、心理、哲学、宗教、伦理……种种学科全部让位于经济，这样也诱使教育只往实用技术学科和应考的路子上钻。

我们的教育在内容上首先要突破技术层次，进入一种人文和理工相通的境界。比如孔夫子学琴，自言经历了三个阶段，术、志、仁，一级比一级高。

看来，突破不突破高考是小事，突破不突破“术”的思维才是大事。“术”永远只是跟随的工具，不可能是寻找新通道的“志”和“仁”。

而且更糟糕的是，我们“术”也不精（在高级制造业方面仰人鼻息）。“术”精了，还能在制造层次上有许多发明改进，如果只是更低层次的匠人的记忆、模仿，那就更无从寻找志和仁了。

快乐的“诺贝尔”

在创造性的领域，心是最不能被束缚的，只有在最轻松的状态下，灵感姑娘才能依依而来。你去问那些热衷创造的人，百分之百都会不喜欢那种煞有其事的严肃，装腔作势的领导，人海战术的盲目，“群策群力”的添乱，官场做派的圆滑……非常不幸，这是许多单位或公司的特产，我们那种惯有气氛好像与创造天然为敌，我们缺的是弹性和舒适：随意的任务，平等的关系，散漫的风格，艰苦的过程，有趣的主旨……经过了史上最严酷的政治斗争、最无遮拦的“一切向钱看”后，我们似乎很难回到单纯、自然的人的关系上了，这极大影响了我们的幸福感，当然也绝对影响科技成果的产出。

诺贝尔自然科学奖似乎总与轻松挂钩。2010 年 10 月初，两位俄裔科学家安德烈·海姆和康斯坦丁·诺沃肖洛夫“琢磨”铅笔芯获得诺贝尔奖。他们研究出最薄但也最硬的一种材料，石墨烯，这种二维石墨晶体薄膜的厚度只有一个碳原子厚，强度却是钢材的 100 倍。它是目前室温导电速度最快、力学强度最大、导热能力最强的材料。这两位在英国的俄国人，利用透明胶带，将一张纸上的铅笔笔迹进行反复粘贴与撕开，这使得石墨片的厚度逐渐减小，最终他们通过显微镜在大量的薄片中寻找到了厚度只有 0.34 纳米的石墨烯，而 20 万片石墨烯加在一起，才相当于一根头发丝。

瑞典皇家科学院宣布，石墨烯将取代硅，使电脑更快，并引发电子产品的新革命。“由于它基本上是透明的，而且有极好的导电性，石墨烯很适合制作透明的触摸屏，轻型显示屏，甚至太阳能电池。伦敦国王大学材料科学研究部门的负责人马克米多尼克表示：“今年的物理学奖将让每一位科学家的脸上露出笑容。”曼彻斯特大学校长罗斯维尔称：“这再次证明，源自对科学好奇心的基础研究将给人类社会带来巨大益处。”

咱们国内某报也以《玩出的诺奖，国内专家学者汗颜否?》为题直指我们的科研环境和心态：“两位物理学家面对荣誉的第一反应、平时的平等关系，源于他们干净纯粹之学术心态，他们把研究工作视为‘游戏’，一切研究均基于兴趣而非功利。诺奖年年有，今年尤需几番思量。由人及己，两位物理学家的治学态度以及周边土壤，对我们不乏多重讽喻意味。让人敬佩的是，师徒俩在那惊喜瞬间所流露的波澜不惊的获奖心态。海姆听到评审委员会的电话感到很意外，因为自己‘忘了当天是物理学奖揭晓的日子’；当记者问及当天后续日程安排，海姆的回答简单干脆：‘回去工作。’同样，诺沃肖洛夫受到一名记者电话‘骚扰’，却不愿放下手头实验……而反观国内的诸多‘大师’‘专家’，一朝爆得大名，立即喜形于色、如癫似狂，投身镁光灯前，乐不思蜀。

更让人敬佩的是，师徒俩在教学和研究中体现出来的平等健康之学术人格。昔日的学生，可与恩师一同遨游学海、共同钻研尖端课题已属幸运；与恩师共同名列诺贝尔奖候选人，更是难得。在海姆和诺沃肖洛夫身上，我们看到可贵的平等互利、善于分享的学术品德。而反观国内的导师、学生关系，导师是‘老板’，手下博士乃至博士后都是‘打工仔’，学业工作都是以导师的项目为中心，‘工程’分包下来，大家分头干，期讫交货，学生领取薄酬，出名的、获奖的、著作等身的，自然是‘老板’。表面皆大欢喜，输家则是那个名叫学术公平、学术独立或学术创新的异类。

两位物理学家面对荣誉的第一反应、平时的平等关系，绝非国内一些学者对着镜子、打好腹稿就可学来的，而是源于前者干净纯粹之学术心态。现场评审委员会介绍，把研究工作视为‘游戏’是海姆和康斯坦丁团队的特点之一；值得一提的是，2000 年海姆还因通过磁性克服重力让一只青蛙悬浮在半空中，获得‘搞笑诺贝尔奖’……瞧，这就是出类拔萃的科学家的研究心态，一切研究均基于兴趣而非功利。大音希声，如此无欲无求，方能心无旁骛，方能成为玩耍中拾到珍珠的那个孩童。反观国内一些专家学者，不仅在学术上时时斤斤计较、处处考量‘投入产出比’，就连追逐名利的过程也屡屡触犯道德底线，比如，项目公关者有之，剽窃抄袭者有之，连使出下三烂手段雇凶伤人者亦有之……无怪乎研究成果难登大雅之堂，只能围着项目经费频频打转、低层次循环。

瑰丽的学术之花，只能绽放于干净纯粹之治学生态中。诺沃肖洛夫获奖后，感谢曼彻斯特大学为他们提供了良好的研究环境。环顾历届诺贝尔奖得主以及优秀世界知名学者的研究环境，无不宽松、自由、学术至上。海姆师徒获奖当天，俄罗斯总统梅德韦杰夫批评俄政府部门工作不力导致人才流失；而2003年诺贝尔物理学奖得主、已故俄科学家维塔利·金茨堡去年也公开批评俄学术界存在官僚主义和资金使用不当等现象。俄罗斯人的反思，同样适用于我们——只要看看国内泛滥的学术行政化、高校衙门化，再看看畸形的学术晋级指标、急功近利的任务式研究考核，学术环境的差距，显然不是一两块'短板'的问题。"

2011年春节刚过，中央电视台军事栏目播出美国新研制出的震撼性军机X－47B,一种超隐形无人侦察攻击机，隐形能力远超B－2，能不落地飞行280多天，随时从空中呼啸闪现攻击任何目标，而且不像以往的无人机那样需要人遥控，是一种真正智能型无人机。这种武器的新奇引起大家的讨论，张召忠教授说，美国人在军事上的原创能力跟他们在娱乐中激发的想象力有关，他们在新武器策划时往往邀请好莱坞的导演和制片人参加，斯皮尔伯格等以想象力见长的导演曾乐此不疲。借助这些娱乐大亨的脑子，美武器研究用想象勾画高远目标，也刺激了技术上的奋力实现，两相刺激，使美国军器花样迭出，异想天开。比如现在美军正在开发的机器战士，变形飞行装甲等，无不带着娱乐的影子，很明显能看到《变形金刚》《星球大战》《黑客帝国》等未来电影特有的天马行空的狂欢心态。

对比一下，我们的尖端研究，完全是另一套路子，痛苦跋涉，严肃刻板，一步一仿，被动追赶，应接不暇，总是低人一档次，从构想设计，到制作品质，多少显得有些艰难困苦和了无乐趣。

从两位俄裔科学家玩一样得诺奖，美国军事科技娱乐出新品中，我们要学的是一种自由心态。中国人的沉重桎梏太多：领导、权威、政治、会海……心被绷得太紧了。中国人踢球为什么没有创意和默契，米卢早看出来了，为松弛"心肌"，他针对性提出"快乐足球"口号。

没有心灵自由也就没有幸福感，现在幸福感的缺失是整个民族的最大问题。2011年4月新华社发文："盖洛普民意调查所本周公布的2010年全球幸福度调查结果表明，只有12%的中国人认为自己'生活美满'。多达71%的答问者说，他们生活艰难。17%的人说自己的生活苦不堪言。与此相比，只有38%的美国人说自己生活艰难，有多达59%的答问者认为自己生活美满。即便考虑到中国房价失控和食品价格持续上涨的因素，仍无法理解为什么将近四分之三的中国人认为自己生活艰难。更何况，美国去年的失业率达到两位数，大多数美国人却都还感觉不错。”

幸福感看似跟创新无关，暗中却是大大的正相关，没有幸福就没有松弛，没有松弛就没有灵感，这是一个铁定公式。中国人幸福指数大有问题，中国人离诺奖的距离也路途遥遥。当我们有一天真正懂得了幸福创新，那一切才皆有可能。

这个世界有两种情商

“我在国外的时候，所接待的中国学生、访问学者，普遍是算小账可以，算大账不行。”“北欧学派”渐成显学，张钢（化名）所在的丹麦，中国人的身影越来越多。

这位某央企的首席科学家，在丹麦学习工作了22年，他泉涌般的发明，彰显了中国人在一种新的环境中所焕发出的智慧，被严谨的英国皇家学会吸纳为会员。

有一段时间他整整6年没回国，纯西方环境的长时间熏染，让他对欧美文化有了深层理解，一直锲入到感性层次。他告诉我印象深刻的一件事：几位英国皇家学会的会员20年前来中国访问，在参观幼儿园、小学时，发现那么小的孩子们都背着手，很有规矩守纪律的样子，而他们的幼儿园是一片散沙，回去后就写了国情咨文，说他们西方竞争一开始就落后了。过了20年，他们重访中国，看到中国大学的样子，又写国情咨文说，“中国完了，我们什么也不用干中国也追不上了！中国大学进去的都是活鱼活虾，但出来的都是罐头。”

这岂是有些人形容的一个“木”字所能涵盖？张钢所说的中国学人不灵光包含很多意思。“智力活动暂且不谈，要想科技创新，沟通、协调、合作这三个C（英文都是C打头）是少不了的。这属于很微妙的科学家的情商问题，更多是人文因素在里面，这几十年来被我们自己破坏得很厉害。比如沟通，我们也叫得很响，但是哪种沟通？如果不是真正的沟通，像我们惯常那样担心我把我的东西说了，成绩就是你的了，那这种沟通等于没有，甚至比没有还坏——我们的研究者在打小九九上是很灵光的，一点都不木。

“中国搞科研的有四个‘同’，争取科研项目，同舟共济，一起想着怎么把故事说圆，弄到经费；第二个‘同’是同床异梦，怎么我多拿点，你少拿点；第三个‘同’是同室操戈，钱到了，自然内战开始；项目结束后，是同归于尽。你想占便宜没门，我怎么也要让你不好过。这时候验收已经过了，纳税人的钱也花了，下一轮，再来一遍。”

心胸问题？心智问题？民族性问题？张钢回国两年，感到一种很强烈的对比。

关于创新中的情商问题，表现在一个人的方方面面，但他这时候考虑的已经不是情商问题，而是如何应对让他倍感头大的国内的人文环境。他是被“引智计划”招回来的，当时有关方面更多考虑的是如何把他们这些人“弄”回国来，但怎么留人，考虑得比较少。张钢初回来时是一派单纯，他原来两年回国一次，早已经忘了怎么经营那些人情世故了。时间不长，一些奇怪的敷衍以及有的人不时浇的辣椒水，把他惊醒。他悔悟“像我这样死心塌地回来的很少，大多数是‘海鸥’，不是‘海龟’。把老婆孩子留在那边，不行就回去。”

他这时候才知道，情商有两种，一种是研究和创新所需的情商，一种是人事关系方面的情商。国人不是没有情商，而是前者很少，后者太多。

在创新的情商上，他像许多西方人一样，在研究上活力十足。用他的话说，科学研究要找创新的敏感点。

张钢发现大陆研究者的知识面宽度不够：“我发现国外许多大师级人物，各门类都懂。他们知识面特别宽。现在人类文明走到这一步，成果是建立在交叉学科、集成学科之上的，某一方面单一成功是不可能的。国人在这方面相当不足。国人特别强调某人的专业是什么，好像分外神圣不可逾越，很少听说一个人理和工，文和理，工和理，特别是艺术和科学的结合突进。”

针对国人科研心性弹性不够、层次不丰、不能贴切反映自然本来面貌的问题，张钢回国后专门提出“心无疆”的概念。

心灵要弹性涵盖，不要僵硬划分，要从事物本真出发，不要墨守已有的人为学科界定。

不得不承认，自1610年以后长达400年的历史时期内，世界科技史上的重大发明创新似乎已与中国无缘。于是“科学”这个概念一经进来，就被顶礼膜拜，几乎为不可触犯的神，另一方面，我们却忘了宇宙的真相永远重过科学概念这个道理。为了真相这个目的，可以不拘方式，不分界别……

实际，对跨越学科樊篱的冲动，对拓宽知识边界的冲动，说白了就是对科学的热度问题，有没有对人类知识文明拥抱的冲动。如果只是在本职上应付差事了事，那科学的女神永远不会在梦中出现——在科学史上，发明的出现多是不经意间的意外之得，只是必须有一种全情投入的丰厚积淀培育它。

在科学研究上，我们久不见那种专心和渴望了，这个民族偶尔出了一个陈景润，还是几十年前的事了，他曾经饱受嘲笑打击，幸被徐迟写出得以正名。

张钢1987年到丹麦，硕博连读，有180多项发明专利，2009年被某央企老总看中，经多顾茅庐，反复说服，遂举家归来。

但思维方式已经是西方的了，初回国都不知怎么说话了。走一步绊一步，说一句得罪一人。他后来知道，情商也分两种，他在学业上的情商高过一般国人。

“有一年在丹麦搞燃料电池，一个问题难倒我了，电解质如何融进更多的氧气？我一直在想这个问题。一天读了一本医学方面的杂志，要知道搞化学的一般不读医学杂志，我却有读杂书的习惯。杂志上有一张照片，一个装满液体的烧杯，里面有一个管子，有小气泡在游走，一只小白鼠依靠这个存活。一看到这个图，就觉得有什么东西把我抓住了，就认真琢磨。这些液体是人造血，在战场上给伤员输这种代用品，使他们能被安全运送到后方医院。我眼前一亮，我不是就想找一种介质输送氧气吗？血就有这种功能呀。随后我找到文章的作者，一个学院的教授，我请他帮我找到这种血。他给我很多指点，介绍了许多文章。通过分析这些化学品的化学和分子结构，我发现很多化学品有这种输送功能，能提高燃料电池的性能。我买来一份份挨个试，把择选出的液体混到老的液体中，溶解氧的能力明显提高。这成了我的第一份专利。”

在国外这么多年，他最大的感受就是中外科研者的态度不同。一个“态度”包含很多。他在西方所见的那些科学家，态度是那么积极主动，想法是那么角度各异，沟通是那么四面八方，回应是那么公正坦然，跨越是那么不分文理，跃动的性情、激动的反应，终生活跃，“一直到退休后还那么活跃”。

科研是一份谋生饭碗还是爱好、理想，这是区别。

“我的同学，没出国的，都有一官半职了。我跟他们不一样。”张钢最后说。

勇的缺失

缺机床、缺芯片、缺环境、缺弹性、缺跨界、缺艺术，缺快乐，除此之外，我们还缺勇气。

现在我们所知道的宇宙真相，最高的秘密，似乎早不是一加一那么简单分明了，比如揭示宇宙多层空间真相的弦的理论，比如量子物理，比如相对论，都是缥缈虚幻、神龙见首不见尾的。

用常规的观念去捕捉它们肯定不行，非常规观念的引入往往就需要大勇气。

比如西方的科学家最近发现的量子层次的物质真相，那些极微小的量子的活动，竟然受观察者的心态影响而动，也就是说观察者的心，没有实质的物理接触，就能使它们有不同的运动。还有电子，在特定的情况下它们如双子星一样存在，而且有“心灵感应”。一个电子在这里，必有一个一模一样的“兄弟”在宇宙另外一个什么遥远角落。妙的是，这边的被你动了一下，十几光年那一边的“兄弟”也会相应动一下。这让科学家大为不解，这十几光年的距离，他们是怎么沟通的，即使是用咱们现在接近光速的手机，这边播了号，那边也得过个十几年才会响铃，难道真有超越时空的宇宙通道？

于是根据这些现象，伦敦大学的物理学家 David Bohm 相信，尽管宇宙看起来具体而坚实，但其实只是一个幻象，一个巨大而细节丰富的全息摄影相片。更有科学家提出，其实宇宙同时包含过去、现在和未来这三者，一切发生过的和没发生的，都是搅在一起的，这是个宇宙剧本，一切都导演好了，我们人类所有的轰轰烈烈只不过在出演它、重复它。这个理论能解决许多物理学上的老大难问题，广义相对论和量子学说在这个假说上得到了统一，超光速的现象也有了解释……甚至一向被视为“封建迷信”的唐代的《推背图》、刘伯温的《烧饼歌》、邵康节的神机妙算等，也都有了“科学依据”。

这些理论的搭建，需要有突破一切已有成见的大智慧大勇气，需要有强大的想象力、人文情怀、艺术的柔性去弥补支撑。还有一点与灵性思维有关，属于大艺术范畴的，就是宗教的超越和领悟——这也亟须勇气去承认和求同。

佛教和现代物理学的关系早被世界物理学界所关注，也成为文化界的一个时髦话题，西方有物理学家说，当代物理学至今所发现的，不过是在证明佛陀两千五百多年前早已说过的。当你汗流浃背地攀上高峰，却见释迦牟尼佛早已拈花微笑站在那里。

比如佛经上曾有“佛观一碗水，四万八千虫”一句，古人多有不解，一碗水洁净到底，如何有物？但有了电子显微镜的今天，发现了真有类似数目的微生物浮游在一碗水中的时候，除了惊讶佩服，你还能想到什么？

再比如，释迦牟尼佛曾经说，宇宙是由亿万个远超地球的“恒星”组成的，即“三千大千世”（一个恒星和行星组成的系统是一个世界——如太阳系，一千个这样的世界组成小千世界，一千个小千世界组成一个中千世界，一千个中千世界组成一个大千世界）。三千大千世界构成了我们这个宇宙，宇宙之外有宇宙，世界之外有世界，其数无量。的确，天体物理学家用最先进的射电天文望远镜观察到，宇宙的浩瀚超过了我们几十年前所能想到的，那时我们看到银河系就觉得已经浩瀚无比了，现在又发现了许多河外星系，以及由许多河外星系组成的巨大无比的星系团——由亿万万个远超太阳的恒星组成的庞大星云，更远处有更加庞大的几万亿光年大小的星系团，其数量和体积的巨大的确远远超过了我们的观察和想象，但佛陀早已无比恳切地说过这个事实，他老人家是怎么感知这个宇宙的？

心，我们暂且理解为意识，唯物论认为是与物完全隔绝的两个东西。“物质决定意识，意识反作用于物质”这通常的说法，看似互相也有作用，但那只是指心驱使物去改变物，但现代物理学所观察到的心，是直接作用于物，不须通过人手人力去触动。心通过一个神秘通道指使物，改变物，在冥冥之中，心与物就互转了，甚至心和物溶在了一起，心就是物，物就是心，心物一体。现代一些物理学认为，宇宙既有物理性，也有意识性。古人似乎更能理解这个现代物理学的境界，岳飞曾经说“运用之妙，存乎一心”，王阳明也说“心外无物”，“盖天地万物，与人原是一体，其发窍之最精处，是人心一点灵明”。过去我们把这种说法简单扣上唯心主义的帽子，但任何帽子在最真实的现代物理观察面前都是浮云。

以上这些，美术、音乐、文学、宗教的精神，暂且归为大艺术范畴，是构成发现宇宙深层真相的必要条件，而不是选择条件。这些，我们现在的教育哪能提供？中学没有，大学也没有。而西方国家早早就渲染这种人文精神。且看他们十年级也就是高中生的文科必读书目，其深度直逼我们研究生层次，其人文的宽度又远远超过我们一般研究生的阅读范围。而我们许多研究生在目前这种打游戏、租房同居、替导师打工、找工作、拼凑论文的状态下，未必有心绪、有时间看这么多的人文著作。如果只是在中小学时代计算比别人快，背诵比别人强，而整个教育时代都缺少这种人文熏陶的话，最后，谁能先到达发明、发现、理解、宽容的人类知识的彼岸？

我们许多研究先给自己设框，不能超越“唯物”的底线，比如即使我们发现了基本粒子心物一体的性质，我们的科研人员敢宣布、敢深究、敢说明其意义吗？或者视而不见，或者隐而不宣，那岂不错过了成为一个革命性变革首创人的机会？那在世界科学史或者人文历史的关键节点上，不又少了一个中国人的身影？

没有心物一体的大勇气、大智慧，我们能像爱因斯坦那样去构建时空会弯曲、人寿会随旅行速度不同有长短、当超过光速旅行我们会回到过去相会秦皇汉武的相对论吗？

没有宇宙在于一心、无量统于一念的大气魄，我们能像霍金那样营造“时间简史”、把虫洞、黑洞、时间以外的世界，解释得那么振振有词而成为当代世界第一大家吗？

没有超越一切现有观念的勇气，我们能像现在西方许多科学家那样去研究心灵的作用吗？研究它是否在肉体毁灭后还存在？心灵在承载生命信息上神秘无限——许多现代心理学家催眠试验可以回溯到幼童时代，到达零岁时明显有一个坎，敢不敢超过？过去了就是另一个天地，进入了“上一世生命阶段”。这个全新的生命阶段让许多西方心理学家也又惊又怕。惊的是这是一个跨时代的巨大发现，意义重大，怕的是他们也担忧被扣上“不务正业”“谈玄说怪”的帽子。怕归怕，西方科学界没有“领导”召集人批判、帮助、教育，此类研究终归正途，成为现在西方科学界的显学——心灵学。

“心灵学”的意义还不在于它本身的那点事实，而是昭示和宣告了一个普遍原则，科学无底线，发现任君游。当心灵没有障碍地在宇宙中随意翱翔的时候，发现就会以任意的姿态随时进入世间人心了。

心的意义还在于道德，“道”和“德”是紧密相连的，道就是宇宙真相，德是内心守则。在此次写作快结束的时候，一位不愿透露姓名的专家说的话非常直接：没有敬畏和信仰就接受不了来自大自然的灵性的启示，就做不出精巧灵妙的东西！我们跟西方优秀科学家最大的区别是没有信仰，心灵是麻木不仁的，必然是浮躁的、马虎的、粗心大意的，做不出精良绝妙的东西来的！

自由的缺失

创造的本质是自由心态，这是我们什么时候都不能忘记的。

“我们是崇老的社会，年轻人要出东西不容易。”84 岁的老人康安（化名）感慨道。他是中国电子学会副理事长，某国防研究所原所长。“两弹一星”宏伟工程，洲际导弹的大洋试射，都离不开他所从事研制的通讯系统。他有一句名言很震撼：“大师和权威就是拦路虎！”

一切东西，只要成套路了，就完了。国人特别爱弄套路，论资排辈，成规旧习。康先生的观点基于他一生研究经历。他说他一辈子得益于两个东西，一个是新中国成立前那种欧美的通才教育，一个是解放初期平等宽松的环境。

康安在新中国成立前读的“国立武汉大学”，那时的大学向欧美看齐，根本不分那么细的专业。这样的好处很多，至少不会像现在年轻人那样，稍有变化就专业不对口了。专业不细分，重心在基础。最好的教授教最基础的课。康先生他们物理系主任查谦教授，多次赴美学习研究，师从诺贝尔奖获得者 A. R. Millikan。查先生亲自教新生们光学课，讲起课来，水平之高，往往引来几十名外班外系的学生、老师来听。而现在的大学，别说系主任了，就是教授也不肯屈尊下教本科生基础课。

"听查先生讲课，简直就是一种享受。给我印象最深的是讲到量子理论的波、粒现象的那几课。要没有查先生那样学识渊博的老师，用巧妙的讲课艺术，深入浅出的诱导，要让我们比较牢固地建立起这样一个全新的量子理论概念，可真是不容易。以后我在防空、导弹等通讯工作中，经常要用到这个量子理论的概念，每到这个时候，我都立刻想起查先生，感谢他让我受用无穷。"

康先生说，当时国家极为重视高等教育，他们不仅不交学费，每月还能拿到国家补给 4 块大洋的伙食费。4 块大洋是什么概念？应该轻松超过现在的两千元吧？反正他们吃得很好，在中西合璧的宏伟的山间校园里，春赏樱花，秋感桂香，不时在地下党的鼓动下还搞搞学运。但学校并不一味宽容他们，在学习上把关很严。他们这个班入学时 30 多人，到三年级的时候只剩下了 7 人。宽进严出，与美国的大学相仿。

"这种注重能力培养的美式的通才教育让我受益很大。1955 年我从军事器部门突然被组织上调到军委通讯研究所去，因为有比较好的数理基础和外文，在很短的时间里捧着几本英文专业书恶补一两个月后，马上进入了状态，很快做出成绩，根本没有专业不对口之感。"

科研环境可能更重要。康安先生认为现在的年轻人受的束缚太多，不像他们年轻的时候有那么多创作的欲望。"现在年轻人要受大师、专家、领导的约束，不能发挥。我们中国人太重视大师了，政治、社会上如此，科学技术上也是这样，总说某某大师就是顶峰，你学他就行，实际上大师是拦路虎。"

"非典"时有一个例子，一个年轻研究员已经研究出"非典"是病毒引起的，但有院士放话了，是依原体引起的，年轻人就不敢再多说什么了。没过多久，新加坡发现了 SARS 病毒，结果发明权被国外拿走。

除了"大师"，还有一个东西妨碍创新，听起来很新鲜，那就是规划。康先生认为，实际上发明创造，十次有一次成功就不错了，创造就是由失败引领的渐进。许多人不明白这一点，弄出许多妨碍创造自由的计划、规划。但科学和技术是不一样的，科学是那种不能规划的东西。

“近几十年更坏了，官僚体制进入大学和科研院所，导致年轻人出成绩太难。”

康先生曾是一个有几千人的国防工业研究所的一把手，又主持过中国电子学会的学术工作，知道什么最妨碍创造和创新。他一生中最快意的两件关系国家军机大事的创新都是摒除了以上他说的种种束缚而做出来的，那时他20多岁。

第一件创新事，是保障朝鲜战争中我方的军事通讯的顺畅快速问题。当时我志愿军的步话机全是缴获国民党的美国货，经过几年磨损，电子管损耗严重，已经快影响我军作战行动了，中央军委非常着急。康先生当时是军委通讯部干事，危难之中受命解决此事，尽管他只有24岁。

电子管这东西，当时苏联人做不了，西方国家又严密封锁，只能到天津港去买。但那些私人进出口商答应得好好的就是弄不来。康先生经过仔细摸查，发现他们要从广州进货，朝鲜战争爆发后，此货甚缺。康先生就带着两个人跑到广州，经过摸查，发觉的确有货而且便宜，但他们并没有止步，又瞄上了更上一级供货商。就这样一步步逼近源头。

源头是美军在东南亚各地的军火仓库，黑道人物通过种种办法弄出来。康先生敏锐地决断，该止步就止步，不能绕过香港商人，不能直接跟黑社会打交道。到这一步，价格已经相当便宜了，交货时间也很快了。

整整两年，每周一车皮，簇新的电子管、夜光手表、盘尼西林等战场上急需的物品从美军仓库和西方国家的工厂里，通过秘密渠道，经过康先生的巧妙安排，抵达香港、澳门的我军秘密中转站，然后源源不断运送到朝鲜战场。单说那夜光手表，是连排以上干部必需的，夜晚埋伏突击，此表不可少。康先生还进口过一个稀罕物，劳斯莱斯高级防弹汽车，据说是军委为林彪准备的。

整整两年时间，这成了非常重要的军品物流通道，国家大笔大笔的美元就交送到这个出身地主家庭、很长时间是孤身一人在香港的年轻大学生手里。香港那时是什么环境？国民党特务到处都是，私商们追着要给回扣，他抬腿一走就可以怀揣大笔美金到美国的任何地方。但他坚持下来了，一个人骑着自行车在烈日下奔波，几万块瑞士高级手表经他手运抵朝鲜，有人劝他留一块他也没留。当时算上康先生，军方总共有三拨人在广州、香港进口军品，负责海军的那个人怀揣大笔美元跑了，三拨中还有一拨人常年在广州、北京的办公室里等。只有康先生这拨在“前线”滚打，以最便宜的价格进口了大量好东西。

这是一个相当成功的创意，之所以能成功，康先生说有两个条件，一个是高层的信任，这个还不是党员的大学生、拿着中央军委的介绍信直接到广州军管会去找叶剑英，然后怀揣叶的介绍信，换上便衣潜到香港、澳门，一个人经手了数亿美金，这是多大的责任和信任啊！也是因为他表现出了十足的冲劲和创意，才赢得了高层的信任。另一个条件是解放初期，官少、“婆婆”也少，康先生的顶头上司是一个叫陈明的老红军，挂名办公室主任，放任这个聪明的大学生去搞一个个创意，跟着他下广州、去澳门。康先生手底下有十几名工作人员，竟有另一名老红军在他手下听命……

如果是现在，这种年轻人创意十足的军机大策划或许很难成功，不知有多少这局长那主任在上面压着。谁能顶着压力、承担风险去伯乐识人？

康先生的另一件平生得意事也稀罕，他在中央军委通讯研究所期间，那时国家防空系统有一个大问题需要解决，就是几千里距离的通讯问题，比如敌机从广州入境，怎么以最快时间让北京知道，而且高炮阵地能自动接收反应？传统的电话线要是断了怎么办？能解决这个问题的是刚在国外兴起的微波、超短波通讯。这也是从印度、香港弄回来的美国技术杂志上看到的，具体怎么做，谁也说不清楚。这时候康先生又表现出十足的冲劲和创意。他凭借着武汉大学打下的底子，查询各种能弄到手的技术书和只言片语的有用资料，搞了一个大策划：把我们广袤国土当成一个大试验室，选择几个城市之间搞电波传播试验。这个策划的大胆和险要，可能并没人能真正看懂，但中央军委一下子就批准了。当时康先生就一个顶头上司，从美国回来的吕保维博士，他很有学者风范，对这事也没把握，竟也放手让康先生去干了。结果康先生一个人说了算，让灵思肆意放光。

这件事困难重重，首先是没有设备。从国外的资料得知，需要大功率发射机、高灵敏接收机和高增益天线。他们曾考虑进口大功率速调管，自己来研制整机。但这种管子只有美国有，对我们封锁禁运，即使通过第三国去买，何时能到货也不得而知。时间耽误不起。康先生他们灵机一动，发现国内有一种引导高炮的雷达，脉冲功率、天线增益、频率都很强劲，接收机灵敏度也不错，稍一改装，足可供测试之用。

征用三部可引导多门高射炮、部队正在使用的高级进口雷达，长期调用100多名军人和技术人员听命，这个29岁的年轻人真有点胆大妄为了吧！但申请报告最后还是由通信兵部部长王铮签署，送到副总参谋长张爱萍那里。几天后老将军批准了，三部COH－4型雷达从上海和福州的部队运往北方，原操作人员随雷达一起调来。就这样，在北京建站发射，由石家庄、保定两个站接收。一个硕大无朋的电波传播网在华北大地建立起来。

后来试验迁到南京、常州、上海三个城市进行，又在太白山和五台山800公里之间建立了中国第一条微波电话通讯（现代中国微波电话网的鼻祖），同时在上海和青岛间进行跨海通讯试验……这种大距离、多角度的电波传播试验完全是中国的原创（国外的类似试验都是单角度的），一试就是8年，积累的数据资料如屋似塔，根据这些数据，康先生推演出最终公式，曾被业界俗称为“安公式”。后经多人多次完善，1990年送到国际无线电咨询委员会第十七届大会上与美国、法国等国的公式PK，一举胜出，被委员会认为比已在国际上流行了20多年的美国公式简便易行。结果康先生他们的公式成为主公式，美国的公式退为附属公式。康先生也因此成为国际电器电子工程师学会终身会员，英国皇家工程师学会会员。

这个世界第一的研究，历时30年，就出自一个小伙子的灵机一动，终成正果。

要是现在，做这事恐怕有三大障碍。康先生感叹：一是领导“研究研究”，这挺可怕的，往往拖黄了。二是“群众路线”，这种科技原创的事上最要不得众人讨论来讨论去，往往都是最四平八稳的通得过，有棱角的先被“pass”掉，碰到坏的群众还故意给你破坏。三是重资历学历不重能力。康先生大学本科还有半年毕业，就跟着地下党跑到了解放区，结果落得个肄业学历（后来补授本科文凭）。据说现在中国博士数量世界第一，但有多少闪光的东西？这种金钱学历社会，很难再见到这种低中学历的年轻人的闪光原创了。

康先生说他当时非常幸运，碰到了两个好人，一个是老红军陈明，一个是留美大专家吕保维，他们都没私心，乐于看到年轻人起来。“幸好当时我没有分到另外一个课题组，那里有主任、副主任、专家、领导一大堆，到那就坏事了，他们有一定的技术积累，但又缺乏激情和创意，各怀心思，能让你一个后生蹦出来?”现在许多大学、研究所的状况不正是这样?

这个世界最值得我们珍重的，除了学识、心绪、环境、跨界、艺术、自由、快乐等，就是我们对这个国家的责任感。如果我们科技、工业、人文界的多数人，能把中华文明的伟大复兴作为心中愿景，能把让百姓活得更好一点作为心中祈愿——这是创新的题中之意，就好了。

一切历史都是心灵史。

四百年的空白，四百年的跋涉，这个民族缺的就是一颗心。创新，就是创心!